Teil 1

1. Kapitel

Juli 1938

„Gerbrand will mit der Schule aufhören und sich eine Arbeit suchen."
„Und was hat das mit dir zu tun, Jemina?"
„Das ist ein gescheiter Bursche. Der muss unbedingt seinen Schulabschluss machen."
„Und was willst du jetzt tun?"
„Ich brauche Geld. Damit ich ihn in der Schule lassen kann."
„Das hätte ich mir denken können. Von mir bekommst du keinen Cent mehr, hast du verstanden?"
„Aber du hast doch gesagt ..."
„Ich habe dir von Anfang an gesagt, dass ich mit deinen anderen Kindern nichts zu schaffen haben möchte. Und jetzt verschwinde! Du weißt genau, was wir besprochen haben."

Pérsomi ist elf Jahre alt, als Gerbrand an einem Wintermorgen mir nichts dir nichts sagt: „Mama, ich fahre nach Johannesburg und gehe mir eine Arbeit suchen."
 Pérsomi ist draußen in der matten Wintersonne. In der Nähe der Hintertür lehnt sie mit dem Rücken an der Mauer und drückt ihre nackten Zehen in den grauen Sand. Gerbrand steht in der Türöffnung, nur einen Schritt von ihr entfernt. Wenn sie ihre Hand ausstreckt, kann sie ihn berühren. Doch das macht sie nicht, denn Gerbrand kann das Gefummel nicht leiden. Das weiß sie, weil er und Piet sich zum Schlafen eine Matratze teilen müssen. Wenn Piet ihm zufällig zu nahe kommt, versetzt ihm Gerbrand sofort einen kräftigen Tritt. Piet ist zwar älter, aber Gerbrand ist der Stärkere.
 „Ach du liebe Güte, Gerbrand, geh lieber Wasser holen und hör auf mit dem Geschwätz", fordert seine Mutter ihn auf. Das Baby ist heute wieder einmal sehr quengelig und Gertjie hat die ganze Nacht wachgelegen und gehustet. Mutter ist todmüde und hat keine Lust auf irgendwelche Flausen.

Ohne ein Wort zu sagen, dreht Gerbrand sich um, lässt aber den Eimer stehen. Er hat ein orangefarbenes Netz in der Hand, so eines, in dem Herr Fourie seine Apfelsinen verkauft. Darin befinden sich seine Flanellhose, sein weißes Hemd und seine ausgelatschten Schuhe, die er immer zur Schule anzieht. Durch die Maschen kann Pérsomi alles erkennen.

Am liebsten würde sie ihm zurufen: Nimm auch deinen Schulpullover mit, sonst erkältest du dich. Aber sie schweigt lieber und läuft ihm hinterher, den steinigen Fußweg hinab zum Fluss. Dort kommt ihnen Piet entgegen. Er marschiert direkt auf Gerbrand zu und schaut ihn herausfordernd an: Wer wird zuerst ausweichen? Die Schalen von der Mandarine, die er im Laufen schält, lässt er auf den Weg fallen, wo sie hellgelb zwischen den grauen Steinen und den vereinzelten Grasbüscheln glänzen. Wenn das Herr Fourie sehen würde ...

Im Winter leiden sie keinen Hunger, denn dann hängt das ganze Baumstück voller Apfelsinen und Mandarinen. Nicht dass sie die pflücken dürften, aber wenn sie ganz dicht am Stamm welche wegnehmen, merkt Herr Fourie das nicht.

Gerbrand geht weiter, bis er kurz vor Piet steht, und schaut ihm geradewegs in die Augen. „Wenn du Pérsomi auch nur ein Haar krümmst, dann schlage ich dich windelweich, wenn ich wieder zurückkomme", verkündet er. Dann schiebt er ihn mit der Schulter zur Seite und geht weiter auf das Wasser zu. Pérsomi macht einen großen Bogen um Piet.

Als sie beinahe am Fluss angekommen sind, dreht Gerbrand sich um und schaut sie an. „Wenn Vater dich schlagen will oder dir auch nur ein Haar krümmen will, dann rennst du schnell weg, auch wenn es mitten in der Nacht ist. Du kannst schnell laufen, du rennst ihm locker davon." Pérsomi nickt. Eigentlich hat sie keine Angst. „Mama kann nicht schnell rennen", erwidert sie.

Gerbrand zuckt mit den Schultern. „Ich kann hier nicht bleiben, das musst du verstehen. Aber irgendwann komme ich und hole dich."

„Wann denn?"

„Sobald ich genug Geld habe. Geh jetzt nach Hause zurück."

„Aber wann kommst du denn wieder?"

Ohne ihr eine Antwort zu geben, wirft er sich sein Apfelsinennetz über die Schulter und überquert den Fluss, indem er von einem Felsen zum anderen springt. So gelangt er trockenen Fußes auf die andere Seite. Zwischen den Orangenbäumen sieht sie nur noch seine kupferbraunen Haare verschwinden.

Nachdenklich sinkt sie auf eine Felsplatte und bleibt mit ausgestreckten Beinen sitzen. Die Sonne zaubert kleine, glitzernde Sternchen auf das plätschernde Wasser zu ihren Füßen. Der plumpe Körper des Berges, *ihres* Berges, taut in der frühen Morgensonne langsam auf.

Gerbrand ist ihr großer Bruder. Das ist er immer gewesen. Und jetzt geht er weg. Nicht einfach nur ins Wohnheim, so wie in den letzten beiden Jahren. Nein, wirklich weg. Nach Johannesburg.

„Die Bergwerke in Johannesburg fressen einen mit Haut und Haaren", behauptet Onkel Attie immer. Er ist der Mann von Tante Sus, Mamas älterer Schwester.

Pérsomi hofft jedoch inständig, dass die Bergwerke Gerbrand nicht ganz auffressen.

Nach einer Weile pflückt sie sich zwei Mandarinen vom Baum und schlendert den Weg entlang, immer den Berg hoch. Direkt unter dem Pavianfelsen lässt sich nieder und schält die erste Mandarine. Die Vorfreude auf die saftige, sonnengereifte Frucht lässt ihr das Wasser im Mund zusammenlaufen.

In der Senke zwischen den Gipfeln ihres Berges liegt die Farm von Herrn Fourie. Links von ihr ist eine große Scheune. Es sieht so aus, als klebe sie direkt am Berg. Nicht weit von ihr schlängelt sich das Flüsschen wie ein dünner Strich zwischen den Bäumen hindurch. Hier und da sind ein paar Sandbänke zu sehen, zwischen denen sich das Wasser in ruhigen Tümpeln sammelt. Wenn der Regen eine Zeitlang ausgeblieben ist, können die Menschen den Fluss bequem überqueren, aber in der Regenzeit bildet er eine unüberwindliche Grenze zwischen Pérsomis Familie und den anderen Bewohnern der Farm. Wenn der Fluss viel Wasser führt, müssen sie sogar von der Schule zu Hause bleiben.

Auf der anderen Seite des Flusses, da, wo die Sonne untergeht, liegt der unfruchtbare *Brakrand*, trockener Boden, den jemand vor Jahren einmal umgepflügt hat, in der Hoffnung, dort etwas anpflanzen zu können. Aber das Land ist kärglich und voller Steine, zudem liegt es am westlichen Abhang des Berges. An manchen

Ecken kommt der karge Boden an die Oberfläche, der ansonsten tief unter dem Acker verborgen ist. „Das ist ein wertloses Stück Land, das kannst du vergessen, da verdorrt und verkümmert alles in der heißen Mittagssonne", grummelt ihr Vater immer unzufrieden. „Und jetzt kann ich mir einen Wolf arbeiten, damit wir davon leben können."

„Herr Fourie meint es doch nur gut mit uns", hat ihre Mutter immer wieder dagegengehalten. „Und wohin sollten wir denn gehen, wenn er sagt, dass wir unseren Kram zusammenpacken sollen?"

Ihre Mutter muss ihr Mundwerk im Zaum halten, sonst bekommt sie schnell darübergefahren. Oder noch schlimmer: Sie kriegt es mit dem Gürtel. Denn ihr Vater versteht keinen Spaß, bei einer Frau erst recht nicht und schon gar nicht bei einem Kind.

Auf einer Seite des *Brakrandes* steht ihr Haus, einsam auf der kahlen Fläche; wenn die Sonne darauf scheint, sehen die beiden Fensterchen wie die Augen eines Blinden aus. Die Gegend um das Haus herum ist felsig, kein Baum und kein Strauch sind zu sehen, selbst Grasbüschel findet man nicht. Der Boden rechts neben dem Haus ist umgegraben; die Erde liegt zu trockenen Klumpen zusammengebacken herum und ist schutzlos der Sonne ausgeliefert.

Pérsomi weiß, wie hart die Erde ist, denn am Ende des Winters muss das Fleckchen Erde wieder umgepflügt werden, damit man Mais anpflanzen kann. Gerbrand muss dann auf dem Pflug stehen, um ihn auf diese Weise in die Erde zu drücken, schließlich ist er der Stärkste. Mutter oder sie selbst müssen dann Jeremia am Kopf festhalten und in den Furchen hin und her führen. Dieser Versuch gelingt nicht immer, denn Jeremia ist so faul und bockig, wie ein Esel es nur sein kann.

Aber jetzt ist Gerbrand ja weg. Dann wird Sussie auf dem Pflug stehen müssen und ihn in die Erde drücken, weil sie die Dickste ist.

Hinter ihrem Haus, ein ganzes Stück den Hang hinauf, ist eine tiefe Bergschlucht, die *Braksloot*, in der Gerbrand als kleiner Junge mit Boelie und De Wet immer Cowboy und Indianer gespielt hat. Meister Lampbrecht hat ihnen alles über Bergschluchten erzählt. Über die Jahrhunderte sind die Schluchten jedes Jahr etwas tiefer geworden, einen Zentimeter nach dem anderen, hat der Meister erklärt.

Rechts neben ihr sind lauter kleine Felsen, an denen sich der Weg ins Dorf entlangschlängelt. Wo die Erde aufhört und die Sonne aufgeht, ertrinkt der kleine Pfad in einem großen Rückhaltebecken. Und weit hinter den gleißenden Wassermassen liegt das Dorf. Dort ist Pérsomi noch nie gewesen.

Als die Sonne schon hinter dem Berg verschwunden ist und ihr ein eisiger Wind schneidend durch die Jacke fährt, geht Pérsomi wieder zum Haus zurück, in dem es zwei Zimmer gibt. Mitten im vorderen Raum steht ein hölzerner Tisch mit vier Stühlen drum herum. An der Wand neben der Hintertür befindet sich ein Ofen, daneben steht eine Planwagenkiste und in der Ecke eine umgedrehte Teekiste. Darauf ist der Primuskocher und das Emaillebecken, in dem das schmutzige Geschirr liegt.

Unter dem Tisch liegen die Matratzen der Kinder zu einem Stapel zusammengeschoben. Zu sechst schlafen sie im Vorraum: Piet und Gerbrand, Sussie und der kleine Gertjie und auf der dritten Matratze Pérsomi und Hannapat.

„Warum muss ich immer neben Gertjie schlafen? Der hustet die ganze Nacht und pinkelt ins Bett", jammert Sussie morgens immer wieder. Dann bekommt sie von Vater ein paar hinter die Löffel und hört mit dem Jammern auf.

In dem anderen Zimmer schlafen Vater, Mutter und das Baby. Vater und Mutter haben ein Bett mit einer Matratze darin, das Baby schläft in einer großen Kiste daneben. Ein verschlissener Vorhang trennt das Schlafzimmer der Eltern vom Vorraum.

Im Haus ist es meist sehr dämmrig. Und das Emaillebecken ist immer voll mit schmutzigem Geschirr. Wenn man mit dem Abwasch dran ist, muss man mit dem ganzen Becken an den Fluss laufen und dort in einer der Untiefen die Becher und Teller so lange mit Sand abreiben, bis sie sauber sind.

„Sussie, geh mal abwaschen", befiehlt ihre Mutter.

„Och, Mama! Warum muss ich das denn immer …?"

Wenn das passiert, rennt Pérsomi lieber schnell weg, denn sonst wird ihr die Arbeit aufgebrummt.

ଔ

Pérsomi weiß genau, wer sie ist: das Kind von Beiwohnern, das vierte und mittlere Kind von Lewies und Jemima Pieterse, die auf der

Farm von Herrn Fourie leben. Sie ist groß und dünn, hat dunkle Augen und dunkles Haar, das absteht. Sie sieht anders aus als Sussie und Piet, die die kleine, etwas gesetzte Figur ihres Vaters geerbt haben und dazu seine wässrigen Augen. Sie unterscheidet sich auch von Gertjie und dem Baby, die wie ihre Mutter rotes, gelocktes Haar haben. Sogar Gerbrand hat seine roten Haare von seiner Mutter geerbt. Pérsomi ist die Einzige, die ganz anders aussieht, sie ähnelt der Mutter ihrer Mutter, die schon vor langer Zeit gestorben ist.

Pérsomi geht in die kleine Schule, die auf der Grenze zwischen der Farm von Herrn Fourie und der von Onkel[1] Freddie le Roux errichtet ist. Irene Fourie, Faansie Els und sie selbst sind die einzigen Kinder in der sechsten Klasse. Sie werden von Meister Lampbrecht unterrichtet, der alle Kinder in den Klassen fünf bis acht unterrichtet. Insgesamt sind sie fünfzehn Schüler. Hannapat geht in die dritte Klasse und Sussie in die siebte, aber wenn Sussie noch einmal sitzenbleibt, dann muss sie die Schule verlassen, hat Meister Lampbrecht gesagt. Sie ist sechzehn und eigentlich schon viel zu groß für die Mittelschule. Wenn es eine Person auf der Welt gibt, die Pérsomi wirklich nicht leiden kann, dann ist das Irene Fourie. Gegen Irenes scharfe Zunge ist kein Kraut gewachsen.

„Kannst du Hannapat von meiner Oma ausrichten, dass sie an der Hintertür klopfen soll, wenn sie um Mehl bettelt?", ruft Irene laut, kurz bevor die Schulglocke ertönt. „Und mein Vater sagt, dass er euch Geschmeiß sofort von seinem Land jagt, wenn er noch einmal einen von euch in seinem Baumstück erwischt. Zusammen mit eurem lausigen Esel und allem anderen."

Dann hält Pérsomi lieber ihren Mund; denn was kann sie schon dagegen sagen? Doch nachmittags lernt sie Geschichte und rechnet alle Aufgaben aus dem Buch. Am Ende des Quartals hat sie die besten Noten der ganzen Schule.

Fräulein Rossouw unterrichtet die Kleinen, sie hat dreizehn Kinder in ihrer Klasse.

In der ganzen Schule gibt es nur drei richtige Farmerskinder. Das sind Irene Fourie sowie Pietertjie und Susara Nel, die weiter oben in der Schlucht wohnen. Alle anderen Kinder sind aus Beiwohner-

---

1 Neben einer Verwandtschaftsbezeichnung wird „Oom" (= „Onkel") im Afrikaans als ehrerbietige Anrede für einen älteren Mann verwandt, ebenso „Tante" bei einer älteren Frau.

familien, und fast alle sind Cousinen und Cousins von Pérsomi: die sechs Elses, die auf der Farm von Onkel Freddie le Roux wohnen, die Willemsens von weiter oben am Fluss, die zwei jüngsten Söhne von Bester und dann noch der ganze Schwarm der anderen Pietersens, die Kinder vom Bruder ihres Vaters. Nur mit Gezina und Maria Pypers und ihrem Zwillingsbruder aus der ersten Klasse ist sie nicht verwandt. „Und das ist auch gut so", verkündet ihr Vater allezeit. „Das ist ein faules Gesocks, diese ganze Pyperssippe."

ෙ෫

Sussie hat Epilepsie. Jeder muss gut aufpassen, sagt ihre Mutter immer, denn man kann sehen, wenn Sussie kurz vor einem Anfall steht. Dann müsst ihr sie hinlegen, und das Wichtigste – erklärt Mama – ist, dass ihr ihr etwas in den Mund stopft, sonst beißt sie sich noch die Zunge ab, und das soll natürlich nicht passieren. Trotzdem rennen alle schnell weg, wenn Sussie einen Anfall bekommt, weil das so ein entsetzlicher Anblick ist. Mutter ist die Einzige, die Sussie zu Hilfe eilt. Mama gegenüber dürfen sie nie sagen, dass Sussie verrückt wird, wenn sie einen Anfall bekommt, aber Gerbrand nennt sie trotzdem immer „die verrückte Kuh". Weil sie jedes Mal auf den Kopf fällt, kann Sussie nicht gut lesen. Jedenfalls behauptet das Mutter.

Sussie muss eine Medizin schlucken, damit sie keinen Anfall bekommt, und jeder muss ihr dabei helfen, dass sie nicht vergisst, ihre Arznei zu nehmen. Das Problem ist nur, dass ihre Mutter immer warten muss, bis sie jemand ins Dorf mitnimmt, um dort die Medizin abzuholen, wenn sie bereitliegt. Manchmal wird auch Vater ins Dorf mitgenommen, aber er sagt, dass das Medizin-Abholen Frauensache ist.

Auch in der Schule hat Sussie gelegentlich schon einen Anfall gehabt. Als das zum ersten Mal geschehen ist, ist Pérsomi noch in die Klasse von Fräulein Rossouw gegangen, in die zweite Klasse. Sussie, Gerbrand und Piet waren bei dem Meister. Jeder ist schnell weggerannt, denn Sussie hat wie ein tollwütiger Schakal herumgezuckt und um sich getreten. Piet und Gerbrand haben sich zusammen mit ein paar anderen Jungen aus dem Staub gemacht und keinen Finger krumm gemacht. Pérsomi hat gesehen, dass der Meister und das Fräulein vor lauter Schreck vergessen haben, Sussie etwas zwischen die Zähne zu schieben. Aber Sussie sollte sich ja nicht die Zunge abbeißen, das wäre natürlich furchtbar. Darum hat sie, Pérsomi, dem Meister und dem Fräulein erklärt, dass sie Sussie auf den Rücken drehen und sie festhalten müssen. Und dann hat sie sich einfach den Stock des Meisters genommen und ihn mit viel Mühe zwischen Sussies verkrampfte Kiefer geschoben. Die ganze Zeit über hat Sussie sie mit wilden Augen angeschaut, so als würde sie sie nicht wiedererkennen. Und dabei ist aus ihrem Mund ständig Schaum geflossen.

Nach einer Weile ist sie ganz schlapp geworden und hat angefangen zu weinen. Fräulein Rossouw hat Pérsomi gebeten, Sussie nach Hause zu bringen. Der Meister hat dann bestimmt, dass alle Kinder lieber nach Hause gehen sollten, denn die meisten waren ganz durch den Wind. Sussie konnte aber wirklich nicht laufen und war zu dick, um getragen zu werden. Erst am Nachmittag, als die Schule regulär aus gewesen wäre, konnte sie wieder ein bisschen laufen, aber dabei musste sie sich immer noch auf Pérsomi stützen.

Das ist der Tag gewesen, an dem Pérsomi gemerkt hat, dass Erwachsene manchmal tatsächlich auf Kinder hören.

„Du bist ein kluges Mädchen", hat der Meister am nächsten Tag zu ihr gesagt. Davon ist sie ganz verlegen geworden, weil sie ihn noch nicht so gut gekannt hat. Aber auch sehr froh.

Seitdem hat sie keine Angst mehr davor, dass Sussie einen Anfall bekommen könnte. Und der Meister ist noch nie böse auf sie gewesen.

CB

Zu Beginn des neuen Schuljahres, im Jahr unseres Herrn 1939, wie es der Meister immer sagt, – ungefähr sechs Monate, nachdem Gerbrand weggegangen ist – kommt ein neues Kind in die Klasse von Pérsomi, Irene und Faansie. Es heißt Gottie Stoltz und sein Vater arbeitet in einem Bohrbetrieb.

„So zu heißen, ist eine Sünde", verkündet Irene laut. „Das steht in der Bibel."

Unsicher fummelt der neue Junge an seiner Strickjacke herum und betrachtet sie mit gesenktem Kopf. Seine großen, plumpen

Füße stehen unbeholfen weit auseinander und seine Zehen sind nach innen gekehrt.

Seufzend wischt sich der Meister mit seinem großen, grauen Taschentuch die Stirn ab. In dem kleinen Schulgebäude mit seinem Wellblechdach ist es im Januar selbst am frühen Morgen schon glühend heiß. Onkel Attie Els sagt immer, dass das Bosveld von der Hölle nur durch eine Wellblechplatte getrennt ist, und sogar die ist an manchen Stellen durchgerostet.

„Auf welchen Namen wurdest du getauft, junger Mann?", will der Meister wissen.

„Wie bitte?", stammelt der Junge.

„Wie heißt du wirklich?", fragt Irene ungeduldig. „Auf welchen Namen bist du getauft worden? Oder bist du gar nicht getauft?"

„Ach so", antwortet der neue Junge, während er sich verwirrt umschaut. „Gottlieb. Gottlieb Joachim Stoltz."

„Dann sollten wir ihn am besten Gottlieb nennen, Meister", stellt Irene fest. „Das ist auf jeden Fall besser als... als der andere Name."

Der Meister wischt sich erneut über die Stirn und schaut sich in der Klasse um.

„Gottlieb, setz dich dorthin, neben ..."

„Nicht neben mich!", wehrt sich Irene hastig.

„Äh ... Dann setz dich neben Faansie. Pérsomi, und du setz dich neben Irene."

Mit einem Seufzer schiebt sich Irene von ihrer Bank. „Setz dich dann aber an die Wandseite, ich habe keine Lust ständig über dich drüberzuklettern", mault sie.

Als sich Pérsomi an Irene vorbeischiebt, denkt sie: Zum Glück bleiben die Kinder der Bohrarbeiter immer nur für eine kurze Zeit, dann gehen sie irgendwo anders Brunnen bohren; hoffentlich gehen sie sogar in einen anderen Bezirk, denn dann müssen die Kinder die Schule wechseln. Wenn es so weit ist, kann sie wieder zu Faansie auf die Bank. Ein ganzes Jahr neben Irene – das hält sie nicht durch.

Sussie geht in diesem Jahr nicht mehr in die Schule. Sie ist schon wieder sitzengeblieben und jetzt ist sie zu alt. Deshalb muss sie ihrer Mutter nun jeden Tag bei der Wäsche helfen oder Wasser holen oder die dürren Bohnenpflanzen und schrumpeligen Pampelmusen gießen oder dabei helfen, das ausgetrocknete Maisfeld neben dem

Haus mit der Spitzhacke aufzulockern. Die meiste Zeit jedoch sitzt sie bei der Hintertür an die Wand gelehnt und lässt sich die Sonne auf die ausgestreckten Beine scheinen.

Am Anfang des neuen Jahres ist auch Piet weggegangen, um sich Arbeit in Johannesburg zu suchen. Jetzt darf Sussie allein auf der Matratze von Piet und Gerbrand schlafen, weil sie schon groß ist. Das Baby schläft von nun an bei Gertjie, denn es passt nicht mehr in die Kiste und Vater möchte es auch nicht mehr bei sich im Schlafzimmer haben.

 CB

Der Vater von Pérsomi weiß etwas von einem Schatz, der hier in der Gegend irgendwo vergraben ist; hier auf der Farm von Herrn Fourie, vielleicht auch ein bisschen über der Grenze, auf der Farm von Onkel Freddie le Roux. Von dem Schatz hat Pérsomis Vater von seinem Vater erfahren. Aber der ist schon lange tot.

„Schwager, das Problem ist nur", bemerkt er zu Onkel Attie Els, „dass mein Vater den Löffel abgegeben hat, bevor er mir ganz genau hat sagen können, wo der Schatz nun wirklich vergraben ist. Aber dass er hier liegt, das ist sicher. Mein Vater hat selbst dabei geholfen, die Kiste mit Geld zu vergraben, und das ist noch in der Zeit gewesen, bevor die Khakies[2] im Englischen Krieg[3] hier in die Gegend eingefallen sind."

„Hat dein Vater dir nicht wenigstens ein paar Anhaltspunkte verraten?", will Tante Sus wissen, während sie ihr voluminöses Hinterteil ein wenig nach vorn schiebt. Die Teekiste, auf der sie sich niedergelassen hat, ächzt verdächtig.

„Nein, er hat nur gesagt, dass er hier irgendwo liegt, so viel ist sicher", seufzt Pérsomis Vater. „Alle Naselang hat er mir davon erzählt."

„Warum ist Opa dann nicht selbst hingegangen und hat ihn ausgegraben?", möchte Gerbrand jedes Mal aufs Neue wissen. Man konnte ihm ansehen, dass er kein Wort davon glaubte. Und jedes Mal hat Papa geantwortet: „Halt deine blöde Fresse, Gerbrand, sonst setzt's was."

---

2 Abfällige Bezeichnung für die Briten.
3 Gemeint ist der (zweite) Burenkrieg von 1899 bis 1902.

„Wir können doch unmöglich die ganze Gegend hier umgraben", erwidert Onkel Attie kopfschüttelnd und spuckt den Kautabak, auf dem er herumsabbert, vor sich auf den Boden.
„Vielleicht sollte ich mal einen von diesen malaysischen Zauberern hierherholen", wirft Pérsomis Vater in die Runde.
„Die kannst du doch gar nicht bezahlen", wirft Tante Sus ein.
„Halt die Klappe, Sus", entgegnet Vater.
„Und du hältst auch deinen Rand, Lewies Pieterse!", blafft ihn Tante Sus an. Sie hat keine Angst vor ihm.
„Wir können unmöglich die ganze Gegend hier umgraben", wiederholt sich Onkel Attie.
„Dann hol doch so einen Zauberdoktor", schlägt Tante Sus vor.
„Ich habe gehört, dass diese braunen Affen schon für einen halben Sack Maismehl den Mund aufmachen."
„Einen halben Sack Maismehl!", ruft Vater aus. „Und wo willst du den hernehmen?"
„Ach du liebe Güte", sagt Mama.
Wenn wir den Schatz finden, hat sich Pérsomi immer gedacht, dann sind wir reich und ich bekomme auch Schuhe. Und eine Schultasche für meine Bücher, so eine, wie Irene sie hat. In der letzten Zeit wachsen allerdings ihre Zweifel an dem geheimnisvollen Schatz immer mehr.

☙

Seitdem Gerbrand vor sechs Monaten weggegangen ist, hat sich ihr Zuhause verändert. Jetzt ist alles anders und es gibt niemanden mehr, mit dem Pérsomi reden könnte. „Ach du liebe Güte, Pérsomi, feg den Vorraum aus und hör auf mit diesem Geschwätz", sagt Mutter und steckt sich ihr rotes Haar hinter die Ohren.

Das kleine Aschenputtel schläft auf dem Boden vor dem erloschenen Ofen mit der kaputten Ofentür. Es achtet darauf, dass es so dicht wie möglich an der Hintertür schläft, damit es wegrennen kann.
Denn nachts schleicht der Wolf herum und dann weint Sussie.
Dann rennt das kleine Aschenputtel weg.
Bevor die Sonne aufgeht, kommt es wieder zurück. Der Wolf ist dann nicht mehr da.

Und dann schläft es wieder auf der Matratze neben Hannapat, so als ob es nie weg gewesen wäre.

Erst am nächsten Tag, als sie ihre Rechenaufgaben macht und darauf wartet, dass der Meister den Kindern der siebten Klasse neue Hausaufgaben aufgibt, fällt ihr ein, dass in der Geschichte von Aschenputtel gar kein Wolf vorkommt.

Seit Gerbrand weg ist, achtet sie darauf, dass sie jede Nacht, wenn es ans Schlafen geht, so dicht wie möglich an der Hintertür liegt.

ങ

Einmal in der Woche muss jemand zum Haus von Herrn Fourie gehen, um alle Zeitungen abzuholen. Sie nennen es das „Große Haus". Neben dem Großen Haus wohnen die Großeltern Fourie, ihr Haus wird das „Alte Haus" genannt.

Weil Opa Fourie ein mürrischer Mann ist, machen alle Kinder am liebsten einen großen Bogen um ihn. Oma Fourie ist netter, aber von Beiwohnerkindern hält sie nichts. Die wissen nämlich nicht, wo ihr Platz ist. Auf keinen Fall dürfen sie „Tante" zu ihr sagen, die richtige Anrede ist „Frau Fourie". Pérsomi gehört zu den Kindern, die sie ganz und gar nicht leiden kann, das hat sie sie von frühester Kindheit an spüren lassen. Wenn also irgendetwas im Alten Haus abgeholt werden muss, dann muss Hannapat das immer übernehmen. „Vergiss nicht, dir vorher die Nase zu putzen", ermahnt Pérsomi sie dann, denn es gibt noch etwas, was Frau Fourie auf den Tod nicht ausstehen kann: eine Rotznase.

Wenn die Zeitungen bei ihnen zu Hause sind, müssen die drei Mädchen sie für das Plumpsklo in rechteckige Stücke reißen. Die Stücke dürfen nicht zu groß sein, denn wenn es keine Zeitungen mehr gibt, die man auf dem Plumpsklo auslegen könnte, dann nennt Vater das ... nun ja, eine Riesenschweinerei.

Während sie die Zeitungen zerreißen, betrachten sie die Fotos und Zeichnungen darauf, vor allem die von jungen Frauen mit ihren schönen, neuen Kleidern, festlichen Schuhen und ordentlich gekämmten Haaren.

Die herbeigebrachten Zeitungen lesen, das tut niemand. Eigentlich kann auch nur Pérsomi wirklich lesen, und Gerbrand. Aber so interessant sind sie nun auch wieder nicht, darum liest Pérsomi sie nicht.

Manchmal, ganz manchmal, liegt auch eine Zeitschrift unter dem Stapel. Der *Kerkbode* („Kirchenbote") ist furchtbar langweilig, darin sind auch nur Bilder von alten Männern mit strengen Augen und noch strenger aussehenden Schnurrbärten. Die *Brandwag* („Feuerwache") und der *Huisgenoot* („Hausgenosse") werden dagegen sorgfältig aufbewahrt. Darin stehen Geschichten, die Pérsomi der ganzen Familie vorlesen muss. Meistens sind es Schauergeschichten, die ihr Vater sehr gerne hört, Sussie und Hannapat bekommen davon allerdings furchtbare Angst. Die Frauen mögen am liebsten die Liebesgeschichten, aber die hält Vater für einen Riesenhaufen Unsinn; er benutzt dafür allerdings ein anderes Wort, nicht „Unsinn".

Das Lesen haben Vater und Mutter nie gelernt, denn sie sind nicht einen Tag in die Schule gegangen.

In den Zeitschriften sind auch immer Bilder von leckerem Essen. Und daneben steht, wie man dieses Essen zubereitet.

Wenn Herr Fourie geschlachtet hat, bekommen sie auch immer eine Fleischmahlzeit. An solchen Tagen müssen sie alle mit anpacken, doch Tante Lulu, Irenes Mutter, hat gesagt, dass Sussie nicht mithelfen muss, sie solle stattdessen lieber auf Gertjie und das Baby aufpassen. Gerbrand muss dabei helfen, die Knochen klein zu sägen und den Fleischwolf zu drehen, weil er so stark ist. Er kann auch geschickt mit dem Messer umgehen und hilft dabei, große Fleischlappen abzuschneiden und auf den langen Tisch zu legen. Dort werden sie von Frau Fourie und Tante Lulu übernommen, die sie in kleine Stücke schneiden. Pérsomi muss die ganze Zeit zur Küche und wieder zurück rennen. Einmal muss sie Salz holen, dann kochendes Wasser, schließlich Tücher, um das frische Fleisch damit abzudecken. Sie muss auch die Därme mit einem Schermesser sauber kratzen und dann für die Wurst in Salzwasser einlegen. Wenn sie Wurst machen, müssen sie die gesalzenen Wurstdärme wieder aus dem Wasser herausfischen und sie aufblasen, damit sie sich öffnen. Wenn Pérsomi, ihre Eltern und Gerbrand fleißig mithelfen, bekommen sie hinterher die Knochen geschenkt, die sie auskochen können. Piet hilft meistens nur am Anfang wirklich mit. Sobald er meint, niemand bemerke es, macht er sich aus dem Staub.

Beim Schlachten hilft Pérsomi gern mit. Tante Lulu ist nett, und wenn die Erwachsenen Kaffee trinken gehen, bringt sie Pérsomi immer ein Glas kühle Orangenlimonade.

Gerbrand kann jetzt natürlich nicht mehr mithelfen, denn er ist ja weg, zum Arbeiten im Bergwerk.

Herr Fourie hat zwei erwachsene Söhne, Boelie und De Wet, und eine Tochter, die so alt ist wie Gerbrand. Sie heißt Klara. Sie sind alle sehr nett und waren immer mit Gerbrand befreundet. Damit unterscheiden sie sich sehr von ihrer Schwester Irene.

Im Winter erlegen Herr Fourie oder einer seiner Söhne gelegentlich einen Springbock und dann machen sie *Biltong*[4]. Bei Pérsomi zu Hause gibt es die Füße, die ihre Mutter in dem gusseisernen Topf sehr lange auskochen muss. Manchmal bekommen sie auch den Magen, dann essen sie Magen und Füße. An solchen Tagen kommt die Familie Els immer zum Essen vorbei. Und andersherum, wenn es einmal bei ihnen Fleisch gibt, gehen die Pietersens dorthin. „Ja, so helfen wir einander, lieber Schwager", sagt Vater, während er Onkel Attie um den Hals fällt. „Komm, lass uns noch ein Tröpfchen trinken."

Wenn es so läuft, dann weiß Pérsomi, dass sie auf der Hut sein muss.

Und dass sie dicht an der Tür liegen sollte.

Die Mutter der sieben Geißlein ist weg
oder schläft vielleicht nur.
Da kommt der Wolf.
Das eine Geißlein rennt schnell weg,
denn es möchte das Weinen nicht hören.

In den Herbstferien desselben Jahres kommt Gerbrand zum ersten Mal zu Besuch nach Hause. Er ist volle neun Monate weg gewesen, und auf einmal schläft er völlig überraschend wieder im Haus, als es dunkel wird. „Ich bin mit De Wet und den anderen mitgefahren", erklärt er. „Aus Pretoria." Dort studieren Boelie und De Wet momentan an der Universität. Pérsomi steht mucksmäuschenstill bei der Hintertür an die Wand gelehnt. Sie kann ihre Augen einfach

---

4 Mageres, gesalzenes und in Streifen geschnittenes Fleisch.

nicht von Gerbrand abwenden, weil sie immer noch nicht fassen kann, dass er wirklich hier ist.

„Wenn du vorher Bescheid gesagt hättest", behauptet Vater, „dann hätten wir dir einen Happen Essen aufheben können." Wenn sie ihn nur anfassen könnte! Aber sie weiß, dass das nicht geht.

Gerbrand hebt den Deckel des Topfes hoch, der auf dem Kocher steht. Pérsomi weiß, dass darin noch ein kleiner Rest dicker Brei ist. Sie wünschte, es wäre auch noch ein Bissen Fleisch für Gerbrand übrig.

„Wie ich sehe, hat sich hier nichts verändert", brummt Gerbrand grimmig und nimmt den Löffel, um die angebrannten Reste aus dem Topf zu kratzen. „Was stellt ihr eigentlich mit dem Geld an, das ich euch jeden Monat schicke?"

Das steckt Vater sich ein, würde Pérsomi am liebsten sagen, aber sie hält besser den Mund.

„Ich habe doch gesagt, du hättest uns Bescheid sagen müssen, dass du kommst!", erwidert Vater mit einem bösen Stirnrunzeln. „Dann hätten wir einen Happen Essen für dich aufgehoben. Mit dem Geld müssen wir sparsam umgehen, schließlich kann ich es mir nicht aus den Rippen schneiden!"

Gerbrand wirft Pérsomi einen Blick zu. „Was habt ihr denn heute Abend gegessen?", will er wissen.

„Brei", antwortet Pérsomi.

„Das dachte ich mir", entgegnet er. „Mach dich dünne, Hannapat, damit ich mich auf den Stuhl setzen kann. Und das ist meine Matratze, Sussie, weg mit deinem dicken Hintern."

„Mama!", schreit Sussie schrill. „Hast du gehört, was Gerbrand gesagt hat? Er sagt, dass das seine Matratze ist! Aber solange er weg ist ..."

„Halt die Klappe, Sussie", entgegnet Vater und droht ihr mit dem Zeigefinger. „Gerbrand schläft auf seiner eigenen Matratze und jetzt will ich kein Gemecker mehr hören."

Heute Nacht braucht sie nicht an der Tür zu schlafen, denkt Pérsomi, denn jetzt ist Gerbrand ja da. Heute Abend wird sie Hannapats und ihre Matratze neben die von Gerbrand legen, dann liegt sie die ganze Nacht ganz dicht bei ihm.

❃

Am Freitagmorgen hört Pérsomi, dass Gerbrand schon in aller Frühe aufsteht. Er lässt seine Matratze und seine Decke einfach auf dem Küchenboden liegen, steigt über die Matratze von ihr und Hannapat und geht zur schief hängenden Hintertür. Er öffnet sie und verschwindet nach draußen.

Pérsomi kriecht aus der rauen Decke heraus, ganz langsam, damit Hannapat nicht aufwacht. Dann ist sie ebenfalls draußen.

Obwohl die Sonne noch nicht aufgegangen ist, ist es schon einigermaßen hell. Gerbrand geht einige Schritte vor ihr her, den Weg entlang in Richtung Fluss. Gerbrand hat sich verändert, es ist so, als wäre er erwachsen geworden, denkt Pérsomi. Groß ist er schon immer gewesen, aber jetzt kommt er ihr noch größer vor. Seine dichte, rote Mähne ist ordentlich geschnitten. „Morgen gehe ich Schildkröten suchen", hat er gestern Abend verkündet. „In dieser Jahreszeit liegen sie morgens früh in der Sonne."

„Nun, so eine leckere Schildkröte wäre schon was Feines. Es ist ein Weilchen her, dass wir Fleisch auf dem Tisch hatten", hat Vater geantwortet und seinen Kautabak in einem goldgelben Bogen in die Ecke gespuckt. Vater kann wirklich weit spucken. „Bei so einer Schildkröte sage ich nicht Nein, auch nicht bei einem Hasen, Springhasen oder Klippdachs, aber ein Iltis, eine Schlange oder ein Luchs? Damit kannst du mich jagen!"

„Schau doch mal, ob du nicht vielleicht irgendwo eine Honigwabe finden kannst", hat er danach noch hinzugefügt.

Vielleicht darf ich mitgehen, wenn Gerbrand den Berg hinaufgeht, überlegt Pérsomi, während sie ihm in einigem Abstand folgt. Vielleicht dreht er sich am Fluss ja zu ihr um und sagt: „Hey, Pérsomi, hast du Lust mitzugehen? Dann kannst du die Honigwabe tragen und ich die Schildkröte." Und dann überqueren sie den Fluss gemeinsam.

Das wird aber nicht passieren. Gerbrand hat sie noch nie gefragt, ob sie etwas mit ihm zusammen unternehmen möchte.

Als sie sieht, dass er auf der anderen Seite des Flusses auf den Feldweg einbiegt, der quer durch das Baumstück zum Großen Haus führt, setzt sie sich auf einen flachen Felsen. Wahrscheinlich wird er Boelie und De Wet abholen wollen. Gerbrand macht sich nichts aus nervigen Mädchen.

Die Sonne steht schon hoch am Himmel, als Gerbrand zurückkommt. Er trägt eine Schildkröte. Besonders groß ist sie nicht, aber Fleisch ist Fleisch, und wer nichts besitzt, hat auch keine Wahl, sagt Vater immer.

Eine Honigwabe hat Gerbrand nicht dabei.

CB

„Gerbrand, du stellst den Topf aufs Feuer", befiehlt Mutter, während sie sich das Baby auf die andere Hüfte setzt. „Pérsomi, du holst Wasser. Los, Sussie, nimm mal das Baby."

„Ach, Mama, warum muss ich denn immer ...", fängt Sussie an.

In Windeseile verschwindet Pérsomi mit dem Eimer in der Hand in Richtung Fluss.

Als das Feuer brennt, marschiert Gerbrand erneut zum Berg. In sicherem Abstand folgt Pérsomi ihm und setzt sich auf eine kleine Bodenunebenheit im Schatten eines wilden Obstbaumes. Um diese Zeit des Jahres findet man an ihm keine leckeren, sauren Früchte, denn die werden erst in der Weihnachtszeit reif. Um wirklich satt zu werden, muss man immer eine Menge dieser Früchte essen, weil sie nur wenig Fruchtfleisch haben, dafür aber sehr viele Kerne.

Von ihrem Sitzplatz auf dem platten Stein unter dem Baum hat Pérsomi eine gute Aussicht. Gerbrand kann sie nicht mehr sehen, er ist sicher schon den Berg hinaufgestiegen. Aber sie sieht ein glänzendes, schwarzes Auto vor dem Großen Haus anhalten, und sie sieht Christine, die Tochter von Herrn Freddie, zusammen mit einer Freundin aussteigen.

Onkel Freddie ist der netteste von allen echten Buren, aber seine Frau, Tante Anne, ist die unfreundlichste. Um keinen Preis möchte sie jemals ein Beiwohnerkind auf ihrem Hof sehen. Sollte das einmal passieren, lässt sie einfach die Hunde auf einen los. Das jedenfalls behaupten die Elskinder, und die müssen es wissen, denn das sind schließlich die Beiwohner von Herrn Freddie.

Christine ist auch nett und obendrein sehr hübsch. Manchmal gibt sie ihnen ein paar abgelegte Kleider, doch davon weiß ihre Mutter nichts, da ist Pérsomi sich sicher. Die Kleider passen Pérsomi schon lange nicht mehr, denn Christine ist sehr klein und Pérsomi einfach nur groß. Sussie passen sie auch nicht, denn die ist dick, und Christine ist schlank. Also werden all die schönen Kleider an Hannapat weitergereicht

Nach einer Weile kommen Christine und ihre Freundin wieder aus dem Großen Haus, zusammen mit Klara, Boelie und De Wet. Sie schlagen den Fußweg ein, der in die Schlucht führt. Irene und ihre beiden Hunde sind auch dabei.

Als sie sie nicht mehr sehen kann, steht Pérsomi auf. Über einen Umweg steigt sie den Berg hinauf, den sie wie ihre Westentasche kennt. Sie weiß genau, wohin die Gruppe unterwegs ist.

Weiter oben in der Schlucht hat der Fluss einen kleinen Wasserfall gebildet. Unter dem Wasserfall gibt es einen kleinen Teich; nicht groß, aber so tief, dass man den Boden nicht sehen kann. Um diese Zeit ist er bis zum Rand mit Wasser gefüllt.

Auf einem Trampelpfad geht Pérsomi um den Berg herum und klettert dann ein Stückchen hinauf, bis sie weit unter sich den kleinen Teich sehen kann. Dort setzt sie sich auf den Boden und lehnt sich mit dem Rücken gegen einen Felsblock.

Auch Gerbrand ist jetzt dabei. Sie tollen im Wasser herum.

Pérsomi beugt sich etwas vor, um besser sehen zu können. Die jungen Frauen haben Badeanzüge an, die so aussehen wie die auf den Werbeanzeigen in der *Brandwag*. Es sind alles sehr gut aussehende junge Frauen, vor allem die Freundin, die mit Christine gekommen ist. Sie hat langes, dunkles Haar, lange Beine und sie trägt eine große Sonnenbrille. Sie sieht genauso aus wie die jungen Frauen auf den Bildern.

Plötzlich hört Pérsomi, wie Gerbrand laut lacht. Übermütig kreischen die jungen Frauen und das Wasser spritzt in alle Richtungen, während sie versuchen, vor ihm Reißaus zu nehmen.

Gerbrand vergnügt sich einfach so mit ihnen, als wäre er einer von ihnen.

Alles sieht so wunderbar leicht aus. Was wäre, wenn Gerbrand jetzt hochschauen würde und sie hier oben sehen könnte! Wenn er ihr doch einfach zulachen würde, so wie er mit diesen jungen Frauen dort am Lachen ist! Wenn er ihr zurufen würde: „Hey, Pérsomi! Komm doch herunter und mach mit!" Wenn er doch …

Plötzlich schaut Klara in ihre Richtung. Pérsomi macht keine Bewegung, aber sie ist sich sicher, dass Klara sie bemerkt hat. „Komm doch auch schwimmen, Pérsomi!", ruft sie freundlich.

Mit einem Mal spürt Pérsomi auch die Augen von Irene auf sich gerichtet. Langsam schiebt sie sich nach hinten. Als sie den kleinen Teich und die fröhliche Gesellschaft nicht mehr sehen kann, steht sie auf und geht auf demselben Weg, auf dem sie gekommen ist, wieder zurück nach Hause.

Abends sagt Gerbrand zu ihr: „Schleich dich nicht einfach heimlich hinter mir her, so als wärst du ein Schakal. Wenn du mitgehen möchtest, dann geh einfach mit. Wenn du zu Hause bleiben willst, dann bleib zu Hause. Du hast selbst einen Kopf und der ist nicht nur dazu da, damit die Ohren nicht runterfallen."

೦ಳ

Am Dienstag muss Gerbrand wieder zurück nach Johannesburg. Wenn ich es ihm erzählen möchte, dann muss ich es jetzt tun, denkt Pérsomi am Montagnachmittag. Und ich habe einen eigenen Kopf bekommen, also weiß ich genau, dass ich es ihm erzählen muss.

Es gibt keinen anderen, mit dem sie reden könnte, denn ihre Mutter hört ihr nicht zu.

Schließlich findet sie Gerbrand bei den Sandbänken am Fluss. In dieser Jahreszeit führt der Fluss nur noch sehr wenig Wasser, nur ein paar tiefere Wasserpfützen hier und da zwischen den Sandbänken. Wenn der Winter zu Ende ist, werden diese Pfützen nur noch Schlammflächen sein, in denen Flussbarben in Todesangst herumzucken und nach Luft schnappen.

Gerbrand hält einen Rohrstock mit einer Schnur daran in der Hand. Der Wind bewegt das Wasser, sodass sich kleine Wellen auf der Oberfläche bilden, auf denen der Korken tapfer auf und nieder wippt. Er versucht eine Flussbarbe zu angeln, vielleicht sogar einen Karpfen, vermutet sie. Sie ist mucksmäuschenstill und setzt sich neben ihn, in gebührendem Abstand, damit sie ihn nicht zufällig berührt.

Er sagt zwar nichts, aber er weiß, dass sie da ist. Da ist sie sich ganz sicher.

„Ich bin schnell weggerannt", beginnt sie nach einer Weile das Gespräch. „In sehr vielen Nächten."

Dass in dem Märchen von Aschenputtel kein Wolf vorkommt, erwähnt sie nicht.

Er nickt. „Gut so", erwidert er, während er den auf dem Wasser dahintreibenden Korken nicht eine Sekunde lang aus den Augen lässt. Dann dreht er sich plötzlich um und schaut sie direkt an.

„Pérsomi, ich muss dir etwas erzählen, aber das darfst du nie, nie irgendjemandem weitererzählen."

„Gut." Noch nie zuvor hat er ihr ein Geheimnis anvertraut.

„Du musst erst schwören."

Sie spuckt sich auf die Fingerspitzen, kreuzt Zeige- und Mittelfinger, legt beide Hände übereinander auf die Brust und sagt: „Ehrenwort."

Erst schweigt er noch eine ganze Weile, sodass sie schon denkt, er werde ihr das Geheimnis doch nicht verraten, dann allerdings verkündet er plötzlich: „Papa ist gar nicht dein Vater."

Mit einem Ruck schaut sie zur Seite. Er blickt nicht in ihre Richtung, sondern seine Augen fixieren immer noch den Schimmer aus Kork.

Das versteht sie nicht, aber er bleibt ganz ruhig und lässt sie auf eine Erklärung warten.

Dann schaut er sie geradewegs an und erklärt: „Lewies Pieterse ist ein Schwein. Es ist wichtig, dass du weißt: Er ist nicht dein Vater."

Seine Worte dringen zunächst nicht weiter als bis an ihre Ohren, langsam allerdings dringt ihre Bedeutung zu ihr durch. Der Mann bei ihnen zu Hause, der Mann, der ihr Vater ist, ist nicht ihr Vater. Darüber ist sie weder traurig noch froh, sondern ein bisschen verwirrt und beinahe fühlt sie sich erleichtert. Vielleicht fühlt sie sich sogar ... gut.

„Ist er auch nicht dein Vater?", fragt sie mit einem Mal.

„Nein", antwortet er. „Mein Vater ist tot. Piet und Sussie sind Kinder von Papa, ihre Mutter ist schon tot. Du und ich, wir sind Mamas Kinder. Hannapat, Gertjie und das Baby sind die Kinder von Mama und Papa."

Einen Augenblick überlegt sie. „Haben wir beide denn denselben Vater?", fragt sie dann.

„Nein", entgegnet er wieder. „Mein Vater ist schon tot und der ist kein Schwein gewesen."

Ruhelos sitzt sie da und versucht seine Worte zu verdauen. Lewies Pieterse ist nicht ihr Vater. Und ihr Vater ist nicht tot. „Weißt du denn wenigstens, wer mein Vater ist?", will sie wissen.

„Nein."

Dann ist ihr Vater vielleicht auch schon tot. Vielleicht aber auch nicht.

„Gerbrand", fragt sie nach einer Weile, „kommst du noch einmal wieder und nimmst mich dann mit?"

Wieder schaut er sie direkt an. Seine Augen sind braun, so wie das Wasser zwischen den Sandbänken am Ende des Winters. „Irgendwann komme ich dich holen, Pérsomi, das schwöre ich dir", antwortet er. „Aber zuerst musst du dein Bestes in der Schule geben, damit du einmal eine gute Arbeit findest. Dann komme ich dich holen."

Er steht auf und geht ins Feld hinein.

Von diesem Augenblick an macht sie sich Gedanken darüber, wer ihr richtiger Vater sein könnte. Ihre Mutter darf sie nicht fragen, denn sie hat es mit der Hand auf dem Herzen geschworen. Und niemals im Leben wird sie Lewies Pieterse noch als ihren Vater betrachten.

CB

„Kinder, an dieses Datum müsst ihr euch für alle Zeiten erinnern: den 1. September 1939", eröffnet ihnen Meister Lampbrecht am Dienstagmorgen nach dem Frühlingstag, an dem schulfrei war. „Letzte Woche Freitag, also am 1. September, ist Deutschland in Polen einmarschiert."

„Das ist eine alte Geschichte", erwidert Irene schnippisch. „Wir haben das alles schon im Radio gehört, das ganze Wochenende haben sie nichts anderes gebracht. Jetzt ist Krieg."

Krieg? Pérsomi schreckt auf. So wie damals, als die Engländer die Frauen und Kinder der Buren in Konzentrationslager gesperrt haben?

„Irene, halt doch wenigstens einmal deinen Mund", ermahnt sie der Meister müde. „Und melde dich bitte, wenn du etwas sagen möchtest."

Dann geht er zu der Weltkarte, die über den Schulbänken der siebten Klasse an der Wand hängt. Er zeigt ihnen, wo Südafrika liegt. Das weiß die ganze Klasse schon lange, sogar die fünfjährigen Kinder wissen das. Dann zeigt er ihnen, wo England liegt. Auch das weiß schon jeder.

„Dieses Land hier ist Polen und das ist Deutschland", bedeutet ihnen der Meister mit seinem Stock. „Und vergangenen Freitag" – er deutet mit seinem Stock in das Zentrum von Deutschland und lässt die Spitze langsam nach Polen gleiten – „ist Deutschland in Polen einmarschiert."

„Und jetzt wollen die Khakies gegen die Deutschen kämpfen", plaudert Irene wieder aus dem Nähkästchen. „Mein Bruder Boelie sagt ..."

„Irene Fourie!", verwarnt sie der Meister böse.

„Ich finde es halt interessant, was so in der Welt passiert", entgegnet Irene scheinheilig.

Daraufhin wirft ihr der Meister einen Blick zu, vor dem Pérsomi vor Scham am liebsten unter die Bank gekrochen wäre. Irene aber macht sich nichts daraus, sie reckt einfach die Nase nach oben und erwidert seinen Blick. Pérsomi sollte es nur einmal wagen, so mit Lewies zu reden ...

„England hat Deutschland tatsächlich ein Ultimatum gestellt", fährt der Meister fort, während er mit seinem Stock auf England deutet.

„Was ist das?", fragt Lettie Els und zieht dabei geräuschvoll die Nase hoch.

„Das ist eine Botschaft, eine Warnung. Wenn sich Deutschland nicht sofort aus Polen zurückzieht, dann wird England gegen Deutschland Krieg führen."

Pérsomi stockt der Atem. Das hört sich so an, als sei es allen todernst mit dem Krieg.

Der Meister wendet sich wieder der ganzen Klasse zu. „Bis Sonntag haben sich die Deutschen nicht um die Engländer geschert. Das bedeutet, dass sich beide Großmächte jetzt im Kriegszustand befinden."

Mit ausgestrecktem Arm springt Irene plötzlich von ihrer Bank auf. Dabei schnipsen ihre Finger in der Luft. Noch bevor der Meister sie drannehmen kann, schreit sie die Nachricht durch die Klasse:

„Und dann hat sich Smuts gegen Hertzog⁵ durchgesetzt und jetzt ist die Südafrikanische Union auch in den Krieg geschlittert und mein Bruder Boelie sagt, dass er damit nichts zu tun haben will ..."

„Irene Fourie, setz dich hin und halt den Mund", entgegnet der Meister müde.

Dabei streicht er sich mit seiner Hand, die voller Sommersprossen ist, durch sein dünnes Haar. „Die Union befindet sich jetzt auch im Krieg, das stimmt, aber zum Glück werden wir hier im Bosveld nicht viel davon mitbekommen. Und jetzt packt eure Rechenbücher aus."

„Wollen Sie uns nicht zuerst noch eine biblische Geschichte erzählen?", fragt Irene unschuldig.

Den Meister macht Irene entsetzlich müde, denkt Pérsomi. Er ist aber auch schon sehr alt.

☙

Am Nachmittag versucht Pérsomi ihrer Mutter vom Krieg zu erzählen, doch die erwidert nur: „Ach, Pérsomi, hör doch auf mit diesem Geschwätz. Geh lieber einen Eimer Wasser holen."

„Du auch immer mit deinen Schauergeschichten", ärgert Sussie sie, während sie mit einem Eimer in der Hand den Weg zum Fluss einschlägt.

Am Abend kommt Lewies erst nach Einbruch der Dunkelheit nach Hause. Als er fast die Kerze auf dem Tisch umwirft, schaut Pérsomi erschrocken auf.

„Ich komme gerade von Attie", erklärt er mit dicker Zunge. „Es ist Krieg. Die Khakies haben schon wieder Krieg angefangen. Und

---

5 Jan Christiaan Smuts (1870-1950) war von 1919-1924 und von 1939-1948 Premierminister der Südafrikanischen Union. In den Jahren dazwischen war James Barry Munnik Hertzog (1866-1942) Premierminister. Die beiden vertraten eine sehr unterschiedliche Politik. Während Smuts, der während des (zweiten) Burenkrieges für die Afrikaaner gekämpft hatte, seit dem Ersten Weltkrieg britischer General war (und ab 1941 sogar Feldmarschall) und für einen Verbleib Südafrikas im britischen *Empire* eintrat, setzte sich Hertzog für die Loslösung des Landes von der britischen Herrschaft ein. Das führte dazu, dass ihm das südafrikanische Parlament bei Ausbruch des Zweiten Weltkriegs das Vertrauen entzog und wieder Smuts mit der Regierung beauftragte.

es sieht so aus, als ob dieser Dummkopf Smuts auch bei der Keilerei dabei sein möchte, dieser elende Khakiefreund."

„Smuts?", fragt Mutter verwirrt.

„Der General und der Ministerpräsident, du Schwachkopf", antwortet Lewies ungeduldig. „Bekomme ich hier noch was zu beißen oder soll ich heute hungrig ins Bett?"

Hastig macht sich Mutter am Kocher zu schaffen. „Oh, aber ich dachte, dass Hertzog ..." Ängstlich hält sie lieber den Mund.

„Euereins kann doch gar nicht denken, dafür seid ihr doch viel zu schwer von Begriff."

„Ich bin nicht schwer von Begriff!", keift Mutter zurück. Da bekommt sie sofort einen heftigen Schlag auf den Hinterkopf. „Halt die Klappe, Mann", schimpft Lewies.

Dann fängt er an, in seinen Taschen herumzuwühlen. „Komm mal her zu deinem Papa, Sussi, mein liebes Mädchen, schau mal, was ich dir mitgebracht habe."

Jetzt bekommt Sussie ein paar Süßigkeiten. Das weiß Pérsomi.

In der Nacht schlafen die drei kleinen Schweinchen in dem Haus
aus Stein, das dem schlausten Schweinchen gehört.
Der Wolf kommt und schnaubt und bläst.
Dann fängt Sussie an zu weinen
und das schnellste Schweinchen rennt schnell weg.

„Schwein!", denkt Pérsomi am nächsten Tag, aber sie sagt nichts, weil sie keine Ahnung hat, was genau geschehen ist. Allerdings: Ihr Kopf weiß es, aber das Wissen friert ein, bevor es in Worte gefasst werden könnte.

☙

Als Pérsomi eines Morgens aufwacht, spürt sie mit einem Mal, dass etwas furchtbar falsch ist. Und sie sieht es auch.

„Mama!", schreit Sussie schrill. „Pérsomi hat Oma zu Besuch!"

„Auch das noch!", erwidert ihre Mutter, während sie sich den Pullover über den Kopf zieht. „Sussie, zeig Pérsomi, was sie machen muss. Ach du liebe Güte, eine Frau zu sein, ist schon ein Elend."

Mutter dreht Pérsomi zu sich hin und schaut sie sehr ernst an. „Von heute an machst du einen Bogen um die jungen Kerle und die Männer. Einen großen Bogen! Hast du mich verstanden?"

„Ja, Mama", antwortet Pérsomi und dann folgt sie Sussie zum Fluss. Hinter ihren Augen fühlt sich ihr Kopf immer noch vor Schreck wie taub an.

Am Fluss betrachtet sie das ganze Ritual. Sie kommt sich furchtbar unnütz vor; es ist dasselbe Gefühl, wie wenn sie nachts aufwacht und die Hintertür nicht finden kann.

„Aber ... warum denn?", will sie wissen.

„Wenn das nicht mehr kommt, bekommst du ein Baby", antwortet Sussie.

„Und woher weißt du das?", fragt Pérsomi ungläubig.

„Ich weiß es einfach, und jetzt hör auf herumzujammern", antwortet Sussie.

Erst der Krieg und jetzt auch noch das, denkt Pérsomi, während sie hinter Sussie wieder nach Hause zurückgeht.

☙

Es ist Krieg. Schon in der ersten Woche sieht Pérsomi sämtliche Berichte darüber in der Zeitung. Mit Fotos und allem.

Mit einem Mal ist die Zeitung interessant geworden. Sie kann es kaum erwarten, bis es Montag ist und sie die Zeitungen der vergangenen Woche abholen kann. Mit dem ganzen Stapel unter dem Arm geht sie dann zur dritten Reihe der Apfelsinenbäume. Dort setzt sie sich auf den flachen Boden und sortiert die Zeitungen zuerst nach Datum, sonst kommen die Berichte durcheinander.

Dann fängt sie an zu lesen. Eine neue Welt tut sich vor ihr auf.

Die Khakis sind immer noch an allem schuld, das versteht sie sehr gut. Und General Smuts ist ein echter Burenverräter, ein wahrer Khakiefreund, das wird ihr auch schnell klar. Jeder, der sich diesem Krieg anschließt, jeder, der dem größten Feind der Buren, dem britischen *Empire*, zu Hilfe kommt, ist ein Landesverräter.

Zu Hause dürfen sie nicht über die Landesverräter reden, denn dann wird Lewies furchtbar wütend.

Der *Transvaler* sagt noch hässlichere Dinge über Smuts als das *Vaderland*, obwohl dort die Berichte über den Krieg exakt dieselben sind.

Innerhalb weniger Wochen werden die Berichte langsam weniger, so als ob der Krieg schon zu Ende wäre. „Warte nur ab", antwortet der Meister, als sie ihn danach fragt. „Deutschland ist dabei, sich gründlich einzugraben. Danach zaubern sie ihr Kaninchen aus dem Hut und dann werden sie uns zeigen, wer der Chef ist."

Der Meister mag zwar schon sehr alt sein, aber er ist sehr klug. Auf Pérsomis Fragen hat er immer eine Antwort parat. Allerdings gibt es auch Dinge, die sie ihn nicht fragen kann. Bei ihnen zu Hause, wo die Finsternis wie eine Decke über allem liegt, ist es auch noch nicht vorbei.

Und Rotkäppchen ist auch nur ein Märchen
und es kommt nie ein Holzfäller vorbei, um den Wolf zu töten.

Gerbrand kommt auch nicht zurück. „Ich wünschte mir so, dass er einmal für ein paar Tage nach Hause kommt", sagt Pérsomi, während sie ihrer Mutter am Fluss mit der Wäsche hilft.

„Gerbrand wird irgendwann schon wieder bei uns aufkreuzen, hör also auf zu jammern", erwidert ihre Mutter. „Vielleicht schon an Weihnachten. Du weißt doch, wie er ist."

Ja, sie weiß, wie er ist, ihr großer Bruder. Eines Abends taucht er vermutlich wieder einfach so auf, wenn sie wie üblich draußen sitzt und nach den Sternen schaut.

Weihnachten kommt und geht.

Aber Gerbrand kommt nicht.

Lewies redet weiter über den Schatz, der irgendwo an der Grenze zwischen der Farm von Herrn Fourie und der von Herrn Freddie le Roux vergraben sein muss.

☙

Als die Schule im Jahr unseres Herrn 1940 wieder beginnt, ist Gottlieb Joachim Stoltz ebenfalls verschwunden. Vielleicht sucht er sich eine Arbeit, vielleicht bohrt auch sein Vater jetzt woanders seine Löcher.

Auch Faansie Els ist nicht mehr in ihrer Klasse. Er ist im fünften Schuljahr sitzengeblieben. Jetzt geht er nicht mehr länger auf die Schule, verkündet Onkel Attie, sondern soll auf der Farm helfen.

Ich weiß nicht, was er da arbeiten muss, denkt Pérsomi. Das Stückchen Land, das die Familie Els auf der Farm von Onkel Freddie le Roux bewirtschaftet, ist auch nicht besser als ihr eigener wertloser Grund und Boden.

Das bedeutet aber, dass Pérsomi und Irene nun die einzigen Kinder in der achten Klasse sind. Und es bedeutet, dass sie beide jeweils wieder eine Bank für sich allein haben.

„Das ist mein letztes Jahr auf dieser blöden Schule", hat Irene schon am ersten Tag verkündet. „Im nächsten Jahr gehe ich im Dorf auf die Schule."

Ich weiß noch nicht, was ich im nächsten Jahr mache, denkt Pérsomi im Stillen. Gerbrand hatte von der Sozialkasse ein Stipendium bekommen, damit er auf die Dorfschule gehen konnte. Und ihre Noten sind besser, als seine es jemals waren, das weiß sie genau. Aber er ist auch ein Junge und sie ein Mädchen. Lewies sagt die ganze Zeit, dass sie im nächsten Jahr auch nach Johannesburg gehen soll. Das Geld, das sie dort verdienen wird, kann sie dann nach Hause schicken, denn ihre Mutter könnte es gut gebrauchen. Piet und Gerbrand sollen die Augen aufhalten, damit sie eine passende Stelle für sie finden, sagt Lewies.

Gerbrand schickt immer noch jeden Monat Geld, aber er sagt nicht, wann er wieder einmal zu Besuch kommen wird. Wenn sie einen Brief beim Großen Haus abgeholt hat, gibt sie ihn sofort ihrer Mutter. Zusammen halten sie ihn über heißen Wasserdampf, holen das Geld heraus, kleben ihn wieder zu und geben ihn dann Lewies. Meistens sorgt er jedoch dafür, dass er selbst die Post holt.

Und wer hat Angst vor dem großen, bösen Wolf?
Das ist kein Kinderspiel.
Zum Glück kann sie schnell rennen.
Der Wolf wird sie niemals zu fassen bekommen.

Erst im Herbst des Jahres 1940, als die Blätter an den Bäumen anfangen, gelb und rot zu werden, flammt der Krieg in Europa wieder auf. Am 10. April ist Deutschland in Dänemark und Norwegen einmarschiert, liest Pérsomi in einer der Zeitungen der letzten Woche. Deutschland hat diesen Ländern ein Ultimatum gestellt, in dem es gefordert hat, sie sollten sich unverzüglich in die Obhut des Deutschen Reiches begeben.

Ein Ultimatum ist eine Botschaft, das weiß sie noch. „Ein Ultimatum gestellt", das sind schöne Worte, findet sie, das klingt gut. Dann schlägt sie die Zeitung des darauffolgenden Tages auf, in der geschrieben steht, dass sich Dänemark ohne den geringsten Widerstand – ohne dass auch nur ein Schuss gefallen ist – ergeben hat. Auch das ist schön gesagt, „ohne den geringsten Widerstand". Der Autor passt seine Worte dem Krieg an.

Norwegen leistet Widerstand, liest sie weiter, doch alle seine Häfen, Flughäfen, Regierungsgebäude, Radiostationen und Bahnhöfe werden jetzt durch die Nazis besetzt.

Wer die Nazis sind, weiß sie nicht so genau. Sie betrachtet sich die Fotos. Darunter steht: „Wie Raupen kriechen Hitlers Panzereinheiten über die Ebenen Norddeutschlands nach Westen." Sie faltet die beiden Teile des Artikels sorgfältig zusammen und versteckt sie im Apfelsinenbaum. Morgen früh wird sie sie wieder herausholen und in die Schule mitnehmen. Dort will sie den Meister fragen, wer die Nazis sind, und ihm auch zeigen, wie schön der Herr von der Zeitung schreiben kann.

Am 10. Mai fällt Deutschland auch in den Niederlanden, Belgien und Luxemburg ein. Der Meister erzählt es ihnen am darauffolgenden Tag und zeigt ihnen auf der Karte, wo diese Länder genau liegen.

„Gestern Abend haben sie im Radio gesagt, dass das das Ende des ‚Sitzkrieges' sei, in dem sich Deutschland acht Monate lang ziemlich passiv verhalten hat", erzählt der Meister, als spräche er mit sich selbst. „Sie sagen jetzt, dass nun der ‚Blitzkrieg' beginnt und dass das deutsche Heer jetzt zuschlagen wird."

Zwar versteht Pérsomi nicht, was er damit meint, aber sie lässt es sich nicht anmerken.

„Und was wird dann aus uns, Meister?", fasst sie ihre nächtlichen Sorgen in Worte.

„Was soll schon mit uns werden, wir sind viel zu weit davon entfernt. Der Krieg kann hier nicht herkommen", antwortet er mit seiner gebrochenen Stimme.

Als Irene nach der Pause wieder den Klassenraum betritt, will sie umgehend wissen: „Na, hast du dich wieder schön bei dem Meister eingeschleimt? Bekommst du so die besten Noten von allen?"

☙

Zu dieser Zeit entdeckt Pérsomi, dass mit Sussie irgendetwas nicht in Ordnung ist. Mit Epilepsie hat es nichts zu tun, es ist etwas anderes. Sie beobachtet sie eine Woche lang ganz genau, und dann weiß sie es mit Sicherheit: Irgendetwas ist ganz und gar nicht in Ordnung und so geht sie zu ihrer Mutter, die am Fluss die Wäsche wäscht, und kniet sich neben sie. Sie greift nach dem erstbesten Wäschestück und knetet den sauberen Flusssand in Hannapats blaue Schürze. „Schau einmal, da an der Vorderseite, der Fleck muss raus", weist ihre Mutter sie an.

„Mama, was ist mit Sussie los?", fragt Pérsomi unvermittelt.

Ihre Mutter schreckt auf, ihre Augen sind voller Entsetzen. „Ach du liebe Güte, Pérsomi, mit Sussie ist gar nichts. Was sind das jetzt wieder für Hirngespinnste? Hast du denn nichts Besseres zu tun, als hier irgendeinen Unsinn zu verzapfen?"

Wütend reibt Pérsomi auf dem Fleck auf Hannapats Schürze herum. Nach einer Weile erwidert sie: „Sussie bekommt ein Baby, so viel ist mir schon klar."

Wieder schnellt der Kopf ihrer Mutter mit einem Ruck in die Höhe. „Ach du liebe Güte, Pérsomi, was ist das denn für ein dummes Geschwätz …?"

„Ich bin doch nicht schwer von Begriff. Und meinen Kopf habe ich nicht nur, damit die Ohren nicht herunterfallen", entgegnet Pérsomi trotzig. „Ich weiß doch, wie du ausgesehen hast, kurz bevor Gertjie und das Baby geboren wurden, und wie Tante Sus ausgesehen hat, bevor der kleine Hessie geboren wurde, der später gestorben ist."

Ihre Mutter lässt sich auf den Boden sacken und schließt die Augen. „Ach du liebe Güte, Kind", erwidert sie. „Hast du mit irgendjemandem darüber gesprochen?"

Mit wem hätte ich denn darüber sprechen sollen?, fragt Pérsomi sich selbst. „Nein, Mama, ich wollte zuerst mit dir darüber reden. Hast du denn gewusst, dass Sussie ein Baby bekommt?"

Ihre Mutter lässt den Kopf hängen und streicht sich mit ihren nassen Händen durchs Haar. „Ja, Pérsomi, ich habe es die ganze Zeit gewusst", antwortet sie nach einer Weile. „Aber wir dürfen auf keinen Fall darüber reden. Wenn Herr Fourie das mitbekommt, jagt er uns von seinem Land. Und wo sollen wir dann hingehen?"

Pérsomi schrubbt den Kragen von Hannapats blauer Schürze. „Warum sollte Herr Fourie uns wegjagen, nur weil Sussie ein Baby bekommt?", fragt sie.

„Ach du liebe Güte, Kind, jetzt hör doch auf, davon zu reden. Halt einfach den Mund", entgegnet ihre Mutter, während sie das Hemd äußerst kraftvoll auf einen Felsblock schlägt. „Kapiert?"

„Ja, Mama."

Als sie die blaue Schürze aus dem Wasser zieht; sieht sie wieder einigermaßen sauber aus.

„Wir Frauen sind für dieses harte Leben nicht geschaffen", behauptet ihre Mutter und nimmt sich eine der Babywindeln. „Es ist hart. Das kannst du mir glauben!"

Pérsomi hört nur noch mit halbem Ohr hin. Sie nimmt Lewies' Khakihose und reibt sie langsam mit Sand ein. „Mama, wie geht das, dass Sussie jetzt ein Baby bekommt, wenn ..."

„Halt die Klappe, Pérsomi!", entgegnet ihre Mutter barsch. „Ich will kein Wort mehr darüber hören, sonst sage ich es deinem Vater und dann setzt es was mit dem Gürtel, hast du kapiert?"

Und deshalb erzählt sie niemandem von der Sache mit Sussie. Nicht wegen des Gürtels, sondern weil Herr Fourie sie sonst von seinem Hof jagt.

Denn ein anderes Zuhause haben sie ja nicht.

CB

Noch bevor die Junikälte über das Bosveld kriecht, sind die Raupenschwärme der Nazis in die gesamten Niederlande und nach Belgien hineingerollt, bis an die französische Grenze. Am Montag bringt der Meister selbst eine Zeitung für Pérsomi mit. Englische, französische und belgische Truppen sitzen in der Nähe des Hafens von Dünkirchen in der Falle, liest sie. Hunderttausende von Soldaten. Gestrandet. Ohne Vorräte.

Zwei Tage später berichtet ihnen der Meister, was er im Radio gehört hat: In der vergangenen Nacht hätten Boote und Schiffe aller Größen und Sorten in einer beinahe übermenschlichen Anstrengung rund eine Viertelmillion englische Soldaten gerettet. Einfache Fischerboote seien aus England über die große, raue See nach Frankreich hinübergefahren, um die Menschen zu retten. „Das war doch sehr mutig von ihnen, nicht wahr, Meister?", will Pérsomi wissen.

„Sicher", antwortet der Meister. „Es heißt nicht umsonst: *Britannia rules the waves* – Britannien regiert die Wellen. Und doch bleiben sie unsere Feinde, Pérsomi."

Zwei Wochen später liest sie in einer der Zeitungen aus dem Großen Haus, dass die ersten südafrikanischen Truppen nach Britisch-Ostafrika verlegt worden sind, nach Kenia. Von dort aus sollen sie gegen die Italiener in Abessinien kämpfen.

Am nächsten Tag sucht sie auf der Karte an der Wand des Klassenzimmers die entsprechenden Länder. „Sind wir jetzt auch am Krieg beteiligt, Meister?", fragt sie besorgt.

„Das sind nicht unsere Leute, Pérsomi", antwortet der Meister ruhig, während er sich durch das schüttere Haar streicht. „Nur Engländer werden Rotlitzen."

„Was sind denn Rotlitzen, Meister?", fragt sie mit gerunzelter Stirn.

„Die jungen Männer, die sich der Armee anschließen, oder eigentlich nur die Soldaten, die auch wirklich an die Front gehen, die haben alle eine rote Litze auf ihren Schultern, auf den Schulterklappen", erklärt der Meister. „Aber Sorgen brauchst du dir wirklich keine zu machen, hörst du? Unsere Leute sind davon nicht betroffen."

※

In der zweiten Woche der Juliferien verkündet Lewies eines Morgens: „Heute müssen die Frauen das noch einmal aufhacken. Ich kann hier schließlich nicht alles allein machen, und Herr Fourie hat gesagt, dass ich in dieser Woche schauen soll, ob die Zäune alle in Ordnung sind."

Jeremia liegt schon lange knietief unter der Erde, gleich neben der Schlucht; bis zum bitteren Ende ist er faul und bockig geblieben. „Jetzt kann ich mir wegen diesem blöden Esel auch noch einen krummen Rücken graben", hat Vater geschimpft, als Herr Fourie ihnen aufgetragen hat, den Esel zu begraben.

Das Stück Land, das sie bearbeiten müssen, ist steinhart und knochentrocken. Zuerst haben sie es mit dem Pflug probiert. Pérsomi und Hannapat haben ihn von vorn gezogen, während Mutter versucht hat, die einzige Pflugschar in den Boden zu drücken. Aber das hat gar nicht geklappt. Jetzt haben Pérsomi und ihre Mutter jede eine Schaufel in der Hand und Hannapat arbeitet mit der Heugabel. Mit ihrem ganzen Gewicht lehnt sie sich darauf, um die beiden Zinken in die Erde zu bekommen.

Wenn nur Gerbrand hier wäre ... Aber der arbeitet nun einmal in den Bergwerken von Johannesburg.

Sussie sitzt an die Rückwand gelehnt in der Sonne, die Beine lang ausgestreckt und die Füße weit auseinander. Dort sitzt sie schon fast einen Monat lang. Bald ist es so weit.

Aber darüber spricht niemand, weil es niemand wissen darf.

Als sich die Sonne hoch an den Mittagshimmel gearbeitet hat, ist der Flecken knochentrockener Erdklumpen zur Hälfte umgepflügt und das Weiche des Ackers liegt der Sonne zugewandt. In diesem Augenblick hört Pérsomi etwas an der Vorderseite des Hauses. Sie legt die Schaufel hin und rennt zum Haus. Dort bleibt sie stocksteif stehen. An der Vordertür steht Klara. Sie hat Semesterferien und ist im Augenblick zu Hause, genauso wie Boelie und De Wet. Aber Klara kommt sonst nie hierher!

Und Sussie sitzt dort ganz und gar unverborgen auf der anderen Seite ...

„Hallo, Pérsomi, ist deine Mutter hinter dem Haus?", fragt Klara und beginnt, um das Haus herum zu gehen. Langsam läuft Pérsomi hinter ihr her. Sie merkt, dass Klara Sussie sieht und bei ihrem Anblick erschrickt. Und sie merkt auch, dass ihre Mutter erschrickt.

Nur Sussie sitzt weiterhin da, als ginge sie das alles nichts an.

Dann hört sie Klara sagen: „Guten Morgen, Tante Jemima."

„Ja, Klara?", antwortet Mama und bewegt sich dabei kein bisschen.

Klara scheint sich nicht wohlzufühlen. „Es ist schön, von der Universität wieder zu Hause zu sein", sagt sie.

„Ja", entgegnet Pérsomis Mutter.

Schweigen. Dann sagt Klara: „Es ist schön hier auf der Farm."

„Ja", erwidert Pérsomis Mutter.

Eine Taube beginnt zu gurren. Sehr laut.

„Ich habe einen Brief dabei, er ist von Gerbrand", verkündet Klara.

„Vielen Dank", entgegnet Pérsomis Mutter und hält ihre Hand hin. Den Umschlag macht sie aber nicht auf, sondern stopft ihn sich in die Schürzentasche.

„Ich habe auch noch eine Nachricht von Gerbrand", ergänzt Klara und fährt sich dabei mit der Zunge über die Lippen, so als ob sie trocken wären.

Die Taube gurrt immer weiter.

„Was hat Gerbrand denn gesagt?", will Pérsomi wissen. „Kommt er bald wieder zu Besuch?"

„Irgendwann schon, aber noch nicht so bald", antwortet Klara. „Gerbrand lässt ausrichten, dass es ihm sehr gut geht. Inzwischen arbeitet er gar nicht mehr in einem Bergwerk. Das tut ihm sehr gut, denn die Minengänge haben ihm sehr zu schaffen gemacht."

Pérsomis Mutter schlägt sich die Hand vor den Mund. „Dann hat er seinen Job verloren?"

„Nein, er hat immer noch Arbeit, Tante Jemima", erwidert Klara, während sie ihr Gewicht von einem Fuß auf den anderen verlagert.

Pérsomi merkt, wie sich ihr Bauch zusammenzieht. Zuerst hat Klara Sussie gesehen und jetzt sieht es so aus, als hätte sie schlechte Nachrichten für sie. „Wo arbeitet er denn jetzt?", fragt sie geradeheraus.

Klara wirft ihr einen Blick zu. „Er hat sich freiwillig gemeldet … er ist in die Armee eingetreten und ist Soldat geworden, Pérsomi."

Sofort tauchen die Raupenschwärme, die sie auf den Zeitungsfotos gesehen hat, vor Pérsomis geistigem Auge auf. Sie sieht die gebückten, schreienden Soldaten mit den Gewehren in den Händen und den runden Stahlhelmen auf dem Kopf, sie sieht die Bomben … „Er ist was?", fragt ihr Mund von ganz allein.

Klara schaut wieder Pérsomis Mutter an. „Er ist nun in der Armee, Tante Jemima. Er … findet das wunderbar, sehr viel besser als die Bergwerke. Der Sold ist auch …"

Inzwischen ist Pérsomis Mund staubtrocken. In der Armee? Zusammen mit dem Feind? „Und wo ist er jetzt?", will sie wissen.

„Er hat gesagt, dass ihr euch keine Sorgen machen sollt. Und er lässt euch schön grüßen."

Die Taube ist verstummt und Hannapat starrt bewegungslos die

Zinken ihrer Heugabel an, die nackten Füße zwischen den trockenen Klumpen. Sussie sitzt regungslos an die Wand gelehnt, ihre plumpen Füße vor sich ausgestreckt. Nur der trockene Husten von Gertjie unterbricht die Stille.

„Aber wo ist er jetzt?", fragt Pérsomis Mutter mit einer seltsamen Stimme.

„Ich soll euch von ihm ausrichten" – Klara holt tief Luft – „dass er in dieser Woche nach Kenia verschifft wird. Zusammen mit den übrigen Truppen."

Diese Worte treffen Pérsomi wie ein Schlag ins Gesicht. Sie sausen ihr durch die Ohren und durchlöchern ihren Körper. Gerbrand ... Kenia ...

Dann rennt sie weg. Ihre Füße fliegen über die umgegrabenen Klumpen, über die vertrockneten Grasstoppeln, die losen Kieselsteine und dicken Sandklumpen. Sie rennt vor den erschrockenen Augen ihrer Mutter davon, vor den verständnislosen Blicken Hannapats und vor Sussie, die einfach nur dasitzt. Sie rennt weg von dem Haus mit der schief hängenden Hintertür, weg von dem ausgemergelten Hund, der scharrt und leckt, weg von Gertjie, der an der Hintertür steht und hustet.

Sie rennt vor Klaras Stimme davon.

Doch die Worte kommen mit.

Sie rennt ihren Berg hinauf, den steilen Abhang entlang und über das felsige Plateau. Sie rennt um den Pavianfelsen herum, an dem wilden Feigenbaum vorbei, der sich so verzweifelt an dem kleinen bisschen Erde festklammert, durch die kleine Schlucht hindurch, in der Gerbrand immer Honig gefunden hat.

Doch die Worte rennen mit.

Die Sonne brennt ihr auf die nackten Arme, ihr Atem brennt ihr in den Lungen, ihre Zunge brennt vor Durst in ihrem ausgetrockneten Mund, ihre Fußsohlen brennen wegen der Steine und Dornen.

Aber die Worte gehen mit. Sie brennen ihr ein Loch in den Körper, bis ihr Herz bloßliegt.

Unter einem überhängenden Felsen sackt sie in sich zusammen. Sie kann nicht mehr.

Die Worte werden zu Zeitungsfotos.

Nach einer ganzen Weile legt sie sich auf den Rücken. Die Sonne sinkt tiefer und tiefer und erwärmt die Erde und die Steine um sie herum. Der Himmel ist blau und durch die Zweige des wilden Feigenbaums ist nur ein einziges, kleines Schleierwölkchen zu erkennen. Klaras Worte und die Fotos in der Zeitung des Meisters fließen zu einem großen Bild zusammen mit Gerbrand in der Mitte.

Gerbrand, ihrem großen Bruder.

Ein Mal, vor langer, langer Zeit, hat Gerbrand sie getröstet. Er hat ihr die ganze Zeit übers Haar gestrichen und dabei gesagt, sie solle nicht weinen, weil er nicht wüsste, was er mit einem weinenden Mädchen anfangen solle. Dann hat sie damit aufgehört, und er hat ihr noch ein weiteres Mal über den Kopf gestrichen. „Nicht mehr weinen, hörst du!", hat er ihr eingeschärft und ist aufgestanden.

„Gut", hat sie geantwortet. „Streichelst du mir noch einmal den Kopf?"

„Nein", hat er entgegnet. „Jetzt ist alles in Ordnung." Und dann ist er weggegangen.

Noch Tage später hätte sie am liebsten geweint, nur damit er sie wieder berührt, doch das hat sie nicht getan, weil sie es ja versprochen hatte.

Seitdem hat er sie nie wieder berührt.

Und jetzt ist er in den Krieg gezogen. Diese Worte lassen sie nicht mehr los.

Als die Sonne schon tief steht, geht Pérsomi zur Quelle und trinkt genügend Wasser. Dann sucht sie sich einen flachen Stein und gräbt damit eine flache Mulde in den warmen Sand unter dem überhängenden Felsen. So kriecht sie in den Berg hinein.

Das Bild aus Worten und Fotos schiebt sich vor die Sonne, verfinstert den blauen Himmel und bleibt als gebrochener Mond in den Zweigen des Baumes hängen. Zusammen mit der Dunkelheit kommt auch die Kälte und sie hat nichts, um sich davor zu schützen. Doch selbst die eisige Kälte kurz vor Sonnenaufgang kann die Worte nicht aus ihr vertreiben.

Sie sieht, dass es hell wird. Sie hört, wie die ersten Paviane wach werden. Erst als die Sonne wieder vom Himmel brennt, legt sich der Schlaf wie eine warme Decke um sie.

Als sie aufwacht, sieht sie ihn auf einem flachen Stein sitzen. Ganz in der Nähe. Regungslos.

Sie weiß, wer er ist. Schließlich kennt sie ihn, schon so lange sie sich erinnern kann. Das ist der älteste Sohn von Herrn Fourie. Er hat sie mit seiner Jacke zugedeckt und sitzt nun mit dem Rücken zu ihr.

„Boelie?", sagt sie leise.

Er dreht sich nicht um, sondern starrt weiter in die Ferne zum Horizont. „Hast du Hunger?", will er dann wissen.

Hunger? Sie hat keine Ahnung, wie es sich anfühlt, wenn man keinen Hunger hat.

„Ja."

Aus seiner Hosentasche holt er zwei Stücke Bauernzwieback. „Hier", sagt er und reicht den Zwieback nach hinten. Immer noch würdigt er sie keines Blickes.

Plötzlich sind Klaras Worte wieder da und sorgen dafür, dass ihr der trockene Zwieback in der Kehle stecken bleibt.

„Gerbrand zieht in den Krieg", eröffnet sie ihm nach einer Weile.

„Ja", erwidert er.

Sie betrachtet seinen Rücken. Er hat einen breiten Rücken, genau wie Gerbrand. Sein Khakihemd spannt sich darüber.

„Der Meister hat gesagt, dass unsere Leute nicht mitkämpfen werden", erklärt sie.

„Der Meister hat recht."

Sie schweigt eine ganze Weile. Schließlich will sie wissen: „Boelie, warum ist Gerbrand dann gegangen?"

Er dreht sich um. Zum ersten Mal schaut er sie an. Er hat dunkle Augen, ihre Farbe erinnern sie an die Farbe des Wassers zwischen den Sandbänken im Spätsommer. „Hast du heute Nacht gefroren?", fragt er.

Die Kälte der Nacht steckt ihr immer noch in den Knochen. „Klara hat gesagt, dass er es da besser hat als in den Bergwerken, stimmt das?", will sie in fragendem Ton wissen.

Wieder wendet er ihr den Rücken zu und starrt über die Ebene weit unter ihnen. „Diese Scheißkhakies mit ihrem Scheißkrieg", brummt er dann.

„Scheißkhakies", wiederholt sie.

Er steht auf. „Du darfst nicht solche hässlichen Worte sagen, du bist ein Mädchen", weist er sie zurecht. „Gehst du jetzt nach Hause? Deine Mutter macht sich Sorgen."

„Gleich."

„Gut", erwidert er und läuft langsam den Berg hinunter. Dabei vergisst er seine Jacke. Sie rollt sich zu einem kleinen Bündel zusammen und der raue Stoff liegt warm und tröstend auf ihr.

2. Kapitel

„*Das Kind hat keine Schuhe. Und auch kein Kleid.*"
„*Was meinst du damit, Jemima? Sie hat doch Kleidung, oder?*"
„*Mir geht es um den Perzess.*"
„*Den Perzess? Ach so, du meinst den Prozess. Davon habe ich gehört, aber muss sie da wirklich hin?*"
„*Ich brauche Geld. Sie muss Schuhe anziehen und einen Hut auf dem Kopf haben.*"
„*Sie ist noch ein Kind. Sie können sie doch nicht als Zeugin vor die Richterbank laden!*"
„*Das haben sie gesagt. Und du hast gesagt …*"
„*Ja, ja, schon gut. Geh in den Laden von Ismail. Ich werde die Sache mit ihm regeln. Aber nur ein paar Schuhe, denn Kleider hat sie schon, verstanden? Und jetzt verschwinde.*"

Am ersten Schultag nach den Juliferien schlendert Pérsomi nach Schulschluss langsam nach Hause. Sie hat dem Meister berichten wollen, dass Gerbrand auch in den Krieg gezogen ist, aber sie war sich unsicher, ob sie das nicht lieber lassen sollte. In der Zeitung liest sie regelmäßig über die Rotlitzen. Vor allem das, was im *Transvaler* steht, ist alles andere als nett. Sie möchte nicht, dass der Meister einen schlechten Eindruck von Gerbrand bekommt. Deshalb hat sie nur aufmerksam die Landkarte an der Wand betrachtet, weil sie herausfinden wollte, wo Kenia liegt.

Sie kann einfach nicht begreifen, warum Gerbrand zur Armee gegangen ist, um an der Seite des britischen *Empires* zu kämpfen – an der Seite derer, die Frauen und Kinder in Konzentrationslager gesperrt haben.

Lange bevor sie zu Hause ankommt, sieht sie die Geschäftigkeit rund um das kleine Haus am *Brakrant*. Der Pickup von Herrn Fourie steht am Flussufer auf dem Weg, dahinter wartet ein weiterer, ihr unbekannter Pickup mit einer überdachten, geschlossenen Ladefläche. Vielleicht ist ja Sussies Baby zur Welt gekommen,

überlegt sie. Oder Sussie hat vielleicht wieder einen Anfall bekommen.
Ihre Mutter hat gerade gesagt, dass sie hofft ...
Dann sieht sie tatsächlich Lewies nach draußen kommen. Wild fuchtelt er mit den Armen herum und schreit etwas. Was er sagt, das kann sie nicht verstehen, dazu ist sie zu weit weg. Stocksteif bleibt sie stehen.
Zwei weitere Männer treten nach draußen. Der eine Mann ergreift Lewies am Arm. Der wehrt sich dagegen, er ruckt und zieht, aber der andere Mann ist stärker.
Ein wenig weiter oben steht Herr Fourie im Feld und raucht seine Pfeife.
Mit einem Mal taucht Hannapat hinter der Hausecke auf. Sie rennt den Weg hinunter in Richtung Fluss. Wie versteinert bleibt Pérsomi auf der anderen Seite stehen.
„Pérsomi!", schreit Hannapat über das Wasser hinüber. „Sie nehmen Papa mit, die Bullerei nimmt Papa mit!"
Die Polizei?
„Und ein paar Frauen reden mit Sussie. Mama sagt, dass du ganz schnell kommen sollst."
Pérsomis Beine fangen an zu kribbeln.
„Pérsomi!", kreischt Hannapat. „Du darfst vor deiner Mama doch nicht weglaufen! Du musst ..."
Doch da rennt sie schon.
Von einem hohen Überhang aus beobachtet sie das Geschehen: die beiden Polizisten, die Lewies fest im Griff haben und ihn hinter den Pickup zerren, die unbekannte Frau und Herrn Fourie, die links und rechts der weinenden Sussie gehen und ihr über die Trittsteine im Fluss helfen, Hannapat und Gertjie, die mit offenen Mündern am Ufer stehen und alles mit ansehen, ihre Mutter, die verwaist neben dem Häuschen steht, das Baby auf der Hüfte.
Dann fahren sie weg, Lewies und Sussie fahren mit. Pérsomi hofft nur, dass sie auch an Sussies Medizin gedacht haben. Als die Sonne eine ganze Weile später dem Wasser sehr viel näher gekommen ist, geht sie schließlich nach Hause zurück.
„Die Armenfürsorge hat Sussie abgeholt, damit das Baby im Krankenhaus zur Welt kommen kann", verkündet ihre Mutter.
„Soll ich den Ofen anheizen, Mama?", will Pérsomi wissen. Ir-

gendetwas muss sie schließlich tun und die Kälte greift schon mit langen Klauen nach dem kleinen Haus. Der Ofen ist aus und kalt.

„Sussie hätte ihr Kind besser hier bekommen sollen", erwidert ihre Mutter. „Ich bin schließlich da, und Tante Sus ist es auch."

„Sussie hat Angst, deswegen hat sie so geweint", erklärt Hannapat. „Mama, ich habe Hunger."

„Jetzt jagt Herr Fourie uns weg", lamentiert ihre Mutter.

Pérsomi merkt, wie ihr der Schreck durch die Glieder fährt. Er jagt uns weg?

„Mama, ich habe Hunger!", jammert Hannapat lauthals.

Ihre Mutter starrt vor sich hin. „Ich weiß wirklich nicht, wohin wir dann gehen sollen. Ach, ach, womit habe ich nur all dieses Elend verdient?"

„Warum sollte uns Herr Fourie denn wegjagen, Mama?", will Pérsomi wissen. „Soll ich den Ofen anheizen und etwas Brei machen?"

Doch ihre Mutter starrt nur weiterhin auf die Tischplatte.

Als Pérsomi nach draußen geht, sind schon die ersten Sterne zu sehen. Würde Herr Fourie sie wirklich wegjagen?

Sie greift sich einen Arm voll Holz und spaziert wieder ins Haus. „Geh ein bisschen Wasser holen, Hannapat", kommandiert sie. „Dann mache ich uns Brei."

„Hol doch selbst dein Wasser", entgegnet Hannapat. „Du hast mir gar nichts zu befehlen."

Pérsomi zuckt mit den Schultern. „Dann hab halt weiterhin Hunger", erwidert sie. „Mir ist es egal, ob wir Brei haben oder nicht."

Da fängt Gertjie an zu weinen. „Hunger, Hunger", wimmert er, doch dann wird er von einem Hustenanfall durchgeschüttelt und seine Mutter klopft ihm mechanisch auf den Rücken.

Mit wütendem Gesicht schnappt sich Hannapat den Eimer und marschiert nach draußen.

„Und warum war die Polizei hier?", fragt Pérsomi, die gebückt vor dem Ofen steht. Die kleinen Flammen erwachen zuckend zum Leben und sie bläst vorsichtig ins Feuer. Dabei brennt ihr der Rauch in den Augen.

Eine fremdartige Angst wühlt sich durch ihren ganzen Körper.

„Die Bullerei hat deinen Vater abgeholt", antwortet ihre Mutter wie in Trance. Gertjies Husten wird noch schlimmer; das hat sicher mit dem Rauch zu tun.

„Warum denn, Mama?"

„Jetzt jagt Herr Fourie uns weg", wiederholt ihre Mutter noch einmal. „Wenn sie deinen Vater ins Kittchen werfen, jagt er uns weg."

Pérsomi richtet sich auf. „Warum sollten sie ihn denn ins Kittchen werfen, Mama?"

„Dein Vater ..."

„Nenn diesen Mann nicht ständig meinen Vater!" Wie eine reife Eiterbeule bricht die Wut in Pérsomi auf. Der Schreck steckt ihr immer noch in den Knochen. „Lewies ist nicht mein Vater, und das weißt du ganz genau!"

Mit einem Ruck schaut ihre Mutter auf. Vor Entsetzen sind ihre Augen ganz starr.

„Aber Kind, wo hast du das denn nun schon wieder her?"

Oh nein, dringt plötzlich die Erkenntnis zu Pérsomi durch, ich habe mein Versprechen gebrochen, das ich Gerbrand gegeben habe! Das wollte ich ganz und gar nicht, ich hätte das nie tun dürfen! Aus lauter Schreck habe ich meinen Mund nicht halten können und losgeplappert, ohne vorher nachzudenken. Doch jetzt ist es zu spät, sie hat es ausgesprochen und sie weiß auch, dass man Worte nicht mehr zurücknehmen kann.

Ihre Mutter ist aufgestanden. Leichenblass sieht sie aus. „Natürlich ist das dein Vater. Ach du liebe Güte, Kind, rede doch nicht so einen Unsinn! Wer hat dir denn solche Flausen in den Kopf gesetzt?"

„Gerbrand hat es mir erzählt, und ich weiß, dass es wahr ist", antwortet Pérsomi. Sie betrachtet die groben, geröteten Hände, mit denen sich ihre Mutter am Tischrand festhält. Die Knöchel werden weiß. Langsam lässt sich ihre Mutter wieder auf ihren Stuhl sinken.

„Dann hat Gerbrand gelogen", entgegnet sie.

„Gerbrand hat nicht gelogen", erwidert Pérsomi mit fester Stimme. „Aber hören wir lieber auf damit, denn Hannapat kommt zurück. Irgendwann musst du mir aber die Wahrheit über meinen wirklichen Vater erzählen."

„Was ist denn mit Papa?", fragt Hannapat beim Hereinkommen.

„Nichts", antwortet Pérsomi, während sie das Wasser in den Topf gießt. „Zieh Gertjie den Pullover an, dann hört er vielleicht mit dem Husten auf."

☙

Als sie am nächsten Tag aus der Schule nach Hause kommt, sind die Frauen wieder da. Aber Sussie haben sie nicht mitgebracht. Sie sitzen mit ihrer Mutter zusammen und reden, doch die sitzt nur verwirrt da und starrt vor sich hin.

Schließlich wendet sich eine der Frauen an Pérsomi. „Du bist doch sicher Pérsomi?"

„Ja?", antwortet Pérsomi zögernd.

Freundlich lächelt die Frau sie an. „Ich bin Frau Retief vom Ministerium für Volksgesundheit. Ich komme, um euch ein bisschen unter die Arme zu greifen. Von Frau Fourie habe ich gehört, dass du ein sehr aufgewecktes Mädchen bist."

Pérsomi weiß nicht so recht, was sie darauf antworten soll. Sie kann unmöglich „Ja" sagen, denn das wäre komisch. Aber „Nein" sagen kann sie auch nicht, weil sie wirklich aufgeweckt ist. Darum hält sie lieber den Mund.

„Komm, lass uns ein bisschen spazieren gehen, dann können wir ein wenig plaudern", fordert die Frau sie auf.

Unwillig läuft Pérsomi der Frau hinterher, die den Weg zum Fluss einschlägt. Sie hat keine Ahnung, was jetzt kommen wird. Am Ufer setzt die Frau sich hin. „Komm her, setz dich neben mich", sagt sie einladend.

Zunächst plaudern sie über alles Mögliche: über die Sonne, die sich in den Untiefen des Wassers spiegelt, über die Apfelsinen, die so schön orange aus den grünen Bäumen hervorstechen, und über den Ibis, der so schrill schreit. Nach einer Weile fängt Pérsomi an, sich etwas zu entspannen. Schließlich fragt die Frau: „Pérsomi, weißt du eigentlich, warum wir hier sind?"

„Nein, eigentlich nicht", gibt Pérsomi zu.

„Weißt du, was mit Sussie passiert ist?"

Pérsomi zögert einen Augenblick. „Ja, sie bekommt ein Baby."

„Weißt du auch, wie es dazu gekommen ist?"

„Nein." Sie wagt es nicht auszusprechen, was sie denkt.

Die Frau schweigt eine ganze Weile und dann sagt sie: „Ihr schlaft alle zusammen im Vorraum, stimmt's?"

„Ja", antwortet Pérsomi vorsichtig.

„Erzähl mir doch mal, was nachts geschehen ist", fordert sie die Frau rundheraus auf.

Pérsomi rührt sich nicht. Kann sie das wirklich erzählen? Und was soll sie dann erzählen?

„Nicht immer. Nur manchmal", entgegnet sie vage.

„Was ist denn in manchen Nächten geschehen?"

Pérsomi leckt sich über die Lippen. „Da hat Sussie geweint."

„Und warum hat sie geweint?"

„Vermutlich weil sie schlecht geträumt hat." Pérsomi schließt die Augen. „Oder vielleicht hat er ihr wehgetan."

„Wer? Dein Vater?"

Pérsomi antwortet nicht.

„Pérsomi, schau mich an. Hat dir dein Vater je wehgetan?"

„Ich kann sehr schnell rennen", erwidert Pérsomi.

Die Frau nickt. „Gut so", entgegnet sie. Sie denkt einen Augenblick lang nach und fragt dann: „Weißt du auch, wie dein Vater Sussie wehgetan hat?"

Pérsomi beißt sich auf die Unterlippe. Sie weiß nicht, was sie sagen soll. Nach einer Weile antwortet sie: „Er hat mit ihr ... geschlafen?"

Die Frau nickt wieder. „Erzähl mir eine Sache: Hat Sussie einen Freund?"

„Nein, sie hat keinen Freund", erwidert Pérsomi.

„Danke, Mädchen. Du bist wirklich sehr aufgeweckt." Die Frau steht auf und klopft sich den Rock sauber. „Komm, für heute ist es wohl genug. Wir reden ein andermal weiter. Und wenn du mir auch etwas erzählen möchtest, weil du denkst, dass irgendetwas nicht in Ordnung ist, dann musst du es mir sagen, hörst du?"

„Gut", antwortet Pérsomi.

Während sie zurücklaufen, fügt die Frau noch hinzu: „Du gehst jetzt in die achte Klasse, stimmt's?"

„Ja."

„Was hast du denn im nächsten Jahr vor?"

„Arbeiten. In Johannesburg."

„Möchtest du nicht lieber auf die weiterführende Schule gehen? Oder wenigstens einen Volksschulabschluss machen?"

„Ja", antwortet Pérsomi, „aber ich muss nun einmal arbeiten gehen. Wir haben kein Geld."

„Das Ministerium vergibt Stipendien an Kinder, die gute Leistungen bringen", eröffnet ihr die Frau. „Ich kann ja einmal schauen, ob ich für dich etwas regeln kann, wenn du das möchtest, jedenfalls, wenn deine Noten gut genug sind."

„Ich habe gute Noten, und ich will es auch", erwidert Pérsomi. „Aber zu Hause meinen sie, ich müsste arbeiten gehen."

„Ich werde einmal mit ihnen reden", entgegnet die Frau.

ଓ3

Am nächsten Tag ist die Frau wieder da und zwei Tage später noch einmal. Sie hat für jeden einen Pullover mitgebracht und für Gertjie auch ein Medikament. „Sussie geht es gut", berichtet sie. „Sie wohnt jetzt in einem speziellen Heim, und dort wird sie auch bleiben, bis das Kind geboren ist. Danach kann sie wieder nach Hause."

„Sussie hätte hierbleiben sollen", widerspricht Pérsomis Mutter.

„Und was ist dann mit dem Baby?", fragt Hannapat.

„Über das Baby müssen wir später noch einmal reden", antwortet die Frau vage. „Es wird auch einen Prozess geben, Jemima. Sussie und Sie werden in den Zeugenstand gerufen werden und Pérsomi wahrscheinlich auch."

„Einen Perzess?", will Pérsomis Mutter erschrocken wissen.

„Ja, vor Gericht", erwidert Frau Retief. „Jemima, was geben Sie Gertjie und dem Baby zu essen, abgesehen von Brei?"

„Vor Gericht?", fragt Pérsomis Mutter.

Frau Retief legt ihr die Hand auf den Arm. „Es ist nichts, worum Sie sich Sorgen machen müssten, Jemima", antwortet sie ruhig. „Es muss zunächst ein Verfahren gegen Lewies Pieterse eröffnet werden und ihr …"

Pérsomis Mutter schüttelt heftig den Kopf. „Er schlägt uns grün und blau, wenn er das erfährt", entgegnet sie.

„Das Gesetz ist dazu da, um euch zu beschützen", erwidert Frau Retief.

Doch Pérsomis Mutter schüttelt weiterhin den Kopf. „Die Bullerei ist unten im Dorf, Frau Retief, und Lewies ist hier im Haus."

Als Frau Retief schon lange wieder weggefahren ist und die Dunkelheit langsam immer näher herankriecht, steht Pérsomis Mutter immer noch am Küchentisch. „Lewies schlägt uns tot", wiederholt sie.

☙

Gegen Ende der Woche kommt Lewies auf die Farm zurück. Am selben Nachmittag kommt die ganze Familie Els zu Besuch, sie wollen die Geschichte hören.
Und was für eine Geschichte sie zu hören bekommen!
„Ich habe gewusst, dass uns ein Unglück treffen würde", verkündet Tante Sus außer Atem. „Letzten Sonntag habe ich noch ein Gesicht gehabt."
Pérsomis Mutter schaut sich erschrocken um. „Sus!" Tante Sus hat Vorahnungen, und das sind Dinge aus der anderen Welt, Gesichte, vor denen man große Ehrfurcht haben muss.
„Dein Gesicht ist wahr geworden, Sus", erwidert Lewies nüchtern.
Tante Sus nickt und lässt sich mit ihrem ganzen Gewicht auf die Teekiste sacken. „Meine Gesichte werden immer wahr", bestätigt sie.
„Nun ja, sie haben mich also mit dem Wagen ins Dorf gefahren, auf die Bullereistation", fängt Lewies umständlich an zu erzählen. „Hinten auf der Ladefläche, könnt ihr euch das vorstellen, wie einen Hund. Davon hatte ich schnell die Schnauze voll. Egal, wir sind dann im Dorf, und da haben sie mich einfach wieder herausgezerrt. Da habe ich gekocht, das kann ich euch sagen."
„Und dann?" Onkel Attie beugt sich vor, um besser folgen zu können.
„Ich habe es gewusst", seufzt Tante Sus.
„Wie sie da mit mir aufs Revier gestürmt sind, habe ich mir gedacht: Freunde, passt bloß auf, noch eine Kleinigkeit und dann breche ich euch alle Knochen. Aber ich habe mich schwer zurückgehalten, ich wollte ja keine Schwierigkeiten, so ein Typ bin ich nicht. Aber dann hat dieser Rotzlöffel von einem Beamten wieder mit diesem brutalen Geschwätz angefangen, na ja, da habe ich total durchgedreht und ihm eins auf sein Maul gegeben."
Pérsomi erschrickt. Sie weiß, was das bedeutet.

„Gut so!", erwidert Onkel Attie und schlägt sich mit der rechten Faust auf die linke Handfläche. „Die sollen da bloß nicht denken, dass sie mit uns machen können, was sie wollen, nur weil wir Habenichtse sind."

„Und Sussie?", will Tante Sus wissen. „Sie ist in meinem Gesicht auch noch vorgekommen, ach, gut, mit so einem ..."

„Na ja, ich gebe ihm also einen ordentlichen Schlag vor den Bug, da liegt er dann, völlig ausgeknockt", schmückt Lewies seine Geschichte aus. „Später habe ich dann mitbekommen, dass sie ihn ins Krankenhaus bringen mussten, sie haben ihn bis heute noch nicht wieder zusammenflicken können."

„Ha", bekräftigt Onkel Attie zufrieden. „Und dann?"

„Was hast du denn genau gesehen, Sus?", will Pérsomis Mutter von Tante Sus wissen.

„Die anderen Bullen sind gleich in Deckung gegangen", erzählt Lewies mit großem Gebaren. „Dass ich mir nicht auf der Nase herumtanzen lasse, das haben sie gleich gemerkt. Und der eine Kommesser da wollte auch noch, dass ich so ein Papier unterschreibe, aber ich habe gleich gesagt: Was soll ich unterschreiben?, sage ich. Ich unterschreibe gar nichts ohne meinen Anwalt, sage ich, so wahr ich Lewies Pieterse heiße. Dann hat sich dieser halbseidene Kommesser auch vom Acker gemacht, weil er gesehen hat, dass er einen Mann vor sich hat, mit dem er nicht einfach so umspringen kann."

„Und Sussie?", fragt Tante Sus.

„Hast du ihm auch noch ein paar vor den Latz geknallt, diesem Kommesser, meine ich?", will Onkel Attie wissen.

„Nö, ja, der war Wachs in meinen Händen, genau wie die anderen", antwortet Lewies, während er seine Hände sehen lässt. Große, harte Hände. „Ich sage: Ich will Kaffee, und dann kommen sie mit Kaffee. Ich sage: Ich will Fleisch zu meinem Maispüree, und schwupps, liegt da Fleisch auf meinem Teller. Ich habe in meinem ganzen Leben noch nie so viel Fleisch auf einem Haufen gesehen. Nee, ich habe die Kerle an der ganz kurzen Leine gehabt, alle miteinander. Mit Lewies Pieterse werden die sich nicht mehr anlegen, darauf kannst du Gift nehmen."

„Was hast du nun genau gesehen, Sus?", fragt Pérsomis Mutter.

„Und Sussi?", will Tante Sus wissen. „Wo ist sie jetzt?"

„Wenn ich je einen von den Kerlen in die Finger kriege, mit denen Sussie herumgemacht hat, dann blase ich denen das Licht aus, ich drehe ihnen eigenhändig den Hals um", antwortet Lewies. „Ich mache Hackfleisch …"

„Hast du auch noch ein Tröpfchen mitgebracht, wo du schon mal im Dorf gewesen bist?", fragt Onkel Attie.

Da verschwindet Pérsomi zur Tür hinaus. Dieses Mal denkt sie daran, ihre Decke mitzunehmen.

୧୨

„Ihr müsst euch nachts vom Berg fernhalten", hat Lewies sie immer wieder ermahnt.

„Warum denn?", hat Gerbrand dann erbarmungslos zurückgefragt. Er hat sich nachts regelmäßig aus dem Haus geschlichen, um Fallen zu legen, und dann musste er, noch bevor es hell wurde, kontrollieren, ob sich ein Happen Fleisch in ihnen befand. Denn wenn Herr Fourie über so einen Fallstrick stolpern sollte …

Gerbrand hat allerdings nur ein einziges Mal etwas gefangen: einen Schakal.

„Der Schatz muss irgendwo in dem Berg liegen, in der Nähe der Grenze", hat Lewies erzählt. „Aber der Schatz muss da dreißig Jahre liegen bleiben, das hat der Bauer behauptet, sagt mein Vater, deshalb hat er den Schatz nicht selbst ausgegraben."

Gemächlich hat er sich daraufhin aus seinem schmierigen Geldbeutel ein Stück Kautabak genommen. Die Kinder haben geduldig gewartet.

„Aber egal", hat Lewies dann hinzugefügt. „Da muss er liegen. Schon seit dreißig Jahren."

„Und der Schatz macht etwas gegen uns, wenn wir den Berg hinaufgehen?", hat Gerbrand gefragt.

„Nur nachts", ist die Antwort gewesen, „denn der Schatz wird durch ein Nachtgespenst bewacht."

„Ein Nachtgespenst! Ein Geist?", hat Sussie erschrocken gefragt.

„Ach, hör doch auf", hat ihre Mutter geantwortet.

Lewies schien die Sache zu gefallen. „Als hier noch Krieg gewesen ist, das hat mir mein Vater selbst erzählt, da hat es so einen englischen Offizier gegeben. Der ist gekommen und hat nach dem Schatz gefragt und hat irgendwie auch den richtigen Ort gefunden …"

„Wie denn? Woher hat er gewusst, wo er vergraben ist?", hat Gerbrand gefragt, die Augen halb geschlossen.

„Er hat es von den Buren erfahren", hat Lewies verärgert geantwortet. „Und jetzt halt die Waffel, Gerbrand, sonst setzt's was zwischen die Ohren. Egal, die Buren haben ihn jedenfalls in die Falle gelockt und ihn mausetot geschlagen und ausgekocht und seine Knochen einfach da begraben, bei dem Schatz."

„Und dann, Papa?", hat Piet wissen wollen.

„Dann haben die Knochen den Schatz dreißig Jahre lang bewacht, aber jetzt liegt er da und ist zum Greifen nahe. Aber der Spuk kommt nicht zur Ruhe, weil die Knochen ausgekocht worden sind, kapiert ihr? Deshalb kann er nirgendwo hingehen, nicht in den Himmel und auch nicht in die Hölle."

„Ach du liebe Güte", hat Mutter geseufzt.

„Altweibergeschwätz", hat Gerbrand böse gesagt.

„Wenn ich den Geist treffe, dann sage ich einfach: ,Guten Tag, Herr Geist, könnten Sie mir bitte den Schatz zeigen?'", hat Piet mit gespielter Tapferkeit geantwortet.

„Wenn du dem Geist guten Tag sagen willst, musst du dir die Hand aber gut in einen Lappen einwickeln", hat ihn sein Vater gewarnt. „Denn wenn du einen Geist mit nackten Händen begrüßt, dann brennt er dir seine Knochenhand in die Haut." Und mit noch mehr Nachdruck hat er hinzugefügt: „Das habe ich mit eigenen Augen gesehen."

Nachher hat Gerbrand zu Pérsomi gesagt: „Jau, Papa lügt mit dieser Spukgeschichte, Papa lügt sowieso die meiste Zeit. In den Bergen gibt es keine Gespenster."

Deshalb hat Pérsomi nachts auf ihrem Berg überhaupt keine Angst. Denn auf dem Berg ist es sicherer als zu Hause.

༄

Am nächsten Morgen sieht Pérsomi schon vor Morgengrauen Herrn Fourie mit langen Schritten zu dem Haus am *Brakrant* marschieren. Den Weg könnte er sich sparen, denkt sie. Lewies schläft im Augenblick seinen Rausch aus.

Innerhalb weniger Minuten kommen jedoch beide Männer nach draußen. Herr Fourie geht voraus, er geht schnell und Lewies stolpert hinter ihm her. Noch nicht einmal seine Sandalen hat er angezogen.

Am Ufer des Flusses dreht Herr Fourie sich um und greift Lewies am Hemd. Pérsomi erschrickt, als sie das sieht. Was ist, wenn Lewies Herrn Fourie nun auch einen Schlag vor den Bug gibt, so wie er das bei dem Polizeibeamten getan hat? Dann jagt er uns mit Sicherheit von seinem Land.

Doch Lewies tut nichts. Herr Fourie ruckt ihn zu sich hin, gibt ihm eine schallende Ohrfeige und fuchtelt drohend mit seinem Zeigefinger vor Lewies' Nase hin und her. Dann schubst er ihn so fest von sich, dass er auf seinen Hintern fällt. Lewies versucht nur, den Fall mit seinen Händen abzufedern, schüttelt dann seinen Kopf und fängt an zu weinen.

Dann dreht sich Herr Fourie wieder um und marschiert mit langen Schritten zum Großen Haus zurück. An seinem Gang kann man erkennen, dass er rasend vor Wut ist.

Vielleicht müssen sie Herrn Fourie schnell zu Hilfe kommen, wenn Lewies ihn totschlagen möchte, denkt Pérsomi. Es scheint so, als hätte Herr Fourie weniger Angst vor ihm als die Polizei. Obwohl ... Eigentlich hat sie schon die ganze Zeit über ihre Zweifel, ob das wirklich wahr ist, was Lewies über die Geschehnisse auf der Polizeistation berichtet hat. Gerbrand hat auch immer gesagt, dass er ein Lügner und ein Feigling sei. Wenn Gerbrand nur hier wäre! Aber er ist weg.

Erst als die Sonne hinter dem Berg verschwunden ist, geht sie wieder nach Hause.

☙

Anfang September kommt erneut die Polizei und holt Lewies ab. Sie kommt morgens, während Pérsomi und Hannapat noch in der Schule sind. Als sie nach dem Unterricht nach Hause kommen, ist Lewies verschwunden. Doch Sussie ist wieder da. Ihre Augen sind verquollen vom Weinen und sie ist allein.

„Und wo ist jetzt dein Baby?", fragt Hannapat.

Sussie beginnt erneut bitterlich zu weinen. „Sie haben mir mein Baby weggenommen!", jammert sie.

„Wie können sie dir einfach so dein Baby wegnehmen?", will

Hannapat streitlustig wissen. „Das ist doch dein Baby! Das können sie nicht einfach so mitnehmen!"

Sussie weint immer mehr. „Sie haben gesagt, dass ich meinen Namen auf so ein Papier schreiben muss, und dann haben sie mein Baby mitgenommen!"

„Und wo ist Mama?", fragt Pérsomi plötzlich. „Und wo sind Gertjie und unser Baby?"

Sussie weint so sehr, dass sie kaum noch sprechen kann. Sie hört sich genauso an wie das Pavianweibchen, das tagelang herumgelaufen ist und um sein totes Junges geweint hat. Dabei hat das Weibchen es die ganze Zeit mit sich herumgetragen, bis es nach einer Weile ausgesehen hat wie ein zähes Stück *Biltong*.

„Sie haben auch Gertjie und das Baby mitgenommen", bekommt Sussie schließlich heraus. „Das ist die Frau Retief gewesen, die mit diesem Grinsen im Gesicht. Diesem Weibsstück kann man für keinen Cent vertrauen."

Frau Retief? Pérsomi schreckt auf. Das ist doch die nette Dame, die sich darum kümmern möchte, dass Pérsomi im nächsten Jahr auf die höhere Schule gehen kann. Die soll Gertjie und das Baby mitgenommen haben? Und jetzt ist ihre Mutter auch weg? „Wo ist Mama?", fragt sie Sussie zum zweiten Mal.

„Bei Onkel Freddie le Roux. Tante Sus hat die beiden abgeholt, und jetzt redet er mit Mama", schluchzt Sussie. „Mama geht es genauso wie mir! Sie nehmen uns einfach so unsere Kinder weg!" Wieder fängt sie bitterlich an zu weinen.

Vielleicht kann Onkel Freddie helfen, denkt Pérsomi. Sie ist völlig fassungslos und total verwirrt. Onkel Freddie ist ein Mann, der etwas zu sagen hat, schließlich vertritt er den Bezirk im Parlament, er ist eine Leitungspersönlichkeit. Darüber hinaus ist er immer sehr nett zu ihnen. Wenn es jemanden gibt, der helfen kann, ist er das wohl.

Wenn Gerbrand nur hier wäre …

Ratlos geht sie nach draußen und holt ein Stück Holz. Dann bläst sie das Feuer im Ofen weiter an und marschiert selbst zum Fluss, um Wasser zu holen. Sie rührt das Maismehl um und schließt den Topf mit dem schweren Deckel. Es tut gut, etwas zu tun zu haben.

„Onkel Freddie wird uns helfen", berichtet ihre Mutter, als sie bei Einbruch der Dunkelheit nach Hause kommt. „Er hat uns dieses Hühnchen geschenkt, damit wir etwas zu essen haben, und auch ein bisschen Geld. Er ist ein feiner Kerl."

☙

Während sie am nächsten Morgen ihre Rechenaufgaben erledigen und der Meister die fünfte Klasse im Lesen unterrichtet, hören sie, wie draußen ein Auto vorfährt. „Das Fräulein von der Armenfürsorge ist da, Meister", ruft Irene laut, während sie sich reckt, um besser aus dem Fenster sehen zu können. „Die kommt sicher, weil sie mit Pérsomi reden will. Ihr Vater ist doch im Gefängnis."
Pérsomi fühlt sich erniedrigt. Sie spürt, wie die Worte von Irene sie treffen wie ein plötzlicher Regenschauer, durch den man bis auf die Haut nass und klamm wird. Der Meister fordert sie auf, nach draußen zu gehen und zu fragen, was los sei.

Langsam geht sie zum Auto. Inzwischen vertraut sie der Frau nicht mehr.

Sie setzen sich nebeneinander in den Schatten eines Weißdornbaums. Frau Retief redet ununterbrochen, und je länger sie redet, desto besser versteht Pérsomi es. Sie möchte es eigentlich nicht verstehen, aber ihr Kopf versteht es dennoch.

Gertjie ist ganz schlimm krank. Wenn sie ihn jetzt nach Hause gehen lassen, wird er sterben, weil er Tuberkulose hat. Und das Baby – die Frau redet immer von Johanna, denn so heißt das Baby eigentlich – bekommt nicht die richtige Ernährung und deshalb wird es auch krank werden. Wenn es den beiden wieder besser geht und sich auch zu Hause die Dinge zum Guten gewendet haben, bringt Frau Retief sie zurück.

„Sussie weint die ganze Zeit", erwidert Pérsomi.

Dann berichtet ihr Frau Retief alles, was mit Sussie passiert ist. Alles. Sie erzählt ihr auch, dass mit Sussies Baby irgendetwas nicht in Ordnung ist. Und nun versteht Pérsomi, dass sie und das Ministerium für Volksgesundheit auch im Interesse von Sussie die richtige Entscheidung getroffen haben.

„Jetzt wird es ein Gerichtsverfahren geben, Pérsomi", eröffnet ihr Frau Retief schließlich. „Ich denke, du wirst unsere Hauptzeugin sein, denn du bist ein kluges Mädchen. Die Frage ist nur, ob du dir das zutraust."

„Ja, sicher", antwortet Pérsomi. „Das kann ich."

„Dein Vater wird auf der Anklagebank sitzen. Er wird dich die ganze Zeit über anschauen und alles hören, was du sagst", warnt sie Frau Retief.

Das ist nicht mein Vater, denkt Pérsomi. Und laut erklärt sie: „Ich kann das."

„Die Verteidigung – das sind die Leute, die deinen Vater verteidigen müssen – wird dir eine Menge Fragen stellen. Schwierige Fragen, denn sie versuchen zu beweisen, dass du lügst."

„Das werden sie nicht schaffen, weil ich einfach nur die Wahrheit sagen werde." Sie blickt auf und schaut Frau Retief geradewegs in die Augen. „Wirklich wahr, ich kann das."

Als sie wieder neben dem Auto stehen, verkündet Frau Retief: „Ich habe übrigens auch noch eine gute Nachricht für dich, Pérsomi. Das Ministerium hat meinem Antrag stattgegeben, und das bedeutet, dass du im nächsten Jahr auf die weiterführende Schule gehen kannst. Sie werden dir die Unterkunft und dein Lehrmaterial komplett bezahlen."

Zum ersten Mal seit vielen, vielen Wochen, vielleicht zum ersten Mal seit Monaten, fließt Pérsomis Herz über vor Freude. Ihr ganzer Körper wird leicht und ihr Kopf beginnt zu singen. „Ganz vielen Dank, gnädige Frau. Ich werde wirklich mein Allerbestes geben, das verspreche ich."

Als die Frau wegfährt und schon lange in einer Staubwolke um die Ecke verschwunden ist, steht Pérsomi immer noch da und winkt. Dann dreht sie sich um und schlendert in den Klassenraum zurück, wo neugierige Augen und die scharfe Zunge von Irene schon auf sie warten.

ങ

Nach der Schule versucht Pérsomi ihrer Mutter zu erklären, was mit Gertjie und dem Baby geschieht. „Gertjie ist krank, Mama, sie müssen erst dafür sorgen, dass es ihm besser geht, er hat Tuberkulose."

„Das weiß ich", entgegnet ihre Mutter. Sie starrt jedoch weiterhin wie benommen vor sich hin.

„Und das Baby muss einfach nur zu Kräften kommen und das richtige Essen kriegen, dann kommt es auch wieder zurück."

„Ja", erwidert ihre Mutter. „Wenn du im nächsten Jahr in Johannesburg arbeitest, dann können wir gutes Essen kaufen."

Ein kalter Schauer überkommt Pérsomi. „Frau Retief hat gesagt, dass ich im nächsten Jahr auf die weiterführende Schule gehen kann, Mama. Die Armenfürsorge wird alles bezahlen, sogar meine Bücher."

„Davon will ich nichts hören", entgegnet ihre Mutter und macht zum ersten Mal einen fest entschlossenen Eindruck. „Du gehst nächstes Jahr nach Johannesburg und suchst dir eine Arbeit, sonst kann ich für Gertjie und das Baby kein Essen kaufen. Dein Vater sieht das genauso."

Damit schiebt sich eine dicke, schwarze Wolke vor die Sonne. Doch es ist keine Wolke, die Regen bringt.

☙

Als Pérsomi Mitte November am Großen Haus die Zeitungen abholt, ist auch Post für sie dabei: ein grauer Umschlag ohne Briefmarke mit einem Stempel darauf: *„Amtlich. Durch die Zensur geöffnet."* Der Brief ist an ihre Mutter adressiert. Die Handschrift auf dem Umschlag ist die von Gerbrand.

Wie ein abgeschossener Pfeil fliegt Pérsomi nach Hause. Sie rennt durch das Baumstück, nimmt Anlauf, fliegt mit einem weiten Sprung über das kleine Wasserloch im Flussbett und läuft dann, ohne zu bremsen, den Hügel hinauf zum Haus.

„Mama! Ein Brief von Gerbrand!", ruft sie ganz außer Atem und legt den Brief vor ihrer Mutter auf den Küchentisch.

„Ach du liebe Güte, Pérsomi!", schreckt ihre Mutter auf. „Mach ihn auf, Mädchen, lies ihn vor! Ach du liebe Güte, schau doch nur, ich fange ja richtig an zu zittern!"

Vorsichtig öffnet Pérsomi den Brief. Zuerst holt sie einen Geldschein zwischen den gefalteten Blättern hervor und reicht ihn ihrer Mutter. „Dank sei dir, Herr, Dank sei dir!", ruft ihre Mutter aus und stopft sich das Geld vorn in die Schürze.

Pérsomi faltet den Brief auseinander und fängt an zu lesen:

30. Oktober 1940

Liebe Mama, liebe Pérsomi,

mir geht es gut. Wir haben noch nicht gekämpft und das Essen ist gut. Ich habe hier überall gute Freunde und mein bester Freund heißt Jakhals. Wir sind mit einem Schiff von Durban nach Mombasa in Kenia gefahren. Unser Offizier muss erst alle unsere Briefe lesen, bevor wir sie abschicken dürfen. Deshalb kann ich euch nicht alles erzählen. Es war ein großes Schiff und es war ziemlich voll. Wir mussten in einer Hängematte unten im Schiff schlafen aber wir durften kein Licht anmachen und es war ganz schön muffig da wird es einem ziemlich unheimlich. Die meisten von uns haben auf dem Deck geschlafen. Das Meer war wild und uns ist schlecht geworden. Aber jetzt sind wir in Kenia. Ich bin bei den Royal Natal Carbineers in der C-Kompanie. Unsere Kompanie ist die beste.
Wir essen hier viel Wild denn hier gibt es viele Springböcke die wir wenn sie grasen einfach mit unseren Maschinengewehren unter Feuer nehmen. Wenn es geht braten wir die Leber. Die Köche machen Eintopf sie tun auch Trockengemüse wie Kohl und Karotten und Kartoffeln hinein. Die Kartoffeln sind prima denn sie machen Brei daraus das andere Gemüse ist furchtbar. Morgens bekommen wir Brei, Maisbrei. Das schlimmste sind noch die Eier die nehmen nämlich Eipulver. Niemand will hier Koch sein.
Wir fahren mit Dreitonnern das sind Armeelastwagen. Jede Einheit hat einen Lastwagen. Wir haben ein paar Mal gehört dass die Italiener in der Nähe sind aber ich habe noch keinen Italiener gesehen. Wir nennen sie Itaker.
Wir haben eine Menge Flugzeuge von denen möchte ich euch auch noch erzählen. Sie heißen Junkers Ju 86, Hawker Hurricane, Hartebeest, Hawker Fury und dann noch die Fairy Battle und einen leichten Bomber, ich weiß nicht wie die auf Afrikaans heißen. Wenn ich wieder zu Hause bin dann zeige ich euch von allen Fotos. Jakhals macht Fotos.
Unser Befehlshaber ist Generalmajor Dan Pienaar, ich habe viel Respekt vor ihm. Die englischen Damen in Kapstadt schicken

uns Päckchen mit Socken die sie gestrickt haben aber die Socken laufen beim Waschen ein.
Ich glaube ich bleibe länger bei der Armee. Vielleicht werde ich irgendwann noch ein Flugzeug fliegen.
Pérsomi du musst mir schreiben. Schreib alles was Mama sagt. Und lies Mama alles vor.

Gerbrand

Vorsichtig faltet Pérsomi den Brief wieder zusammen. „Lies ihn noch einmal vor", fordert ihre Mutter sie auf. „Ich möchte ihn noch einmal hören."

Daraufhin faltet Pérsomi den Brief wieder auseinander. „Gerbrand hat keine Adresse angegeben", erkennt sie niedergeschlagen. „Wie soll ich ihm jetzt schreiben, wenn er keine Adresse angegeben hat?"

„Frag doch Klara, wenn sie wieder hier ist, die weiß es sicher", erwidert ihre Mutter.

Auf einmal fällt Pérsomi etwas anderes ein. „Mama, wenn Lewies nicht mehr da ist ..."

„Ach du liebe Güte, Pérsomi, seit wann nennst du deinen Vater beim Vornamen?", schimpft ihre Mutter.

„Wenn er nicht mehr da ist, kann er auch Gerbrands Geld nicht mehr einkassieren, und dann kannst du das ganze Geld nehmen, um gutes Essen zu kaufen", fährt Pérsomi unvermindert fort. „Das ist mit Sicherheit genug. Dann muss ich nächstes Jahr nicht arbeiten gehen."

„Allmächtiger, Pérsomi, hör mit deinem Geschwätz auf. Du gehst nächstes Jahr arbeiten, ich brauche das Geld."

„Aber Mama ...", versucht Pérsomi zu protestieren.

„Du gehst arbeiten, und damit Basta!", entgegnet ihre Mutter. „Und jetzt lies mir den Brief noch einmal vor."

ଓ३

Nach diesem Brief bekommen die Berichte in der Zeitung plötzlich eine neue Bedeutung. Sie sind nicht mehr länger irgendwelche gedruckten Geschichten. Mit einem Mal drehen sie sich um Gerbrand.

„Tödlich verwundet" bedeutet „tot".
Diesen Artikel liest Pérsomi ihrer Mutter nicht vor. Vielleicht verschwindet er dann.
Doch Worte verschwinden nicht. Vor allem nicht die geschriebenen Worte.
In dieser Nacht macht sie kein Auge zu. Schließlich geht sie zum Fluss hinunter und betrachtet die Mondsichel, die sich auf der Wasserfläche spiegelt. Als die Sonne aufgeht, wäscht sie sich das Gesicht und geht zur Schule, ohne vorher noch einmal nach Hause zu gehen. Dort wartet sie auf den Meister. Es dauert sehr lange, denn sie ist ziemlich früh dran. Als er mit Fräulein Rossouw angefahren kommt, geht sie zum Auto und zeigt ihm den Artikel. Es ist nur ein kleiner Bericht von der fünften Seite, doch Pérsomi kennt den Inhalt mittlerweile auswendig.

Drei italienische Bomber haben Mittwochnacht die südafrikanischen Truppen in der Nähe von El Wak bombardiert. Bei Anbruch der Dämmerung haben drei von unseren Hawker Harts eines ihrer Flugzeuge im Luftkampf abgeschossen. Die ganze Operation bei El Wak war ein voller Erfolg. Es konnten große Mengen an Munition und Nahrungsmitteln erbeutet oder vernichtet werden, darüber hinaus ist eine große Anzahl italienischer Soldaten gefangengenommen worden.
Während des Gefechts sind zwei Angehörige der Royal Natal Carbineers tödlich verwundet worden. Ihre Namen werden bekanntgegeben, sobald ihre Familien informiert worden sind.

„Gerbrand ist auch bei den Royal Natal Carbineers, Meister", erläutert Pérsomi, als der Meister mit dem Lesen fertig ist. Ihre Kehle ist wie zugeschnürt, sodass sie fast kein Wort herausbekommt. „‚Tödlich verwundet' bedeutet ..."
Der Meister liest den Artikel noch einmal und wirft dann einen Blick auf das Datum der Zeitung. „Schau mal, die Zeitung ist vier Tage alt", erwidert er. „Wenn Gerbrand einer von den tödlich Verwundeten wäre, dann wüsstet ihr das schon längst. Die Armee informiert die Angehörigen immer so schnell wie möglich."
Pérsomi schließt die Augen. Sie ist erleichtert. „Vielen Dank, Meister", sagt sie und faltet den Artikel wieder ordentlich zusam-

men. Erst nach einer Weile wird ihr klar, wie dumm sie gewesen ist. Natürlich war das eine alte Zeitung! Du bist ganz schön schwer von Begriff, verstehst du!

Erst in der Nacht, als sie auf ihrer Matratze liegt und Sussies leisen Schnarchgeräuschen lauscht, denkt sie plötzlich an die Familien der tödlich verwundeten Soldaten aus Gerbrands Einheit. Vielleicht haben sie auch eine kleine Schwester gehabt, die nun entsetzlich traurig ist. Diese kleine Schwester hat jetzt keinen großen Bruder mehr, der ihr über die Haare streichen könnte.

◌੍ਰ

Frau Retief kommt, um mit ihnen dreien das Verfahren vor Gericht zu besprechen. Sie erklärt ihnen genau, was sie erwartet: den Eid, den sie schwören müssen, den Richter, der auf einer Art Podium sitzt, den Staatsanwalt, der beweisen muss, dass Lewies Pieterse schuldig ist, und die Verteidigung, die ihm zur Seite steht. Sie zeichnet ihnen auf, wo jeder sitzen wird, und auch, wo Lewies stehen wird. „Ihr braucht euch keine Sorgen zu machen, denn wir sind dabei und schützen euch", bekräftigt sie wieder und immer wieder.

Doch am Abend, als sie wieder weg ist und sie zu viert allein im Haus sind, verkündet Pérsomis Mutter: „Lewies schlägt uns tot. Sie können ihn vielleicht wegsperren, aber eines Tages wird er wieder rauskommen, und dann geht es uns an den Kragen."

◌੍ਰ

Als Pérsomi am Samstagmorgen, zwei Tage vor der Gerichtsverhandlung, zum Großen Haus geht, um die Zeitungen zu holen, sitzen dort Boelie und De Wet in der Küche. Die Universität hat schon geschlossen, und sie sind für die Herbstferien nach Hause gekommen.

„Hallo, Pérsomi! Ich habe gehört, dass übermorgen dein Verfahren losgeht", ruft De Wet durch die geöffnete Küchentür. „Komm doch mal her, ich muss kurz mit dir reden."

Zögernd betritt sie durch die Hintertür das Große Haus. Zum Glück sind Boelie und De Wet allein in der Küche. „Hallo, Pérsomi", begrüßt Boelie sie. Er sieht etwas seltsam aus, seine Haare sind sehr lang und sein schwarzer Stoppelbart schimmert auf seiner Haut. Er hat sich heute Morgen noch nicht rasiert.

„Hallo", erwidert sie von der Tür aus.

„Komm doch her und setz dich", fordert De Wet sie auf. Er steht auf und geht zum Ofen. „Kann ich dir einen Kaffee einschenken?"

Sie weiß nicht, was sie darauf antworten soll, und das Verlangen danach, einfach wegzurennen, kribbelt ihr in den Beinen.

„Setz dich doch", fordert Boelie sie auf und zeigt auf einen Stuhl. Zögernd nimmt Pérsomi Platz. De Wet stellt einen Becher Kaffee vor ihr ab. Vorsichtig probiert sie ihn. Er ist heiß, aber trotzdem hat sie noch nie in ihrem Leben einen besseren Kaffee getrunken.

„Einen Keks dazu?", will De Wet wissen und schiebt ihr die Keksdose hin. Pérsomi schüttelt den Kopf. Sie hat Angst, dass ihr der Keks wieder in der Kehle stecken bleiben könnte.

„Ich habe von meiner Mutter gehört, dass du als Zeugin aussagen wirst", eröffnet ihr De Wet freundlich.

Schweigend nickt sie.

„Ich möchte eigentlich nur wissen, ob du ganz genau weißt, was du tun musst", fährt er dann fort. „Ich studiere nämlich Jura und werde später Rechtsanwalt. Darum habe ich mir gedacht, dass ich dir vielleicht ein bisschen helfen könnte."

„Oh", erwidert Pérsomi. Sie ist sich nicht sicher, ob sie ihm erzählen sollte, dass Frau Retief ihr schon alles gut erklärt hat, denn es kommt ihr so vor, als würde er ihr sehr gerne helfen wollen. Deshalb hört sie sich die ganze Geschichte vom Eid, dem Richter, dem Staatsanwalt, der Verteidigung und dem Verdächtigen noch einmal an.

„Ich fahre mit euch dorthin", kündigt De Wet ihr dann an. „Ich bin also auch im Gerichtssaal, für den Fall, dass ihr an irgendeiner Stelle Hilfe braucht."

„Danke", antwortet Pérsomi.

„Du bist doch dreizehn, oder, Pérsomi?"

„Ja."

„Dann kannst du auch eine geschlossene Zeugenvernehmung beantragen. Das bedeutet, dass nur du, der Richter, der Staatsanwalt und der Verteidiger dabei sind. Dann kann dich niemand sehen, selbst dein Vater nicht." Auch das hat Frau Retief ihr schon erklärt. „Nein", erwidert sie, „ich möchte es so erzählen, dass alle es hören können, damit alle wissen, was für ein Schwein Lewies ist. Das findet Gerbrand auch, dass er ein Schwein ist, meine ich."

De Wet nickt. „Gut", erklärt er. „Ich hoffe nur, dass du weißt, auf was du dich da einlässt."

„Das weiß sie ganz genau", erwidert Boelie von seinem Stuhl aus.

„Ich sage doch immer: ,Das ist eine, die weiß, was sie tut.'"

„Gehst du auch mit, Boelie?", will Pérsomi von ihm wissen.

Er überlegt einen Augenblick. „Ja", antwortet er dann. „Ich denke schon, dass ich mitgehen werde."

૭ૐ

Am Sonntag kommt Tante Sus zu Besuch. Sie sagt, dass sie ihre Kleider in Ordnung bringen müssen, damit sie am nächsten Tag im Gericht anständig aussehen. Auch wenn sie vielleicht arme Schlucker sind, so könnten sie doch wenigstens sauber aussehen.

Pérsomi hat drei Kleider. Alle drei hat zuerst Sussie getragen, sodass sie Pérsomi etwas zu kurz sind und viel zu weit. „Du bist ganz schön groß", bemerkt Tante Sus ein bisschen missmutig.

„Das kommt, weil sie so lange Beine hat", behauptet Sussie.

„Zieh dir den Gürtel von Mama an, sonst denken die Leute noch, dass du schwanger bist", rät Hannapat.

„Ach du liebe Güte, Hannapat", ruft ihre Mutter erschrocken aus, „wo kommt denn so ein Geschwätz her?"

„Du bist sehr dünn", bemerkt Sussie. „Die Leute werden sagen, dass du hier nichts zu essen bekommst."

„Zum Glück gehst du ja auch mit!", lacht Hannapat. „Dann sehen die Leute, dass wir hier mehr als genug zu essen haben!"

Pérsomi entscheidet sich für das grüne Kleid und geht damit zum Fluss. Sie wäscht das Kleid, bis sie es nicht mehr sauberer bekommt, und streicht es dann auf einem flachen Felsen glatt. Während es dort in der heißen Sonne des Bosvelds zum Trocknen liegt, wäscht sie sich in dem kleinen Wasserloch die Haare. Sie wäscht sich auch den ganzen Körper; jetzt ist sie ganz sauber für morgen. Sie zieht ihre Kleider wieder an und kämmt sich mit den Fingern durch die langen Haare. Wenn sie nur ein Band hätte, um sich morgen damit die Haare zusammenzubinden! Aber so etwas hat sie nun einmal nicht, nur ein Stückchen Hosengummi, mit dem sie ihre Zöpfe zusammenhalten kann.

Als ihr Kleid wieder trocken ist, geht sie langsam zurück zum Haus.

ଓଃ

An diesem Montagmorgen müssen sie schon früh am Großen Haus sein, denn sie müssen im Dorf erst noch Schuhe für Pérsomi kaufen. Die ganze Nacht über hat Pérsomi kein Auge zugetan. Sie hat jetzt ein bisschen Angst vor dem, was kommen wird, allerdings ist sie eher aufgeregt als ängstlich. Sie bekommt Schuhe und sie wird endlich das Dorf zu sehen bekommen!

„Hannapat, du gehst direkt nach der Schule nach Hause, hast du mich verstanden?", ermahnt ihre Mutter noch ein letztes Mal, bevor sie sich auf den Weg ins Dorf machen. Und auf dem Weg zum Großen Haus schärft sie ihnen noch ein: „Ihr müsst immer daran denken, dass ihr ‚Euer Ehren' sagt. Die Leute sollen nicht meinen, dass wir keine Ahnung haben."

Dann fängt Sussie wieder mit ihrem Gejammer an. „Ich will Papa nicht sehen", schluchzt sie.

„Ach du liebe Güte, Sussie, halt doch endlich die Klappe", entgegnet ihre Mutter.

Vor der Garage wartet Boelie schon auf sie, er muss allerdings noch zweimal hupen, bis De Wet endlich nach draußen kommt. Dann erst können sie losfahren.

Während der Autofahrt fliegt die Landschaft rechts und links neben ihnen vorbei, es geht sogar noch viel schneller, als ein Mensch auf einem Pferd galoppieren kann. Zunächst klammert sich Pérsomi am Türgriff fest, doch nach einer Weile kann sie sich entspannen.

Das Dorf ist weiter weg, als sie gedacht hätte. Kurz bevor sie dort sind, wird aus dem Feldweg eine asphaltierte Straße. Was eine asphaltierte Straße ist, das weiß Pérsomi, denn das hat sie in der Schule gelernt. Über den glatten Asphalt fahren sie zwischen den Häusern hindurch. Auf der einen Seite des Weges steht eine Kirche mit einem Turm, der hoch in den Himmel hinaufragt, er sieht aus wie der Turm von Babel.

„Das ist die weiterführende Schule, Pérsomi", erklärt De Wet.
„Da gehst du nächstes Jahr sicher hin, nicht wahr?"
„Sie geht zum Arbeiten nach Johannesburg", erwidert ihre Mutter kurzangebunden.
„Oh", entgegnet De Wet ein wenig erstaunt.
Pérsomi schaut aus dem Fenster. Die Schule ist ein furchtbar großes Gebäude mit einer ganzen Menge Fenster. Nie hätte sie gedacht, dass Schulen so groß sein könnten.
Das ist also die Schule, auf die Gerbrand auch gegangen ist.
Nach der Schule und der Kirche kommen die Geschäfte, immer noch in derselben Straße. Sie kommen an *Smits Autowerkstatt* vorbei, vor der ein großes Schild hängt, auf dem ein Pferd mit Flügeln abgebildet ist. „Pegasus Benzin" steht darunter. Daneben ist die *Schneiderei Cohen* und direkt gegenüber ist *Toms Wein- und Spirituosenhandlung*. Sie versucht, alles gleichzeitig in sich aufzunehmen: das *Grandhotel*, das Schlachthaus *Het Bosveld*, *Johnny's Café und Bäckerei*, den rot-weiß gestreiften Pfahl mit dem Schild „Frisör" daran, das im Wind hin und her schwankt, daneben eins mit „Dr. Louw, Hausarzt" darauf und eins mit „Bosveldapotheke", aber es ist alles zu viel. In diesem Dorf kann man sich ja richtig verlaufen! „Soll ich wegen der Schuhe zum Handelshaus fahren?", will Boelie wissen.
„Nein, lieber zu Ismail. Das Handelshaus ist zu teuer", antwortet Pérsomis Mutter.
Jetzt fahren sie an einer ganzen Reihe von Gebäuden vorbei, alle haben eine Veranda. Dann hält Boelie an. „Da ist es, ich hole euch gleich wieder hier ab", erklärt er und wartet, bis sie ausgestiegen sind. „Bleibt nicht zu lange, denn wir müssen um neun Uhr im Gericht sein."
Hinter ihrer Mutter und Sussie betritt Pérsomi das Geschäft. Innen ist es ein wenig schummrig, aber ihre Augen haben sich schnell an das Dämmerlicht gewöhnt. Völlig verblüfft bleibt sie stehen und sieht sich um. Von einem Geschäft mit so vielen Dingen hat sie noch nicht einmal geträumt!
Es riecht nach Tabak und Maismehl und nach einer Menge anderer Dinge, die sie nicht kennt. Direkt vor ihr steht die hohe, breite Ladentheke und dahinter sind Regale voller Konservendosen, Päckchen und Flaschen. Auf dem Boden stehen große Säcke mit Maismehl und Zucker.

Ein Mann mit einem schwarzen Bart und einer seltsamen Kopfbedeckung füllt Zucker aus einem der Säcke in ein kleines Dreieckstütchen, das er sich aus braunem Papier selbst gefaltet hat. Links neben der Tür liegen das Nähzeug und die Textilien: Stoff, Spitze und Garn, aber auch Decken, Jacken, Kleider, Hüte und Schuhe. Pérsomi steht wie angewurzelt da, so schöne Kleider hat sie noch nie gesehen. Am liebsten würde sie sich noch etwas umschauen, doch ihre Mutter und Sussie sind schon bei den Schuhen.

„Schau dir das hier an, Mama!", ruft Sussie.

„Kann ich Ihnen helfen?", will ein dunkelhäutiger Junge freundlich wissen.

„Ich möchte mit Herrn Ismail sprechen", antwortet Pérsomis Mutter.

„Der ist noch zu Hause, aber ich lasse ihn holen", erwidert der Junge. Ein kleiner Junge verschwindet aus der Hintertür. Sussie und ihre Mutter sind nicht von dem Glasschrank voller Glitzerkram wegzubekommen. „Schau dir doch nur die Ketten da an, Mama!", ruft Sussie. Unterdessen schlendert Pérsomi wieder dahin, wo die Schachteln mit den Schuhen sich beinahe bis zu Decke stapeln.

„Wir wohnen hier gleich hinter dem Laden", erläutert der Junge ihr. „Mein Großvater kommt sofort. Um was geht es denn?"

„Schuhe", antwortet Pérsomi. „Für mich."

„Gut", erwidert der Junge. „Welche Größe?"

„Äh ... das weiß ich nicht", erwidert Pérsomi.

Der Junge schaut sie mit einem Mal scharf an, sein Blick gleitet an ihrem zerschlissenen Kleid herunter, das zu kurz und viel zu weit ist, und dann auf ihre nackten Füße. Er nickt.

Er meint sicher, dass wir Habenichtse sind, die nicht bezahlen können, denkt Pérsomi. Deshalb sagt sie: „Mein Bruder ist bei der Armee, er schickt uns immer einen Haufen Geld."

Der Junge schaut überrascht auf. „Mein Bruder ist auch in der Armee", entgegnet er. „Im Augenblick ist er in Kenia, aber sie sind auf dem Weg nach Abessinien."

„Mein Bruder auch! Er hat uns einen Brief geschrieben, in dem er uns alles erzählt hat. Ich wusste gar nicht, dass auch Kulis im Krieg mitkämpfen."

„Du darfst uns nicht ‚Kulis' nennen, das ist ein Schimpfwort", erwidert der Junge ernst.

„Oh, ich dachte, ihr wärt Kulis", sagt Pérsomi. „Ihr seht doch aus wie welche."

„Du musst uns ‚Inder' nennen", erläutert der Junge. „Wir sind Inder. Wir kommen ursprünglich aus Indien."

„Gut", entgegnet Pérsomi. „Ich werde daran denken."

„Müssen es Schuhe für die Schule sein?", fragt der Junge dann. „Oder für etwas anderes? Du hast einen langen und schmalen Fuß, wenn du mich fragst, brauchst du Größe achtunddreißig."

„Ich möchte ... einfach normale Schuhe haben", antwortet Pérsomi zögernd.

„Warte, ich hole dir mal eben ein Paar, dann kannst du selbst entscheiden. Mein Bruder ist beim Sanitätsdienst, er ist Sanitäter", erzählt der Junge.

„Gerbrand ist bei den Royal Natal Carbineers. Wow, das sind ja schöne Schuhe!"

Dann hört sie hinter sich die Stimme eines alten Mannes. „Gut, ich übernehme jetzt, Yusuf", sagt er. „Nein, das sind keine guten Schuhe, du musst dir hier von diesen welche aussuchen." Er nimmt drei Schuhe von einem Regal und zeigt sie Pérsomi.

„Oh", antwortet sie.

„Komm, probier die hier einmal an."

Sie schiebt ihren Fuß in einen Schuh. Der Schuh ist schön, aber er fühlt sich seltsam und hart an. „Hast du denn keine Socken dabei?", will der alte Mann wissen.

„Nein."

„Schade. In diese Schuhe musst du Socken anziehen, sonst scheuern sie zu sehr, und dann bekommst du Blasen."

„Gut."

Der Mann nimmt die Schuhe und wickelt sie in ein Stück Zeitungspapier. „Das wäre das", sagt er.

„Können Sie diese beiden Ketten auch noch dazulegen?", fragt Pérsomis Mutter.

„Ach, Frau Pieterse, dafür reicht Ihr Geld leider nicht." Er schüttelt mitfühlend den Kopf und schnalzt mit der Zunge. Dann sagt er mit einem breiten Lächeln: „Aber heute, Frau Pieterse, bekommen Sie die von mir geschenkt." Dabei legt er ihr die beiden Ketten in die Hand.

Als Boelie vor dem Geschäft anhält, warten sie schon auf ihn:

Pérsomi mit den nagelneuen Schuhen an den nackten Füßen und ihre Mutter und Sussie jeweils mit einer glänzenden neuen Kette um den Hals.

„Herr Ismail ist doch ein feiner Kerl", sagt Pérsomis Mutter zufrieden.

„Na, vor dem sollten Sie besser ein bisschen auf der Hut sein, Tante Jemima", entgegnet Boelie. „Das ist ein ganz hinterhältiger Bursche."

☙

Das Gerichtsgebäude ist ein Haus aus großen, grauen Steinen mit zwei dicken Säulen vor dem Eingang. Davor stehen zwei verwitterte Fahnenmasten, an denen zwei müde Flaggen hängen: der *Union Jack* und die Fahne der Südafrikanischen Union.

Pérsomi spürt, wie sich ihr Bauch zusammenzieht. Die schönen, neuen Schuhe fühlen sich komisch an ihren Füßen an.

Auf dem Bürgersteig vor dem Gebäude wartet schon Frau Retief auf sie. „Alles in Ordnung?", fragt sie.

„Ach, Frau Retief, ich bin völlig kaputt", antwortet Pérsomis Mutter. „Ich bin vollkommen fertig mit den Nerven."

Augenblicklich fängt Sussie wieder an zu weinen.

„Beruhigen Sie sich, es wird alles gut werden", entgegnet Frau Retief. „Und du musst aufhören zu weinen, Sussie, sonst kannst du nicht reden."

Sussie zieht sich geräuschvoll die Nase hoch.

„Und wie geht es dir, Pérsomi?", will Frau Retief wissen.

Pérsomi blickt auf, direkt in die dunklen Augen von Boelie. Der nickt ihr kurz zu. Dann schaut sie Frau Retief an. „Gut, gnädige Frau, danke."

„Wir gehen schon einmal hinein. Wir sehen euch, wenn alles gelaufen ist", verabschiedet sich Boelie.

Pérsomi, ihre Mutter und Sussie dürfen nicht hinein, weil sie als Zeuginnen aussagen sollen. Sie müssen auf einer Bank im Gang warten. Dort sitzen sie also. Die Menschen gehen an ihnen vorüber, manche sehr schnell, andere eher langsam. Sie sitzen einfach nur schweigend da und schauen vor sich auf den Boden. So warten sie die ganze Zeit. Sie sprechen nicht miteinander, sondern warten nur. Nach einer Weile kommt jemand und bringt ihnen Kaffee und Brot. Und dann warten sie weiter. Pérsomis schöne Schuhe fangen an zu drücken.

Sussie wird als Erste hineingerufen. Als sie der Polizeibeamte holen kommt, wirkt sie furchtbar ängstlich, aber sie weint wenigstens nicht. Jetzt noch nicht, denkt sich Pérsomi.

Ihre Mutter spielt nervös mit ihrem grauen Taschentuch. Nach einer Weile kommen sie auch ihre Mutter holen, Sussie kommt allerdings nicht zurück.

Der Gang, in dem Pérsomi sitzt, ist sehr lang mit einer Menge Türen auf beiden Seiten und einer hohen Decke mit Lampen daran. Die Bank, auf der sie sitzt, wird mit jeder Minute härter. Pérsomis Füße werden heiß in den Schuhen und fangen an zu schwitzen.

Endlich kommen sie auch und holen sie ab. Sie geht hinter dem Polizeibeamten her, wobei ihre Füße in den Schuhen so sehr schmerzen, dass sie kaum aufrecht gehen kann.

Im Gerichtssaal muss sie eine Hand auf die Bibel legen und schwören, dass sie nichts als die Wahrheit sagen wird, genau so wie es Frau Retief und De Wet gesagt haben. Dann muss sie sich auf ein kleines Podium setzen, direkt unter dem Platz, wo der Richter sitzt.

Sie schaut nicht nach den Menschen, genau wie Frau Retief es ihr geraten hat, sondern schaut nur nach dem Staatsanwalt. Das ist ein junger Mann mit grünen Augen, die ein bisschen so aussehen wie die von De Wet. Er sieht überhaupt beinahe so aus wie De Wet, denkt sie.

„Pérsomi", beginnt der Staatsanwalt freundlich, „wir sind hier, um herauszufinden, was bei euch zu Hause nachts passiert ist. Du weißt doch, worum es geht, oder?"

„Ja", antwortet Pérsomi. „Um das Baby, das Sussie bekommen hat."

Hinter dem Staatsanwalt ist ein langer Tisch, an dem ein Mann mit einer spitzen Nase sitzt. Das ist der Verteidiger, weiß Pérsomi. Der wird ihr gleich auch noch Fragen stellen.

„Kannst du uns erzählen, wie es bei euch zu Hause aussieht?", will der Staatsanwalt wissen.

„Wir haben zwei Zimmer. Meine Mutter und Lewies schlafen in dem einen und wir in dem anderen", antwortet sie. Jetzt traut sie sich sogar, sich ein wenig umzusehen. Hinter dem Mann mit der spitzen Nase ist ein kleines Türchen und dahinter sitzen ein paar Reihen Menschen, die gekommen sind, um sich den Prozess anzusehen. Sie schaut sie noch nicht direkt an, aber dass sie da sind, sieht sie schon.

„Du schläfst also mit Sussie in einem Zimmer?"

„Ja, das stimmt."

Jetzt wirft sie doch einen Blick zu den Menschen hinüber. Irgendwo zwischen ihnen erkennt sie Frau Retief. Sie lächelt und nickt ihr leicht zu. Scheinbar macht sie ihre Sache gut.

„Pérsomi, ist dein Vater ab und zu in euer Zimmer gekommen, wenn deine Mutter geschlafen hat?"

Pérsomi holt tief Luft. Auf der einen Seite, ganz nahe am Gang, sitzen De Wet und Boelie. De Wet schreibt irgendetwas auf einen Block Papier, und Boelie nickt ihr nur zu, als sie in seine Richtung sieht.

„Ja, in manchen Nächten, und immer dann, wenn er Schnaps getrunken hatte."

„Und was ist dann passiert?"

Pérsomi leckt sich über die trockenen Lippen. Die Märchen vom bösen Wolf helfen ihr jetzt nicht weiter. „Dann hat er sich auf Sussies Matratze gelegt, zu Sussie."

Der Staatsanwalt senkt die Stimme. „Und dann, Pérsomi? Ich weiß, dass es schwierig ist, aber du musst uns wirklich alles erzählen."

„Dann ... hat Sussie zu weinen angefangen."

„Warum hat sie dann geweint?"

„Ich glaube ... weil er ihr wehgetan hat. Er ..." Sie zögert kurz und sagt dann ganz leise. „Er hat mit ihr geschlafen." Jetzt schaut sie wieder nur den Staatsanwalt an, so wie Frau Retief es ihr geraten hat: Schau nur den Staatsanwalt an oder den Richter. Auf keinen Fall in die Richtung des Angeklagten.

Der Staatsanwalt nickt und lächelt freundlich, wodurch sie sich besser fühlt. „Pérsomi, hat Sussie jemals einen Freund gehabt? Einen Liebhaber?", will er wissen.

„Nein."

„Vielleicht hast du es nur nicht mitbekommen."

„Nein", entgegnet Pérsomi mit Bestimmtheit. „Uns hat nie jemand besucht, außer Onkel Attie und dem Rest, und Sussie ist auch nie irgendwo hingegangen. Außer, wenn wir Onkel Attie besucht haben."

„Wer ist Onkel Attie?"
„Mein Onkel. Der Mann der Schwester meiner Mutter", erklärt Pérsomi.
„Vielen Dank", sagt der Staatsanwalt und lächelt sie wieder freundlich an. Denn dreht er sich zum Richter um.
„Keine weiteren Fragen, Euer Ehren."
Pérsomi schaut zu Frau Retief hinüber. Sie sitzt da und nickt, alles ist gut gelaufen. Dann schaut sie zu Boelie, aber der schaut nicht zurück, sondern betrachtet sich, was De Wet aufschreibt.
Jetzt steht der Mann mit der spitzen Nase auf. Er stellt sich direkt vor Pérsomi und schaut sie an. Auch er lächelt freundlich.
„Du heißt Pérsomi, nicht wahr? Darf ich dich so nennen?"
„Ja, natürlich", antwortet Pérsomi. Sie ist auf der Hut. Das ist der Mann, der versuchen wird, sie in eine Ecke zu drängen, hat Frau Retief gesagt.
„Wie alt bist du, Pérsomi?"
„Dreizehn."
„Und du schläfst mit deiner Schwester in einem Zimmer?"
„Ja", antwortet Pérsomi. „Wir schlafen alle in einem Zimmer, außer meiner Mutter und so."
„Deine Mutter schläft im Zimmer daneben?"
„Ja."
„Hmm." Der Mann mit der spitzen Nase wirft einen Blick auf seine Papiere und schaut dann wieder auf. „Du kannst bezeugen, dass der Angeklagte, dein Vater, nachts zu Sussie kam?"
„Ja."
„Hast du das gesehen oder nur gehört?"
„Ich habe es gehört", antwortet Pérsomi vorsichtig. „Es war Nacht, und nachts kann man nicht gut sehen."
Von den Zuschauerrängen ist ein leises Geräusch zu hören, so als würden die Leute miteinander flüstern.
„Damit hast du sicher recht", bekräftigt der Mann. „Und hast du dann gehört, was in dem Bett neben dir passiert ist? Hast du deine Schwester weinen hören?"
Pérsomi kneift ihre Augen zu Schlitzen zusammen. „Das habe ich doch schon gesagt. Nur dass wir auf Matratzen schlafen, nicht in einem Bett."
„Gut. Und deiner Meinung nach ist das sehr oft geschehen im

vergangenen" – er wirft wieder einen Blick auf seine Papiere – „in den vergangenen anderthalb Jahren? Mindestens zwei- oder dreimal pro Monat?"

Pérsomi merkt, wie die Anspannung an ihr zu nagen beginnt. Ihre Füße kribbeln in den harten Schuhen. Sie hat den Eindruck, dass diese Spitzmaus sie in eine Falle locken möchte. Aber sie ist schließlich nicht auf den Kopf gefallen und will sich so leicht nicht ins Bockshorn jagen lassen. Deshalb schaut sie den Richter an und sagt rundheraus: „Das habe ich doch schon gesagt, Euer Ehren. So ist es gewesen."

Der Richter hat eine Brille mit dicken Gläsern auf der Nase und eine schwarze Robe an. Er nickt ernst.

„Gut", sagt der Mann mit der spitzen Nase und klopft mit seinem Bleistift auf seinen Papieren herum. „Wie kann deine Mutter dann behaupten, sie habe nie etwas davon gesehen oder gehört?"

Pérsomi zögert einen Augenblick. Sie weiß, was Sussie und ihre Mutter immer gesagt haben, wenn Frau Retief nicht dabei gewesen ist, aber sie kann ihrer Mutter doch nun nicht in den Rücken fallen! Deshalb sagt sie: „Meine Mutter war im anderen Zimmer und hat geschlafen."

„Aber eure beiden Zimmer werden doch nur durch einen dünnen Vorhang voneinander getrennt? Man kann doch sicher alles hören, was in dem Zimmer nebenan geschieht, oder?"

Woher weiß der Mann das? Er ist doch noch nie bei ihnen zu Hause gewesen. Laut antwortet sie: „Meine Mutter ist noch nicht einmal aufgewacht, wenn Gertjie gehustet hat. Und manchmal hat er die ganze Nacht durch gehustet."

„Dann soll ich dir also glauben, dass all das passiert ist, ohne dass deine Mutter auch nur ein einziges Mal davon wach geworden ist?" Sie kann deutlich spüren, dass der Mann mit seinen glatten Manieren ihr kein Wort glaubt.

Sie hebt den Kopf und schaut ihm geradewegs in die Augen. In diesem Augenblick ist ihr alles egal – sie sollen hier nicht so tun, als sei sie dumm.

„Das sage ich doch", entgegnet sie laut und deutlich. „So ist es gewesen." Sie wendet sich nun ganz zum Richter um. „Das ist die Wahrheit, Euer Ehren."

„Ich höre dir zu", versichert ihr der Mann mit der schwarzen

Brille. Sein Gesicht ist ernst. Er muss herausfinden, was die Wahrheit ist, das weiß Pérsomi.

Der Mann mit der spitzen Nase geht wieder zu seinem Tisch zurück und betrachtet eine ganze Weile seine Papiere. Vielleicht ist er jetzt fertig, denkt Pérsomi hoffnungsvoll, denn ihre Beine fühlen sich so an, als würden sie gleich losrennen wollen, allerdings nur, wenn es ihr vorher gelingt, die Füße aus den Schuhen zu bekommen.

Dann schaut er tatsächlich wieder auf. Er betrachtet sie lange und sie weicht seinem Blick nicht aus. Dann zieht er langsam seine Brille ab. Nun sieht er auf einmal viel freundlicher aus. „Pérsomi, Lewies Pieterse ist nicht dein biologischer Vater, stimmt das?", fragt er leise.

Pérsomi erschrickt. Sie schaut an ihm vorbei zu Boelie dort in seiner Bank. Sie kann sehen, dass er ebenfalls erschrocken ist; er hat es bisher nicht gewusst.

Sie wirft einen Blick zu Frau Retief. Die hat vor Schreck die Hand vor den Mund geschlagen; auch sie hat es noch nicht gewusst.

Niemand hat Pérsomi vorher gewarnt, dass sie das gefragt werden würde. Und sie hat Gerbrand bei ihrer Ehre versprochen ...

„Ich habe dich gefragt, ob Lewies Pieterse dein biologischer Vater ist, Pérsomi", wiederholt die Spitzmaus.

Es wäre einfach, jetzt schlichtweg mit „Ja" zu antworten, das will sie jedoch nicht, denn sie möchte ihn nicht als Vater haben. Und ein Eid auf die Bibel zählt mit Sicherheit mehr als ein Ehrenwort.

Sie hebt den Kopf, schaut der Spitzmaus in die Augen und antwortet: „Lewies ist nicht mein Vater."

Plötzlich geht ein Raunen durch den Gerichtssaal. „Ruhe im Saal!", ruft der Richter streng.

Die Spitzmaus scheint zufrieden zu sein und nickt. Dabei schaut sie sie weiterhin an.

„Und habt ihr beiden ein gutes Verhältnis miteinander?", will die Spitzmaus wissen. „Hast du dich gut mit ihm verstanden?"

„Nein", antwortet Pérsomi. „Ganz und gar nicht."

„Wie ist das gekommen?"

Pérsomi holt tief Luft. „Weil er uns immer das Geld abgenommen hat, sobald wir welches hatten." Sie schaut wieder zu dem Richter hinüber. „Mein Bruder Gerbrand ist in der Armee, und jeden Monat bekommen wir Geld von ihm. Wenn aber Lewies als Erster den Umschlag in die Finger bekommt, kauft er Schnaps davon, Euer Ehren, und dann betrinkt er sich und wir haben dann kein Geld mehr, um Essen zu kaufen, Euer Ehren."

„Ich verstehe", erwidert der Richter.

„Hat er noch mehr getan, was dir nicht gefallen hat?", fragt die Spitzmaus.

„Er hat uns mit dem Gürtel verdroschen, meinen Bruder auch", erzählt Pérsomi wieder dem Richter. „Er hilft auch nie bei der Arbeit, wenn wir Mais oder Kürbisse anpflanzen, obwohl er stark genug wäre, um den Pflug in den Boden zu drücken. Euer Ehren."

„Ich verstehe", antwortet der Richter erneut und nickt.

„Ich verstehe", behauptet nun auch die Spitzmaus und blickt Pérsomi an ihrer Nase vorbei an. „Ich habe auch verstanden, dass du in der Schule sehr gut bist. So gut sogar, dass du ein Stipendium bekommen hast, mit dem du im nächsten Jahr auf die weiterführende Schule gehen kannst; das hat mir dein Lehrer erzählt."

„Ja, so ist es", entgegnet Pérsomi. Wann hat die Spitzmaus denn mit dem Meister gesprochen? Und was hat das überhaupt mit der Sache hier zu tun?

„Lewies Pieterse hat sich jedoch darum gekümmert, dass du in Johannesburg eine Arbeit bekommst. Soweit ich weiß, hat dein Bruder Piet doch schon eine Stelle für dich gefunden, nicht wahr?"

„Ja, in einer Wäscherei", erwidert Pérsomi, die nicht ganz bei der Sache ist. Worauf möchte er hinaus?

„Also", schlussfolgert die Spitzmaus, während sie in ihren Papieren herumwühlt, „würde es dir doch eigentlich ganz gut passen, wenn dein Stiefvater hier schuldig gesprochen würde, oder? Wenn er für ein paar Jahre aus deinem Leben verschwinden würde? Stimmt das oder nicht, Pérsomi?"

Plötzlich wird ihr klar, wohin seine ganze Fragerei geführt hat. So ein elender Mistkerl!, denkt sie wütend, doch noch bevor sie etwas antworten kann, springt der Staatsanwalt auf. „Einspruch, Euer Ehren! Die Verteidigung ..."

Da steht Pérsomi auch auf und sagt laut und deutlich: „Ich möchte selbst etwas dazu sagen. Mein Kopf ist nicht nur dazu da, um meine Ohren auseinanderzuhalten, und ich habe auch verstan-

den, worauf er hinauswill." Sie blickt der Spitzmaus direkt in die Augen. "Ja, es wäre tatsächlich gut für mich, wenn Lewies schuldig gesprochen würde, aber nicht, weil ich ihn aus dem Haus haben möchte, sondern", und damit wendet sie sich dem Richter zu, "sondern weil er schuldig ist, und damit Schluss, Euer Ehren."
"Ich verstehe", erwidert der Richter.
"Ich möchte noch etwas sagen, Euer Ehren."
"Das kannst du", entgegnet der Richter, "aber du musst dich erst wieder hinsetzen und sitzen bleiben."
"Gut, Euer Ehren", erwidert Pérsomi und lässt sich wieder auf ihren Stuhl sinken. Ihre Füße brennen in ihren harten Schuhen. Von jetzt an spricht sie nur noch direkt mit dem Richter; er ist es, der die Wahrheit wissen muss. "Meine Mutter und Sussie haben sich vorher abgesprochen. Sie wollen aussagen, dass Sussie einen Freund hat, weil sie Angst haben, Herr Fourie könnte uns sonst wegjagen und dann haben wir kein Zuhause mehr. Aber fragen Sie sie doch einmal, wer dieser Freund sein soll. Dann werden sie sagen, dass sie es nicht erzählen dürfen, weil er verheiratet sei. Aber so jemanden gibt es überhaupt nicht, Euer Ehren. Und meine Mutter hat auch gesagt: Wenn wir gegen Lewies aussagen" – und zum ersten Mal wirft sie einen Blick auf den Mann, der da auf der Anklagebank sitzt – "dann schlägt er uns tot, sobald er wieder frei ist." Sie holt tief Luft. "Euer Ehren, der Mann mit der spitzen Nase tut so, als wäre ich eine Lügentante, aber das bin ich nicht. Alles, was ich gesagt habe, ist wahr."

Sie zittert von Kopf bis Fuß. So wütend ist sie noch nie gewesen.
"Ruhe im Saal!", ruft der Richter und schlägt mit seinem kleinen Hammer auf den Tisch vor sich. "Ruhe im Saal, Ruhe!" Es dauert einen Augenblick, bis die Leute sich wieder beruhigt haben.

"Keine weiteren Fragen", verkündet die Spitzmaus und fummelt an ihren Papieren herum, bis sie wieder zu einem ordentlichen Stapel aufeinanderliegen.

Der Richter wirft einen Blick auf den Staatsanwalt. Der schüttelt den Kopf.

"Keine weiteren Fragen", erklärt er.
"Vielen Dank, Pérsomi, du kannst gehen", entlässt sie der Richter.

Sie steht auf und alle Leute schauen sie an. Dabei bemerkt sie, dass Boelie auch aufsteht und sich vor den Leuten in seiner Reihe nach außen hindurchschiebt. Eine Polizeibeamtin bringt sie aus dem Saal.

Als sie rauskommt, steht Boelie schon im Gang und wartet auf sie. „Darf sie mit mir mitgehen?", fragt er.

„Ja, sicher, sie ist fertig", antwortet die Frau.

„Ich hole die anderen gleich ab", sagt Boelie. „Können Sie sie bitten, hier auf mich zu warten? Komm, Pérsomi."

Sie folgt ihm zum Auto. Beim Gehen scheuern die Schuhe ihre Füße wund. Als er ihr den Wagenschlag aufhält, schiebt sie sich hinein und setzt sich sehr unbequem und steif ans Fenster.

Während er die Hauptstraße entlangfährt, sagt er: „Du hast gut daran getan, die Wahrheit zu sagen, Pérsomi."

Sie nickt, erwidert aber nichts.

Vor Johnny's Café hält er den Wagen an und steigt aus. „Komm einmal mit", fordert er sie über die Schulter hinweg auf und geht in das Café. Zögernd folgt sie ihm. In der Zwischenzeit geht er in den hinteren Bereich und setzt sich an eines der Tischchen. „Setz dich", lädt er sie ein, wobei er auf einen Stuhl zeigt, der seinem gegenübersteht. „Was möchtest du trinken? Cola? Zitronenlimonade? Einen Milchshake?"

Sie zuckt mit den Schultern, weil sie keine Ahnung hat, wovon er spricht. Das ganze Café riecht nach Essen. Ihr ganzer Körper ist noch voller Wut. Sie will nichts lieber als ihre Schuhe endlich loswerden. Ihre Zehen fühlen sich schon ganz taub an.

„Zwei Vanillemilchshakes, bitte", ruft Boelie der Frau zu, die an ihren Tisch gekommen ist. „Und zwei Frikadellen mit Pommes."

Pérsomi sitzt kerzengerade da und schaut sich vorsichtig um.

Vorn im Café ist ein gläserner Schrank mit zwei konvexen Glasscheiben direkt untereinander. Hinter jeder Scheibe befinden sich ungefähr acht gläserne Fächer, und in jedem Fach liegt eine andere Sorte Süßigkeit; alles zusammen sind es wohl hunderttausend Süßigkeiten.

Sie schaut sich weiter um. Hinter der Ladentheke, an die sich ein dicker Mann mit einem roten Gesicht lehnt, ist ein Regal voller Brote und Zigaretten und gegenüber befindet sich ein Zeitungsständer mit Zeitungen und Zeitschriften. Im hinteren Teil des Cafés, da, wo sie sitzen, stehen kleine Tische und an jedem vier Stühle. Auf den Tischen liegen rot-weiß-karierte Tischdecken. Es sieht wirklich sehr schön aus.

Doch all die schönen Dinge helfen wirklich kein bisschen gegen die Wut in ihrem Bauch. Als der Milchshake gebracht wird und sie zum Glas greifen will, zittert ihre Hand immer noch.

Boelie bemerkt es. „Warum zitterst du denn so?", will er wissen.

„Hattest du Angst?"

„Nein, Wut."

Er runzelt die Stirn. „Warum?"

„Weil der Mann mit der spitzen Nase so getan hat, als würde ich lügen, nur damit Lewies ins Kittchen wandert." Sie fängt innerlich wieder an zu kochen. „Boelie, ich bin so verflucht wütend gewesen!"

Er fängt schallend an zu lachen. „Ganz ruhig, du hast ihm die Wahrheit gut um die Ohren gehauen", bringt er zwischen den Lachanfällen heraus. „Dem hast du jedenfalls das Maul gestopft. De Wet meint, du seist ein glaubwürdiger Zeuge gewesen." Dann wird er ernster. „Aber du weißt, der arbeitet nun einmal für die Regierung, er muss deinen Vater verteidigen ..."

„Das ist nicht mein Vater!"

„... selbst dann, wenn er denkt, dass Lewies eigentlich schuldig ist. Dafür wird er schließlich bezahlt."

„Aber das ist nicht in Ordnung!"

„Ja, kann sein, aber jeder hat das Recht auf eine Verteidigung, Pérsomi, und ich möchte eigentlich nicht, dass du so redest. Mädchen sollten so eine Sprache nicht gebrauchen."

„Welche Sprache?"

„Worte wie ‚verflucht'."

„Oh. Aber so etwas sagst du doch auch!"

„Aber ich bin ein Mann. Für ein Mädchen gehören sich solche Worte nicht."

Unsicher schaut sie ihm in die dunklen Augen, die sehr ernst aussehen. „Oh", erwidert sie wieder. „Das wusste ich nicht."

„Deshalb sage ich es dir ja auch."

Sie nickt. „Gut", entgegnet sie. „Boelie, was ist denn ein glaubwürdiger Zeuge?"

„Das bedeutet, dass du so gut ausgesagt hast, dass man dir glauben konnte."

„Na ja, ich habe doch einfach nur die Wahrheit gesagt", erwidert sie beinahe entrüstet.

„Das meine ich", entgegnet Boelie. „Glaubwürdiger Zeuge" – wieder zwei von diesen wunderbaren Worten, genauso wie „ein Ultimatum stellen" und „zum Rückzug blasen" und „unaufhaltsam rollen die Kettenfahrzeuge vorwärts" und „tödlich verwundet". Nur bedeutet „tödlich verwundet" etwas ganz und gar Furchtbares und „glaubwürdiger Zeuge" etwas Gutes.

„Was gibt es doch für eine Menge wunderbarer Worte, findest du nicht auch, Boelie?"

Er schaut sie ein wenig verwirrt an. „Ja", antwortet er. „Schau, da kommen unsere Frikadellen. Ich habe einen verfluchten Hunger, und du?"

„Ich habe auch entsetzlichen Hunger", verkündet sie und lacht ihn an.

こぶ

Auf dem Weg nach Hause sitzen sie alle mucksmäuschenstill im Auto. Boelie steuert mit einer Hand, seine andere hängt aus dem Fenster. Neben ihm fläzt sich De Wet erschöpft auf dem Sitz und hat die Beine weit von sich gestreckt. Sussie sitzt hinten zwischen ihrer Mutter und Pérsomi. Sie weint die ganze Fahrt über und zieht zwischendrin geräuschvoll die Nase hoch. Pérsomi sitzt in der Ecke und betrachtet durch das Fenster die Landschaft, die so schnell an ihnen vorbeirauscht. Ihre Füße hat sie still und leise von den drückenden Schuhen befreit. Ihre Mutter zerknüllt die ganze Zeit über mit den Händen ihr graues Taschentuch.

Heute ist Lewies für schuldig befunden worden. Morgen wird man ihm verkünden, für wie lange er ins Gefängnis muss.

Bei der Brücke über den Nil setzt sich De Wet aufrecht auf dem Vordersitz hin und schaut direkt nach hinten. „Mein Vater jagt euch nicht aus eurem Haus weg, Tante Jemima", erklärt er. „Darüber braucht ihr euch keine Gedanken zu machen."

„Woher willst du das wissen?", fragt Pérsomis Mutter und knäult ihr Taschentuch zu einem festen Ball zusammen.

„Das hat er gesagt, von Anfang an", antwortet De Wet ruhig.

Es ist still im Auto. Nur das Schniefen von Sussie unterbricht ab und zu die Stille. Schließlich fragt Pérsomis Mutter plötzlich: „Wie lange wird er sitzen müssen?"

De Wet setzt sich erneut gerade hin. „Das ist schwer zu sagen, Tante Jemima. Es ist sein erstes Vergehen, und Sussie ist auch keine Minderjährige mehr. Vergewaltigung bleibt jedoch ein ernstes Verbrechen und Blutschande ist noch schlimmer. Ich schätze, es werden zwischen sechs und acht Jahre werden."

Blutschande?, überlegt Pérsomi im Stillen. Was ist das nun wieder für ein schreckliches Wort?

Als sie am Großen Haus aussteigen, sagt Boelie: „Warte noch einen Augenblick, Pérsomi, ich muss noch kurz mit dir reden."

Während ihre Mutter und Sussie weggehen, schaut Pérsomi ihnen hinterher. Dann wendet sie sich Boelie zu und schaut zu ihm auf. Er ist zwar nicht so groß wie De Wet, aber größer als Gerbrand; allerdings weiß sie das nicht sicher, vielleicht ist Gerbrand wieder etwas gewachsen.

„Ich möchte dir nur sagen, dass ich heute sehr stolz auf dich gewesen bin", erklärt er, einfach so, als ob es nichts sei. Doch ihre Ohren hören es Wort für Wort und danach setzt es sich in ihrem Kopf fest.

Sie nickt bedächtig. „Darf ich dir auch etwas sagen, Boelie? Das möchte ich später auch werden."

„Was?"

„Dasselbe, was der junge Mann im Gericht ist, nicht der mit der spitzen Nase, sondern der andere. Da ist Gerechtigkeit, das ist gut."

„Und wenn du dann jemanden verteidigen musst, obwohl du denkst, dass er schuldig ist?"

„Das werde ich niemals tun", erwidert sie mit Bestimmtheit. „Nie im Leben."

Er lächelt ruhig. „Ich weiß nicht, ob Frauen Rechtsanwälte werden können, aber wenn das geht, habe ich keinen Zweifel daran, dass du deine Sache wirklich gut machen wirst", verkündet er. „Geh jetzt nach Hause zurück."

Pérsomi dreht sich um und schlendert langsam zurück zu dem Häuschen am *Brakrant*, die neuen Schuhe trägt sie in der Hand.

3. Kapitel

„Das Kind muss arbeiten gehen."
„Das Kind ist sehr helle im Kopf, Jemima. Es wäre besser, wenn es auf die weiterführende Schule ginge."
„Und wer soll das bezahlen?"
„Die Regierung bezahlt intelligenten Kindern das Schulgeld, Jemima, das weißt du doch, oder? Gerbrand haben sie es schließlich auch bezahlt."
„Wenn das Kind im nächsten Jahr nicht arbeiten geht, musst du mir Geld geben. Mit dem bisschen, was Gerbrand uns schickt, kann ich kein Essen kaufen."
„Ich schaue mal, was sich machen lässt."
„Wenn das Kind auf die weiterführende Schule geht, braucht es auch Kleidung."
„Die Armenfürsorge stellt ihm eine Schuluniform, Jemima, und dazu auch Schulschuhe."
„Ach ja? Und was ist mit den anderen Kleidern? Und der Unterwäsche und all dem anderen Kram? Das Kind wird groß."
„Gut. Ich lasse Ismail im Voraus einen Betrag zukommen. Und du kaufst nur das, was das Kind nötig hat, verstehst du?"
„Du kannst mir das Geld doch einfach ..."
„Nein, Jemima, das werde ich nie mehr tun, und das weißt du auch ganz genau. Und jetzt verschwinde."

Zum zweiten Mal in noch nicht einmal drei Wochen ist Pérsomi wieder auf dem Weg ins Dorf, dieses Mal fährt sie auf der Ladefläche des Pickups mit. Herr Fourie und Boelie müssen Draht und Zaunpfähle kaufen, Pérsomi und ihre Mutter wollen auf einen Sprung zu Ismail, wegen der Schulsachen. Sussie und Hannapat sind auch mit von der Partie.

Pérsomi kann immer noch nicht glauben, dass sie nach Weihnachten auf die weiterführende Schule gehen wird. Eben noch sollte sie in einer Wäscherei in Johannesburg arbeiten, doch nur einen

Tag später hat ihre Mutter ihr eröffnet: „Du gehst nächstes Jahr nicht arbeiten."

„Warum nicht, Mama?" Sie wollte ganz sichergehen.

„Ein paar Leute haben mit mir gesprochen, auch Herr Fourie. Der sagt, dass du weiterlernen musst. Die Regierung bezahlt das Wohnheim, genauso wie damals bei Gerbrand. Und die Frau von der Armenfürsorge kümmert sich um die Kleidung, aber du brauchst auch noch Unterwäsche."

„Mama, ist das wirklich wahr?" Eine unbändige Freude ist plötzlich nach oben gesprudelt, sie wollte aus ihrem Mund, ihrer Nase und ihren Ohren strömen. Ihr ganzer Kopf ist voller Unglaube gewesen. Sie geht auf die weiterführende Schule, sie geht wirklich auf die weiterführende Schule!

„Nächste Woche gehen wir ins Dorf", hat ihre Mutter gesagt. „Und die alte Frau Fourie wird dir ein weißes Kleid für die Kirche nähen, sie sagt, dass sie noch genügend Stoff übrig hat."

Hannapat hat in der vergangenen Nacht auch nicht schlafen können. Von den drei Mädchen hat nun jedes seine eigene Matratze, und sie haben bis tief in die Nacht miteinander über die bevorstehende Fahrt ins Dorf geplaudert. Nach einer Weile hat Sussie gleichmäßig zu schnarchen angefangen, doch Hannapat hat kein Ende gefunden.

„Meinst du, Mama kauft auch etwas für mich?", hat sie von ihrem Platz vor dem kalten Ofen wissen wollen. „Es wäre doch ziemlich unfair, wenn du allen möglichen Kram bekommst und ich nichts."

„Ich muss schließlich aufs Internat", hat Pérsomi erwidert. „Aber schreib es dir hinter die Ohren, Hannapat, wenn du dich mehr anstrengst, dein Bestes zu geben, wenn es ums Lesen geht und die Rechtschreibung und Mathematik, dann kannst du später auch auf die weiterführende Schule gehen, und dann bekommst du auch neue Sachen."

„Ja", hat Hannapat entgegnet, doch Pérsomi hat bereits geahnt, dass daraus nichts werden würde. Hannapat hat dieses Jahr die sechste Klasse nur mit Ach und Krach bestanden, und das liegt nur daran, dass sie sich vor dem Lernen drückt.

Während sie an dem gigantischen Schulgebäude vorbeifahren, betrachtet sich Pérsomi aufmerksam, wie alles aussieht. Zum ersten

Mal fühlt sie sich ein bisschen unsicher: Alles sieht so groß und so fremd aus. Die Unsicherheit ist jedoch schnell verflogen; immerhin ist das ihr Traum gewesen, eines Tages auch auf die weiterführende Schule zu gehen, schon von dem Augenblick an, als Gerbrand vor sechs Jahren in die Dorfschule gegangen ist.

Gerbrand. Schon lange haben sie nichts mehr von ihm gehört, obwohl sie ihm schon ein Mal geschrieben haben. Sie bekommen zwar immer noch jeden Monat einen Umschlag mit Geld, aber ein Brief liegt nie dabei. „Gerbrand ist ein Mann, die schreiben nie so regelmäßig", hat Klara gesagt, als sie zusammen mit Boelie und De Wet die Semesterferien zu Hause verbracht hat. „Schreibt er dir denn auch nicht?", hat Pérsomi sichergehen wollen.

„Nicht oft", hat Klara ausweichend geantwortet. „Sie haben auch nur sehr wenig Zeit. Ich glaube aber, dass es ihm ganz gut geht."

Vor der Reihe mit indischen Geschäften hält Herr Fourie an. „In einer Stunde holen wir euch hier wieder ab", verkündet Boelie durch das kleine Fensterchen. „Denkt daran und geht nirgendwo anders hin."

Der alte Ismail steht schon an der Ladentür und erwartet sie. „Frau Pieterse!", begrüßt er sie freundlich und reibt sich mit einer raschen Bewegung die Hände. „Kommen Sie herein, kommen Sie herein. Das Kind braucht Kleidung, wie ich höre?"

Woher weiß er das nur?, fragt Pérsomi sich für einen Augenblick.

Sussie zeigt Hannapat zunächst den Glasschrank voller glänzender Schmuckstücke. Pérsomi und ihre Mutter schlendern hinter Ismail her in die Abteilung mit Damenbekleidung. Vor einem Regal voller Hüte bleibt Pérsomis Mutter stehen. „Ach du liebe Güte, schau dir doch nur all die Hüte hier an", ruft sie und probiert ein rundes, schwarzes Hütchen auf. Dann stellt sie sich vor den Spiegel und betrachtet schweigend ihr Spiegelbild.

Pérsomi schlendert allein weiter. Sie braucht Unterwäsche, hat ihre Mutter gesagt, und einen Büstenhalter. Sie selbst hätte gern auch noch eine Haarbürste; sie kann doch nicht die von ihrer Mutter mitnehmen, denn womit sollten sich dann Sussie, Hannapat und ihre Mutter kämmen?

Sie hat keine Ahnung, wie viel Geld ihre Mutter dabeihat. Gerbrand schickt ihr zwar jeden Monat einen Betrag, den ihre Mutter behalten kann, weil Lewies nun weggebracht worden ist, doch die unregelmäßigen Zuweisungen von Piet scheinen nun ein für alle Mal ausgetrocknet zu sein.

Vor dem Schrank mit der Aufschrift „Unterwäsche" bleibt sie stehen. Darin sind Hunderte von Schubladen mit kleinen Glasscheibchen, sie sind alle proppenvoll. Sie weiß nicht, was sie jetzt tun soll.

„Kann ich vielleicht helfen?", fragt eine freundliche Stimme hinter ihr. „Hey! Du bist doch das Mädchen, dessen Bruder bei der Armee ist!"

Pérsomi dreht sich um. Es ist der Junge, den sie beim letzten Mal auch schon getroffen hat, Yusuf, der Enkel von Herrn Ismail. „Wie geht es deinem Bruder?", will er wissen.

„Gut." Sie spürt, wie die Verlegenheit ihr vom Hals ins Gesicht kriecht; sie steht hier bei der Unterwäsche, und er fängt eine Plauderei an.

„Womit kann ich dir denn helfen?", fragt er wieder. „Mein Bruder schreibt mir beinahe jede Woche, mein Vater meint, das zeigt, dass er Heimweh hat."

„Mein Bruder schreibt mir eigentlich nie, er ist nicht so ein Schreiberling", entgegnet Pérsomi. Sie versucht sich an der Unterwäsche vorbeizuschieben. „Ich gehe bald auf die weiterführende Schule, ins Wohnheim, dafür brauche ich ein paar Sachen."

Der Junge lächelt breit. Seine Zähne stechen blütenweiß aus seinem braunen Gesicht hervor. „Ich gehe dieses Jahr auch auf die weiterführende Schule. Möchtest du eine Schuluniform kaufen?", will er wissen.

Da ertönt hinter ihm die Stimme des alten Herrn Ismail. „Ich helfe hier weiter, Yusuf. Schau du lieber, ob der Pickup von Herrn Fourie zurückkommt, und gib uns Bescheid, sobald er da ist."

Eine Stunde später klettern sie wieder auf die Ladefläche des Kleinlasters und versuchen, so gut es geht, einen Sitzplatz zwischen den Drahtrollen, den Zaunpfählen und den Lecksteinen zu finden. In einer großen Papiertüte befinden sich zwei längere Unterhosen, ein Büstenhalter, eine Haarbürste und eine glänzende Kette für Pérsomi, ein Rock für Sussie, eine Bluse und eine Kette für Hannapat und ein Hut für ihre Mutter. Sie haben auch noch eine Menge Süßigkeiten und drei Packungen Kekse gekauft. „Wir haben ein gutes Geschäft gemacht", stellt Pérsomis Mutter zufrieden fest. „Herr Ismail gibt mir immer irgendetwas für 'nen Appel und 'n Ei."

☙

Anfang Januar des Jahres unseres Herrn 1941 beginnt es zu regnen. Es regnet tagelang. Weil das Dach leck ist, stellen sie den Eimer und zwei Töpfe auf den Boden, um das Regenwasser aufzufangen.

Wenn doch nur Gerbrand hier wäre, der könnte das Dach sicher reparieren.

„Jetzt müssen wir wenigstens nicht mehr hinunter zum Fluss, um Wasser zu holen", freut sich Hannapat.

Der Eimer und die Töpfe bringen jedoch nicht viel. Im Haus wird es immer feuchter, nach einer Weile sind sogar die Matratzen nass. Das Holz auch; das Feuer ist jetzt mehr Rauch als Flammen.

„Wir können noch nicht einmal mehr Feuer machen", bemerkt Pérsomi.

„Der Regen sollte jetzt eigentlich irgendwann aufhören", erklärt ihre Mutter.

„Wir werden noch vor Hunger sterben, wenn wir keinen Brei machen können", jammert Hannapat.

„Das Mehl ist sowieso fast alle", entgegnet ihre Mutter, während sie sich ihre roten Locken hinter die Ohren schiebt.

„Seit gestern sind die Trittsteine völlig im Wasser verschwunden", erklärt Pérsomi. „Ich müsste eigentlich mein Sonntagskleid einmal anprobieren, hat Frau Fourie gesagt, aber ich komme nicht zu ihr."

Am liebsten wäre es ihr gewesen, wenn jemand anderes das Kleid für sie genäht hätte, nicht Irenes Großmutter.

Als der Regen endlich aufhört, hat sich der Fluss in eine tosende, braune Wassermasse verwandelt, die wild um die kleine Brücke herumwirbelt und alles mitreißt, was ihr im Weg ist. „Sind die Flussbarben jetzt auch alle weg?", will Hannapat wissen.

Auch die Furchen am Berg stehen voller Wasser, ihr Häuschen am *Brakrant* befindet sich nun auf einer Insel. „Vielleicht geht das Wasser ja nie mehr weg, dann brauche ich nicht mehr in die Schule zu gehen", erklärt Hannapat voller Hoffnung.

„Wir werden hier noch vor Hunger sterben", erwidert ihre Mutter.

Als Pérsomi am nächsten Morgen lange vor Sonnenaufgang wach wird, scheint der Mond sehr viel heller und die Wolken sind verschwunden. Sie steht auf und macht sich auf den Weg. Sie wird um den ganzen Berg herumgehen müssen, hinter dem Wasserfall vorbei. Der Boden ist nass und glitschig, die Steine spiegelglatt. Doch sie kennt den Berg wie ihre Westentasche, kennt jeden kleinen Pfad, jeden Steinhaufen, jeden gefährlichen Abgrund. Dabei gibt ihr der Mond genügend Licht, sodass sie gut vorankommt.

Wenn sie heute ihr neues Sonntagskleid nicht anprobieren kann, bekommt Irenes Oma es vermutlich bis Montag nicht fertig, wenn sie aufs Internat geht. Um das Große Haus macht sie einen großen Bogen und nähert sich von hinten dem Alten Haus.

Die Hintertür steht offen und ein Gefühl der Unsicherheit fängt in ihrem Bauch an zu glühen. Langsam geht sie bis zur Tür. In der Küche sitzen der mürrische Herr Fourie, die alte Frau Fourie und Boelie am Tisch und trinken Kaffee. Sie darf auf keinen Fall vergessen, „Frau" zu sagen anstatt „Tante". Das Verlangen wegzurennen kribbelt ihr in den Beinen.

Dann klopft sie fest entschlossen an. „Guten Morgen Frau Fourie Herr Fourie Boelie ich komme weil ich mein Kleid anprobieren möchte", verkündet sie in einem Atemzug.

„Kind!", erwidert Frau Fourie überrascht.

„Pérsomi!", ruft Boelie genauso überrascht. „Wie bist du denn hierhergekommen? Du bist doch wohl hoffentlich nicht durch den Fluss …"

„Ich bin um den Berg herumgelaufen, hinter dem Wasserfall vorbei", antwortet sie. „Ich muss doch mein Kleid anprobieren."

„Aber da bist du doch einen halben Tag unterwegs gewesen?" Er hört sich immer noch völlig verblüfft an.

„Ich bin früh aufgebrochen", entgegnet sie.

„Möchtest du einen Kaffee?", will er wissen. „Komm doch herein."

„Ich bin völlig verdreckt."

„Ja, du siehst aus, als wärst du durch den Schlamm hierher gerobbt", erwidert die alte Frau Fourie fast schon böse. „Geh dich erst einmal draußen an der Waschschüssel waschen, danach kannst du anprobieren kommen."

Wenn doch nur irgendjemand anderes das Kleid genäht hätte, nicht Irenes Großmutter!

Doch als sie wenig später das Kleid anzieht, kann sie nicht anders als sagen: „Das ist ein sehr schönes Kleid, Frau Fourie."

„Ja", entgegnet Irenes Oma, den Mund voller Stecknadeln, „du musst ja nun einmal anständig aussehen, wenn du in die Kirche gehst. Hast du keinen Büstenhalter, den du darunter anziehen kannst?"

Noch bevor Pérsomi ihr antworten kann, fährt Frau Fourie fort: „Du brauchst auch einen Panamahut. Ich schaue einmal, ob sich der alte Hut von Klara hier noch irgendwo finden lässt."

„Vielen Dank", erwidert Pérsomi.

Das ist das erste neue Kleid, das Pérsomi jemals bekommen hat. Und es ist ihr nicht viel zu weit oder viel zu kurz. Sie kann ihre Augen nicht von ihm wenden.

„Ich habe das Kleid ein wenig großzügiger geschnitten, dann kann es noch ein paar Jahre seinen Dienst tun", erklärt Irenes Großmutter. „Du kannst es morgen oder übermorgen abholen kommen, wenn der Fluss nicht mehr so hoch steht. Ich möchte nicht, dass du noch einmal um den ganzen Berg herumläufst, das ist zu gefährlich."

„Vielen Dank", sagt Pérsomi noch einmal.

Als sie wieder durch die Küche zur Hintertür geht, ist Boelie verschwunden. Sie riecht den Kaffeeduft, doch niemand hat ihr eine Tasse eingeschenkt.

Zielstrebig geht sie am Großen Haus vorbei, an der Scheune entlang und macht sich auf den Weg zum Berg. Als sie am Pferch vorbeikommt, biegt Boelie gerade um die Ecke. „Bist du fertig mit Anprobieren?", will er wissen.

„Ja."

„Und jetzt gehst du wieder um den Berg herum zurück?", fragt er ein bisschen ungläubig.

„Ja."

Er schüttelt den Kopf. „Heute Morgen hast du doch sicher noch nichts zu essen gehabt? Wie früh hast du dich den auf den Weg gemacht?"

„Früh."

„Warte hier", fordert er sie auf und geht hinüber zum Großen Haus. Als er wieder zurückkommt, reicht er ihr zwei Stücke Zwieback. „Hier, iss das", sagt er und schlendert neben ihr her.

Der trockene Zwieback droht ihr die ganze Zeit in der Kehle stecken zu bleiben. Neben ihr läuft Boelie mit langen, geschmeidigen

Schritten. „Pérsomi, weißt du eigentlich, was dich da erwartet? In dem Wohnheim, meine ich?", fragt er nach einer Weile.

„Eigentlich nicht", gibt sie zu, den Mund voller Zwieback.

„Hmm", erwidert er. Dabei schaut er sie aber nicht an, sondern hat die Augen auf den Weg gerichtet. „Du musst da dein Bett selber machen und bei Tisch mit Messer und Gabel essen."

Boelie weiß, wie es bei uns zu Hause ist, denkt sie verlegen. Sie wollte, es wäre anders. „Das weiß ich schon", antwortet sie leise. „Ich werde einfach gut aufpassen, wie es die anderen machen."

„Ja", erwidert er. Als sie eine Weile schweigend weitergehen, fragt er sie schließlich: „Hast du schon so Sachen wie Seife, eine Zahnbürste und ein Handtuch und so etwas?"

Sie merkt, dass sie vor Scham ganz rot wird. Boelie weiß alles. Gerbrand hat damals sicher auch ohne Seife, Zahnbürste und Handtuch im Wohnheim angefangen. Als sie ihm keine Antwort gibt, verkündet Boelie: „Ich werde sehen, was ich für dich tun kann."

„Danke", erwidert sie leise.

Es bleibt lange still, dann fragt er mit einem Mal: „Hast du etwas von Gerbrand gehört?"

„Nicht viel", antwortet sie. „Bisher hat er uns nur ein Mal geschrieben."

„Hmm", sagt er.

Dann nimmt sie all ihren Mut zusammen. „Boelie, was denkst du, warum ist Gerbrand in den Krieg gezogen?"

Mit einem Ruck bleibt er stehen. Zum ersten Mal schaut er sie direkt an und dabei sieht sein Gesicht sehr ernst aus. „Daran ist nur unsere Regierung schuld, die ich so sehr hasse, Pérsomi", antwortet er dann. Sie bemerkt, dass er immer wütender wird. „Das sind ein Haufen Khakiefreunde mit dem Burenverräter Smuts an der Spitze." Er schweigt einen Augenblick und macht dann voller Enthusiasmus weiter: „Weißt du, Pérsomi, echte Afrikaanerjungen wie Gerbrand werden durch unsere größten Feinde, durch England und die mächtigen Juden, einfach mit Geld gekauft."

Gekauft? Gerbrand?

Boelie redet in einem fort. Es ist, als säße ein großer Klumpen Bitterkeit in seiner Brust fest, den er herausreden und ausspucken möchte. „Ich habe nichts als Verachtung übrig für diese englisch-jüdische Regierung in unserem Land, die uns jetzt in einen großen Krieg gestürzt hat, und das auch noch an der Seite der größten Feinde unseres Volkes!", verkündet er. „Und jetzt kaufen sie auch noch die jungen Männer aus dem Teil unseres Volkes auf, der von Armut gebeutelt ist, die nur aus finanziellen Überlegungen in die Armee gehen. Das Blut unserer jungen Afrikaaner soll für den Bau des britischen Königreiches fließen!" Über seine harten Worte und die Bitterkeit in seiner Stimme erschrickt sie.

Einen Augenblick lang denkt sie gut nach, bevor sie ihn fragt: „Glaubst du, dass Gerbrand nur wegen des Geldes zur Armee gegangen ist? Klara hat doch gesagt, dass sie meint, er habe es dort besser als in den Bergwerken?"

„Selbst ein Leben unter Tage ist besser, als sich dem Feind anzuschließen", entgegnet Boelie mit Bestimmtheit.

„Ja", erwidert sie ein wenig unsicher, „das habe ich mir auch schon gedacht, schließlich ist Krieg. Und Krieg ist niemals gut, stimmt's, Boelie?"

Er nickt und steckt geistesabwesend die Hand in die Hosentasche. „Oh ja, schau mal, hier ist noch ein Apfel für dich."

„Danke." Sie nimmt den Apfel und beißt ein großes Stück ab. Die feste Frucht kracht knackend und süß zwischen ihren Zähnen.

Boelie geht wieder langsam weiter, aber sie holt ihn schnell ein.

„Hast du schon einmal etwas von der *Ossewa-Brandwag*[6] gehört, Pérsomi?", will er wissen.

Irgendwo einmal hat sie etwas über sie gelesen, glaubt sie jedenfalls. Eigentlich hat sie davon keine Ahnung, aber das möchte sie ihm gegenüber nicht zugeben. „Ich habe in der Zeitung mal etwas über sie gelesen", antwortet sie deswegen vage.

„Ich bin Mitglied der OB und hatte eigentlich gehofft, dass sich auch Gerbrand ihr anschließen würde", erklärt er. „Das ist eine gute Afrikaanerorganisation, die vollkommen gegen unsere Teilnahme

---

6 Die *Ossewa-Brandwag* (deutsch in etwa: „Ochsenwagen-Feuerwache") ist eine im Zuge der Hundertjahrfeiern des „Großen Trecks" gegründete Afrikaanerorganisation, deren ursprüngliche Aufgabe darin bestand, die Feierlichkeiten zu organisieren, als deren Höhepunkt der „Große Treck" von 1838 mit Ochsenwagen und zeitgenössischer Kleidung nachgestellt wurde. Sie entwickelte sich zu einer nationalistischen und britenfeindlichen Bewegung.

am Krieg ist. Ich wünschte nur, sie würde etwas militanter auftreten, ansonsten erreicht sie nämlich gar nichts."

Pérsomi runzelt die Stirn. Sie hat überhaupt keine Ahnung, wovon er spricht. „Ja", sagt sie deshalb nur.

„Weißt du, Pérsomi, irgendwann einmal müssen wir damit aufhören, nur Reden zu schwingen, Versammlungen zu besuchen und Liedchen zu singen. Wir müssen mal etwas *tun*, irgendetwas in die Luft sprengen oder so. Das meine ich."

„Aber was soll denn in die Luft gesprengt werden?", fragt sie vorsichtig. Was er sagt, hört sich in ihren Ohren auch ein bisschen wie Krieg an.

„Wir müssen Dinge sabotieren, Eisenbahnlinien zum Beispiel, Armeezüge, Hafenanlagen – alles, was benötigt wird, um unsere Männer nach Norden zu bringen." Seine Wut von eben scheint in Enthusiasmus überzugehen, so als hätte er auf einmal die Lösung für alle Probleme vor Augen. „Weißt du, Pers, mindestens die Hälfte aller Polizisten würde sich uns anschließen, und jetzt, wo der größte Teil der Armee im Norden ist, sollte es nicht schwer sein, den Laden hier zu übernehmen." Sie versteht immer weniger, wovon er redet. Aber das lässt sie sich nicht anmerken, sondern geht schweigend weiter und nickt. „Ja", fügt sie dann hinzu.

In Zukunft sollte sie besser auch die Artikel über die OB lesen.

Wo aus der Karrenspur ein schmaler Fußweg wird, bleibt er wieder stehen. „Gehst du hinter dem Wasserfall entlang?", will er wissen. „Ja", antwortet sie, „aber ich kenne auch eine Abkürzung. Die geht an dem überhängenden Felsen entlang, das ist aber eigentlich kein Weg."

„Pass ja auf wegen der Schlangen", warnt er sie. „Ich muss hier umkehren. Sobald der Fluss nicht mehr so hoch steht, schaue ich mal, was ich dir vorbeibringen kann."

Dann dreht er sich um und geht ohne ein Wort des Abschieds weg.

Erst als die Sonne schon beinahe untergegangen ist, kommt sie zu Hause an.

„Wo bist du denn die ganze Zeit über gewesen?", fragt Hannapat giftig. „Sussie hat einen Anfall gehabt und du warst mal wieder nirgendwo zu finden."

Pérsomi zuckt mit den Schultern. „Ich musste mein Kleid anprobieren."

„Bist du um den Berg herumgegangen?", will Hannapat wissen. „Dieses Berggespenst wird dich eines Tages holen, wenn dich bis dahin nicht die Paviane bei lebendigem Leib gefressen haben oder ein Leopard. Und hast du wenigstens Mehl mitgebracht?"

☙

Es ist spät in der Nacht. Hannapat schläft schon tief und fest und Sussie schnarcht leise vor sich hin, doch Pérsomi kann immer noch nicht einschlafen. Boelies Worte spuken ihr durch den Kopf. Nach einer Weile steht sie auf und setzt sich nach draußen. Es ist stockfinster, mit Sicherheit sind dunkle Wolken am Himmel.

England und die mächtigen Juden mit ihrem Geld haben Gerbrand, ihren großen Bruder, gekauft, behauptet Boelie. So wie die reichen Leute früher Sklaven gekauft haben; davon hat ihnen der Meister schon einiges erzählt.

Und das ist nun das Geld, von dem sie leben, das ist der Brei, den sie jeden Tag essen, das sind die neuen Unterhosen und der Büstenhalter, den sie schon in den Mehlsack gestopft hat, um ihn ins Wohnheim mitzunehmen.

Gerbrand ist ein Burenverräter, hat Boelie gesagt. Gerbrand ist ein Khakiefreund. Aber er ist auch ihr großer Bruder, der für sie sorgt.

Sie fängt an, ihren langen Zopf zu lösen, das Ding zerrt ihr an der Kopfhaut.

Selbst ein Leben unter Tage ist besser, als im Krieg dem Feind zu helfen, hat Boelie gesagt.

Aber was ist mit Boelie selbst? Wie passt er ins Bild, wenn er Züge in die Luft jagen und Telefonzentralen sabotieren möchte? Übrigens ein seltsames Wort: sa-bo-tieren.

Als der Wind etwas auffrischt, schlingt Pérsomi die Arme fest um ihren Oberkörper und reibt sich über die nackten Oberarme. Dann steht sie auf und geht wieder ins Haus. Sie legt sich auf ihre Matratze und zieht sich die dünne Decke über die Ohren. Einen Teil von dem, was Boelie gesagt hat, will sie so schnell wie möglich vergessen.

Doch selbst in ihrem warmen Nest unter der Decke hört sie immer noch seine Worte: „Das Blut unserer jungen Afrikaaner soll für den Bau des britischen Königreiches fließen!"

☙

Am Montagmorgen ist der Wasserstand des Flusses ordentlich zurückgegangen, trotzdem ist Pérsomi klatschnass, als sie endlich auf der anderen Seite angekommen ist. Sie spült sich den Schlamm von den Beinen, wartet, bis ihr Rock wieder getrocknet ist, und geht dann langsam weiter zum Großen Haus. Sie hat noch genügend Zeit, denn Herr Fourie fährt erst um zehn Uhr mit ihr ins Dorf zum Wohnheim.

In ihrem Mehlsack befinden sich ihre neue Bürste, eine ihrer Unterhosen, ihre beiden Kleider, das nagelneue Sonntagskleid, das Irenes Großmutter genäht hat, und ihre neue Kette. Auch das Handtuch, das Stück Seife und die Zahnbürste, die Boelie ihr vorbeigebracht hat. Ihre andere Unterhose und den Büstenhalter trägt sie unter ihrem grünen Kleid.

Der Büstenhalter quetscht sich um ihren Körper, das ist ein seltsames Gefühl. Frau Retief hat gesagt, dass sie die Schuluniform heute Nachmittag im Wohnheim vorbeibringen wird, und darüber hinaus fängt die Schule erst morgen an.

Erst als sie auf der Höhe der Scheune ist, zieht sie die Schuhe an, die sie schon bei Gericht getragen hat. Sie hofft wirklich, dass Frau Retief auch Socken mitbringt, denn die Schuhe scheuern ihr die Füße wund.

Pérsomi muss eine ganze Zeitlang neben der Scheune warten, bis sich die Vordertür des Großen Hauses öffnet. Herr Fourie trägt einen Koffer, Irene einen Korb und eine lederne Schultasche, und hinter ihnen läuft Tante Lulu mit zwei Keksdosen. Auch die Großeltern Fourie kommen nach draußen. Die alte Frau Fourie trägt Irenes brandneuen Panamahut und hinter ihr hinkt der alte Herr Fourie, der sich auf seinen Stock stützt.

Als sie beinahe an der Scheune angekommen sind, entdeckt die alte Frau Fourie Pérsomi. „Ach, jetzt habe ich ganz vergessen, einen Hut für das Kind zu suchen", eröffnet sie allen. „Lulu, liegt der alte Panamahut von Klara nicht noch irgendwo?"

Jetzt schaut auch Tante Lulu zu ihr hinüber. „Für Pérsomi? Hast du denn keinen Hut, Pérsomi?", fragt sie ein bisschen verdutzt. "Und hast du alle deine Sachen in diesen kleinen Sack gestopft? Irene, schau doch einmal in Klaras Schrank, ob du nicht ihren Hut finden kannst. Und sag Lena, dass sie den alten Koffer aus dem Schrank mit den getragenen Kleidern holen soll. Das Kind kann doch nicht mit einem Mehlsack ins Internat gehen!"

"Bei dem Koffer sind aber die Schlösser kaputt", erwidert Irene.

"Dann binden wir ihn eben mit einem Strick zusammen. Geh jetzt", befiehlt Tante Lulu.

"Und nimm die Beine in die Hand, wir müssen nämlich los", ruft ihr Herr Fourie kurzangebunden hinterher.

Pérsomi wird innerlich immer kleiner, so erniedrigt fühlt sie sich. Ihr Mund ist staubtrocken und ihre Beine fangen an zu kribbeln. Doch sie schluckt, so gut sie kann, und bleibt stehen. Und sie schlägt die Augen nicht nieder.

Als sie endlich über die kleine Brücke fahren und der Hof hinter ihnen verschwindet, kriecht eine fremde Art von Trauer in Pérsomis Herz und beißt sich dort fest, zusammen mit diesem Gefühl der Unsicherheit. Als sie heute Morgen das Haus verlassen hat, hat ihre Mutter nur geseufzt und gesagt: "Jetzt gehst du auch noch weg. Alle meine Kinder gehen weg. Das Leben ist furchtbar hart für eine Frau."

Als Pérsomi sich am Fluss noch einmal umgeschaut hat, stand ihre Mutter noch da und hat gewunken, doch als sie ihr von der anderen Seite aus noch einmal zuwinken wollte, war sie schon wieder im Haus verschwunden.

Vorn im Auto sitzen Tante Lulu und Herr Fourie. Hinten, so weit wie möglich von ihr entfernt, sitzt Irene.

Pérsomi presst sich gegen die Autotür, den Koffer mit dem verschlissenen Panamahut obendrauf hält sie auf dem Schoß umklammert. Durch das Fenster sieht sie die vertraute Welt blitzschnell in der Ferne verschwinden. Lange schaut sie ihrem Berg hinterher, bis auch der hinter den Hügeln verschwunden ist. Noch nie ist sie über Nacht von zu Hause weggewesen.

In dem Zimmer, in das die Vertrauensschülerin Pérsomi führt, befinden sich zwei eiserne Bettgestelle, die wie Eisenbahnschienen parallel zur Wand stehen. Auf jedem Bett liegen eine Matratze aus Kokosfasern, ein Kissen, zwei blütenweiße Laken, eine graue Wolldecke und eine blaue Tagesdecke, auf die die Buchstaben „T. O. D." aufgestickt sind. Vor dem Fenster stehen zwei Tischchen dicht nebeneinander und in einer Ecke ist ein Bücherregal. In der anderen Ecke steht ein Stahlschrank mit vier Brettern darin, zwei für sie und zwei für ihre Zimmergenossin, erklärt die Vertrauensschülerin. Es gibt auch eine Stange, an der man etwas aufhängen kann, allerdings insgesamt nicht mehr als vier Kleidungsstücke.

„Die Grundschulkinder übernachten im Schlafsaal", erläutert die Vertrauensschülerin. „Die Zimmer für die Unterstufe und die Oberstufe befinden sich alle an der Westseite."

„Oh", erwidert Pérsomi.

„Wenn um vier Uhr die Glocke ertönt, ist es Kaffeezeit", fährt die Vertrauensschülerin fort. „Du musst deinen eigenen Becher mitbringen. Die Glocke für das Abendessen ertönt um sechs Uhr."

Pérsomi nickt. „Danke", sagt sie. Dass sie sich einen Becher hätte mitbringen müssen, das hat sie nicht gewusst.

Als die Vertrauensschülerin wieder verschwunden ist, schaut sich Pérsomi vorsichtig im Zimmer um. Die Laken, die Decken und die Tagesdecke betrachtet sie sich ganz genau, denn wenn sie in diesem Bett geschlafen hat, muss sie es genau so wieder machen. Sie setzt sich aufs Bett. Das Bett ist sehr hoch, so hofft sie nur, dass sie nachts nicht herausfällt. Dann löst sie den Strick um ihren Koffer und holt ihr neues Sonntagskleid heraus. Sorgfältig hängt sie es auf den Kleiderbügel im Schrank. Den Hut, die Unterhose und die Kette legt sie auf eines der Bretter, ihre Bürste, ihre Zahnbürste und die Seife auf das andere. Ihr Handtuch hängt sie über das Fußende ihres Bettes. Im ganzen Wohnheim riecht es nach Bohnerwachs und gekochtem Kohl.

Unsicher geht Pérsomi zum Fenster und schaut hinaus. Sie blickt auf den Hinterhof des Wohnheims. Dort steht eine Reihe Mülleimer, dann hängen da lange Leinen für die Wäsche, und mitten auf dem kleinen Platz reckt sich ein kümmerliches Weißdornbäumchen aus dem Beton. Dahinter liegt das ausgedehnte Bosveld. Ihren Berg kann sie von hier aus nicht sehen, der ist zu weit weg.

Plötzlich wird hinter ihr die Zimmertür geöffnet. Sie dreht sich um. „Das ist Beth Murray, deine Zimmergenossin", stellt die Vertrauensschülerin vor. „Wie heißt du noch mal?"

„Pérsomi Pieterse."

„Nun, zeig ihr, wo alles ist, und vergesst um vier Uhr eure Becher nicht", erklärt die Vertrauensschülerin und eilt hastig wieder hinaus.

Vor Pérsomi steht ein kleines Mädchen mit hellblonden Haaren, einem bleichen Gesicht und einem scheußlich langen Kleid mit langen Ärmeln und einem hohen Kragen. Kein Kind der Armenfürsorge, stellt Pérsomi fest. Und doch sieht es aus, als würde es jeden Augenblick in Tränen ausbrechen. „Hallo", begrüßt Pérsomi Beth freundlich.

„Hallo", antwortet Beth leise.

Ein bisschen unsicher stehen sie voreinander und schauen sich an, keine fühlt sich dabei so richtig wohl.

Dann merkt Pérsomi plötzlich, dass Beth Angst hat. Deshalb lächelt sie ihr beruhigend zu und fragt sie: „Welches Bett möchtest du denn gern haben?"

Aber Beth schüttelt nur den Kopf. Ihre blauen Augen sind unnatürlich groß und glänzen verdächtig.

„Gut, dann nehme ich das hier", entscheidet Pérsomi. Sie wendet sich dem Schrank zu. „Diese beiden Regalbretter sind für dich, und da ist auch noch Platz, wo du deine Kleider aufhängen kannst. Ich habe mein Handtuch einfach ..."

„Ich habe keinen Becher", verkündet Beth mit großen Augen. Sie spricht mit einem fremden Akzent.

„Ich auch nicht", erwidert Pérsomi. „Aber das macht nichts, wir trinken einfach keinen Kaffee."

„Oh", entgegnet Beth ein wenig überrascht.

„Pack jetzt deine Sachen aus", fordert Pérsomi sie auf.

☙

Als die Glocke um sechs Uhr läutet, gehen sie in den Speisesaal. Sie müssen sich schon davor in der Reihe anstellen, streng nach Zimmernummern geordnet. Pérsomi und Beth haben das Zimmer Nr. 27, Irene und ihre Zimmergenossin das Zimmer Nr. 31, also sitzen sie an demselben Tisch. Am Kopfende sitzt ein Mädchen aus der Abschlussklasse, sie ist die Tischvorsitzende.

Pérsomi hat die Socken an, die Frau Retief ihr gebracht hat, und die neuen Schuhe. Frau Retief hat ihr zwei Paar Socken, ein Paar

Schnürschuhe, eine Schulbluse, einen Pullover und einen Schulrock gegeben. Der Rock ist ein wenig zu kurz, aber zum Glück muss noch ein langer Gürtel darum gebunden werden, wodurch er nicht auch noch viel zu weit aussieht.

„Mein Rock ist lang", hat Beth verkündet, während sie Pérsomi ihren Rock vor die Nase gehalten hat. „Die gnädige Frau sagt, dass es eine Sünde ist, einen kurzen Rock zu tragen." Dann hat sie erschrocken den Mund gehalten. „Ich meine, nicht dass dein Rock eine Sünde wäre, ich wollte ..."

„Ich schaue mal, ob ich irgendwo einen längeren Rock auftreiben kann", hat Frau Retief Pérsomi versichert. „Und vielleicht auch noch eine Bluse. Und andere Schuhe, die hier sind schon ein bisschen am Ende. Aber die Armenfürsorge ist nun einmal völlig auf Spenden angewiesen, das macht es nicht leicht."

Über dem Tisch liegt eine gestärkte, weiße Tischdecke ausgebreitet. Vor jedem Stuhl befindet sich ein Teller mit einem Messer, einer Gabel und einem Löffel daneben, dazu einem kleinen Tuch. Sie müssen hinter ihren Stühlen stehen bleiben, bis das Fräulein das Gebet beendet hat. Dann erst dürfen sie sich setzen.

Die Tischvorsitzende hebt die Deckel von den Schüsseln, die vor ihnen stehen, und fängt an auszuteilen. Die vollen Teller reicht sie weiter. „Leg dir die Serviette auf den Schoß, Pérsomi", fordert Irene sie von der anderen Seite des Tisches auf.

Pérsomi legt sich das zusammengerollte Läppchen auf den Schoß und betrachtet den Teller mit Essen vor ihrer Nase: Maispüree, Fleischstückchen in einer Soße und Kohlblätter. Mit dem Fleisch könnte man ihre ganze Familie satt machen, und das liegt nun alles auf ihrem Teller. Ihr läuft das Wasser im Mund zusammen, doch gleichzeitig spürt sie, wie sich ihr Bauch vor Anspannung zusammenzieht und ihr beinahe schlecht wird. Wenn sie doch nur wegrennen könnte, den ganzen Weg bis ...

Dann nimmt sie vorsichtig ihr Messer und ihre Gabel in die Hand. Alle anderen Mädchen hantieren mit Leichtigkeit mit ihrem Besteck herum, ihre Hände wissen ganz genau, was sie zu tun haben. Unauffällig beobachtet sie das Mädchen, das ihr gegenüber sitzt, und gibt ihr Bestes. Aber es ist gar nicht so leicht, mit Messer und Gabel so zu hantieren, wie die anderen. Ihre Füße glühen in den Schuhen, und so würgt sie das fremde Essen hinunter.

Die Sehnsucht nach zu Hause, nach dem Tisch, an dem ihre Mutter, Hannapat und Sussie jetzt sitzen und ihren Brei löffeln, brennt ihr in der Kehle und in den Augen.

Gerbrand ist auch von zu Hause ausgezogen und aufs Internat gegangen, denkt sie. Gerbrand ist mein Bruder. Und wenn er das gekonnt hat, kann ich es auch.

Mit Mühe bekommt sie ihr Essen hinunter. Es ist still am Tisch, nur das Klappern des Geschirrs und der Bestecke ist zu hören.

Nach dem Essen klopft das Fräulein wieder auf den Tisch. „Lasst uns danken", sagt es.

Komisch, all diese Gebete rund ums Essen.

Danach müssen sie alle in den Lehrsaal, um sich die Regeln anzuhören. Es gibt Hunderte von Regeln, und wer irgendetwas verkehrt macht, bekommt Stubenarrest und darf an den freien Wochenenden nicht nach Hause.

Anschließend müssen alle Mädchen aus der Mittelschule unter die Dusche. „Ihr habt nur eine Viertelstunde Zeit", hetzt sie die Vertrauensschülerin, „dann müsst ihr auf euren Zimmern sein, dann ist Stille Zeit."

Pérsomi schnappt sich ihre Seife, ihre Zahnbürste und das Handtuch und folgt den anderen Mädchen in den Waschraum. Sie hat Beth schon seit einer Weile aus den Augen verloren.

Der Waschraum gleicht einem Dampfbad. Unsicher bleibt Pérsomi auf der Türschwelle stehen. „Die Nächste, die Nächste!", jagt sie die Vertrauensschülerin. „Los, runter mit den Kleidern und unter die Brause!"

Pérsomi sieht, dass alle Mädchen ihre Kleider ausziehen, sie ordentlich auf einer Bank auf einen Haufen legen und dann hinter einem Vorhang verschwinden. „Los jetzt, du Bohnenstange, ausziehen!", faucht sie die Vertrauensschülerin giftig an.

Sie stellt sich unter die Dusche. Das ist ein ganz und gar seltsames Gefühl, dieses warme Wasser, das von oben über den ganzen Körper fließt. Es ist so ähnlich wie Regen, aber warm. Unsicher reckt sie das Gesicht in die Höhe. Das warme Wasser fließt ihr den Hals hinunter, über die Haare, den Rücken entlang und bildet dann eine warme Pfütze um ihre Füße herum.

„Aufschließen, raus, raus", ruft die Vertrauensschülerin hastig. „Du lieber Himmel, warum hast du dir denn die Haare gewaschen?

Die bekommst du doch nie trocken! Du holst dir noch eine Lungenentzündung!" Verwirrt greift Pérsomi nach ihrem Handtuch und versucht sich die Haare trocken zu reiben. Die anderen Mädchen besitzen große Badetücher, in die sie ihren ganzen Körper einhüllen können, sodass sie ein bisschen mehr Privatsphäre genießen. Immer noch halb nass schlüpft Pérsomi wieder in ihre Kleider. „Du musst deinen Schlafanzug mitnehmen und einen Morgenmantel", fordert die Vertrauensschülerin sie missmutig auf. „Und jetzt schließ auf, sieh zu, dass du auf dein Zimmer kommst!"

Im Zimmer angekommen trifft sie Beth, die einen roten Schlafanzug mit langen Ärmeln und einem steifen Kragen trägt. In diesem Ding wird sie sich totschwitzen, denkt Pérsomi, die Nächte im Bosveld sind schließlich heiß. Sie selbst zieht sich für die Nacht ihr gelbes Kleid an, das älteste, das sie besitzt, und das mittlerweile furchtbar kurz ist. Früher ist es einmal ein gelb geblümtes Kleid gewesen, doch nun ist es vom vielen Waschen leicht angegraut und völlig verschlissen.

Plötzlich ertönt eine schrille Klingel. „Stille Zeit!", brüllt die Vertrauensschülerin durch den Gang.

Daraufhin geht Beth zum Schrank und holt ihre Bibel heraus. Schweigend fängt sie an zu lesen. Pérsomi sitzt mucksmäuschenstill auf ihrem Bett.

Schließlich kniet Beth sich vor ihr Bett, legt ihre gefalteten Hände auf die Decke und den Kopf darauf. Sie betet.

Im Augenblick beten sicher alle, denkt Pérsomi verwirrt. Sie hat gedacht, dass Beten etwas ist, was nur der Meister und Frau Rossouw tun, und nur bevor sie morgens eine biblische Geschichte erzählen. Sie hätte nie gedacht, dass ganz normale Menschen auch beten.

Schlagartig kommt ihr die Erkenntnis: Sie befindet sich jetzt unter ganz normalen Menschen, genau wie Gerbrand, sie ist unter ganz normalen Menschen, so als sei sie eine von ihnen. Wenn sie morgen früh ihre Schuluniform anzieht und zusammen mit all den anderen Kindern frühstückt und dann in ihre neue Schule geht, wird niemand merken, dass sie nur ein Beiwohnerkind ist.

Das ist wohl der Grund gewesen, warum Gerbrand wie ein ganz normaler Mensch mit Boelie, De Wet und Klara in dem Tümpel herumplanschen konnte. Allerdings sollte sie nie zusammen mit Irene ...

Als die Glocke noch einmal ertönt, ist Beth immer noch auf ihren Knien. „Licht aus!", ruft die Vertrauensschülerin.

Pérsomi steht leise auf und schaltet das elektrische Licht aus. Das ist auch wieder so etwas Wunderbares und Seltsames bei ganz normalen Menschen, dieses elektrische Licht. Dann schlägt sie ihre Decke zurück, ganz vorsichtig, damit sie ihr Bett morgen wieder so ordentlich machen kann.

Erst tief in der Nacht, als sie ruhelos in dem fremden Bett zwischen den gestärkten Laken liegt und ihrer neuen Zimmergenossin zuhört, die leise in ihr Kissen weint, fällt ihr ein, dass sie das neue Stück Seife, das Boelie ihr extra noch gebracht hat, gar nicht benutzt hat.

Das Frühstück besteht aus Brei und Brot mit einem Klümpchen Butter und einem Teelöffel Marmelade, dazu gibt es eine Tasse gezuckerten Tee. Ich wollte, ich könnte mein Marmeladenbrot Hannapat geben, denkt Pérsomi flüchtig. Sie würde nicht glauben, dass es so lecker weiches Brot gibt.

„Das ist doch lächerlich, so ein bisschen Butter", beschwert sich Irene unzufrieden bei ihrer Zimmergenossin, während sie den Speisesaal verlassen. „Zu Hause kann ich mir so viel Butter aufs Brot streichen, wie ich möchte!"

Zusammen mit den anderen Mädchen geht Pérsomi zur Schule. Sie sehen alle genau gleich aus: weiße Bluse, schwarzer Rock, weiße Socken und schwarze Schnürschuhe. In langen Reihen sitzen sie in dem großen Saal, Hunderte von Kindern in einem Raum. Dort werden sie in die Klassen eingeteilt.

Plötzlich sitzt sie mit vierundzwanzig anderen in einer Klasse. Sie geht in eine B-Klasse, Irene und Beth sind dagegen beide in einer A-Klasse. Sie durchschaut das System schnell: Oh nein, ein Beiwohnerkind, setz das lieber zur Sicherheit in die B-Klasse.

Doch schon nach der großen Pause wird Pérsomi in die A-Klasse versetzt.

Schweigend marschiert sie neben ihrem neuen Klassenlehrer in ihre neue Klasse. Auch Gerbrand ist durch diese Pausenhalle in seine neue Klasse gelaufen, denkt sie.

Beinahe dreißig fremde Augenpaare schauen sie an. In der zweiten Reihe sitzt Irene, direkt am Fenster. Pérsomi bleibt auf der Türschwelle stehen. „Das ist ... äh ..." Der Lehrer kramt in seinen Papieren nach dem Namen. „Äh ... Pérsomi Pieterse."

Über seine Brille hinweg schaut er in die Klasse hinein. „Tja ... äh ... ist irgendwo noch eine Bank frei? Reinier, ist der Platz neben dir schon besetzt?"

Ganz hinten im Klassenraum krümmt sich ein großer, hagerer Junge unbeholfen wie ein Wurm aus seiner Bank heraus. „Nein, Herr Lehrer", antwortet er ein bisschen unwillig.

Sie muss durch die ganze Klasse laufen bis nach hinten und sich dort vor dem wildfremden Jungen vorbeischieben. Ihr ganzer Bauch ist voller Knoten und die Schuhe drücken ihr an den Füßen. Erst als sie fast schon bei ihrer Bank ist, sieht sie Beth in der zweitletzten Reihe. Beth lächelt ihr flüchtig zu. Mit einem Mal scheint in ihrer Brust etwas mehr Platz zu sein, aber der große Körper des fremden Jungen ist immer noch unbehaglich nahe.

„Holt eure Rechenbücher heraus", befiehlt der Lehrer.

Alle Kinder fangen an, in ihren Taschen herumzuwühlen, und legen ein Buch vor sich auf die Schulbank. Und auch nagelneue Bleistifte, Füllfederhalter, Lineale und Zirkel – alles.

Pérsomi besitzt nichts davon.

„Schlagt Seite fünf auf", fordert der Lehrer sie auf.

Überall wird geblättert. Pérsomi rührt keinen Finger.

„Lest jetzt Übung Nummer vier. Wer kann mir sagen ..." Plötzlich hält er inne.

Pérsomi schaut direkt auf ihre hölzerne Tischplatte.

„Mädchen, wo ist dein Buch?", fragt der Lehrer streng.

Langsam schaut Pérsomi auf. Er sieht sie direkt an. Mühsam steht sie auf. Die Augen der ganzen Klasse sind auf sie gerichtet.

„Ach ja, Herr Lehrer", verkündet Irene mit einem Mal laut und deutlich, „Pérsomi ist ein Kind der Armenfürsorge, die muss Gratisbücher bekommen."

Die Worte bleiben im Raum hängen. Kind der Armenfürsorge. Und sie kann nirgendwohin rennen.

„Warum hast du das denn nicht schon längst gesagt?", fragt der Lehrer sie streng. „Was hast du denn gedacht, wie das gehen soll, wenn du deine Hausaufgaben machen musst? Oder hast du vielleicht gar nicht gedacht? Eure Sorte ..." Er schüttelt den Kopf.

„Geh dir im Schulbüro ein Buch holen. Und komm sofort zurück, du trödelst nicht herum, hast du verstanden?"

Außerhalb der vier Wände des Klassenraums brennt die Sonne gnadenlos auf den ausgetrockneten Pausenhof und auf Pérsomis glühenden Kopf nieder, ihr Herz bleibt jedoch kalt.

Die schlanke Frau im Schulbüro ist auch nicht gerade freundlich zu ihr. „Ihr könnt hier nicht einfach jederzeit hereinschneien, um wegen Büchern zu betteln, ihr müsst schon bis nach Schulschluss warten", verkündet sie knapp. „Hier, nimm wegen mir trotzdem all deine Bücher mit. Und kümmere dich darum, dass sie ja ordentlich bleiben, verstanden? Im nächsten Jahr will ein anderes Fürsorgekind sie auch benutzen. Mit euch hört es ja nie auf."

Als Pérsomi mit dem Stapel Bücher in den Klassenraum zurückkommt, bemerkt der fremde Junge neben ihr: „Du hast dir gleich alle deine Bücher auf einmal geholt? Ganz schön schlau von dir."

Schlau von dir. Irgendwo in ihrem kalten, angespannten Körper wird es an einer winzigen Stelle ein bisschen warm.

ख़

Sofort nach der Schule müssen sie alle aufs Rugbyfeld. Pérsomis Abteilung sind die „Impalas", also rennt sie mit den anderen Impalas mit. Was sie genau tun werden, weiß sie nicht.

Auf dem Rugbyplatz müssen sie sich in Reihen aufstellen. Pérsomi steht zwischen all den anderen Kindern der Unterstufe. Die Grundschule ist als Erste an der Reihe. Die Kinder stellen sich nebeneinander auf einen weißen Streifen. Anders als die kleine Schule auf der Farm, die bis zur achten Klasse geht, deckt die Dorfschule nur die ersten sieben Jahre ab. Für das letzte Jahr müssen die Kinder in die Mittelschule wechseln.

„Auf die Plätze – fertig – los!", ruft der Lehrer. Die Mädchen fliegen weg und rennen, so schnell sie können, zur anderen Seite des Platzes.

Dann ist die Unterstufe an der Reihe. „Auf die Plätze – fertig – los!", ruft der Lehrer erneut, noch bevor Pérsomi am weißen Strich angekommen ist. Die Mädchen rennen los.

Für einen Augenblick steht Pérsomi ganz verdattert da. „Renn!", brüllt der Lehrer sie an.

Da rennt sie los. Ihre langen Beine fliegen über den Platz. Nach ein paar Sekunden hat sie die letzten Mädchen eingeholt. Ein befreiendes Gefühl macht sich in ihren Beinen breit, jetzt wo ihre Füße von den drückenden Schuhen erlöst sind. Nach der Hälfte des Platzes sind nur noch drei Mädchen vor ihr. Sie rennt die Erniedrigung der Armenfürsorge weg, ihren zu kurzen Rock, ihre abgewetzte Bluse und ihr verschlissenes Kleid, in dem sie schläft, lässt sie weit hinter sich, sie flieht vor den Gratisschulbüchern und dem harten Bett, das sie immer machen muss, nur um beim Essen eine gestärkte Serviette auf dem Schoß zu haben.

Fünf Schritte vor dem weißen Streifen am anderen Ende des Feldes hat sie auch das schnellste Mädchen überholt. „Du meine Güte, Kind, was kannst du rennen, hör mal!", verkündet das Fräulein, das ihren Namen auf eine Liste schreibt. „Kannst du auch weit und hoch springen?"

Der Weitsprung ist einfach: Sie rennt an, stößt sich weg und landet trockenen Fußes auf der anderen Seite des Wasserlochs. Der Hochsprung ist tatsächlich völlig neu für sie. „Das wirst du ganz schnell lernen", beruhigt sie der Lehrer. „Du hast lange Beine. Du musst nur eine Beinschere machen, wenn du über die Latte springst, und das geht nicht, wenn du einen Rock anhast. Morgen musst du dir einen Trainingsanzug anziehen."

Am Abend beim Duschen denkt sie an ihre Seife. Sie riecht wunderbar und fühlt sich auch wunderbar an. Dieses Mal versucht sie, ihre Haare trocken zu halten.

Während der Stillen Zeit liest Beth wieder in ihrer Bibel. Ohne ein Wort zu sagen, reicht sie sie dann an Pérsomi weiter, bevor sie sich vor ihrem Bett niederkniet. Pérsomi schlägt die Bibel irgendwo in der Mitte auf, weil sie nicht genau weiß, wo sie anfangen soll.

„Verlass dich auf den Herrn von ganzem Herzen", liest sie, „und verlass dich nicht auf deinen Verstand, sondern gedenke an ihn in allen deinen Wegen, so wird er dich recht führen."

Mit leicht gerunzelten Augenbrauen blickt Pérsomi auf. Sollte es das sein, was Beth tut? Und auch all die anderen Menschen, die jeden Abend beten und in der Bibel lesen?

Beth liegt immer noch auf den Knien. Manchmal bewegt sie ihren Kopf ein wenig, sogar ihre Hände bewegen sich ab und zu ein bisschen. Es sieht so aus, als würde sie mit jemandem reden, anstatt zu beten. Vielleicht redet sie ja mit dem Herrn.

Sollte ich das auch einmal ausprobieren, denkt Pérsomi. Sie wirft wieder einen Blick auf die aufgeschlagene Bibel auf ihrem Schoß. „Verlass dich auf den Herrn von ganzem Herzen ..."

Dann ertönt schon die „Licht-aus"-Glocke. Leise steht Pérsomi auf und dreht den Schalter um.

Als Beth auch unter ihrem Laken liegt, die warme Decke ordentlich am Fußende zurückgeschlagen, flüstert sie: „Du kannst unglaublich schnell rennen, Pérsomi. Ganz anders als ich, ich bin immer die Letzte am Ziel."

„Aber ich habe keinen Trainingsanzug", flüstert Pérsomi zurück.

„Ich auch nicht", flüstert Beth. „Die gnädige Frau hat es nie gemocht, wenn ich in so einer Kleidung herumgelaufen bin, deshalb ist es gut, dass ich nicht im Team bin."

Wer ist wohl diese gnädige Frau?, fragt Pérsomi sich. Sie fragt jedoch nicht laut, weil sie die Schritte der Vertrauensschülerin hört, die ihren Kontrollgang macht.

Als sie tief in der Nacht immer noch wach in dem fremden Bett mit dem gestärkten Bettzeug liegt, hört sie wieder, wie Beth leise in ihr Kissen weint. Es ist ein komisches Geräusch: ganz anders als das Weinen von Sussie, das Gejammer des kleinen Gertjie oder das Gequengel von Hannapat. Es hört sich einsam an. „Ganz ruhig, Beth", flüstert sie.

„Ich habe solche Sehnsucht nach zu Hause", erwidert Beth schniefend.

„Ich auch", entgegnet Pérsomi.

„Ich vermisse die gnädige Frau", schluchzt Beth, „und alle anderen in der Missionsstation."

„Ich vermisse meinen Bruder", bekennt Pérsomi, „und meine Mutter und unser Häuschen auf der Farm."

Doch dann schlafen sie ein.

൙

Der Lehrer, der gestern den Hochsprung betreut hat, ist Herr Nienaber, der Naturkundelehrer. „Du bist doch das Mädchen, das so schnell rennen kann? Komm heute Nachmittag direkt nach der

Schule zum Hochsprung", sagt er, als er an ihrer Bank vorbeigeht.
„Wie heißt du nochmal?"
„Pérsomi Pieterse."
„Das ist die Schwester von Gerbrand Pieterse, Herr Lehrer", erklärt Reinier, der Junge neben ihr. „Sie wissen schon, Herr Lehrer, das war der Junge, der so gut Rugby spielen konnte."
„Oh ja", erinnert sich der Lehrer, „der Rothaarige. War der nicht in derselben Abteilung wie deine Schwester, wie Annabel?"
„Ja", erwidert Reinier mit einem Lächeln, „das stimmt, Herr Lehrer."
Während der Lehrer weitergeht, flüstert Reinier Pérsomi leise zu: „Dein Bruder war im Rugby unglaublich gut."
Ein heißes Gefühl von Stolz überkommt sie. Gerbrand, ihr großer Bruder. Und das hat er ihnen noch nie erzählt! „Das habe ich nicht gewusst", entgegnet sie leise und macht sich wieder an ihre Arbeit.

Doch noch etwas anderes schlägt ihr auf den Magen: Ich habe keinen Trainingsanzug und der Lehrer hat gesagt, dass ich einen Trainingsanzug anziehen muss.

Nach der zweiten Pause gehen sie nicht wieder in den Klassenraum zurück, sondern in die Bibliothek. Das Fräulein von der Schulbücherei ist alt und dünn und furchtbar streng. „Jede von euch kann sich zwei Bücher ausleihen", erläutert sie, „aber die müssen innerhalb von zwei Wochen wieder hier sein, sonst bezahlt ihr eine Mahngebühr."

Erschüttert betrachtet Pérsomi die Reihen von Büchern, sie weiß gar nicht, wo sie anfangen soll. „Müssen wir wirklich ein Buch mitnehmen?", fragt sie das Fräulein.

Das Fräulein funkelt sie böse an. „Nein", antwortet es, „aber wer nichts liest, ist ein armer Mensch."

Da nimmt Pérsomi schließlich die ersten beiden Bücher, auf die ihr Blick fällt.

Auf einem Tisch an der Wand liegen zwei Zeitungen: *Die Vaderland* und *Die Transvaler*. Dort befindet sich auch ein ganzer Zeitschriftenständer: *Die Huisgenoot, Die Brandwag* und *Die Kerkbode*. „In den Zeitungen und Zeitschriften hier dürft ihr bis nachmittags um vier Uhr lesen", erklärt das Fräulein. „Aber denkt daran: Die Bibliothek ist ein Ort zum Lesen und kein Ort zum Schwätzen, habe ich mich klar genug ausgedrückt?"

Das werde ich tun, entschließt sich Pérsomi. Dann kann ich mich immer über den Krieg informieren, bei dem Gerbrand beteiligt ist. Und vielleicht auch über die *Ossewa-Brandwag*, damit ich weiß, wovon Boelie redet.

Doch jeden Nachmittag nach der Schule ist sie auf dem Sportplatz, manchmal bis weit nach vier Uhr. „Du solltest dir wirklich deinen Trainingsanzug anziehen, verstehst du?", sagt das Fräulein an der Laufbahn. „Im Rock kannst du doch keinen Weitsprung machen", erklärt das Fräulein neben der Sandgrube. „Das gehört sich nicht."

Am nächsten Tag, während die Kinder die Naturkundestunde für die erste Pause verlassen, fragt Herr Nienaber: „Pérsomi, hast du einen Augenblick Zeit?"

Schweigend geht sie zu seinem Pult. Sie ahnt, was jetzt kommt.

„Warum bist du gestern Nachmittag nicht zum Hochsprungtraining erschienen?"

Da schaut sie ihm direkt in die Augen. „Ich habe keinen Trainingsanzug, Herr Lehrer." Das sagt sie so, als hätte es nichts zu bedeuten, als würde es sie nicht kümmern.

„Oh", erwidert er. „Nun ja ... äh ... können dir deine Eltern denn keinen kaufen?"

„Nein, Herr Lehrer." Ich bin ein Kind der Armenfürsorge, kapierst du das denn nicht?, würde sie ihn am liebsten fragen.

„Na gut, dann müssen wir uns etwas einfallen lassen." Er geht an die Tür des Klassenzimmers und ruft durch die Pausenhalle: „Reinier! Reinier de Vos, komm einmal schnell her!"

Die Verlegenheit kriecht immer weiter in Pérsomis Gesicht. Sie wendet ihren Blick nicht von dem Pult.

„Ja, Herr Lehrer?", fragt der Junge, der neben ihr sitzt, von der Tür aus. „Hör zu, Reinier, ich brauchen einen Trainingsanzug für Pérsomi. Könntest du deine Mutter einmal fragen, ob sie noch irgendwo im Haus alte Sportbekleidung von Annabel herumliegen hat? Die müsste Pérsomi eigentlich passen."

„Natürlich, Herr Lehrer", antwortet der große Junge. „Ich bringe sie morgen mit." Und weg ist er wieder.

„Vielen Dank", murmelt Pérsomi leise und geht dann auch nach draußen. Warum ist ausgerechnet der Junge, der neben ihr sitzt, bisher der Einzige, der immer nur nett zu ihr gewesen ist?

☙

Am Freitagnachmittag ist kein Sportunterricht. Schon am ersten Freitag geht Pérsomi in die Schulbücherei. Das strenge Fräulein schaut auf. „Ja?", sagt es fragend.
„Ich möchte gern in den Zeitungen lesen", verkündet Pérsomi. „Bitte", fügt sie hastig hinzu, als sie den bösen Blick des Fräuleins sieht.
„Bitte was?"
„Bitte, gnädiges Fräulein."
„Bring sie bloß nicht durcheinander", erwidert das Fräulein. „Sie liegen auf dem Regal."
Auf dem Regal liegen nur die Zeitungen der letzten beiden Tage. Pérsomi geht wieder zum Tresen. „Kann ich bitte die Zeitungen der ganzen letzten Woche bekommen, gnädiges Fräulein?", fragt sie.
Das Fräulein seufzt und bückt sich unter den Tresen. „Was suchst du denn ganz genau?", will sie wissen, während sie einen Stapel Zeitungen in Pérsomis Richtung schiebt.
„Ich möchte mich gern über den Krieg und über die *Ossewa-Brandwag* informieren", antwortet Pérsomi.
„Warum?"
„Mein Bruder kämpft in Kenia", entgegnet Pérsomi, ohne nachzudenken, „und mein …"
„Dein Bruder kämpft … Ist er denn eine Rotlitze?" Pérsomi bemerkt die tiefgehende Abneigung in der Stimme des Fräuleins.
Sie reckt die Nase in die Höhe. „Ja, gnädiges Fräulein", erwidert sie äußerlich ganz ruhig. „Gerbrand ist in der Armee, und jetzt würde ich mich gern darüber informieren, wie es ihm dort geht." Dennoch spürt sie, wie sich ihr Bauch zusammenzieht.
„Gerbrand Pieterse?", fragt das Fräulein mit schmalen Lippen. „Das hätte ich ahnen können. Das ist genau das Richtige für Leute wie ihn, an der Seite des Feindes zu morden, und das für eine Handvoll Silberlinge." Mürrisch wendet sie Pérsomi den Rücken zu und geht wieder an ihre Arbeit.
Voller Entschlossenheit nimmt Pérsomi den Stapel Zeitungen und geht mit aufrechtem Rücken zu ihrem Tisch zurück. Du hast ja keine Ahnung, denkt sie wütend, du hast keine Ahnung, wie viel jeder einzelne Penny für uns bedeutet.

Am Anfang kann sie sich nicht einmal konzentrieren, sondern sitzt einfach nur wütend da und starrt auf die Zeitungen, doch dann blättert sie fest entschlossen die Zeitung vom Montag auf und fängt an zu lesen.

Die Erste Südafrikanische Division hat nach einem Gewaltmarsch die lebensfeindliche Chalbiwüste im Süden von Abessinien erreicht. Eine Karte ist in der Zeitung nicht abgebildet, deshalb weiß Pérsomi nicht genau, wo das ist. Das Gelände ist schwierig: eine Wüste aus Sand und schwarzem Vulkangestein, manchmal dichtbewachsene Flecken, raue Geröllhalden an den tiefer gelegenen Stellen und steile Abgründe in den höher gelegenen Gegenden. Die Truppe musste improvisieren (was ist denn das nun schon wieder?) und sich intelligente Manöver ausdenken, schreibt der Kriegsberichterstatter des *Vaderlands*, und vor allem im Hochgebirge bei Amba Alagi wurden die Soldaten durch Krankheiten, Schlangenbisse, Erschöpfung, glühende Hitze, stürmische Windböen und Regen gequält. Trotz alledem sind sie gut vorangekommen.

Armer Gerbrand, denkt Pérsomi. Auf der anderen Seite ist Gerbrand ein zäher Bursche, wahrscheinlich hat es ihm sogar Spaß gemacht. Wenn er doch nur öfter schriebe!

Dann geht sie erst einmal ein Wörterbuch holen, um nachzuschlagen, was „improvisieren" bedeutet.

Der *Transvaler* vom Dienstag berichtet von der großen zahlenmäßigen Überlegenheit der Italiener in Ostafrika. General Smuts muss aufpassen, dass er sein Blatt nicht überreizt, warnt ein Journalist, der Malga heißt. Daneben ist auch ein Foto abgedruckt, aber Gerbrand ist darauf nicht zu sehen.

In einer weiteren Zeitung liest sie, dass die Alliierten am 22. Januar Tobruk erobert haben. Wo Tobruk liegt, weiß sie auch nicht.

Und über die *Ossewa-Brandwag* findet sie nichts.

Langsam geht sie zurück zum Wohnheim. Dass Gerbrand durch die lebensfeindliche Chalbiwüste und über die hohen Berge bei Amba Alagi marschiert ist, das kann sie sich einfach nicht vorstellen, es kommt ihr so unwirklich vor.

Improvisieren. Ein schönes Wort.

Der Krieg scheint ganz weit weg zu sein, in einer anderen Welt.

Und auch Gerbrand ist unerreichbar fern.

☙

Jedes Jahr finden am zweiten Samstag des ersten Quartals die Athletikwettkämpfe zwischen den einzelnen Abteilungen statt. Die Impalas, die Riedböcke und die Kudus messen ihre Kräfte, und am Montagmorgen danach wird der Direktor die Namen der Kinder bekannt geben, die in die Schulmannschaft aufgenommen werden.

Der Samstagmorgen beginnt mit strahlendem Sonnenschein, es wird ein glühend heißer Tag werden. Gegen acht Uhr wimmelt die Gegend rund um den Sportplatz schon von Menschen: Farmern aus der Umgebung, Dorfbewohnern, Eltern und Großeltern, die ihre Kinder und Enkel anfeuern wollen.

Pérsomi wacht schon lange vor Sonnenaufgang auf. Vor Aufregung bekommt sie beinahe keinen Bissen herunter. Nach dem Frühstück zieht sie ihre Trainingskleidung an: einen dunkelblauen, ärmellosen Overall mit Knöpfen auf der Rückseite und Gummizügen in den Hosenbeinen. Darüber kommt ein kurzes, blütenweißes Röckchen mit glattgebügelten Falten.

Der Samstag wird der strahlendste Tag in Pérsomis Leben. Sie geht hinter der weißen Linie in die Hocke und holt eine Auszeichnung nach der anderen. Mit ihren langen Beinen rennt sie über den kurzen Anlaufweg und fliegt dann über die Sandkiste. Sie stopft sich den Saum ihres kurzen Röckchens in die elastischen Hosenbeine ihres Gymnastikanzugs und segelt über die Querlatte. Wieder und wieder steht sie auf der höchsten Stufe des Siegerpodestes. Als Letzte wird ihr das Staffelholz in die Hand gedrückt und als Erste rennt sie durch das gespannte weiße Band. Das Impalateam explodiert geradezu vor Freude.

„Allmächtiger, bist du schnell, hör mal", verkündet Reinier. „Meine Schwester ist auch schnell gewesen, aber verglichen mit dir hat sie die Füße nicht voreinander bekommen."

„Danke", erwidert Pérsomi leise, doch ihre Wangen glühen vor Stolz.

Wenn nur Gerbrand sie jetzt sehen könnte, was wäre der stolz auf sie. Oder ihre Mutter.

Während sie am späten Nachmittag zum Wohnheim zurückschlendern, sagt Beth: „Du warst so gut, Pérsomi! Der Herr hat dich wirklich mit unglaublichen Talenten gesegnet."

„Aber eure Mannschaft hat trotzdem gewonnen", versucht Pérsomi ihre Verlegenheit wegzureden. Beth ist bei den Kudus.

„Das war unglaubliches Glück", entgegnet Beth. Ihre Wangen sind gerötet und ihre Kehle ganz heiser vom Schreien. Dann schüttelt sie aufrichtig besorgt den Kopf. „Ich habe keine Ahnung, was der Herr Pfarrer und die gnädige Frau hiervon halten würden. Ich habe wirklich Angst, dass das hier Sünde ist."

„Was ist Sünde?", will Pérsomi überrascht wissen.

„Na ja, ich habe mich nicht besonders sittsam verhalten", erwidert Beth.

„Warum solltest du das denn?"

„Das weiß ich nicht. Das gehört sich einfach", antwortet Beth. „Ein Mädchen muss sich sittsam verhalten."

„Oh", entgegnet Pérsomi. „Ich weiß nur, dass ein Mädchen nicht fluchen darf."

„Niemand darf fluchen!", erwidert Beth mit großen Augen. „Der Herr Pfarrer sagt, dass das eine furchtbare Sünde ist."

Schweigend gehen sie weiter. Pérsomi fragt sich, wer dieser Herr Pfarrer wohl ist, dass Beth so einen heiligen Respekt vor seiner Meinung hat. „Wer sind dieser Herr Pfarrer und die gnädige Frau eigentlich?", fragt sie nach einer Weile.

„Oh, das sind einfach nur die Leute, die mich großgezogen haben", antwortet Beth.

Dann gehen sie durch die große Eingangspforte ins Wohnheim hinein.

☙

Der Sonntag stellt ein großes Problem dar, denn Pérsomi gehört keiner Gemeinde an. Dass sie sogar noch nie in einer Kirche gewesen ist, das verrät sie lieber niemandem.

Am Sonntagmorgen läuten die Kirchenglocken schon sehr früh ihre Botschaft über das schlafende Dorf. „Hör mal, sie rufen: ‚Kommt, ihr Sünder, kommt!'", hat ihr Beth schon am ersten Morgen erzählt.

Am ersten Sonntagmorgen zieht Pérsomi ihr weißes Kleid an, setzt sich ihren Panamahut auf den Kopf und schließt sich der größten Gruppe an. So sitzt sie ihren ersten Gottesdienst ab. Der Pfarrer hat einen rabenschwarzen Talar an, trotz der sommerlichen Hitze des Bosveldes, die Orgeltöne tropfen als zäher Sirup von den Wänden und die Leute singen schleppend hinter ihr her, so als müsste die Orgel den Gesang aus ihren Kehlen ziehen. Pérsomi betrachtet die vor sich hindämmernden Ältesten mit ihren glänzenden Glatzen und ihren dicken Hälsen und die Diakone in ihren schwarzen Anzügen mit den weißen Krawatten, die die Kollektenschalen herumreichen. Und selbst hat sie kein Geld bei sich, nicht einmal einen Penny.

Sie wird in eine Sonntagsschulklasse eingeteilt und bekommt ein Büchlein mit Bibeltexten, die sie auswendig lernen soll. Das gelingt ihr schnell. Danach laufen die Wohnheimkinder in einer langen Reihe durch das Dorf zurück zum Wohnheim.

Am Sonntag bekommen sie zum Mittagessen einen Leckerbissen. Ein Huhn. Selbst an Weihnachten hat die Familie Pieterse noch nie so lecker gegessen, denkt Pérsomi. Wenn sie doch nur jeden Tag ein bisschen Essen aufheben könnte, um es in den Ferien mit nach Hause zu nehmen!

Nach dem Mittagessen ist am Sonntag bis fünf Uhr Stille Zeit. So lange darf man nicht arbeiten, auf keinen Fall Hausaufgaben machen, man darf auch keine Runden auf der Laufbahn rennen oder Weitsprung üben, man darf nur Hallelujalieder singen und nichts anderes lesen als die Bibel.

Nach dem Abendessen gehen sie noch einmal in die Kirche und danach ist Schlafenszeit.

Für Pérsomi wird der Sonntag der längste Tag der Woche.

☙

Am Montagmorgen steht auf dem Podium vorn im großen Saal ein Tisch mit sechs Pokalen darauf. Heute wird der Direktor in Gegenwart von allen die Namen derjenigen Schüler vorlesen, die Mitglied in der Schulmannschaft werden, denkt Pérsomi ein bisschen aufgeregt. Sie weiß, dass ihr Name auch dabei sein wird.

Nachdem der Direktor die Versammlung eröffnet hat, liest er die Namen vor. Irenes Name ist auch dabei, sie kommt in die Reservemannschaft. Pérsomis Name wird vorgelesen, der von Reinier ebenfalls. Als alle Namen genannt sind, wird geklatscht.

Dann sagt der Direktor: „Und damit sind wir beim Höhepunkt unserer Veranstaltung. Jeder weiß, dass die Kudus gewonnen haben. Ich bitte deshalb die Anführer des Teams nach vorn zu kommen und sich den Pokal zu holen."

Die Kudus brechen erneut in Triumphgeschrei aus. Als der Jubel verstummt ist, verkündet der Direktor: „Und der Pokal für den besten Gesang geht an … die Impalas!"

Die Impalas brechen in ein ohrenbetäubendes Geschrei aus und die Dirigenten laufen stolz nach vorn, um den Pokal in Empfang zu nehmen. Danach stellen sie sich neben die Anführer der Kudus. Pérsomi fragt sich, für wen bloß die anderen vier Pokale noch sind.

„Und jetzt zu unseren Spitzensportlern", ruft der Direktor und hebt einen der vier übriggebliebenen Pokale in die Höhe. „Es ist sicher keine Überraschung mehr, wer die Gewinnerin in der Unterstufe ist: Pérsomi Pieterse von den Impalas!"

Wie benommen vernimmt Pérsomi ihren Namen.

Erneut brechen die Impalas in Freudengeschrei aus.

Langsam, aber sicher macht sich in Pérsomis Kopf die Erkenntnis breit: Sie hat einen Pokal gewonnen.

Beth stößt sie an. „Du musst aufs Podium!", übertönt sie den Jubel.

Pérsomi steigt die vier Stufen des Treppchens hinauf, während alle anderen Kinder klatschen. Der Direktor schüttelt ihr die Hand. „Herzlichen Glückwunsch, Pérsomi", sagt er. „Wir sehen voller Spannung und Vertrauen deiner Teilnahme am Wettkampf mit anderen Schulen entgegen."

Pérsomi stellt sich zu den anderen Pokalgewinnern in die Reihe, den großen Pokal in der Hand.

Der Direktor verkündet den Namen des Gewinners bei den Jungen der Unterstufe.

Der silberne Pokal glänzt in dem Sonnenstrahl, der durch das Dachfenster nach drinnen fällt.

Dann verkündet der Direktor den Namen der Siegerin aus der Oberstufe.

Der silberne Pokal steht lose auf einer schwarzen Bodenplatte. Pérsomi hält die beiden Teile sorgfältig fest, damit das untere Teil nicht auf den Boden fällt.

Schließlich wird auch noch der Name des Siegers aus der Oberstufe verkündet.

Vor Pérsomi sitzt ein Saal voller Kinder in Schuluniformen, und alle schauen sie an, wie sie mit ihrem Pokal dasteht. Einige ihrer Klassenkameraden lächeln sie an.

Wenn Gerbrand sie nur so sehen könnte oder ihre Mutter. Was wären sie stolz! Mit Sicherheit!

Sie nimmt den Pokal aus dem Saal mit in den Klassenraum und jeder kommt, um ihr zu gratulieren.

„Schau mal", zeigt Reinier auf eine der Plaketten auf der Seite der Bodenplatte. „Meine Schwester war 1936 die Siegerin in der Unterstufe." Und jetzt wird auch ihr Name, Pérsomi Pieterse 1941, auf so einer Plakette auf dem Pokal verewigt werden.

Den ganzen Tag über fühlt sie sich wirklich wie ein ganz normaler Mensch.

☙

Am Freitag der darauffolgenden Woche fragt Herr Nienaber Pérsomi, ob sie auf seine Kinder aufpassen könne. Er und seine Frau würden gern am Abend tanzen gehen.

Am Samstagabend schlendert Pérsomi langsam zum Haus von Herrn Nienaber, das etwas weiter die Straße hinauf liegt. Es ist Sommer und die Sonne steht noch hoch am Himmel. Vor dem Haus ist ein Maschendrahtzaun mit einem kleinen Türchen darin. Pérsomi schiebt das Türchen vorsichtig auf und zieht es hinter sich wieder zu.

Sie ist noch nie in einem richtigen Haus gewesen.

Natürlich war sie schon öfter im Großen Haus und im Alten Haus, allerdings ist sie nie weiter als bis zur Hintertür und in die Küche gekommen, und einmal in das Außenzimmer des Alten Hauses, als sie ihr Kleid anprobiert hat. Ein Wohnzimmer hat sie noch nie von innen gesehen.

Zögernd klopft sie an. „Komm herein, Pérsomi!", ruft eine Frauenstimme.

Sie öffnet die Haustür. Dann macht sie einen Schritt über Schwelle in das echte Haus und schließt die Tür hinter sich wieder. Sie befindet sich in einem halbdunklen Flur. Auf der linken Seite sind zwei Türen und auf der rechten ein Durchgang mit einem Bogen darüber, der in ein weiteres Zimmer führt. Dort muss das Wohnzimmer sein, denkt sie flüchtig, denn sie sieht dort Stühle stehen, ein Sofa und ein niedriges Tischchen.

Die Holzdielen des Flures knacken unter ihren Füßen. Am Ende des Flures befindet sich die Küche.

„Hallo, du bist sicher Pérsomi, oder? Ich habe dich letzte Woche Samstag laufen sehen", wird sie von einer freundlichen Frau begrüßt. „Ich bin Frau Nienaber." Sie ist klein, hat dunkle Locken und fröhliche braune Augen und sie trägt ein wunderschönes, tiefrotes Abendkleid. Für Pérsomi sieht sie aus wie ein Bild aus einer Nummer des *Huisgenoot*, den sie immer im Großen Haus geholt haben.

„Guten Abend", erwidert Pérsomi.

„Und das sind Jacomien und Hennie."

„Hallo", sagt Pérsomi. Hennie ist noch klein. Er sitzt in einem Hochstuhl und kleistert ihn mit einem dünnen Brei voll. Jacomien ist wenigstens drei. Sie schaut Pérsomi mit einem wütenden Gesicht an, sagt aber nichts.

„Sie sind noch nicht mit dem Essen fertig", erklärt Frau Nienaber. „Wenn sie fertig sind, kannst du sie baden und dann musst du ihnen Geschichten vorlesen, bis sie einschlafen. Hennie hat auch noch eine Windel an. Traust du dir das zu, was denkst du?"

„Ja, sicher", antwortet Pérsomi. „Das ist kein Problem."

„Wir müssen los, bis Raasfontein ist es ein ganzes Stück", ruft Herr Nienaber hinter ihr. „Oh, 'n Abend, Pérsomi."

„'n Abend, Herr Nienaber."

„Klappt alles?"

„Ja, Herr Nienaber, mit kleinen Kindern kenne ich mich aus", erwidert Pérsomi. „Genießen Sie mal Ihren Abend außer Haus."

„Du bist ein Engel", sagt Frau Nienaber und nimmt ihre Handtasche. „Schlaft gut, ihr Süßen, und seid lieb, hört ihr?"

Es wird ein schwieriger Abend. Hennie schreit Zeter und Mordio, als Pérsomi ihn aus der Wanne holt, und er will nicht still liegen bleiben, damit sie ihm die Windel anziehen kann. Als sie ihn endlich mit seinem Fläschchen in seine Wiege gelegt hat, schläft er schließlich ein.

Mit Jacomien ist es eine andere Geschichte. Trotzig-umständlich zieht sie sich ihren Schlafanzug selbst an, putzt sich die Zähne und will dann zu ihrer Mutter. „Komm, ich lese dir eine Geschichte vor", versucht Pérsomi sie zu locken.

„Geh weg!", ruft das Mädchen und schlägt Pérsomis Hand zur Seite. Dann fängt es furchtbar an zu weinen.

Dennoch gelingt es Pérsomi schließlich, das Mädchen zu beruhigen. Sie verfügt immerhin schon über eine jahrelange Erfahrung mit kleinen Kindern. Das Mädchen fällt auf Pérsomis Schoß in einen tiefen Schlaf, während es „Das hässliche, kleine Entlein" von Hans Christian Andersen vorgelesen bekommt. Sanft und warm schmiegt es sich an Pérsomi.

Dabei muss Pérsomi an den kleinen Gertjie und an das Baby denken und mit der plötzlichen Sehnsucht stellt sich auch der Kummer ein. Sie erinnert sich an ihre spindeldürren Körperchen, die staksigen Beinchen, wenn sie abends eine Windel anziehen mussten, die bleichen Gesichter, das klägliche Geheule tagein, tagaus. Vielleicht ist es besser so, wenn sie jetzt irgendwo sind, wo sie gut zu essen bekommen, überlegt Pérsomi traurig, denn die beiden Kinderchen ihres Lehrers haben weiche Körper, runde Hintern und glänzende, aufgeblähte Wangen.

Ich werde etwas aus meinem Leben machen, nimmt sie sich vor. Ich werde später auch in einem richtigen Haus wohnen und gut kochen und die weichen Körper von meinen Kindern in einer warmen Badewanne mit einer gut riechenden Seife waschen. Ich werde mir später einen guten Beruf suchen und einen Mann heiraten, der gut für mich sorgen kann. Meine Kinder sollen niemals erfahren, wie es ist, wenn man Hunger hat, sie sollen keine Kleider der Armenfürsorge anziehen müssen, niemals für Gratisbücher anstehen müssen, und unter keinen Umständen auf einer kahlen Matratze unter einer dünnen, kribbeligen Decke schlafen müssen.

Als Herr Nienaber sie spät am Abend ins Wohnheim zurückbringt, drückt er ihr zweieinhalb Pence in die Hand. „Meine Frau und ich gehen sehr gerne aus", erklärt er. „Das Mädchen, das immer auf unsere Kinder aufgepasst hat, hat voriges Jahr seinen Schulabschluss gemacht. Ich bin froh, dass wir dich jetzt gefunden haben, Pérsomi."

Später werde ich auch einen Mann heiraten, der mit mir tanzen geht ...

Während sie einschläft, hat sie die Münze immer noch in der Hand.

Es ist das erste Geld, das sie für sich selbst verdient hat.

ଓଃ

„Warum hast du nie ein Nachthemd an?", will Beth eines Abends wissen, als das Licht schon ausgeschaltet ist. Wenn man nur ganz leise flüstert, nachdem die Vertrauensschülerin ihre Runde gemacht hat, kann man sehr lange im Dunkeln liegen und plaudern.

„Ich habe keins", erwidert Pérsomi.

„Ja, das weiß ich, aber warum nicht? Warum näht dir deine Mutter kein Nachthemd?"

„Meine Mutter hat keinen Stoff, und ich weiß auch nicht, ob sie überhaupt nähen kann", antwortet Pérsomi.

Für einen Augenblick herrscht Schweigen, dann flüstert Beth: „Woher kommt es denn, dass ihr so arm seid, Pérsomi?"

„Das weiß ich auch nicht, wir haben einfach kein Geld, das ist alles."

„Verdient dein Vater kein Geld?"

„Nein", antwortet Pérsomi. „Er arbeitet nicht." Der Mann, der für ihre Versorgung verantwortlich ist, sitzt im Gefängnis. Und bevor die Polizei ihn holen kam, hat er auch sehr darauf geachtet, dass er sich nicht totarbeitet. Das wird Beth aber wahrscheinlich nicht verstehen. Beth ist ein ganz normaler Mensch, der von einem Pfarrer großgezogen worden ist, und der Kleider und Nachthemden und eine Schultasche und zwei Schuluniformen besitzt.

„Oh", erwidert Beth.

Im Dunkeln plaudert es sich einfacher; dort existieren nur die geflüsterten Worte, ohne Gesicht und Augen, die etwas sehen können. Darum fragt Pérsomi jetzt: „Beth, warum haben dich denn der Pfarrer und seine Frau großgezogen?"

„Meine Mutter ist in der Missionsstation gestorben, gleich nach meiner Geburt", antwortet Beth.

„Oh", sagt Pérsomi. „Wie schlimm."

„Ach, mir macht das nicht viel aus, ich habe sie nie kennengelernt", entgegnet Beth. „Und der Herr Pfarrer und die gnädige Frau sind wirklich sehr lieb zu mir."

Nach einer Weile fragt Pérsomi: „Und was ist mit deinem Vater?"
„Ich habe keine Ahnung, wer mein Vater ist", entgegnet Beth.
„Das weiß niemand, nur meine Mutter, glaube ich, aber die ist tot."
„Oh", macht Pérsomi. Ich weiß auch nicht, wer mein Vater ist, denkt sie, doch sie sagt nichts.

Nach einer Weile hört sie, dass Beth ruhig atmet. Beth wird niemals erfahren, wer ihr Vater ist, aber ich kann dahinterkommen, denn meine Mutter lebt ja noch. In den nächsten Ferien wird sie versuchen herauszufinden, wer ihr wirklicher Vater ist, nimmt sie sich fest vor. Ihre Mutter wird es ihr erzählen müssen, dass muss sie einfach!

ଓଃ

Auf einer der mittleren Seiten des *Vaderlands* entdeckt Pérsomi an einem Freitagnachmittag unter der Überschrift „SA-Truppen auf italienischem Territorium" einen winzig kleinen Artikel: „Unser Kriegskorrespondent in Ostafrika berichtet, dass südafrikanische Truppen am 8. Februar die Grenze von Italienisch-Somaliland überschritten haben. Die italienischen Bodentruppen leisten nur wenig Widerstand, doch die italienische Luftwaffe ist weiterhin sehr aktiv. In den vergangenen vierundzwanzig Stunden wurden keinerlei tödliche Zwischenfälle aus Ostafrika gemeldet."

Keinerlei tödliche Zwischenfälle dieses Mal, denkt Pérsomi, doch Boelies Worte begleiten sie immer noch: „Das Blut unserer jungen Afrikaaner soll für den Bau des britischen Königreiches fließen!"

Gerbrand ist dort, denkt sie, mein großer Bruder Gerbrand ist dort.

ଓଃ

Jeden Freitagnachmittag dürfen die Wohnheimkinder zwischen zwei und vier Uhr ins Dorf, um die notwendigen Dinge einzukaufen. Weder Pérsomi noch Beth sind jemals im Dorf gewesen, denn sie haben beide kein Geld. Doch an diesem Freitagmorgen verkündet Pérsomi: „Heute Nachmittag gehe ich ins Dorf, schließlich hat mir Herr Nienaber zweieinhalb Pence gegeben, weil ich auf seine Kinder aufgepasst habe."

„Wirklich?", erwidert Beth froh. „Das passt gut, denn der Herr Pfarrer hat mir auch Geld geschickt, damit ich mir Seife kaufen kann, also muss ich auch ins Dorf. Was willst du dir denn kaufen?"

„Das weiß ich noch nicht, ich muss mal schauen", antwortet Pérsomi. Eigentlich hat sie keine Ahnung, was sie für zweieinhalb Pence überhaupt kaufen kann. Sie hat an Süßigkeiten gedacht, aber vielleicht muss sie auch Seife oder etwas Ähnliches kaufen. Oder ein Nachthemd, wenn man das für zweieinhalb Pence bekommt.

Also schlendern sie am Freitagnachmittag zusammen mit einer ganzen Reihe Mädchen aus dem Wohnheim ins Dorf. „Und exakt um zehn vor vier seid ihr wieder hier, verstanden?", befiehlt die Vertrauensschülerin, während sie vor dem komischen Turm des Gemeindehauses stehen. Dann geht die Gruppe auseinander.

Irene geht mit ein paar Mädchen für eine Weile in das Café auf der anderen Seite der Straße, in dem Boelie Pérsomi ein Essen und ein Getränk ausgegeben hat. Sie werden jetzt doch wohl keine Fleischpastete essen wollen?, überlegt Pérsomi. Sie bekommen im Wohnheim doch schon sehr viel! Die anderen Mädchen verteilen sich in alle Richtungen, sodass zuletzt nur noch Pérsomi und Beth ein wenig unsicher dastehen und sich umschauen. „Kennst du dich im Dorf aus?", will Beth wissen.

„Eigentlich nicht", antwortet Pérsomi, „aber komm, wir gehen einfach die Straße entlang und dann sehen wir schon, was es da so gibt."

„Und was ist, wenn wir uns verlaufen?"

„Wir verlaufen uns schon nicht", antwortet Pérsomi. „Komm mit."

Sie gehen die Straße entlang bis zur Ecke. Dort sehen sie sich um. Links und rechts der breiten Straße sind Geschäfte, ein Schlachthaus und ein Postamt. In der Ferne erkennt Pérsomi auch das Gerichtsgebäude mit den beiden ausgebleichten Flaggen an den Fahnenmasten.

„Da ist das Handelshaus", erklärt Beth. „Da müssen wir auf jeden Fall hin."

„Warum kaufst du dir deine Sachen nicht lieber bei Ismail? Dort sind sie doch viel billiger", schlägt Pérsomi vor. „Der müsste um die nächste Ecke sein, sein Laden ist mitten im Dorf."

„Der Herr Pfarrer sagt, dass es eine Sünde ist, in einem Kuligeschäft einzukaufen", entgegnet Beth ernst.

„Ach ja?", erwidert Pérsomi ein bisschen überrascht. „Warum denn? Und du darfst sie nicht ‚Kulis' nennen, das ist ein ganz hässliches Wort. Das ist genauso schlimm wie Fluchen."

„Oh, das habe ich nicht gewusst", gibt Beth etwas verwirrt zu. „Aber wie dem auch sei, die … Das sind Mohammedaner, keine Christen, und deshalb dürfen wir unser Geld nicht bei ihnen ausgeben."

„Oh", erwidert Pérsomi. „Meine Mutter sagt immer, dass sie viel billiger sind, und Herr Ismail gibt ihr immer noch eine Kleinigkeit dazu."

„Ich kann da wirklich nicht hingehen", erklärt Beth mit großen Augen.

„Gut, dann geh so lange ins Handelshaus, dann sehen wir uns nachher", entgegnet Pérsomi und geht die Straße weiter entlang. An der Tür des Geschäfts holt sie tief Luft. Der Laden riecht immer noch genauso, aber sie weiß nicht, was das für Gerüche sind. Jedenfalls findet sie die Mischung wunderbar; sie gibt ihr das Gefühl, dass sie willkommen ist.

Langsam schlendert sie durch das Geschäft in die Damenabteilung. Alles fühlt sich hier so vertraut an, so wunderbar vertraut in dieser neuen, fremden Welt, in der sie jetzt lebt.

„Hi", begrüßt sie Yusuf von hinten. „Womit kann ich dir denn heute dienen? Und wie heißt du überhaupt? Ich weiß noch nicht einmal, wie du heißt."

„Pérsomi. Pérsomi Pieterse."

„Pérsomi", wiederholt er. „Ein seltsamer Name, aber auch sehr schön."

„Ich schaue mich einfach nur um", erwidert sie. „Wo habt ihr denn die Nachthemden?"

Er geht zu einer Schublade, macht sie auf und fängt an, Nachthemden vor ihr auszubreiten: rote mit Rüschen, hellblaue mit Spitzen und Schleifchen, gelbe mit gestickten Röschen. Sie streicht über den Stoff, der sich weich und fast schon rutschig anfühlt. „Wunderbar!", bemerkt sie. Doch als sie entdeckt, wie teuer sie sind, dreht sie sich schweigend um. „Eigentlich wollte ich nur Süßigkeiten kaufen", erklärt sie ein bisschen verlegen.

Er lacht beruhigend. „Es macht trotzdem Spaß, sich ein bisschen umzuschauen, nicht wahr?", sagt er und beginnt die Nachthemden wieder zusammenzulegen. „Wie läuft es bei dir in der Schule?"

„Gut." Sie würde ihm gern etwas über den Leichtathletikwettkampf erzählen, aber das geht ihn eigentlich nichts an. „Und bei dir?"

„Auch gut."

„Wo gehst du in die Schule?"

„Hier hinter dem Haus, neben der Moschee", antwortet er. „Unsere Schule ist nicht so groß, weil es hier im Dorf nur wenige Inder gibt. Wir werden auf Englisch unterrichtet, hast du das gewusst?"

„Auf Englisch? Warum das denn?", will sie verdutzt wissen. „Ihr sprecht doch Afrikaans?"

„Alle Inder müssen auf Englisch unterrichtet werden", erklärt er, „auch dann, wenn sie alle Afrikaans reden."

„Aber das hat doch gar keinen Sinn", entgegnet sie. „Warum geht ihr dann nicht einfach bei uns in die Schule?"

Er fängt an zu lachen. „Das wird nicht gehen", sagt er. „Ihr seid schließlich Buren und wir sind Inder."

„Ja", erwidert sie, „und ihr seid Mohammedaner und wir sind Christen."

Jetzt stehen sie vor der Vitrine mit den Süßigkeiten. „Wir bezeichnen uns als Muslime, nicht als Mohammedaner", entgegnet er. „Wie viele Süßigkeiten möchtest du denn haben?"

„Für zweieinhalb Pence."

Behände faltet er eine Zeitungsseite zu einem Trichter und lässt eine Handvoll Süßigkeiten hineinfallen. Er legt noch ein paar Extrasüßigkeiten dazu und faltet dann den Trichter an der Oberseite zusammen. „Du solltest öfter hier vorbeikommen, auch wenn du nichts kaufen willst", sagt er, während er ihr das Päckchen überreicht. „Ich würde gern hören, wie es deinem Bruder geht."

„Danke, aber ich muss mich beeilen, ich habe Angst, dass ich sonst zu spät komme", erwidert sie ihm und verlässt das Geschäft.

Draußen brennt die Sonne erbarmungslos auf den schwarzen Asphalt und hinter ihr wartet der kühle, schummerige Laden mit seinen fremden Gerüchen auf sie.

„Hast du gewusst, dass die Inder Muslime sind und keine Mohammedaner?", fragt sie Beth, während die beiden in der langen Reihe zum Wohnheim zurücklaufen.

„Nein", antwortet Beth. „Wer sagt das?"
„Yusuf, der Enkel von Herrn Ismail. Du müsstest wirklich mal in Ismails Laden mitkommen. Du brauchst ja auch nichts zu kaufen. Es ist da einfach so … toll. So besonders."

☙

Ende Februar liest Pérsomi im *Transvaler*, dass die ersten italienischen Kriegsgefangenen, die in Italienisch-Somaliland und Abessinien gefangen genommen worden sind, in Südafrika angekommen sind.

Abessinien: Da ist Gerbrand auch. Wenn sie ihn doch nur zurück nach Südafrika schicken würden!

Am 2. März liest sie, dass es Beamten seit gestern verboten ist, Mitglied in der *Ossewa-Brandwag* zu sein. Sie weiß eigentlich nicht, was das bedeutet, und auch nicht, ob das wichtig ist, aber sie will es sich trotzdem behalten, für den Fall, dass sie in den Ferien Boelie trifft. Anfang April wird die Schule nämlich geschlossen und dann geht sie wieder nach Hause, zu ihrer Mutter und Hannapat und ihrem Berg. Und zu Sussie.

☙

Zwei Wochen bevor die Schule für die Ferien geschlossen wird, beginnen die Prüfungen. Pérsomi lernt unerbittlich, weil sie die Klassenbeste werden möchte. Sie weiß, dass ihr das gelingen kann, doch es gibt noch mehr kluge Kinder, zum Beispiel Reinier. Der arbeitet zwar nicht besonders hart, allerdings ist er sehr intelligent.

Beth lernt ebenfalls sehr viel. Sie bekommt gute Resultate in Englisch und in Nebenfächern wie Geschichte und Erdkunde, doch Mathematik und Naturkunde machen ihr viel Mühe. Pérsomi erklärt es ihr, so gut sie kann, doch Beth kämpft weiterhin damit. „Du bist wirklich sehr klug", sagt sie zu Pérsomi.

Jeden Nachmittag nach der Schule trainiert das Leichtathletikteam bis vier Uhr, sogar während der Prüfungszeit. „Dieses Jahr werden wir ziemlich gut abschneiden", bemerkt Herr Nienaber gedankenverloren. „Vor allem du, Pérsomi. Du bist ein fantastisches Naturtalent."

Vielleicht habe ich das von meinem Vater, denkt sie flüchtig. Denn sie kann sich nicht vorstellen, dass ihre Mutter jemals schnell hat rennen können. In den Ferien werde ich sie über meinen Vater ausfragen, nimmt sie sich fest vor. Beths Mutter ist tot, also wird Beth niemals etwas über ihren Vater erfahren können, aber meine Mutter lebt noch und kann mir erzählen, wer mein wirklicher Vater ist.

Vielleicht ist er ja ein ganz normaler Mensch gewesen. Vielleicht ist er auch klug gewesen und konnte auch schnell rennen.

Nur an den Freitagnachmittagen trainieren sie nicht und dann geht Pérsomi immer in die Schulbücherei. Inzwischen überreicht das Fräulein ihr nun schon unaufgefordert das Päckchen mit allen Zeitungen der vergangenen Woche, sie braucht noch nicht einmal danach zu fragen.

In der Zeitung vom 5. April liest sie, dass die Transvaler Schottische Brigade sich darauf vorbereitet, an der Spitze der Siegesparade in Addis Abeba, der Hauptstadt von Abeba, einzuziehen. Die Zeitung vom nächsten Tag berichtet darüber ausführlicher. Drei Wochen nachdem der abschreckende Mardapass durch nigerianische Truppen befreit worden ist, schreibt der Kriegsberichterstatter, marschieren die südafrikanischen Truppen in Addis Abeba ein und setzen Kaiser Haile Selassie wieder auf den Thron.

Daneben ist ein Foto abgedruckt, das ein kleines Männchen in seltsamer Kleidung zeigt und mit einem Gesicht, das aussieht wie eine Rosine. Das ist der Kaiser. Fotos von den Soldaten, die in Ostafrika kämpfen, sind nicht zu sehen.

෴

Am Freitagmorgen schreiben sie ihre letzten Prüfungen. Um zwölf Uhr muss sich die gesamte Leichtathletikmannschaft in der großen Aula versammeln. „Wir erwarten große Dinge von euch", verkündet der Direktor vom Podium herunter. „Mit hochgespannten Erwartungen blicken wir nach den Leistungen in diesem Jahr nach vorn. Und denkt daran, dass ihr euch die ganze Zeit über so benehmen solltet, wie es sich für wahre Botschafter dieser Schule gebührt, erweist euch der Farben der Mittelschule von Voorslag würdig."

„Heute Abend geht ihr früh ins Bett", warnt sie Herr Nienaber.

„Wir müssen morgen früh schon um vier Uhr auf dem Bahnhof sein, der Zug wartet nicht auf uns."

Vergeblich versucht Pérsomi einzuschlafen. Im Wohnheim ist es mucksmäuschenstill. Nur die Athleten übernachten dort noch, der Rest ist schon nach Hause gefahren. Auch Beths Bett ist leer und ordentlich gemacht.

Als an diesem Nachmittag die Schule zu Ende war, haben der Pfarrer und seine Frau vor dem Wohnheim gestanden und auf Beth gewartet. Sie sind wirklich schon sehr alt gewesen. Doch als die Frau ihren molligen Körper aus dem kleinen Auto gewunden hat, hat sie ihre kurzen Ärmchen ausgebreitet und Beth an ihren gewaltigen Busen gedrückt. So sind sie lange stehen geblieben, wobei die Frau Beth die ganze Zeit über die Haare gestrichen hat. Sogar der Pfarrer hat sich dazugestellt und Beth über ihr Haar gestrichen.

Es sah genauso aus wie das eine Mal, als Gerbrand ihr übers Haar gestrichen hat, um sie zu trösten. Das war schön.

Morgen fahre ich zum ersten Mal in meinem Leben mit dem Zug, denkt Pérsomi, während sie die finstere Zimmerdecke anstarrt. Morgen nehme ich zum ersten Mal an einem großen Leichtathletikwettkampf teil, einem Wettkampf mit allen anderen Schulen im Bosveld. Morgen werde ich mit anderen Mädchen um die Wette laufen, die das auch sehr gut können, die die besten ihrer Schule sind. Ich werde hochspringen und weitspringen und mit dem Staffelholz in der Hand rennen. Und morgen Abend wird Herr Fourie sie und Irene vom Bahnhof abholen und dann geht sie für die ganzen Ferien zurück auf die Farm. Auch Boelie wird da sein und vielleicht kann sie ihm vom Sport erzählen. Er und De Wet haben auch bei den Leichtathletikwettkämpfen mitgemacht, das weiß sie, denn sie hat den Namen von De Wet auf der Ehrentafel vor der Aula gelesen.

Ihr Koffer ist gepackt und fertig, das Tütchen Süßigkeiten für ihre Mutter, Sussie und Hannapat liegt im Koffer.

Und übermorgen, noch bevor die Sonne aufgegangen ist, kann sie wieder auf ihrem Berg sein. Denn sie sehnt sich zwar nach ihrer Mutter, nach ihrem Häuschen und nach der Farm. Aber am meisten Sehnsucht hat sie nach ihrem Berg.

4. Kapitel

Als sie am Samstagabend auf der Farm ankommen, ist es schon sehr spät. Während das Auto auf den Hof rollt und anhält, fangen die Hunde ein ohrenbetäubendes Gebell an, außer sich vor Freude darüber, dass Irene wieder da ist. Die Haustür geht auf, Licht strömt auf die Veranda. Irenes Mutter und Großmutter kommen mit ausgebreiteten Armen lachend nach draußen und umarmen Irene. „Ihr sterbt doch sicher schon vor Hunger", sagt Tante Lulu. „Los, schnell hinein mit euch, Oma hat eine Quarktorte gebacken."

„Sind Klara und die anderen auch schon da?", will Irene wissen, während sie das kleinste Hündchen auf den Arm nimmt. „Hallo, Dapper, hast du denn dein Frauchen ordentlich vermisst? Puh, ist das schön, wieder zu Hause zu sein."

Pérsomi nimmt ihren Koffer und verschwindet still und leise in Richtung Baumstück. Die Finsternis verschluckt sie. Zurück lässt sie die fröhlich erleuchteten Fenster des Großen Hauses. Im Baumstück vor ihr zeichnet sich der Weg nur vage ab, im fahlen Licht der Sterne ist er kaum sichtbar.

Am Fluss angekommen beugt sie sich herunter und trinkt eine Handvoll Flusswasser. Ich bin wieder da, denkt sie – der Fluss ist auch ein Teil von mir. Sobald ich ihn überquere, betrete ich eine andere Welt.

Die dunklen Umrisse des Häuschens am *Brakrant* lassen sich vor ihr erahnen. Vorsichtig zieht sie die Hintertür auf. Laut durchdringt das Knarzen die nächtliche Stille.

„Wer ist da?", will Hannapats schlaftrunkene Stimme wissen.

„Ich bin's, Pérsomi."

„Oh", erwidert Hannapat. „Warum kommst du denn jetzt erst? Wir haben gedacht, du würdest gestern schon kommen."

„Ich hatte erst noch einen Leichtathletikwettkampf."

„Oh", entgegnet Hannapat.

Pérsomi wirft einen Blick in das finstere Zimmer. „Wo ist denn die Kerze? Und habt ihr vielleicht auch noch etwas zu essen?"

„Schau mal in den Topf", fordert Hannapat sie auf. „Ich fürchte aber, der ist leer."

Mit einiger Mühe gelingt es Pérsomi, den kurzen Docht der Kerze anzuzünden. Der Breitopf ist leer. Sie wendet sich vom kalten Ofen ab. „Und wo ist meine Matratze?"

„Da schläft Sussie drauf, sie liegt jetzt auf zwei Matratzen. Hast du uns etwas aus dem Dorf mitgebracht?"

„Ja, aber das gebe ich euch erst morgen, wenn Mama und Sussie auch wach sind. Rutsch etwas zur Seite, ich bin furchtbar müde."

Ich hatte es vergessen, denkt sie, während sie hinter Hannapats Rücken unter der groben, grauen Decke liegt, ihr Sussies leises Schnarchen in den Ohren klingt und der saure Geruch des Hauses ihr in der Nase kitzelt. Ich hatte ganz vergessen, wie es bei uns zu Hause wirklich ist.

ദ

Sie wacht auf, als sie Geräusche hört. Ihre Mutter steht im Durchgang zum Schlafzimmer; der Lappen, der es von der Küche trennt, ist zurückgeschlagen. „Geh mal Wasser holen, Hannapat", befiehlt sie.

Langsam öffnet Pérsomi die Augen. „Schau mal, Mama, Pérsomi ist zu Hause", verkündet Hannapat.

„Ach du liebe Güte, Kind, wo kommst du denn auf einmal her?", will ihre Mutter wissen. „Wir haben gedacht, du kommst schon am Freitag."

„Ich musste erst noch an einem Leichtathletikwettkampf teilnehmen", erwidert Pérsomi. „Ein Wettrennen, weißt du?"

„Woher sollte ich das denn wissen?", entgegnet ihre Mutter.

„Mama, ich habe Zahnschmerzen", jammert Sussie von unter ihrer Decke.

Pérsomi richtet sich auf und schlägt die graue Decke zurück. „Das ist ein ganz großes Turnier gewesen", erzählt sie. „Alle Schulen haben mitgemacht. Wir sind mit dem Zug nach Potgietersrus gefahren."

„Potgietersrus?", fragt ihr Mutter.

„Ma-ma, ich habe Zahnschmerzen", quengelt Sussie.

„Ja, Mama", antwortet Pérsomi und steht auf. „Das ganze

Leichtathletikteam ist mit dem Zug gefahren. Wir sind gestern Morgen um vier Uhr losgefahren."

„Oh", sagt ihre Mutter. „Ganz schön früh. Hannapat, geh Wasser holen."

„Ich habe bei einer ganzen Menge Wettkämpfen mitgemacht", erzählt Pérsomi weiter. Sie brennt vor Sehnsucht, alles zu berichten, denn sie möchte, dass ihre Mutter stolz auf sie ist. Wenn Gerbrand ...

„Beim Hundertmeterlauf, beim Zweihundertmeterlauf, beim Hochsprung, beim Weitsprung und beim Staffellauf."

„Oh", erwidert ihre Mutter. „Hannapat, geh jetzt endlich Wasser holen."

„Und ich habe ziemlich gut abgeschnitten, Mama", berichtet Pérsomi. „Ich bin zur besten Athletin unter den jungen Mädchen gekürt worden, von allen Schulen, die da gewesen sind."

„Oh", entgegnet ihre Mutter. „Gut, wirklich. Hannapat, holst du nun Wasser oder wie sieht es aus? Oder muss ich erst den Gürtel holen?"

Lustlos nimmt Hannapat den Eimer und schlendert zur Tür.

„Ma-ma-a, mein Zahn ...", stöhnt Sussie.

„Hey, Sussie, halt endlich die Klappe", erwidert ihre Mutter.

„Ich dachte, du wärst stolz auf mich", sagt Pérsomi.

„Ja", antwortet ihre Mutter. „Schau mal, hier ist ein Brief von Gerbrand. Hannapat hat ihn mir schon vorgelesen, aber sie liest erbärmlich. Lies du ihn mal vor." Sie zieht einen verknitterten Umschlag aus ihrer Schürze.

„Er schreibt sowieso nur an dich und Mama", brummt Hannapat giftig von der Tür her. „Ich gehe in der Zeit Wasser holen."

Mama versteht es einfach nicht, denkt Pérsomi im Stillen. Sie versteht es nicht, weil sie selbst nie zur Schule gegangen ist. Sie weiß nichts von der einen Sekunde Totenstille, kurz bevor der Startschuss abgefeuert wird – in der ein Sekundenbruchteil zu früh oder zu spät über Sieg und Niederlage entscheiden. Sie weiß nichts von den Tausenden von Kindern rund um den Sportplatz, die sich nach dem Schuss in eine einzige, große, grölende, kreischende Masse verwandeln. Sie weiß nicht, wie es sich anfühlt, wenn man zu den Umkleidekabinen zurückgeht, zusammen mit all den Kindern, die einem gratulieren, als ob man ein ganz normales Kind wäre, genau wie sie. Sie weiß nicht, wie es ist, wenn am Ende der eigene Name vorgelesen wird und man den Pokal für die beste Sportlerin in den Händen hält.

Sie hätte den Pokal gern mit nach Hause genommen, einfach nur, um ihn herumzuzeigen. Sie hätte den Pokal gern mitten auf den Tisch gestellt, sodass sein Glanz auf das ganze Haus abstrahlt, ein bisschen so wie das schöne Wohnzimmer von Herrn Nienaber durch all die schönen Dinge, die dort stehen, im Glanz erstrahlt. Herr Nienaber meinte jedoch, es wäre besser, wenn der Pokal in der Schule bliebe. Er hat ihn hinter Schloss und Riegel getan in der Vitrine in der Aula der Schule.

Schließlich nimmt sie den zerknitterten Brief von ihrer Mutter entgegen, faltet ihn vorsichtig auseinander und fängt an, die vertraute, runde Handschrift zu lesen:

10. März 1941
Liebe Mutter, liebe Pérsomi!

Es tut mir leid, dass ich euch nicht oft schreibe, aber wir haben viel zu tun. Wir sind jetzt in Italienisch-Somaliland. Die Wege waren furchtbar. Oft genug mussten wir sie ganz neu anlegen.
Wir sind durch dicken Sand marschiert und mussten manchmal einen Umweg durch dichte Wälder machen, weil wir wegen der Landminen auf der Hut sein mussten.
Wir waren schon in Gefechte mit den Italienern verwickelt. Dabei habe ich eine italienische Wasserflasche gefunden die sind viel besser als unsere denn bei uns passt nur ein halber Liter hinein bei den Italienern aber anderthalb Liter.
Ich werde den Rest meines Lebens bei der Armee bleiben, so viel ist klar. Ich bin froh dass ich dorthin gegangen bin.
Ein Mann bei uns in der C-Kompanie ist sehr krank sie sagen dass es Malaria ist. Er ist in die Union zurückgebracht worden.
Wir haben auch eine Menge Gefangene gemacht alles Italiener. Ich will dir noch von der Brücke erzählen die wir über den Jubafluss gebaut haben weil der Feind die Brücke in die Luft gejagt hat und das ein ziemlich breiter Fluss ist und dann haben wir eine Brücke gebaut. Wir haben Tonnen miteinander verbunden und sie dann an Bäumen festgemacht. Dann sind

wir in kleinen Booten ans andere Ufer gefahren und haben die Tonnen an den Bäumen festgemacht die da gestanden haben und haben dabei die Ketten richtig fest an die Bäume gemacht. Und dann haben sie ich meine natürlich wir Planken auf die Tonnen gelegt.

„Gerbrand ist schon ganz schön geschickt, wenn er sogar eine Brücke bauen kann", erklärt Pérsomis Mutter.

„Ja", antwortet Pérsomi und liest weiter:

Die Dukes sind auch zum Helfen gekommen, das ist eine von unseren anderen Abteilungen. Und ab und zu hat der Feind angefangen auf uns zu schießen. So eine Brücke nennt man Pontonbrücke. Wir haben sie innerhalb von drei Tagen gebaut. Zuerst ist die Infanterie darüber gegangen dann sind die Fahrzeuge hinterher gefahren. Gut stimmt's?
Es ist so heiß dass ich nicht schlafen kann und ich muss jetzt schlafen denn heute Nacht müssen wir eine ganze Ecke marschieren. Die Moskitos sind auch eine echte Plage.

Viele Grüße
von eurem Sohn und Bruder
Gerbrand

„Die Moskitos sind wirklich überall", seufzt Pérsomis Mutter.

„Ja", erwidert Pérsomi und faltet den Brief wieder zusammen. Plötzlich schnürt ihr die Sehnsucht nach Gerbrand die Kehle zu. Gerbrand würde es verstehen. Wenn er zurückkommt, wird er alles verstehen, was sie ihm erzählen will.

Vorsichtig steckt ihre Mutter den Brief wieder in den Umschlag zurück und verstaut ihn in ihrer Schürze. „Ach ja", seufzt sie.

Pérsomi schluckt. Tief in ihr ist eine unbekannte Leere, eine Sehnsucht nach …. Nach was, das weiß sie nicht so genau. „Wir müssen wegen Sussies Zahnschmerzen etwas unternehmen", sagt sie ins Blaue hinein und schaut sich um.

Sie kann sich nicht erinnern, dass ihr die Unordnung und die Schäbigkeit hier jemals so deutlich aufgefallen ist. Die vergammelte Hintertür hängt nur noch an einem Scharnier, der mit Mist bestrichene Boden ist ausgetreten und an ein paar Stellen eingefallen, die Ofentür ist verschwunden, durch die klaffende Öffnung kann man die kleinen Flammen innendrin flackern sehen. Die beiden vorderen Füße fehlen. Gerbrand hat seinerzeit noch Steine daruntergelegt, damit der Ofen wenigstens gerade steht.

Mein glänzender Pokal hätte sich hier sicher nicht zuhause gefühlt, denkt sie.

„Ich habe kein Pulver gegen Zahnschmerzen", erwidert ihre Mutter. „Im Krankenhaus haben sie Sussie irgendwas Stärkeres zum Trinken mitgegeben, weil sie mehr Anfälle bekommen hat. Davon schläft sie ein, das soll sie halt mal nehmen."

„Oh", sagt Pérsomi. Sie fängt an, ihre Decke zusammenzufalten. In ihr ist eine tiefe Traurigkeit, die immer größer wird. Es kommt ihr so vor, als würde sie etwas verlieren oder als hätte sie es sogar schon verloren.

„Ich gehe Holz holen", verkündet sie daraufhin und flüchtet nach draußen.

Als Hannapat mit dem Wasser zurückkommt und der Brei auf dem Ofen zu blubbern beginnt, wird Sussie langsam wieder wach.

„Jetzt fühlt sich mein Zahn schon besser an", sagt sie zu Pérsomi.

„Schön", erwidert Pérsomi. „Ich habe auch noch etwas für euch aus dem Dorf mitgebracht." Die Traurigkeit und die Armut redet sie sich weg, denn sie weiß, dass sie sich über die Süßigkeiten freuen werden und dass sie ihnen wieder ein Lachen auf die Gesichter zaubern werden.

Doch als sie einen Blick auf ihren Koffer wirft, der auf dem Boden liegt, sieht sie, dass der Strick, mit dem sie ihn zusammengebunden hatte, lose danebenliegt. Seltsam, sie hat den Knoten doch noch gar nicht geöffnet.

Als sie den Koffer aufklappt, kommen ihre Mutter und Sussie neugierig näher. Nur Hannapat bleibt im Abseits stehen.

Im Koffer sind ihre drei Kleider, die eine Unterhose, die beiden Schulblusen, ihre Haarbürste und ihre Zahnbürste. Aber die Tüte mit den Süßigkeiten ist verschwunden.

„Was hast du uns denn nun mitgebracht?", will Sussie wissen.

„Eine Tüte mit Süßigkeiten, aber die ist weg", antwortet Pérsomi und schaut dabei Hannapat an. „Wo sind die Süßigkeiten?", fragt sie sie rundheraus.

„Woher soll ich das denn wissen?", entgegnet Hannapat scharf. „Du hast sie vermutlich im Wohnheim liegen gelassen. Oder du lügst uns einfach an."

„Ich habe es nicht liegen gelassen und ich lüge auch nicht", erwidert Pérsomi entrüstet.

„Glaubst du vielleicht, ich hätte sie gestohlen?", fragt Hannapat lauernd.

„Du bist die Einzige, die gewusst hat, dass etwas für euch in meinem Koffer gewesen ist", erwidert Pérsomi. „Und irgendjemand hat den Strick um meinen Koffer aufgemacht, und ich bin es mit Sicherheit nicht gewesen."

„Glaubst du vielleicht ...", fängt Hannapat erneut an.

In diesem Augenblick fährt Sussie sie an: „Jetzt rück endlich die Süßigkeiten heraus!", schreit sie. „Rück die Süßigkeiten raus!", und dabei zieht sie Hannapat fest an den Haaren. Hannapat kreischt wie ein mageres Schwein und wehrt sich verbissen. „Mama! Mama!", schreit sie. „Sussie will mich umbringen!"

In dem Gerangel stolpert Sussie über einen Stuhl und bringt Hannapat ebenfalls zu Fall, weil sie ihre Haare nicht loslässt. Kratzend, beißend und tretend kämpft sich Hannapat unter Sussies dickem Körper wieder frei. „Rück die Süßigkeiten raus!", schreit Sussie sie an. „Mama, Sussie will mich umbringen", kreischt Hannapat.

Da rennt Pérsomi zur Tür hinaus, zu ihrem Berg.

Noch eine ganze Woche wird es dauern, bis sie endlich wieder ins Internat zurückkann.

☙

Es ist Montagmorgen. Die Sonne strahlt hoch am Himmel, und Pérsomi ist mit ihrer Mutter und einem Stapel Wäsche auf dem Weg zum Fluss. Wenn man etwas zu tun hat, kann man sich immer besser unterhalten, es scheint auch, als könne man dann besser zuhören.

Die beiden lassen sich an einem der Wasserlöcher nieder und gehen in die Hocke. Pérsomi kratzt etwas sauberen Sand zusammen und fängt an, den Kragen ihrer weißen Schulbluse damit einzureiben. Ihre Mutter wirft eins von Sussies Kleidern ins Wasser und beginnt damit, es kräftig auszuwringen, ohne Sand zu benutzen.

„Mama, kannst du auch aus Fett Seife machen?", will Pérsomi wissen.

„Ach du liebe Güte, Pérsomi, was ist das denn nun wieder für eine Frage?" Ihre Mutter erschrickt beinahe darüber.

„Ich will einfach nur wissen, ob du Seife kochen kannst, so wie Tante Lulu", antwortet Pérsomi, so ruhig wie möglich.

„Ja, ja, das geht schon", erwidert ihre Mutter, während sie immer noch auf derselben Stelle des Kleides herumreibt. „Aber dazu braucht man Lauge, und die kostet Geld."

„Und was braucht man noch?"

„Tja, Kind, da fragst du mich was", erwidert sie stirnrunzelnd. „Feuer, versteht sich, und einen Seifentopf und Fett. Ach du liebe Güte, ich habe es glatt vergessen."

„Hast du schon einmal Seife gekocht?"

„Ach du liebe Güte, Kind, jetzt hör aber auf mit der Fragerei. Davon werde ich ganz wirr im Kopf."

So gut wie möglich spült Pérsomi ihre weiße Bluse aus. Es scheint so, als sei sie trotz allem recht sauber geworden. „Im Internat müssen wir mittwochs unsere Kleider nur abgeben und dann kommen sie am Freitag gewaschen und gebügelt zurück", erzählt sie.

„Oh", erwidert ihre Mutter.

„Mir gefällt es in der Schule sehr gut und der Lernstoff ist nicht schwer. Ich bin auch sehr gut, sowohl in Leichtathletik als auch in den anderen Fächern", versucht Pérsomi das Gespräch aufrechtzuerhalten.

„Oh", erwidert ihre Mutter.

Pérsomi fährt mit der Zunge über ihre trockenen Lippen. Irgendwie muss sie das Gespräch in die richtige Richtung lenken, damit sie einen Grund bekommt, ihre Mutter nach ihrem Vater zu fragen. Nicht, dass es heute besonders viel Sinn machen würde, doch soweit Pérsomi sich erinnern kann, hat es eigentlich noch nie besonders viel Sinn gemacht.

„Meine Zimmergenossin heißt Beth Murray", verkündet sie. „Sie ist ein Waisenkind, ihre Mutter ist bei ihrer Geburt gestorben. Dann ist sie auf der Missionsstation bei dem Pfarrer und seiner Frau geblieben."

„Oh", erwidert ihre Mutter.

„Sie weiß genau, wer ihre Mutter gewesen ist, denn das hat ihr der Pfarrer natürlich erzählt", fährt Pérsomi fort, „aber wer ihr Vater war, das weiß kein Mensch, und sie wird es auch nie erfahren, weil ihre Mutter die Einzige gewesen ist, die das gewusst hat, und die ist jetzt tot."

„Oh", erwidert ihre Mutter. „Pass auf, deine Unterhose treibt weg."

Geschickt fischt Pérsomi die Unterhose aus dem Wasser und fängt an, sie auszuspülen. „Ich weiß auch nicht, wer mein Vater ist, aber du schon", sagt sie dann.

Plötzlich hören die Hände ihrer Mutter auf sich zu bewegen. Sie schaut geradeaus vor sich aufs Wasser, sagt aber kein Wort.

„Mama", sagt Pérsomi leise, „ich würde wirklich gerne wissen, wer mein Vater gewesen ist. Oder ist."

Ihre Mutter bleibt erst noch eine Weile regungslos sitzen, doch dann fängt sie langsam an, den Kopf zu schütteln.

„Das ist sehr wichtig für mich", versucht Pérsomi es erneut. „Es ist so, als würde ich einen Teil von mir gar nicht kennen. So, als ..."

Jetzt fängt sie beinahe an zu betteln. „So, als ob irgendwo in mir drin ein Loch wäre, verstehst du?"

Ihre Mutter schüttelt immer noch den Kopf. „Ich erzähle es dir nicht. Niemals. Dir nicht und auch niemandem sonst", erwidert sie tonlos.

„Mama, bitte!", bettelt Pérsomi jetzt ganz offen. „Ich verspreche dir, dass ich es niemals irgendjemandem erzählen werde, niemandem, das verspreche ich! Du hast mein Ehrenwort!"

„Aber ich kann es nicht erzählen", erklärt ihre Mutter, die dabei immer noch den Kopf schüttelt. „Ich habe versprochen, dass ich meinen Mund halten werde. Ich bin zwar ungebildet, und ich bin ein Habenichts und eine schlechte Mutter, die sich ihre Kinder durch eine staatliche Behörde wegnehmen lässt, aber ich habe seinerzeit versprochen, dass ich meinen Mund halten werde, und damit Schluss."

Die Enttäuschung zieht sich in Pérsomis Brust zusammen und steigt ihr gallenbitter in die Kehle. Für einen Moment schließt sie die Augen und schluckt. Ich warte einfach, denkt sie sich. Ich warte einfach ab, aber früher oder später komme ich doch dahinter.

Dann wirft sie einen Blick über das Wasserloch auf das Baumstück dahinter, in dem die Apfelsinenbäume in voller Blüte stehen. Sie holt tief Luft und lässt den süßlichen Duft in ihre Lungen strömen. „Ich finde, du bist überhaupt keine schlechte Mutter", verkündet sie. „Gertjie und das Baby haben nicht das richtige Essen bekommen, das war alles. Sie müssen nun etwas aufgepäppelt werden, und wenn es hier zu Hause wieder aufwärtsgeht und wir mehr Geld haben, dann bringt sie die Fürsorge auch wieder zu uns zurück."

„Ja", antwortet ihre Mutter teilnahmslos und nimmt sich erneut Sussies Kleid vor, um es auszuwringen.

Am Abend liegt Pérsomi still auf ihrer klumpigen Matratze unter der grauen, kratzigen Decke. Ich muss einfach warten, überlegt sie. Ich muss einfach nur Geduld haben. Irgendwann wird der richtige Augenblick kommen und dann wird meine Mutter es mir erzählen.

Vielleicht kann ich auch genauso gut Tante Sus fragen, denkt sie noch, kurz bevor sie einschläft. Vielleicht weiß die mehr, schließlich ist sie die große Schwester ihrer Mutter.

CB

„Ich gehe mal eben zum Großen Haus und hole die Zeitungen", verkündet Pérsomi am Dienstagmorgen. „Unser Klopapier geht ziemlich zur Neige."

„Bitte Frau Fourie doch auch um ein Tässchen Zucker", erwidert ihre Mutter. „Und wenn sie noch einen oder zwei Esslöffel Kaffee entbehren könnte, wäre das auch nicht schlecht. Und vielleicht noch etwas für Sussies Bauch, sage ihr ruhig, dass sie Verstopfung hat. Sage ihr, dass ich noch keine Möglichkeit hatte, ins Dorf zu kommen, aber dass sie alles wiederbekommt, sobald ich die Gelegenheit dazu habe."

„Ehrlich gesagt geht mir diese Bettelei ziemlich gegen den Strich", entgegnet Pérsomi.

„Ach du liebe Güte, Kind, das ist doch keine Bettelei!", blafft ihre Mutter zurück. „Ich will mir doch nur etwas borgen."

„Ja, Mama", gibt Pérsomi klein bei. Doch sie weiß auch jetzt schon, dass die Leute im Großen Haus auf ihren Zucker und ihren Kaffee warten können, bis sie schwarz werden.

Am Fluss angekommen wäscht sie sich zunächst das Gesicht und die Füße und hält sie zum Trocknen der Sonne entgegen. Klara wird dort sein und De Wet auch, überlegt sie. Und Boelie. Oder vielleicht ist Boelie auch beim Vieh. Schließlich ist er mit Leib und Seele Landwirt, genau wie sein Vater und sein Großvater.

Als ihre Füße trocken sind, schlendert Pérsomi langsam durch das Baumstück zum Großen Haus. Wieder atmet sie tief ein, der betörende Geruch hängt schwer in der Luft. Ich wünschte, ich würde immer so riechen, denkt sie sich, wie die Orangenblüten im Herbst.

An der Hintertür bleibt sie für einen Augenblick stehen. Von drinnen ertönt das fröhliche Gelächter von ein paar Mädchen, von ganz normalen Menschen, die irgendwo im Haus gemütlich beieinandersitzen.

Schließlich klopft sie leise an. In der Küche ist nur Lena, die gerade das Feuer im Ofen anheizt. „Ich möchte nur ein paar Zeitungen holen", erklärt Pérsomi.

„Warte einen Moment, Mädel, dann hole ich sie aus dem Vorratsschrank", erwidert Lena.

„Ich würde gern auch noch um etwas Zucker bitten und ein bisschen Mehl, oh, nein, Kaffee", fügt Pérsomi schnell hinzu.

„Nun ja, da muss ich erst einmal die Chefin fragen", entgegnet Lena. „Das kann ich nicht einfach so weggeben. Warte hier, ich rufe mal eben Fräulein Klara."

Pérsomi betrachtet ihre nackten Füße. Vielleicht ist es besser so, überlegt sie, dann muss ich wenigstens nicht Tante Lulu bitten.

Tatsächlich erscheint Klara nicht allein in der Küche. Ihr folgen zwei andere junge Frauen. Alle drei lachen immer noch.

Klara trägt ein hellgelbes Sommerkleid. Ihre Haare glänzen goldbraun in der Sonne, deren Strahlen durch die offene Hintertür nach drinnen fallen. Hinter ihr steht Christine, die Tochter von Herrn Freddie le Roux. Sie ist klein von Gestalt und mit ihren blonden Locken und den großen, blauen Augen ist sie so schön wie eine Puppe, findet Pérsomi.

Dann sieht sie auch die dritte junge Frau, deren Namen sie nicht kennt. Sie ist bildhübsch, groß und schlank, hat lange Beine und einen goldbraunen Teint. Ihre langen, dunklen Haare fallen wie glänzende Seide über ihre Schultern, ihre dunklen Augenbrauen sind sorgfältig zu kleinen Bögen gezupft und ihr Mund ist tiefrot geschminkt.

„Hallo, Pérsomi", begrüßt Klara sie freundlich. „So, du bist also auch über die Ferien zu Hause?"

„Ja", antwortet Pérsomi.

„Das ist die Schwester von Gerbrand, sie ist so alt wie Irene und Reinier", erklärt Klara den beiden anderen.

„Ja", erwidert Christine, „ich kenne sie gut. Sie ist nur so groß geworden." Und zu Pérsomi gewandt sagt sie: „Hört ihr noch ab und zu etwas von Gerbrand?"

„Er schreibt, dass es ihm gut geht, sie haben eine Brücke über einen Fluss gebaut", antwortet Pérsomi, wobei sie sich nicht wohlfühlt in ihrer Haut. Ihr grünes Kleid fühlt sich heute Morgen noch kürzer an als sonst.

Klara lacht. „Stattdessen sollten sie ihn lieber hierherschicken, damit er eine Brücke über unseren Nil baut", erwidert sie fröhlich.

„Wenn du mich fragst, wird das nie passieren! Du wolltest etwas Zucker haben?"

Die dunklen Augen der großen, jungen Frau gleiten beinahe gleichgültig über Pérsomi. Das ist dieselbe Frau, die zusammen mit Gerbrand und den anderen im Tümpel schwimmen gegangen ist, erinnert sich Pérsomi mit einem Mal. Vielleicht könnte das die Schwester von Reinier sein.

„Nur Zucker, Pérsomi?", dringt plötzlich Klaras Stimme zu ihr durch.

„Und ... Mehl, bitte", antwortet Pérsomi.

Auf dem Weg nach Hause kreisen Pérsomis Gedanken immer noch um den Anblick der drei jungen Frauen. Sie haben so fröhlich gelacht, sie haben so blumige Kleider und solch feine Sandalen getragen. Die Küche ist so voller Sonnenschein gewesen, und überall war der Geruch von Kaffee.

Zu Hause will Hannapat wissen: „Hast du auch Zucker und Kaffee mitgebracht?"

„Kaffee?", fragt Pérsomi zurück. „Ich habe Zucker und Mehl dabei."

„Was bist du doch für ein Schussel!", entgegnet Hannapat böse.

„Sollen wir jetzt Mehl trinken? Und ich hatte gerade solche Lust auf ein Tässchen."

☙

„Herr Fourie hat gesagt, dass wir ihm morgen beim Schlachten helfen sollen", verkündet Pérsomis Mutter am Mittwochabend. „Sie haben eine Kuh geschlachtet."

„Wenn sie uns dafür einmal ein bisschen Fleisch zum Essen geben", erwidert Hannapat gefühllos. „Und nicht nur die Därme."

„Arme Schlucker haben keine Wahl", entgegnet ihre Mutter.

„Ich esse alles, solange es nur Fleisch ist", verkündet Sussie. „Ich helfe auch mit."

Im Wohnheim bekommen wir beinahe jeden Tag Fleisch, denkt Pérsomi, aber sie sagt lieber nichts.

Als sie am nächsten Morgen aufbrechen müssen, fühlt sich Sussie nicht besonders wohl und bleibt deswegen auf ihrer Matratze liegen. „Ich habe solche Bauchschmerzen!", jammert sie. „Und auch Kopfschmerzen."

„Ach, Sussie, halt die Klappe", erwidert ihre Mutter.

„Tante Sus sagt, dass du besondere Kräuter gegen Dünnpfiff hast", erklärt Sussie, während sie sich wegen ihrer Bauchschmerzen zusammenkrümmt. „Die muss man mit Löwenohren und Bitterwurzeln zusammenrühren, und das hilft gegen meinen harten Bauch."

„Ach du liebe Güte", entgegnet ihre Mutter.

„Du hast deine Zahnschmerzen vergessen, du faules Stück!", schimpft Hannapat noch, während sie nach draußen gehen.

An der Scheune herrscht große Geschäftigkeit. Boelie und De Wet sind schon damit beschäftigt, die schwere Kuh an einem Seil in die Höhe zu ziehen, während Herr Fourie auf einem Schleifstein das Messer wetzt. Klara kommt mit einer ganzen Reihe Schüsseln herbeigelaufen, und Lena schrubbt die Tische, bis sie glänzen.

„Hallo, Pérsomi", begrüßt sie De Wet. „Hast du noch etwas von Gerbrand gehört?"

„Er schreibt, dass es ihm gut geht", erwidert Pérsomi.

„Oh, da seid ihr ja, geht euch erst einmal gründlich die Hände waschen", fordert Tante Lulu sie auf, während sie mit einem Krug Wasser aus der Küche kommt. „Klara, du gehst Irene holen, sie soll auch helfen kommen."

„Da kommt sie schon, Mama", entgegnet Klara.

Boelie, der bereit steht, die Kuh mit einem großen Messer zu zerlegen, schaut auf. „Hallo, Pérsomi, hast du auch Ferien?", will er wissen, so als hätte er sie nicht erwartet.

„Ja", antwortet sie ein bisschen unsicher, doch er scheint sie gar nicht zu hören.

„Wenn du eben die Handkarre holst, Hannapat, dann könnt ihr die Eingeweide mitnehmen", verkündet er. „Oder willst du die behalten, Mama?"

„Nur die Leber und die Nieren, und natürlich auch die Därme für die Wurst, den Rest kannst du gern weggeben", erklärt Tante Lulu. „Wir haben heute sowieso keine Zeit, um den Abfall zu verarbeiten."

Pérsomi sieht, wie sich Hannapats Augen für einen Augenblick verengen. Dann dreht Hannapat sich um und geht zu der Ecke, in der der Handkarren steht. Ihre Hüften wiegen herausfordernd hin und her.

Mit einem großen Schnitt von oben nach unten öffnet Boelie den Bauch der Kuh, sodass die Eingeweide herausquellen: Bündel von Därmen, ein Pansen voller breiiger Nahrung, die Gallenblase, Herz und Lungen fallen als Erste in den Handkarren. „Igitt, ich muss kotzen!", ruft Irene und rennt ins Haus zurück.

Boelie schaut verstört auf. „Das Mädel müsste man sich mal zur Brust nehmen!", sagt er, während er die letzten Eingeweide loszuschneiden beginnt.

„Sie kommt sicher gleich wieder helfen", beruhigt ihn seine Mutter. „Im Augenblick gibt es doch sowieso noch nicht viel für sie zu tun."

Boelie zieht skeptisch die Augenbrauen hoch, sagt jedoch nichts.

„Hannapat", befiehlt Tante Lulu, „bring die Eingeweide schnell zu euch nach Hause. Ihr müsst sie heute noch kochen, verstehst du, sonst locken sie nur die Schakale an. Boelie, legst du die Füße für die Sülze zur Seite?"

„Halte sie doch kurz für mich fest, Pérsomi", fordert Boelie sie auf, während er einen der vorderen Hufe zur Seite schiebt.

Als die Sonne am höchsten steht und das vorderste Viertel der Kuh schon zu *Biltong* und Wurst verarbeitet worden ist, erscheint Irenes Großmutter mit einer Kanne Kaffee. Hinter ihr geht Lena mit einem Tablett voller Tassen und einer Schüssel Brötchen. Von Irene fehlt immer noch jede Spur, und Hannapat ist auch nicht zu sehen.

„Ihr müsst den *Biltong* wirklich ganz dünn schneiden und vor allem gut salzen", erklärt Irenes Oma. „Schaut, hier ist Kaffee für euch. Klara, könntest du uns inzwischen die Zunge bringen, dann können wir sie einpökeln."

„Sobald du deinen Kaffee ausgetrunken hast, Jemima, musst du nach Hause gehen und die Eingeweide verarbeiten", erklärt Tante Lulu. „Nimm die Gedärme auch ruhig mit, und denke daran, sie ja gut sauber zu kratzen, verstehst du? Wenn ihr damit fertig seid, musst du sie gleich zurückbringen, dann können wir sie für die nächste Runde einsalzen. Ich mache mir Sorgen wegen der Hitze, wir hätten eigentlich noch gut drei Wochen mit dem Schlachten warten müssen."

„Aber dann hätten dir die Sklaven gefehlt, nicht wahr, Mama?", neckt De Wet sie gutmütig.

„Das mit den Sklaven ist nicht lustig", erwidert seine Mutter. „Als ich klein war ..."

„Ja, ja", entgegnet Boelie.

Als kurz darauf auch Tante Lulu in der Küche verschwindet, um mit der Sülze anzufangen, erklärt De Wet: „Tja, so fallen die Helden. Jetzt sind wir nur noch zu dritt, um das ganze Hinterteil sauber an den Haken zu bekommen."

„Hmm", macht Boelie. „Vater und Mutter müssten mit Irene mal ein ernstes Wörtchen reden. Uns bringt es gar nichts, wenn Mama uns erzählt, wie hart sie als kleines Kind arbeiten musste, während die feine Dame die ganze Zeit nur in ihrem Zimmer sitzt und liest, so als wäre sie die Königin Victoria höchst persönlich."

„Pérsomi, wenn du mich fragst, solltest du mit dem Schneiden des Fleisches für die Wurst anfangen", sagt De Wet. „Schau, schneide es am besten in Stücke von dieser Größe. Und probiere dabei, die Sehnen, so gut es geht, wegzuschneiden, sonst dauert das Saubermachen des Fleischwolfes länger als das eigentliche Wurstmachen."

Pérsomi zieht die Schüssel mit dem Wurstfleisch zu sich hinüber und fängt an zu schneiden. Sie gibt ihr Allerbestes, denn sie möchte Boelie und De Wet nicht enttäuschen.

„Dieses englische Gehabe von Opa geht mir furchtbar auf die Nerven", verkündet Boelie mit einem Mal.

„Puh, was bist du heute wieder für ein Miesepeter", entgegnet De Wet. „Du musst wirklich besser aufpassen, mit welchem Bein du zuerst aufstehst."

„Er schleimt tatsächlich die ganze Zeit hinter Smuts her", provoziert Boelie weiter. „Und dieses Messer ist jetzt schon so stumpf wie die Hölle."

„Wo wir gerade vom Stumpfsein reden, ich wüsste da noch jemanden, der nicht besonders scharf ist", erwidert De Wet ruhig.

„Ach, De Wet, dein kluges Geschwätz kannst du für dich selbst behalten. Opa will kein böses Wort über Smuts hören, habe ich recht oder nicht?"

Pérsomi spürt, wie in ihr die Spannung steigt. Was wäre, wenn De Wet und Boelie einander nun an die Kehle gingen, so wie Lewies und Onkel Attie, während sie miteinander über Smuts und Hertzog in Streit geraten sind? Nach einer Weile hat Onkel Attie es Lewies mit einer zerbrochenen Schnapsflasche gegeben. Oder wie bei Piet und Gerbrand, als Gerbrand gesagt hat, dass die ganze Pietersefamilie ein Haufen Landesverräter sei?

„Was hat Smuts denn jetzt schon wieder falsch gemacht?", will De Wet wissen.

„Smuts und Van Rensburg[7] stecken unter einer Decke, da gebe ich dir Brief und Siegel drauf!", antwortet Boelie trotzig. „Ich vertraue Van Rensburg nicht mehr."

„Warum denn nicht?", stichelt De Wet weiter, während er erneut ein großes Stück Fleisch auf den Tisch legt. „Das ist das letzte Stück, danach können wir die Wurst machen. Bist du schon so weit, Pérsomi?"

„Smuts und seine Leute haben überall Spione sitzen", erklärt Boelie. „Ich fange langsam an zu glauben, dass Van Rensburg von Smuts in die *Ossewa-Brandwag* eingeschleust worden ist, um sie unter Kontrolle zu halten. Warum sonst sollte er nicht endlich in Aktion treten?"

„Ich bin mit dem Wurstfleisch fast fertig", verkündet Pérsomi. „Wer ist Van Rensburg?"

„Der Anführer der OB", antwortet De Wet. „Ich sorge inzwischen dafür, dass der Fleischwolf so weit ist. Er ist Jurist und war der erste Privatsekretär von Tielman Roos[8], danach ist er Staatssekre-

---

7 Johannes (Hans) Frederick Janse van Rensburg (1898-1966) war ein südafrikanischer Faschist.
8 Tielman Johannes de Villiers Roos (1879-1935) war von 1924 bis 1929 Justizminister in Südafrika.

tär im Justizministerium gewesen und seit 1936 Provinzialsekretär des Oranje-Freistaats. In Januar diesen Jahres ist er der Kommandant-General der *Ossewa-Brandwag* geworden."

„Oh", sagt Pérsomi.

„Musst du denn unbedingt jedes Mal eine lange Vorlesung halten, wenn dir jemand eine Frage stellt?", will Boelie verärgert wissen.

„Jetzt weiß sie es wenigstens", antwortet De Wet nonchalant. „Du sagst doch immer, dass sie intelligent ist."

Für einen Augenblick ruhen Pérsomis Hände. Heiße Glut steigt in ihrem Inneren auf, denn Boelie hält sie für intelligent! Er hat zu De Wet, der selbst furchtbar klug ist, gesagt, dass sie intelligent ist. Das kleine bisschen Wärme nistet sich irgendwo tief in ihr ein.

„Geh mal schnell die Därme für die Wurst aus der Küche holen, Pérsomi", fordert Boelie sie auf. „Lena hat sie heute Morgen schon früh eingelegt, damit sie weich werden."

Sie rennt, so schnell sie kann, in die Küche. Dabei beißt ihr der Wind in die Wangen und fährt ihr durchs Haar und sie saugt ihn tief in ihre Lungen ein. „Warum rennst du denn so?", will Lena mit großen Augen wissen.

„Das macht mir einfach Spaß", antwortet Pérsomi. „Ich komme wegen der Därme."

„Aber nur, wenn du damit nicht rennst", warnt Lena sie. „Ich habe keine Lust, den Rest des Nachmittags damit zuzubringen, den Dreck wieder herunterzuwaschen."

Als Pérsomi zur Scheune zurückkommt, haben De Wet und Boelie schon mit dem Mahlen des Fleisches begonnen. De Wet dreht den Fleischwolf und Boelie stopft Stück für Stück das Fleisch hinein.

„Nein, ich habe volles Vertrauen in die OB", erklärt Boelie, „aber nicht in ihre Führung. Ich glaube immer noch an die OB als verbindenden Faktor und sehe keinen anderen Weg, wenn wir jemals eine Republik haben wollen."

„Allmächtiger, mir wird langsam der Arm lahm", verkündet De Wet. „Los, jetzt bist du wieder für eine Weile mit Drehen dran."

Werden sie jetzt ständig über Politik reden?, überlegt Pérsomi, während sie versucht, die Därme zu entwirren.

„Und dann noch etwas", sagt Boelie, der jetzt an der Kurbel steht und dreht. „Ich finde, dass Deutsch-Südwestafrika an Deutschland zurückgegeben werden sollte. Die Bewohner sprechen Deutsch, und es ist nur die Schuld dieses Schandvertrags von Versailles, dass dieses Gebiet Deutschland abgenommen worden ist."

„Die Alliierten ziehen in Europa sowieso gerade den Kürzeren", erwidert De Wet. „Da kannst du Deutsch-Südwest schön an Deutschland zurückgeben."

Pérsomi hört kaum noch zu, während die Männer weiterreden. Das Gespräch wendet sich dem Krieg in Europa zu, den Siegen Hitlers und den Niederlagen Englands.

Gerbrand ist in Ostafrika, und da kämpfen sie gegen die Italiener. Sie hofft nur, dass England dort nicht auch den Kürzeren zieht – schöne Worte übrigens, „den Kürzeren ziehen" – denn dann wird Gerbrand vielleicht ...

„So, jetzt kannst du den ersten Darm darüberziehen", dringt die Stimme von De Wet auf einmal zu ihr durch. „Schau mal, da kommt ja auch Opa."

„Als ob wir noch ein paar gute Ratschläge brauchen könnten", entgegnet Boelie giftig.

Pérsomi fischt den ersten Darm aus dem Wasser und bläst ihn auf. Das Salz des gepökelten Darms bleibt hartnäckig an den Lippen kleben. Den Darm über den Trichter der Wurstmaschine zu ziehen, fällt ihr nicht schwer.

„Schmier erst ein bisschen Fett drauf", erklärt De Wet. „Dann rutscht er wie ein geölter Blitz."

Ob nun in Ostafrika oder in Europa, Krieg bleibt Krieg, überlegt Pérsomi weiter. Und wenn sie die Italiener bald aus Ostafrika vertrieben haben, dann werden sie vielleicht nach Europa gebracht, um da einzuspringen.

Wieder muss sie an die Fotos in der Zeitung denken, an die tiefen Löcher, die die Artilleriegeschosse in den Boden reißen, an die Erde, die wie eine Fontäne in die Luft fliegt.

Als der alte Herr Fourie neben dem Tisch stehen bleibt, will er wissen, ob sie Wurst machen.

„Ja, Opa", antwortet De Wet.

Pérsomi bläst den nächsten Darm auf und zieht ihn über den langen Fülltrichter. Dabei sieht sie in Gedanken die Panzer mit ihren langen, feuerspeienden Rohren, sie sieht die endlosen Rollen Stacheldraht, hinter denen der Brand des Krieges wütet.

Inzwischen fangen ihre Lippen von dem Salz an zu brennen, in das die Därme eingelegt waren. Sie bläst und zieht.

„Ja, ja, ihr jungen Kerle mit euren modernen Apparaten", seufzt der alte Herr Fourie. „Zu meiner Zeit haben wir von einem Kuhhorn die Spitze abgesägt, haben es ausgehöhlt und ein Loch hineingebohrt, und dann haben wir mit den Daumen das Wurstfleisch durchgepresst."

„Ja, Opa", erwidert De Wet.

„Unsere Armee ist sowieso ein hoffnungsloser Haufen", verkündet Boelie dickköpfig. „Die verdienen geradezu eine Niederlage." Das sagt er nur, weil er einfach zum Vergnügen einen Streit vom Zaun brechen will, denkt Pérsomi.

„Hmm", entgegnet De Wet. „Schließlich haben unsere Truppen Addis Abeba eingenommen und Kaiser Haile Selassie wieder auf seinen Thron gesetzt."

„General Smuts weiß, was er tut", pflichtet ihm sein Großvater bei. „Ihr dürft die Wurst nicht so fest hineinstopfen."

„Gut, Opa", sagt De Wet.

„Also gut, ich gehe dann mal wieder."

„Gut, Opa", sagt De Wet wieder.

Boelie antwortet nichts, sondern drückt allein den langen Winkelhebel der Wurstmaschine gleichmäßig nach vorn.

„Ich kann einfach nicht begreifen, warum Gerbrand zur Armee gegangen ist", erklärt Pérsomi auf einmal.

„Das würde ich auch gern wissen", nickt Boelie.

Pérsomi bläst wieder einen Darm auf und zieht ihn behände über den Fülltrichter.

„Du wirst noch richtig geschickt, stimmt's?", lacht De Wet ihr zu.

„Es ist nur wieder ganz schön salzig", erwidert sie, während sie sich mit dem Handrücken den Mund abwischt.

„Warum schreibst du ihm nicht einfach? Dann kannst du ihn selbst fragen?", schlägt Boelie vor. „Schließlich ist er der Einzige, der dir deine Frage beantworten kann."

„Das stimmt", entgegnet Pérsomi ein bisschen überrascht. Dann lächelt sie. „Warum bin ich darauf nicht bloß selbst gekommen?"

Als Irene sehr viel später mit einem Tablett voller Kaffee zur Scheune kommt, bleibt sie stocksteif in der Türöffnung stehen.

„Igittigitt!", ruft sie. „Ich essen keinen Bissen von der Wurst, hört ihr! Pérsomi bläst da hinein!"

ଓଃ

„Ich bin heilfroh, dass ich wieder im Internat zurück bin", verkündet Pérsomi am ersten Abend Beth gegenüber und reibt sich die Haare trocken. Ihr ganzer Körper kribbelt noch vom warmen Duschwasser.

„Ich auch", erwidert Beth, „aber zu Hause zu sein, ist doch noch viel schöner."

Nein, denkt Pérsomi im Stillen. Nein. Aber das sagt sie nicht laut.

„Ich habe ein Geschenk für dich dabei", sagt Beth mit einem verlegenen Lächeln und holt etwas aus ihrem Koffer. „Sie ist schon ein bisschen älter und leider in Englisch, aber wir hatten in der Missionsstation keine andere." Damit überreicht sie Pérsomi eine Bibel.

Pérsomi nimmt das Buch und streicht über den verschlissenen Ledereinband. Dann schlägt sie die Bibel auf und holt tief Luft. Der vage, muffige Geruch, der aus den Buchseiten aufsteigt, kitzelt ihr in der Nase. „Vielen Dank, Beth", sagt sie.

„Die gnädige Frau hat auch noch Plätzchen für uns eingepackt", plaudert Beth weiter. „Hier, probier diese mal."

Und ich habe nichts, was ich ihr geben könnte, denkt Pérsomi.

„Ich nehme gern gleich eins, Beth, danke", erwidert sie. „Ich ... ich möchte nur erst noch einen Brief an meinen Bruder schreiben."

Denn zu Hause gab es weder Stifte noch Papier.

„Bei uns in der Kirche betet der Pfarrer jedes Mal für unsere Soldaten", erzählt Beth. „Ich glaube, dass sie im Moment in Abessinien am Kämpfen sind."

„Ja", bekräftigt Pérsomi, während sie vorsichtig eine Doppelseite aus der Mitte ihres Rechenheftes heraustrennt. „Mein Bruder ist da auch."

Eigentlich ist Beth die Einzige, der ich das erzählen kann, denkt sie. Alle anderen halten die Soldaten für Verräter, für Rotlitzen, die auf Seiten des Feindes kämpfen.

Sie dreht den Deckel von ihrem Tintentöpfchen auf, taucht ihre Feder hinein und fängt an zu schreiben:

Voorslag, Mädchenwohnheim
22. April 1941

Lieber Gerbrand,

das dritte Quartal hat angefangen und ich bin wieder zurück im Internat. Ich finde die Mittelschule …

Ich hätte nicht „Lieber Gerbrand" schreiben dürfen, überlegt sie sich plötzlich; mit ziemlicher Sicherheit mag er das nicht. Aber sie kann sich auch nicht dazu durchringen, nur „Gerbrand" darüber zu schreiben, denn das hört sich auch komisch an. Und noch eine Seite möchte sie auch nicht aus ihrem Heft reißen.
Also schreibt sie weiter:

… unglaublich toll. In meinen Schulaufgaben bin ich sehr gut und auch beim Sport, ich bin die Beste in der Unterstufe, und beim Schulwettkampf in Potgietersrus bin ich zur besten Athletin unter den jungen Mädchen gekürt worden.

Hört sich das nicht ein bisschen … Nein, Gerbrand wird es schon verstehen, und sie möchte es ihm so gern erzählen.

Die Zeit der Leichtathletikwettkämpfe ist jetzt vorbei, aber das Fräulein sagt, dass ich Hockey spielen soll, sie wird das mit dem Schläger und den Schuhen für mich regeln. Der Junge, der in der Klasse neben mir sitzt, heißt Reinier. Er hat mir erzählt, dass du ein sehr guter Rugbyspieler warst. Seine Schwester war auch bei dir in der Klasse, ihr Nachname ist De Vos.
Ich habe auch eine sehr nette Zimmerkameradin, Beth Murray. Sie hat mir eine Bibel mitgebracht, denn sie kommt aus einer Missionsstation. Ich bin froh, dass ich jetzt auch eine Bibel besitze.
Zu Hause ist alles in Ordnung. Mama, Hannapat und Sussie sind gesund. Das von Lewies weißt du schon, das habe ich dir geschrieben. Jetzt, wo er weg ist, läuft alles viel besser. Mama sehnt sich nur nach Gertjie und dem Baby, glaube ich. Und vor allem nach dir, das weiß ich sicher.

Gerbrand, ich würde eigentlich gern wissen, warum du zur englischen Armee gegangen bist. Ich sage nicht, dass das verkehrt gewesen ist, ich möchte nur wissen, warum. Hier gibt es niemanden, der es mir erklären könnte, deshalb frage ich einfach dich. Ich hoffe, dass du das nicht in den falschen Hals bekommst, ich möchte es einfach nur wissen, verstehst du? Damit ich es begreifen kann.
Während der Ferien habe ich mit Boelie und De Wet eine Kuh geschlachtet, und ich habe auch Klara und Christine getroffen. Sie lassen dich schön grüßen.

Was kann ich noch schreiben?, überlegt sie.

Hier bei uns sind die Moskitos auch furchtbar, aber bald wird es Winter, und dann sind sie verschwunden.

Weiter fällt ihr nichts mehr ein. Sie wollte, sie könnte schreiben, er solle nach Hause kommen, aber das würde ihm auch nicht gefallen. Also beendet sie den Brief einfach.

*Viele Grüße
Deine Schwester
Pérsomi*

Als sie die Seite ordentlich zusammengefaltet hat, merkt sie plötzlich, dass sie keinen Briefumschlag hat. Und auch keine Briefmarke. Und sie hat noch nicht einmal Geld, um sich beides zu kaufen.

Als die Glocke die Stille Zeit einläutet, nimmt sie ihre eigene Bibel und schlägt das erste Kapitel des Matthäusevangeliums auf. Den Brief an Gerbrand stopft sie zwischen die dünnen Buchseiten.

ଔ

Am Freitag haben sie unmittelbar vor der großen Pause Naturkundeunterricht. Als die Glocke ertönt, wartet Pérsomi, bis alle Kinder den Klassenraum verlassen haben, und dann geht sie zum Pult von Herrn Nienaber. „Herr Lehrer, wenn ich wieder einmal auf Ihre Kinder aufpassen soll, dann brauchen Sie es nur zu sagen", erklärt sie. Sie weiß nicht, wie sie sonst an Briefmarken und Briefumschläge kommen soll.

„Danke, Pérsomi, das ist vielleicht gar keine so schlechte Idee", erwidert Herr Nienaber, während er seine Schultasche packt. „Vielleicht sollte ich meine Frau am kommenden Samstag wieder einmal ins Kino ausführen; im Augenblick läuft jeden Samstag ein Film im Dorfgemeinschaftshaus." Er lächelt sie an. „Ich werde es dich beizeiten wissen lassen."

„Sie brauchen mir auch gar nichts zu bezahlen, wenn Sie mir nur einen Briefumschlag und eine Marke geben, ist das Bezahlung genug."

Er zieht die Tür des Klassenraumes hinter sich zu. „Wenn du mir dann aber keinen Brief an irgendeinen jungen Mann schreibst", neckt er sie.

„Nein, Herr Lehrer, niemals!", entgegnet sie verlegen. „Ich habe einen Brief an meinen Bruder geschrieben!"

Dann biegt er nach links in Richtung Lehrerzimmer ab und sie rennt zu dem Baum, unter dem Beth und ihre anderen Freundinnen schon auf sie warten.

ೞ

„Schau doch mal, was man mit meinem Namen machen kann", verkündet Reinier in einer Mathematikstunde, nachdem sie mit dem Rechnen fertig sind. Sie sind beide sehr gut in Mathematik und deshalb mit den Aufgaben im Unterricht immer schneller fertig als die anderen in der Klasse.

Er nimmt zwei Bleistifte, einen in jede Hand. In die Mitte einer Heftseite schreibt er ein großes N. Dann schreibt er auf beide Seiten gleichzeitig ein großes I: INI steht jetzt da. Er wirft ihr einen Blick zu, seine Augen glänzen. „INI", liest sie vor. „Das hört sich eher wie ein Mädchenname an."

„Dann schau jetzt mal", erwidert er geheimnisvoll.

Das tut sie.

Mit den beiden Bleistiften schreibt er neben die beiden Is jeweils ein E, EINIE, und dann macht er dasselbe noch einmal mit einem R. „Tatata!", ruft er gedämpft.

„Hmm, Reinier", liest sie. „Von zwei Seiten geschrieben. Ganz schön beeindruckend."

„Man kann auch das hier machen", sagt er und schreibt REIN.

„Und? Soll das vielleicht eine Beschreibung deines Charakters sein?"

„Schau", sagt er und holt die Scherbe eines Spiegels aus der Hosentasche. Er stellt den kleinen Spiegel mitten auf das N. „Beeindruckend", erwidert sie wieder. „Das zweite E und das N stehen jetzt allerdings Kopf."

Ein wenig überrascht wirft er einen Blick in den kleinen Spiegel. „Hmm", macht er. „Aber mit deinem Namen kann man so etwas nicht machen."

„Nein, da hast du recht. Vielleicht sollte ich mich in ANNA umbenennen oder in HANNAH."

„Ach nein, Pérsomi ist viel schöner", entgegnet er. „Wie bist du eigentlich zu diesem Namen gekommen? Der ist seltsam. Schön, aber seltsam."

„Ich weiß es auch nicht", antwortet sie. „Meine Mutter hat mich so genannt."

In der Pause sagt sie zu Beth: „Ich weiß gar nicht, wo mein Name herkommt. Wenn ich wieder zu Hause bin, werde ich meine Mutter danach fragen."

CB

„Bist du wirklich noch nie im Kino gewesen?", hat Reinier sie vergangenen Mittwoch völlig verdutzt gefragt. „Jeder geht doch ins Kino."

„Na ja, aber ich nicht", hat Pérsomi geantwortet. „Und das wird auch nicht so schnell passieren, denn das Kino kostet Geld, und das habe ich nicht."

„Ich kann es einfach nicht glauben", hat er erwidert. „Weißt du was, ich gebe dir Geld, und dann kannst du nächsten Samstag gehen."

„Von dir nehme ich keine Geld an, Reinier", entgegnet sie bestimmt. „Und wenn du mich ein bisschen besser kennen würdest, würdest du das auch verstehen."

„Du bist schon ein seltsamer Kauz", raunzt er giftig. „Dann werde ich dich entführen müssen. Wir können dich doch nicht ohne Kinoerfahrung ins Leben entlassen."

„Entführen?"

„Hey, Pérsomi, ich lade dich ein oder wie auch immer man das nennt."

Und jetzt steht sie also zwischen den anderen Mädchen aus dem Wohnheim vor dem Dorfgemeinschaftshaus und wartet. „Ich finde es wirklich idiotisch, dass wir unsere Schuluniformen anziehen müssen, wenn wir ins Kino gehen!", ärgert sich Irene, die irgendwo hinter ihr steht. „Die Kinder aus dem Dorf dürfen ganz normale Sachen anziehen, ich finde es einfach furchtbar, dass wir hier als Wohnheimkinder in Uniform antreten müssen!"

Neben der Tür steht schon Reinier und wedelt mit den Eintrittskarten. „Komm, dann setzen wir uns nach vorn", ruft er ihr zu. „Sonst kann man nicht gut sehen. Nur wer herumknutschen will, sitzt hinten."

„Solange du dir sicher bist, dass ich dich nicht küsse!", entgegnet Pérsomi schlagfertig.

Reinier lacht. „Ich werde nicht einmal wagen, das zu versuchen, also keine Angst."

Im Saal ist es schummerig dunkel, alle Vorhänge sind zugezogen. Im vorderen Bereich ist vor einer dichten, blauen Veloursgardine ein weißes Tuch aufgehängt.

„Der Film heißt *Der Zauberer von Oz*", erklärt Reinier. „Zuerst zeigen sie allerdings noch einen Cowboyfilm aus einer Serie, die hier jeden Monat läuft. Und danach gibt es den *African Mirror* mit den Nachrichten. Der eigentliche Film beginnt erst nach der Pause."

„Oh", erwidert Pérsomi. Sie sitzt mucksmäuschenstill da und ihr ganzer Körper zittert vor Aufregung. Ob wohl Gerbrand schon jemals im Kino gewesen ist?, fragt sie sich plötzlich. Ganz bestimmt, schließlich verdient er schon seit Langem eigenes Geld.

Da entfaltet sich vor ihren Augen das Wunder der modernen Technik. Wie verzaubert starrt sie auf die Leinwand, sie sieht die Cowboys auf ihren Pferden, hört die Gewehrschüsse und das Geschrei des Mädchens in dem prächtigen Kleid, sie sieht, wie die Kutsche in einen Abgrund stürzt, während sich die Räder immer noch drehen.

„Fortsetzung folgt", steht schließlich auf der Leinwand.

„Ach nein!", ruft Pérsomi. Wie soll sie nun je erfahren, ob das arme Mädchen das Unglück überlebt hat?

„Sie bleibt mit Sicherheit am Leben", beruhigt Reinier sie, und der muss es wissen, denn er geht schließlich beinahe jeden Samstag ins Kino. Dann schallen ihr von der Leinwand Trompeten entgegen. Die Buchstaben *African Mirror* werden immer größer.

Aus einem Kontinent an der anderen Seite des Meeres kommen die Kriegsbilder ins Zentrum des Bosvelds, damit es die Leute direkt vor ihren eigenen geschockten Augen sehen können. Der Kommentator redet ununterbrochen mit seiner tonlosen Stimme, so als würde er todlangweilige Nachrichten verlesen. „Am 10. Mai ist das britische Unterhaus bei einem Luftangriff beschädigt worden", verkündet er, während auf der Leinwand die Bilder einer Ruine erscheinen, die einst ein Teil des Parlamentsgebäudes gewesen ist.

„Am 20. Mai hat Deutschland Kreta angegriffen", fährt der Sprecher mitleidslos fort. Flugzeuge donnern im Tiefflug über die Gebäude und werfen Bomben ab. Das Bild springt zu einem bombardierten Hafen, aus dem Schiffe wegdampfen. „England zieht sich aus Kreta zurück", erklärt die Stimme.

Pérsomi sitzt wie angewurzelt auf ihrem Stuhl und schaut zu, die Hände an die Wangen gepresst. Das ist also der Krieg und er ist schrecklich, furchteinflößend. Die armen, armen Menschen dort! Gerbrand ist allerdings nicht in Europa, er ist in Ostafrika.

Dann wechseln die Geräusche und die Bilder in eine andere Weltgegend. „Am 19. Mai hat sich der Herzog von Aosat bei Amba Alagi mit fünftausend Mann dem Brigadegeneral Dan Pienaar ergeben", lautet der Kommentar. Pérsomi beugt sich nach vorn. Da irgendwo ist Gerbrand, vielleicht kann sie ihn erkennen. Doch in ihren Uniformen sehen alle Soldaten gleich aus.

„Einige der südafrikanischen Truppen werden jetzt nach Nordafrika verlegt." Die Bilder zeigen endlose Reihen von Soldaten, die mit großen Seesäcken über der Schulter an Bord eines Kriegsschiffes gehen. Fröhlich winken sie in die Kamera.

„An der Heimatfront essen die Familien seit dem 1. Mai nur noch das von der Regierung vorgeschriebene Standardbrot", erläutert der allwissende Kommentator. Auf der Leinwand erscheinen ein Vater, eine Mutter, zwei Jungen und zwei Mädchen rund um einen ordentlich gedeckten Tisch und essen Brot. Die Scheitel der Jungen kleben ihnen fest an der Stirn, die Mädchen tragen Kleider mit Spitzen und haben Bänder in den Haaren. Sehen so normale Menschen beim Essen aus?, fragt sich Pérsomi im Stillen.

Nach der Pause fängt endlich der eigentliche Film an. Zu Beginn sind die Bilder schwarz-weiß, nicht anders als bei der Cowboyserie und den Nachrichten, doch dann erscheint alles in hellen Farben. Pérsomis Kiefer klappt herunter, aber schnell macht sie den Mund wieder zu. Ihre Augen lassen die große Leinwand vor ihr allerdings keinen Augenblick los.

Wie verzaubert versinkt sie ganz und gar in dem Film. Sie spürt den Schreck, als die Windhose das Haus der armen Dorothy wegweht, sie lacht über die dumme Vogelscheuche, über den hölzernen Zinnsoldaten und über den Löwen mit dem feigen Herzen. Die fröhlichen Lieder entführen sie in eine unbekannte Wunderwelt.

„Hat es dir gefallen?", will Reinier wissen, als das Licht wieder angeht.

„Es war einfach ... Mir fehlen die Worte", antwortet Pérsomi. „Es war alles so real. Vielen Dank."

Zusammen mit den anderen Kindern schlendern sie zum Wohnheim zurück.

„Man versteht auf einmal, wie schlimm der Krieg ist, wenn man ihn so lebhaft vor sich sieht", sagt Pérsomi. „Und vor allem, wenn man ihn hört."

„Der Krieg kann uns hier nicht viel anhaben", zuckt Reinier mit den Schultern. „Die Khakies haben sich selbst in Schwierigkeiten gebracht und jetzt bekommen sie die Hucke voll. Das geschieht ihnen recht."

„Aber das sind Menschen, Reinier, denen das Haus kaputtgeschossen wird, so wie bei den armen Leuten da auf dieser Insel."

Wieder zuckt er nur mit den Schultern. „Ich bin ein OB-Mann", erwidert er. „Ich bin gegen den Krieg."

Was würde er sagen, wenn er wüsste, dass Gerbrand für das britische Königreich kämpft? „Mein Bruder ist eine Rotlitze", erklärt sie fast schon herausfordernd.

„Damit muss er selbst klarkommen", entgegnet Reinier.

„Ich habe ihm einen Brief geschrieben und ihn gefragt, warum er in die Armee gegangen ist, aber er hat mir noch nicht geantwortet."

„Hmm", macht Reinier und tritt ein loses Steinchen vor sich weg. „Die Frage ist, was du davon hältst."

„Ich halte nichts vom Krieg, ich finde ihn dumm und grausam", erwidert sie ohne Umschweife. „Und auch eine riesige Geldverschwendung."

Er lacht. „Wusste ich es doch, dass du eine ausgesprochene Meinung darüber hast", entgegnet er. „Wenn du mich fragst, bist du auch ein OB-Mann."

„Ich bin ein Mädchen und ich bin nicht bei der OB. Ich mache mir einfach meine eigenen Gedanken, nur damit du es weißt."

Jetzt bricht es aus ihm heraus, sodass die Mädchen, die ein paar Meter vor ihnen laufen, sich neugierig umdrehen. „Für ein Mädchen bist du ganz schön pfiffig, Pérsomi", verkündet er gutmütig. „Aber wenn du willst, kann ich dir noch ein paar Sachen erzählen."

„Etwas, was ich noch nicht weiß?", fragt sie mit gespielter Skepsis.

„Etwas, was du mit Sicherheit noch nicht weißt", antwortet er. „In der OB gibt es sehr viele Leute, die meinen, dass die OB nicht genug tut, dass sie größeren Widerstand gegen den Krieg leisten sollte."

„Das habe ich schon gewusst."

„Was du aber nicht weißt, ist, dass eine Reihe von Leuten in Potchefstroom eine Gruppe gegründet haben, deren Namen ich mir nicht merken kann, und dass die alle den Bluteid geschworen haben."

„Den Bluteid?"

„Ja, sie haben den Eid mit ihrem eigenen Blut unterschrieben", erläutert Reinier.

„Oh", erwidert Pérsomi. „Das ist wirklich sehr radikal. Und gruselig."

„Ich finde es großartig", erklärt Reinier. „Daran kann man sehen, wie sehr sie sich für die Sache einsetzen."

„Oh", macht Pérsomi.

Über ihnen steht der Mond wie ein großer Ball am wolkenlosen Himmel, vor ihnen läuft eine Gruppe Mädchen und kichert, weit hinter ihnen trödeln die Vertrauensschülerin und ihr Freund. Die Straßenlaternen spielen mit ihren Schatten, die länger und länger werden, bis sie sich im Licht der nächsten Laterne plötzlich wieder zusammenziehen.

„Wie dem auch sei, ein Freund von meinem Vater hat von so einem Mann an der Universität erzählt, Lucas heißt er, glaube ich, oder nein, Louis le Roux oder so. Der hat Versammlungen über die Mängel der OB einberufen, zuerst in Potchefstroom und später in Bloemfontein und, wie ich meine, auch in Pretoria. Und jetzt kommen sie ins Bosveld, nach Warmbad, Nijlstroom und Pietersburg."

„Oh", macht Pérsomi. So denkt Boelie auch darüber, überlegt sie, sagt jedoch nichts.

„Bei Kriegsbeginn hat Smuts ein Gesetz erlassen, mit dem die Polizei die Befugnis bekommt, Waffen zu beschlagnahmen", erzählt Reinier gedankenverloren weiter. „Und dann hat so ein Kerl, Kallie Theron hieß er, das habe ich mir gut behalten, einen Packen Quittungsbücher genommen, und damit ist er durch das ganze Bosveld gefahren und hat von allen die Waffen beschlagnahmt. Und dann hat er Quittungen ausgestellt ..."

„Woher weißt du das denn alles?", fragt Pérsomi skeptisch.

„Ich höre einfach zu, wenn sich mein Vater mit seinen Freunden unterhält", antwortet Reinier. „Man bekommt so einiges mit, wenn man die Ohren offen hält."

„Nun ja, wenn du mich fragst, solltest du lieber dichthalten", erwidert Pérsomi.

„Aber ich erzähle das doch nur dir!", entgegnet Reinier. „Du bist anders als die anderen Mädchen, du tratschst nicht herum, das weiß ich doch."

„Oh", macht Pérsomi. Anders als die anderen Mädchen?

„Wie gesagt, er hat unter allen möglichen falschen Namen Quittungen ausgestellt und sich dabei jedes Mal einen anderen Rang gegeben, worauf er an diesem Tag gerade Lust hatte. Auf diese Weise hat er siebenhundert Gewehre bekommen, für den Fall der Machtergreifung, verstehst du?"

„Ich verstehe", erwidert Pérsomi. Inwiefern „anders als die anderen Mädchen"?, würde sie ihn eigentlich gern fragen.

„Und dieser Kallie Theron beruft nun auch Versammlungen ein, zusammen mit seinen Freunden, und es heißt, dass Robey Leibbrandt[9] auch mit von der Partie ist."

---

9 Robey Leibbrandt (1913-1966) war ein südafrikanischer Boxer, der nach seiner

„Ich habe keine Ahnung, wer Robey Leibbrandt ist", gibt Pérsomi zu. Sie gehen nun die Stufen hinauf, die zum Eingangstor der Schule führen und aus großen Betonblöcken bestehen. Sorgfältig tritt sie immer nur in die Mitte der Blöcke.

„Aber das ist doch der Boxer!", entgegnet Reinier verblüfft. „Jeder weiß doch, wer Robey Leibbrandt ist!"

„Oh", erwidert Pérsomi. „Pass auf, dass du nicht über die Linie trittst, denn sonst beißt dir ein Löwe die Füße ab."

„Wovon sprichst du denn jetzt wieder?", fragt er verwirrt.

Sie lacht. „Das ist einfach nur ein kleines Spielchen, das Beth und ich immer spielen, wenn wir ins Dorf gehen", erklärt sie. Dann wird sie wieder ernst. „Ich denke wirklich, dass du vorsichtig sein musst, wenn du solche Dinge herumerzählst."

„Welche denn? Das mit dem Löwen?", will er mit gespieltem Ernst wissen.

„Nein, Mann, die Sache mit der *Ossewa-Brandwag*."

Er lächelt beruhigend. „Das erzähle ich doch nur dir, Pérsomi, weil ich dir vertraue. Sonst erzähle ich es niemandem."

„Gut."

Am Wohnheim angekommen sagt er: „Wir sind da. Wir sehen uns Montag im Kinderknast."

„Vielen Dank für den Film", erwidert sie und schaut ihm hinterher. Dann dreht sie sich um und geht die Treppe hinauf.

„Ist Reinier nun so etwas wie dein Freund?", will Irene wissen, die hinter ihr geht.

Pérsomi spürt, wie sie sich verspannt, und ihre Beine fangen wieder an zu kribbeln. Dann richtet sie sich hoch auf, dreht sich langsam um und schaut Irene direkt in die Augen. „Nein, Irene, Reinier ist nicht so etwas wie mein Freund." Dabei spricht sie das Wort „Freund" langsam und deutlich aus. „Er ist ein Freund, der meinen

---

Teilnahme an den olympischen Spielen von 1936 in Berlin blieb und an der Reichsakademie für Leibesübungen studierte. Der glühende Hitlerverehrer kehrte nach einem kurzen Zwischenaufenthalt in Südafrika 1938 nach Deutschland zurück, wo er sich zum Agenten ausbilden ließ. 1941 landete er mit einer Segeljacht in Lambertsbaai. Von dort aus ging er nach Bloemfontein, von wo aus er nach dem Vorbild des nationalsozialistischen Deutschlands Südafrika mit einer Rebellengruppe umgestalten wollte. An Heiligabend 1941 verhaftet, wurde er 1943 wegen Hochverrats zum Tode verurteilt – eine Strafe, die später in lebenslänglich umgewandelt wurde.

Kinobesuch bezahlt hat, weswegen ich zum ersten Mal im Leben einen Film gesehen habe. Bist du nun zufrieden?"

Sie dreht sich um, ohne die Reaktionen von Irene und ihrer Gruppe Freundinnen zu beachten, und geht mit kerzengeradem Rücken und hocherhobenen Hauptes die Treppe weiter hoch.

Ich bin anders als die anderen Mädchen, denkt sie. Das hat Reinier gesagt.

Während sie später leise ins Bett kriecht, fragt Beth von unter der Decke: „Wie war der Film?"

„Sehr schön", antwortet Pérsomi. Wie soll sie ihn auch sonst beschreiben? „Eigentlich überwältigend", gibt sie dann zu.

„Ich bin noch nie im Kino gewesen. Die gnädige Frau sagt, dass das Sünde ist", erwidert Beth.

„Es ist auch mein erstes Mal gewesen", entgegnet Pérsomi.

„Ich glaube, ich würde da auch gern einmal hingehen, einfach nur um zu sehen, wie es ist", erklärt Beth leise.

In Gedanken sieht Pérsomi erneut Dorothy und ihre drei Freunde über den Weg tanzen und sie hört wieder Dorothys liebliche Stimme. „Wenn du mich fragst, kann das keine Sünde sein, Beth, es war einfach nur eine schöne Geschichte über ein Mädchen, das von einem besseren Ort geträumt hat, einem Ort, weit weg, über den Wolken, und das über eine goldene Brücke geht, um diesen Ort zu finden. Und dazu gab es wunderschöne Musik."

Von den Hexen und dem Zauberer erzählt sie lieber nichts, denn dann weiß Beth vermutlich, dass das von Übel war.

Während sie erst tief in der Nacht einschläft, hört sie nicht Dorothys Stimmchen und sieht sie nicht ihre drei wunderlichen Reisekameraden, sondern hört das Dröhnen der Flugzeuge über Europa, das Sausen der Bomben, die wie Rieseneier aus ihren Bäuchen fallen, und den Knall, wenn sie auf dem Boden einschlagen. Sie sieht die Bomben die Erde aufreißen, sie sieht die Häuser einstürzen und die Mauern in dicken Staubwolken zusammenbrechen.

Sie sieht die Menschen, die hastig wegrennen. Und auch die Menschen, die liegen bleiben.

ॐ

Kurz vor der Prüfungswoche im Juni versuchen die Lehrer, noch schnell die letzten Reste des Lernstoffs in die Schülerköpfe zu bekommen.

„Ich habe keine Ahnung, wo ich die Zeit hernehmen soll, um den Rest zu wiederholen", jammert Reinier.

„Halt einfach den Mund und mach deine Aufgaben, so viel ist es nun auch wieder nicht", flüstert Pérsomi. „Dann hast du heute Nachmittag mehr Zeit zum Wiederholen."

„Sklaventreiberin", seufzt er, macht sich dann jedoch wieder an die Arbeit.

Als sie mit den Buchhaltungsaufgaben fertig sind, flüstert Reinier: „Gestern haben sie im Radio wieder über die OB berichtet, es sieht nicht so gut aus."

„Inwiefern?", will Pérsomi ebenso leise wissen.

„Nun ja, mir ist erst gestern Abend klar geworden, dass die Polizei die Häuser von OB-Mitgliedern stürmt und die Leute verhaftet."

„Verhaftet?", erschrickt Pérsomi. „Die Polizei? Aber es ist doch nicht gegen das Gesetz, wenn man Mitglied der OB ist! Das ist doch einfach nur eine Kulturorganisation, oder?" Boelie ist auch Mitglied der OB, denkt sie. Und De Wet auch, allerdings weiß sie das nicht ganz sicher.

„Nein, es verstößt nicht gegen das Gesetz, das sagt mein Vater auch. Aber mein Vater meint auch, dass einige Mitglieder der Sabotage verdächtigt werden. Sie jagen Eisenbahnlinien in die Luft und so was."

Glasklar erinnert sie sich wieder an Boelies Worte: „Wir müssen Dinge sabotieren, so etwas wie Eisenbahnlinien, Armeezüge, Häfen – alles, was man braucht, um unsere Leute in den Norden zu bringen."

Langsam gehen ihre Hände vor den Mund. „Und müssen sie dann ..." Sie bekommt das Wort nicht über die Lippen. „... ins Gefängnis?"

„Schscht, sprich ein bisschen leiser. Nein, mein Vater sagt, dass sie in Internierungslager gebracht werden."

„Internierungslager?"

„Wenn du mich fragst, ist das so etwas wie ein Konzentrationslager", versucht er zu erklären.

„Diese verfluchten Engländer!", erwidert sie.

„Nimm nicht solche Worte in den Mund", entgegnet er. „Und sprich etwas leiser! Ich weiß nicht, was in den Lagern passiert, vielleicht sind sie eher eine Art Gefängnis. In der Nähe von Koffiefontein soll es solche Lager geben und bei Jagersfontein und auch anderswo ... bei Leeuwkop und Baviaanspoort, glaube ich. Mein Vater hat gestern Abend gesagt, dass im letzten Monat mehr als 3700 Menschen in solche Lager gebracht worden sind."

„So viele?", entgegnet sie bestürzt.

„Es sieht wirklich sehr schlecht aus, Pérsomi", verkündet er ernst. „Ich habe auch ein bisschen Bammel, was meinen Vater betrifft."

„Deinen Vater?", fragt sie. „Hast du manchmal Angst, dass er unseren Bahnhof in die Luft jagt? Oder das Postamt?"

Er lacht leise. „Nein, Mann, so etwas würde er nie tun!"

„Aber ist er nun Mitglied der OB?"

Reinier nickt. „In der Tat, und er läuft sich da auch ganz schön warm. Ich habe Angst, dass er den Kerlen hilft, die in Schwierigkeiten geraten sind, den Kerlen von der OB."

„Wie denn?"

„Indem er sie verteidigt, vor Gericht. Meine Mutter sagt, dass es sehr gefährlich sein kann, die falschen Leute zu verteidigen. Und es ist ganz schlecht für seine Arbeit, meint meine Mutter."

„Arbeitet dein Vater denn am Gericht?"

„Ja, Mann, der ist doch Anwalt", erwidert Reinier beinahe ungeduldig.

„Leiser!", flüstert sie. „Das habe ich nicht gewusst."

Abends liegt sie im Bett und überlegt, dass Reinier ihr heute zum ersten Mal etwas von seiner Mutter erzählt hat. Er spricht sehr viel über seinen Vater, aber nie über seine Mutter. Plötzlich fragt sie sich, warum das wohl so ist.

Der Vater von Reinier ist Anwalt, das ist dasselbe, was auch De Wet studiert. Boelie studiert Ingenieurwissenschaften, was das nun genau ist, weiß sie aber nicht.

„Beth", flüstert sie, „weißt du, was Ingenieurwissenschaften sind?"

Doch Beth schläft schon.

Bei Pérsomi will sich der Schlaf allerdings nicht einstellen. Je mehr sie grübelt, desto unerreichbarer wird der Schlaf.

Boelie wird doch sicher keine Bahnlinien oder Waffenlager in die Luft jagen? Oder vielleicht doch?

Eine fremde Angst kriecht in ihr hoch. Nein, nicht ganz fremd – es ist dieselbe Angst, die sie immer spürt, wenn sie an Gerbrand denkt.

Gerbrand, der ihren Brief immer noch nicht beantwortet hat.

Und die Ferien stehen vor der Tür. Ferien, in denen sie für drei Wochen zu Hause ist.

5. Kapitel

„*Das Geld, das ich von dir bekommen habe, ist schon alle.*"
„*Mehr bekommst du nicht, Jemima. Und das ist mein letztes Wort, hast du mich verstanden?*"
„*Das Kind braucht neue Kleider, es wird groß. Alle Klamotten sind zu kurz.*"
„*Ja, ja, schon gut, Jemima.*"
„*Ach du liebe Güte, jetzt hör doch auf, so herumzujammern! Du willst für sie sorgen, das hast du doch selbst gesagt.*"
„*Das tue ich doch auch! Und jetzt geh bitte.*"
„*Aber was ist mit dem Geld? Ich muss ...*"
„*Ich werde Ismail im Voraus Geld geben. Und denk daran, dass sie allein hingehen soll, nach den Ferien, und sich selbst das kauft, was sie braucht. Ismail hat mir erzählt, dass du jedes Mal noch ein paar Dinge für dich und die anderen Kinder mitangeschafft hast. Das entspricht nicht unseren Vereinbarungen, Jemima.*"

Kurz vor den Ferien kauft Pérsomi erneut für ein paar Pennies Süßigkeiten. Den Rest ihres selbstverdienten Geldes braucht sie für Seife.

Als sie am Freitag kurz vor Sonnenuntergang zu Hause ankommt, ist Sussie nicht da. „Dieses Frauenzimmer von der Behörde hat sie abgeholt", erzählt Hannapat. „Sie haben sie irgendwohin gebracht, wo sie arbeiten kann. Aber Frau Retief sagt, dass sie kein Geld schicken kann, weil sie es selbst braucht, für Unterkunft und Essen."

„Oh", erwidert Pérsomi. „Nun ja, dann bleiben mehr Süßigkeiten für uns übrig."

„Aber Piet ist da", entgegnet Hannapat. „Wo sind denn die Süßigkeiten?"

„Piet? Was macht der denn hier?", fragt Pérsomi entsetzt.

„Der wohnt hier doch, du Dummkopf", antwortet Hannapat. „Sind die Süßigkeiten in diesem Päckchen hier?"

„Warum arbeitet er denn nicht mehr in Johannesburg?", will Pérsomi wissen.

„Weil er auf ein besseres Stellenangebot wartet; er sagt, dass er Kontakte hat, die das für ihn regeln werden. Und jetzt rück die Süßigkeiten raus."

„Aber Piet hat doch noch nicht einmal die Grundschule fertig gemacht. Und ohne Abschluss bekommt man nie eine gute Stelle", erwidert Pérsomi. „Ich hoffe, dass dir das auch klar ist, Hannapat."

„Jedenfalls hat Piet Geld mitgebracht, richtig Geld", entgegnet Hannapat nervend. „Du dagegen hast nur ein Päckchen Süßigkeiten dabei und klopfst hier große Sprüche! Du immer mit deiner sogenannten Bildung!"

„Später bekomme ich einmal eine gute Stelle", erwidert Pérsomi ruhig. „Dann bringe ich mehr als genug Geld mit nach Hause."

„Das Einzige, was du im Moment fertigbringst, ist, das bisschen Geld, das Gerbrand nach Hause schickt, durchzubringen!", provoziert Hannapat weiter. „Und Piet hatte trotzdem ein ordentliches Bündel bei sich, ohne all deine Bildung. Ja, dazu fällt dir jetzt nichts mehr ein, stimmt's?"

„Sprechen die Damen zufällig über mich?", will Piet wissen, der lässig hereinschlendert. Mit Daumen und Zeigefinger schnippt er seine Zigarettenkippe in eine Zimmerecke.

„Pérsomi behauptet, dass du nie eine gute Stelle bekommen wirst, weil du schon nach der fünften Klasse von der Schule gegangen bist", verrät Hannapat.

„Ach ja?", entgegnet Piet und kommt bedrohlich nahe. „Hast du das wirklich gesagt, Pérsomi?"

Sie schaut ihm direkt in die Augen. „Ja, Piet, das habe ich gesagt."

Er packt sie so fest am Arm, dass es wehtut. „Nimm das zurück!", verlangt er. „Sag: ‚Es tut mir leid, Herr Piet, ich werde das nie mehr sagen.' Los, sag es!"

„Lass mich los, Piet", erwidert sie und beißt dabei die wegen des Schmerzes die Zähne zusammen. Sie riecht den muffigen Geruch seines Atems. „Lass mich los oder es wird dir noch leidtun!"

„Oh, oh, jetzt habe ich aber Angst!", provoziert er sie, lässt aber ihren Arm trotzdem los. Dann reißt er ihr das Päckchen mit Süßigkeiten aus der Hand. „Die sind für mich, Mädel", ruft er mit einem triumphierenden Lächeln. „Wer jetzt etwas Süßes haben will, bekommt es erst einmal mit mir zu tun!"

„Gib mir meine Süßigkeiten zurück, Piet!", sagt sie bestimmt.

„Tu mal nicht so scheißvornehm, Schwesterherz", ärgert er sie weiter. Dann taxiert er sie von oben bis unten. Seine Augen bekommen einen schlüpfrigen Ausdruck. „Für eine Schwester wirst du übrigens viel zu hübsch."

„Ich bin auch nicht deine Schwester, Piet, in gar keiner Hinsicht", entgegnet sie. „Und damit eins zwischen uns klar ist: Du brauchst mich nur *einmal* falsch anzufassen, dann sitzt du im Knast, zusammen mit diesem Nichtsnutz von deinem Vater. Vor dir habe ich keine Angst, und ich bin auch keine, die einfach den Mund hält."

Dann dreht sie sich um und stolziert erhobenen Hauptes durch die schief hängende Hintertür hinaus.

CB

Der Sitz des Toilettenhäuschens ist zusammengebrochen, einfach so, sagt Pérsomis Mutter.

„Zum Glück saß niemand darauf, sonst hätte er hinterher ganz schön in der Scheiße gesteckt", überlegt Hannapat.

„Nimm nicht so schlimme Worte in den Mund", weist Pérsomi sie zurecht.

„Das ist wahrscheinlich durch den Regen passiert", erklärt ihre Mutter.

„Und dabei ist die Wand auch noch ein bisschen schief gerutscht", erläutert Hannapat. „Die ganze Tür ist rausgefallen, du musst dir mal anschauen, wie schief die hängt."

„Dann müssen wir das Klo eben reparieren", erwidert Pérsomi erschrocken. „Wir können uns doch nicht für den Rest des Lebens in die Büsche schlagen!"

„Das geht nicht", entgegnet Hannapat. „Im Klo ist nur noch ein großes Loch."

„Dann müssen wir halt ein neues Klo bauen", schlägt Pérsomi vor.

„Und wer soll dafür das Loch graben?", will Hannapat wissen. „Hast du überhaupt eine Ahnung, wie hart der Boden hier ist?

„Das hast du bestimmt schon längst vergessen, jetzt wo du im Dorf wohnst und wir hier die Kürbisse ganz allein pflanzen müssen."

„Piet ist doch da, der kann uns helfen", erklärt Pérsomi. „Wir müssen doch ..."

„Sehe ich vielleicht aus wie ein Erdferkel? Oder wie ein Kaninchen?", fragt Hannapat herausfordernd. „Ich werde im Leben keine Löcher graben und Piet mit ziemlicher Sicherheit auch nicht."

„Aber wir müssen wirklich ...", fängt Pérsomi erneut an.

„Wenn du dir zu schade bist, in die Büsche zu gehen, dann geh zu Herrn Fourie und frag ihn, ob er einen seiner Knechte schicken kann", erwidert Hannapat und geht weg. „Die graben schließlich den ganzen Tag."

Als vor einiger Zeit das Dach des Toilettenhäuschens weggeweht wurde, hat Gerbrand es repariert, erinnert Pérsomi sich. Herr Fourie hat ihnen zwei neue Wellblechplatten und Nägel gegeben, und Gerbrand hat sein Hemd ausgezogen und so lange auf der Toilettenwand herumgewirbelt, bis das Dach wieder dicht war. Drei Tage lang hat ihn das beschäftigt, denn er musste auch neue Dachlatten sägen und eine Wand oben mit Mörtel ausbessern. Pérsomi hat ihm die ganze Zeit geholfen, ihm die Axt gereicht, den Mörtel angerührt, die Nägel hinaufgegeben und einen flachen Stein gesucht, mit dem er sie hineinschlagen konnte. Eigentlich hat er dabei nicht einmal wirklich mit ihr gesprochen, aber an dem Abend, an dem das Dach endlich fertig gewesen ist und sie noch ein bisschen draußen geblieben sind, um sich das Toilettenhäuschen noch einmal zu betrachten, hat er zu ihr gesagt: „Du hast auch hart gearbeitet, Pérsomi. Es sieht gut aus."

Das hat ihr genügt.

Aber jetzt ist Gerbrand nicht hier. Und deshalb gibt es keinen, der das Klohäuschen reparieren könnte.

☙

Am Dienstagmorgen kommt Hannapat mit weit aufgerissenen Augen hereingerannt. „Mama, Tante Sus kommt!", ruft sie. „Komm, schau selbst! Sie kommt über den Fluss!"

„Ach du liebe Güte!", erwidert ihre Mutter erschrocken. „Was ist denn jetzt schon wieder los, dass Tante Sus den ganzen weiten Weg hierher gelaufen kommt, und das auch noch unter der Woche? Da ist sicher jemand krank, oder sie hatte wieder eines ihrer Gesichte. Ach du liebe Güte, vielleicht ist sogar jemand gestorben!"

Sogar Piet, der noch den Kopf unter der Bettdecke hatte, obwohl die Sonne schon hoch am Himmel steht, kommt jetzt nach draußen.

Von Krankheit oder Tod kann wirklich keine Rede sein. „Mannomann", stöhnt Tante Sus, während sie sich mit ihrem grauen Taschentuch den Schweiß von der Stirn wischt. „Habt ihr mal ein Tässchen Kaffee für mich? Von der ganzen Lauferei habe ich Herzschmerzen."

Pérsomi geht ins Haus und steckt einen Kerzenstummel in die Ofenöffnung. Beißender Brandgeruch kommt ihr aus dem kaputten Ofen entgegen und durchdringt das ganze Haus.

Sie gießt ein wenig Wasser in den Kaffeetopf. Der Kaffeesatz ist schon sehr oft benutzt worden und der Kaffee ist so grau wie Abwaschwasser, aber die Kaffeedose ist leer. Wenn dieser Topf ausgespült wird, gibt es keinen Kaffee mehr.

Für einen Augenblick denkt sie an den Kaffee im Wohnheim, denselben Kaffee, über den Irene die ganze Zeit klagt, aber dann schiebt sie den Gedanken schnell von sich.

„Aber Tante Sus, was ist denn los?", hört sie ihre Mutter von der Küchentür aus fragen.

„Ich habe es gewusst!", keucht Tante Sus. „Sonntagnachmittag bin ich hinten raus gegangen, zum Klo ... Aber Leute, was ist denn mit eurem Klo passiert?"

„Was hast du gewusst?", will Pérsomis Mutter wissen.

„Ich habe es gewusst, Mensch, ich sage es dir!", erwidert Tante Sus.

Pérsomis Mutter presst ihre Hände vors Gesicht. „Was sagst du denn?", fragt sie. Ihre Stimme ist vor Ehrfurcht ganz rau, denn Tante Sus hat eine Gabe, sie hat das zweite Gesicht, sie hat den besonderen Blick.

Tante Sus seufzt tief und schwer. „Ich sage ... ach, liebe Leute!"

Alle warten gespannt, doch Tante Sus lässt sich nie aus der Ruhe bringen. Sie seufzt noch einmal, schließt dann die Augen und sagt: „Ich habe ganz viele Särge aufeinander gesehen, stapelweise Särge. Und Menschen daneben, aber alle hinter Gittern."

Atemlose Stille.

„Das war es", verkündet Tante Sus.

„Lewies?", flüstert Pérsomis Mutter.

„Mensch, ich habe da keinen erkannt, du müsstest doch langsam wissen, wie das mit den Gesichten so ist. Aber wie heute Morgen dieser Bericht gekommen ist, da habe ich es gewusst!"

„Um wen geht es denn, Tante Sus?", will Hannapat ungeduldig wissen.

„Boelie!", keucht Tante Sus außer Atem. „Boelie und De Wet!"

Boelie?, denkt Pérsomi erschrocken.

„Ach du liebe Güte!", erwidert ihre Mutter. „Ein Todesfall?"

„Mensch, was schwätzt du da? Schlimmer, viel schlimmer, sage ich doch. Piet, hol mir einen Stuhl, dass ich mich hinsetzen kann. Mit meinem Rücken halte ich es auf so einer Bank nicht lange aus."

Boelie!

„Schlimmer als ein Todesfall?", fragt Pérsomis Mutter niedergeschlagen und sackt auf die alte Autositzbank neben der Hintertür. Es kann immer nur eine Person auf dieser Bank sitzen, denn auf der anderen Seite stechen die Federn zu weit heraus.

Wieder wischt sich Tante Sus mit ihrem großen Taschentuch über das Gesicht. „Du sagst es", erwidert sie. „Die Bullerei, das ist es!"

„Die Bullerei!", rufen Pérsomis Mutter und Hannapat gleichzeitig.

„Die Bullen?", fragt Piet.

„Was ist denn mit der Polizei, Tante Sus?", will Pérsomi von der Küchentür aus wissen.

„Stell den Stuhl hier hin, Piet", entgegnet Tante Sus. „Was ist denn jetzt mit eurem Klo passiert?"

„Was ist nun mit der Bullerei?", will Pérsomis Mutter wissen.

„Musst du da noch fragen?", seufzt Tante Sus, während sie sich auf den Küchenstuhl fallen lässt. „Die Bullerei hat doch alle Zimmer auf den Kopf gestellt, da in Pretoria, an der Universität!"

„Die Zimmer auf den Kopf gestellt?", wiederholt Pérsomis Mutter.

„Jetzt hör mir doch einmal zu, Mensch. Die Bullerei hat die Zimmer auf den Kopf gestellt, einfach so."

„Aber warum denn?", fragt Pérsomis Mutter niedergeschlagen.

„Wahrscheinlich haben sie Sachen gesucht, die geklaut worden sind", antwortet Piet. „Darum geht es immer, wenn ihr mich fragt."

„Mensch, ich habe es selbst nicht sagen wollen, weil ich keine bin, die hinter dem Rücken der anderen herumtratscht, aber das habe ich mir auch schon gedacht, und Onkel Attie auch", seufzt Tante Sus. „Euer Klo sieht übrigens aus, als könnte es jeden Augenblick einstürzen", fügt sie schließlich besorgt hinzu.

„Geklaute Sachen?", fragt Pérsomis Mutter entsetzt.

Das ist es nicht, denkt Pérsomi, während sie den Kaffee ausschenkt. Wahrscheinlich ist es viel schlimmer. Das hat sicher mit der Treibjagd zu tun, die die Polizei auf die Häuser von OB-Mitgliedern veranstaltet.

„Und was ist mit den Särgen?", will Hannapat wissen.

„Welchen Särgen?", fragt ihre Mutter erschrocken.

„Die Tante Sus gesehen hat, natürlich."

„Ach, die? Nein, das kommt sicher noch, denke ich. Das hier dreht sich um die Gitter." Sie seufzt tief. „Aber der Tod kommt noch, der Tod kommt noch."

Pérsomi geht nach draußen, reicht Tante Sus und ihrer Mutter den Kaffee, dreht sich um und läuft davon. Es gelingt ihr, nicht sofort loszurennen, mühsam schafft sie es, einen Fuß vor den anderen zu setzen. Doch als der erste Hügel hinter ihr liegt, rennt sie wie von alleine los. Die Freiheit nimmt von ihren Beinen Besitz und dann von ihrem ganzen Körper. Sie bleibt erst wieder stehen, als das Stechen in ihrer Brust größer wird als ihre Angst.

Boelie. Wenn sie Boelie nun doch zu fassen bekommen und ihn in einem Konzentrationslager hinter Stacheldraht stecken! Sie kann sich wirklich nicht vorstellen, dass Boelie ... Doch dann erinnert sie sich wieder ...

Sie muss mit Boelie reden, mit ihm selbst, und von ihm selbst hören, was los ist.

Dieser elende Krieg auch!

☙

Als Herr Fourie am Ende der Woche sieht, in welchem Zustand sich das Toilettenhäuschen befindet, wird er rasend vor Wut. „Wann ist das passiert?", will er wissen. „Ihr werdet mir jetzt doch nicht sagen, dass ihr euer Geschäft die ganze Zeit hier irgendwo auf dem Feld verrichtet!"

„Och, Herr Fourie, das kam durch den Regen", antwortet Pérsomis Mutter erschrocken. „Es tut uns leid."

Regen? Im Winter?, überlegt Pérsomi verdutzt.

„Aber warum kümmert ihr euch denn nicht darum, Jemima?", tobt Herr Fourie, während er sich die Toilette von allen Seiten betrachtet. „Allmächtiger, ihr hättet mir doch einfach Bescheid sagen können! Ich kann schließlich nicht riechen, dass hier etwas nicht stimmt!"

Plötzlich bleibt er stehen. „Mir ist zu Ohren gekommen, dass Piet wieder da ist."

Schweigen.

„Wo ist Piet?", fragt Herr Fourie barsch.

Jetzt ist die Sache wirklich am Dampfen, denkt Pérsomi.

„Ihm geht es heute Morgen nicht so gut", erwidert ihre Mutter, die an ihrem Taschentuch herumfingert.

„Wo ist er?"

Schweigen.

„Er ist drinnen", antwortet Hannapat zögernd.

„Liegt er etwa noch im Bett, um diese Uhrzeit?", poltert Herr Fourie und marschiert zu ihrem Haus.

„Ach du liebe Güte", sagt Pérsomis Mutter.

Herr Fourie zieht die schiefe Hintertür auf und geht hinein. Pérsomi, ihre Mutter und Hannapat bleiben wie angewurzelt stehen. Ein paar Augenblicke später kommt Piet nach draußen getaumelt. Er hat den Kopf eingezogen und die Arme schützend um sich gelegt, während Herr Fourie ihm auf den Fersen folgt. „Warum hängst du hier faul auf deinem Hintern herum?", brüllt er ihn an. „Los jetzt, grab ein Loch, jetzt und auf der Stelle!" Er packt die Schaufel, die neben der Hintertür steht. „Ein bisschen schneller! Und mach das Loch ein bisschen weiter den Hügel hinauf, wir müssen das gesamte Klohäuschen woanders hinbauen. Und ihr Mädchen, ihr fegt die Küche und mistet euren ganzen Stall aus, da drinnen riecht es ja wie im Schweinepferch. Und bevor die Ferien vorbei sind, ist der Boden wieder mit Mist bestrichen, habt ihr mich verstanden?"

Pérsomi spürt, wie sie feuerrot anläuft und ihr ganz heiß wird, so sehr schämt sie sich.

Mit großen Schritten beginnt Herr Fourie sich zu entfernen. Sein ganzer Körper ist vor Wut noch angespannt. „Und wenn ich heute Nachmittag wieder komme, dann ist das Loch wenigstens zur Hälfte gegraben und das Haus sauber, kapiert?", ruft er ihnen im Weggehen noch über die Schulter zu.

Als er im tiefer gelegenen Flusstal verschwunden ist, wirft Piet wütend die Schaufel weg. „Was glaubt der eigentlich, wer er ist, dass er so mit mir spricht!", brummt er und spuckt vor sich auf den Boden.

„Herr Fourie ist einfach nur gut zu uns", entgegnet Pérsomi resolut. „Was hat er schon von Beiwohnern wie uns? Niemand von uns hilft ihm noch bei der Arbeit. Wenn er uns von seinem Land jagt, verliert er überhaupt nichts!"

„Ach du liebe Güte", stöhnt ihre Mutter.

„Piet Pieterse muss sich so ein Geschwätz nicht anhören!", zischt Piet mit feuerrotem Gesicht. „Ich mache keine Löcher, dafür bin ich mir zu schade!" Drohend bleibt er vor Pérsomi stehen und fuchtelt mit seinem gruseligen Zeigefinger vor ihrer Nase herum. „Und du solltest mal langsam von deinem hohen Ross herunterkommen, junge Dame. Ich habe schon seit Langem Lust, dir mal ordentlich die Löffel lang zu ziehen."

Pérsomi bleibt mucksmäuschenstill stehen und erwidert ruhig seinen Blick. „Du solltest lieber mit dem Graben weitermachen", entgegnet sie. „Wenn Herr Fourie heute Nachmittag wiederkommt und kaum ein Loch zu sehen ist, dann geht's dir schlecht. Hannapat und ich können ja in Eimern Wasser holen, dann können wir den Boden erst ein bisschen …"

„Ihr könnt mich mal", erwidert Piet und dreht sich um. „Bis dahin kann ich mich ohne Probleme nach Johannesburg verdrücken. Ich weiß sowieso nicht, weswegen ich überhaupt hierhergekommen bin. Seit Papa weg ist, seid ihr doch ein lahmer Haufen, ihr könnt ja noch nicht einmal das Haus sauber halten, ihr Dreckspack! Mama, gib mir mein Geld zurück."

„Ach du liebe Güte, Piet", versucht seine Mutter abzuwehren, „du hast doch selbst gesagt …"

„Gib mir mein Geld zurück oder ich mache Kleinholz aus euch allen, ihr wollt es anscheinend nicht anders."

„Gib ihm sein Geld, Mama", sagt Pérsomi. „Je eher er weg ist, desto besser." Und zu Piet sagt sie: „Tu uns allen einen Gefallen und geh nach Johannesburg und komm nie mehr zurück."

„Ach du liebe Güte", jammert ihre Mutter.

„Geh du mal schön das Haus sauber machen", fordert Hannapat Pérsomi auf und lehnt sich mit dem Rücken an die Wand, um die Wintersonne zu genießen. „Sonst muss ich das immer tun, während du im Internat die Füße hochlegst."

Als Herr Fourie am Nachmittag zurückkommt, ist er noch wütender als am Morgen. „So ein fauler Drecksack!", schimpft er. Dann reibt er sich über das Gesicht und schüttelt den Kopf. „Ich werde am Montag jemanden vorbeischicken, der das Klo in Ordnung bringt." Schließlich dreht er sich um und geht weg.

„Herr Fourie?", ruft Pérsomi ihm hinterher.

Er bleibt stehen und dreht sich um. In seinem Gesicht sind immer noch Gewitterwolken zu sehen.

Sie schaut ihm direkt in die Augen. „Ich möchte mich bei Ihnen bedanken", sagt sie. „Sie sind gut zu uns, obwohl Ihnen niemand von uns auf der Farm helfen kann."

Schweigend schaut er sie weiterhin an.

„Vielen Dank", betont sie noch einmal.

„Schon gut", erwidert er und geht weiter.

Doch für einen kleinen Augenblick, kurz bevor er sich umgedreht hat, hat sie einen seltsamen Ausdruck auf seinem Gesicht erkennen können.

CB

Erst in den letzten Ferientagen bekommt Pérsomi endlich die Möglichkeit, mit Boelie zu sprechen. Selbst während sie erneut eine Kuh geschlachtet haben, ist Boelie steif und völlig verschlossen gewesen und es ist ihr nicht gelungen, ihn auch nur für einen Augenblick allein zu sprechen. Aber am letzten Freitagmorgen sieht sie ihn zufällig langsam den Berg hinaufsteigen. Er hält sein Gewehr in der Hand, sieht jedoch nicht so aus, als würde er auf die Jagd gehen wollen.

Über einen Umweg rennt sie hinter dem Pavianfelsen vorbei, sodass sie den wilden Feigenbaum vor ihm erreicht. Dort setzt sie sich auf die Felsplatte, die Beine vor sich ausgestreckt. Von hier aus kann sie den Weg ins Dorf und in die Schule überblicken. Hinter dem Hügel liegt ein anderes, ein neues Leben, denkt sie; das ist die fremde Welt von Herrn Nienaber, von Beth und Reinier – die Welt, in der Irene in genauso einem Zimmer wohnt wie sie und dasselbe zu essen bekommt.

Langsam kommt Boelie näher. Als er sie sieht, hebt er seine Hand zum Gruß. „Du bist ja auch hier", sagt er und setzt sich neben sie. Vorsichtig legt er das Gewehr zwischen sich und Pérsomi auf den flachen Felsen.

„Hallo, Boelie."

Schweigend sitzen sie da und schauen vor sich hin. Das Gewehr liegt direkt neben ihr. Gerbrand schießt ... Nein, daran darf sie nicht denken. Wenn er nur endlich zurückschreiben würde!

„Von hier aus kann man fast bis zum Dorf schauen", erklärt sie.

„Hmm", macht Boelie. Er hört sich müde an. Oder vielleicht hat er auch einfach keine Lust auf ein Gespräch.

Sollte sie besser gehen? Wenn er nicht reden will, macht es auch keinen Sinn, es zu versuchen. Schließlich möchte sie es sich nicht mit ihm verscherzen.

Trotzdem muss sie mit ihm sprechen, sie weiß, dass das ihre letzte Chance ist. Nur hat sie keine Ahnung, wie sie anfangen soll.

„Freust du dich schon wieder aufs Internat?", will er plötzlich wissen.

„Ja", antwortet sie, ohne zu zögern. „Mir gefällt die Schule unglaublich gut, obwohl ich manchmal auch Sehnsucht nach der Farm und dem Berg habe."

„Ja", bekräftigt er.

Schweigen.

„Und du?", fragt sie dann. „Freust du dich schon darauf, wieder nach Pretoria zu fahren?"

„Ich weiß es nicht, Pérsomi", erwidert er und schüttelt langsam den Kopf. „Nein, eigentlich freue ich mich nicht darauf."

Jetzt muss ich etwas sagen, denkt sie. „Ich habe gehört, dass die OB immer aktiver wird, vor allem rund um Pretoria", wirft sie ein.

„Hmm."

Nachdenklich fährt sie sich mit der Zunge über die Lippen. „Ich habe auch gehört, dass sie sogar Sachen in die Luft jagen und dass sie manchmal geschnappt werden."

„Du solltest nicht jeden Unsinn glauben", warnt er sie.

„Es sind schon fast viertausend Leute verhaftet und in Lager eingepfercht worden, Boelie", entgegnet sie schnell. „Ich glaube nicht jeden Unsinn, aber ich verstehe nicht, was da los ist."

Immer noch erwidert er nichts.

„Fast jeden Tag liest man in der Zeitung von Verhaftungen, kurz vor den Ferien ging es um zwei Leute aus der Universität und einen afrikaansen Schuldirektor aus Helderberg und noch einen Komponisten oder so. Ich lese die Zeitung, Boelie."

„Heidelberg", korrigiert er sie. „Dieser Schuldirektor kam aus Heidelberg." Er schaut immer noch vor sich auf den Boden. Der wird mir nichts erzählen, denkt sie.

„Pérsomi, du hast recht", bekräftigt er dann doch.

„Das habe ich schon gewusst", entgegnet sie. „Es gibt eine Gruppe, die sich selbst die *Stormjagers* nennt. Über die würde ich gern mehr erfahren, Boelie."

Für einen Augenblick runzelt er die Stirn. „Woher weißt du denn von denen?"

Sie zögert kurz, denn das kann sie nicht sagen. „Ich möchte einfach nur mehr über sie erfahren", verkündet sie dann. „Um alles besser zu verstehen."

Noch immer schaut er sie nicht an, sondern starrt nur in die Ferne.

„Ich kann es dir gern erzählen, aber, Pérsomi, denke immer daran, ich habe mit denen nichts zu tun, ich erzähle dir nur von ihnen. Und es wäre besser, wenn du mit niemandem darüber reden würdest, selbst nicht mit denen, von denen du zum ersten Mal von den *Stormjagers* erfahren hast. Es ist sicherer, den Mund zu halten."

„Meinen Mund kann ich gut halten", erwidert sie. „Aber ich möchte einfach wissen, was los ist."

„Gut", entgegnet er. „Die *Stormjagers* sind eine Gruppe, die sich die SA, die Sturmabteilung der Nazis, zum Vorbild genommen hat. Das ist eine extrem rechte militante Gruppierung innerhalb der Nazipartei in Deutschland."

„Oh."

„Es gibt eine ganze Menge *Stormjagers*. Es heißt, dass es allein in

Transvaal schon achttausend sein sollen, voll ausgebildet und bewaffnet. Sogar innerhalb der Polizei gibt es einen Haufen *Stormjagers*; man munkelt, dass sogar einige der Oberen innerhalb des Polizeiapparates zu den *Stormjagers* gehören."

„Wer sagt das?"

„Einfach Leute, die es wissen können", antwortet Boelie. „Die *Stormjagers* nehmen ihre Sache sehr ernst. Weißt du, Pers", und zum ersten Mal schaut er sie direkt an, mit einem intensiven und feurigen Blick in den Augen, „ein *Stormjager* muss bereit sein, für die Freiheit seines Volkes sein Leben zu geben. Und wenn er persönlich die Ideale der Gruppe verrät, macht er sich selbst aus freien Stücken zur Zielscheibe der *Stormjagers*."

Sie runzelt die Stirn. „Ist das wirklich die Mühe wert, Boelie? Dein Leben zu geben für die Freiheit deines Volkes?"

„Das ist dasselbe wie das, was die Soldaten aus zig Ländern in Europa und Nordafrika im Augenblick tun, zu Tausenden, nein, zu Millionen", entgegnet er.

Sollte Gerbrand deshalb in den Krieg gezogen sein?, überlegt sie im Stillen. Wenn er doch nur zurückschriebe! Laut sagt sie: „Dann führen die *Stormjagers* auch eine Art Krieg, und dann sind sie selbst auch so etwas wie Soldaten."

„Das sind sie mit Sicherheit", gibt er zu. „Das sind Menschen, die in Bewegung kommen und für das kämpfen, was sie für richtig halten. Menschen, die für ihre Überzeugungen einstehen und das so lange tun werden, bis sie sterben."

„Es ist wichtig für einen Menschen, eine eigene Überzeugung zu haben, stimmt's?"

„Das stimmt, sonst bist du nur ein Weichei", erwidert er.

„Und was ist mit dir? Stimmst du mit ihnen überein?", fragt sie zur Sicherheit. „Mit den *Stormjagers*, meine ich?"

„Ich möchte es einmal so sagen: Ich verstehe vollkommen, wie sie sich fühlen. Irgendjemand muss etwas unternehmen!", antwortet er. „Wir werden die Probleme in Südafrika nicht lösen, indem wir nur darüber reden, selbst dann nicht, wenn es im Parlament passiert; dafür sitzen zu viele Landesverräter und jüdische Kapitalisten in der Regierung."

„Aber Reden ist doch immer gut", entgegnet sie. „Der Meister sagt immer, dass die Feder mächtiger ist als das Schwert."

„Der Meister ist noch ganz aus der alten Schule, Pers." Wieder schaut er sie an. „Hast du schon einmal von Johannes van der Walt und Robey Leibbrandt gehört?"

„Leibbrandt ist ein Boxer", erwidert sie, „aber ich habe keine Ahnung, wer Johannes van der Walt ist."

„Ein Ringer", erklärt er. „Wie dem auch sei, sie scheinen beide auch hinter den *Stormjagers* zu stehen."

„Oh", sagt sie. „Und wie ist es mit dir, Boelie?"

Er runzelt die Stirn. „Du glaubst also doch jeden Unsinn."

„Ich höre, was ich höre, Boelie. Ich weiß, dass eure Zimmer durchsucht worden sind, deins und das von De Wet."

„Warum willst du das überhaupt so genau wissen?"

„Was denn?"

„Ob ich mit den *Stormjagers* zu tun habe."

„Weil ich mir Sorgen um dich mache", erwidert sie. „Ich möchte nicht, dass sie dich in ein Konzentrationslager stecken."

„Internierungslager."

„Das ist dasselbe."

„Warum denn nicht?"

„Warum was nicht?"

„Warum sollen sie mich denn nicht in ein Lager stecken?"

„Weil du .... ein Freund von mir bist."

Er schaut ein wenig seltsam drein. „Du hast gewusst, dass ich hierher unterwegs war, und hast dann hier auf mich gewartet, stimmt das oder nicht?"

„In der Tat."

Langsam nickt er mit dem Kopf und lacht kurz auf. Zum ersten Mal an diesem Morgen sieht sie ihn lachen und sie bemerkt auch, dass sein Gesicht mit einem Mal etwas weniger müde aussieht. „Du bist wirklich ein besonderes Mädchen", verkündet er und steht auf. „Ich gehe wieder zurück. Mach dir über mich keine Sorgen, ich weiß, was ich tue."

Als er schon ein ganzes Stück gegangen ist, dreht er sich noch einmal um. „Ich kann wirklich nicht anders, Pers", ruft er. „Ich folge doch nur meinen Grundüberzeugungen und meinem Gewissen."

Sie schaut ihm hinterher, während er den Hügel hinuntergeht, bis seine kräftige Gestalt in der Ferne mit der Gegend verschmilzt.

Dann legt sie sich flach auf den Rücken und betrachtet die Wolken, die sich langsam zusammenballen.
Mit der Zeit wird ihr Angst immer größer.

☙

„Du musst dir bei Ismail ein paar Sachen kaufen", hat ihre Mutter Pérsomi aufgetragen, bevor sie ins Wohnheim zurückgefahren ist. „Das Geld dafür ist schon bezahlt."
„Das Geld, das Gerbrand dir schickt, solltest du nicht für mich ausgeben", hat sie versucht sich zu wehren. „Warum kaufst du nicht lieber Essen davon, Kaffee, Zucker, Mehl und solche Dinge? Und Seife?"
„Ach du liebe Güte, Pérsomi, das Geld ist für dich und damit basta!", hat ihre Mutter geantwortet und ist einfach weggegangen.

Gerbrand hat das Geld dann sicher direkt zu Ismail geschickt, überlegt Pérsomi jetzt, während sie vom Dorfgemeinschaftshaus zum Geschäft läuft. Beth würde immer noch lieber sterben, als mit ihr ein indisches Geschäft zu betreten – Sünde bleibt nun einmal Sünde.

Die Inder sind auch Zauberer, sie können einen verhexen, hat sie noch hinzugefügt. Das hat sie nicht vom Pfarrer gehört, denn der glaubt nur an die Hexe von Endor, nicht an irgendeine andere Form von Zauberei. Beth behauptet, die Leute würden so etwas erzählen.

Pérsomi hört nicht auf zu grübeln. Woher weiß ihre Mutter denn nur, dass das Geld für sie schon bezahlt worden ist? Wenn Gerbrand das geschrieben hat, dann hätte sie, Pérsomi, den Brief doch wohl gesehen? Und warum schreibt Gerbrand dann nicht gleich an sie?

Nach dem hellen Sonnenlicht ist es im Laden halbdunkel, so wie immer. Es riecht auch immer noch genauso wie beim letzten Mal. Gut.

„*Yes, yes!*", ertönt Yusufs fröhliche Stimme hinter ihr. „Ich hatte schon befürchtet, der Krieg hätte dich verschluckt."

„Hallo, Yusuf", erwidert sie lächelnd. „Nein, ich hatte nur Ferien."

„Ja, das war schön, aber jetzt müssen wir wieder zurück in unsere Penne, stimmt's? Womit kann ich dir heute zu Diensten sein?"

„Mein Bruder hat euch Geld für mich geschickt, und jetzt würde ich gern Seife kaufen und Zahnpasta."

„Warte hier, ich hole eben meinen Großvater", entgegnet er. „Schau dich bis dahin ruhig bei den Nachthemden um, es sind nicht mehr viele und wegen des Krieges bekommen wir auch keine neuen mehr rein."

Sie schlendert dahin, wo er beim letzten Mal die Nachthemden hervorgeholt hat, und zieht die Schublade auf. Für einen Augenblick betrachtet sie den weichen, rosa Stoff, dann schiebt sie die Schublade wieder zu.

„Du kannst es ruhig herausholen", sagt Yusuf hinter ihr. „Es ist genug Geld da für Seife und Zahnpasta und für das Nachthemd."

Verdutzt runzelt sie die Augenbrauen. „Wie viel Geld ist es denn?", will sie wissen.

„Ganze Taschen voll", erwidert er mit einem neckischen Grinsen.

„Yusuf!", entgegnet sie drohend.

Er lacht und seine strahlend weißen Zähne heben sich dabei von seiner dunklen Haut ab. „Ein Pfund."

„Ein Pfund?", fragt sie entsetzt. So viel Geld kann Gerbrand doch unmöglich für sie geschickt haben? Und was ist mit ihrer Mutter? Und Hannapat? Sie erinnert sich allerdings noch allzu gut an Hannapats Bemerkung: „Das Einzige, was du tust, ist das bisschen Geld, das Gerbrand uns schickt, durch den Schornstein zu jagen."

„Das ist alles für dich, Mädel", erklärt Yusuf. „Gib es also schön aus."

„So viel Geld kann ich doch gar nicht ausgeben!", protestiert sie.

„Nun ja, dann kauf einfach, was du brauchst, und lass den Rest hier, bis du wieder etwas nötig hast", schlägt er vor. „Ich hole schon einmal die Seife und so, du suchst dir in der Zeit ein Nachthemd aus; übermorgen können sie schon alle weg sein."

Langsam zieht sie die Schublade wieder auf. Es kommt ihr vor, als öffne sich damit eine Tür in eine ganz neue Welt, die Welt der ganz normalen Menschen. Ein Nachthemd nach dem anderen holt sie aus der Schublade und breitet sie vor sich auf der Ladentheke aus. Wie schön sie alle sind. Sie betrachtet die Preisschilder, alle kosten sie um die zehn Shilling herum. Langsam schüttelt sie den Kopf.

„Was ist deine Lieblingsfarbe?", will Yusuf wissen.

„Ich kann doch nicht so viel Geld für ein Nachthemd ausgeben!", erwidert sie.

„Soll ich dir stattdessen lieber ein paar Kleider zeigen, die dasselbe kosten?", schlägt er vor.

Wieder schüttelt sie den Kopf. „Wir haben doch den ganzen Tag unsere Schuluniformen an", entgegnet sie. „Und ein Sonntagskleid habe ich schon."

„Los jetzt, Pérsomi, verwöhn dich ein bisschen", fordert er sie auf. „Die Seife und die Zahnpasta kosten zusammen noch keinen Shilling. Selbst wenn du noch ein Nachthemd dazunimmst, bleiben immer noch fast zehn Shilling übrig."

Vorsichtig betastet sie das rosa Nachthemd. Verglichen mit dem weichen Stoff kommt ihr ihre Hand besonders grob und rau vor, genauso wie die Hände ihrer Mutter. „Du bist ein gerissener Verkäufer, Yusuf Ismail", bemerkt sie und zieht ihre Hand zurück.

„Du kannst schließlich nicht nackt schlafen", entgegnet er lächelnd und fängt an, das rosa Nachthemd vorsichtig zusammenzulegen. „Hast du wieder etwas von deinem Bruder gehört?"

„Er schreibt eigentlich nie", antwortet sie.

„Mein Bruder ist jetzt in Ägypten, er ist schon im Juni nach Ägypten verlegt worden, mit den ersten südafrikanischen Truppen", erzählt Yusuf. „Stell dir vor, er hat mit seinen eigenen Augen die Pyramiden gesehen und das Rote Meer und den Nil."

„Den Nil sehen wir doch fast jeden Tag", erwidert sie lachend.

„Das ist nicht der richtige Nil", entgegnet er. „Ich habe richtig Lust, auch zur Armee zu gehen, du weißt schon: ‚Schreib dich ein, dann siehst du etwas von der Welt.' Möchtest du noch etwas haben?"

Sie zögert einen Augenblick. „Habt ihr auch Creme? Mit der man sich einschmieren kann?"

„Oh ja, alle möglichen Sorten." Hastig läuft er zu der Ladentheke, hinter der die Arzneimittel stehen. „In allen Farben und Gerüchen, das kannst du dir in deinen kühnsten Träumen nicht vorstellen. Es heißt, dass es bald zu Versorgungsengpässen bei Seife und Cremes und solchen Dingen kommen wird, wegen des Krieges, aber wir haben noch ziemlich viel."

„Ich denke, dass ich auch noch etwas Creme kaufen sollte", überlegt sie laut.

„Ich kann dir eine teure Creme geben", schlägt er vor, „doch die Creme, die meine Oma selbst anrührt, ist trotzdem die beste, da bekommst du viel mehr für dein Geld."

Als Pérsomi wenig später den Laden verlässt, sagt sie: „Danke, Yusuf. Aber ein wirklich guter Verkäufer bist du nun doch nicht, hörst du! Ich hätte dir auch die teure Creme abgekauft."

ଔ

„Zeig mal!", sagt Beth nur, als Pérsomi das Zimmer betritt.
Vorsichtig entfernt Pérsomi das Zeitungspapier von dem Päckchen. Es ist eine englische Zeitung, die gibt es in der Schulbücherei nicht. Vielleicht stehen dort Dinge drin, die man in afrikaansen Zeitungen nicht lesen kann.
Das Nachthemd legt sie auseinandergefaltet aufs Bett. Beth schnappt nach Luft. „Oh, Pérsomi, das ist ja so schön!" Vorsichtig streicht sie über den weichen Stoff. Ihre Hand ist weich und weiß.
„Ich habe noch nie so etwas Schönes besessen", erwidert Pérsomi, behält jedoch ihre Hände bei sich. „Ich hätte mir auch ein Kleid für tagsüber kaufen können, aber dann habe ich mich doch hierfür entschieden."
„Das hätte ich auch gemacht", entgegnet Beth. „Es ist eine tolle Sache, wenn man die ganze Nacht schön ist, während man schläft."
Die ganze Nacht über spürt sie, wie der weiche Stoff ihren Körper kuschelig einhüllt, sie ist sich der gestickten Blümchen auf ihrer Brust bewusst und merkt die seltsame, klebrige Creme an ihren Händen, ihren Füßen und ihren Ellenbogen.

ଔ

„Lies dir das hier einmal durch", fordert Reinier sie in gedämpftem Ton während der Mathematikstunde am Montagmorgen auf.
Pérsomi nimmt die Zeitungsseite und wirft einen Blick auf das Datum, das über dem Artikel steht: Freitag, 18. Juli 1941. Wenn es bloß keine schlechte Nachricht über die Soldaten in Abessinien ist, denkt sie, denn Gerbrand ist auch dort.
Sie fängt an zu lesen: *„Brutaler Dynamitdiebstahl – Nächtlicher Zwischenfall in Steinbruch"*. Da geht es um ein Ereignis in Südafrika, nicht in Abessinien, entdeckt sie, und eine Welle der Erleichterung durchströmt sie.

Am Mittwochmorgen wurden aus einem Steinbruch in Yskor, zehn Kilometer von Pretoria entfernt, große Mengen Dynamit und andere Sprengstoffe entwendet. Der Steinbruch hat eine bewaffnete Wachmannschaft.
In der Nacht fuhren neun Männer in drei Autos vor. Sie überwältigten die Bewacher und schlossen sie ein. Dann holten sie das Dynamit aus einem der Lagerräume und die Zündhütchen aus einem anderen. Alles wurde in die Autos geladen, mit denen die Männer danach die Flucht antraten.

Sie schaut auf und zuckt leicht mit den Schultern. „Lies weiter", fordert Reinier sie auf.

Unweit des Steinbruchs fuhr sich eines der Autos in einem Abwassergraben fest. Die Insassen hielten einen vorbeifahrenden Lastwagen an und baten den Fahrer um Hilfe. Nachdem das Auto wieder fahrbereit war, fuhren sie weg. Von den drei Autos fehlt jede Spur.
Die Polizei bittet den Fahrer des Lastwagens, sich zu melden, weil er die Männer identifizieren könnte. Einer der Wachleute des Steinbruchs wurde bei der Aktion leicht verletzt. Die Gewehre des Sicherheitsdienstes wurden ebenfalls gestohlen.

Sie gibt ihm den Artikel zurück. „Und jetzt?", will sie leise wissen.

„Das waren Leute von der OB, Pérsomi", flüstert er. *„Stormjagers."*

Mit einem Mal wird ihr klar, was das bedeutet. „Die haben das Dynamit gestohlen, um damit etwas in die Luft zu jagen!?", erschrickt sie.

„Schhhht, nicht so laut. Das glaube ich auch, ja. Mein Vater sagt, dass die Antikriegsbewegung in Südafrika immer mutiger wird, jetzt, wo die Nazis einen Sieg nach dem anderen erringen."

„Aber wenn sie stehlen, kommen sie ins Gefängnis!", flüstert sie eindringlich. Boelie!

„Wenn sie irgendetwas in die Luft sprengen, auch", stellt Reinier fest.

„Reinier und Pérsomi, steht sofort auf!", befiehlt der Lehrer streng.

Schuldbewusst stellen sie sich hin.

„Was sind das für geflüsterte Gespräche? Ich habe gesagt, dass ihr Stillarbeit machen sollt."

„Wir sind mit unseren Aufgaben fertig, Herr Lehrer", antwortet Reinier vorsichtig.

„Dann macht ihr eben noch ein paar Extraaufgaben", erwidert der Lehrer mit einem wütenden Stirnrunzeln.

„Ja, Herr Lehrer", entgegnet Reinier.

„Gut, Herr Lehrer", bekräftigt Pérsomi.

Den Rest des Tages spürt sie eine nagende Sorge, die ein Loch in ihren Bauch zu fressen droht.

Während sie am Nachmittag von der Schule zum Wohnheim zurücklaufen, hört Pérsomi, wie Irene laut und deutlich zu ihren Freundinnen sagt: „Jau, sie hat da hinten in der Klasse gesessen und mit Reinier herumgeschmust, sodass Herr Van Wyk sogar böse werden musste. Und auch noch mit Reinier. Ich frage mich wirklich, ob sie meint, dass sie den mit ihren langen Stelzen bezirzen kann."

Pérsomi wird langsamer und lässt sich zurückfallen, doch Irenes Stimme wird vom Wind weit getragen: „Das Mädel ist wirklich unter einem Stein hervorgekrochen, jau, das könnt ihr mir glauben. Keiner von uns versteht, warum mein Vater dieses Geschmeiß nicht schon vor Jahren von seinem Land gejagt hat."

☙

Am Abend schreibt Pérsomi Gerbrand einen langen Brief. Sie schreibt sehr klein, denn sie möchte nicht noch eine Seite aus ihrem Aufsatzheft herausreißen.

Gerbrand, ganz, ganz vielen Dank für das Geld, das du Ismail für mich geschickt hast. Ich habe mir Seife und Zahnpasta davon gekauft und auch ein rosa Nachthemd. Vielleicht hättest du es besser gefunden, wenn ich mir ein Kleid gekauft hätte, aber wir haben doch den lieben langen Tag unsere Schuluniformen an und ein Sonntagskleid habe ich schon. Ein Mädchen findet es nun einmal wunderbar, wenn es auch beim Schlafen gut aussieht. Ich habe auch Creme für meine Hände gekauft, damit sie schön weich werden.

Möglicherweise versteht Gerbrand nichts davon, schließlich ist er ein Mann, überlegt sie sich. Aber vielleicht versteht er es auch sehr gut, schließlich versteht er so vieles.

Sie berichtet ihm von der Farm, von ihrer Mutter und Hannapat und von Sussie, die jetzt eine Stelle hat und auch in so etwas wie einem Internat wohnt. Von Piet und dem Toilettenhäuschen schweigt sie lieber.

Sie würde Gerbrand auch gern von Boelie erzählen, wie sehr sie sich Sorgen um ihn macht, aber das kann sie nicht, denn sie hat versprochen, dass sie ihren Mund hält. Darüber hinaus hat Gerbrand auch gesagt, dass die Briefe kontrolliert werden.

Ganz am Ende des Briefes fragt sie noch einmal:

Gerbrand, würdest du mir bitte einmal schreiben? Erzähle mir doch, was du machst, und bitte, erzähle mir auch, warum du zur Armee gegangen bist und ob du jetzt glücklich bist.
Pass gut auf dich auf. Denn ich würde sehr gern wieder einmal mit dir sprechen.

Viele Grüße
Deine Schwester
Pérsomi

Sie faltet den Brief ordentlich zusammen, schreibt die Adresse auf den Umschlag und klebt eine Briefmarke darauf. Am Freitag wird sie ihn einwerfen.

Dann holt sie ihre Bibel und liest weiter im Lukasevangelium. Als sie endlich einschläft, ist es nicht Gerbrand, der mit seinem Gewehr und einem runden, eisernen Helm hinter Stacheldrahtrollen liegt und abwartet. Es ist Boelie, der in einem Käfig aus Stacheldraht sitzt. Sein Gesicht ist nur noch eine Maske und mit leeren Augen starrt er vor sich hin.

☙

Am Dienstagmorgen, unmittelbar nach der kleinen Pause, kommt die Sekretärin in ihren Klassenraum. Sie spricht kurz mit Fräulein Reinecke, der Geschichtslehrerin. Pérsomi bemerkt, dass das Fräulein für einen Augenblick die Stirn runzelt, die Hand vor den Mund schlägt und den Kopf schüttelt. Es ist irgendetwas Schlimmes passiert, denkt Pérsomi besorgt.

„Irene, du möchtest bitte mit Fräulein Olivier ins Schulbüro gehen", verkündet das Fräulein. „Nimm deine Schultasche mit."
Pérsomi spürt, wie aus ihrem Bauch ein einziger großer Stein wird. Wenn es nur nicht um Gerbrand geht!, schießt es ihr durch den Kopf. Aber dann hätten sie doch sicher sie gerufen und nicht Irene, wird ihr sofort danach klar.
Es geht um Boelie! Die Gewissheit trifft sie wie ein Pfeil. Die Polizei hat Boelie verhaftet. Vielleicht war er einer der neun Männer, von denen in der Zeitung berichtet wurde.
„Es geht um Boelie", flüstert sie Reinier zu.
„Um Boelie?", fragt Reinier verständnislos zurück.
„Fräulein, warum haben sie Irene geholt?", will Lorraine wissen. Sie ist Irenes Zimmergenossin.
„Das weiß ich nicht. Los jetzt, machen wir uns wieder an die Arbeit", antwortet das Fräulein hastig.
„Was ist mit Boelie?", flüstert Reinier wieder.
„OB", schreibt Pérsomi mit Bleistift in ihr Geschichtsheft.
„*Stormjagers?*", schreibt Reinier darunter.
„Das denke ich schon", schreibt Pérsomi.
„Verflucht", schreibt Reinier.
Pérsomi nickt und radiert die Worte sorgfältig aus.

☙

Nach der großen Pause kommt Lorraine aus dem Personalraum zurück. „Es geht um Boelie, den Bruder von Irene, der an der Universität studiert", erzählt sie wissend. „Die Polizei hat ihn verhaftet. Er ist Mitglied in der *Ossewag* und jetzt haben sie ihn geschnappt und ins Gefängnis geworfen."
„*Ossewa-Brandwag*", berichtigt Reinier.
„Ja, die", erwidert Lorraine. „Es ist wirklich ganz schlimm, ganz furchtbar schlimm."
Damit hat sie jetzt die Aufmerksamkeit der ganzen Klasse, aber viel mehr weiß sie auch nicht von der Sache. „Die arme, arme Irene", fügt sie noch hinzu und seufzt. „Was soll sie jetzt machen?"

Pérsomi würde sich gern die Ohren zuhalten und schnell wegrennen, irgendwohin, wo es ruhig ist. Sie möchte zu ihrem Berg, um mit Boelie unter vier Augen zu sprechen. Doch das geht nicht mehr.

Es geht überhaupt nicht um Irene, würde sie gern sagen. Es geht um Boelie, der jetzt in ein Loch gesperrt ist und hinter Schloss und Riegel sitzt.

Plötzlich bildet sich ein dicker Kloß in ihrem Bauch und die Magensäure brennt ihr in der Kehle wie Feuer. Ihr Kopf, ihr Herz, ihr ganzer restlicher Körper dagegen fühlt sich leer an, nur leer, leer.

Am Abend sagt sie zu Beth: „Jetzt weiß ich, dass Beten nichts bringt. Ich habe so oft dafür gebetet, dass Boelie nicht in Schwierigkeiten gerät, vor allem in den letzten Wochen, und jetzt schau dir an, was passiert ist."

„Wir Menschen können Gottes Wege nicht ergründen", erwidert Beth, „aber er weiß, was er tut."

„Egal, ich bete jedenfalls nie wieder", entgegnet Pérsomi fest entschlossen.

„Ob du nun betest oder nicht, Gott regiert trotzdem die Welt", erwidert Beth ernst.

Danach bleibt es lange still. Schließlich fragt Pérsomi: „Beth, könntest du dann bitte für Boelie beten, dass er das durchsteht? Und auch für Gerbrand, dass er bewahrt wird und glücklich ist? Ich vermisse ihn so."

Vielleicht hört Gott ja auf Beth. Und ganz vielleicht hilft Beten ja doch etwas.

6. Kapitel

„Hey, Jemima, hör jetzt endlich mit deinem dauernden Gejammer über Geld auf. Das Kind geht auf die Oberstufe und damit basta. Und du musst eben selbst sehen, wie du mit dem Geld, das du von mir kriegst, über die Runden kommst."
„Aber ..."
„Und wenn du es wagen solltest, mir noch einmal damit in den Ohren zu liegen, dann stelle ich jede Form von Unterstützung ein, hast du mich verstanden?"
„Wenn du doch weißt, dass ich ..."
„Ja, ja, ich weiß es, dann fängst du an zu plaudern. Nun gut, dann erzähl es eben. Ich kann dieses Gebettel und die Drohungen von dir wahrhaftig nicht länger ertragen. Im Augenblick habe ich genügend Probleme, eins mehr oder weniger macht mir auch nichts aus."

Träge brummen die Fliegen an den Wänden entlang, sie backen auf der Tischplatte zu einem klebrigen Kuchen zusammen, summen ziellos um die Matratzen herum, die unter dem Tisch liegen, und krabbeln in schwarzen Schwärmen über die Reste des angebrannten Breis.

Trotz der frühen Morgenstunde brennt die Sonne schon auf das Wellblechdach, versengt gnadenlos die baumlose Ebene rund um das Häuschen und hält dessen Bewohner wie in einem Ofen gefangen. Als eine Zeit ständiger Hitze, Dürre und intensiver Einsamkeit breiten sich die Herbstferien vor Pérsomi aus.

Sie ist auf dem Weg zum Fluss. In diesem Jahr kommt der Regen erst spät und der Fluss ist nur noch ein schlammiger, seichter Tümpel. Die Felsplatten, über die das Wasser strömt, wenn es geregnet hat, bleiben trocken.

Als Pérsomi in den Tümpel steigt, reicht ihr das Wasser nur bis zu den Knöcheln. Es ist lauwarm und ein bisschen schleimig, der Boden ist ein wenig glatt. Sie reibt sich die schleimigen Schlieren ab, bückt sich und wäscht sich das Gesicht. Heute Nachmittag, wenn es etwas kühler geworden ist, wird sie sich ein Stück weiter oben eine Wasserstelle suchen und sich richtig waschen.

Langsam durchquert sie den Tümpel bis zur anderen Seite. Selbst an der tiefsten Stelle geht ihr das Wasser gerademal bis zu den Knien. Noch mehr als sonst sehnt sie sich heute Morgen nach dem Wohnheim, nach dem Essen: Kohl, Maispüree und Kürbisse, nach den Waschräumen und nach ihrem Bett mit den gestärkten, weißen Laken. Sie sehnt sich nach der Bibliothek voller Bücher und Zeitungen, nach dem Dorf und nach Ismails Geschäft, in dem sie immer herumbummeln darf, selbst dann, wenn sie nichts kaufen möchte. Sie sehnt sich nach Beth und ihren geflüsterten Unterhaltungen, wenn abends das Licht ausgeschaltet wird, sie sehnt sich nach den Gesprächen mit Reinier, der meint, dass sie anders ist als die anderen Mädchen.

Inzwischen hat sie den Eindruck, dass sie nicht mehr hierhergehört.

Am letzten Schultag ist sie zum besten Schüler der Unterstufe gekürt worden, wobei sie Reinier mit vollen zwei Prozent geschlagen hat. Dafür hat sie hart gearbeitet, und voller Stolz ist sie zum Podium gelaufen, hat sich kerzengerade zwischen die anderen Gewinner gestellt und das Meer von schwarz-weißen Uniformen und runden Gesichtern in der Aula betrachtet. Sie hat dem Direktor fest die Hand geschüttelt und dann wieder ihren Platz zwischen den anderen Schülern der Unterstufe eingenommen. Draußen hat Beth sie umarmt und Reinier hat sogar die anderen Jungen im Stich gelassen, um zu ihr zu kommen und zu gratulieren.

Doch als sie den Flur des Wohnheims betreten hat, hat sie deutlich Irenes Stimme vernehmen können: „Für das Kind von einem Knastbruder ist das ist wirklich nicht schlecht."

„Einem Knastbruder?", hat eine ihrer Freundinnen wissen wollen. „Wer sitzt denn im Gefängnis?"

„Ihr Vater, und das schon seit über einem Jahr", hat Irene geantwortet.

„Ihr Vater? Schon seit über einem Jahr? Und das sagst du uns erst jetzt?"

„Ach ja", hat Irene zuckersüß erwidert, „ich rede nun einmal nicht gern über solche Dinge. Schließlich sind das unsere Beiwohner, das wisst ihr doch auch."

„Ja", hat eines der anderen Mädchen geantwortet, „ich kenne das. Unsere Beiwohner sind ..."

Da hat sich Pérsomi einfach auf dem Absatz umgedreht, ist um das Wohnheim herumgelaufen und hat es durch die Hintertür betreten. Ihren Koffer hat sie fest mit dem Strick zusammengeschnürt, Beth auf Wiedersehen gesagt und sich vor das Wohnheim gestellt, wo sie auf Herrn Fourie gewartet hat. Tatsächlich ist es De Wet gewesen, der sie mit dem Auto seines Großvaters abholen gekommen ist. Er hat Pérsomi freundlich begrüßt und gesagt: „Na, hast du das erste Jahr in der Dorfschule gut überstanden?"

„Ja, sicher, vielen Dank", hat Pérsomi etwas steif geantwortet, während sie hinten eingestiegen ist.

De Wet und Irene haben vorn gesessen und die ganze Fahrt über geredet. „Ich bin froh, dass Klara und du jetzt auch zu Hause sind", hat Irene gesagt. „Seit Boelie interniert ist, macht es nämlich keinen Spaß mehr, am Wochenende nach Hause zu fahren. Jetzt, wo ihr auch da seid, wird das anders werden."

„Die Atmosphäre ist immer noch ein bisschen angespannt", hat De Wet entgegnet. „Weihnachten wird kein Zuckerschlecken werden. Wir müssen unser Bestes geben, um die Eltern wieder ein wenig aufzubauen."

„Vor allem Mama", hat Irene zugestimmt.

„Und vergiss Opa nicht", hat De Wet hinzugefügt.

Erst als Pérsomi schon zwei Tage zu Hause ist, hat ihre Mutter auf einmal gefragt: „Bist du eigentlich durch?"

„Durch was?", hat Pérsomi wissen wollen.

„Ach du liebe Güte, Pérsomi, mit der Schule natürlich!"

„Oh. Ja, Mama, ich bin durch."

„Schön. Sobald du mit der Schule fertig bist, gehst du arbeiten, das meint Tante Sus auch", hat ihre Mutter gesagt.

„Wenn ich Ende nächsten Jahres meinen Abschluss in der Tasche habe, finde ich sicher eine gute Stelle und kann dann einen Haufen Geld nach Hause schicken, Mama", hat Pérsomi erwidert. Für sie gibt es keine Möglichkeit, jemals das Zulassungsjahr für ein Studium an der Universität zu absolvieren, das weiß sie ganz genau.

Fünf lange Wochen dauern die Weihnachtsferien.

„Im Großen Haus geht alles drunter und drüber, Tante Lulu weint ohne Unterbrechung und Herr Fourie ist die ganze Zeit eine einzige Nervensäge, noch schlimmer als je zuvor, das sagt sogar Lena", hat Hannapat ihr am ersten Tag sofort erzählt. „Das kommt alles nur, weil Boelie im Gefängnis sitzt, deswegen."

„In einem Internierungslager, nicht im Gefängnis", korrigiert Pérsomi.

„Onkel Attie und Tante Sus nennen es ein Gefängnis", entgegnet Hannapat böse. „Boelie muss vor Gericht, sagt Tante Sus, und jetzt sitzt er hinter Gittern. Willst du etwa andeuten, dass sie alle beide lügen, Onkel Attie und Tante Sus? Sag schon!"

Als Boelie gefangen genommen wurde, hat Pérsomi Reinier gefragt: „Wird dein Vater Boelie vor Gericht verteidigen?"

„Nein, das wird Pat Jerling übernehmen, der ist Rechtsanwalt", hat Reinier geantwortet. „Er ist der Leiter der OB in Transvaal und verteidigt eine Menge OB-Leute während ihrer Prozesse. Mein Vater hat Herrn Neels Fourie gesagt, dass er sich lieber Pat Jerling als Anwalt nehmen soll, weil der mehr Erfahrung hat."

Herr Fourie hat mit Sicherheit den allerbesten Anwalt für Boelie engagiert, er hat einen ganzen Haufen Geld, überlegt Pérsomi jetzt, während sie langsam durch das Baumstück schlendert, die Füße und Beine noch feucht von dem modrigen Wasser. Die Bäume sind noch voller Blätter, aber sie hängen kraftlos und halb verwelkt von den Zweigen und sind ganz grau vom Staub. Unter einem der Bäume lässt sich Pérsomi auf den kühlen Boden sinken, der sich weich und sandig anfühlt.

Wie lange Boelie wohl interniert sein wird? Sie hat keine Ahnung. Aus ihrem Kleid zieht sie den grauen Briefumschlag. Sie kennt die beiden Briefe schon ganz und gar auswendig und bewahrt sie dicht an ihrem Herzen, die Worte selbst in ihrem Herzen. Nahezu jeden Tag liest sie sie wieder, denn das sind ihre Briefe, etwas, das sie anfassen und an dem sie sich festklammern kann.

Liebe Pérsomi!

Ich schreibe nicht oft denn wir sind jetzt an der Front und da gibt es sehr viel zu tun. Aber du musst mir weiterhin schreiben weil wir jeden Tag schauen ob wir Post bekommen haben und es ist so schön wenn man Post bekommt.
Pérsomi ich bin immer noch in Abessinien in der Nähe von

Addis Abeba das ist die Hauptstadt aber wir haben die Itaker in Abessinien nun ganz besiegt und wir haben Kaiser Haile Selassie, das ist ihr Anführer, wieder auf seinen Thron gesetzt und jetzt sind wir ihre Befreier. Die von den Abessiniern natürlich. Ich muss dir sagen das ist kein besonders toller Anblick, Haile Selassie meine ich, ein kleines, dürres Männchen mit einem Rosinengesicht. Wir bringen alle gefangenen Itaker zum Hafen aber wir brauchen nicht auf sie aufzupassen. Sie passen auf uns auf denn sie wollen sicher im Hafen ankommen um das Land zu verlassen weil sie Angst vor den Abessiniern haben und dann gehen sie in die Union. Heute Abend haben sie für uns gesungen, sie singen sehr schön fast so wie eine Schallplatte.

Gestern Abend haben wir furchtbar viel getrunken. Mein Freund Jakhals und ich und noch zwei andere haben uns ein Fässchen Aquavit besorgen können das haben wir den gefangenen Itakern abgenommen. Das Zeug sieht aus wie Wasser und brennt die ganze Zeit bis es einem im Magen ist, aber es ist ein schön starkes Gesöff. Heute Morgen hatte ich brutalste Kopfschmerzen, aber das ist jetzt wieder vorbei.

Sag Mama nichts davon kapiert, ich erzähle das nur dir.

Hier in Ostafrika sind wir jetzt fertig, Ende der Woche ziehen wir weiter nach Norden nach Ägypten. Das ist bei den Pyramiden und dem Nil, aber nicht unserem Nil. Kairo wird unser Hauptquartier und ich habe Lust darauf.

Jetzt werde ich den Brief abgeben dann kann er mit dem Schiff in die Union mitgenommen werden.

Grüße Mama von mir.

Oh ja, du brauchst dich nicht bei mir zu bedanken für das Pfund ich habe Ismail kein Pfund für dich geschickt, das ist ein Gerücht.

In der Armee läuft es ganz so wie ich es mir vorgestellt habe und jetzt werde ich den Brief wegbringen.

Dein Bruder
Gerbrand

Sie lächelt für einen Augenblick; beim Lesen hört sie ihn sprechen. Die Worte in der runden Handschrift finden ohne Umschweife den Weg in ihr Herz.

Mittlerweile ist er sicher schon in Ägypten, jetzt sieht er auch die Pyramiden, genau wie Yusufs Bruder, und den richtigen Nil.

Trotzdem fragt sie sich, woher das Pfund dann gekommen ist, wenn Gerbrand Ismail nichts geschickt hat. Sie hat ihre Mutter gefragt, aber die hat nur geantwortet: „Ach du liebe Güte, Pérsomi, jetzt hör doch auf mit deiner Fragerei."

Es ist nahezu unmöglich, mit ihrer Mutter ein vernünftiges Gespräch zu führen.

Vorsichtig faltet sie den Brief wieder zusammen, stopft ihn in den Umschlag zurück und faltet den zweiten Brief auseinander. Die Handschrift ist ebenfalls rund, jedoch etwas kleiner und flotter. Die Worte liegen etwas weniger gut zwischen den Linien und der Ton ist formeller. Die Botschaft ist allerdings dieselbe: Ich denke an dich, Pérsomi, ab und zu. Schreib mir doch bitte noch einmal.

Koffiefontein, 10. Oktober 1941

Liebe Pérsomi!

Herzlichen Dank für deinen Brief, den ich gestern bekommen habe. Ich würde es sehr begrüßen, wenn du mir noch einmal schreibst, denn es ist schön, etwas vom Leben außerhalb des Lagers zu hören.

Wir werden gut behandelt und haben reichlich zu essen, das Essen scheint so zu sein, wie du es aus dem Wohnheim kennst.

Ja, Pers, vielleicht hatte ich es schon erwartet, trotzdem war es ein ziemlicher Schock, als die Polizei kam, um mich abzuholen. Die Gerichtsverhandlung war sehr unangenehm. Ich wurde wie ein Krimineller behandelt, und das nur, weil ich an die Sache der Afrikaaner glaube und weil ich für das gekämpft habe, wovon ich von ganzem Herzen überzeugt bin. Und nicht nur ich, sondern Tausende anderer Afrikaaner auch; sogar eine ganze Anzahl von Menschen aus den höchsten Kreisen unseres Landes sind wie Verbrecher verhaftet und eingesperrt worden.

Trotzdem sind wir nicht verbittert, Pers. Wir reden viel miteinander (viel mehr kann man hier auch nicht machen) und so inspirieren wir uns gegenseitig.
Heute war Krugertag[10]. Einer der Männer hier, John Vorster (ein Anwalt aus Port Elizabeth und sehr aktiv in der Gereinigten Nationalen Partei), hat ein kleines Theaterstück geschrieben, das wir heute Morgen aufgeführt haben. Auch ein paar andere Männer haben Vorträge gehalten und es hat sogar einen Chor gegeben.

Heute Abend ist mir klar geworden, aus welchem Holz unser Volk geschnitzt ist: So wie die Männer, die vor vierzig Jahren hinter dem Stacheldraht der Lager in Ceylon saßen und sich weigerten, den Roten Eid[11] abzulegen, so wird auch unser Volk jetzt zu stolz sein, das Haupt zu beugen und dem Königshaus des Feindes die Treue zu schwören.

Pérsomi, du musst wissen, dass ich mich keinen Augenblick lang schäme oder das, was ich getan habe, bereue. Ich finde es sehr schlimm, dass ich meiner Familie so viel Kummer bereite, aber wenn ich heute nochmals vor der Entscheidung stünde, würde ich alles wieder so tun. Ich kann nicht anders.
Ich bin interniert, weil ich Afrikaaner bin. Und darauf bin ich stolz.

Dein Freund
Boelie

Er schreibt mir, als wäre ich erwachsen, denkt Pérsomi, während sie den Brief vorsichtig in das Kuvert zurückschiebt. Er hat auch schon einmal gesagt, dass sie intelligenter als die anderen ist, und wenn er mit ihr spricht, spricht er mit ihr so, als bekäme sie alles von dem mit, was in der Welt außerhalb der Farm passiert.

---

10 Benannt nach Paul Kruger (dt. Krüger; 1825-1904), dem letzten Präsidenten der Südafrikanischen Republik, die im (zweiten) Burenkrieg unterging. Sein Geburtstag war der 10. Oktober.
11 Nach der Niederlage im (zweiten) Burenkrieg wurden 1902 rund 27000 Afrikaaner von den siegreichen Briten in Lagern auf Sri Lanka (damals Ceylon), den Bermudas und Sankt Helena interniert. Die meisten von ihnen kehrten erst Jahre später wieder in ihre Heimat zurück, nicht ohne jedoch vorher ein Treuegelöbnis gegenüber der britischen Herrschaft abzulegen (den sogenannten „Roten Eid").

Es sieht fast so aus, als würde Boelie sie auch vermissen, bemerkt sie plötzlich.

Während der Ferien hat sie Boelie nur noch selten gesehen, und dennoch hat sie immer gewusst, dass er da ist. Ja, auch sie vermisst Boelie, genauso wie Reinier und Beth. Denn er ist ihr Freund.

Aber Gerbrand vermisst sie trotzdem am meisten von allen.

○○

„Mama, da kommen Tante Sus und Onkel Attie", schreit Hannapat auf einmal mit schriller Stimme an einem glühend heißen Nachmittag in der zweiten Ferienwoche.

„Ach du liebe Güte!", ruft ihre Mutter erschrocken. „Was ist denn jetzt schon wieder los?"

„Mit Sicherheit bringen sie schlechte Nachrichten, vielleicht haben sie auch wieder ein Gesicht", erwidert Hannapat.

„Mensch, Mensch, da fällt einem nichts mehr ein!", stöhnt Tante Sus, als sie zehn Minuten später dampfend vor ihnen steht. Mit dem Oberarm wischt sie sich den Schweiß aus den Augen. Ihr dünnes Kleid ist klatschnass und klebt an ihrem dicken Körper; ihre sonst abstehenden Haare sind an ihrem hochroten Kopf angeklatscht. „Mensch, Mensch, diese Hügel sind irgendwann noch mein Tod", murmelt sie, während sie sich auf die Autositzbank neben der Hintertür fallen lässt.

„Du lieber Himmel", beruhigt sie Pérsomis Mutter. „Was ist denn los, Sus?"

„Möchtest du ein bisschen Wasser, Tante Sus?", will Pérsomi wissen.

„Gern, Kind, und ein Tässchen Kaffee, wenn ihr welchen habt", keucht Tante Sus immer noch ganz außer Atem.

„Wir haben es gewusst, wir haben es gewusst", verkündet Onkel Attie, während er sich neben Tante Sus setzt. „Sus hat wieder ein Gesicht gehabt, deshalb haben wir es gewusst."

„Ach du liebe Güte, was habt ihr denn gewusst?", fragt Pérsomis Mutter ganz niedergeschlagen.

Tante Sus trinkt erst noch einen großen Schluck Wasser. „Mensch, ihr müsst euch einen Krug besorgen, das Wasser ist ja lauwarm", bemerkt sie und schüttet den letzten Rest auf den Boden.

„Was hast du denn gesehen, Sus?", fragt Pérsomis Mutter.

„Mensch, es war furchtbar. Erst habe ich gar nicht geschnallt, was ich da sehe, aber dann habe ich es gesehen, ich habe die Stacheldrahtrollen erkannt und das Schiff dazwischen und dann habe ich es gewusst. Ich hab' nicht geschnallt, was ich da weiß, aber ich habe es gewusst!", entgegnet Tante Sus nüchtern.

„Was meinst du denn, Tante Sus?", fragt Pérsomi verwirrt.

„Man hat's nicht leicht, wenn man so eine Gabe hat, das könnt ihr mir glauben."

„Der Krieg, sicher", wirft ihre Mutter wie benommen ein. „Gerbrand."

Plötzlich schließt sich eine eiserne Faust um Pérsomis Herz und schnürt ihr die Kehle zu.

„Nein, Schwester", erwidert Onkel Attie gewichtig. „Es geht um den Krieg, das ja, aber nicht um Gerbrand. Es geht um Christine."

„Christine?", wollen Pérsomi und Hannapat beinahe gleichzeitig wissen.

„Ja, Christine, ihr wisst doch, die Tochter von Onkel Freddie le Roux."

„Aber was ist denn nun mit Christine, Onkel Attie?", fragt Pérsomi.

„Sie geht auch zur Armee", erzählt Tante Sus, während sie es sich auf der Autositzbank etwas bequemer macht. „Sie bricht auch nach Norden auf."

„Christine?", fragt Pérsomis Mutter ungläubig. „In die Armee? Du lieber Himmel, sie ist doch eine Frau!"

„Nein, Mensch, das sage ich doch, sie geht zur Armee", entgegnet Tante Sus. „Ich habe es gewusst."

„Sie muss da nicht kämpfen, kapiert ihr, die geben Frauen kein Gewehr in die Hand, so viel weiß ich auch", erwidert Onkel Attie. „Seinerzeit, als ich noch während des Großen Krieges[12] in Deutsch-Südwest herumgegangen habe, das wisst ihr ja, da, wo ich um ein Haar mein Knie verloren hätte, da waren da auch Mädels dabei, aber das waren nur Krankenschwestern."

Pérsomis Mutter presst sich die Hände gegen die Wangen. „Ach

---

12 Gemeint ist der Erste Weltkrieg (1914-1918).

du liebe Güte, Sus, aber was hält denn Freddie davon, und unsere Anna?", will sie wissen.

„Ja, was sollen sie schon sagen? Sie ist einundzwanzig und die jungen Frauen von heute machen halt das, wonach ihnen der Kopf steht", antwortet Tante Sus. „Freddie rennt 'rum wie ein Hund, dem sie den Schwanz abgeschnitten haben, und unsere Anna liegt den lieben langen Tag in einem dunklen Zimmer und hat ein nasses Tuch auf dem Gesicht. So hast du natürlich auch nicht viel von deinem Geld, wenn du den ganzen Tag mit geschlossenen Augen herumliegen musst."

„Mensch, Christine? In der Armee?" Pérsomis Mutter schüttelt immer noch den Kopf.

Ich frage mich, warum Mama und Tante Sus ständig von „unserer Anna" reden, wenn sie über Tante Anne sprechen, überlegt Pérsomi, während sie am Abend neben Hannapat auf der Matratze liegt. Es ist drückend heiß, doch seit dem Spätnachmittag haben sich die Wolken zusammengezogen. Vielleicht wird ihnen bald ein Regenschauer Erleichterung bringen.

Sogar Onkel Attie und Lewies haben ständig von „unserer Anna" gesprochen, überlegt sie weiter. Alle anderen nennen sie nur Anne.

„Sag mal, Pérsomi", ertönt plötzlich Hannapats Stimme in der Dunkelheit. „Glaubst du, dass Christine bei der Armee auch Gerbrand trifft?"

„Das weiß ich nicht", zweifelt Pérsomi. „Da sind schließlich Tausende an der Front, die Chance, dass man sich dort über den Weg läuft, ist sicher nicht sehr groß."

„Aber vielleicht doch", erwidert Hannapat.

„Na ja ... Vielleicht. Findest du es nicht auch ein bisschen komisch, dass Mama und Tante Sus Anne immer ‚unsere Anna' nennen?"

„Nein, eigentlich nicht."

Nach einer Weile fragt Pérsomi: „Hannapat, vermisst du Gerbrand auch so sehr?"

„Och, nö", erwidert Hannapat. „Gerbrand hat mir gegenüber immer und ewig den Chef heraushängen lassen. Ich finde es gut, dass er weg ist."

☙

Am Heiligen Abend erklärt Pérsomis Mutter: „Ihr müsst heute noch schnell bei Onkel Freddie vorbei, der hat uns eine Fleischmahlzeit versprochen."

„Wenn es nur nicht wieder Därme sind", entgegnet Hannapat. „Die reichen Leute denken sicher, dass Habenichtse wie wir die Därme fressen können, so als wären wir Schakale."

„Ach du liebe Güte, Hannapat", fängt ihre Mutter an. „Hab ..."

„Habenichtse haben keine andere Wahl", piesackt Hannapat.

„Pass ja auf mit deinem blödsinnigen Geschwätz!", schimpft ihre Mutter. „Wenn Papa nach Hause kommt ..."

„Papa sitzt im Knast, Mama", erwidert Hannapat. „Und ich habe überhaupt keine Lust, in dieser Hitze zu Onkel Freddie zu gehen, da hole ich mir ja noch einen Sonnenstich. Schick doch Pérsomi los, die gibt schließlich die ganze Zeit damit an, dass ihr die Sonne nichts ausmacht."

„Gut, ich gehe", entgegnet Pérsomi. „Ich kann ja unterwegs schnell noch bei Tante Sus vorbeigehen, um mal zu hören, wie es ihr geht."

„Pass auf, dass Tante Anne dich nicht sieht, sonst hetzt sie dir die Hunde auf den Hals, das schwöre ich dir", warnt Hannapat.

Heute möchte ich die Geschichte hören, die hinter „Tante Anne" und „unserer Anna" steckt, denkt sich Pérsomi. Denn dass es dahinter eine Geschichte gibt, davon ist sie überzeugt. Und Tante Sus redet gern über Gott und die Welt.

Sie geht nach rechts, am Oberlauf des armseligen Nils entlang, wo der Schatten der Berge noch für ein wenig Abkühlung sorgt. Die paar Tropfen gestern Abend haben nicht viel gebracht, es hat zwar eine Menge Donner und Blitze gegeben, aber fast keinen Regen. Das dürre Gras wird unter ihren bloßen Füßen zu Staub und die Sonne brennt ihr unbarmherzig auf die nackten Arme und Beine.

Am Pferch trifft sie Onkel Freddie. Eigentlich sieht er nie aus wie ein vornehmer Mann oder wie ein Abgeordneter des Parlaments, denkt sie. Er trägt Arbeitskleidung und hat einen bequemen, alten Hut auf dem Kopf.

„Guten Tag, Kind, du kommst sicher, um dir eure Fleischmahlzeit abzuholen?", begrüßt er sie freundlich und lüftet kurz seinen Hut. „Erzähle mir aber erst, wie es dir dieses Jahr auf der Schule ergangen ist."

„Gut, Onkel, danke", antwortet sie.

„Ich habe gehört, dass du ein ziemlich cleveres Mädchen bist."

Was soll sie jetzt auf so etwas antworten? „Ich ... Danke, Onkel."

„Warte hier kurz, das Fleisch liegt im Außenzimmer, ich hole es schnell", erwidert er. Das macht er, damit Tante Anne mich nicht entdeckt. So viel weiß Pérsomi.

„Vielen Dank, Onkel", sagt sie.

Sie findet es schön, wenn er so mit ihr spricht, so als sei sie ein ganz normaler Mensch. Ansonsten kommt sie sich eigentlich nur in der Schule wie ein ganz normaler Mensch vor, bei Beth und Reinier und Herrn Nienaber. Hier auf der Farm bleibt sie trotz allem immer nur das Beiwohnerkind.

Nachdenklich schaut sie Onkel Freddie hinterher. Er läuft mit langen Schritten, doch seine Schultern sind ein wenig gebogen. Bis dahin ist ihr das noch nie aufgefallen.

Als er ihr die Fleischmahlzeit gegeben hat – ordentlich in Zeitungspapier eingeschlagen – geht sie weiter zum Beiwohnerhäuschen von Tante Sus und Onkel Attie. Die beiden wohnen schon ihr ganzes Leben lang in diesem Zwei-Zimmer-Häuschen, in dem sie neun Kinder großgezogen haben. Und daneben haben sie zwei begraben.

Zunächst schiebt sie ihr Päckchen in die Astgabel eines Feigenbaums, hoch genug, dass die Hunde es nicht erreichen können. Mit einem Packen Fleisch bei Onkel Attie anzukommen, würde nur Schwierigkeiten bedeuten.

Sie grüßt, fragt, wie es ihnen geht, erzählt von ihrer Mutter und Hannapat und sagt: Nein, sie weiß nicht, was im Großen Haus los ist, sie hat es nicht betreten. Als Tante Sus erneut das ganze Trauerspiel von Christines Weggang und den Kopfschmerzen unserer Anna erzählen möchte, fragt sie einfach mir nichts, dir nichts: „Tante Sus, warum nennen du und Mama und Onkel Attie sie immer ‚unsere Anna'?"

„Da fragst du mich was, Pérsomi! Das ist eine lange Geschichte, hörst du", erwidert Tante Sus und setzt sich vergnügt aufrecht hin.

„Jau, eine lange Geschichte", stimmt Onkel Attie ihr zu.

„Ich würde sie gerne hören, Tante Sus, bitte."

Tante Sus beugt sich nach vorn. „Pérsomi, lass dir von deiner alten Tante nur das Eine sagen: Die scheinbar so vornehme Tante Anne ist die stinkgewöhnliche Anna Jacobs, die vierte Tochter von meinem leiblichen Onkel Jacob. Ihre Mutter und die Mutter von mir und deiner Mutter, also deine leibliche Großmutter …" Tante Sus bekommt Runzeln auf der Stirn, sie hat sich mit ihrer Geschichte ein bisschen festgefahren.

„Also die Mutter von Tante Anne und meine Oma …?", springt Pérsomi ihr zur Seite.

„Oh ja, die beiden sind Schwestern", nimmt Tante Sus den Faden wieder auf.

„Leibliche Schwestern", fügt Onkel Attie hinzu.

„Mamas Mutter und die Mutter von Tante Anne waren also Schwestern?", fragt Pérsomi noch einmal zur Sicherheit. „Aber dann ist Tante Anne doch eure Nichte!"

„Diese Anna Jacobs hat jedenfalls keinen Grund, so hochnäsig uns gegenüber aufzutreten", erwidert Tante Sus entschieden. „Sie ist meine leibliche Nichte und die von deiner Mutter. Und sie ist genauso armselig groß geworden wie deine Mutter und ich."

„Wie wir alle", sagt Onkel Attie nickend.

„Tante Anne ist eine arme Weiße gewesen?", fragt Pérsomi stirnrunzelnd.

„Sie und ich sind im selben Jahr geboren worden, aber ihre Mutter ist gestorben, als sie noch ein Baby gewesen ist. Und Onkel Jan hat sich ziemlich abgerackert, mit Schuhflicken und einem kleinen Gemüsegarten hinter ihrem Haus im Dorf. Anna hat oft bei uns geschlafen, denn meine Mutter hat sie irgendwie auch so ein bisschen bemuttert, verstehst du? Und ich habe dann später auch bei ihr geschlafen, weil meine Mutter gestorben war und ich groß genug gewesen bin, um wegzulaufen, wenn mein Vater wieder mal sternhagelvoll gewesen ist. Denn Onkel Jan war ein feiner Kerl, der hat keinen Tropfen angerührt."

„Aber was ist dann passiert?", will Pérsomi wissen. „Es kommt mir so vor, als wärt ihr so etwas wie Schwestern gewesen; warum lebt Tante Anne nun so und behandelt uns wie … wie alten Dreck?"

„So kann man es nennen, ja", pflichtet Onkel Attie ihr bei.

„Da kannst du mal sehen, was das Geld aus einem Menschen macht, Kind", seufzt Tante Sus. „Anna war ein hübsches Ding, und sie hat sich geschworen, dass sie einen reichen Kerl heiraten und nicht eine Sekunde dem armseligen Leben von früher hinterhertrauern würde. Ich bin dabei gewesen, als Freddie le Roux angefangen hat, um sie herumzuscharwenzeln, und ich habe auch mit eigenen Augen gesehen, wie sie ihn zu sich ins Bett gelockt hat, gerade so lange, dass sie ein Kind erwarten würde und er sie heiraten musste. Freddie le Roux ist ein feiner Kerl, der ist nicht auf den Kopf gefallen und dann auch noch reich, aber er hat schon immer eine Schwäche für hübsche Mädchen gehabt, das haben wir alle gewusst. Und das ist immer noch so, wenn du mich fragst."

„Onkel Freddie?", fragt Pérsomi völlig verdutzt. „Aber Tante Sus, der ist doch steinalt!"

„Alt heißt ja nicht kalt, wenn du weißt, was ich meine", entgegnet Tante Sus bestimmt.

Onkel Attie lacht so laut, dass man sein Zahnfleisch sehen kann. „Das ist ein guter!"

„Aber Mama sagt immer, dass Onkel Freddie ein guter Mensch ist, ein richtiger Herr", erwidert Pérsomi.

„Geh den Männern lieber aus dem Weg, das rate ich dir", entgegnet Tante Sus. „Du bist ja selbst auch ein hübsches Ding, und du kannst was aus deinem Leben machen, aber dann musst du um die Männer einen großen Bogen machen. Deine eigene Mutter ist auch ein schönes Mädel gewesen, das kannst du mir ruhig glauben. Dass sie so geworden ist, wie sie ist, daran sind die Männer schuld."

☙

Wieder zu Hause angekommen wickelt Pérsomi vorsichtig das Fleisch aus dem Zeitungspapier. Die Zeitung ist von Fleischsaft und Blut völlig verfleckt, manche Artikel kann man aber trotzdem noch gut lesen.

Ihre Mutter legt das Stück Fleisch in einen Topf. „Freddie le Roux ist ein feiner Kerl", sagt sie. „Hannapat, hole etwas Wasser, dann können wir das Fleisch aufsetzen. Pérsomi, du steckst den Ofen an."

Das Holz brennt sofort lichterloh, denn alles ist staubtrocken.

Als das Feuer ordentlich brennt, streicht Pérsomi die Zeitungsseite auf dem Tisch glatt. Es ist die erste und die zweite Zeitungsseite, und das ist ein Glücksfall, denn dort stehen immer die wichtigsten Nachrichten.

Auf der Vorderseite steht die Schlagzeile in dicken, schwarzen Buchstaben: *„Japanischer Angriff auf Pearl Harbor – Amerika jetzt auch im Krieg"*

☙

Wo mag wohl Pearl Harbor liegen?, fragt Pérsomi sich, während sie die letzten Knitterfalten aus der Zeitung zu streichen versucht. Dann liest sie weiter:

Am Sonntag, dem 7. Dezember, haben japanische Kampfflugzeuge einen Überraschungsangriff auf die amerikanische Flottenbasis Pearl Harbor durchgeführt. Dabei ist die amerikanische Pazifikflotte nahezu völlig vernichtet worden.

Pérsomi runzelt ein wenig die Stirn. Sie hat gar nicht gewusst, dass Amerika auch am Krieg beteiligt gewesen ist. Noch vor einem Monat hat Fräulein Reinecke ihnen erzählt, die Vereinigten Staaten seien neutral.

Sie liest, Amerika habe am 26. November gefordert, Japan solle seine Truppen aus China abziehen. Als dies nicht geschehen sei, habe das Land zwar einen Angriff erwartet, allerdings damit gerechnet, die Philippinen würden das Ziel sein. Die Kriegsmarine auf der kleinen Hawaii-Insel im Stillen Ozean sei deshalb dem Angriff schutzlos ausgeliefert gewesen. Die Fregatten, die sicher im ruhigen Hafen vor sich hingedümpelt hatten, seien von der Luft aus bombardiert und schwer beschädigt worden, worauf eine nach der anderen in einem Meer aus brennendem Öl gesunken sei. Unter anderen seien auch die britischen Schlachtkreuzer *Prince of Wales* und *Repulse* verloren gegangen.

Pérsomi liest die Geschichten über menschliches Elend und übermenschliche Heldentaten.

Sie liest, dass die Vereinigten Staaten Japan mittlerweile den Krieg erklärt hätten und dass Deutschland und Italien als Reaktion darauf Amerika ebenfalls den Krieg erklärt hätten. Das bedeutet, dass die mächtige amerikanische Armee jetzt auf der Seite von England kämpft, macht sie sich klar.

Jetzt ist also die ganze Welt im Krieg, denkt sie, während sie die

Zeitungsseite sorgfältig zusammenfaltet, um sie später in kleine Streifen zu reißen oder Feuer damit anzuzünden, von Japan im Osten bis Amerika im Westen. Es ist ein Weltkrieg geworden, und auf einmal scheint er auch hier auf der Farm nicht mehr so weit weg zu sein.

Und das ist alles schon Anfang des Monats geschehen. Es ist schon Heiligabend und sie erfährt es erst jetzt. Wenn sie wieder zurück in der Schule ist, kann sie wenigstens jeden Freitag die Zeitungen lesen.

An allen anderen Nachmittagen hat sie Leichtathletiktraining, denn die Saison steht vor der Tür. Sie kann es kaum abwarten, bis endlich wieder die Schule beginnt, aber bis dahin sind es noch drei lange Wochen.

CB

„Das ist mein letztes Schuljahr", eröffnet ihr Beth, während sie ihre Kleider auf die Kleiderbügel im Schrank hängt.

„Meins auch", erwidert Pérsomi. „Nächstes Jahr muss ich sicher nach Johannesburg zum Arbeiten gehen. Mit einem Mittelschulabschluss kann man da bestimmt eine gute Stelle bekommen."

„In Johannesburg ist es gefährlich", entgegnet Beth. „Pérsomi, findest du, dass ich abgenommen habe?"

Pérsomi betrachtet sie und runzelt die Stirn. „Nein, eigentlich nicht", antwortet sie dann. „In Johannesburg sitzt halt das meiste Geld. Ich will viel verdienen, damit ich mir mein Zulassungsjahr zur Universität finanzieren kann."

„Ich kann immer noch nicht verstehen, warum du so versessen aufs Lernen bist. Der Pfarrer sagt immer, dass die ganze Bildung bei Mädchen sowieso nichts bringt", erwidert Beth. „Ich hatte so gehofft, dass ich etwas schlanker geworden wäre. Was meinst du, werden wir noch ein paar neue Kinder in unsere Klasse bekommen?"

Ich glaube, dass ein Mädchen sehr wohl gebildet sein kann, denkt Pérsomi bei sich. Schau dir doch nur unsere Fräuleins an, die haben auch studiert. Ich hoffe nur, dass eine junge Frau auch Anwältin werden kann, denn das würde ich gern.

Vielleicht kann Gerbrand mir ja helfen, wenn er wieder zurück ist, überlegt sie. Denn das will ich einmal werden. Ich weiß zwar vielleicht noch nicht wie, aber ich werde es schon schaffen.

☙

„Schau dir das hier mal an", sagt Reinier rund zwei Wochen nach Schulbeginn. Er reicht ihr einen Artikel, den er aus einer Zeitung herausgerissen hat. *„Säuberungen im Polizeiapparat"*, lautet die Schlagzeile.

Am 20. Januar fand auf dem Marhallplatz eine besondere Polizeiparade statt. Dafür wurde die Unterstützung der Nationalen Freiwilligenbrigade angefordert. Die Namen der Polizeibeamten, die interniert werden sollten, sind einer nach dem anderen vorgelesen worden. Im Anschluss hielt der Justizminister Dr. Colin Steyn eine Ansprache.

„Mit größtem Bedauern muss ich Ihnen heute mitteilen, dass wir aufgrund landesverräterischer Umtriebe eine große Anzahl Polizeibeamte aus dem Dienst entlassen mussten", so Steyn.

„Jetzt können wir mit Sicherheit davon ausgehen, dass unser Polizeiapparat gesäubert ist. Das südafrikanische Volk kann wieder ruhig schlafen."

„Es geht um Hunderte von Polizisten, sagt mein Vater", flüstert Reinier.
„Und was jetzt?", fragt Pérsomi.
Er zuckt mit den Schultern.
„Boelie sagt, dass Hunderte von Polizeibeamten hinter den *Stormjagers* stünden", tuschelt Pérsomi. „Er schätzt, dass das ungefähr die Hälfte des gesamten Apparats ..."
„Schhhht", bedeutet ihr Reinier und bewegt leicht den Kopf in Richtung Lehrerpult.
Boelie hatte also recht, denkt Pérsomi, während sie ihre Mathematikaufgaben macht. Offensichtlich haben tatsächlich Hunderte von Polizeibeamten mit den *Stormjagers* in Verbindung gestanden, weil sie an die Sache geglaubt haben, genauso wie Boelie.
Sie kann sich nicht vorstellen, dass Gerbrand an der Front ist, weil er an irgendeine Sache glaubt, egal welche. Er hat ihr nie

verraten, warum er dort ist, nur, dass es ihm in der Armee gut gefällt.

„Ich finde, dass ein Mensch an irgendeine Sache glauben muss", flüstert sie Reinier zu. „Und dass er auch dafür kämpfen muss, wenn es sein muss."

Er nickt ernst, sagt aber nichts.

Kurz vor der Pause sagt er: „Ich würde gern noch eben mit dir sprechen, aber über etwas anderes."

„Na, dann schieß mal los."

Etwas unbehaglich starrt er in die Ferne. „Nein, hier geht das nicht."

„Dann schreib es auf", schlägt sie vor.

„Nein", entgegnet er. „Ist schon gut."

Es muss sich um etwas außerordentlich Vertrauliches handeln, denkt Pérsomi, während sie zusammen mit Beth zum Wohnheim schlendert, um sich ihr Pausenbrot zu holen.

„Von Irene habe ich gehört, dass sie bei eurer Farm mit den Vermessungen für eine Brücke angefangen haben", verkündet Beth plötzlich. „Einer Brücke über den Nil."

„Sie sagen schon die ganze Zeit, dass sie eine Brücke bauen wollen, aber dass sie jetzt wirklich damit angefangen haben, habe ich bisher nicht gewusst", entgegnet Pérsomi.

„Nun ja, Irene behauptet das, aber bei ihr weiß man ja nie, was wahr ist und was nicht", erklärt Beth. „Sag mal, Pérsomi, ich esse von jetzt an keine Pausenbrote mehr, hörst du. Wenn du mich fragst, kommt es von den Broten, dass ich so dick bin."

„Du bist doch überhaupt nicht dick!", ruft Pérsomi völlig verblüfft. Beth ist zwar etwas auf der molligen Seite, aber doch nicht dick.

„Na ja, ich sehe ganz anders aus als du", hält Beth ein bisschen verlegen dagegen.

„Warum um Himmelswillen willst du denn so aussehen wie ich?"

„Du bist hübsch." Beth wird ein bisschen rot. „Die Jungen mögen dich."

Mit einem Ruck bleibt Pérsomi plötzlich stehen. „Wie kommst du denn darauf?"

„Sie ... sie reden mit dir."

„Die Jungen? Sie reden mit mir?"

Beth wird noch röter als zuvor. „Nun ... Reinier redet mit dir. Und ein paar von den anderen Jungen auch."

„Aber das hat doch nichts damit zu tun, dass ich schlank bin, das kommt nur daher, dass ich neben Reinier sitze!", erwidert Pérsomi mit Bestimmtheit. „Und weil ich zusammen mit den Jungen Leichtathletik mache."

Beth geht langsam weiter. „Schon gut."

Schnell hat Pérsomi sie eingeholt. Sie kapiert nichts von dem ganzen Gespräch. Dann fragt sie plötzlich: „Bist du vielleicht in Reinier verliebt?"

„Schon gut", entgegnet Beth wieder und läuft etwas schneller.

Schon gut. Das hat Reinier auch gesagt. Was wäre ... Es ist komisch, in diesem Zusammenhang an Reinier zu denken. Oder an Beth. Sie kann sich einfach nicht vorstellen, dass manche Menschen auf diese Weise aneinander denken wollen.

Nach Schulschluss passt Pérsomi Reinier am Fahrradständer ab.

„Los jetzt, spuck's aus!", fordert sie ihn auf.

Zuerst befestigt er auf seine langsame Art seine Fahrradtasche am Gepäckträger, dann erst schaut er zu ihr hin, sagt allerdings immer noch kein Wort.

„Beeile dich ein bisschen mit dem Reden, sonst komme ich zu spät zum Essen", spornt sie ihn an.

„Es ist nicht so einfach", erwidert er und wird ein bisschen rot.

„Hmm", wirft Pérsomi ein. „Es geht um ein Mädchen."

Reinier grinst ein bisschen und nickt dann verlegen.

„Und ich soll für dich die Liebesdienerin spielen?"

Er nickt erneut.

„Geht es um Beth?", fragt sie quasi allwissend.

Sein Kiefer klappt herunter. „Beth?", erwidert er. „Beth? Aber Pérsomi, das ist doch so eine fromme Betschwester, und noch dazu eine dicke, fromme Betschwester. Gott bewahre, wirklich!"

„Ich möchte nicht, dass du so über Beth redest!", erwidert sie stinksauer. „Beth ist ein total liebes Mädchen und sieht darüber hinaus auch gut aus!"

Er zuckt einfach nur mit den Schultern.

Mit einem Mal würde sie am liebsten einfach weggehen, allerdings würde sie auch gern wissen, welches Mädchen Reinier den Kopf so verdreht hat, dass er ganz verlegen ist.

„Wenn es Beth nicht ist, wer ist es denn dann?", fragt sie ihn kurzangebunden.

„Irene", antwortet er leise.

„Irene?", ruft sie laut aus. „Reinier, bist du verrückt geworden oder was ist los?"

„Irene ist so hübsch", erwidert er. „Sie ist so klein und ... sieht auch sehr gut aus, und dabei ist sie so frei, sie kann sich alles erlauben und ihr ist es ganz egal, was sie tut."

„Irene! Du hast keine Ahnung, wie sie wirklich ist!"

„Deshalb würde ich sie ja auch gern ein bisschen besser kennenlernen", entgegnet Reinier lächelnd.

„Na, das solltest du lieber ohne mich tun", erwidert Pérsomi und möchte gern schnell zum Wohnheim zurücklaufen.

„Pérsomi!", ruft Reinier ihr hinterher.

Sie bleibt stehen. „Ja?", fragt sie wütend.

„Was ist denn los?"

„Du hast einfach ein Problem mit deinen Hormonen. Das macht dir zu schaffen, sonst nichts", protestiert sie laut.

„Ach Unsinn. Du hast ja keine Ahnung."

„Jedenfalls brauchst du mit meiner Hilfe nicht zu rechnen." Dann dreht sie sich um und marschiert zurück zum Wohnheim.

Warum helfe ich ihm eigentlich nicht, fragt sie sich, als sie schon ein ganzes Stück entfernt ist. Das kam einfach nur, weil ich auf Reinier so wütend gewesen bin, versucht sie sich selbst zu entschuldigen.

Am Abend sagt sie jedenfalls zu Beth: „Schlag dir Reinier lieber aus dem Kopf, Beth. Er ist auch nicht anders als die anderen Jungen."

„Das ist nicht wahr", flüstert Beth zurück. „Er ..."

„Oh doch, Beth. Glaub es mir ruhig."

☙

„Hast du schon gewusst, dass Robey Leibbrandt verhaftet worden ist? Sie haben ihn um Weihnachten herum eingesperrt", erklärt Reinier während des Naturkundeunterrichts, als Herr Nienaber für einen Moment den Klassenraum verlassen hat.

„Nein, das habe ich nicht gewusst", erwidert Pérsomi. „In den

Ferien habe ich nicht viele Zeitungen lesen können und jetzt habe ich jeden Nachmittag Leichtathletik und ..."

„Nun ja, aus den Zeitungen konnte man es eigentlich auch nicht erfahren. Mein Vater sagt, dass die Regierung versucht hat, die ganze Geschichte geheim zu halten, damit die Polizei auch seine Anhänger hinter Schloss und Riegel bringen konnte. Und die Polizei hat auch noch nach Waffen und anderen Dingen gesucht."

„Was für andere Dinge?"

„Zum Beispiel ... Das weiß ich eigentlich nicht, aber ich denke, Munition und Sprengstoff und so etwas. Die Nachricht ist aber schließlich doch durchgesickert, und dann haben sie eine ganze Menge Beweise und Sachen vernichtet und haben sich vom Acker gemacht."

„Wer, ‚sie'?"

„Hey, verflixt, Pérsomi, ‚sie' halt. Fall mir doch nicht ständig ins Wort!"

„Ich will aber wissen, wer die Beweise dann vernichtet hat."

„Das spielt keine Rolle", erwidert er. „Du musst später wirklich Jura studieren, du bist ja noch schlimmer als ein richtiger Anwalt."

„Reinier, ich kann nicht einmal das Zulassungsjahr absolvieren, schließlich muss ich nächstes Jahr arbeiten gehen. Erzähl jetzt weiter, ich halte auch den Mund."

„Ich weiß nicht mehr, wo ich stehen geblieben war", entgegnet er stirnrunzelnd.

„Da, wo sie die Beweise vernichtet hatten."

„Ach ja. Also, da war so ein Kerl in Bloemfontain, Willem Pretorius, glaube ich, und in dessen Haus haben sie zwei Schränke voller Dynamit gefunden, ein paar Bomben, zwölf Gewehre und einen Revolver. Dann noch Tausende von Patronen, die meisten vom Kaliber 303, Hunderte von Litern Benzin und eine ganze Menge Tabakdosen voller Sprengstoff, stell dir das einmal vor!"

„Junge, Junge."

„Und auf einem Grundstück irgendwo außerhalb von Bloemfontein haben sie – also die Polizei, nur so für den Fall, dass du gleich wieder fragst – Stacheldrahtrollen, Schlagzünder und, ich glaube, so um die fünftausend Patronengurte und ich weiß nicht wie viele Zeitbomben gefunden. Die waren in Holzkisten mit Batterien und einer Taschenuhr daran."

„Das hört sich so an, als wäre Bloemfontein ein ziemlich gefährliches Pflaster", entgegnet Pérsomi trocken.

„Nein, Mann, die haben die Sachen überall im ganzen Land gefunden", berichtet Reinier weiter. „Auf einer Farm in Soutpansberg haben sie zum Beispiel eine Kiste mit fast siebenhundert elektrischen Zündern gefunden, versteckt in einer Felsspalte. Und in irgendeinem Reparaturschuppen haben sie stählerne Kisten für Bomben gefunden, und in einer Armeewerkstatt irgendwo anders Baupläne für Bomben. Weißt du, Pérsomi, einer von Robey Leibbrandts Kontaktleuten hat dort gearbeitet und der hat die Schwarzen, die ebenfalls da gearbeitet haben, die Gehäuse für die Bomben anfertigen lassen. Und dann haben sie noch eine ganze Reihe von Sachen auf einer Farm im Oranje-Freistaat und auf einer in Ost-Transvaal entdeckt."

„Woher weißt du das alles?", fragt sie ein bisschen ungläubig.

„Das kannst du mir wirklich glauben, hörst du", verteidigt er sich. „Mein Vater hat mir das erzählt, und der muss es schließlich wissen."

„Woher wusste die Polizei denn, wo sie suchen musste?", will Pérsomi skeptisch wissen.

„Das ist eine ganz andere Geschichte", antwortet Reinier geistesabwesend. „Eines Nachts waren sie einem Ortspolizisten auf der Spur, ich glaube, der hieß Kraukamp oder so. Der ist nervös geworden und hat etwas aus seinem Autofenster geworfen, und so hat die Polizei ein schwarzes Büchlein in die Hände bekommen, darin standen die Namen des gesamten Vierten Bataillons der *Stormjagers*. Das waren mehr als achthundert Namen und allesamt Polizisten oder Gefängnismitarbeiter. Und das war nur *ein* Bataillon, und allein in Transvaal gibt es noch vierzehn andere Bataillone, es geht also um Tausende von Leuten. Deshalb konnte Johannes van der Walt auch so einfach aus dem Gefängnis ausbrechen; die Beamten haben ihm geholfen, sagt mein Vater. Hör gut zu, was ich dir sage, Pérsomi: Die ganze Geschichte ist viel verwickelter, als die Regierung jemals hätte vermuten können. Mein Vater sagt das auch."

Am Abend flüstert sie Beth im Dunkeln zu: „Reiniers Vater erzählt ihm einfach viel zu viel, das ist ein Teil seines Problems."

Darauf antwortet Beth nicht. Vielleicht schläft sie schon.

☙

Für Pérsomi kommen nun so regelmäßig Briefe, dass Irene gar nicht mehr versucht, sie herauszufischen, um zu sehen, von wem sie sind. Das ist aber auch gut so, denn die meisten sind von Boelie – unpersönliche Berichte darüber, was er tut und was er denkt. Pérsomi schreibt jedes Mal zurück. Klara hat ihr inzwischen eine ganze Anzahl Briefmarken und Umschläge gegeben, obwohl sie das sicher deshalb getan hat, damit Pérsomi Gerbrand schreiben kann. Das macht sie auch, und in ihren Briefen berichtet sie den beiden von der Schule, der Leichtathletik und vom Bosveld, wo es in diesem Jahr viel zu trocken ist.

Klara weiß nicht, dass Boelie ihr schreibt. Irene auch nicht. Nur Beth weiß es und, oh ja, Reinier auch.

Am schönsten ist es allerdings, wenn sie einen Brief von Gerbrand bekommt, denn das ist so, als würde er mit ihr reden. Er schreibt jedoch nur selten, vielleicht ist sie deshalb jedes Mal besonders froh darüber.

Liebe Pérsomi!

Ich bin nun kurz vor Tobruk das ist in Nordafrika. Der Hafen ist voller Öl wegen all der untergegangenen Schiffe und wir müssen eine Bahnlinie bewachen damit Vorräte und andere Dinge zu unseren Mannschaften weiter oben gebracht werden können. Wir kämpfen hier in der Wüste einfach nur um den Suezkanal. Nachts ist es entsetzlich kalt und tagsüber furchtbar heiß. Hier ist es jetzt Winter der Sommer bringt uns bestimmt um und nicht die Bomben. Hier gibt es viele Schlangen und Skorpione, genau wie im Bosveld, aber keine Springböcke die man schießen könnte und deshalb essen wir Cornedbeef. Hier gibt es auch Fliegenschwärme die dir um die Augen herumschwirren und in deine Nase kriechen weil sie irgendwas Feuchtes suchen. Hier gibt es auch nur ganz wenig Wasser und trotzdem müssen wir uns jeden Morgen rasieren sogar dann wenn wir in die Schlacht ziehen die haben schon komische Regeln bei der Armee. Wir tun den ganzen Tag nichts und das ist unglaublich langweilig. Ich sehe ziemlich verbrannt aus denn du weißt ja dass

ich rote Haare habe anders als du, du kommst mit der Sonne gut klar.
An Weihnachten bin ich in Kairo bei Christine gewesen das war schön. Du weißt doch dass sie jetzt hier ist? Ich hoffe dass sie es durchhält mit dem Krieg und hier in der Wüste, aber das werde ich ja sehen. Sie ist viel zu lieb und immer noch ziemlich weiß.
Der Oberkommandierende der Deutschen und Itaker heißt Rommel er ist Deutscher, und unser General heißt Montgomery wir nennen ihn unseren Anführer er ist ein Engländer aus England aber gut. Wir haben ein Gefecht bei Sidi Rezegh gehabt da haben sie mehr als dreitausend von uns gefangengenommen und in ein Lager in Italien oder Deutschland gebracht. Pérsomi ich würde so etwas nicht überleben wenn sie mich nochmal hinter Stacheldraht oder in ein Gefängnis einsperren so wie Boelie dann lasse ich mich doch lieber über den Haufen schießen.
Pérsomi ich versuche gerade herauszufinden was ich tun muss damit sie mir beibringen wie man ein Flugzeug fliegt. Ich glaube dass ich dafür mein Zulassungsexamen für die Universität machen muss also werde ich wieder die Schulbank drücken müssen, denn ich will das wirklich sehr gern. Du musst auch immer dein Bestes in der Schule geben, Pérsomi.
Hast du eigentlich gewusst dass Amerika jetzt auch bei diesem Krieg dabei ist, wenn nicht dann weißt du es jetzt.
Grüße Mama von mir und sage ihr dass es mir gut geht.

Dein Bruder
Gerbrand

Eine tiefe Sehnsucht nach Gerbrand flammt in Pérsomi auf und hört nicht auf, hinter ihren Augen zu brennen. Wenn er bald wieder nach Hause kommt, wird sie mit ihm reden, wirklich reden, so wie sie es jetzt mit Reinier tut und manchmal mit Boelie. Da sie jetzt älter ist, wird sie beinahe auf Augenhöhe mit Gerbrand umgehen können.

Gerbrand möchte vielleicht auch, dass sie ihr Zulassungsexamen macht, überlegt sie, während sie den Brief zum zweiten Mal liest. Wenn er wieder zurück ist, können sie vielleicht zusammen in Johannesburg wohnen und dann alle beide arbeiten und studieren.

Er hat gesagt, nein, versprochen, dass er sie eines Tages holen wird. Dann kann Gerbrand auf sie aufpassen, und sie kann für ihn kochen und ihm bei seinen Schularbeiten helfen.

Als sie den Brief noch einmal und noch einmal gelesen hat, faltet sie ihn zusammen und setzt sich an ihre Hausaufgaben.

„Ich muss Gerbrand irgendwann einmal sagen, dass er kürzere Sätze schreiben muss und mehr Kommas verwenden sollte, denn dann wären seine Briefe etwas einfacher zu lesen", eröffnet sie Beth, während sie an einem frühen Abend draußen stehen und auf die Essensglocke warten. „Fräulein Gouws wird sich furchtbar aufregen, wenn sie sieht, wie er alles ohne Punkt und Komma aneinanderhängt."

„Vielleicht solltest du das lieber nicht tun", entgegnet Beth ernst. „Wenn er dein großer Bruder ist, findet er es sicher nicht gut, wenn du ihm sagst, was er zu tun hat."

„Ja, eigentlich hast du recht", nickt Pérsomi. „Weißt du, was so komisch ist, Beth?"

„Was denn?"

„Als er noch zu Hause gewohnt hat, haben Gerbrand und ich eigentlich nie miteinander gesprochen. Das war sicher, weil ich noch zu klein gewesen bin. Aber jetzt, wo er weg ist, reden wir viel mehr miteinander als je zuvor, durch unsere Briefe."

„Das ist wirklich komisch", stimmt Beth ihr zu.

„Eigentlich habe ich in meinem Leben mehr mit Boelie gesprochen als mit Gerbrand", murmelt Pérsomi laut vor sich hin. „Oder eigentlich hat Boelie mit mir gesprochen, ich habe ihm nicht viel gesagt."

„Du hast ganz schön Glück, dass du so leicht mit Jungen reden kannst und die mit dir", erwidert Beth. „Ich weiß einfach nicht, was ich mit Jungen reden soll."

„Das kommt, weil du nicht mit Jungen groß geworden bist", entgegnet Pérsomi. „Jungen sind wie alle anderen Menschen, nur ein bisschen wilder und dümmer. Nimm dir zum Beispiel Reinier: Er hat eine Menge zu erzählen, aber das sind nur die Sachen, die sein Vater ihm gesagt hat. Ich weiß nicht einmal, ob er selbst in der Lage ist zu denken."

„Reinier ist doch sehr schlau!", widerspricht Beth ihr mit großen Augen.

„Schlau sein ist nicht dasselbe wie denken können", erwidert Pérsomi. „Boelie denkt selbst nach, das kann man sehen. Auf der anderen Seite: Schau nur, was es ihm gebracht hat."

„Ja", entgegnet Beth. „Der Pfarrer sagt auch, dass ein Mensch nicht zu viel nachdenken sollte. Man muss sich ganz und gar durch das Wort leiten lassen."

Ob das so stimmt, das weiß ich nun auch wieder nicht, denkt Pérsomi bei sich, aber sie sagt nichts, denn absolut sicher ist sie sich in dieser Sache auch nicht.

☙

„Beth, glaubst du an Geister?", will Pérsomi eines Abends wissen, als es schon dunkel ist.

Eine Weile bleibt es still, dann fragt Beth: „Was für Geister?"

„Na, einfach Geister. So wie ein Geist, der über dir wacht, oder ein Geist, der in einem Haus wohnt, oder ein Geist hier in dem Zimmer zum Beispiel."

„Du willst doch wohl nicht sagen, dass in unserem Zimmer ein Geist ist?", fragt Beth ehrlich entrüstet.

„Nein, Mann, das war doch nur ein Beispiel."

„Oh." Beth überlegt einen Augenblick und erklärt schließlich: „Nun, der Heilige Geist ist hier auf Erden allezeit bei uns."

„Ja-a", entgegnet Pérsomi zögernd, „aber das meine ich eigentlich nicht. Du hast sicher recht, aber mit einem Geist meine ich eher so etwas wie ein Gespenst, aber auch wieder kein Gespenst, sondern einen Geist."

Darauf antwortet Beth nichts.

„Das kapierst du sicher nicht ganz?", fragt Pérsomi.

„Ja doch, ich kapiere es schon", antwortet Beth. „Glaubst du denn an Geister?"

„Nein", erwidert Pérsomi. „Wenigstens habe ich es noch nie getan, denn Gerbrand hat immer gesagt, dass das Hirngespinste sind. Aber ich kenne keinen, der nicht an so etwas glaubt, und deshalb bekomme ich langsam meine Zweifel."

„Wieso Zweifel?"

„Na ja, nehmen wir heute Abend", beginnt Pérsomi. „Ein paar

Mädchen haben Gläserrücken gemacht und die Oma von Erna aus den Toten heraufgerufen und sie gefragt ..."

„Das ist Sünde", unterbricht Beth entschieden. „Das kommt vom Teufel."

„Ja, so etwas habe ich auch schon gedacht, aber was wäre, wenn die Oma wirklich da gewesen wäre, selbst wenn sie dann vom Teufel ..."

„Denkst du denn, dass Ernas Oma wirklich aus der Hölle gekommen ist?", will Beth erschrocken wissen.

„Nein, nein", rudert Pérsomi zurück, „ich sage nur: Was wäre, wenn sie vom Teufel käme, denn Gläserrücken ist ja wohl vom Teufel, dann muss es doch auch gute Geister geben?"

„Du machst mich völlig durcheinander. Über solche Sachen will ich lieber nicht nachdenken, die machen mir Angst", erwidert Beth.

„Nun, ich habe mich das einfach gefragt", entgegnet Pérsomi. „Meine Tante Sus ist mit der Gabe geboren worden und sie sieht manche Dinge, die passieren, schon vorher. Das ist auch ein bisschen so wie Geister."

„Ja-a, tatsächlich."

„Und denk doch nur an Ziener van Rensburg[13]. Alle seine Voraussagen sind eingetroffen, und Fräulein Reinecke meint, dass alle Anführer geglaubt haben, was er gesagt hat, wie zum Beispiel General De la Rey und ..."

„Pérsomi, hör jetzt endlich mit deinen Geistern auf, ich mag es wirklich nicht mehr hören", schneidet ihr Beth das Wort ab.

„Na gut."

Es bleibt lange still. Dann erzählt Beth: „Als ich noch klein war, habe ich manchmal Angst gehabt und dann habe ich mir vorgestellt, wie meine Mutter sich neben mich legt und mich umarmt. Dann habe ich keine Angst mehr gehabt. Eigentlich hat sie sich da auch wirklich neben mich gelegt, Pérsomi, ihr Geist hat sich neben mich gelegt. Ich habe das dem Herrn Pfarrer und der gnädigen Frau

---

13 Nicolaas Pieter Johannes Janse van Rensburg (1864-1926), genannt „Ziener" (= „Seher") trat während des (zweiten) Burenkrieges als „Prophet" auf, der nicht nur die britische Taktik der „verbrannten Erde" und die Errichtung von Konzentrationslagern voraussah, sondern auch den Ausgang verschiedener Schlachten. Der Burengeneral Koos de la Rey (1847-1914), der wohl erfolgreichste Befehlshaber auf Seiten der Buren, gehörte zu seinen Anhängern.

nie erzählt, weil ich Angst hatte, sie würden böse werden und sagen, dass das Sünde sei. Ich habe es noch nie jemandem erzählt, nur dir, du bist die Einzige."

„Also glaubst du doch an Geister?", will Pérsomi wissen.

„Ja, vielleicht schon, aber das darfst du auf keinen Fall irgendjemandem erzählen, verstehst du?", antwortet Beth. „Der Herr Pfarrer denkt, dass ich meine Mutter nicht kenne, sie ist schließlich schon gestorben, als ich erst drei Tage alt gewesen bin. Aber ich kenne sie gut, ich rede selbst jetzt noch ab und zu mit ihr. Ich hoffe nur, dass das keine Sünde ist."

„Natürlich ist das keine Sünde", versichert ihr Pérsomi.

Lange liegen sie da, jede in ihre eigenen Gedanken versunken, und starren in die Dunkelheit. Dann fragt Pérsomi: „Sag mal, Beth, fragst du dich nie, wer wohl dein Vater gewesen ist? Stell dir vor, er lebt noch, dann hast du doch noch einen richtigen Elternteil."

„Darüber habe ich schon oft nachgedacht, aber es hilft alles nichts", antwortet Beth nach einer Weile. „Ich werde nie herausfinden, wo ich mit meiner Suche anfangen müsste."

„Ich denke immer mehr über meinen wirklichen Vater nach", erwidert Pérsomi. „Und ich weiß genau, wo ich mit der Suche anfangen muss, nämlich bei meiner Mutter. Aber sie will kein Wort verraten, egal wie viel ich auch frage."

„Vielleicht gibt es ja noch jemand anderen, der es auch weiß", überlegt Beth. „Du hast doch so eine große Familie, vielleicht weiß jemand aus deiner Familie Bescheid."

„Ja, vielleicht, aber ich bin mir nicht sicher."

„Du hast Glück mit so einer großen Familie", entgegnet Beth.

„Nun ja, nicht immer, hörst du", erwidert Pérsomi. „Schließlich kennst du meine Familie nicht, Beth. Manchmal denke ich, dass du Glück hast, weil du die Ferien ganz allein auf der Missionsstation verbringen kannst."

☙

Bis weit in den April desselben Jahres hinein ist es immer noch glühend heiß und trocken. „Ich weiß wahrhaftig nicht, wie mein Vater das Vieh über den Winter kriegen soll", erklärt De Wet, der kommt, um Pérsomi und Irene aus dem Wohnheim abzuholen.

„Wenn Boelie aus dem Lager entlassen wird, muss er unbedingt sein Rückhaltebecken anlegen", meint Irene.

„Ich weiß allerdings überhaupt nicht, wann das der Fall sein wird", erwidert De Wet.

Wenn Boelie jetzt noch in diesem Jahr freikommt, überlegt Pérsomi, die schweigend hinten im Auto sitzt, und Gerbrand auch in diesem Jahr nach Hause kommt, dann können sie das Rückhaltebecken zusammen bauen. Dann können sie im Jahr darauf nach Johannesburg ziehen, Gerbrand und sie, um zu arbeiten und für das Zulassungsexamen zu lernen, und Boelie könnte sein Studium abschließen. Allerdings müsste Boelie dafür nach Pretoria, und sie weiß nicht, wie weit das von Johannesburg entfernt liegt.

Das Haus von Pérsomis Familie ist in einem noch erbärmlicheren Zustand als jemals zuvor. Der Mistboden hat viele kahle Stelle; es ist Monate her, dass er das letzte Mal geschmiert wurde. Auf dem verschlissenen Vorhang, der den Vorraum von dem Schlafzimmer abtrennt, ist eine dicke Schicht Fliegendreck.

Zum ersten Mal bemerkt Pérsomi auch, wie schmierig die Matratzen sind und wie schmutzig die Decken, unter denen Hannapat und ihre Mutter schlafen. „Wir müssen den Boden einschmieren", verkündet sie deshalb schon am ersten Tag. „Und die Decken waschen."

„Ach du liebe Güte, Pérsomi", erwidert ihre Mutter.

„Ich schmiere nicht mit Mist herum, nur damit du es weißt", entgegnet Hannapat.

„Wenn du jetzt die Decken wäschst, kümmere ich mich um den Boden", bietet Pérsomi an. „So können wir doch nicht leben!"

„Jetzt tu mal nicht so, als wüsstest du alles besser!", schnaubt Hannapat. „Wenn dir unser Haus nicht mehr gut genug ist, dann geh schön wieder ins Wohnheim zurück. Das macht mir auch nichts aus."

„Ach du liebe Güte", sagt ihre Mutter.

Zum ersten Mal spürt Pérsomi, dass sie mutlos wird. Es kommt ihr so vor, als hätte ihre Mutter aufgegeben und als würde Hannapat überhaupt keine Anstalten unternehmen, ihrer elenden Situation zu entkommen. Vielleicht weiß sie es auch nicht besser.

Wahrscheinlich ist es ein Segen, dass Gertjie und das Baby so etwas wie ein anderes Zuhause gefunden haben, überlegt Pérsomi.

Und es ist wohl auch besser, dass sie im nächsten Jahr nach Johannesburg zum Arbeiten geht.

Dann reißt sie sich zusammen. Morgen geht sie zum Pferch und sammelt Mist und schmiert damit den Boden ein. Sie wird alles im Haus waschen, sie wird das Unkraut auf dem kleinen Ackerstück beim Haus jäten und den Hof kehren. Wer weiß, vielleicht schöpfen Mama und Hannapat wieder Mut, wenn alles sauber ist.

Und außerdem bekommt sie auf diese Weise die Ferien schneller herum.

☙

In der zweiten Ferienwoche schlendert Pérsomi erneut zu dem Beiwohnerhäuschen auf der Farm von Onkel Freddie. Zum Glück ist Onkel Attie nicht zu Hause und noch bevor sich Tante Sus auf ihren Erzählstuhl setzen kann, fällt Pérsomi mit der Tür ins Haus: „Tante Sus, ich weiß, dass Lewies nicht mein Vater ist."

„Kind, du darfst doch solche Gerüchte nicht einfach so in die Welt hinausposaunen!", wird sie von Tante Sus getadelt, die sich mit ihrem grauen Taschentuch den Schweiß von der Stirn wischt. „Deine Mutter hat mir seinerzeit erzählt, dass du im Gericht auch einfach so mir nichts dir nichts behauptet hast, er sei nicht dein Vater. Das hättest du nicht tun dürfen, was sollen schließlich die Leute von deiner Mutter denken?"

„Ich muss herausfinden, wer mein Vater war – oder ist", entgegnet Pérsomi.

„Pérsomi, hör auf damit", erwidert Tante Sus. „Es will einfach nicht Winter werden, was meinst du?"

„Tante Sus, die Sache ist mir sehr wichtig", versucht Pérsomi das Gespräch in eine andere Richtung zu lenken.

„Es bleibt einfach heiß", entgegnet Tante Sus.

„Ich weiß beinahe sicher, wer mein Vater ist", wagt Pérsomi sich vor.

Schweigen.

„Tante Sus?"

„Pérsomi, du bringst dich in Schwierigkeiten."

„Du musst doch wissen, wer damals hinter meiner Mutter her gewesen ist."

„Ich weiß nicht, wer dein Vater ist, Pérsomi, du brauchst gar nicht weiter nachzubohren. Ich war damals schon lange ausgezogen, verheiratet und hatte eigene Kinder."

„Aber ihr habt doch immer in der Nachbarschaft gewohnt, irgendetwas wirst du doch mitbekommen haben", lässt Pérsomi nicht locker.

„Kind, ich habe keine Ahnung, und deine Mutter wird schweigen wie ein Grab, so viel ist sicher."

Pérsomi ist der Verzweiflung nahe. „Aber Mama muss es mir erzählen, Tante Sus, ich habe ein Recht darauf zu wissen, wer mein Vater ist. Weißt du denn wirklich überhaupt nichts?"

„Überhaupt nichts, Kind. Und du kannst warten, bis du schwarz wirst, deine Mutter wird dir nichts erzählen. Das habe ich sofort gesehen, schon damals, als ihr Bauch immer dicker geworden ist. Damals ist dein Vater schon stinksauer durchs Zimmer getobt, es kam trotzdem kein Wort über ihre Lippen. Einmal hat er sie so verprügelt, dass sie drei Tage nicht mehr aus dem Bett gekommen ist, ich habe schon gedacht, dass wir sie zusammen mit dem Baby unter die Erde bringen würden, und trotzdem hat sie nichts gesagt, nur um diesen Drecksberl von einem Mann zu schützen."

Pérsomi holt tief Luft und schließt für einen Augenblick die Augen, doch das, was sie in Gedanken vor sich sieht, verschwindet nicht. Mama muss diesen Mann wirklich geliebt haben, schießt es ihr durch den Kopf. Sie hat Pérsomis Vater so sehr geliebt, dass sie ihr Leben gegeben hätte, um ihn zu schützen.

Das ist ein ganz und gar fremder Gedanke. „Erzähle mir dann wenigstens etwas über den Vater von Gerbrand", verändert sie ihre Taktik.

„Den kannte ich gut, ja", entgegnet Tante Sus. „Der war noch ein Kind, als er bei uns über den Boden lief und angefangen hat, mit Jemima herumzuscharwenzeln. Und noch ein Kind, als sie von ihm schwanger wurde. Mein Vater hat sie so vermöbelt, dass sie zusammen mit dieser Rotznase die Beine in die Hand genommen hat. Aber bevor sie heiraten konnten, ist er an Malaria gestorben und dann ist sie wieder zu Hause eingezogen, ein Kind mit einem Kind an der Brust."

Pérsomi runzelt die Stirn. „Wie alt war Mama denn, als Gerbrand geboren wurde?"

„Oh, irgendwas um die dreizehn herum", antwortet Tante Sus.
„Ja, dreizehn."
„Dreizehn?", fragt Pérsomi. „Dreizehn, Tante Sus?"
„Ja, Kind, ich war selbst erst fünfzehn, als Fya zur Welt kam. Aber dreizehn ist schon jung, das ist wahr. Jemima war ein hübsches Mädel mit dicken roten Haaren und schöner, weißer Haut. Sie hätte sich irgendeinen reichen Kerl angeln können, aber dann bist auch du noch gekommen, und mit zwei Plagen am Bein konnte sie das natürlich vergessen."

Mama war dreizehn, als Gerbrand geboren wurde, überlegt Pérsomi, als sie an diesem Abend auf ihrer kahlen Matratze liegt. Es ist erdrückend heiß im Haus, und die Moskitos schwirren ihr um die Ohren. Und ich bin jetzt vierzehn, denkt sie. Ich kann mir gar nicht vorstellen, jetzt ein Baby zu bekommen.

Mama war also noch keine zwanzig, als ich geboren wurde, rechnet sie weiter. „Seinerzeit war weiter kein Mensch im Haus, nur dein Großvater, deine Mutter und Gerbrand", hat Tante Sus später noch erwähnt. „Aus deiner Mutter bekommst du kein Sterbenswörtchen heraus, aus deinem Großvater auch nicht, denn der ist tot. Gerbrand ist noch ein kleiner Bengel gewesen, aber der muss wohl gesehen haben, wie jemand deine Mutter abgeholt hat oder so. Der Mann kam nie, wenn dein Großvater da gewesen ist, so viel weiß ich auch, denn sonst hätte ihn dein Großvater vor den Richter gezerrt und ihn für das Kind blechen lassen." „Für dich also", hat sie nach einer kurzen Stille hinzugefügt.

Warum hat Mama diesen Mann geschützt und warum hat sie nie gesagt, wer er war? Und warum hat sie jemanden wie Lewies geheiratet? Selbst Onkel Attie Els wäre eine bessere Partie gewesen, und der ist keine zehn Pennies wert.

☙

Der Krieg ist eine Ansammlung von lose miteinander verbundenen Ereignissen irgendwo weit weg, in einem Land, in dem immer die Sonne scheint und wo ihr Bruder mit einem eisernen Helm auf dem Kopf hinter Stacheldrahtrollen liegt und schießt. Der Krieg besteht aus bruchstückhaften Berichten aus den Zeitungen der ganzen vergangenen Woche, Erzählfetzen mit wenig Zeichensetzung aus Gerbrands Briefen, tonlosen Abbildungen auf schwarz-weißen Zeitungsfotos und der eintönigen Geräuschkulisse ihres bisher einzigen Kinobesuchs.

„Ich kann mir nicht vorstellen, wie es wirklich ist, wenn man im Krieg ist", sagt Pérsomi eines Abends leise zu Beth.

„Wenn du mich fragst, muss das schrecklich sein", flüstert Beth zurück. „Wir müssen auf jeden Fall viel für unsere Männer beten."

„Es hängt sicher davon ab, wo in der Welt man sich befindet", behauptet Reinier am nächsten Tag. „Ich denke, es gibt einen großen Unterschied zwischen dem Krieg in der Sahara und dem in Russland, wo die Soldaten im Schnee vor Kälte verrecken, und dem auf See, wo jederzeit ein U-Boot dein Schiff von unten versenken kann."

„In der Wüste gibt es furchtbare Sandstürme, Staubstürme", schreibt Gerbrand in einem seiner Briefe. „Dann musst du eine Staubmaske aufziehen, sonst stirbst du. Dann sehen wir alle aus wie Erdferkel mit langen, dicken Rüsseln. Aber auch mit so einem Ding kann man immer noch ersticken."

In der Zeitung liest Pérsomi von den Italienern, die zu Tausenden gefangen genommen werden. Einige von ihnen werden nach Südafrika gebracht, in Lager, erklärt der Bericht.

Sie liest von den Luftangriffen in Europa und Nordafrika, sie liest, dass die Stuka-Bomber und die Messerschmitts der Deutschen den Alliierten aus der Luft das Leben schwer machen.

„Es hört sich wirklich schrecklich an", schreibt sie an Gerbrand. „Und ihr habt da in der Wüste tatsächlich nichts, wo ihr Deckung suchen könnt?"

„Nun ja", schreibt er zurück, „ein paar Jungs machen sich auch vor Angst die Hosen voll, aber man gewöhnt sich auch an die Angst. Und eigentlich ist die Sonne viel schlimmer als die Flugzeuge, denn die Flugzeuge sind wenigstens ab und zu auch mal wieder weg."

„Hier im Lager geht es mir gut", schreibt Boelie. „Ich helfe ein paar älteren Männern in Mathematik, denn eine ganze Reihe von ihnen nutzen die Gelegenheit, um ihren Mittelschulabschluss zu machen. Und du glaubst es sicher nicht, Pérsomi, aber ich spiele auch im Lagerorchester mit."

In einem weiteren Brief schreibt Boelie noch, dass er auch boxt, ja, dass er sogar der Boxchampion des Lagers ist.

„Auch noch boxen!", eröffnet Pérsomi am nächsten Tag Reinier.
„Was für eine barbarische Angelegenheit!"
„Du hältst doch sowieso alle Männer von vornherein für Barbaren", erwidert er.

Vielleicht wird er noch vor Jahresende aus dem Lager entlassen, schreibt Boelie kurz vor den Prüfungen im Juni. Dann bekommt er wahrscheinlich Hausarrest, was bedeutet, dass er die Farm nicht verlassen darf und sich jeden Tag bei der Polizei melden muss.

Dann ist er wenigstens wieder auf der Farm, denkt Pérsomi, und nicht länger hinter Stacheldraht. Wenn jetzt auch noch Gerbrand hinter seinem Stacheldraht hervorkriechen könnte ...

ෆ

„Mein Vater hat gesagt, die Polizei denkt zwar, dass die Sache gegen Leibbrandt völlig wasserdicht ist, aber das ist überhaupt nicht so", erklärt Reinier nach einer Mathematikarbeit.

„Wovon sprichst du denn jetzt schon wieder?", fragt Pérsomi. Ihr Kopf ist immer noch voller Rechenaufgaben.

„Über das Verhör von Robey Leibbrandt natürlich. Robey Leibbrandt ist der Kerl, der ..."

„Ja, Mann, ich weiß, wer Robey Leibbrandt ist!", entgegnet Pérsomi.

„Und warum fragst du mich dann? Du unterbrichst mich dauernd mit deiner Fragerei, und dann verliere ich total den Faden und ..."

„Was ist denn jetzt mit Robey Leibbrandt?"

„Oh, ja. Mein Vater sagt, dass die Sache für die Polizei wasserdicht aussieht, aber viele Zeugenaussagen basieren nur auf Gerüchten, und eine ganze Menge Zeugen haben sich selbst oder einander widersprochen."

„Oh", erwidert sie. „Bist du bis zur letzten Aufgabe gekommen? Hast du die noch geschafft?"

„Nein, die Arbeit war viel zu lang. Aber die letzte Aufgabe hätte eh nur fünf Punkte gebracht, insofern ist das nicht so schlimm", antwortet er. „Und weißt du, Pérsomi, es gibt keinen einzigen Beweis dafür, dass Leibbrandt den Raubüberfall bei Yskor organisiert hat oder dass er irgendetwas mit der Explosion bei Dennenboom zu tun hat."

„Oh."
„Und noch etwas: Leibbrandt ist noch nie wegen Sprengstoffbesitzes verhaftet worden. Ehrlich gesagt kann er mit keiner einzigen Sabotageaktion in Verbindung gebracht werden. Er ist durch Spezialisten geschult worden und weiß ganz genau, wie er Beweise verschwinden lassen kann, sagt mein Vater."
„Oh", entgegnet Pérsomi. Ich frage mich, ob er so etwas auch Irene erzählt, wenn er gleich mit ihr ins Kino geht, überlegt sie plötzlich.
„Und dann noch etwas: Bis heute weiß niemand, wie er überhaupt ins Land gekommen ist oder wie er aus Deutschland hierhergereist ist", fährt Reinier fort. „Sie sagen, dass er mit einem U-Boot gekommen ist, aber wenn du meinen Vater fragst, ist das sehr unwahrscheinlich. Und die Zeugen wurden auch noch eingeschüchtert ..." Er schüttelt den Kopf. „Die Staatsanwaltschaft steht nicht gut da, sagt mein Vater."
„Nun, das sind sicher gute Neuigkeiten für die *Stormjagers*", meint Pérsomi.
„Ja-a, sicher", entgegnet Reinier. „Obwohl ich glaube, dass sie im Augenblick schon ganz schön die Flügel gestutzt bekommen, aber das sage ich meinem Vater lieber nicht."
Gerade als sie zum Wohnheim zurücklaufen will, um ihre Brote zu essen, sagt Reinier zu ihr: „Du musst mir echt helfen, Pérsomi."
„Ich muss gar nichts", warnt sie ihn. „Was willst du von mir?"
„Nur wenn du nicht gleich wieder beißt", erwidert er.
„Reinier, worum geht es dir?"
Er seufzt. „Es geht um Irene."
Einen Augenblick lang schaut sie ihn ernst an. „Nein", antwortet sie dann.
„Pérsomi ..."
„Nein."
Sie dreht sich um und marschiert wildentschlossen zum Wohnheim.
„Dickkopf!", ruft er ihr hinterher.
Nach der Pause ignoriert sie ihn; und sie sitzen schweigend an ihren Aufgaben. Am Ende des Tages lässt sie ihn, ohne „Auf Wiedersehen" zu sagen, einfach stehen.

„Warum bist du denn so wütend?", will Beth wissen, während sie miteinander zum Wohnheim zurückschlendern.

„Ich kenne niemanden, der so dumm und nutzlos ist wie Reinier", antwortet Pérsomi.

„Hattet ihr Streit miteinander?", fragt Beth erschrocken.

Pérsomi antwortet nichts.

Beth seufzt. „Ich wäre froh, wenn er mit mir reden würde, selbst wenn er nur Streit anfangen wollte."

„Dann bist du genauso bescheuert wie er!", entgegnet Pérsomi giftig. „Ich kapiere einfach nicht, warum das Leben so ein Durcheinander sein muss."

CB

„Sag mal, Tante Sus", beginnt Pérsomi, als sie eines Nachmittags in den Juliferien wieder einmal zu dem Häuschen von Onkel Attie und Tante Sus geschlendert ist. Sie sitzen draußen in der Wintersonne. Tante Sus stopft ein Kissen und Onkel Attie macht gar nichts. „Tante Sus, ich habe noch einmal darüber nachgedacht und glaube, dass Onkel Freddie durchaus mein Vater sein könnte."

„Was hast du dir denn da nun wieder in den Kopf gesetzt, Pérsomi?", entgegnet Tante Sus und schaut in eine andere Richtung. „Du bringst dich in Schwierigkeiten, glaub mir."

Pérsomi wartet. Inzwischen hat sie gelernt, dass das Warten manchmal auch eine Antwort bringt.

Dann nickt Tante Sus kurz. „Das sind deine Worte, nicht meine."

„Was denkst du?"

„Ich sage nichts", erwidert Tante Sus und zieht sich geräuschvoll die Nase hoch. „Ich wohne hier ganz gut und Freddie le Roux ist ein feiner Kerl. Ich sage nichts dazu."

„Irgendjemand schickt Ismail ab und zu Geld, damit ich mir etwas kaufen kann, Tante Sus, zum Beispiel Seife und andere Dinge. Ich habe davon sogar neue Schuhe für die Schule bezahlen können, als meine alten verschlissen waren."

„Das ist sicher Gerbrand", entgegnet Tante Sus.

„Nein, ich weiß mit Sicherheit, dass er es nicht ist. Ich denke, dass es Onkel Freddie sein könnte. Ich habe auch einmal mitbekommen, wie er meiner Mutter Geld gegeben hat."

„Ich sage nichts, Pérsomi."

„Aber du bist doch darin mit mir einig, dass es Onkel Freddie sein könnte?"

„Pérsomi, jetzt hör endlich auf, so herumzubohren. Ich weiß nicht, wer dein Vater ist, und damit Basta!"

గ్ర

„Oh ja, da ist ein Brief für dich gekommen", verkündet Klara Pérsomi freundlich, als diese an der Hintertür nach Zeitungen für das Toilettenhäuschen fragt. „Es ist Gerbrands Handschrift, wie ich sehe. Natürlich weiß er, dass jetzt Ferien sind, ich selbst habe gestern auch einen bekommen. Schreibt er mittlerweile etwas regelmäßiger?"

„Ja, er schreibt schon ziemlich häufig. Sicher hat er Sehnsucht nach zu Hause", antwortet Pérsomi.

„Ich habe gehört, dass die Soldaten einen Urlaubsschein bekommen, sobald sie achtzehn Monate bei der Truppe sind", erklärt Klara. „Vielleicht ist er noch vor Weihnachten zu Hause."

„Vielleicht schon", erwidert Pérsomi. „Das wäre schön."

Mit dem Brief in der Hand und einem Bündel alter Zeitungen unter dem Arm schlendert sie zum Fluss zurück. Dort setzt sie sich auf einen warmen Felsen, die Beine ausgestreckt und reißt vorsichtig den Briefumschlag auf.

30. Juni 1942

Liebe Pérsomi!

Vielen Dank für deine Briefe wenn ich die lese kommt es mir fast so vor wie wenn ich zu Hause bin. Ich habe Klara gerade auch einen Brief geschrieben und ihr von der Schlacht bei Gazala erzählt aber das will ich alles nicht noch einmal schreiben deshalb musst du mal sehen ob du den Brief von ihr bekommen kannst und dann kannst du Mama von der Schlacht bei Gazala vorlesen. Das war wirklich ganz furchtbar nichts als Bomben und Flugzeuge über unseren Köpfen und Panzer. Wir haben mit dreihundert Panzern angefangen und nach zwei Tagen hatten wir

noch siebzig übrig jetzt kannst du dir denken wie schlimm das war. Dann haben sie gesagt dass wir uns zurückziehen müssen und das wird ein furchtbares Durcheinander zurück nach Ägypten denn Tobruk liegt ja immerhin in Libyen. In der Nacht hat es dann schrecklich zu gewittern angefangen es kann hier nämlich auch ganz furchtbar abgehen genau wie im Bosveld nur dass es hier nichts gibt wo man sich vor den Blitzen unterstellen kann. Aber wegen der Blitze haben wir in der Finsternis wenigstens ein bisschen was sehen können und so sind wir abgehauen.
Unsere ganze Division hat sich zurückgezogen bis an irgendeine einfache Bahnstation die El Alamein heißt. Die ist noch kleiner als die Bahnstation bei uns in der Gegend. Das Ganze war eine ziemlich überhastete Aktion verstehst du und alle Mannschaften waren völlig panisch und die Offiziere auch. Deshalb nennen wir die Geschichte jetzt Gazala-Galopp weil sie schließlich in Gazala angefangen hat. General Dan Pienaar ist immer noch unser Oberbefehlshaber, er ist wirklich gut. El Alamein liegt an der Küste und ungefähr sechzig Kilometer weiter südlich ist die Qattara-Ebene eine unzugängliche Sandwüste. Jetzt haben wir von der Küste bis zur Wüste eine Verteidigungslinie ausgehoben die niemand durchdringen kann. Aber wir haben viel Terrain verloren schließlich wollen die Deutschen und die Itaker nach Kairo und bis dahin sind es nur noch hundertundfünfzig Kilometer von hier. Im Augenblick kämpfen wir mal wieder nicht sondern bauen nur getarnte Unterstände und machen im Sand Gefechtsübungen und graben den ganzen Tag irgendwelche Löcher die heißen Laufgräben. Und das alles anstatt dass wir die Leute angreifen und besiegen! Hier ist es noch heißer als in der Hölle auch deshalb denke ich dass man in einem Flugzeug besser aufgehoben ist.
Ich habe auch wieder Christine in Kairo getroffen es geht ihr gut. Sage Mama dass es mir sehr gut geht und ich weiß echt nicht wer wieder Geld zu Ismail geschickt hat damit du dir was kaufen kannst ich bin es auf jeden Fall nicht gewesen vielleicht war es ja der Weihnachtsmann. Wenn es von mir wäre hätte ich es dir gesagt.

Liebe Grüße
Dein Bruder
Gerbrand

„Gerbrand hat noch einmal gesagt, dass das Geld bei Ismail nicht von ihm kommt", verkündet Pérsomi später am Nachmittag ihrer Mutter.
„Ach du liebe Güte, Pérsomi ..."
„Jetzt hör doch endlich auf mit deinem ‚Ach du liebe Güte, Pérsomi', ich will es einfach wissen", entgegnet sie schnell.
Aber ihre Mutter presst die Lippen fest aufeinander.
„Das Geld kommt von meinem Vater, so viel weiß ich mit Sicherheit", nutzt Pérsomi ihre Chance.
Schweigen.
„Ich würde mich gern bei ihm bedanken."
Schweigen.
„Das wäre nur anständig, schließlich ist das eine ganze Menge Geld."
„Du lieber Himmel, Kind, jetzt hör doch endlich davon auf", schimpft ihre Mutter beinahe.
„Wenn du mir schon nicht erzählen willst, wer es ist, dann sag mir wenigstens, warum du ihn nicht geheiratet hast, als du schwanger geworden bist."
Schweigen.
„Hat er es gewusst? Dass du schwanger geworden bist, meine ich?"
„Ach du liebe Güte. Ja."
„Nun, wenn das ein anständiger Kerl gewesen wäre, dann hätte er dich geheiratet."
„Er *ist* anständig, Pérsomi. Himmel, Kind, er konnte mich nicht heiraten, sonst hätte er es getan, so viel ist sicher."
Mit einem Ruck schaut Pérsomi auf. Das Gesichtsausdruck ihrer Mutter hat sich verändert, er ist sanfter geworden und lebendiger. Pérsomi spürt plötzlich, wie sie weich wird, und streckt eine Hand nach ihrer Mutter aus, jedoch ohne sie zu berühren. „Du hast ihn also geliebt?", will sie wissen.
„Ja."
„War er vielleicht schon verheiratet und konnte dich deshalb nicht heiraten?"
Schweigen.
„Ein Mann, der verheiratet ist, könnte aber doch seine Frau im Stich lassen und dann die Frau heiraten, die er geschwängert hat, oder?", sagt Pérsomi.

„Das ging nicht", verteidigt ihn ihre Mutter. „Seine Frau war auch ..." Plötzlich schweigt sie.

Pérsomi verengt die Augen zu einem Schlitz. „Auch schwanger?", vollendet sie den Satz.

Schließlich steht ihre Mutter auf. „Pérsomi, hör jetzt endlich auf, mit deinen Dreckfüßen auf mir herumzutrampeln", schimpft sie.

Sie dreht sich um und marschiert ziellos aus dem Haus – eine einsame, magere Frau in einem zerschlissenen Kleid und in ausgetretenen Schuhen.

Sie kommt erst wieder nach Hause, als die Sonne schon sehr tief gesunken ist.

ଓଃ

„Mama hat etwas Komisches gesagt, Tante Sus, das hat mich ganz verwirrt", verkündet Pérsomi einen Tag, bevor sie wieder ins Internat zurückmuss.

„Über Gerbrand?", fragt Tante Sus. „Denn ich habe eben erst wieder ein Gesicht gehabt ..."

„Nein, nein, das war, als ich Mama gefragt habe, warum mein richtiger Vater sie nicht geheiratet hat, als er gehört hat, dass sie mit mir schwanger ist. Denn das macht doch jeder anständige Mann, wenn er hört ..."

„Allmächtiger, Pérsomi, hörst du denn nie damit auf?"

„Ich suche weiter, bis ich die Wahrheit herausgefunden habe, Tante Sus."

„Ein reicher Kerl, der ein armes, weißes Mädchen missbraucht, ist nie anständig, und das ist die Wahrheit", entgegnet Tante Sus.

„Aber Mama sagt, dass er anständig gewesen ist, er konnte sie nur deswegen nicht heiraten, weil seine Frau ... Sie hat den Satz nicht fertig gesprochen, aber ich denke, sie wollte sagen, dass seine Frau auch ein Baby erwartet hat."

Tante Sus seufzt tief und wirft zunächst einen Blick über die Schulter, bevor sie antwortet: „Ja, so etwas habe ich mir schon gedacht, wenn du mich fragst", erklärt sie geheimnisvoll.

„Dann kann Onkel Freddie nicht mein wirklicher Vater sein, stimmt's? Denn er und seine Frau haben nur ein Kind, Christine, und die ist ungefähr sechs Jahre älter als ich", erwidert Pérsomi mit einer Falte zwischen den Augen.

„Aber Kind, weißt du denn nichts von dem Baby?", will Tante Sus wissen.

„Was willst du damit andeuten?"

„Hör mal, Kind", sagt Tante Sus und schiebt ihre breite Sitzfläche nach vorn. „Unsere Anna hatte seinerzeit auch noch einen Braten in der Röhre, und da kam dann ein Junge, Mensch, das war ein dürres Gerippe! Ich wollte noch helfen, aber nein, Nichte Sus war nicht gut genug für den Nachwuchs von unserer vornehmen Anna. Und so ist der kleine Fratz gestorben, noch nicht einmal eine Woche alt. An erschrockener Muttermilch, wenn du mich fragst."

„Erschrockener Muttermilch?", fragt Pérsomi verwirrt.

„Das sage ich. Denn genau zu der Zeit ist Lewies mit Jemima auf die Farm von Herrn Fourie hier nebenan gezogen, und dann bist du auch geboren worden. Also ist das kleine Kerlchen an erschrockener Muttermilch gestorben."

„Ich ... Eigentlich verstehe ich es immer noch nicht, Tante Sus."

„Unsere Anna hat es gewusst, darauf kannst du Gift nehmen. Sie hat es damals gewusst und sie weiß es heute auch noch. Aber ich sage nichts, Pérsomi. Was du nicht weißt, macht dich nicht heiß. Von mir erfährst du nichts."

Pérsomi überlegt einen Augenblick. Es sieht wirklich danach aus, als würde Tante Sus nicht mehr wissen, entscheidet sie. Es scheint, als sei Gerbrand jetzt ihre einzige Hoffnung; wer weiß, vielleicht erinnert er sich noch an etwas. Allerdings gibt es noch etwas, das ihr zu schaffen macht.

„Tante Sus, warum hat Mama denn so jemanden wie Lewies geheiratet?"

„Rede nicht so über deinen Vater, zeige ein bisschen Respekt!", schimpft Tante Sus.

„Warum hat Mama ihn geheiratet?", lässt Pérsomi nicht locker.

„Deine Mutter hatte keine große Auswahl mehr, Pérsomi. Schließlich hatte sie kein Dach über dem Kopf, sie hatte keinen Bissen zu essen. Sie war schwanger und Gerbrand war noch klein. Durch Lewies hatte sie ein Auskommen, und sie hat sich um seine Kinder gekümmert, vor allem um Sussie mit ihrer Fallsucht und all dem anderen. Deine Mutter hat in der Falle gesessen, Pérsomi, in der Falle."

Es gibt so viel, worüber ich nichts weiß, denkt Pérsomi, als sie nach einer Weile langsam zur Farm von Herrn Fourie zurückschlendert.

So viel.

☙

Als Pérsomi an diesem Nachmittag nach Hause kommt, sagt sie zu ihrer Mutter: „Komm mal mit, Mama, ich muss dir etwas Schönes zeigen."

Ihre Mutter sitzt am Küchentisch, steht jedoch willenlos auf.

„Was denn?", will sie wissen.

„Komm einfach mal mit."

„Ist es weit?", will ihre Mutter wissen, während sie in Richtung Berg laufen.

„Eigentlich nicht, und es ist wirklich sehr schön", antwortet Pérsomi.

Ein ganzes Stück vom Haus entfernt, den halben Weg den Abhang hinauf, wächst ein riesiger, wilder Feigenbaum. „Ich hoffe nur, dass sie noch da sind", sagt Pérsomi, als sie beinahe dort sind. „Komm, schau dir das an." Sie geht weiter und bleibt unmittelbar vor dem Baum stehen. „Schau mal, Mama, Bosveldpapageien. Die sind scharf auf die reifen Früchte."

Sie schauen hinauf. Der ganze Baum ist voller Vögel mit gekrümmten Schnäbeln.

„Ich sehe es", erwidert ihre Mutter leise.

Es sind dunkle Vögel mit einem grünblauen Unterleib.

„Sie sind schön", sagt Pérsomis Mutter.

Wenn sie zur nächsten Frucht flattern, kann man deutlich den hellgelben Fleck auf ihren Flügeln erkennen.

„Wirklich schön", flüstert Pérsomis Mutter.

Pérsomi dreht langsam den Kopf zur Seite und betrachtet ihre Mutter. Ihr ganzes Gesicht ist sanft geworden, auf eine fremde Weise sanft. In ihren Augen ist wieder Leben, erkennt Pérsomi zu ihrer Überraschung. „Komm, lass uns ein Weilchen hier sitzen und zuschauen", lädt sie sie ganz leise ein.

Vorsichtig setzen sie sich auf den Boden zwischen die überreifen Feigen, die schon vom Baum gefallen sind. „Die gammeligen fressen sie nicht", flüstert Pérsomis Mutter.

Mucksmäuschenstill sitzen sie da und schauen. Jetzt fühle ich mich auf einmal meiner Mutter nahe, dringt es zu Pérsomi durch. Ich wünschte, ich könnte meinen Arm um sie legen oder ihr übers Haar streichen, aber das kann ich nicht. Jemand, der wirklich mit seiner Mutter reden kann, fühlt sich vielleicht immer so, so wie die Mädchen im Wohnheim oder wie Beth mit der gnädigen Frau.

Vielleicht muss ich auch versuchen, mit Mama zu reden, einfach nur nett zu reden, denkt sie. Vielleicht hätte ich das schon viel früher versuchen sollen. Aber damals habe ich noch nichts gewusst ... von all den Dingen.

Aus einem Impuls heraus fragt sie: „Mama, jeder fragt mich ständig, woher mein Name kommt. Kannst du mir das erzählen?"

„Ich fand das einfach einen richtig tollen Namen", antwortet ihre Mutter fast unhörbar.

Über ihren Köpfen tschilpen und kreischen die Papageien.

Wenn ich heute die wahre Geschichte hinter meinem Namen herausbekommen möchte, muss ich mich wie auf Eiern bewegen, weiß Pérsomi instinktiv. „Du hättest mir keinen schöneren Namen geben können", erwidert sie. Sie spricht weiterhin sehr leise, weil sie die Magie des Augenblicks nicht stören möchte. „Niemand anders hat so einen Namen."

„Ich hatte überhaupt nichts", entgegnet ihre Mutter. Sie schaut nicht zu Pérsomi hinüber und auch nicht zu den Papageien hinauf, sondern starrt auf ihre Füße. „Aber ich habe gewusst, dass du später ein kluges und hübsches Mädchen werden würdest, weil er auch klug und gutaussehend gewesen ist, verstehst du?"

Sie spricht über meinen Vater, erkennt Pérsomi mit Erschrecken. Plötzlich spürt sie jeden einzelnen Schlag ihres Herzens. „Und dann, Mama?", fragt sie leise.

„Und dann hat Tante Sus gesagt, die ist zu mir zum Helfen gekommen, als es so weit gewesen ist, die sagt, Jemima, es ist ein Mädchen, und dann habe gleich gewusst, dass du Pérsomi heißen sollst. Ich wollte dir einen richtig tollen Namen geben."

„Jemima ist aber auch ein schöner Name."

„Ja", antwortet ihre Mutter, „ich habe ihn auch immer gemocht. Aber dein Vater findet ihn …" Sie bricht ab.

„Ich weiß, was Lewies immer gesagt hat", erwidert Pérsomi. „Der ist einfach nur neidisch. Was weiß er schon davon, was schön ist und was nicht? Vergiss ihn einfach."

„Ja", entgegnet ihre Mutter.

Über ihren Köpfen schnattern die Papageien.

„Wie bist du eigentlich auf meinen Namen gekommen?"

Pérsomi bleibt eine Zeit lang ganz still sitzen. Ein kleines Stückchen neben ihnen fällt eine reife Frucht auf den Boden. „Von ihm gehört", verkündet sie schlussendlich leise.

Mein Vater, denkt Pérsomi mit angehaltenem Atem, da ist wieder ein kleiner Informationssplitter über meinen Vater. Mucksmäuschenstill sitzt sie da und wartet ab.

„Er hat mir eines Abends den Namen gesagt. Er kam, um mich zu besuchen, wie ein richtiger Herr, mit einem Auto – er ist reich. Er kam immer nur nachts. Und immer mit ganz schicken Klamotten, so wie es sich gehört, wenn ein Herr eine junge Frau besucht. Und er hat mir eine Halskette geschenkt und ganz oft auch noch Schokolade."

Mama hat ganz vergessen, dass ich hier sitze, denkt Pérsomi. Die Erinnerungen strömen einfach so aus ihr heraus; und eigentlich sind sie nicht für fremde Ohren bestimmt.

„An dem Abend hat er mir dann vom Theater erzählt. Alles ist da so schön, sagt er, mit Kerzen und so, und er hat auch gesagt, dass da so ein Mann auf der Bühne gestanden und gesagt hat: ‚Pérsomi, steck doch bitte die Kerze an', und dann ist er gestorben, der Mann auf der Bühne, meine ich. ‚Ich finde Pérsomi einen schönen Namen, meinst du nicht auch, Jemima?', hat er dann gesagt. Er hat immer mit mir so geredet, wie es sich gehört, wenn ein Herr mit einer jungen Frau redet. Ich habe schon damals gewusst, dass ich ein Kleines bekommen würde, aber das konnte ich ihm nicht sagen."

Lange bleibt es still. Jetzt darf Mama nicht mit dem Erzählen aufhören, denkt Pérsomi. „Warum denn nicht, Mama?", tastet sie sich vorsichtig voran.

Die Stimme ihrer Mutter klingt nun ein bisschen anders. „Den Männern gefällt es nicht, wenn ihre Freundin ein Kleines bekommt, vor allem reichen Männern."

Ein Mensch muss für seine Rechte eintreten, möchte Pérsomi sagen. Vor allem eine Frau muss in dieser ungerechten Männerwelt für ihr Recht aufstehen. Sie erinnert sich noch gut an das, was ihre Mutter vor noch nicht allzu langer Zeit zu ihr gesagt hat: „Pérsomi, hör jetzt endlich auf, mit deinen Dreckfüßen auf mir herum zu trampeln." Und sie erinnert sich an die einsame Gestalt, die über das kahle Feld gelaufen ist. Darum nickt sie nur und sagt: „Ja, das ist wahr. Und dann?"

„Und dann habe ich gedacht, jetzt muss ich es sagen, habe ich gedacht, denn ich habe gesehen, dass er ..."

Pérsomis Mutter schweigt wieder und schüttelt nur langsam den Kopf.

„Du hast gesehen, dass er dich liebt", sagt Pérsomi leise.

Ihre Mutter nickt.

Der vage Geruch heruntergefallener Früchte umgibt sie.

„Und dann, Mama?"

Ihre Mutter schaut auf. In ihren Augen liegt eine tiefe Verlassenheit, eine Einsamkeit, die Pérsomi noch niemals zuvor gesehen hat.

„Dann ist er nie mehr wieder gekommen", sagt sie.

ଔ

„El Alamein ist nur eine einfache Bahnstation, noch kleiner als die Bahnstation in unserem Dorf", erzählt Pérsomi eine Woche, nachdem die Schule wieder angefangen hat.

„Wie kommst du denn darauf?", fragt Reinier streitlustig. „Wenn du Zeitung gelesen hättest, dann wüsstest du, dass das ein strategisch wichtiger Punkt ist. Weißt du, wie sehr die Engländer und die Deutschen da miteinander gekämpft haben? Ich habe gestern erst gelesen, dass die Achte Armee dort mehr als siebentausend Deutsche und Italiener gefangen genommen hat und ..."

„Das ändert nichts daran, dass das eine einfache Bahnstation mitten in der Wüste ist", erwidert Pérsomi unbeirrt. „Mein Bruder Gerbrand sagt das selbst, und der muss es wissen, denn schließlich sitzt er dort mittendrin."

„Blöde Rotlitze", entgegnet Reinier.

„Ich dachte, dass er das selbst entscheiden kann", erwidert Pérsomi kühl.

„Er ist und bleibt eine Rotlitze", antwortet Reinier.

Anfang September bringt Reinier einen Zeitungsausschnitt in die Schule mit. „Lies dir mal durch, was sich da bei deiner einfachen Bahnstation so alles abspielt", verkündet er und klatscht Pérsomi den Artikel vor die Nase.

Ruhig streicht sie das Papier glatt und fängt an zu lesen:

In den vergangenen Wochen hat Rommel erneut einen Großangriff auf das strategisch gelegene El Alamein gestartet. Nach Schätzungen verfügt er über kaum mehr als zweihundert fahrbereite Panzer und nur ein einziges italienisches Panzerfahrzeug in schlechtem Zustand, gegenüber siebenhundert britischen Panzern. Wie verlautet, hat er nur noch wenig Treibstoff und seine Nahrungsmittelvorräte sind nahezu völlig zur Neige gegangen.

„Die armen Deutschen", sagt Pérsomi mit gerunzelten Augenbrauen.

„Du müsstest eigentlich gegen die Deutschen sein", erwidert Reinier. „Dein Bruder kämpft auf Seiten der …"

„Ich bin neutral", entgegnet Pérsomi selbstgewiss. „Krieg ist nur ein dummes Spiel, das sich die Männer ausgedacht haben, weil sie zu alt sind für Cowboy und Indianer. An die Leute, die wirklich kämpfen müssen, haben sie nicht eine Sekunde gedacht."

„Es ist viel mehr als das!", ruft Reinier entrüstet aus. „Da ist eine ganze Menge Politik mit im Spiel und Ideologien, die …"

„Sagt dein Vater, ja, das kenne ich schon", fällt Pérsomi ihm ins Wort. „Aber ich nenne es dumm, wenn die Leute unter ihrer eigenen Ideologie leiden. Und jetzt halt die Klappe, damit ich weiterlesen kann."

„Unmögliche Göre", brummt Reinier in sich hinein.

Die alliierten Kampfflugzeuge greifen die Achsenmächte ununterbrochen an. General Montgomery geht davon aus, dass Rommels Truppen weiter im Norden, in der Nähe des Meeres, den Durchbruch versuchen werden, und hat deshalb das Alam-el-Halfa-Riff gründlich verstärkt – eine vernünftige strategische Entscheidung. Dadurch war die Zweite Englische

Panzerbrigade in der Lage, Rommels Zweite Panzerdivision kurz vor dem Riff aufzuhalten. Am 3. September hat Rommel sich zurückgezogen.

„Eigentlich haben sie also nichts erreicht, außer dass sie eine ganze Menge Menschen totgeschossen haben", erklärt Pérsomi, während sie Reinier den Schnipsel zurückgibt.

„Frauen werden so etwas nie verstehen", entgegnet Reinier altklug.

പ

„Ja, ich liege auch die ganze Nacht wach wegen dieser Geschichten", seufzt Tante Sus an einem heißen Nachmittag in den Septemberferien.

„Es kommt mir so vor, als wäre das Leben aus Mama verschwunden, Tante Sus", erläutert Pérsomi ernst. „Sie spricht nicht mehr über Gertjie und das kleine Baby und nur ein einziges Mal über Gerbrand."

„Was du nicht sagst, Kind", nickt Tante Sus nüchtern.

„Und das Haus vergammelt jeden Monat etwas mehr, Tante Sus. Wenn du mich fragst, ist es im Juli zum letzten Mal gründlich sauber gemacht worden, als ich hier gewesen bin."

Tante Sus seufzt noch einmal tief. „Kind, dieser Lewies mag ein Schwein gewesen sein, und das war er auch, mit diesem ganzen Herumgemache mit Sussie und so, aber wie er noch da gewesen ist, hat er wenigstens aufgepasst, dass Leben im Haus war. Nein, Mensch, glaube mir, ich mache kein Auge mehr zu."

„Was soll ich denn machen, Tante Sus?", will Pérsomi ein bisschen mutlos wissen. „Ich mache mir schreckliche Sorgen wegen Hannapat, die verlottert ganz und gar."

„Ja, Hannapat ist ein Luder, das ist wahr", erwidert Tante Sus und wischt sich den Schweiß aus dem Gesicht. „Und es will auch einfach nicht regnen, und jetzt habe ich ein Gesicht nach dem anderen über den Krieg. Nein, Pérsomi, deine Tante bekommt nachts kein Auge mehr zu."

പ

Im Wohnheim wartet schon ein Brief auf sie.

El Alamein, Oktober 1942
Liebe Pérsomi!

Vielen Dank für deine Briefe ich bekomme auch Briefe von Klara es ist immer sehr schön wenn man Neuigkeiten von Zuhause mitbekommt.
Pérsomi, wir bereiten uns gerade auf die größte Schlacht vor deshalb schreibe ich dir jetzt schnell denn hier wird es bald ziemlich losgehen. Wir werden die Deutschen und die Itaker von El Alamein aus auf der anderen Seite der Wüste ins Meer jagen und sie nicht nur aufhalten wie bei Alam el Halfa. Wir haben jetzt viel Verstärkung und Vorräte bekommen ich weiß sicher dass wir siegen werden denn wir bereiten uns bestens vor und das ist gut. Das ist die schönste Zeit meines Lebens weil wir hier alle Freunde sind und es völlig egal ist welche Sprache du sprichst wir haben zusammen eine Menge Spaß. Sag das auch mal Mama. Manchmal bekommen wir Urlaub dann fahren wir nach Kairo und dann treffe ich manchmal Christine. Ich bin im September bei ihr gewesen als wir in Kairo gewesen sind aber ich denke nicht dass ich da nochmal hingehe wenn ich in Kairo bin denn sie fängt an ein bisschen herumzunörgeln. Es scheint so als meinte sie dass ich immer vorbeikommen soll und wenn ich dann da bin bin ich nicht ihr Freund oder so. Pérsomi wenn du später mal einen Freund hast darfst du nicht herumnörgeln und niemals weinen das mögen Männer nicht. Aber du musst dir jetzt auch noch keinen Freund nehmen, erst später.
Vielleicht komme ich schon bald nach Hause vielleicht noch vor Weihnachten.
Pérsomi ich werde fliegen lernen und wenn der Krieg vorbei ist bleibe ich bei der Luftwaffe. Nach einer Weile komme ich dann vielleicht sogar mit einem Flugzeug nach Hause.
Herzliche Grüße

Dein Bruder
Gerbrand

„Gerbrand kommt vielleicht noch vor Weihnachten nach Hause", eröffnet Pérsomi Beth eines Abends.

„Dann bist du aber froh, stimmt's?"

„Das wird das allerschönste Weihnachten in meinem ganzen Leben", verkündet Pérsomi lächelnd im Dunkeln.

CB

„In der Zeitung steht etwas über den Ort, wo dein Bruder ist", flüstert Beth Ende Oktober. Sie haben eine Bibliotheksstunde, in der alle dazu verpflichtet sind, die Zeitung zu lesen. Es ist mucksmäuschenstill in der Schulbücherei. Ab und zu wirft das strenge Fräulein über ihre kleine Brille einen Blick in die Klasse. Vorsichtig zieht Pérsomi die Zeitung zu sich hin.

„Am Abend des 23. Oktobers haben die Alliierten den heftigsten Artillerieangriff in der Geschichte der Kriegsführung gestartet", meldet der Bericht. Danach wird aufgezählt, wie viele Geschütze wie viele Granaten abgefeuert haben. Es wird vom Minenräumdienst und den Männern berichtet, die den Stacheldraht durchschneiden mussten, und von den Panzerdivisionen, die größtenteils aus Männern der Zweiten und Dritten Südafrikanischen Brigaden bestanden.

Pérsomis Augen fliegen über die Buchstaben. Eigentlich will sie gar nicht wissen, wie es um den Krieg steht, sie wartet nur noch darauf, dass ihr Bruder dieses Weihnachten nach Hause kommt. „Gerbrand hat schon gesagt, dass sie die Deutschen und die Itaker ins Meer jagen werden", flüstert sie und gibt Beth die Zeitung zurück.

CB

Am Montagmorgen haben sie Englisch. Es ist heiß im Klassenzimmer und direkt nach der Stunde ist die große Pause. Mit eintöniger Stimme liest das Fräulein den Text vor. Ein brummendes Insekt stößt immer wieder gegen die Scheibe neben dem Platz, auf dem Pérsomi sitzt. Reinier hat sein Buch aufrecht auf seine Schulbank gestellt und ist mit geschlossenen Augen dahinter weggedämmert.

Zwei Reihen vor ihr sitzt Beth, konzentriert liest sie den Text mit. Direkt vor ihr zeichnet Irene Herzchen auf die Schulbank. Als die Sekretärin des Direktors hereinkommt, schaut die ganze Klasse auf. Sie spricht kurz mit dem Fräulein und zuckt dann mit den Schultern.

„Pérsomi, geh doch bitte kurz mit Fräulein Lubbe zum Büro des Direktors", fordert das Fräulein sie auf.

Pérsomi folgt der Sekretärin. Ihre Füße kommen ihr schwer vor, ihr Herz klopft ihr schwer in der Brust. Sie kann an nichts denken. Als sie das Büro betritt, steht der Direktor auf und geht um seinen Schreibtisch herum. Als sie ihn anblickt, sehen seine Augen seltsam aus.

Seine Lippen bewegen sich. Das sieht sie. Aber seine Worte dringen nicht zu ihr durch, sie bleiben an der Decke hängen, an den weißen Wänden, an den Fenstern. Ihr Kopf verweigert ihnen den Zugang.

„Herr Fourie wird dich gleich abholen kommen, Pérsomi. Möchtest du hier so lange auf ihn warten?"

Sie schüttelt den Kopf und dreht sich um.

„Bleib mal hier, ich werde Fräulein Lubbe bitten, eine Tasse Tee für dich aufzusetzen", sagt der Direktor.

Aber sie geht zurück in den Klassenraum.

„Was ist denn los?", will Reinier wissen. „Du bist ja weiß wie die Wand."

Teilnahmslos zuckt sie mit den Schultern und schlägt ihr Buch wieder auf.

Einfach nur eins von diesen blödsinnigen Gerüchten, sagt ihr Kopf.

„Was ist denn, Pérsomi?", fragt Reinier besorgt.

In die Aula geht sie nicht mit, sondern marschiert mit strammen Beinen durch das Tor.

Dann zieht sie ihre engen Schuhe, die sie nur in der Schule trägt, aus und fängt an zu rennen.

7. Kapitel

Ihr Berg ist uralt. Unveränderlich. Er hat tiefe Abgründe und hohe, felsige Kämme. Die Abgründe liegen verborgen im kühlen Schatten und seine Kämme erheben sich stolz und glühend in den letzten Sonnenstrahlen.

Ihr Berg ist immer da. Der Fluss kann vertrocknen, der Mond kann sich verdüstern, die Bäume können zu Brennholz verdorren und zu Asche vergehen, doch ihr Berg ist ewig.

Beth hat dasselbe über Gott gesagt.

Aber Beth hat gelogen.

Sie ist durch die Gegend gestreift, weit ab des Weges. Sie ist über Weidezäune und Ackerbegrenzungen geklettert und immer geradeaus in Richtung Sonnenuntergang marschiert, wo die Farm liegen muss. Sie ist gerannt und getrabt und ab und zu ist sie vornübergebeugt stehen geblieben, um wieder zu Atem zu kommen. Wegen der versteckten Kaninchenlöcher schaut sie unablässig vor sich auf den Boden und erst als ihr Berg als Richtungsgeber am Horizont auftaucht, schaut sie wieder auf. Mit großen Schlucken hat sie Wasser getrunken, aus Bohrlöchern und Viehtränken.

Es ist nicht wahr!

Kurz vor Sonnenuntergang kommt sie an ihrem Berg an.

Sie hat doch wieder mit dem Beten angefangen, jeden Abend, wenn sie Stille Zeit machen mussten. Nur in den Ferien hat sie es manchmal vergessen.

Doch Gott hat ihr nicht zugehört.

Ein Gott der Liebe hätte Gerbrand niemals ...

Es kann nicht wahr sein!

Jetzt spürt sie den Boden ihres Berges unter ihren nackten Füßen. Das dürre Gras verpulvert unter ihren Füßen, die spitzen Steinchen pieksen sie in die Fußsohlen.

Nur ihre Füße fühlen noch etwas. Und ihr staubtrockner Mund und ihre Kehle.

In der Nähe der großen Kluft bleibt sie auf einem lauwarmen

Felsen sitzen. Die Sonne ist inzwischen verschwunden. Ihr Berg verhält sich mucksmäuschenstill.

Irgendjemand hat einen Fehler gemacht, es kann nicht wahr sein. Es ist einfach unmöglich.

Ihr Kopf weiß es wohl, aber ihr Herz weigert sich zuzuhören.

Um sie herum ist alles reglos. Nirgendwo sind Zeichen von Leben zu entdecken.

Zusammen mit der Dunkelheit stellen sich die Gedanken ein, geradezu wie von selbst und es gibt kein Halten mehr.

Die Armee kann einen Fehler gemacht haben, schließlich sterben jeden Tag Hunderte von Soldaten auf dem Schlachtfeld.

Gedanken lassen sich nicht immer durch das Herz steuern.

Wir tragen Hundemarken, hat Gerbrand ihr einmal geschrieben; das sind Blechscheibchen mit deinem Namen darauf, damit die Armee dich identifizieren kann, wenn du irgendwo tot herumliegst oder so in Stücke gerissen bist, dass niemand mehr sehen kann, wer du bist. Das Elend beginnt erst, wenn deine Hundemarke genauso im Eimer ist wie du.

Du solltest nicht so grobe Sprüche machen, hat sie ihm zurückgeschrieben. Was macht die Armee in so einem Fall?

Dann schicken sie der Familie ein Telegramm, in dem steht: „Vermisst", war Gerbrands Antwort. Doch letzten Endes werde jeder durch die Armee identifiziert und erst dann schrieben sie: „Gefallen fürs Vaterland", oder so etwas ins Telegramm.

Ich weiß es nicht genau, hat er geschrieben, denn ich habe noch nie so ein Telegramm bekommen.

Ich weiß es jetzt ganz genau, geht es ihr durch den Kopf.

Die Nacht ist stockfinster. Es ist Neumond und die Schleierbewölkung dämpft sogar das Licht der Sterne.

Der Schmerz in ihrem Inneren wird stärker als jeder mögliche Zweifel. Ihr Herz wird kälter und kälter. Denn sie weiß es ja. Und sie weiß auch, dass sie es weiß.

Mitten in der Nacht beginnt die Kälte in sie hineinzukriechen. Kurz vor Tagesanbruch ist die Kälte am schlimmsten.

Kurz bevor der Tag anbricht, bricht der Schmerz durch alle Barrieren hindurch. Wehrlos und ungeschützt liegt sie auf der kalten Felsplatte. Sie weint nicht, sondern spürt nur, wie ihr Herz bricht.

Ich werde aufstehen und zu Mama gehen, überlegt sie. Mama

wird mich umarmen und mich fest an sich drücken. Und dann wird sie ihre Mutter umarmen und fest an sich drücken. Sie wird Hannapat auch drücken. Sie werden in einem Ring aus Armen stehen. Inzwischen ist ihr Körper vor Kälte ganz steif. Das Herz tut ihr weh.

Erst als die Sonne ihren Körper durch und durch gewärmt hat, steht sie auf und geht langsam den Abhang hinunter nach Hause.

☙

Ihre Mutter ist eine magere Frau mit trockenen, leeren Augen.
„Mama?", begrüßt Pérsomi sie fragend.
„Herr Fourie ist dich holen gefahren", antwortet Mamas Stimme. „Aber da warst du schon weg."
„Ich bin gelaufen."
Tante Sus ist überwältigt, ihr enormer Busen erdrückend heiß, ihre Augen rot und aufgequollen, ihre Umarmung erstickend. „Kind, Kind", sagt sie im Jammerton. „Wo bist du denn jetzt die ganze Nacht gewesen?"
Onkel Attie zieht sich schnaufend die feuchte Nase hoch. „Deine Tante hat es gewusst!", seufzt er. „Sie macht schon seit Monaten kein Auge mehr zu wegen all der Särge, die sie immer wieder sieht. Es werden noch viele Tote kommen."
Hannapat weint spitz zulaufende Tränen. „Ich habe es gestern in der Schule gehört", klagt sie. „Ich habe sofort angefangen zu weinen und nicht mehr damit aufgehört, ich habe nicht einmal geschlafen."
Alle Nichten und Neffen starren sie mit ihren dummen, neugierigen Augen an. Überall sind Augen.
Sie schaut wieder zu ihrer Mutter, aber ihre Mutter ist tot.

☙

Die Schule besteht nur aus Schuluniformen mit Armen, Beinen und Augen.
„Wie schrecklich für dich, Pérsomi." Zungen klacken mitleidig. „Wir beten für dich, hörst du."
„Was genau ist denn passiert, Pérsomi?", wollen sie wissen.

„Und wann bekommt ihr den Leichnam, Pérsomi?", fragen sie.

„Ihr dürft ihn sicher nicht mehr sehen, oder?"

Manchmal hört sie das Wort „Rotlitze". Manchmal auch „Khakiefreund" oder „Landesverräter".

Aber sie hört nicht hin. Sie atmet, isst und macht ihre Hausaufgaben.

„Erzähl mir etwas von ihm, Pérsomi", bittet Beth. Ihre Augen sehen sanft aus.

Doch Pérsomi schüttelt den Kopf.

„Komm, dann setz dich zu mir aufs Bett, damit ich für dich beten kann", erwidert Beth.

„Die Geschichte mit deinem Bruder finde ich ganz furchtbar", erklärt Reinier mit ernsten Augen.

„Danke", entgegnet sie und beugt sich wieder über ihre Aufgaben.

„Pérsomi, wir sind bei dir und deiner Familie", verkündet Herr Nienaber, der neben ihrer Bank stehen bleibt. „Wenn wir irgendetwas für dich tun können, wenn wir dir irgendwie helfen können, dann sag es uns bitte."

„Vielen Dank, Herr Lehrer", antwortet sie, ohne ihn anzuschauen; denn sie möchte nicht noch mehr Augen sehen.

Nach drei Tagen haben alle sie vergessen und beachten sie nicht mehr. Sie lösen ihre Matheaufgaben, essen ihre Pausenbrote und haben Spaß miteinander.

Auch sie macht ihre Matheaufgaben. „Das Fräulein legt sehr viel Nachdruck auf Trigonometrie, ich wette, dass wir in der Prüfung eine Menge davon bekommen", flüstert Reinier.

Sie nickt.

Sie isst ihre Pausenbrote. „Ich weiß, dass ich nicht so viele Brote essen sollte!", seufzt Beth. „Aber ich habe doch so einen Hunger."

„Ja", erwidert sie.

Gerbrand ist im Haus der Ernährer gewesen.

Das Brot bleibt ihr im Hals stecken.

Am Freitag fragt Herr Nienaber: „Könntest du vielleicht morgen Abend zum Babysitten kommen? Meine Frau und ich würden gern … Oder nein, du fährst am Wochenende doch sicher nach Hause?"

Nach Hause?

„Ich kann gerne zum Babysitten kommen, Herr Lehrer", antwortet sie.

☙

In jeder Schulstunde müssen sie das Datum oben rechts in die Ecke ihres Heftes schreiben und es unterstreichen. Das Datum verschiebt sich immer um einen Tag. Wie es sich gehört. Am 2. November 1942 befiehlt Rommel den allgemeinen Rückzug aus Libyen, ein Befehl, den Hitler sofort kassiert. Der ist der Ansicht, dass die Deutschen weitere Niederlagen vermeiden können, wenn die Soldaten keinen Millimeter Boden räumen. Was ein geordneter Rückzug hätte werden können, wird so unterbrochen. Was ein hartnäckiges Nachhutgefecht hätte sein können, läuft auf diese Weise auf ein Desaster hinaus, schreiben die Zeitungen.

Am 2. November 1942 schreibt Pérsomi das Datum über ihren Aufsatz. Sie schreibt die Aufgabenstellung ab und zieht eine Linie darunter. Eine Dreiviertelstunde lang starrt sie auf das leere Papier vor ihr. „Kann ich meinen Aufsatz auch morgen abgeben?", fragt sie am Ende der Stunde.

In den beiden Wochen danach erobert die Achte Armee mehr als tausend Kilometer Küstenlinie, bis in die Umgebung von Agheila. Ab dem 8. November landen große Mengen alliierter Truppen in Algerien. In Tunesien landen massive deutsche Verstärkungen, sagen sie im Radio, erzählt Reinier.

Am 8. November rennt Pérsomi um den Sportplatz. Ihre nackten Füße trommeln rhythmisch auf die heiße, harte Laufbahn. „Wir fangen langsam an, ganz ordentlich in Form zu kommen für den Wettkampf im nächsten Jahr!", freut sich Herr Nienaber enthusiastisch. „Dieses Mal werden wir nicht nur den anderen Schulen zeigen, was eine Harke ist. Im nächsten Jahr werden ein paar von euch …"

Nächstes Jahr ziehe ich nach Johannesburg, weiß Pérsomi. Nächstes Jahr muss ich unsere Familie ernähren. Sie sagt jedoch nichts.

☙

Stunden, Tage und Wochen fallen in ein schwarzes Loch und verschwinden. Wenn man hart genug arbeitet, weit genug rennt, schnell genug duscht und jeden Tag die Kleidung wäscht, hört man die Angstschreie all der Minuten und Sekunden in dem schwarzen Loch nicht mehr.

Die Nächte sind nicht einfach nur ein leeres, schwarzen Loch. Wenn die Lichter verloschen sind, wird es mucksmäuschenstill im Wohnheim. Beth beginnt ruhig und gleichmäßig zu atmen, doch bei Pérsomi will sich der Schlaf nicht einstellen.

Alle Nächte sind gleichermaßen furchteinflößend.

Unter der Schwärze der Nacht liegt ein Kummer, der sie festhält, eine Einsamkeit, die sie am Boden festkettet. Denn nachts kommt die Finsternis. Und die Erinnerung – ungebeten. Und zusammen mit der Erinnerung kommt der Verlust, heftig und schmerzhaft. Jedes Mal heftiger und schmerzhafter.

Die Gedanken stellen sich von selbst ein, jedes Mal wieder. Sie brechen sie in Stücke, zerschmettern sie.

Dann steht sie leise auf und stellt sich ans Fenster. Der Hinterhof des Wohnheims liegt totenstill in der Finsternis, in anderen Nächten erstrahlt er im hellen Mondlicht. Sogar der Hinterhof schläft.

Noch nie ist sie so traurig gewesen und so allein.

Sie schleppt sich in den Waschraum, um etwas Wasser zu trinken. Alles tut ihr weh.

Eines Nachts verwandelt sich das schwarze Loch in eine goldgelbe Wüste, in der sie herumirrt. Sie erkennt deutlich Gerbrands roten Haarschopf vor sich, sie weiß, dass er es ist, überall würde sie ihn erkennen. Sie wird froh darüber, denn er wird ihr helfen, wieder zur Farm zurückzufinden. Doch sobald sie die Hand nach ihm ausstreckt, explodiert der Sand zwischen ihnen durch eine Bombe. Am ganzen Leib zitternd wacht sie auf.

„Gefallen auf dem Schlachtfeld, er hat sein Leben im Dienst für sein Volk geopfert", schreibt die örtliche Zeitung. Pérsomi schneidet den kleinen Artikel aus und steckt ihn in ihre Bibel. Vielleicht wird sie eines Tages die Bibel doch wieder aufschlagen.

Jede finstere Nacht springt es sie wieder an: Gerbrand ist tot. Gerbrand, ihr großer Bruder. Und der einzige Ernährer ihrer Familie.

ଓ3

Früher oder später musste es so kommen.
Am 12. November 1942 dringen südafrikanische Panzerfahrzeuge in Tobruk ein. In einem Triumphzug. Die Männer der Zweiten Südafrikanischen Division werden befreit und die ehemalige italienische Marinebasis befindet sich in den Händen der Alliierten. Überall wehen die Fahnen.
Am 12. November 1942 wird Gerbrand Joachim Pieterse tief in der glühend heißen, kargen Erde des Bosvelds begraben. Auf seinem Sarg liegt eine reglose Fahne.
Am Tag zuvor hat Herr Fourie Pérsomi und Irene aus der Schule abgeholt.
„Ich gehe nicht auf die Beerdigung", hat Pérsomi zu Beth gesagt.
„Du musst dorthin gehen", hat die geantwortet. „Du musst an deine Mutter und an deine Schwester denken, für sie musst du hingehen. Du bist stark genug dazu."
Als sie daraufhin geschwiegen hat, hat Beth hinzugefügt: „Darüber hinaus sagt der Herr Pfarrer immer, dass eine Beerdigung wichtig ist, denn dadurch wird es definitiv."
„Es war schon definitiv, als die Italiener ihn totgeschossen haben", hat Pérsomi erwidert.
Beth hat ihren Arm um sie geschlagen. „Du musst trotzdem hingehen", hat sie entgegnet. „Ich werde für dich beten."
Ihre Mutter hat immer noch keine einzige Träne geweint. „Morgen kommen sie und bringen Gerbrand", verkündet sie teilnahmslos. „Mit dem Flugzeug haben sie ihn übers Meer geflogen."
Sie hat ihrer Mutter nicht gesagt, dass Nordafrika nicht auf der anderen Seite des Ozeans liegt. Als das schwarze Loch auch das kleine Haus, in dem sie zusammen schliefen, zu verschlucken drohte, ist sie aufgestanden und weggerannt.
Es ist dunkel draußen, zunehmender Mond. Keine Wolken am Himmel und die Sterne strahlen hell. Außerdem kennt sie den Weg, sie kennt jeden Stein und jedes Grasloch, jede Ritze in ihrem Berg. Ruhig marschiert sie weiter.
Sie kann morgen nicht neben dem offenen Grab stehen, sie kann es einfach nicht!
Endlich erreicht sie die Höhle und die stille Nacht des Bosvelds umhüllt sie.
Sie hat gewusst, dass der Schlaf nicht kommen würde, dafür aber

die Kälte. Die kalte Nacht ist allerdings erträglicher als das eiskalte Feuer, das sie von innen erfrieren lässt.

Sie rollt sich zusammen. Gegen den allgegenwärtigen dunklen Schmerz hilft nichts.

Stockend bewegt sich die Mondsichel über den nächtlichen Himmel.

Vor langer Zeit, als die Welt noch heil gewesen ist, hat Gerbrand ihr übers Haar gestrichen und gesagt, dass sie nicht weinen soll, weil er nicht wüsste, was man mit weinenden Mädchen anstellen solle. „Nicht mehr weinen, hörst du!", hat er gesagt.

Seitdem hat sie nie wieder geweint.

☙

Die Sonne geht jeden Morgen auf, schon seit Menschengedenken.

Mittlerweile weiß sie, was für ein Tag es ist. Die blindmachende Trauer ist augenblicklich wieder da.

Sie steht auf, geht das ganze Stück zur Quelle, trinkt Wasser und wäscht sich das Gesicht. Die Gedanken bleiben hängen und der Kummer sitzt überall.

Ziellos schlendert sie zur Höhle zurück. Die Gegend um sie herum ist totenstill.

Nach einer ganzen Weile bewegt sie sich zu dem Ort, von dem aus sie das Große Haus sehen kann. Rund um den Pferch herrscht geschäftiges Treiben, und aus dem Schornstein steigt ein Rauchwölkchen auf. Jetzt sitzen sie alle am Küchentisch und trinken Kaffee. Sie essen dort die langen Biskuitrollen, die die Großmutter von Irene immer im Außenofen backt.

„Jeder ist da, Klara und De Wet auch", hat Hannapat gestern berichtet. „Und Onkel Freddie kommt auch und Tante Sus natürlich mit der ganzen Familie."

„Herr Fourie hat lauter Stühle in die Scheune gestellt, mit einem Tisch für den Pfarrer ganz vorn", hat Hannapat berichtet, nachdem sie kurz beim Großen Haus gewesen ist. „Tante Lulu hat mir diesen Pudding mitgegeben."

„Und von Onkel Freddie haben wir dieses Hühnchen bekommen", hat ihre Mutter erwidert. „Ein feiner Kerl, dieser Freddie le Roux."

Hannapat ist jedoch die Einzige gewesen, die von dem Hühnchen und dem Pudding gegessen hat.

Als die Sonne ungefähr ein Viertel ihres Weges am Himmel zurückgelegt hat, sieht Pérsomi eine Staubwolke heranziehen. Ein grünbrauner Armeelastwagen zuckelt schwerfällig den Feldweg hinauf, der zum Großen Haus führt. Jemand zeigt ihnen den Weg zur Scheune. Sie glaubt, dass es Irene ist, aber es ist zu weit weg, um sich wirklich sicher zu sein.

Sie weiß es: Das sind die Soldaten, die Gerbrand nach Hause gebracht haben.

Ihre Kehle fängt an zu brennen, sie schluckt und schluckt. Angespannt zieht sie die Knie an und presst sie gegen ihre Brust. Die Arme hat sie fest um sie herumgeschlungen, ihr Kopf sackt auf ihre Knie, und sie schließt die Augen.

„Manchmal zwingt uns der Herr auf die Knie", hat Beth gesagt.

Sie kann nicht hinschauen, denn der Schmerz in ihrem Herzen ist zu groß.

Nach einer ganzen Weile öffnet sie ihre Augen wieder.

Der Lastwagen steht vor der Scheune. Der ganze Hof ist wie ausgestorben und totenstill.

☙

Sie sieht schon von ferne, dass er kommt. Zunächst läuft er auf dem Weg zur Höhle beinahe an ihr vorbei, sieht sie dann aber doch.

Sie schaut in die andere Richtung, weil sie einfach kein Mitleid in seinen Augen sehen möchte.

„Dachte ich es mir doch, dass ich dich hier finden würde", verkündet er, als er bei ihr ist.

Jetzt muss sie wohl aufschauen.

Er würdigt sie keines Blickes, sondern steht einfach da und schaut in die Ferne.

„Hallo, Boelie", begrüßt sie ihn.

Er nickt nur. „Ich bin letzte Woche aus dem Lager entlassen worden", erwidert er.

„Oh. Das habe ich nicht gewusst."

Immer noch starrt er in die Ferne.

„Möchtest du dich nicht setzen?"

Jetzt sieht er sie zum ersten Mal wirklich an. In seinen dunklen Augen kann man nichts lesen. „Hallo, Pérsomi." Dann setzt er sich neben sie auf die Felsen.

„Die ... Leute sind da", sagt sie.

Er nickt, blickt aber nicht zur Seite.

Es bleibt lange still, dann sagt er: „Danke für deine Briefe."

„Gern geschehen."

„Ich ... ich finde die Sache mit Gerbrand furchtbar schlimm."

„Danke."

Immer noch ist auf dem Hof dort in der Tiefe keine Bewegung zu erkennen. Um sie herum ist die Gegend totenstill.

Über die Felsplatte krabbelt eine Eidechse dicht neben ihnen vorbei, den kleinen Kopf in die Höhe gereckt. „Wenn sie uns sieht, erschrickt sie sich zu Tode", erklärt Boelie leise.

Erschrocken krabbelt die Eidechse wieder weg.

„Bist du froh, dass du wieder zu Hause bist?", will Pérsomi wissen.

Boelie zuckt mit den Schultern. „Sicher", antwortet er.

Sie erkennt die Anspannung in seinen Händen und in der Geschwindigkeit, mit der er seine Augen abwendet. „Es muss sehr schlimm für dich gewesen sein", sagt sie.

Darauf sagt er nichts.

Die Stille zwischen ihnen ist angenehm. Zum ersten Mal seit Wochen scheint eine Art Ruhe über Pérsomi zu kommen, eine seltsame Art von Ruhe. Die Trauer ist noch genauso heftig, aber ihr Körper fängt an, sich zu entspannen, schlaffer zu werden, so wie bei jemandem, der sehr, sehr müde ist.

Vielleicht ist das das Definitive, von dem Beth geredet hat. Vielleicht hat der Herr Pfarrer doch recht. Oder es kommt einfach daher, dass Boelie so still neben ihr sitzt.

Es vergeht eine weitere halbe Stunde der Ewigkeit, vielleicht noch eine Stunde. Dann kommt Leben auf den Hof dort unten. Menschen treten aus der Scheune heraus und der Lastwagen rollt langsam hinter ihnen her.

Erneut spürt Pérsomi, wie sich die eiserne Faust um ihr Herz krallt. Der Lastwagen wird jetzt den holperigen Weg durch das Baumstück hinunterfahren bis zum Fluss. Von da aus werden sie zu Fuß über den Fluss weitergehen, den kahlen Hang hinauf.

Seit gestern wartet das Grab in einem kleinen Abstand vom Beiwohnerhäuschen wie eine klaffende, raue Wunde.

Langsam verschwindet der Lastwagen aus ihrem Gesichtsfeld.

„Komm, lass uns irgendwohin gehen, wo wir etwas sehen können", schlägt Boelie vor.

„Aber ich möchte nichts sehen."

„Dann lass uns trotzdem woanders hingehen, du brauchst ja nicht hinzuschauen, wenn du nicht möchtest."

Er steht auf und geht ein Stück nach links hinunter. Dort setzt er sich wieder in den trägen Schatten einer Gruppe wilder Obstbäume. Nach einer Weile kommt sie nach. „Setz dich", fordert er sie auf. Doch sie bleibt stehen. Von hier aus können sie den Fluss sehen und auch das Beiwohnerhäuschen vor dem kahlen Hang. „Warum bist du eigentlich nicht dabei?", will sie wissen.

Es schweigt einen langen Augenblick, bevor er antwortet: „Das sind Rotlitzen da unten, Pers."

Sie nickt. Erst dann setzt sie sich neben ihn.

Am Fluss tauchen Leute auf. Sie sind zu weit weg, als dass man erkennen könnte, um wen es sich handelt. Die Soldaten holen den Sarg von der Ladefläche des Lastwagens und heben ihn sich auf die Schultern. Am Fluss lassen sie ihn wieder herunter und gehen vorsichtig über die Felsplatten, den Sarg zwischen sich. Dann heben sie ihn sich wieder auf die Schultern und steigen mühsam das letzte Stück den kahlen Hang hinauf.

Ein kleines Grüppchen Menschen folgt ihnen träge – die Handvoll Menschen, die an diesem drückend heißen Sommertag gekommen ist, um Gerbrand Pieterse im kahlen Hang hinter seinem Elternhaus zu begraben. Schweigend stehen sie um das Grab herum. Sie stehen dort eine lange Zeit. Nach einer Weile hebt einer der Soldaten etwas an den Mund. Durch die Stille der Landschaft hindurch hört Pérsomi eine Trompete. Die trägen Klänge wehen durch die Luft, erreichen ihre Ohren. Plötzlich fängt sie an zu zittern und ihr ganzer Körper bebt, als ob sie eine Erkältung bekäme. Schützend legt Boelie ihr den Arm um die Schultern.

Dann verstummt die Trompete wieder.

Die sechs Soldaten schultern ihre Gewehre, und sie sieht, wie die Gewehre zucken, während der Ehrensalut abgefeuert wird. Die Schüsse knallen durch die drückende Stille des Bosvelds.

Es fährt ein Schock durch Pérsomi hindurch, so als wären die Schüsse alle auf sie abgefeuert worden. Ihr ganzer Körper zuckt und der harte Panzer um ihr Herz bricht auf. Während ihr Herz blutet, zieht Boelie sie dichter an sich heran.

Dann ist erneut alles still. Heiß brennt die Sonne auf sie nieder. Sie zittert von Kopf bis Fuß. Boelie sagt nichts, er schaut nicht zu ihr, auch nicht zu dem Geschehen in der Tiefe, sondern hält sie einfach nur in seinem Arm.

Bewegungslos bleiben sie sitzen, bis alles vorbei ist, bis Jafta, Linksom und De Wet alles wieder zugeschaufelt haben, bis jeder weggegangen ist und ihre Mutter allein in dem Häuschen verschwunden ist.

Schließlich lässt Boelie seinen Arm sinken und lehnt sich zurück. „Das war es, Pérsomi", erklärt er.

„Ja", erwidert sie. „Jetzt ist alles vorbei." Auf einmal fühlt sie sich leer und todmüde. Nur der Stein in ihrer Brust wird immer größer und wächst, bis er ihr die Kehle abdrückt.

Boelie wühlt in seinen Taschen und sagt: „Hier, nimm das, ich habe dir etwas von dem Biskuit mitgebracht. Komm, lass uns zur Quelle gehen, ich habe Durst. Es ist unglaublich heiß, findest du nicht auch?"

„Ja", antwortet sie. „Es ist sehr, sehr heiß."

CB

„Gehst du nicht nach Hause?", will Boelie wissen, als die Sonne zu sinken beginnt.

„Nein."

„Irgendwann einmal wirst du zurückmüssen."

„Morgen. Heute Abend noch nicht."

Als die Sonne beinahe untergegangen ist, fragt sie: „Gehst du nicht nach Hause, Boelie?"

„Nein."

„Und wenn ich nun auch zurückgegangen wäre?"

„Dann wäre ich trotzdem noch hiergeblieben."

Schweigend nickt sie.

Auf den Sonnenuntergang folgt immer eine kurze Zeit der Dämmerung. Das ist die Zeit, in der die Welt mit angehaltenem Atem auf das Erscheinen der ersten Sterne wartet. „So plötzlich erscheinen die Sterne", bemerkt Pérsomi. „Es kann jeden Moment so weit sein."

Boelie erwidert nichts, legt sich aber flach auf den Rücken und betrachtet den Nachthimmel.

Wieder beginnt der vertraute Kummer die Leere ihres Herzens zu füllen.

„Warum wärst du trotzdem noch hiergeblieben?", will sie wissen.

„Ich brauche die Zeit", antwortet er. „Und die Stille."

Nach einer ganzen Weile fügt er hinzu: „Ich wollte damit nicht sagen, dass du den Mund halten sollst, verstehst du? Wenn du redest, ist das auch eine Art von Stille. Wenn du Lust hast zu reden, dann rede einfach."

„Nein, das muss ich eigentlich nicht."

Immer deutlicher werden die Sterne über ihnen erkennbar. „Man kann die Sterne beinahe anfassen", sagt Pérsomi.

Vielleicht ist Gerbrand jetzt dort, aber das sagt sie nicht laut.

Wieder viel später sagt sie: „In Tobruk gibt es nur weiße Häuschen mit Flachdächern und die sind alle in Trümmer geschossen. Das hat Gerbrand schon im Juli geschrieben. Und der Hafen ist voller Öl wegen all der gesunkenen Schiffe."

Über El Alamein schreibt Gerbrand, dass es nur eine einfache Bahnstation sei, viel kleiner noch als die Bahnstation in ihrem Dorf.

Das erzählt sie lieber nicht; denn ihr Kopf, ihr Herz und ihre Zunge möchten nichts mit El Alamein zu tun haben.

„Ich bin Gerbrand nicht böse, Pers, ich möchte, dass du das weißt", erklärt Boelie irgendwann in der Nacht. „Gerbrand ist mein Freund gewesen, von Kindheit an, und das wird er auch für immer bleiben."

Sie nickt in der Dunkelheit. „Du bist auf die Regierung böse", erwidert sie. „Wegen allem, was sie unseren Afrikaanerjungen angetan haben."

„Ja. Du verstehst es."

Irgendwo hoch in den Felsen fängt plötzlich ein Pavianjunges schrill an zu kreischen. Der Rest der Truppe bellt und grunzt vor Missvergnügen, weil ihre Nachtruhe gestört ist. „Das ist auch so ein Volk von Streithähnen", bemerkt Boelie.

„Gerbrand hat einmal geschrieben, dass er viel an dich denken musste, als du im Lager gesessen hast", erzählt sie. „Er hat geschrieben, dass er sich lieber ... erschießen lassen würde, als sich hinter Stacheldraht einsperren zu lassen."

Und wieder schwappt die Traurigkeit über sie, schwillt an, dehnt sich aus. Ein Lager wird auch wieder abgebaut und der Stacheldraht zusammengerollt, denkt sie. „Die Alternative ist nur so definitiv."

Die Traurigkeit wird nahezu übermächtig, schnell versucht sie einen Damm dagegen aufzuschütten. Sie muss an etwas anderes denken. „Fängst du jetzt mit dem Rückhaltebecken an?", fragt sie.

„Ja-a, jedenfalls, wenn ich meinen Vater davon überzeugen kann, dorthinein Geld zu investieren", antwortet er.

Wenn Gerbrand noch da wäre, hätte er Boelie helfen können, schießt es ihr durch den Kopf. Gerbrand ist ... war sehr geschickt.

Wie Hochwasser steigt die Traurigkeit allmählich an und überspült beinahe den Damm.

„Außerdem darf ich nicht von der Farm weg", erklärt Boelie. „Und wenn ich nicht verrückt werden will, muss ich irgendetwas zu tun haben."

„Ja", erwidert sie und setzt sich aufrecht hin. Es scheint so, als wolle die Traurigkeit sie mitreißen, die Flutwelle reißt ihr Herz mit, staut sich bis in ihre Herzkammern hinein.

„Eigentlich habe ich die Pläne für das Becken schon lange in der Schublade, im Lager habe ich daran gearbeitet", erläutert Boelie und setzt sich ebenfalls aufrecht hin.

Jetzt ist die Flutwelle fast nicht mehr zu stoppen.

„Wahrscheinlich muss ich noch jemanden dazuholen, der sich mit Dynamit auskennt, um die Felsen Stück für Stück wegzusprengen. Ich habe mir die Gegend gestern einmal genauer angeschaut und da ..."

Jetzt bricht der Damm und die Sturmflut spült alle Sandsäcke mit, reißt sie auf, zerschmettert sie im Strom. Eine nicht aufzuhaltende Flutwelle überspült den Damm. Verzweifelt schnappt sie nach Luft, presst sich die Hände vors Gesicht.

„Pérsomi?"

Der Damm bricht auseinander, als ob er mit Dynamit gesprengt worden wäre, und die Bruchstücke fliegen ihr um die Ohren. Ihr Körper wird auseinandergerissen. Die Schluchzer reißen sich von ihr los und ein unbeherrschbarer Weinkrampf ergreift Besitz von ihr.

Irgendwann in der endlosen Ewigkeit spürt sie Boelies starken Arm um sich. Sie dreht sich zur Seite und klammert sich an ihm fest. Nach einer ganzen Weile hat sie zum Weinen keine Kraft mehr. Ab und zu findet noch ein vereinzelter Schluchzer seinen Weg nach oben.

„Wie fühlst du dich jetzt?", will er wissen.

„Leer." Sie setzt sich auf. „Tut mir leid."

„Macht nichts."

Lange sitzen sie schweigend nebeneinander, es ist allerdings kein unbehagliches Schweigen, sondern eine nachdenkliche Stille. „Was findest du eigentlich am schlimmsten?", will er wissen.

„Ich wollte Gerbrand noch so vieles fragen", antwortet sie leise. „Er war mein großer Bruder."

„Was denn? Du kannst auch mich fragen, ich bin auch ein großer Bruder."

„Na, zum Beispiel ..." Sie zögert einen Augenblick. „Zum Beispiel, wer wirklich mein Vater ist."

„Darauf weiß ich auch keine Antwort", erklärt er. „Frag doch deine Mutter."

„Sie weigert sich, es mir zu sagen. Aber Gerbrand war damals schon alt genug, um sich vielleicht erinnern zu können, wer immer mal bei meiner Mutter zu Besuch war." Sie überlegt kurz. „Vielleicht hätte er es noch gewusst."

„Hmm." Schweigen. „Und weiter?"

„Wie ‚und weiter'?"

„Was hättest du Gerbrand noch fragen wollen?"

„Das weiß ich nicht mehr." Die Traurigkeit nimmt wieder Besitz von ihr. „Ich wollte im nächsten Jahr mit Gerbrand nach Johannesburg ziehen", entgegnet sie dann. „Er wollte fliegen lernen, aber davor hätte er erst noch sein Zulassungsexamen bestehen müssen."

Er überlegt eine Weile und will dann wissen: „Warum wolltest du denn nach Johannesburg ziehen?"

Ihre Kehle zieht sich wieder zu. „Um zu arbeiten", murmelt sie gedämpft.

Wieder fängt sie zuckend an zu weinen, aus der tiefsten Tiefe ihres Seins suchen sich die Schluchzer ihren Weg. „Es tut mir leid, ich kann nichts dagegen machen", schluchzt sie. „Ich weine ... sonst ... nie."

„Ganz ruhig, Pérsomi", tröstet er sie unbeholfen und nimmt sie wieder in den Arm. „Ganz ruhig, Pers."

Nach einer Weile kommt sie zur Ruhe, obwohl ab und zu noch ein Zittern ihren Körper durchfährt. Boelie streicht ihr mit seinem Zeigefinger die losen Haare aus dem Gesicht. Dann legt er ihr eine Hand auf die Wange und streichelt ihr mit der anderen über den Kopf. „Es macht nichts, Pérsomi, es macht gar nichts", sagt er, während er ihr weiterhin übers Haar streicht.

Als sie ganz leer ist, erklärt er: „Du ziehst nicht nach Johannesburg. Du bleibst hier auf der Dorfschule und machst dein Zulassungsexamen."

Müde schüttelt sie den Kopf.

„Du lernst wie ein Weltmeister und bist darüber hinaus eine prima Sportlerin. Du bekommst mit Sicherheit ein Stipendium."

Eine lähmende Müdigkeit durchzieht sie. Langsam schüttelt sie den Kopf. „Wir haben zu Hause nichts zu essen."

„Die Armee wird deiner Mutter Gerbrands Pension ausbezahlen", erwidert er nach einer Weile.

Wie von selbst bewegt sich ihr Kopf langsam hin und her. Willenlos.

„Das wird aber nur sehr wenig sein", fügt er hinzu.

Wie von selbst nickt sie. Müde.

Er überlegt lange. Dann verkündet er: „Pérsomi, ich verspreche dir, dass wir einen Ausweg finden werden. Ich verstehe es, ich verstehe es wirklich. Aber ich verspreche dir hier und jetzt, dass du nächstes Jahr in der Prüfungsklasse sitzen wirst und im Jahr darauf dein Zulassungsexamen für die Universität ablegst."

Die Müdigkeit übermannt sie. Ich glaube ihm, wird ihr klar – ich glaube ihm, so wie man seinem großen Bruder glaubt.

☙

„Ich muss mich vor zehn im Polizeibüro gemeldet haben", bemerkt er, nachdem sie lange und gierig an der Quelle Wasser getrunken haben. Die Sonne strahlt schon hoch vom wolkenlosen Himmel.

„Dann musst du jetzt weg", entgegnet sie.

„Aber kannst du es jetzt aushalten?"

Sie schaut ihm direkt in die schwarzen Augen. „Ja, Boelie. Die Trauer ist noch nicht vorbei, aber ich kann sie jetzt aushalten", antwortet sie ihm.

Teil 2

8. Kapitel

Dezember 1944

"Jetzt hör mir einmal gut zu, Jemima. Ich gebe dir einen Umschlag mit Geld für das Kind, damit soll es zur Volksbank gehen und für sich ein Konto eröffnen. Wenn es so weit ist, überweise ich jeden Monat einen bestimmten Betrag darauf, und davon kann es sich dann Toilettenartikel und andere Dinge kaufen."
"Und wie sieht es mit Kleidern aus? Das Kind muss doch ..."
"So wie ich es verstehe, hat sie doch gerade erst einen Haufen Kleider bekommen."
"Ach du liebe Güte, aber ... wie ist es mit Büchern?"
"Dafür wird der Betrag reichen. Hör zu, nach der Kontoeröffnung muss sie die Kontonummer auf einen Zettel schreiben und den in den Umschlag stecken. Verstanden?"
"Ich bin ja nicht geistig zurückgeblieben oder so etwas."
"Und diesen Umschlag musst du gleich danach zu Ismail bringen, da hole ich ihn dann wieder ab. Gib ihn nicht seinem Sohn oder Enkel, sondern nur dem alten Mann selbst. Verstanden?"

"Unsere Ergebnisse bekommen wir gleich nach Silvester und Neujahr", berichtet Pérsomi. "Ich wollte nur noch einmal vorbeischauen. Vorläufig werde ich nicht mehr ins Dorf kommen."
"Nun, dann setze ich eben schnell noch ein Tässchen Tee auf", erwidert Yusuf. "Komm einfach mal mit in die Küche. Wie war denn deine letzte Prüfung?"
"Das war ein Englischaufsatz. Wie schwer kann das schon sein?"
"Hmm. Und wann kommt De Wet dich abholen?" Er nimmt zwei Becher aus dem Regal.
"Boelie kommt mich holen. Antonio und er müssen noch das eine oder andere für den Staudamm kaufen, den sie gerade bauen."
"Dann hast du trotz allem mit den Italienern ein bisschen Frieden geschlossen?", will Yusuf wissen.

„Nein", antwortet sie, „und das wird auch nicht passieren."

„Es ist doch noch nicht einmal sicher, dass dein Bruder von einem Italiener erschossen worden ist", entgegnet er, wobei er ihr den Rücken zuwendet. Er ist gerade dabei, die Milch in ein kleines Töpfchen zu gießen, und das beansprucht seine ganze Aufmerksamkeit.

„Jetzt fang bitte nicht schon wieder damit an!", erwidert sie. „Warum ausgerechnet auf der Farm, wo ich wohne, ein italienischer Kriegsgefangener einquartiert werden musste, werde ich wohl nie begreifen. Und bitte, ich möchte keine kochende Milch in meinen Tee und auch keinen Zucker."

„Dann schmeckt der Tee aber bitter", bemerkt er. „Und so viel Bitterkeit tut deinem Körper nicht gut, Pérsomi."

„Ich mag aber so ein süßes ..."

„Ich habe nicht über den Tee gesprochen, Pérsomi. Als mein Bruder gefallen ist, habe ich dieselben Gefühle den Deutschen gegenüber gehabt. Aber Krieg ist Krieg, und als unsere Brüder zur Armee gegangen sind, haben sie das gewusst."

„Wenn du nicht sofort mit deinem Gerede aufhörst, gehe ich wieder", entgegnet sie und steht auf.

„Setz dich", erwidert er. „Hier ist dein Tee, ohne Milch, aber mit einem halben Löffel Zucker. Was dein Stipendium betrifft, davon hast du noch nichts gehört, oder?"

„Nein, die melden sich erst, wenn die Prüfungsergebnisse feststehen."

„Du machst dir sicher keine allzu großen Sorgen."

Sie zuckt mit den Schultern. „Und du? Wann musst du in Johannesburg anfangen?"

„Erst Ende Januar", antwortet er. „Stell dir vor, in ein paar Jahren musst du mich mit ‚Doktor Yusuf' ansprechen und ich dich mit ‚Euer Ehren'!"

Pérsomi fängt an zu lachen. „Ich werde Anwältin, Yusuf, keine Richterin. Jedenfalls, wenn ich das Stipendium bekomme. Aber komm, lass uns in jedem Fall auf unsere Zukunft anstoßen."

Yusuf steht auf und erhebt feierlich seinen Trinkbecher. „Auf Anwältin Pieterse und Doktor Yusuf!"

Auch Pérsomi steht auf und stößt mit ihrem Becher ganz leicht gegen seinen.

„Auf uns", verkündet sie.

☙

Es ist eine Sache, sein Bestes zu gegeben und fest daran zu glauben, dass man auch die gewünschten Ergebnisse erzielen wird. Es ist etwas ganz anderes, in der Nacht vor den Zeugnissen Schlaf zu finden. Die ganze Nacht hat Pérsomi Gespenster gesehen. Was wäre denn, wenn bei den Prüfungen etwas schiefgegangen wäre? Was wäre, wenn sie irgendwo nur eine 2,1 geholt hätte statt einer glatten 2? Was wäre ...

Jetzt sitzt Pérsomi auf der Ladefläche des Pickups. Vorn sitzen Klara, Irene und Boelie. Neben ihr sitzt Hannapat – auf dem Weg in ihre eigene Zukunft. „Ich gehe arbeiten", hat sie kurz nach Weihnachten Pérsomi und ihrer Mutter mitgeteilt. „Piet hat Kontakte und kann mir eine Stelle besorgen."

„Arbeiten? Aber du gehst doch erst in die sechste Klasse!", hat Pérsomi entsetzt erwidert.

„Nächsten Monat werde ich schon sechzehn, ich bleibe keinen Tag länger in der Schule!", hat Hannapat wild entschlossen entgegnet.

Auch Hannapat hat in der vergangenen Nacht kein Auge zugetan. „Ich habe wegen morgen ein bisschen Schiss, wegen der Zugfahrt und so", erklang ihre Stimme mit einem Mal aus der Dunkelheit. „In Johannesburg ist alles klar, Piet hat gesagt, dass er mich vom Bahnhof abholt."

„Warum bleibst du nicht lieber hier? Du kannst doch immer noch auf die Mittelschule gehen! Es ist nicht zu spät, du kannst deinen Entschluss immer noch ändern", hat Pérsomi noch einen allerletzten Versuch unternommen.

Hannapat hat von alledem nichts wissen wollen. „Piet sagt, dass es in Johannesburg unheimlich viele reiche Kerle gibt, mit schicken Autos, die einem Mädchen alles kaufen, Parfüm und Halsketten und was du willst. Wenn du dir so einen Typen angeln kannst, dann hast du ausgesorgt, selbst wenn er schon eine ganze Kante älter ist. Dann könnt ihr mit dieser Höhle hier anstellen, was ihr wollt, dann ziehe ich nämlich in so ein Haus wie Herr Fourie oder Onkel Freddie und komme nie mehr zurück. Hast du gewusst, dass Tante Anne auch eine arme Weiße gewesen ist, bevor sie Onkel Freddie geheiratet hat? Sie ist die leibliche Nichte von Mama! Das hättest du nicht gedacht, stimmt's?"

Jetzt sind sie auf dem Weg zum Dorf: Irene und sie, um ihre Zeugnisse abzuholen, Klara um herauszufinden, wie ihre erste Klasse im Zulassungsexamen abgeschnitten hat, Boelie, um sich im Polizeibüro zu melden, und Hannapat, um den Zug nach Johannesburg zu nehmen.

„In einer halben Stunde treffe ich euch wieder hier", erklärt Boelie, als er sie bei der Schule herauslässt.

Irene und Klara gehen sofort ins Gebäude und zur Aula. Pérsomi bleibt stehen und schaut dem Kleinlaster hinterher, bis er um die Straßenecke verschwunden ist. In ihrem Herzen ist eine große Traurigkeit.

Hannapat steht aufrecht auf der Ladefläche und winkt mit aller Kraft, bis sie um die Ecke gebogen sind – ein gestaltloses Kind in Pérsomis bleichgewaschenem Sonntagskleid mit blondierten Haaren und Rouge auf den Wangen, voller Zukunftsträume, die nur auf einer Zugfahrkarte beruhen, die sie zu den glänzenden Lichtern der Goldstadt bringen wird.

Noch nie in ihrem Leben hat sie einen Lichtschalter bedient, denkt Pérsomi traurig.

Dann dreht sie sich um und schlendert langsam zu dem Ort, an dem ihre Leidensgenossen voller Erwartung stehen und warten, zusammen mit einer ganzen Menge Dozenten. Erst nach halb eins kommt Herr Pistorius aus seinem Büro. In der Hand hält er einen Bogen Papier, den er an der Tür der Aula befestigt.

„Mann, ich bin mit den Nerven völlig fertig!", stöhnt Reinier, der neben ihr steht.

„Ich aber auch", erwidert sie. „Ich traue mich gar nicht hinzuschauen."

Die Schüler drängen nach vorn, es herrscht ängstliches Schweigen.

Dann brechen die Freudenschreie los und der Jubel; hier und da gibt es auch Tränen. Plötzlich kreischt jemand vor ihr im Gedränge: „Pérsomi, du hast sechs Auszeichnungen!"

Reinier packt sie an den Schultern. „Hast du das gehört?", versucht er das Durcheinander zu übertönen. „Hast du das gehört? Sechs!"

Ein tiefer Friede macht sich in Pérsomi breit, so wie früh am Morgen der dichte Nebel aus der Schlucht zu den Bergspitzen hinaufsteigt. Schließlich verdampft auch der in einer Wolke aus Freude, die größer und größer wird, die größte Freude, die sie je in ihrem Leben verspürt hat. Danke, Herr, danke, danke, betet sie in Gedanken.

Mitschüler drängen sich um sie, klopfen ihr auf die Schultern und beglückwünschen sie.

„So ein gutes Ergebnis hat es bei uns noch nie gegeben", verkündet Herr Pistorius und schüttelt ihr mit einem festen Händedruck die Hand. „Viel Kraft, Pérsomi, viel Kraft."

„Pérsomi, du bist eine Rakete!", lacht Herr Nienaber. „Und jetzt geht es nach Pretoria, was meinst du?"

„Ich bin stolz auf dich, Pérsomi", sagt Klara.

Klara ist eigentlich die Einzige, die es wirklich versteht, denkt Pérsomi bei sich selbst. „Danke", erwidert sie. „Jetzt muss ich nur noch auf mein Stipendium warten."

Reinier plappert unaufhörlich; auch seine Ergebnisse sind gut.

„Ach", behauptet er, „mit so einem Zeugnis brauchst du dir um dein Stipendium keine Gedanken zu machen. Geh lieber deine Koffer packen, Schwester! Auf nach Pretoria!"

※

Jetzt, wo Hannapat ausgezogen ist, sind Pérsomi und ihre Mutter zum ersten Mal in ihrem Leben allein zusammen. Tagsüber geht ihre Mutter zum Großen Haus oder zum Alten Haus, um zu bügeln. Manchmal erledigt sie auch noch andere Hausarbeiten. Am Dienstag und am Freitag bügelt sie in Onkel Freddies Haus. „Unsere Anna sehe ich nie, die ist den ganzen Tag mit dem Auto unterwegs. Und wenn nicht, dann liegt sie den lieben, langen Tag in ihrem Zimmer", hat sie schon vor einer ganzen Weile erzählt.

„Sicher für ihren Schönheitsschlaf", hat Tante Sus entgegnet. „Und nachmittags hört sie sich diese Liebesgeschichten im Radio an."

Einen Tag nachdem Pérsomi gehört hat, dass sie ihr Stipendium bekommen hat, eröffnet ihre Mutter ihr: „Klara sagt, dass du morgen kurz beim Großen Haus vorbeischauen sollst. Die alte Frau

Fourie will dir wieder ein Sonntagskleid nähen, also solltest du so bald wie möglich zum Maßnehmen hingehen."

Wieder Irenes Oma, denkt Pérsomi, aber ja, Habenichtse haben keine Wahl.

Als sie am nächsten Morgen zum Großen Haus geht, sitzt Klara nicht allein in der Küche.

„Hi, Pérsomi, du erinnerst dich doch sicher noch an Annabel? Reiniers Schwester?", begrüßt Klara sie und zeigt auf die bildhübsche, junge Frau mit den langen, schwarzen Haaren.

„Hallo", erwidert Pérsomi behutsam. Sie kann sich nicht erinnern, jemals eine so schöne Frau gesehen zu haben.

„Du bist also die Schwester von Gerbrand?", will Annabel wissen und legt dabei den Kopf ein bisschen schief. „Klara hat immer wieder mal von dir erzählt. Du siehst ihm aber gar nicht ähnlich."

Pérsomi bleibt regungslos stehen. Die dunklen Augen taxieren sie weiterhin. Sie hat das Gefühl, dass ihr Rock immer kürzer und ihre alte Schulbluse immer enger wird.

„Wir haben gestern gehört, dass Pérsomi ein sehr gutes Stipendium bekommen hat. Sie geht nach Pretoria, um Jura zu studieren", versucht Klara die unbehagliche Atmosphäre zu durchbrechen.

„Ja, ich habe mitbekommen, dass arme Weiße ziemlich einfach an ein Stipendium kommen können", erwidert Annabel. „Du hast recht, Klara, meine alten Klamotten könnten ihr gut passen." Sie wendet ihren Blick von Pérsomi weg und Klara zu. „Ich habe einen Schrank voller Kleider, mit denen ich nichts mehr anfangen kann. Bei der Arbeit kann ich es mir nicht erlauben, in der Mode vom letzten Jahr herumzulaufen, schließlich steht man da dauernd im Rampenlicht. Ich packe also am besten das eine oder andere in einen Sack und gebe ihn De Wet mit."

Pérsomi spürt, wie ihr durch die Erniedrigung heiß wird und ihr das Blut in die Wangen steigt. Ihre nackten Füße kommen ihr noch nackter vor, als sie ohnehin schon sind, und in ihrer verwaschenen Kleidung fühlt sie sich splitternackt. Deutlich erklingt Lewies Stimme in ihrem Kopf: „Habenichtse ..." „Vielen Dank", stammelt sie.

Annabel schaut sie wieder an und lässt ihren Blick nochmals über sie gleiten. „Nun, ich hoffe, das klappt mit deinem Jurastudium", erklärt sie skeptisch. „Mein Vater hätte es gern gesehen, wenn Reinier oder ich Jura studiert hätten, aber darauf hatten wir alle beide

keine Lust." Sie setzt sich auf einen Küchenstuhl und streckt ihre langen, sonnengebräunten Beine von sich. Jetzt spricht sie nur noch mit Klara: „Mein Vater kriegt sich gar nicht mehr ein über De Wet, er findet ihn brillant. Er sagt, dass De Wet alles hat, was ein Mann von einem Sohn verlangen kann, stell dir das einmal vor!" Dabei wirft sie ihre langen, offenen Haare nach hinten.
Pérsomi dreht sich um und geht leise wieder nach draußen. Irgendwann wird der Tag kommen, an dem man sie nicht mehr wie den letzten Dreck behandeln wird!

CG

Es ist schön, allein mit Mama zu Hause zu sein, allerdings wiegt die Erkenntnis immer schwerer: Lewies wurde zwar zu sieben Jahren verurteilt, aber De Wet hat gesagt, dass er bei guter Führung vielleicht schon nach fünf Jahren vorzeitig entlassen werden kann. Und egal wie lange einem eine Zeitspanne von fünf Jahren erscheinen mag, jetzt ist sie beinahe vorbei ...

„Was machst du, wenn Lewies vorzeitig entlassen wird?", fragt Pérsomi eines Abends ihr Mutter.

„Ach du liebe Güte, Kind!", erwidert sie und schlägt beide Hände vor den Mund. „Mal doch den Teufel nicht an die Wand!"

„Du musst dir aber doch Gedanken darüber machen" erwidert Pérsomi ernst. „Früher oder später wird es schließlich passieren."

„Ach du liebe Güte", entgegnet ihre Mutter nur.

CG

Als sie ein paar Tage später morgens mit ihrer Mutter zum Großen Haus mitgeht, um ihr Sonntagskleid anzuprobieren, wird Pérsomi von Klara gerufen. „Annabel hat De Wet ein paar Kleider für dich mitgegeben, Pérsomi. Du müsstest sie allerdings noch einmal bügeln, denn sie hat sie alle in einen Jutesack gestopft."

„Im Alten Haus gibt es nicht genügend Bügeleisen für uns beide", wirft ihre Mutter ein.

„Komm, dann kannst du bei uns in der Küche bügeln", schlägt Klara einladend vor. „Wir sind schon lange mit dem Essen fertig."

Nach der Anprobe betritt Pérsomi durch die Hintertür das Große Haus. Eine seltsame Mischung aus gespannter Erwartung – sie hat schließlich mitbekommen, wie schön Annabel immer gekleidet ist – und eine gewisse Angst vor Erniedrigung erfüllt sie. Was wäre, wenn Boelie oder, noch schlimmer, Irene in die Küche käme, während sie die aufgetragenen Kleidungsstücke von Reiniers Schwester bügelt?

Die Küche ist allerdings völlig ausgestorben. De Wet ist zur Arbeit ins Dorf gefahren, Boelie ist auf der Baustelle beim Damm und Irene schläft sicher noch. Klara hat die Bügeldecke vor sich auf dem Küchentisch ausgebreitet, und auf dem großen Ofen stehen fünf Bügeleisen, die langsam heiß werden.

Selbst so früh am Morgen gleicht die Küche schon einem Backofen. Eine Küche im Bosveld Mitte Januar ist kein Ort, an dem man sich aufhält, wenn es nicht unbedingt sein muss.

Auf einem der Küchenstühle liegt ein Sack voller Kleidungsstücke. Pérsomi holt eines nach dem anderen heraus und ist froh, dass sie allein ist. Das sind die unglaublichsten Kleidungsstücke, die sie je gesehen hat. Kleider, Röcke, Blusen, eine Jacke, ein Pullover, vier Nachthemden, sogar zwei Kniebundhosen und ein Paar Schuhe aus Ziegenleder. Äußerst vorsichtig bügelt sie alles und legt es sorgfältig zusammen.

Ganz unten im Sack findet sie sogar zwei Abendkleider, die sie atemlos betrachtet. Das erste ist tiefrot, aus Satin mit einem schrägen Schnitt, speziell entworfen, um eine große, schlanke Körperform zu betonen und jede Rundung zu unterstreichen. Vorsichtig schüttelt sie das Kleid aus und hält es sich an. Der glänzende Stoff legt sich um ihren Busen. Mit einer Hand drückt sie das Kleid an ihre Taille, während sie einen Fuß ein wenig nach vorn streckt. Der tiefrote, glänzende Stoff fällt elegant über ihre schlanken nackten Füße.

Ich komme mir vor wie Aschenputtel, denkt sie. Sogar die Küche passt, nur die gläsernen Pantöffelchen fehlen.

Dieses Kleid werde ich sicher niemals anziehen, überlegt sie, während sie den glänzenden Stoff sorgfältig bügelt. Es sei denn, eine gute Fee besorgt mir noch ein Paar Tanzschuhe und dann erscheint ein Prinz, der ...

Das ist wirklich nicht ihre Art von Traum. Ihre Träume sind realistisch und lassen sich mit harter Arbeit verwirklichen.

Das zweite Abendkleid ist ein raffiniertes, schwarzes mit einem langen Schlitz auf dem Rücken und einem gewagten Dekolleté. Pérsomi hält auch dieses Kleid kurz an sich. Von dem weiß ich schon sicher, dass ich es niemals anziehen werde, denkt sie.

Als sie aufschaut, sieht sie Klara in der Küchentür stehen. „Das hier ziehe ich sicher nie an", verkündet Pérsomi ein bisschen verlegen und stopft es zurück in den Sack.

„Das wäre aber schade", erwidert Klara lächelnd. „Es würde dir wunderbar stehen."

☙

„Du musst De Wet fragen, ob er dich morgen ins Dorf mitnehmen kann", befiehlt Pérsomis Mutter eines Morgens.

„Ins Dorf? Warum das denn?", will Pérsomi wissen.

„Du musst ein Konto eröffnen."

„Was für ein Konto, Mama?"

„Ein Bankkonto."

Pérsomi runzelt die Stirn. „Ich verstehe das nicht, Mama. Was für ein Konto soll ich bei welcher Bank eröffnen?"

„Ach du liebe Güte, Pérsomi, sei doch nicht so schwer von Begriff! Ein Konto für das Geld natürlich, und da brauchst du auch eine Kontonummer", erwidert ihre Mutter und reicht ihr einen Umschlag.

Pérsomi reißt ihn vorsichtig auf. Darin befindet sich Geld, doch sie holt es nicht heraus. „Wo kommt denn das Geld her, Mama?", fragt sie geradeheraus.

„Wie viel ist es denn?", will ihre Mutter wissen.

Pérsomi faltet den Umschlag und steckt ihn in die Tasche ihres Kleides. „Meinst du ein Sparkonto? Soll ich bei der Bank ein Sparkonto eröffnen und das Geld hier dort einzahlen?", fragt sie.

„Das sage ich doch", antwortet ihre Mutter giftig.

Pérsomi seufzt. „Gut, bei welcher Bank denn?"

„Ach du liebe Güte, Kind, jetzt hör doch auf mit deiner Fragerei."

„Gut, dann entscheide ich es eben selbst. Aber erklär mir dann wenigstens noch, warum ich ein Konto eröffnen soll."

Doch ihre Mutter schweigt hartnäckig.

„Hat mein geheimnisvoller Vater vielleicht vor, mir Geld darauf zu überweisen?", fragt sie geradeheraus.

Da dreht sich ihre Mutter einfach um und geht weg.

☙

Ein paar Tage bevor sie umzieht, geht Pérsomi zu der Schlucht, in der Boelie seinen Damm baut. Zunächst betrachtet sie eine Weile das geschäftige Treiben von oben. Antonio ist nirgendwo zu entdecken; wahrscheinlich ist er im Dorf am Arbeiten, wo die neue Steinkirche gebaut wird. Als sie langsam den Abhang hinuntergeht, kommt ihr Boelie auf halbem Weg entgegen.

„Der Damm ist ja schon ganz schön hoch", bemerkt sie.

„Hallo, Pérsomi", erwidert er und beobachtet zusammen mit ihr Jafta, der mithilfe von vier Eseln den Damm aufwirft. „Wenn mein Vater mit Geld und Diesel nicht unnötig herumgegeizt hätte, wären wir jetzt schon fertig. Aber im Lauf der Zeit wird er schon noch einsehen, wie wertvoll so ein Rückhaltebecken ist, wenn die Regenzeit vorbei ist."

„Manchmal regnet es noch bis weit in den April hinein", entgegnet sie.

„Meistens aber nicht", erwidert er und schaut sie an. „So, du bist also auf dem Sprung und ziehst weg zum Studieren?"

Sie lächelt vage und nickt.

Auch er nickt. „Ich glaube, das wird ganz nach deinem Sinn werden."

„Ich habe keine Ahnung, was ich erwarten soll."

„Ach, auch eine Universität ist lediglich eine Schule mit einem Wohnheim, nur eben eine Ecke größer, mit mehr Freiheiten und ohne Schuluniformen", entgegnet Boelie. „Du musst auch Unterrichtsstunden besuchen und Prüfungen schreiben, aber es ist … Ich weiß nicht genau, wie ich das beschreiben soll. Jedenfalls ist es dort besser als auf der Mittelschule, viel besser." Er überlegt einen Augenblick. „Du weißt schon, dass sie in den ersten Wochen dafür sorgen, dass ihr nicht mehr so grün hinter den Ohren seid?"

„Ja, das habe ich von den Leuten in der Schule gehört, die ältere Geschwister haben."

„Wenn du mich fragst, dann treiben sie es auf dem Frauencampus nicht so schlimm", erklärt Boelie. „Aber schön ist etwas anderes."
„Sie sagen, dass man in den ersten beiden Wochen immer dasselbe Kleid tragen muss", sagt Pérsomi und fängt an zu lachen. „Na ja, das bin ich schon gewöhnt."
„Ja, was das angeht, kannst du eine Menge ab", erwidert er. „Komm, stell dich mal hier hin, dann zeige ich dir, wie das Rückhaltebecken funktioniert."
Sie stellt sich neben ihn auf die kleine Anhöhe. „Schau", sagt er und zeigt auf den aufgeworfenen Boden, der langsam die Form eines Damms anzunehmen beginnt. „Wenn der Wall so hoch ist wie der Pfosten, den ich dahinten in den Boden geschlagen habe ... Siehst du ihn?"
„Ja."
„Nun, wenn der Wall also genauso hoch ist wie der Pfosten, dann hält er das Regenwasser auf, das jetzt noch in Richtung Meer wegfließt. Wenn das Rückhaltebecken dann vollgelaufen ist, steht das Wasser bis zu der Markierung, die ich da am Felsen angebracht habe, siehst du sie?"
„Ja", erwidert sie. „Das wird eine ziemliche Menge Wasser."
„Zuerst muss es natürlich erst einmal eine ganze Weile regnen", entgegnet er. „Aber mit dem ganzen Wasser können wir nicht nur das Baumstück bewässern, sondern auch die ausgetrockneten Ackerflächen und sogar die Weideflächen."
„Ich verstehe. Du kannst einen großen Kanal anlegen mit Seitenkanälen überall unterhalb des Damms, so wie Adern."
„Ja", bekräftigt er. „Und eines Tages können wir hier sogar noch Wein anbauen, denn der Boden hier ist schön wasserdurchlässig."
„Wird die Erde dann nicht weggespült?"
„Dagegen bauen wir Terrassen aus Steinen."
Zusammen betrachten sie sich das Terrain. Ich komme erst im April wieder auf die Farm zurück, denkt sie, vielleicht sogar erst im Juli.
Irgendwo fängt eine Taube an zu gurren: Das ist der Lim-po-po. Ich bekomme sicher Heimweh, das weiß ich jetzt schon, denkt sie.
„Ich mag die Farm sehr", bemerkt sie.
Boelie nickt. „Ich auch."

Sie stehen nebeneinander in einem Kokon aus friedlichem Schweigen.

„Boelie, warum hast du eigentlich Ingenieurwissenschaften studiert und nicht Landwirtschaft?", fragt sie schließlich. „Du bist doch viel lieber Bauer, als dass du Brücken und Dämme baust oder was auch immer."

Eine Weile schweigt er. „Ja", antwortet er dann. „Das ist so."

„Und De Wet wird nie Bauer werden, also könntest du doch gut deinem Vater helfen."

Lange Zeit starrt er über das Land. Dann nickt er träge. „Ich würde sehr gern auf der Farm arbeiten, Pers, aber das wird wohl ein Traum bleiben. Unter dem Kommando meines Vaters werde ich nie arbeiten können, nicht einmal mit ihm zusammen. Wir sind einfach zu unterschiedlich."

„Oder vielleicht gerade viel zu ähnlich?"

Er zuckt nur mit den Schultern. „Ich hoffe jedenfalls, dass der Krieg Ende Juni vorbei ist", entgegnet er. „Hoffentlich kann ich dann das letzte Semester meines Studiums abschließen und danach auf eigenen Beinen stehen. Je eher, desto besser."

Dann zerbricht er den Kokon und geht zu seinem Damm zurück. Sie dreht sich um und schlendert wieder zu dem Beiwohnerhäuschen am kahlen Hang.

CR

Mitte Januar bringen Herr Fourie und Tante Lulu Irene und Pérsomi zur Universität.

Pérsomis Koffer ist schon seit zwei Tagen gepackt und steht bereit. Tante Sus hat für die vielen Kleidungsstücke eine alte Hutschachtel vorbeigebracht, die einmal Pérsomis Großmutter gehört hat. „Liebe Leute, was hast du doch für schöne Kleider!", hat sie ausgerufen.

Vor Tagesanbruch bindet Pérsomi ihren Koffer und ihre Hutschachtel mit einem Strick zusammen, verabschiedet sich von ihrer Mutter und geht zum Fluss. Erst als sie an der Scheune ankommt, zieht sie ihre Socken und ihre Schuhe an. Sie besitzt jetzt schon zwei Paar: ihre alten aus der Schule und die neuen aus weichem Ziegenleder.

Nach einer Weile kommen auch die Leute aus dem Haus zur Scheune, alle sind mit Paketen, Schachteln und Koffern beladen. Es sieht aus wie ein Volksumzug. „Hallo, Pérsomi", grüßt jeder beiläufig, ohne das geschäftige Treiben zu unterbrechen.

Boelie lädt alles auf den Notsitz des Daimlers, während sein Vater auf und ab geht und Kommandos gibt. Pérsomi merkt, dass Boelie sich anstrengen muss, um nicht darauf zu reagieren. Nach einer Weile ist der Notsitz restlos voll. Schließlich tritt auch Pérsomi hinzu und reicht Boelie ihren Koffer, ohne ein Wort zu sagen. „Du hältst es wenigstens schön einfach", bemerkt Boelie zufrieden. „Das kann man nicht von allen Frauenzimmern hier sagen."

„Fang jetzt bloß keinen Streit an, Boelie", erwidert Herr Fourie kurz angebunden.

Pérsomi hält sich raus. Die Anspannung der vergangenen Tage bildet einen festen Klumpen in ihrem Bauch.

„Du gehst einer aufregenden Zeit entgegen, Pérsomi", ertönt plötzlich Klaras Stimme neben ihr. „Jetzt solltest du auch das Studentenleben wirklich genießen, hörst du, und nicht immer nur hart arbeiten!"

„Gut", erwidert Pérsomi. Eine ungekannte Angst nimmt sie langsam in Beschlag.

„In den ersten paar Wochen sorgen sie dafür, dass ihr keine Grünschnäbel mehr seid, das ist nicht schön", verkündet Klara. „Danach wird es besser, und das können dann die schönsten Jahre deines Lebens werden."

„Ja, das hat Boelie auch schon gesagt", entgegnet Pérsomi. Es ist komisch, Klara nicht mehr „Fräulein" nennen zu müssen, nachdem sie in den vergangenen beiden Jahren nahezu jeden Tag Geschichtsunterricht bei ihr gehabt hat.

Für einen Augenblick scheint Klara noch etwas sagen zu wollen, doch dann holt sie eine Fünf-Shilling-Münze aus ihrem Portemonnaie und gibt sie Pérsomi. „Hier, das ist nicht viel, aber besser als nichts."

Pérsomi spürt, wie das vertraute Gefühl von Scham wieder von ihr Besitz ergreift. Ein Almosen. „Ich habe selbst Geld", erwidert sie.

„Nimm es trotzdem an. Betrachte es als das Geschenk einer Lehrerin für ihre beste Schülerin", entgegnet Klara freundlich.

Die Situation wird unerträglich. „Danke schön", antwortet Pérsomi und stopft das Geld in die Tasche ihres Kleides.

☙

Die ersten Wochen sind ein großes Durcheinander aus fremden Menschen und unbekannten Orten, englischen Lehrbüchern und Nächten ohne einen Moment Ruhe. Pérsomi muss sich in einer Welt zurechtfinden, in der jeder seinen eigenen Platz finden muss, in der die Erstsemester auf der Suche nach ihren Lehrsälen umherirren und versuchen, aus all den Fächern und Kursen schlau zu werden.

Die Stunden fliegen vorbei und die Wochen sind um, bevor Pérsomi es richtig mitbekommt.

„Wenn das so weitergeht, sterben wir noch vor Erschöpfung", stöhnt Lucia, Pérsomis Zimmergenossin, als sie eines Abends um Mitternacht die Anweisung bekommen, die Nacht unter ihren Betten zu verbringen.

„Ich habe morgen Prüfung", jammert Pérsomi. „Ich werde keinen klaren Gedanken fassen können."

„Allmählich bekomme ich eine echte Abneigung gegen das Wohnheim", entgegnet Lucia. „Jedenfalls gegenüber den älteren Semestern."

Am Dienstag darauf trifft Pérsomi vor dem Eingang zur Bibliothek auf Reinier. „Überlebst du es?", will er wissen.

„Nein", antwortet sie. „Und du?"

„Auch nicht."

Aber nach ein paar Wochen bekommt alles allmählich seinen Platz und es lässt sich in der neuen Welt so etwas wie eine Ordnung erkennen. Darüber hinaus haben die älteren Semester langsam die Nase voll davon, den Erstsemestern die Flausen auszutreiben, oder vielleicht haben sie auch einfach nur genug anderes zu tun.

Im Wohnzimmer des Wohnheims stehen große, lederne Sofas, auf denen die älteren Semester sitzen und lesen dürfen. Abends und an den Wochenenden darf man dort auch männliche Besucher empfangen. Jeden Morgen werden die Tageszeitungen auf dem großen Tisch am Fenster ausgelegt. Aber man muss sie im Wohnzimmer lassen. Auch die Erstsemester dürfen hier lesen, allerdings dürfen sie sich nicht auf die Sofas setzen, sondern müssen dabei stehen bleiben.

Pérsomi schlendert zum Tisch, schlägt die Zeitung auf und blättert unwillkürlich durch bis Seite fünf, der Seite mit den internationalen Nachrichten. Eigentlich sind es nur Meldungen über den Krieg, denkt sie.

„Die Flutwelle der alliierten Streitkräfte gewinnt unbarmherzig an Kraft", schreibt der Korrespondent aus Europa. „Sie schlägt gegen die bröckelnden Mauern des dritten Deutschen Reiches. Es ist nur noch eine Frage der Zeit, bis die Deutschen sich nicht mehr gegen sie stemmen können und sich ergeben müssen."

ൣ

„Hat Leendert dich wegen des Herbstballs gefragt?", will Lucia eines Abend am Anfang des zweiten Trimesters wissen.

„Ja", antwortet Pérsomi.

„Und gehst du hin?"

„Nein."

„Warum denn nicht?", fragt Lucia. „Ich kenne ihn aus der Mittelschule, er ist ein prima Kerl."

„Ich habe keine passenden Schuhe", erwidert Pérsomi, die auf dem Weg zur Tür ist.

„Daran solltest du wirklich denken, dass du dir nach den Ferien deine Schuhe einpackst", entgegnet Lucia, während sie sich eine Zigarrette aus einem Päckchen zieht. „Du siehst schon ziemlich altmodisch aus mit deinen Röcken, ganz zu schweigen von deinen Schuhen und den Socken aus deiner Schulzeit."

„Gut", erwidert Pérsomi und zieht leise die Tür hinter sich zu.

ൣ

Am 1. Mai ergeben sich die Deutschen in Italien. Berlin ist in den Händen der Roten Armee und auf einer Brücke über der Elbe stoßen amerikanische und russische Truppen miteinander auf den Sieg an. Am 8. Mai klebt das ganze Wohnheim am Radioapparat. Überall im Land sitzen die Menschen in Gruppen um die Radiogeräte und lauschen der Siegesansprache des englischen Premiers Winston Churchill. Genau wie 1939 wird sie live aus England übertragen. Sie schließt mit den Worten: „Gott segne den König!" Es ertönt Trompetenschall und auf den Ebenen Englands stimmen die Menschen die Nationalhymne an. Glockenklar erklingt sie durch den Äther: *„Send him victorious, happy and glorious ... God save the king!"* („Schicke ihn siegreich, glücklich und herrlich ... Gott schütze den König!") Sirenen fangen an zu heulen, Autos hupen, die Straßenbahnen lassen ihre Glocken erklingen. Menschen jubeln, schreien und singen.

Einige der jungen Frauen im Wohnheim lassen sich mitreißen. Mit erhobener Hand singen sie: *„Send him victorious, happy and glorious ..."* Auch Lucia. Die meisten jungen Frauen stehen jedoch auf und gehen weg. „Blöde Rotnackenfreundinnen!", schnauben sie an der Tür.

„Jeder hat verloren, nicht nur Deutschland", erklärt Pérsomi Lucia, als sie wieder in ihrem Zimmer zurück sind. „Das ist alles so furchtbar sinnlos gewesen."

CB

„Die ersten Einheiten Soldaten, die wieder nach Hause zurückgekommen sind, marschieren am Samstag durch die Kirchstraße", verkündet Reinier, als er ihr am Donnerstag in der Pause entgegenkommt. „Ich hätte gute Lust, mir das anzuschauen, einen Panzerwagen habe ich noch nie in Wirklichkeit gesehen."

„Ich habe keine Lust", erwidert Pérsomi unmittelbar. Die klaffende Wunde, die die Trauer um Gerbrand gerissen hat, ist im Laufe der Zeit sorgfältig zugedeckt worden und die dicke Kruste ist längst abgescheuert worden, dennoch bleibt eine Narbe.

„Auch gut", entgegnet er und schubst mit dem Fuß ein Steinchen weg. „Kommst du dann am Samstagabend mit ins Kino? Dort gibt es so eine Art Kriegsfilm, aber wenn du mich fragst, geht es da kaum um den Krieg, sondern es ist eher ein Musikfilm. Ungefähr so wie ‚Urlaub in Hollywood' mit diesen beiden Schauspielern, die singen und tanzen, Gene Kelly und Frank Dingsbums."

„Sinatra."

„Ja, genau. Wie findest du das?"

Sie zögert einen Augenblick.

„Komm schon, Mann", spornt er sie an. „Dabei können wir uns nett unterhalten, so wie in der guten, alten Zeit. Ich habe das Gefühl, als wäre das schon Jahre her."

„Na, denn mal los", erwidert sie und fängt an zu lachen. „Mit deiner ‚guten, alten Zeit' tust du ja gerade so, als wären wir beide schon steinalt!"

Er grinst. „Ich fühle mich bei dieser ganzen Studiererei auch schon ganz alt", entgegnet er, während er seine Bücher unter den anderen Arm schiebt. „Bis Samstagabend dann, sieben Uhr."

Am Samstagabend steht Pérsomi lange vor ihrem Kleiderschrank. Sie wird ihre Ziegenlederschuhe anziehen müssen, schließlich kann sie doch nicht mit ihren Schuhen aus der Schule ins Kino gehen. Aus dem Schrank holt sie einen weiten Rock und eine mehr oder weniger dazu passende Bluse.

„Gehst du heute Abend aus?", fragt Lucia plötzlich hinter ihr.

„Ja."

„Wohin denn?"

„Ins Kino."

„Mit einem Jungen?", will Lucia verdutzt wissen.

„Ja."

„Oh. Mit wem denn?"

„Einfach mit einem Bekannten aus der Mittelschule."

„Sieht er gut aus?", fragt Lucia. „Denn dann musst du ihn mir vorstellen."

Sieht Reinier gut aus?, überlegt Pérsomi. „Den Mädchen auf meiner Schule hat er gut gefallen", antwortet sie, „aber für mich ist er einfach nur ein guter Freund."

„Diese Schuhe kannst du aber nicht zu dem Rock anziehen, hörst du?", erklärt Lucia.

„Aber ich habe keine anderen", erwidert Pérsomi, während sie anfängt, ihre Haare zu bürsten.

Lucia legt sich rücklings aufs Bett, die Schuhe auf der hellblauen Tagesdecke. „Pérsomi, bist du jemals verliebt gewesen?", will sie wissen.

„Nein", antwortet Pérsomi. „Und ich habe auch nicht vor, mich demnächst zu verlieben."

☙

Am Anfang des dritten Trimesters fahren Irene und Pérsomi mit Boelie zur Universität zurück. Boelie wird den letzten Rest seines Studiums abschließen. Zu dritt sitzen sie in Boelies kleinem Gebrauchtwagen, den ihm sein Großvater gekauft hat. Über die weite Springbockebene fahren sie nach Pretoria, unterwegs passieren sie zig kleine Bahnstationen, an denen die Züge immer halten, um Milchfässer und Postsäcke aufzunehmen. Sie essen die kalte Wurst, die dünnen Scheiben Wildkeule und die belegten Brötchen, die Irenes Großmutter für sie eingepackt hat.

„Nächste Woche Samstag müssen wir einmal schauen, wie weit sie schon mit dem *Voortrekker*-Monument[14] sind", verkündet Boelie, während sie die Station von Codrington hinter sich lassen.

„Ich gehe sicher nicht mit", erwidert Irene. „Die Grundsteinlegung dieses Monuments war eine der schlimmsten Wochen meines Lebens, da musste ich dieses abscheuliche *Voortrekker*-Kleid anziehen, das auch noch überall gekratzt hat, während meine Oma hinterher so getan hat, als wäre das alles nicht wichtig."

Und so ist Pérsomi am Samstagmorgen die Einzige, die vor dem Wohnheim auf Boelie wartet. Es ist kalt, so früh am Morgen, und die Luft ist eisig frisch. Pérsomi reibt sich die Hände vor Kälte. Als Boelie anhält und sich zur Seite lehnt, um ihr die Tür zu öffnen, steigt sie so schnell ein, dass ihr Kopf mit seinem zusammenstößt.

„Aua!"

Seine dunklen, lachenden Augen sind nur noch ein paar Zentimeter von ihrem Gesicht entfernt. „Nicht so stürmisch!", neckt er sie.

„Es ist aber so kalt!", verteidigt sie sich und schlägt schnell die Tür hinter sich zu.

Das Auto, in dem sie in der letzten Woche schon mitgefahren ist, das ganze Stück von der Farm bis hierher, kommt ihr plötzlich

---

14 Das von 1937 bis 1949 in Pretoria errichtete Voortrekkerdenkmal erinnert an den „Großen Treck", mit dem die Afrikaaner („Buren" vom niederländischen „boer", „Bauer") nach 1835 ihre Heimat am Kap verließen, weil diese von den Briten annektiert worden war. Sie gründeten daraufhin die Burenrepubliken Transvaal (die „Südafrikanische Republik") und Oranje-Freistaat. Insgesamt verließen rund vierzehntausend Afrikaaner ihre ursprüngliche Heimat.

völlig anders und viel kleiner vor. Auf einmal ist es seltsam, hier in diesem gemütlich engen Räumchen neben Boelie zu sitzen. Es scheint immer noch eine wässerige Wintersonne, und die Eukalyptusbäume werfen lange Schatten auf die Straße. Und trotzdem hängt etwas zwischen ihnen ... etwas Unbehagliches; es ist beinahe so, als fiele ihnen nichts ein, worüber sie reden könnten.

„Dein Auto fährt gut", bemerkt sie, um das ungemütliche Schweigen zu durchbrechen.

Boelie scheint die Stille überhaupt nicht ungemütlich zu finden.

„Hmm", erwidert er. „Mir macht es auch viel Spaß."

Pérsomi betrachtet seine Hände am Steuer, seine breiten Finger mit den kurzgeschnittenen Fingernägeln und den dunklen Härchen auf der Oberseite. Sie erinnert sich daran, wie diese Hände sie in der finstersten Nacht ihres Lebens gestreichelt haben. Es gibt nur zwei Menschen auf dieser Welt, die ihr jemals übers Haar gestrichen haben: Gerbrand und Boelie.

„Es ist jetzt beinahe sieben Jahre her, seitdem ich das letzte Mal an diesem Monument gewesen bin", erklärt Boelie plötzlich.

Sie schaut ihn von der Seite an und es kommt ihr so vor, als sähe sie sein kräftiges Profil, das ihr seit der frühesten Kindheit vertraut ist, heute zum ersten Mal. „Ich bin noch nie dort gewesen", erwidert sie.

„Die Grundsteinlegung werde ich nie vergessen", schwärmt er. Selbst seine Stimme klingt anders. „Da waren Tausende von Menschen, alles Afrikaaner. In dieser Woche ist mir klar geworden, dass ich niemals etwas anderes sein könnte als ein Afrikaaner, Pérsomi. Das ist mir in Fleisch und Blut übergegangen. Deswegen ist dieses Monument für mich zu einem Symbol meines Volks geworden und hat so eine besondere Bedeutung für meine Identität."

Sie nickt, weiß aber nicht, was sie darauf sagen soll.

Und als sie aussteigen und zu ihrem umjubelten Volkssymbol gehen, ist sie völlig sprachlos. Dort steht ein kolossales Viereck ohne Dach vor ihr, ein geradezu riesiger Mauerbrocken aus Granit – die Mauern einer Ruine – der sich verbissen am felsigen Boden festklammert. Von den kahlen Wänden hängen hier und da Seile herunter.

Mucksmäuschenstill stehen sie da und schauen.

„Das ist fast schon ein heiliger Ort, denn hier gedenken wir des

Gelöbnisses, das unsere Vorfahren vor mehr als einem Jahrhundert Aug' in Auge mit dem Tod abgelegt haben. An diesem Ort wird uns klar, dass Gott unser Volk mit einem bestimmten Ziel hier an den südlichsten Punkt von Afrika geschickt hast", erklärt Boelie.

„Ja", erwidert sie.

Das Gefühl der Fremdheit bleibt. Alles ist ihr so fremd: der Ort, das Gespräch, Boelie. Dieser ganze Morgen kommt ihr beinahe unwirklich vor.

„Spürst du es auch, Pérsomi?", will Boelie wissen. „Spürst du es?"

Sie weiß nicht, was sie spürt, hat Angst vor dem, was sie zu spüren meint, und darum schweigt sie lieber.

„Wie gefällt dir das Monument?", fragt er nach einer Weile.

„Es ist einfach ..." Sie muss ehrlich sein. „Es ist einfach erst halb fertig."

„Das wird eine große Kirche zur Ehre Gottes und unserer Vorfahren werden, eine Erinnerung an den Heldenmut unserer Ahnen. Hier kommen die Afrikaaner her, Pérsomi, daran musst du dich erinnern und darauf musst du stolz sein."

Sie schlendern über den holprigen Boden um das Gebäude herum. Von allen Seiten betrachtet Boelie sich das halbvollendete Monument, während er es ihr mit eifrigen Handbewegungen erklärt. Wenn Reinier jetzt auch hier wäre, dann könnten die beiden zusammen Bäume ausreißen gehen, fällt Pérsomi plötzlich ein. Männer sind und bleiben doch seltsame Wesen.

„Ach ja, wie war es denn heute Morgen?", will Lucia am Abend wissen.

„Interessant", antwortet Pérsomi. „Oder eigentlich ... ein bisschen seltsam."

„Ja, der ganze Wirbel, der um dieses Monument veranstaltet wird, kommt mir schon lange ziemlich komisch vor", erwidert Lucia.

Doch das Monument hat Pérsomi gar nicht gemeint.

☙

Eines Abends Anfang August kommt Lucia hereingerannt und schreit laut. „Amerika hat heute Nachmittag eine Atombombe über Japan abgeworfen, sagen sie im Radio, um Japan zur Kapitulation zu zwingen", ruft sie außer Atem.

„Eine Atombombe?", will Pérsomi wissen.

„Ja, das ist anscheinend etwas Neues und sie sagen, dass das etwas absolut Tödliches ist", antwortet Lucia, während sie in ihrer Handtasche nach Zigaretten sucht. „Im Radio hieß es, dass so eine Bombe so eine Art Strahlen aussendet, die die Menschen von innen heraus verbrennen oder so, das hat Japie mir heute Abend erzählt. Hast du zufällig meine Zigaretten gesehen? Die müssen hier irgendwo sein."
Japie ist die vorläufig letzte in Lucias unüberschaubarer Reihe von Eroberungen. Er studiert Theologie, und deshalb raucht Lucia nicht, wenn er dabei ist.

„Das hört sich ja furchtbar an!", entgegnet Pérsomi.

„Ja, sie sagen, dass so eine Bombe in ein paar Sekunden Tausende von Menschen töten kann, und in den Tagen und Wochen danach sterben nochmal Tausende einen langsamen Tod. Wo habe ich jetzt bloß meine Zigaretten hingelegt?"

Am nächsten Morgen geht Pérsomi noch vor Unterrichtsbeginn für einen Augenblick ins Wohnzimmer, wo die Morgenzeitung auf dem Tisch liegt. Die fette, schwarze Schlagzeile füllt die ganze erste Seite:

Atombombe auf Hiroshima
Vergeltung für Pearl Harbor

Die erste Atombombe der Welt ist gestern, am 6. August, aus einem amerikanischen Kampfflugzeug über der japanischen Industriestadt Hiroshima abgeworfen worden. Es wird vermutet, dass ihr mehr als hunderttausend Menschen zum Opfer gefallen sind, allerdings sind aufgrund der dicken Qualmwolken, die über der Stadt hängen, keine genaueren Schätzungen möglich. Die Bombe, die den Namen ‚Little Boy' bekommen hatte, besaß die Sprengkraft von mehr als zweitausend der größten bisher verwendeten Bomben. Sie wurde durch eine amerikanische B-29 Superfortress um Punkt drei Uhr nachmittags (südafrikanischer Zeit) abgeworfen. Die Besatzung des Flugzeugs hat berichtet, sie habe eine Wolkensäule in Form eines Pilzes aufsteigen sehen, gefolgt von überall aufflammenden Bränden, die sich wie ein Flächenbrand über die ganze Stadt ausgebreitet hätten.

Drei Tage später explodiert die zweite amerikanische Atombombe, ‚Fat Man', über Nagasaki.

„Jetzt wird Japan sich den amerikanischen Waffenstillstandsforderungen bedingungslos unterwerfen müssen", erklärt Reinier, während sie am nächsten Tag zwischen zwei Vorlesungen zusammen einen Kaffee trinken.

„Und eigentlich hat dabei niemand etwas gewonnen", verkündet Pérsomi im Brustton der Überzeugung. „Der ganze Krieg hat nur Millionen von Menschenleben gekostet und weitere Millionen obdachlos und arm gemacht. Millionen von Kindern sind Waisen geworden und hungern. Man sollte eine weltweite Organisation aufbauen, die Kriege in Zukunft verhindert."

☙

„Pérsomi, Besuch für dich! An der Eingangstür!", schreit eine andere Studentin aus dem Erstsemester an einem Mittwochabend durch den Flur.

„Für mich?", fragt Pérsomi überrascht.

„Das ist sicher dein Freund Reinier", erwidert Lucia. „Du musst ihn mir wirklich irgendwann einmal vorstellen, wegen mir schon heute Abend."

Schnell holt Pérsomi eine Bürste und kämmt sich die Haare. „Und was ist dann mit Japie?", fragt sie über die Schulter.

„Japie tanzt nicht. Wenn das so weitergeht, sitze ich mutterseelenallein im Wohnheim, während alle andern auf dem Abschlussball sind!", stöhnt Lucia.

„Nicht mutterseelenallein, denn ich werde mit Sicherheit auch hier sitzen", entgegnet Pérsomi und rennt aus dem Zimmer.

Aber es ist nicht Reinier, der an der Eingangstür wartet.

Für einen Moment denkt Pérsomi, dass dort gar niemand steht, doch dann sieht sie ihn. Er steht ein wenig abseits im Halbdunkel und lehnt bequem mit der Schulter an einer Säule.

„Boelie?", fragt Pérsomi zur Sicherheit.

„Ich komme nur auf einen Sprung vorbei, um zu sehen, wie es dir geht", erwidert er und macht einen Schritt nach vorn. „Hättest du zufällig Lust, einen Schluck trinken zu gehen?"

Sie spürt auf einmal, wie froh sie wird. „Aber um halb acht muss ich wieder hier sein", warnt sie ihn.

„Dann nehmen wir eben große Schlucke", erklärt er und marschiert los. Sie holt ihn ein und geht neben ihm. Mit langen, geschmeidigen Schritten geht er. Ohne ein Wort zu wechseln, laufen sie zum Café, ziemlich schnell. Ist er auf irgendetwas wütend?, fragt Pérsomi sich. Oder hat er schlechte Neuigkeiten bekommen? „Wie geht es dir?", fragt sie.

„Gut", antwortet er. „Gut."

Im Café schieben sie sich an einen der kleinen Tische. „Zwei Vanille-Milchshakes, bitte", bestellt Boelie.

Als der Ober weg ist, fängt Pérsomi leise an zu lachen.

„Wer sagt denn, dass ich nicht lieber eine Cola oder eine Zitronenlimonade gehabt hätte?"

„Ist das so?", fragt er ein bisschen verdutzt.

„Nein, gar nicht, Mann, ich wollte dich nur ein bisschen ärgern."

„Oh", antwortet er. „Ich wollte eigentlich nur wissen, ob es dir gut geht."

„Es geht mir gut, Boelie", antwortet sie. „Im Wohnheim fühle ich mich sehr wohl. Meine Zimmergenossin ist ein bisschen komisch, aber ansonsten in Ordnung und mir fängt mein Studium langsam an zu gefallen. Am Anfang des Jahres ist alles noch ein bisschen fremd gewesen, aber jetzt bin ich hier wirklich zu Hause. Allerdings glaube ich, dass ich dir das alles schon einmal erzählt habe."

„Gut so", erwidert er.

Als der Kellner ihnen ihre Getränke bringt, trinken sie die sahnige Flüssigkeit mithilfe von langen, dünnen Strohhalmen. Ich habe den Eindruck, dass ihm irgendetwas auf der Seele liegt, denkt Pérsomi. Er ist so schweigsam. „Und wie ist es für dich, jetzt wieder an der Uni zu sein?", fragt sie ihn ins Blaue hinein.

„Gut", antwortet er. „Allerdings auch komisch."

„Du bist eine ganze Zeitlang weg gewesen. Hat sich dein Studium sehr verändert?"

„Nicht viel, aber trotzdem", antwortet er. „Es ist nur … Tja, wir haben zwei neue Dozenten und manche Dinge laufen jetzt anders."

„Aber du schaffst es schon, oder?", will sie wissen. „Schließlich geht es ja darum, dass du deinen Abschluss bekommst."

„Du hast recht. Das musst du dir selbst auch immer wieder sagen", erwidert Boelie ernst.

„Nein", entgegnet sie, „ich muss Glanzleistungen bringen, um mein Stipendium nicht zu riskieren."

„Ich hoffe, du kannst trotzdem auch das Studentenleben noch genießen. Wie oft gehst du eigentlich aus? Machst du wenigstens ein bisschen bei den Studentenpartys mit?"

„Ich bin beim Leichtathletikwettkampf gegen die Universität von Johannesburg dabei gewesen", antwortet sie.

„Die Erstsemester sind dazu doch verpflichtet", erwidert er. „Und sonst?"

„Ich bin im Kino gewesen, sogar schon zweimal, mit Reinier. Und ich habe bei einem Abendständchen mitgemacht."

„Wie oft?"

„Zweimal, nein, einmal. Sag mal, Boelie, du hast mich doch wohl nicht eingeladen, um meinem Sozialleben auf den Zahn zu fühlen?", fragt sie ernsthaft.

„Es ist wichtig, dass du dich voll in das Studentenleben hineinstürzt. Bist du schon einmal auf einem Ball gewesen?"

„Nein."

„Hast du ein Kleid?"

„Natürlich habe ich ein Kleid!"

„Ich meine ein Abendkleid."

„Ja, Boelie, ich besitze auch ein Abendkleid."

„Und bist du schon einmal gefragt worden, ob du auf einen Ball mitgehst?"

Sie spürt, dass sie immer wütender wird. „Ich bin schon einmal gefragt worden, ja, aber ich hatte keine Lust", erwidert sie rundheraus.

„Wenn jemand dich fragt, ob du mit ihm auf den Abschlussball gehen möchtest, dann sagst du ja, verstanden? Hast du dein Milchshake ausgetrunken? Wir müssen los, sonst kommst du noch zu spät."

Er steht auf und geht an die Theke um zu bezahlen. Dann schlendert er nach draußen. Sie folgt ihm und stellt sich neben ihn. Mittlerweile ist sie stinksauer.

„Ich meine es ernst, Pérsomi", sagt er plötzlich.

„Warum denn, Boelie?" Die Wut kommt bröckchenweise zum

Vorschein und sucht sich ihren Weg. „Warum muss ich nun auf einmal auch noch auf einen Ball gehen? Warum steckst du deine Nase überhaupt in meine Angelegenheiten? Das geht dich doch überhaupt nichts an!"

Mit einem Ruck wendet er sich um und schaut sie an. „Du bist wütend", bemerkt er ein bisschen überrascht.

„Ich kann ja wohl selbst entscheiden, was ich tue und was nicht."

„Daran habe ich keinen Moment gezweifelt", erwidert er mit einem Nicken. „Aber ich kenne dich nun schon eine Weile. Wenn du es dir aussuchen kannst, sitzt du die ganze Zeit in deinem Zimmer und lernst. Und ich glaube wirklich, dass es bei einem Universitätsstudium um viel mehr geht als nur darum, gute Prüfungsergebnisse zu erzielen."

Trotzig schweigt sie dazu.

„Es ist deine Entscheidung, Pérsomi", entgegnet er ernst und geht wieder weiter. Bis zum Wohnheim ist es nur noch ein kurzes Stück. „Aber wenn ich dir nicht sage, dass du auch ein Sozialleben führen musst und dass du dir so etwas wie einen Freundeskreis aufbauen musst, wer soll es dir denn sonst sagen?"

Langsam sickert die Wut aus ihr heraus. „Ich werde darüber nachdenken", gibt sie unwillig zu. „Danke für den Milchshake, Boelie."

„Ja", erwidert er. „Auf Wiedersehen."

Ich habe noch immer keine Schuhe, überlegt sie, während sie die Treppe zu ihrem Zimmer hochgeht. Aber ich habe ein Sparbuch, auf das jeden Monat Geld eingezahlt wird von einem Vater, der sich auf die eine oder andere Weise doch für mich verantwortlich fühlt, einem Vater, der anonym bleibt, egal, was sie auch versucht. Ich habe wirklich alles unternommen, um hinter seine Identität zu kommen, überlegt sie weiter. Einmal, als sie erneut nach ihrem Vater gebohrt hat, hat ihre Mutter geantwortet: „Er versorgt uns, Pérsomi, er sorgt für uns auf seine Weise, mach dir also keinen Druck."

Im letzten Jahr, als sie nach Weihnachten mit ihrer Mutter zum Großen Haus gegangen ist, um ihr beim Bügeln zu helfen, hat sie zu ihrer Mutter gesagt: „Onkel Freddie ist doch ein feiner Kerl."

„Ja, das ist wahr", hat ihre Mutter geseufzt, während sie das nächste Bügeleisen mit einem feuchten Finger auf die nötige Wärme getestet hat. Tschsch, hat das Eisen gemacht. „Viel zu gut für unsere Anna", hat sie in sich hineingebrummt.

„Warum sagst du das?", hat Pérsomi vorsichtig nachgefragt.

„Hör doch auf mit deiner Fragerei, Pérsomi", hat ihre Mutter bissig geantwortet.

So reagiert sie immer, wenn ich von meinem Vater anfange, überlegt Pérsomi jetzt. Immer, außer dem einen Mal unter dem wilden Feigenbaum, mit den Bosveldpapageien über ihren Köpfen und dem Geruch von süßlichen, überreifen Früchten, die auf dem Boden verstreut lagen. Ich will wirklich kein Mauerblümchen werden, denkt sie noch, kurz bevor sie ihr Zimmer wieder betritt. Ich will auch zur Studentenwelt gehören. Genauso wie eine richtige Studentin. Und ich habe doch auch ein Abendkleid. Ein Traum von einem Kleid, tiefrot und genau meine Größe. Vielleicht sollte ich mir einfach selbst ein Paar Schuhe kaufen, von dem Geld auf meinem Sparbuch.

„Wann stellst du mich denn nun endlich deinem Freund vor?", will Lucia sofort wissen, als Pérsomi wieder in ihrem Zimmer ist.

„Das war nicht Reinier", antwortet Pérsomi.

„Oh. Ein anderer gut aussehender Junge dann?"

„Nein, mehr so etwas wie ein großer Bruder."

ෆ

„Liebe Leute, Mädel, jetzt siehst du echt hinreißend aus!", bemerkt Lucia, während sie Pérsomi die letzte Haarnadel ins Haar steckt. „Einfach nur königlich."

„So wie Aschenputtel?", will Pérsomi wissen, während sie sich langsam vor dem großen Spiegel in Lucias Schranktür hin und her bewegt. Das tiefrote Satinkleid umhüllt ihren hochgewachsenen, schlanken Körper. Ihre sonnengebräunten Schultern sind frei und durch einen langen Schlitz kann man noch ihre wohlgeformten Beine sehen. Ihre dunklen Haare liegen in einem eleganten Knoten im Nacken, und die feinen Schuhe fühlen sich an ihren Füßen noch etwas ungewohnt an. Ich komme mir so schön vor!, erkennt sie ein wenig überrascht.

„Nein", erwidert Lucia. „Aschenputtel sah wie eine Prinzessin aus und du wirkst aristokratischer, mehr wie eine Königin. Ich meine immer noch, dass du eine Halskette umziehen und deine Lippen ein bisschen anmalen solltest."

„Nein, danke", entgegnet Pérsomi und geht zur Tür. „Viel Spaß im Kino."

Lucia stöhnt. „Ich muss mich dringend auf die Suche nach einem anderen Liebhaber machen", verkündet sie noch, kurz bevor Pérsomi die Tür hinter sich zuzieht.

Auf dem Flur riecht es nach Kölnisch Wasser und Haarspray. Alle gehen sie zum Ball. „Was siehst du heute gut aus, Pérsomi", sagen ein paar junge Frauen im Vorbeigehen.

„Danke, du auch", antwortet Pérsomi jedes Mal und geht die Treppe hinunter in Richtung Vorhalle.

„Guten Abend, Pérsomi, du siehst wunderbar aus", ertönt die dunkle Stimme von Petrus. Das ist ein Kommilitone, der aus dem Maricodistrict in West-Transvaal stammt. Zusammen gehen sie zu dem Tanzsaal. Es ist nicht zu übersehen, dass sich sein massiger Körper in dem schwarzen Anzug nicht zu Hause fühlt, und sein dicker Hals versucht mit aller Macht der ungewohnten Krawatte zu entkommen. Sie reden nicht.

Kurz bevor sie am Saal ankommen, offenbart er plötzlich: „Ich kann nicht so gut tanzen."

„Und ich kann überhaupt nicht tanzen, ich habe dich gewarnt", erwidert sie.

„Gut", entgegnet er. „Wir sind da, meine Kumpels haben ein Plätzchen für uns freigehalten."

Zusammen mit den Freunden aus seinem Wohnheim sitzen sie um einen Tisch herum. Pérsomi kennt nicht einen von ihnen. „Möchtest du etwas trinken?", will Petrus wissen.

„Gern, eine Cola."

Als er weg ist, fragt einer der Männer von der anderen Seite des Tisches: „Ich habe gehört, dass du zusammen mit Petrus Jura studierst."

„Das stimmt."

„Er sagt, dass du die Beste aus seiner Gruppe bist", berichtet der junge Mann.

„Nun ... manchmal", antwortet Pérsomi unbehaglich.

„Er sagt auch, dass du sehr gut in Leichtathletik bist", erzählt seine Freundin, die neben ihm sitzt.

Du lieber Himmel, was hat Petrus denn noch alles über sie erzählt?, fragt Pérsomi sich. „Ich ... Das macht mir wirklich Spaß", erwidert sie.

„Ich bin auch ganz verrückt nach Sport", entgegnet die junge Frau, „aber ich spiele Volleyball. Hast du das schon einmal probiert?"

„Nein."

„Das solltest du aber, du bist schön groß. Wo kommst du her?"

Pérsomis Beine fangen an zu kribbeln. „Aus dem Bosveld", antwortet sie vage und schaut sich um, wo Petrus bleibt.

Plötzlich beginnt die Musik in einer erlösenden Lautstärke – ein weiteres Gespräch ist unmöglich. „Komm, wir gehen tanzen", fordert der Freund die junge Frau auf und erhebt sich.

Der Abend entartet zu einem langen Ringkampf, in dem Pérsomi und Petrus entweder schweigend am Tisch sitzen und den anderen beim Tanzen zusehen oder unbeholfen und völlig aus dem Takt herumschwofen. Sie ist erleichtert, als Petrus gegen elf Uhr sagt: „Wenn du so pünktlich im Wohnheim sein musst, dann müssen wir jetzt los."

Als sie endlich wieder zurück im Wohnheim ist, sagt Lucia: „Jetzt erzähle mir bitte, dass dein Abend so viel netter war als meiner."

Pérsomi setzt sich auf die Kante ihres Bettes. „Das bezweifle ich", erwidert sie.

„Los, erzähl schon", fordert Lucia sie auf. „Puh, ich habe so einen Schmacht nach einer Zigarette."

„Ich kann nicht tanzen", bekennt Pérsomi und schlüpft aus den steifen Schuhen. „Und Petrus war alles andere als ein guter Lehrmeister, deshalb war es ein ziemliches Durcheinander."

„Hmm", macht Lucia und bläst eine dicke Rauchwolke in die Luft. „Ich kann es dir beibringen."

Vorsichtig zieht Pérsomi das schöne Kleid aus. „Mir ist auch kein einziges vernünftiges Gesprächsthema eingefallen."

„Auf einem Ball führt man auch keine Gespräche, man schwatzt nur ein bisschen herum. Deshalb sollte man auch nicht nur Softdrinks zu sich nehmen."

„Wenn du mich fragst, hat er auch zu viel getrunken, Petrus, meine ich", erwidert Pérsomi. „Und nicht nur Softdrinks, verstehst du?"

„Und dann ist er ziemlich anhänglich geworden?", fragt Lucia. „Vor allem als ihr zum Wohnheim zurückgelaufen seid?"

„Woher weißt du das?", will Pérsomi überrascht wissen.

„Lern du mal die Männer richtig kennen", entgegnet Lucia. „Da ist einer wie der andere." Doch als sie das Licht schon lange gelöscht haben und Lucia seit einer geraumen Weile ruhiger atmet, ist Pérsomi immer noch schmerzlich bewusst, dass nicht die unbeholfenen Tänze mit Petrus, nicht sein muffiger Atem und nicht einmal sein anhängliches Verhalten ihr zu schaffen machen. Auch nicht die Tatsache, dass sie sich den ganzen Abend über wie das fünfte Rad am Wagen vorgekommen ist oder dass ihre Schuhe gedrückt haben oder dass sie nicht weiß, wie man Smalltalk macht. All diese Dinge sind nur so etwas wie ein lästiger Sonnenbrand: Sie sind morgen oder übermorgen wieder vergessen.

Was tief in ihr brennt, ist ein Bild, das hängen geblieben ist. Als der erste Tanz vorbei war, hat Reinier den Saal betreten. Mit der dunklen Hose und dem weißen Jackett seines Abendanzugs hat er wirklich anziehend ausgesehen. An seiner Seite war Irene, in einem zartgrünen Kleid und bildhübsch. Den ganzen Abend über hat Irene den selbstbewussten Eindruck eines Menschen gemacht, der vollkommen Herr der Lage ist. Und Reinier hat sich benommen wie ein Schaf, das auf einer Landwirtschaftsausstellung unerwartet den ersten Preis gewonnen hat.

CB

„Gehst du auch regelmäßig in den Gottesdienst?", will Boelie wissen, als er ihr am Mittwoch darauf zufällig begegnet.

Pérsomi schaut ihn verdutzt an. „Du lieber Himmel, Boelie, worauf willst du denn jetzt wieder hinaus?", fragt sie. „Erst möchtest du, dass ich um jeden Preis tanzen gehe, und jetzt muss ich auf einmal in den Gottesdienst? Das passt irgendwie nicht zusammen, hörst du."

„Ich habe mich das einfach gefragt, weil ich dich noch nie im Gottesdienst gesehen habe."

„Die Niederländisch-Reformierte Kirche in der Duncanstraße ist nicht die einzige Gemeinde in Pretoria."

„Hmm. Das ist aber noch keine Antwort auf meine Frage."

„Ich gebe dir auch keine", gibt sie zu. „Ich muss mich beeilen, Boelie, sonst komme ich zu spät zu meiner Vorlesung."

„Gut. Bis heute Abend. Ich muss dir etwas erzählen."

Etwas erzählen?, überlegt Pérsomi verwundert, während sie nach dem Abendessen ihre Haare bürstet. Normalerweise ist Boelie sehr geradeheraus. Warum sollte er also nun extra zum Wohnheim kommen, nur um ihr etwas zu erzählen?

„Komm, lass uns einen Kaffee trinken gehen", lädt Boelie sie ein, als Pérsomi nach draußen kommt. „Am Mittwoch müsst ihr erst um acht Uhr wieder hier sein."

„Das stimmt", bestätigt sie. „Hallo, Boelie."

„Ja, hallo." Mit langen Schritten marschiert er los.

„Geht es dir gut?", will sie wissen, während sie mit ihm Schritt zu halten versucht.

„Ja."

Nun, denkt sie, wirklich gesprächig ist er heute Abend nicht. Die Straßenlaternen schieben sich über ihnen vorbei, die Frontlampen der Autos zeichnen lange Lichtkegel auf den Asphalt.

Auf halbem Weg zum Café sagt er dann doch: „Du bist auf dem Ball gewesen, wie ich gehört habe."

„In der Tat."

„Das macht mich froh." Er starrt weiterhin zu Boden.

„Aber mir hat es keinen Spaß gemacht."

Er nickt. „Trotzdem bin ich stolz auf dich, weil du hingegangen bist."

Wie komisch – stolz auf sie? Vielleicht versteht er doch mehr als sie denkt. „Von wem hast du das denn gehört?"

„Von Irene."

Immer Irene.

„Oh."

Er betritt dasselbe Café wie beim letzten Mal und wählt denselben Tisch am Fenster aus. „Kaffee?", fragt er, als sie sitzen. „Oder lieber einen Softdrink?"

Sie lächelt. „Einen Vanille-Milchshake bitte."

Er lächelt auch ein wenig. „Dann mögen wir ja dasselbe", erwidert er.

Sie plaudern über die Farm, über die Prüfungen, die vor der Tür stehen, über De Wets Stelle bei Herrn De Vos, über Boelies Großvater, dessen Gesundheitszustand sich verschlechtert, und über Klara, die ihre Verlobung mit Henk gelöst hat. Pérsomi erinnert sich noch gut an Henk. Das ist ein gut aussehender, junger Mann, mit dem sich Klara um Weihnachten herum verlobt hat. Seltsam, dass Klara die Verlobung jetzt gelöst hat; sie schienen so glücklich zusammen.

Als ihr klar wird, dass er von sich aus nicht auf den Punkt kommt, über den er mit ihr sprechen wollte, sagt sie: „Du wolltest doch über irgendetwas mit mir reden, Boelie."

„Ja", bekräftigt er und spielt gedankenverloren mit dem Strohhalm in seinem leeren Glas.

Sie wartet.

„Christine ist wieder da", eröffnet er ihr dann.

„Ist sie jetzt endlich von der Front nach Hause zurückgekommen? Dann werden Onkel Freddie und Tante Anne aber furchtbar froh sein, sie warten doch schon seit Monaten auf sie."

„Ja, sie haben sich große Sorgen um sie gemacht."

„Was du nicht sagst."

Schweigen. Er spielt weiter mit seinem Strohhalm und draußen rattert eine Straßenbahn vorbei.

„De Wet hat sie abgeholt", berichtet Boelie.

„De Wet? Aus Ägypten?"

„Aus Italien. Sie war in Italien."

„Oh."

Schweigen. Nur ab und an fährt ein Auto vorbei.

„Die zwei sind jetzt mehr oder weniger ein Paar."

„De Wet und Christine?", fragt sie überrascht. „Wie ... seltsam."

„Ja."

Pérsomi versteht überhaupt nicht, worauf Boelie mit diesem Gespräch hinaus will, sie hat jedoch den Eindruck, dass da noch mehr im Hintergrund ist. „Dann sind deine Eltern und Onkel Freddie und Tante Anne sicher froh, oder?"

„Ja, sicher."

Schweigen.

„Boelie, was möchtest du mir nun eigentlich erzählen?", fragt sie geradeheraus.

Dann schaut er sie mit ernstem Gesicht an.

Ihr Herz setzt einen Schlag aus. Es wird doch wohl nichts mit ihrer Mutter passiert sein? Aber dann hätte sie es doch sicher als Erste erfahren, genauso wie damals bei Gerbrand.

„Boelie?"

„Christine hat einen kleinen Sohn, Pérsomi."

„Einen Sohn?", ruft sie überrascht. „Christine? Ich habe ja gar nicht gewusst, dass sie geheiratet hat."

„Das hat sie auch nicht", erwidert er und schaut an ihr vorbei zu den Autos, die auf die Straße fahren.

„Oh?" Sie versteht unmittelbar die Folgen und die Reaktionen, die Christine bei ihrer Heimkehr zu erwarten hat – die Schande.

„Darüber war Tante Anne sicher nicht so glücklich."

„Nein."

Schweigen. Jetzt weiß sie, dass das noch nicht alles ist.

„Und da ist noch etwas", sagt Boelie.

Mit klopfendem Herzen wartet sie.

Wieder schaut Boelie sie direkt an. Seine Augen sind ganz dunkel.

„Pérsomi, der Vater des kleinen Jungen ist Gerbrand."

„G … Gerbrand?" Sein Name verursacht bei ihr immer noch einen Schock und lässt die Wunde wieder aufbrechen. Wie von selbst bewegt sich ihr Kopf hin und her. „Das kann nicht sein."

„Christine sagt es. Meine Mutter sagt, dass das Kind Gerbrand wie aus dem Gesicht geschnitten ist; es hat auch seine roten Haare."

Ungläubig schaut sie ihn an und spürt eine plötzlich Wut in sich aufsteigen. Entschlossen erhebt sie sich von ihrem Stuhl. „Ich glaube davon kein Wort", widerspricht sie laut.

„Setz dich wieder hin."

Unsanft schiebt sie ihren Stuhl unter den Tisch. „Ich glaube kein Wort davon. Gerbrand ist tot. Das kann nicht sein."

Er steht ebenfalls auf. „Ich bezahle noch schnell", erklärt er und geht zur Theke.

Wütend läuft sie nach draußen. Dort fahren die Autos immer noch in größeren Abständen und eine Straßenbahn rattert geräuschvoll vorbei. So wie jeden Abend.

Sie möchte losrennen, nur weg von hier, so wie damals, als sie noch klein war. Weg von Boelie, weg von sich selbst. Weg von allen Erinnerungen an Gerbrand. Sie fängt an, so schnell wie möglich zu marschieren. Boelie holt sie ein. „Ich wollte nicht, dass du es von irgendjemand anderem erfährst."

„Es ist einfach nicht wahr!", behauptet sie noch einmal. Dabei erschrickt sie über ihre eigene Stimme. Hat sie wirklich so laut gesprochen?

Sie läuft weiter.

Christine hat also ein Kind, das Gerbrand ähnlich sieht. Sie behauptet, dass Gerbrand der Vater ist. „Es ist nicht sicher, dass das Kind von Gerbrand ist, auch wenn Christine das so sagt", wirft sie ein.

Boelie schweigt.

„Wenn Gerbrand vorgehabt hätte, Christine zu heiraten, dann hätte er mir das sicher geschrieben, das hat er aber nicht." Und er hat ihr eine ganze Reihe Briefe geschrieben, in den Monaten vor seinem Tod.

„Ehrlich gesagt hatte ich immer mehr das Gefühl, dass Christine ihm allmählich auf die Nerven ging", redet sie weiter, während sie immer schneller zu laufen beginnt.

„Wir müssen hier um die Ecke biegen, sonst laufen wir am Wohnheim vorbei", bemerkt Boelie.

Wütend schlägt sie den Weg in die Seitenstraße ein. „Ich kann es nicht glauben, es ist einfach nicht wahr", erwidert sie dickköpfig.

Am Wohnheim angekommen, sagt Boelie: „Pérsomi, jetzt bleib doch einmal stehen und hör mir zu. Ich glaube, dass es wahr ist. Lass die ganze Sache jetzt ruhen, bis du zu Hause bist und das Kind gesehen hast. Und halte dir bis dahin vor Augen, was Gerbrand in seinen letzten Briefen geschrieben hat."

Ohne sich von Boelie zu verabschieden, geht Pérsomi ins Wohnheim. Zu Lucia sagt sie: „Ich finde es unmöglich, dass manche Leute einfach irgendein Gerücht über jemanden verbreiten, ohne dass derjenige die Chance hat, seine Sicht der Dinge dagegen zu halten."

Dennoch holt sie in der Nacht, während der Rest der Welt in tiefer Ruhe dahindämmert, geräuschlos den Stapel Briefe aus ihrem Schrank. Sie löst den Faden, der die Briefe zusammengehalten hat, und fängt an zu lesen.

Unmittelbar nach der letzten Prüfung packt Pérsomi ihre Koffer. Boelie und Irene sind schon weg, Reinier ebenfalls. Sie ist eine der Letzten, die noch eine Prüfung haben. Am nächsten Tag marschiert sie noch vor Anbruch des Morgengrauens die zwölf Kilometer zum Bahnhof. Sie kauft eine Fahrkarte und steigt ein. Wenn sie Glück hat, kann De Wet sie heute Nachmittag mit dem Auto mitnehmen. Wenn nicht, muss sie die fünfzehn Kilometer bis zur Farm auch noch laufen.

De Wet ist überrascht, als er sie am späten Nachmittag am Büro neben seinem Daimler stehen sieht. „Du hättest mir Bescheid sagen müssen, dass du kommst!", erklärt er freundlich. „Dann hätte ich dich vom Bahnhof abgeholt."

„Ich bin einfach das Stück vom Bahnhof gelaufen", erwidert sie.

„Wie läuft es denn jetzt mit deinem Studium?", will er wissen, als sie unterwegs sind.

„Gut, danke."

„Wir haben noch nicht viel Regen gehabt hier. Alles ist furchtbar trocken."

„Ja, das sehe ich", entgegnet sie. „Aber im Januar bekommen wir doch normalerweise eine Menge Regen. Wie geht es deinem Großvater?"

„Der wird langsam wirklich sehr alt. Meine Oma dagegen hat noch viel Kraft."

Als sie fast an der Farm angekommen sind, fragt er: „Hast du gewusst, dass Christine wieder da ist?"

„Ja."

„Und dass sie den kleinen Gerbrand mitgebracht hat?"

Kleiner Gerbrand also. „Ja", antwortet sie schroff.

ଓ

Die ganzen Ferien über lässt Pérsomi das Große Haus links liegen. Sie meidet auch die Farm von Onkel Freddie und geht nicht einmal zu Tante Sus, um ihr guten Tag zu sagen. Als sie an einem Samstag De Wet mit einem kleinen, rothaarigen Jungen an der Hand herankommen sieht, biegt sie in einen schmalen Trampelpfad in Richtung Berg ab. Dort findet Boelie sie am späten Nachmittag.

„Du kannst jetzt wieder nach Hause, sie sind weg", verkündet er, während er sich neben sie auf die Felsplatte sinken lässt.

„Hallo, Boelie."

„Ja, hallo. Furchtbar heiß heute, nicht wahr?"

Sie nickt. „Ich wollte, es würde langsam mal regnen."

„Ich auch."

„Dein Rückhaltebecken sieht gut aus, da ist sogar ein bisschen Wasser drin, wie ich sehe."

„Ja. Ich hoffe nur, dass es in den kommenden Monaten vollläuft; möglicherweise haben wir dann genug, um über den Winter zu kommen."

Langsam versinkt die Sonne hinter dem Berg. „Wie sehen denn deine Pläne fürs nächste Jahr aus, Boelie?"

„Ich habe im Landwirtschaftsministerium in Pretoria eine Stelle angenommen, als Ingenieur", antwortet er. „Vorläufig bleibe ich in dem Gästehaus, in dem ich in den letzten sechs Monaten gewohnt habe, bei Tante Maggie. De Wet, Klara und ich haben während unseres Studiums alle dort gewohnt. Sie wohnt in der Nähe der Universität, und auch der Bus in die Stadt fährt dort vorbei, also ist das ziemlich praktisch."

Sie lächelt. „Ich bin froh, dass du in der Nähe bleibst", bemerkt sie.

Er steht auf. „Du muss jetzt nach Hause gehen, hörst du, es wird dunkel."

„Das mache ich", erwidert sie, bleibt aber sitzen, wo sie ist.

Nach ein paar Schritten dreht er sich noch einmal um. „Du kannst dem Kind nicht dein Leben lang aus dem Weg gehen, Pérsomi", erklärt er. „Das ist zwar noch ein kleines Bürschchen, aber du bist die einzige Tante, die er hat."

Erst als der Mond hoch am Himmel steht, schlendert Pérsomi zu dem Häuschen am kahlen Hang zurück.

CB

Sonntagnachmittag kommen Tante Sus und Onkel Attie zum Kaffeetrinken vorbei. „Du hast nicht einmal vorbeigeschaut, um uns guten Tag zu sagen!", weist Tante Sus Pérsomi zurecht. „Du brauchst jetzt gar nicht so zu tun, als wären wir minderwertig, nur weil du studierst!"

„Es tut mir leid, Tante Sus", erwidert Pérsomi. „Ich hatte wirklich viel zu tun. Ich habe eine Mengen Hausaufgaben in die Ferien mitgenommen, in der Universität schütten sie dich mit Arbeit zu."

„Wann bist du denn Anwältin?", will Onkel Attie wissen.

„In ungefähr drei Jahren, Onkel Attie, früher auf keinen Fall."

„Sie hat noch nicht einmal einen Blick auf den kleinen Gerbrand geworfen", erzählt ihre Mutter, während sie Pérsomi einen Seitenblick zuwirft.

Pérsomi schweigt.

„Der Kleine ist Gerbrand wie aus dem Gesicht geschnitten", bemerkt Tante Sus.

„Christine sagt, dass sie und Gerbrand heiraten wollten, aber dann ist er gestorben", erklärt Pérsomis Mutter.

„Er sieht wirklich aus wie sein Vater", behauptet Tante Sus. „Wie sein Vater, als er noch klein war."

„Kräftig ist er auch, das kann man jetzt schon sehen", fügt Onkel Attie nickend hinzu.

„Das Kind bekommt genug hinunter, da kommt das her", erklärt Tante Sus.

„Er hustet auch nicht", bemerkt Pérsomis Mutter. „Christine sagt, dass er nie krank ist."

„Kann ich noch jemandem eine Tasse Kaffee einschenken?", will Pérsomi wissen.

Weihnachten ist anders als sonst – sicher nicht besser, aber ganz anders. Onkel Freddie hat ihnen traditionsgemäß ein Hühnchen und einen Kuchen zukommen lassen. Von Tante Lulu haben sie einen Korb Gemüse erhalten: Kohl, Kartoffeln, Tomaten und sogar ein paar kleine Kürbisse.

„Ach du liebe Güte", hat Pérsomis Mutter gesagt.

Hannapat ist schon am Abend zuvor eingetroffen, nachdem sie mit dem Tagzug aus Johannesburg angekommen und mit De Wet aus dem Dorf mitgefahren war. Sie wurde allerdings von Piet begleitet. Und von Lewies, Letzterer mit zwei Flachen Schnaps unter dem Arm und offensichtlich auch schon einigem hinter der Binde.

„Sie haben mich letzten Monat vorzeitig entlassen", hat er mit dicker Zunge berichtet. „Wegen guter Führung, kapiert ihr? Aber Montag muss ich wieder in Kroonstadt sein, ich muss mich bei den Bullen melden."

„Papa hat dort Arbeit gefunden", hat Piet erzählt, der sich auch kaum noch auf den Beinen halten kann. „Bei der Gemeinde."

„Wegen guter Führung, kapiert ihr?", hat Lewies noch einmal gegrunzt. „Hey, Pérsomi, seit wann begrüßt man seinen alten Vater nicht mehr?"

Pérsomi ist zur Tür hinausgerannt und ist erst dann wieder nach Hause zurückgekehrt, als sie sich sicher sein konnte, dass Lewies und Piet längst schliefen. „Wie geht es dir?", hat sie leise Hannapat gefragt.

„Gut", ist die Antwort gewesen. „Ich habe jetzt einen Freund. Sobald er eine Stelle gefunden hat, höre ich auf mit Arbeiten und wir heiraten."

„Hannapat, du bist erst sechzehn!", hat Pérsomi entsetzt geflüstert.

„Ach, hör doch auf damit", hat Hannapat wütend geantwortet. „Mama ist dreizehn gewesen, als Gerbrand gekommen ist, was soll also das Geschwätz?" Sie hat Pérsomi den Rücken zugekehrt und sich die graue Decke über den Kopf gezogen.

ೆ

Am Weihnachtsmorgen ist Pérsomis Mutter früher auf als sonst. „Tante Sus kommt heute, mit der ganzen Familie", verkündet sie. „Und Fya und die Kinder auch."

„Und ihr Mann?", fragt Pérsomi.

„Nein, der hat sie sitzen lassen. Ein ziemliches Elend", brummt ihre Mutter.

Das wird ein sehr langer Tag werden, weiß Pérsomi jetzt schon.

Als Lewies aufwacht, steht der große Kochtopf mit den drei Füßen schon breitbeinig über einem offenen Feuer in der brennenden Sonne.

„Der Kuchen kommt von Freddie le Roux und das Huhn auch", erklärt Pérsomis Mutter nervös. „Und die Kartoffeln sind von Frau Fourie."

Kurz danach tauchen Tante Sus und die anderen auf, mit der verlebten Fya und vier verrotzten Kindern im Schlepptau. Tante Sus holt ein selbstgebackenes Brot hervor und Onkel Attie einen Topf mit noch mehr Essen. Unter seinem Arm klemmt eine Flasche. „Heute gibt es genug zu mampfen für ein ganzes Jahr", erklärt er vergnügt.

„Komm her, Schwager", lädt Lewies ihn ein. „Es ist nicht jeden Tag Weihnachten." Dabei wirft er den Korken der Schnapsflasche über die Schulter.

Die Sonne brennt auf das Wellblechdach, kein Lüftchen regt sich und die Grillen zirpen unaufhörlich.

Sie essen den pappigen Eintopf aus Hühnerfleisch, Kartoffeln und Kohl, sie dippen das frische Brot in die graue Soße, sie hören sich die Pläne an, die Piet verfolgt, um reich zu werden, und sogar die Träumereien von Lewies und Attie über den Schatz. Sie sind Familie.

Nach dem Essen gehen die Frauen zum Fluss, um abzuwaschen. Fyas Kinder spielen im Wasser. Als jeder wieder nach Hause aufbricht, ist es noch nicht einmal ein Uhr und der ganze Nachmittag liegt noch vor ihnen.

„Das ist mir was", lallt Lewies mit schwerer Zunge, als sie in einer Reihe im kühlen Schattenstrich neben dem Häuschen sitzen. „Wenn man sich überlegt, dass Freddie und Neels Fourie jetzt leibliche Verwandte von uns geworden sind. So ein alter Racker, der Gerbrand."

„Nun, so ein alter Racker", bekräftigt Onkel Attie und streicht sich andächtig über den Schnurrbart. „Wer hätte je gedacht, dass er so viel in der Hose hat?"

Lewies brüllt vor Lachen. „Das ist ein guter, darauf trinken wir noch einen", ruft er und gießt die beiden Becher noch einmal voll.

„Prost!", sagt Onkel Attie. „Auf dass es dir schmeckt! Ist diese Flasche jetzt auch schon wieder leer?"

„Ja", antwortet Lewies und wirft die letzte leere Schnapsflasche an die Wand des Toilettenhäuschens. Die Flasche explodiert in hundert braune Scherben. „Ich denke, wir sollten uns schnell noch ein Schlückchen beim Großen Haus holen gehen, schließlich sind wir doch jetzt eine Familie."

Pérsomi spürt, wie ihr ein kalter Schauer über den Rücken zieht. Bitte, lieber Vater, bewahre uns davor, betet sie im Stillen.

„Das is'n guter Plan, Schwager", erwidert Onkel Attie und kämpft sich schwankend in die Höhe. „Das ist ganz mein Gedanke."

Pérsomi holt tief Luft. „Wagt es bloß", äußert sie laut und deutlich. „Wagt es nur, bei einem der beiden Häuser einen Fuß auf den Hof zu setzen, und ich werde persönlich dafür sorgen, dass die Polizei euch beide hinter Schloss und Riegel bringt. Du, Lewies Pieterse, weißt sehr gut, was Herr Fourie gesagt hat!"

☙

Später am Nachmittag sieht Pérsomi sie zufällig durch das Baumstück herankommen: De Wet und Christine. Das Kind haben sie zwischen sich.

Zum Glück sind Tante Sus und die anderen schon wieder nach Hause gegangen. Lewies liegt allerdings sturzbetrunken auf der Schwelle der Küchentür, Piet sitzt mit Kopfschmerzen zusammengesunken an die Wand gelehnt, Hannapat ist auf dem Autositz umgefallen und ihre Mutter schnarcht mit weit aufgerissenem Mund auf dem zerwühlten Bett im Schlafzimmer.

Allein der Gedanke, dass De Wet und Christine hier hineingehen könnten, treibt Pérsomi die Schamesröte ins Gesicht. Sie fühlt sich hin- und hergerissen, denn sie möchte das Kind immer noch nicht sehen. Doch noch größer ist ihr Wille zu verhindern, dass diese beiden anständigen Menschen Zeuge der beschämenden Zustände in Pérsomis Zuhause werden könnten. Also geht sie durch das untiefe Wasser und wartet auf der anderen Seite auf die drei.

Das Haar des Jungen glänzt in der Sonne wie Kupfer. Er reißt sich plötzlich los und rennt voraus. „Wasser, Wasser!", ruft er. Wie versteinert steht Pérsomi da und betrachtet ihn.

De Wet lässt die Hand von Christine fahren und rennt hinter dem Jungen her. „Du darfst nicht allein ins Wasser, Gerbrand", ermahnt er ihn.

Das Kind ist kräftig gebaut, es rennt mit nackten Füßen auf zwei kräftigen Beinchen immer näher heran. Es sieht so ... gesund aus, genauso wie die beiden Kinder von Herrn Nienaber.

Ganz anders als ... Schuldbewusst schiebt Pérsomi die Erinnerung zurück in das schwarze Loch des Vergessens.

Dann sind De Wet und das Kind gleichzeitig bei ihr. De Wet hebt es in die Höhe. „Das ist Tante Pérsomi", erklärt er dem Jungen. „Sag ‚Hallo' zu Pérsomi."

„Wasser, Wasser", jammert das Kind und windet sich, um loszukommen.

„Er interessiert sich nur fürs Wasser", erklärt De Wet entschuldigend.

„Vielleicht begrüßt er dich gleich noch", ergänzt Christine. „Gesegnete Weihnachten, Pérsomi."

„Oh, ja, Entschuldigung! Gesegnete Weihnachten, Pérsomi", lacht De Wet. „Sei vorsichtig auf den Felsbrocken, Gerbrand!"

„Vielen Dank, euch auch", erwidert Pérsomi. Sie gibt sich alle Mühe, das Kind keines Blickes zu würdigen. „Bei uns schlafen alle außer mir."

„Der kleine Gerbrand möchte seiner Oma nur schnell ein Geschenk vorbeibringen", verkündet Christine, „aber wenn alle schlafen, kannst du es sicher mitnehmen."

„Vielen Dank", antwortet Pérsomi und nimmt das Päckchen in Empfang. „Ich weiß nicht, ob meine Mutter auch etwas für ihn hat." Die Schamesröte will ihr schon wieder ins Gesicht ziehen.

„Ich hoffe nicht", bemerkt De Wet locker. „Er hat schon so viele Geschenke bekommen, dass das für länger als ein Jahr reicht."

„Permi!", ruft der Junge.

„Hast du gehört? Er versucht ,Pérsomi' zu sagen!", sagt Christine aufgeregt.

„Hast du Pérsomi gerufen, mein Großer?", fragt De Wet.

„Permi! Permi!", ruft das Kind wieder.

Jetzt hat Pérsomi keine Wahl mehr. Sie dreht sich um und betrachtet das Kind, das mit dem Hintern auf einem Felsen im Wasser sitzt.

„Permi! Spiel'n!", ruft es.

„Unglaublich! Er kann schon ,Pérsomi' sagen!", verkündet Christine stolz.

Pérsomi betrachtet den kleinen Jungen. Seine Augen glänzen vor Vergnügen, seine weißen Zähnchen blitzen in der Sonne. „Das ist ein hübsches, kleines Kerlchen", bemerkt sie leise.

„Ja ... Das finde ich auch", erwidert Christine ebenso leise.

Das Kind packt in den Schlamm und schmiert ihn sich mit beiden Händen ins Gesicht. „Pass auf, dass du keinen Schlamm in die Augen bekommst!", warnt Pérsomi den Kleinen. „Vorsicht, nicht mit Schlamm werfen!" Und bevor es ihr selbst bewusst wird, sitzt sie neben dem Jungen in dem schlammigen Wasserloch, ganz und gar eingenommen von dessen ganz eigenem Charme. Ich kann nichts dagegen tun, denkt sie ein wenig überrascht. Das ist nicht die zweite Ausgabe eines anderen Menschen, sondern ein kleiner, eigenständiger Mensch. „Puh, da habt ihr aber alle Hände voll zu tun", erklärt sie, als sich ihr für einen Augenblick die Gelegenheit zum Luftholen bietet.

„Das kann man wohl sagen!", erwidert Christine lächelnd.

„Erzähl doch mal, wie es dir auf der Universität geht", fordert De Wet Pérsomi auf. „Hast du immer noch die besten Noten deines Jahrgangs?"

Sie setzt sich zu ihnen auf die Felsplatte. Inzwischen wirft die Sonne lange Schatten und sie hat ihren Blick weiterhin auf das Kind gerichtet, das am Wasser spielt. „Das war schon eine Umstellung", antwortet sie vage.

„Das ist es sicher, aber gefällt es dir?", fragt De Wet.

„Oh ja, es macht sehr viel Spaß."

Er räuspert sich. „Pérsomi, hör mal, Antonio ist gestern Abend aus Italien zurückgekommen."

Verdutzt schaut sie auf. „Antonio?" Warum sollte der wieder aus Italien zurückgekehrt sein und dann ausgerechnet hierhergekommen? „Warum?", will sie schroff wissen.

„Er ist wegen Klara gekommen und bleibt jetzt hier in Südafrika."

Pérsomi schaut wieder zu dem spielenden Kind. „Ich habe es gewusst, die ganze Zeit schon", behauptet sie dann und ihre Stimme hört sich fremd an in ihren Ohren.

„Ich eigentlich auch", bekräftigt De Wet mit dem Anflug eines Lächelns. „Er ist ein prima Kerl, Pérsomi."

„Es ist schon lange her, dass ich Klara so glücklich gesehen habe", verkündet Christine.

Ich will es gar nicht wissen, denkt Pérsomi.

„Komm, Permi, komm!", ruft der kleine Gerbrand und wirft einen Ball ins schlammige Wasser.

„Wir sollten die Vergangenheit ruhen lassen und nur an die Zukunft denken", erklärt De Wet ruhig.

Pérsomi betrachtet den spielenden, kleinen Gerbrand. Sie sieht seinen kräftigen Körper, seine starken Beinchen, sein kupferrotes Haar. Sie sieht, wie unbeschwert er hinter dem Ball durchs Wasser stapft. Dieses Kind ist der Sohn ihres Bruders, daran kann es keinen Zweifel geben. „Es tut nur so weh", erwidert sie.

„Das weiß ich", entgegnet De Wet mit seiner klangvollen Stimme. „Aber du weißt genauso gut wie ich, dass weder der kleine Gerbrand noch Antonio in irgendeiner Weise für das Leid verantwortlich sind. Ich bin davon überzeugt, dass Antonio unsere Klara glücklich machen wird, und ich weiß auch, dass der kleine Gerbrand jetzt eine große Quelle der Freude für uns alle ist."

Pérsomi betrachtet das Kind und dann Christine. Christines Augen sind voller Tränen.

In diesem Moment rutscht der Junge aus und sein Kopf verschwindet unter Wasser. Schnell wie ein Blitz springt Pérsomi hinzu und reißt ihn hoch. „Puh, da wärst du beinahe schwimmen gegangen!", sagt sie lächelnd.

Der kleine Gerbrand wischt sich über das Gesicht und reißt sich los, zurück ins Wasser. „Schwimmen, schwimmen", ruft er. „Komm, Permi."

Als sie sich nach einer Weile klatschnass und völlig erschöpft neben De Wet und Christine auf den Felsen sinken lässt, fragt sie: „Wird er denn nie müde? Und ist er immer so aufgeweckt?"

„Müde wird er eigentlich nicht; jedenfalls habe ich es noch nicht erlebt", antwortet De Wet. „Und ja, er ist immer so ausgelassen, manchmal ist es sogar noch schlimmer."

„Wann ist er gekommen? Antonio, meine ich", will sie wissen.

„Gestern Abend", antwortet De Wet. „Eigentlich eher heute Nacht."

Schweigend nickt sie.

Kurz bevor sie wieder gehen, verkündet De Wet: „Da ist noch etwas: Christine und ich haben uns gestern Abend verlobt."

Pérsomi sieht Christines blaue Augen, die beinahe ängstlich auf sie gerichtet sind. Dann schaut sie in die grünen von De Wet. Sie sehen gelassen aus. „Und das sagt ihr mir erst jetzt?", lächelt sie. „Alles Gute."

„Ich werde mein Bestes geben, um für ihn ein guter Vater zu sein, Pérsomi", erklärt De Wet.

Sie nickt. „Das weiß ich doch", erwidert sie. „Es ist ein Vorrecht, dass er euch als Eltern hat und mit eurem Zuhause einen Ort, an dem er aufwachsen kann."

De Wet schaut sie ernst an. „Weißt du, Pérsomi, wenn er auch nur ein Viertel des Durchsetzungsvermögens seiner Tante hat, dann wird er es im Leben noch weit bringen."

Dann nimmt er den Jungen in den Arm, ergreift Christines Hand und schlendert mit ihr durch das Baumstück zurück zum Großen Haus.

Pérsomi durchquert das schlammige Wasserloch und geht zurück zu dem Häuschen am kahlen Hang. An dem Steinhaufen, in den ihre Mutter ab und zu ein paar wilde Blumen steckt, bleibt sie für einen Augenblick stehen.

    Gerbrand, mein großer Bruder, denkt sie.

    Gerbrand.

9. Kapitel

Januar 1948

Gleich in der ersten Woche des vierten Jahres bekommen sie von ihrem Professor die große Forschungsaufgabe für das kommende Jahr ausgeteilt.

„In den vergangenen beiden Jahren sind wirklich viele neue Gesetze dazugekommen", sagt Pérsomi zu Reinier, als sie sich zwischen zwei Vorlesungen wieder einmal zufällig treffen. „Da sind einige interessante dabei, vor allem wenn man ihre langfristigen Folgen betrachtet. Ich weiß wahrhaftig nicht, für welches ich mich entscheiden soll."

„Da bin ich aber froh, dass du Gesetze interessant findest", erwidert Reinier ein bisschen skeptisch. „Allein schon diese hochtrabende Sprache, in der die meisten von ihnen verfasst sind, stößt mich ab."

„Das ist Juristensprache", entgegnet sie. „Und Gesetze sind in jedem Fall ein ganzes Stück interessanter als die endlose Reihe alter Gebäude, zu der du mich im letzten Jahr geschleppt hast."

„Damals hast du aber gesagt, dass du sie interessant findest!"

„Nun ja, so interessant jetzt auch wieder nicht, vor allem die letzten zweihundert nicht."

„Insgesamt waren es höchstens fünfzehn historische Gebäude in und um Pretoria!", verteidigt er sich. „Das war nun einmal im letzten Jahr mein Forschungsauftrag."

„Deshalb frage ich dich jetzt auch", erwidert sie sofort. „Ich war beim Besichtigen dabei, habe dir geholfen, Fotos zu machen und die Dinger auszumessen, dann kannst du mir jetzt ein bisschen dabei helfen, ein interessantes Gesetz zu finden."

„Hmm", entgegnet er. „So etwas nennt man einen inneren Widerspruch."

„Wieso?"

„Die Worte ‚interessant' und ‚Gesetz' kann man unmöglich in einem Atemzug nennen."

„Dann vergiss es einfach", blafft sie zurück und dreht sich um.
„Nein, Mann, bleib doch hier", lacht Reinier. „Ich wollte dich einfach nur ein bisschen ärgern. Ich finde Gesetze eigentlich furchtbar interessant. Vergiss nicht, dass ich im Haus eines Rechtsanwalts aufgewachsen bin."
„Jetzt übertreibst du aber. Du findest Gesetze ganz und gar nicht ‚furchtbar interessant'!", stänkert sie weiter. „Und hör jetzt endlich auf zu lachen und so zu tun, als hätte ich mich hier gerade zum Hampelmann gemacht!"
„Pérsomi", sagt er, immer noch lachend, „jetzt komm mal wieder runter und erzähl mir, was du eigentlich erforschen sollst. Hast du an ein bestimmtes Gesetz gedacht?"
„Ja-a, mehr oder weniger. Weißt du, der Professor hat uns nebenbei von einem Gesetz berichtet, das das Parlament 1946 verabschiedet hat, das Gesetz über asiatischen Grundbesitz oder auf Englisch *Asiatic Land Tenure and Indian Representation Bill* („Gesetz über asiatischen Landbesitz und indische Repräsentation"). Das scheint mir zu den Gesetzen zu gehören, bei denen es sich lohnt, genauer hinzuschauen."
„Du hörst dich an, als würdest du nur in Großbuchstaben reden."
„Hey, Reinier, wenn du über alles deine Witze machen möchtest, dann lass es einfach." Pérsomi wird wieder wütend.
„Nein, nein, ich bin vollkommen ernst", beruhigt er sie. „Und jetzt?"
„Wie ‚und jetzt'?", entgegnet sie immer noch wütend.
„Pérsomi, reg dich doch nicht gleich so auf", versucht er es freundlich.
„Also gut", erwidert sie. „Jetzt muss ich das Gesetz erst einmal studieren. Ich habe den Eindruck, dass es den Indern strikte Begrenzungen vorschreiben soll, wenn es um den Ort geht, an dem sie wohnen und Handel treiben können, und dass es auch etwas mit ihrem Wahlrecht zu tun hat."
„Die Inder haben doch gar kein Wahlrecht", wirft Reinier unverzüglich ein.
„Das weiß ich auch, aber was ist denn dann mit *Indian Representation* (indischer Repräsentation) gemeint? Danach möchte ich vielleicht mit Yusuf und seiner Familie reden, um herauszufinden, was das für sie bedeutet."

„Hmm", macht er. „Das scheint mir ein guter Plan. Wann musst du deine Hausarbeit denn abgeben?"

„Ungefähr zwei Wochen nach den Aprilferien."

„Das bedeutet, dass du die ganze Geschichte schon vor den Ferien gründlich durchgearbeitet haben solltest."

„Ja und dass ich mich in den Ferien ans Schreiben machen muss, wenn ich mit Yusuf und seiner Familie gesprochen habe. Und ganz nebenbei, das ist keine Geschichte, sondern ein Gesetz."

„Puh, was bist du heute doch für eine Mimose", entgegnet er. „Es ist Freitag, lass uns heute Abend noch einmal ins Kino gehen, bevor uns die Arbeit über den Kopf wächst, einfach in irgendeinen hinreißenden Prügelstreifen."

„Reinier!"

Er lacht. „Ja, das ‚hinreißend' nehme ich zurück. Ich hole dich um halb sieben ab und jetzt muss ich rennen, sonst komme ich zu spät in meine Vorlesung."

Nachdenklich schaut sie ihm hinterher, bis er um die Ecke verschwunden ist. Dann schlendert sie zum Büro ihres Professors.

☙

„Warum gerade dieses Gesetz, Pérsomi?", will der Professor wissen. „Die Asiaten bekleiden doch kaum eine nennenswerte Position in unserer Gesellschaft."

„Bei uns im Dorf kennen wir sie alle mit Namen: Herrn Ismail, Herrn Ravat und die Familie Moosa, um nur ein paar wenige zu nennen", erwidert sie. „Sie haben dort ihre Geschäfte. Der Laden von Herrn Ravat ist die einzige Eisenwarenhandlung im ganzen Dorf, abgesehen von der Genossenschaft, aber da kann man nicht alles bekommen. Zudem ist er billiger als die Genossenschaft und auch günstiger als das Handelshaus."

„Oh", entgegnet der Professor mit einem leichten Stirnrunzeln. „Nun gut, dann musst du zuallererst die Hintergründe der offiziellen Regierungspolitik bezüglich der Asiaten studieren, noch bevor du dich mit dem Gesetz selbst beschäftigst. Wie ich annehme, weißt du ja, dass sie nicht als Teil der südafrikanischen Bevölkerung betrachtet werden und dass sie so schnell wie möglich in ihr Vaterland Indien zurückemigrieren sollten. Und dann musst du dich auch mit den möglichen Folgen beschäftigen ... Ich denke wirklich, du solltest dich besser für ein anderes Gesetz entscheiden. Halte dich aus der Politik heraus, nimm lieber eines von den Schulgesetzen oder eines zur Wohnraumbeschaffung im sozialen Bereich. Es gibt doch so viele zur Auswahl! Warum willst du gerade dieses Gesetz bearbeiten?"

„Vielen Dank, Herr Professor, aber ich bleibe lieber bei diesem Gesetz", antwortet Pérsomi.

☙

„Und, gibt es etwas Neues zu berichten?", will Reinier wissen, als er sie am Freitagabend abholen kommt.

„Nein", antwortet Pérsomi. „Es sei denn, du siehst einen Haufen Arbeit als etwas Neues an."

„Das sind keine Neuigkeiten, wirklich nicht", erwidert er. „Aber du bist wenigstens am Ende des Jahres fertig, während ich noch ein Jahr vor mir habe."

„Das ist Jammern auf hohem Niveau, Reinier. Du hast hier auf der Uni doch eine gute Zeit, mit all den hübschen Mädels, die nach deiner Pfeife tanzen."

„Nicht alle, muss ich leider zugeben. Unter ihnen gibt es ein paar echte Sturköpfe", entgegnet er, während er sie geradewegs anschaut.

„Das ist wohl so", lacht sie seine Bemerkung weg. „Und du, gibt es bei dir irgendwelche Neuigkeiten?"

„Nein. Oder doch. Hast du gewusst, dass Irenes Opa ins Krankenhaus eingeliefert worden ist?"

„Ins Krankenhaus? Nein, das wusste ich nicht. Aber dass er schlimm krank ist, das war mir schon bewusst." Sie erinnert sich an die Körbe voller Wäsche, die zum Großen Haus getragen worden sind. „Aber als ich weggefahren bin, war er noch zu Hause."

„Tja, mein Vater sagt, dass es jetzt wohl mit ihm zu Ende geht. So, da sind wir."

Als Reinier Pérsomi nach dem Film wieder am Wohnheim absetzt, fragt er: „Und was machen wir morgen Abend?"

„Hey, Reinier, such dir bitte eine feste Freundin", antwortet sie.

„Das geht nicht, bevor du einen festen Freund hast."

„Warum denn nicht?"

„Wer sollte denn sonst dafür sorgen, dass du mal aus dem Haus kommst?", will er wissen. „Los jetzt, worauf hast du morgen Abend Lust?"

ෆ

An einen frühen Donnerstagabend gegen Ende Februar – die Essensglocke hat noch nicht geläutet – klopft es leise an ihre Zimmertür. „Fräulein Pérsomi", sagt die schüchterne Erstsemesterin, „da ist jemand für Sie an der Eingangstür."
„Jemand?"
„Ja, Fräulein. Ein Mann, Fräulein."
„Danke", erwidert Pérsomi und fährt sich schnell mit der Bürste durchs Haar.
Draußen fällt ein nebeliger Nieselregen. Die dunkelgrünen Bäume sind hinter dem dünnen Regenschleier nur schemenhaft zu erkennen.
Oben auf der Treppe zum Wohnheim ist niemand zu sehen. Pérsomi geht nach draußen und schaut in Richtung Straße. Das kleine Auto sieht sie zuerst, es glänzt durch die dünne Wasserschicht auf seinem Lack. Erst danach sieht sie ihn. Er steht direkt vor dem Tor und wartet. Auf seinen dunklen Haaren liegt eine Schicht feiner Regentröpfchen, sein Oberhemd ist klamm und klebt ihm am Körper.
In ihrem Herzen macht sich eine enorme Freude breit, so wie immer, wenn sie ihm begegnet.
Für einen Augenblick schließt sie die Augen, dann hat sie ihr Herz wieder unter Kontrolle und geht auf ihn zu. „Boelie?"
Er dreht sich um. Sein Gesicht ist ernst und finster. Sie weiß es sofort und legt ihm die Hand auf den Arm. „Dein Opa?", fragt sie.
Er nickt. „Heute Nachmittag, ganz plötzlich. Mein Vater hat mich angerufen."
Sie zögert einen Moment, spürt, wie ein unerwarteter Schreck durch sie hindurchfährt. „Ich finde es wirklich schlimm für dich."
Er nickt. Sie stehen im leichten Nieselregen, doch er scheint gar nicht zu bemerken, wie nass er ist.
„Äh … Hast du Lust, einen Kaffee trinken zu gehen?", fragt sie ihn.
Er nickt erneut. Langsam gehen sie zu seinem Auto.

Während der Fahrt herrscht Schweigen. Ich weiß nicht, was ich sagen soll, denkt Pérsomi, ich habe keine Ahnung, wie er sich fühlt, ob ich ihn nun trösten soll oder unterstützen oder einfach mit ihm über Gott und die Welt plaudern, so als sei nichts geschehen.

Sie fahren nicht zu ihrem üblichen Café, sondern kutschieren an Geschäften, Appartementblocks und Wohnhäusern vorbei in einen unbekannten Teil der Stadt. Während sie durch eine Straße voller indischer Geschäfte rollen, bemerkt Boelie völlig überraschend: „Diese Lotterwirtschaft hier müssten sie auch mal aufräumen."

Pérsomi runzelt die Augenbrauen. „Wovon sprichst du? Wer sind ‚sie'?", will sie wissen.

„Die Gemeinde oder die Bezirksverwaltung", antwortet Boelie. „Schau dir doch nur an, wie es hier aussieht. Das zieht doch nur noch mehr von diesen Naturvölkern in die Innenstadt."

Gut, überlegt sie, wenn du darüber sprechen willst, dann sollst du deinen Willen haben. „Die Naturvölker sind doch sowieso schon alle hier, Boelie", erwidert sie ruhig. „Sie arbeiten hier, also wohnen sie auch hier. Die Weißen können sie auch nicht einfach entlassen, sonst bricht die Wirtschaft zusammen."

„Jetzt mach doch nicht gleich aus einer dahingeworfenen Bemerkung eine politische Diskussion", entgegnet er kurz angebunden.

Du hast damit angefangen, möchte sie einwerfen, und unter anderen Umständen hätte sie das wohl auch getan, aber jetzt schweigt sie lieber. Nach einer Weile fragt sie einfach nur: „Wohin fahren wir denn?"

„Aus der Stadt heraus, irgendwohin, wo es ruhig ist."

Sie nickt. Hier und da gehen die Straßenlaternen an, der schwarze Asphalt der Straße ist nass, die Fenster der Wohnungen sind verrammelt.

„Er war noch nicht einmal mehr im Krankenhaus", beginnt Boelie plötzlich zu berichten. „Es ging ihm gut. Meine Oma ist nur für einen Augenblick aus dem Raum gegangen, und als sie zurückkam, war er tot."

Der alte Herr Fourie ist tot – wieder einmal dringt es zu ihr durch, wie definitiv das ist. Was kann man dazu sagen? „Das ist ein schöner Tod, Boelie, wenn man plötzlich und so ruhig einschläft", äußert sie.

„Ja."

Sie passieren die letzten Häuser und Boelie schaltet die Scheinwerfer ein. Der Nieselregen hat aufgehört und die Lichtstrahlen werfen Bahnen aus glänzendem Silber auf den nassen Straßenbelag. Bei einem kleinen Hügel direkt vor der Stadt biegt Boelie von der Straße ab. Die Sonne ist schon untergegangen und die Bewölkung reißt ein wenig auf, sodass man doch noch einige wenige Sterne sehen kann. „Komm, lass uns da hochsteigen", fordert Boelie Pérsomi auf und marschiert in die Dunkelheit.

Sie folgt ihm. Ihre Augen sind von klein auf an die Dunkelheit gewöhnt, ihre Füße wissen, wie man behutsam geht. Es ist still hier. Die Geräusche der Stadt dringen nicht bis hierher vor. Und doch ist es nicht so wie auf unserem Berg, denkt Pérsomi. Die Stille dort ist tiefer, der Friede intensiver.

„Schau mal, hier und da kann man sogar ein paar Sterne sehen", sagt Boelie.

Lange schaut sie nach oben. Es sind immer mehr Sterne zu sehen. „Das ist schön, aber doch nicht so schön wie der Sternenhimmel bei uns auf der Farm", erwidert sie. „Unsere Sterne sind viel heller. Aber schau mal, all die Lichter der Stadt sehen von hier oben aus auch schön aus."

„Ja", entgegnet er, „es sind nur viel zu viele, sie nehmen den Sternen ihren Glanz."

„Du hättest Dichter werden sollen", erwidert sie lächelnd.

„Ich weiß nicht."

Vorsichtig setzen sie sich auf einen Felsbrocken und betrachten die Lichter der Stadt. Die kleinen Lichter funkeln in der Tiefe.

Hier bin ich ruhig, so nahe bei ihm, hier fühle ich mich zu Hause, denkt Pérsomi. Und doch bin ich mir seiner Nähe sehr intensiv bewusst. Es ist anders als früher. Ich sehne mich zurück nach der entspannten Stille, der ruhigen Stille, die über mich gekommen ist, wenn ich bei Boelie gewesen bin.

Wenn doch nur wieder alles so wie früher sein könnte, vor diesem Wintermorgen in ihrem ersten Jahr, als sie zu dem Monument gegangen sind und ihr zum ersten Mal der Mann neben ihr bewusst geworden ist.

„Ich fahre morgen Nachmittag zur Farm zurück, die Beerdigung ist mit Sicherheit entweder Montag oder Dienstag", erklärt er auf einmal. „Möchtest du mitfahren?"

Sie schüttelt sofort den Kopf. „Vielen Dank für das Angebot, Boelie, aber ich habe am Montag eine Prüfung. Ich kann nicht weg."

„Gut", erwidert er. Dann seufzt er tief. „Weißt du noch, Pers, wie er und ich uns immer in den Haaren gelegen haben, vor allem, wenn es um Politik gegangen ist?"

Sie nickt.

„Und trotzdem bin ich jetzt ... Ich weiß es nicht." Er schweigt. „Traurig."

„Ja, traurig."

Wieder nickt sie. „Boelie, ich glaube nicht, dass es der Liebe einen Abbruch tut, wenn Menschen sich mal in den Haaren liegen. Wenn es um Politik geht, gibt es doch in deiner Familie eine ganze Menge Meinungsverschiedenheiten, und trotzdem habt ihr eine echte Verbundenheit. Deshalb bist du – seid ihr alle – traurig."

„Ja", erwidert er. „Du hast recht, ich verstehe es. Wenn ich jetzt daran zurückdenke, dann erscheinen mir die Fragen, über die wir immer gestritten haben, so flüchtig, so unbedeutend."

„Die tiefsten Sehnsüchte und Überzeugungen eines Menschen sind niemals unbedeutend."

„Ich wünschte einfach, ich könnte jetzt ..." Er schüttelt den Kopf.

Sie streckt ihre Hand nach ihm aus, zieht sie allerdings schnell wieder zurück.

Abrupt steht er auf. „Ich muss dich jetzt zurückbringen, sonst kommst du zu spät zum Abendessen", sagt er. „Komm."

Sie schlendern den Hügel wieder hinunter, zurück zum Auto. „Pass auf, dass du nicht ausrutschst", warnt er sie, während er seine Hand nach ihr ausstreckt.

Während sie zum zweiten Mal die indischen Geschäfte passieren, erklärt er: „Sollte die Regierung Smuts jemals stürzen, dann liegt das an ihrer schlappen Naturvölkerpolitik. Diese ganze Politik fährt den Karren doch je länger je mehr in den Dreck."

Sie schweigt.

„Mein Opa war ein hundertfünfzigprozentiger Smuts-Anhänger."

„Ja", erwidert sie. „Das weiß ich."

Bis sie vor dem Wohnheim anhalten, wechseln sie kein Wort mehr. Schließlich legt er seine Hand für einen Augenblick auf ihre. „Vielen Dank, Pérsomi. Du bist ein ganz besonderer Mensch."

Das Essen liegt nun schon fast zwei Stunden zurück. Pérsomi geht direkt durch bis zu ihrem Zimmer. Sie setzt sich an ihren kleinen Tisch und holt ihre Bücher hervor, doch konzentrieren kann sie sich nicht. Sie wäscht sich und geht zu Bett, doch schlafen kann sie auch nicht. Nach einer Weile steht sie wieder auf, trinkt etwas Wasser, versucht zu lesen, aber nichts hilft.

Er beunruhigt sie bis in ihr tiefstes Wesen hinein. Und mit ihrem Herzen kann man nicht vernünftig reden.

Nie, aber auch niemals darf er dahinterkommen, was sie für eine Idiotin ist.

ෆ

„Ich habe gehört, dass Irenes Opa letzte Woche gestorben ist", sagt Reinier, als sie ihn am Mittwoch trifft. „Bist du auch auf der Beerdigung gewesen?"

„Nein, ich hatte zu viel zu tun", erwidert Pérsomi – was natürlich nicht stimmt. Für die Prüfung am Montag hätte der Dozent ihr mit Sicherheit freigegeben. Es gibt tatsächlich keine größere Angst als die Angst vor sich selbst und vor dem, was in einem lebt.

„Ich habe mit Irene gesprochen, sie hat mich angerufen", erzählt Reinier. „Sie ist sehr traurig gewesen."

„Das wird wohl so sein", entgegnet Pérsomi. „Hast du jetzt eine Vorlesung?"

„Nein, ich bin auf dem Weg in die Bibliothek. Oder sollen wir lieber irgendwo etwas trinken gehen?"

„Nein, meine nächste Vorlesung fängt in zehn Minuten an, aber sie ist im Gebäude der Literaturwissenschaften, du kannst mich gern bis dahin begleiten."

„Irene ist wütend auf ihren Opa", berichtet Reinier.

„Weil er vor seiner Zeit gestorben ist?"

„Warum musst du immer so kratzbürstig sein, wenn es um Irene geht?", will er verärgert wissen. „Das passt ganz und gar nicht zu dir."

„Entschuldigung", erwidert sie. „Warum ist sie denn wütend?"

„Hast du es denn nicht gehört, die Sache mit dem Testament?"

„Nein."

„Mann, das ist mir eine Geschichte. Eine Katastrophe, wenn du

Irene fragst. Du glaubst es nicht, aber die Farm mit allem drum und dran ist an Boelie gegangen anstatt an Herrn Fourie. Jetzt gehört also die Farm, auf der Herr Fourie sein ganzes Leben gearbeitet hat, Boelie."

„Boelie?" Pérsomi überlegt einen Moment und bekommt ein immer deutlicheres Bild der Situation. „Das wird Herrn Fourie nicht gefallen."

„Er ist wütend, sagt Irene. Er hat nur einen Geldbetrag bekommen, mehr nicht. Die Oma hat auch etwas Geld geerbt und noch ein paar Dinge, De Wet bekommt das Haus im Dorf und den uralten Daimler, die Mädchen bekommen nichts und Boelie den ganzen Rest. Irene ist stinksauer, Mann, nicht nur auf ihren Großvater, sondern auch auf meinen Vater."

„Was hat der denn damit zu tun?"

„Sie denkt, dass mein Vater ihren Opa dazu gebracht hat, sein Testament zu ändern, oder wenigstens meint sie, er hätte Herrn Fourie vorher warnen müssen."

„Ein Anwalt kann seinem Mandanten zwar einen guten Rat geben, aber wenn es Spitz auf Knopf steht, dann muss er doch tun, was der Mandant möchte. Wenn es der alte Herr Fourie um jeden Preis so haben wollte, dann konnte dein Vater nichts daran ändern", entgegnet Pérsomi. „Und es ist auf jeden Fall völlig unmöglich, so etwas vorher mit Herrn Fourie zu besprechen, das wäre doch ganz und gar unprofessionell."

„Das weiß ich, aber versuch das mal Irene klar zu machen. Sie kann ganz schön unvernünftig sein."

„Das sind deine Worte, nicht meine", erwidert Pérsomi.

Er seufzt. „Ja, Pérsomi. Eins kannst du mir glauben: Wenn du dich jemals verlieben solltest, dann such dir eine unkomplizierte Person, jemanden, der nicht aus allem ein Problem machen muss."

Sie lacht kurz auf. „So jemanden wie dich also?"

Er lächelt ein bisschen schief. „Warum nicht?"

Seine Worte klingen noch nach, als sie tief in der Nacht durch das kleine Fensterchen in ihrem Zimmer die Sterne betrachtet. Was wird jetzt auf der Farm passieren? Wird Boelie jetzt doch Landwirt? Und werden er und Herr Fourie jemals zusammenarbeiten?

Sie fühlt mit Herrn Fourie mit. Sein Leben lang hat er hart gearbeitet, und jetzt gehört ihm die Farm noch nicht einmal. Sie kann das wirklich nicht gerecht finden, doch für Boelie ist sie froh. Sie sollte aber besser nicht an Boelie denken.

Warum verliebt sie sich jetzt nicht in Reinier? Er ist ihr bester Freund, sie können über alles miteinander reden, haben Spaß zusammen, sie können gut zusammenarbeiten, er ist ein umgänglicher Mensch.

Bei ihm kommt sie sich wie ein Mensch vor, mehr als bei jedem anderen. Er hat sie nie als besitzloses Beiwohnerkind betrachtet, nicht einmal während ihrer Schulzeit, als jeder über die Armenfürsorgeklamotten und die kostenlosen Schulbücher Bescheid gewusst hat.

Vielleicht sollte ich es mir überlegen, mich doch in ihn zu verlieben, denkt sie, kurz bevor sie einschläft. Schließlich sieht er auch ganz gut aus ...

☙

„Vielleicht sollte ich mich tatsächlich in dich verlieben", verkündet sie, während sie ein paar Tage später zwischen zwei Vorlesungen mit Reinier ein Pausenbrot isst.

Reinier fängt schallend an zu lachen. „Oh, Pérsomi, du bist unbezahlbar! Du bist wirklich der einzige Mensch auf Welt, der versucht, mit dem Verstand zu berechnen, in wen man sich am besten verlieben sollte."

„Ich finde, dass man eher seinem Verstand trauen kann als seinem Herzen, vor allem in der Liebe", entgegnet sie.

„Daran kann man sehen, dass du noch nie verliebt gewesen bist; du hast ja keine Ahnung, wovon du sprichst", erwidert er. „Hör mal, Annabel hat mir zwei Karten gegeben für eine Vorstellung der Hugenotten oder so, nächsten Samstagabend im Alten Stadthaus. Sie gehen danach mit dem Stück auf Tournee im Bosveld und im Laeveld und in der Gegend darum herum. Gehst du mit?"

„Du drückst dich nicht sehr spezifisch aus, Reinier", entgegnet sie. „Die Hugenotten können es doch auf keinen Fall sein, vielleicht meinst du ein Stück von André Huguenet[15]? Wie heißt es denn?"

---

15 André Huguenet war der Künstlername des südafrikanischen Schauspielers Gerhardus Petrus Borstlap (1906-1961), unter dem er Theaterstücke veröffentlichte.

„Das weiß ich auch nicht so genau, irgendwas wie ‚Durch seinen Götzen zerschmettert' oder so."

„Puh", erwidert sie lachend, „das hört sich sehr dramatisch an. Nun, los dann, lass uns da hingehen und schauen, wie die zerschmetterten Götzendiener aussehen."

Am Samstagabend steht sie lange vor ihrem Kleiderschrank. Sie hat nicht viel, das sie anziehen könnte. Die Kleiderlieferungen durch Reiniers Schwester sind während ihres zweiten Studienjahrs zum Stillstand gekommen. Vielleicht hat Annabel es schlichtweg vergessen oder sie hat gedacht, dass Pérsomi jetzt mehr als genug Kleider hat.

Was zieht man wohl für ein Theaterstück an?, fragt sie sich. Noch nie ist sie bei einer richtigen Theateraufführung gewesen, nur einmal in einer Operette, die in der Schule aufgeführt wurde. Damals haben Reinier und Irene die beiden Hauptrollen gesungen und jeder hat gesagt, dass sie ein wunderbares Paar abgegeben haben.

Sie holt ihre drei Abendkleider aus dem Schrank. Ihr Lieblingskleid ist das aus dunkelrotem Satin, aber das hat sie schon so oft angehabt – unter anderen auch auf Klaras Hochzeit und auf dem Ball, auf dem sie Anfang des Jahres mit Reinier gewesen ist. Prüfend hält sie das zweite Kleid hoch. Es ist ein glänzendes Kleid aus dunkelblauer Taftseide mit einem herzförmigen Dekolleté. Darin kommt sie sich sehr schön vor und sie hat es auch erst zweimal getragen und beide Male ist Reinier nicht dabei gewesen. Heute Abend vielleicht?

Nein, entscheidet sie. Es ist ein prächtiges Ballkleid, aber für einen Theaterbesuch ist es vermutlich zu auffallend.

Das einzige, das übrigbleibt, ist das raffinierte Kleid aus schwarzem Samt mit dem verwegenen Dekolleté und dem langen Schlitz auf dem Rücken. Sie hat noch nie gewagt, es anzuziehen, aber sie erinnert sich noch gut an Klaras Worte: „Es wäre ein Jammer, wenn du es niemals anziehst, du siehst bildhübsch darin aus."

Schwarz ist auch eine gute, neutrale Farbe. Wahrscheinlich wird es ihr darin ein bisschen kalt werden, denn abends wird es schon ein wenig kühl. Aber vor der Kälte hat sie noch nie Angst gehabt. Schade nur, dass das Dekolleté ...

„Kleid, heute Abend gehören wir beide zusammen", murmelt sie entschlossen vor sich hin und hängt die beiden anderen Kleider zurück in den Schrank. „Und denk daran, dich zu benehmen, ich will kein Herumgehänge haben, hast du mich verstanden?"

Sie zieht ihre neuen Schuhe mit den schmalen Riemchen an und betrachtet sich dann kritisch im Spiegel. Als sie eine halbe Stunde später die Treppe zur Eingangstür hinuntergeht, weiß sie, dass sie schön aussieht. Unten steht Reinier und wartet auf sie, ganz im schwarzen Anzug mit Krawatte. „Wow!", sagt er, während sie gemeinsam zu seinem Auto gehen, das er „Klapperkiste" getauft hat.

„Aus welchem Märchen bist du denn herausgesprungen?"

„Du kannst es dir aussuchen: Dem hässlichen, kleinen Entlein, Aschenputtel ..."

„Aschenputtel ist es sicher nicht; ich habe jetzt schon Angst, dass uns die Klapperkiste heute Abend im Stich lässt, genauso wie die Kürbiskutsche", erwidert er. „Was meinst du, Pérsomi, wie wäre es mit der ‚Prinzessin aus dem Bosveld'?"

„Das Märchen gibt es doch gar nicht", lacht sie.

„Ernsthaft, Pérsomi, du siehst wunderbar aus."

„Danke", entgegnet sie. Es ist immer wieder schön mit Reinier. So entspannt und nett. Einfach schön.

Vor dem Alten Stadthaus parken schon eine ganze Menge Autos. Pérsomis Körper zittert vor Aufregung. Heute Abend wird sie ein Theaterstück zu sehen bekommen, in dem ganz normale Menschen mitspielen, bekannte Schauspieler. Vor einundzwanzig Jahren hat auch ihr Vater ein Theaterstück gesehen und so ist sie zu ihrem Namen gekommen.

Doch dann erinnert sie sich an den Rest der Geschichte. Als er erfahren hat, dass sie unterwegs war, ist er nicht mehr zurückgekommen. Er hat eine einsame, verzweifelte Frau und ein wehrloses Kind im Stich gelassen. Denn reiche Männer mögen es nicht, wenn ihre Freundinnen Kinder bekommen.

Eigentlich möchte ich gar nicht mehr wissen, wer mein Vater ist, wird ihr plötzlich klar. Es ist besser, wenn ich es nie erfahre, denn ich würde ihm eine Menge Dinge an den Kopf werfen, nicht nur „vielen Dank für das monatliche Taschengeld".

Das Foyer des Alten Stadthauses ist proppenvoll. Einige Frauen tragen Jacken oder Pelerinen aus Pelz, andere haben klitzekleine, verzierte Operngläser dabei, durch die sie jede Bewegung auf der Bühne aus der Nähe betrachten können. Die Männer tragen im Allgemeinen schwarze Anzüge und reden lautstark miteinander. Sicher über die bevorstehenden Wahlen, denkt Pérsomi, oder vielleicht auch über die wachsenden Spannungen zwischen den westlichen Ländern und der Sowjetunion, bei denen es um die deutsche Frage geht. Es wird doch wohl hoffentlich nicht wieder Krieg in Europa geben?

Dann entdeckt sie die bildhübsche Frau auf der untersten Stufe der Treppe zur Empore. Ihre Hand in dem langen, schwarzen Handschuh ruht elegant auf dem verzierten Treppengeländer. Pérsomi erkennt den Stil ihres Kleides unmittelbar wieder, es ist derselbe wie auf den Fotos in der letzten Ausgabe der *Brandwag*. Das ist der letzte Schrei des *New Look* von Dior: der lange, weite Rock aus weicher, geblümter Seide, der fast bis auf die Knöchel fällt, das enganliegende kleine Top mit den Spaghettiträgern über den sonnengebräunten Schultern und das schwarze Samtjäckchen, das ihr nonchalant auf einer Seite über der Schulter baumelt. Das ist Annabel, Reiniers Schwester.

Und unten an der Treppe steht Boelie, breitschultrig in seinem dunklen Anzug. Er schaut zu Annabel hinüber und lacht mit ihr über irgendetwas.

Boelie lacht viel weniger gern als Reinier.

Ein scharfer Schmerz durchfährt Pérsomi. Für einen Augenblick schließt sie die Augen, doch das Bild ist immer noch vor ihr. Und es tut unerklärlich heftig weh.

„Warte mal, da sind auch Annabel und Boelie", ruft Reinier fröhlich. „Komm, lass uns hingehen. Wir sitzen sicher nebeneinander. Annabel hat ein paar Extrakarten bekommen, sie muss bestimmt etwas für die Zeitung schreiben."

Pérsomis Kopfhaut fängt an zu jucken. Am liebsten würde sie einfach losrennen. Sie holt tief Luft und schlendert mit Reinier zur Treppe.

Boelies Augen verfinstern sich, als er sie sieht. Unvermutet beschleicht sie ein Gefühl der Unsicherheit. Findet er ihr Dekolleté zu tief ausgeschnitten? Liegt das Kleid zu eng an?

Dann gleitet ihr Blick zu Annabel und sie erkennt den missbilligenden Ausdruck in ihrem Gesicht: Reinier, wie kannst du es wagen, ausgerechnet *sie* hier anzuschleppen! In diesem Kleid! Also bitte, dieses Modell stammt noch aus der Kriegszeit, sie hinkt der aktuellen Mode ungefähr sechs oder sieben Jahre hinterher!

„Guten Abend, ihr beiden", begrüßt Reinier sie fröhlich. „Hier drinnen ist es ganz schön heiß, was, vor allem, wenn man gerade aus der Kälte hereinkommt!"
Pérsomi reckt ihr Kinn in die Höhe. „Guten Abend", grüßt sie.
„Auch guten Abend", erwidert Boelie. Er hört sich arg formell an.
„Hallo", sagt Annabel. Sie schaut Pérsomi nicht an. „Wir sitzen nebeneinander. Sollen wir schon hineingehen?"

ങ

Ich wünschte, Beth wäre noch hier, überlegt Pérsomi, als sie um zwei Uhr immer noch nicht schläft. Obwohl, Lucia hätte es sicher nicht verstanden, schließlich weiß sie auch nicht alles.

Dass ich so durcheinander bin, hat mit Annabel zu tun. Denn wegen ihr habe ich mich den ganzen Abend über wie ein gewöhnliches Armenfürsorgekind gefühlt, das ein abgetragenes Kleid aus der Kleidersammlung anhat.

Sie stellt sich vors Fenster und schaut nach draußen. Die Autos schlafen, die Straßenbahnen schlafen, die Menschen schlafen. Die ganze Stadt schläft. Wenn nur Beth hier wäre, denkt sie, während sie wieder unter ihre Decke kriecht. Beth hätte es verstanden. Allerdings kann sie sich kaum noch daran erinnern, wie Beth ausgesehen hat. Sie hat jeden Kontakt mit ihr verloren.

Den ganzen Abend über hat Annabel mit Boelie herumgeflirtet, sie hat ihn am Arm angefasst, und ihre sanfte Hand hat seine große Hand gestreichelt. Und Boelie ... der hat es genossen.

Dass ich ausgerechnet in ihrem abgelegten Kleid herumlaufen musste!

Sie geht zum Waschraum und trinkt etwas Wasser. Wenn ich nur ein Mittelchen hätte, meine Kopfschmerzen werden immer schlimmer, denkt sie. Sie schaut in den Spiegel, aber sie sieht genauso aus wie sonst. Dann geht sie wieder zurück in ihr Zimmer und legt sich ins Bett.

Wenn sie doch nur eine Mutter hätte, mit der sie reden könnte, eine Mutter mit einem Telefonanschluss, sodass sie ab und zu ihre Stimme hören könnte. Oder eine Mutter, die lesen und schreiben könnte, sodass sie ihr heute Abend in einem Brief erzählen könnte, wie sie sich fühlt.

Aber wie fühlt sie sich eigentlich? Wütend? Ja, aber auf wen eigentlich? Erniedrigt? Ja, das auch.

Sie wirft sich auf die andere Seite. Ihr Kopf dröhnt vor Schmerzen. Ich wünschte, ich hätte Annabel und Boelie nie, nie, nie zusammen gesehen. Ich wünschte, ich hätte niemals mitbekommen, wie er sie ansieht und sie anfasst.

Schlafen kann sie in dieser Nacht nicht.

☙

Am ersten Montag in den Ferien fährt Pérsomi morgens mit De Wet zum Dorf. „Komm einfach zu mir ins Büro, wenn du mit deinem Gespräch mit Ismail fertig bist", sagt er. „Es gibt mit Sicherheit noch das eine oder andere abzuheften, da kannst du mir helfen, bis wir wieder zurückfahren."

„Danke, De Wet. Dann kann ich auch gleich einmal sehen, wie so eine Anwaltskanzlei von innen aussieht."

Kurz vor acht Uhr setzt er sie am Geschäft von Herrn Ismail ab. Um Punkt acht Uhr öffnet der alte Mann selbst die Ladentür. „Fräulein Pérsomi!", ruft er überrascht. „Möchten Sie den Laden leerkaufen?"

Sie lacht. „Da müssen Sie sich noch etwas gedulden, bis ich mit meinem Studium fertig bin, Herr Ismail, dann werde ich vielleicht Säcke voller Geld verdienen. Heute bin ich nur hier, um mit Yusuf zu reden. Ist er auch über die Ferien zu Hause?"

„Er ist drinnen, kommen Sie herein", erwidert Herr Ismail und zieht die Ladentür sperrangelweit auf.

Noch immer ist es in dem Geschäft ein bisschen dunkel und es riecht so wie immer, nach Tabak, Maismehl, Curry und neuem Leder. Und nach seltsamen Weihrauch. Die enormen Säcke mit Maismehl und Zucker stehen immer noch auf dem Holzboden und die Stapel Decken reichen immer noch bis an die Ladendecke.

„In ganz Pretoria gibt es kein Geschäft, das mit Ihrem mithalten könnte", bemerkt Pérsomi und geht hinein.

Yusuf ist für einen Augenblick überrascht, als er sie erkennt. Sie plaudern ein Weilchen, vor allem über das Studium und das Studentenleben, doch dann eröffnet sie ihm: „Ja, ich bin eigentlich wegen meiner Arbeit hier, wegen einer Untersuchung."

„Was für eine Untersuchung?", fragt er erstaunt.

„Ja, weißt du, wir müssen uns ein kürzlich erlassenes Gesetz vornehmen und anschauen, welche langfristigen Folgen sich möglicherweise daraus ergeben können."

„Ich habe keine Ahnung von Gesetzen", erwidert er kopfschüttelnd. „Hast du an irgendein Gesetz aus dem Gesundheitsbereich gedacht?"

„Nein, ich habe mich für das Gesetz über asiatischen Grundbesitz entschieden", antwortet sie. „Weißt du darüber Bescheid?"

Sein Gesicht verändert sich grundlegend. „Ja, Pérsomi, jeder Inder in diesem Land weiß über das Gesetz Bescheid."

„Wunderbar, denn darüber möchte ich gern mit dir sprechen."

„Ich weiß nicht, was du darüber von mir hören willst", entgegnet er beinahe feindselig.

„Yusuf, ich möchte einfach nur herausfinden, was ihr davon haltet", beruhigt sie ihn.

„Und was denkst du selbst darüber?" Seine Haltung ist unverändert.

„Nun, ich denke … dass ihr ihm vermutlich nicht positiv gegenübersteht", erwidert sie vorsichtig.

„So kann man es auch sagen", entgegnet er. „Die Leute sind wütend."

„Das verstehe ich. Kannst du mir genau erklären, warum?"

„Viele von uns wohnen schon seit Generationen in diesem Land, manche sogar schon länger als die Familien der Leute, die solche Gesetze durchs Parlament jagen."

„Wer zum Beispiel?"

„Meine Familie zum Beispiel", antwortet er, ohne zu zögern. „Die Familie meines Großvaters …"

„Nein, ich meine: Welche Parlamentsabgeordneten, die diese Gesetze eingebracht haben, wohnen noch nicht so lange in Südafrika?"

„Oh. Nun, eine ganze Menge. Patrick Duncan, unser ehemaliger Gouverneur-General, ist hier noch nicht einmal geboren worden, und ich weiß nicht, ob dieser Jude, Doktor Henry Gluckman, der jetzt Minister für Volksgesundheit ist, ob der ein gebürtiger Südafrikaner ist. Ich kann dir keine genauen Namen geben, aber ich weiß, dass es eine ganze Menge sind."

„Das ist ein guter Punkt. Ich werde ein wenig darüber nachdenken", bemerkt sie und macht sich eine Notiz.

„Wie wäre es mit einem Tässchen Tee?", fragt er und zündet den Primuskocher an.

Er hat also wieder etwas bessere Laune, denkt sie flüchtig. „Gern, ja", erwidert sie. „Aber nur, wenn du gleichzeitig Tee kochen und reden kannst. Und denk daran, ohne ..."

„Ohne Milch und Zucker, das weiß ich noch", antwortet er.

„Gut", entgegnet sie. „Was haltet ihr nun von den Bestimmungen zu eurem Grundbesitz?"

„Die sind der eigentliche Grund, warum die Leute so wütend sind", erwidert er zornig und setzt den Kessel sehr abrupt auf den Kocher. „Die Inder haben in der Union noch nie volle Bewegungsfreiheit genossen, aber jetzt werden wir plötzlich noch weiter eingeschränkt und dürfen nur noch an bestimmten Orten wohnen und Handel treiben! Doktor Naicker nennt es deshalb das ‚Ghettogesetz'. Das ist reiner Hitler-Rassismus, Pérsomi, und nichts anderes."

„Hitler-Rassismus", wiederholt sie, während sie schreibt. „Wer ist Doktor Naicker?"

„Das ist einer von den Leuten, die die Führung übernommen haben, Doktor G. M. Naicker. Der andere ist Doktor Yusuf Dadoo."

„Oh", sagt sie und schreibt es auf. „Und was werdet ihr unternehmen?"

„Die Inder haben eine Tradition, die sie *satyagraha* nennen, den friedlichen Widerstand ..."

„Passiven Widerstand", erwidert Pérsomi.

„Passiven Widerstand, ja. Das ist das Erbe Mahatma Gandhis, der 1913 ..."

„Das weiß ich, mit Geschichte kenne ich mich aus", bremst sie seine Ausführungen.

„Allmächtiger, bei dir bekommt man wirklich keinen Satz zu Ende", entgegnet er.

„Tut mir leid, ich bin ja schon still."

„Wir haben zwei politische Organisationen, den *Indian Congress* von Natal und den *Indian Congress* von Transvaal", erläutert Yusuf dann. „Die Mitgliederzahl des *Congress* in Natal wächst schnell.

Hier in Transvaal haben wir keine eingeschriebenen Mitglieder, aber wir sind trotzdem sehr aktiv, auch unter den Studenten an der Universität von Johannesburg."

„Wie sehen denn eure Aktivitäten aus, abgesehen vom passiven Widerstand?"

„Oh, wir sind ganz schön aktiv."

„Aber wie nun?"

„Pérsomi!", warnt er sie.

„Dann beantworte auch meine Frage!"

„Wir boykottieren einiges, das wirst du vermutlich passiven Widerstand nennen, aber vor allem organisieren wir auch Versammlungen, um die Leute aufzuklären. Die werden sehr gut besucht, nicht nur von Indern, sondern auch von Farbigen und Schwarzen, und manchmal sogar von Weißen. Sogar die Gewerkschaften mischen sich jetzt ein."

„Bist du auch aktiv?"

„Außerordentlich."

„Pass bloß auf, dass sie dich nicht internieren so wie Boelie damals", warnt sie ihn. „Sonst kannst du auch noch vier Jahre warten, bis du dein Studium abschließen kannst."

„Keine Sorge", schüttelt er den Kopf. „Ich bin eher so wie De Wet, sehr aktiv, aber innerhalb des gesetzlichen Rahmens."

„Pass trotzdem auf deine Schritte auf!", warnt sie ihn erneut.

„Das Gesetz ist schon fast zwei Jahre in Kraft, wenn ich mich richtig erinnere, seit Juni 1946, und innerhalb von ein paar Tagen haben auch die Proteste angefangen", fährt Yusuf fort. „Du hast sicher in den Zeitungen darüber gelesen."

„Ja, aber ich kann mich nicht mehr so gut daran erinnern", erwidert sie zögernd. „Was genau haben die Zeitungen denn berichtet?"

„Tausende von Menschen, wenn du mich fragst, mehr als fünfzigtausend, haben einen Protestmarsch durch Durban veranstaltet und eine kleine Gruppe hat in einem ursprünglich indischen Geschäftsviertel ein Protestlager aufgeschlagen, auf einem Stück Land, das nun für Weiße reserviert ist. Eine Gruppe Weißer hat sie seitdem jede Nacht überfallen, später auch tagsüber, und eine große Anzahl Inder ist dabei ums Leben gekommen. Die meisten sind an ihren Verwundungen gestorben."

„Das kann nicht sein, Yusuf", entgegnet sie mit Bestimmtheit.

„Die Polizei würde bei so etwas nicht beide Augen zudrücken, schon gar nicht, wenn Menschen umgebracht werden."

„Sie haben das natürlich auch nicht gemacht, wenn die Polizei dabei war", erwidert er. „Aber auch der Polizei konnte nicht entgangen sein, dass da Tote auf den Straßen lagen, und trotzdem wurde niemand verfolgt."

„Hmm", macht sie. „Ich werde schauen, was ich darüber herausfinden kann."

„Ich kann dir gern den Namen einer meiner Freunde geben, Benny Sischy heißt er. Der war dabei und hat es mit eigenen Augen gesehen. Seine Adresse habe ich nicht, aber er geht mit mir auf die Universität. Wenn du ihm einen Brief schreibst, kann ich ihn ihm geben."

„Das sollte ich vielleicht machen, ja. Vielen Dank."

„Da ist auch noch irgend so ein kirchlicher Würdenträger dabei gewesen, ein Michael Scott", erklärt Yusuf. „Schau doch mal, ob du ihm schreiben kannst, er kann dir sehr viele Informationen aus der Innenperspektive besorgen."

„Du bist wirklich eine große Hilfe, Yusuf", erwidert sie zufrieden. „Und wie sieht es nun mit dem Wahlrecht aus, das bestimmten Indern gegeben worden ist?"

„Nur denen, die dafür in Betracht kommen. Die bekommen so etwas wie ein Wahlrecht, aber sie dürfen nur weiße Kandidaten ins Parlament wählen, keinen von unseren Leuten."

„Aber ihr habt doch noch nie wählen dürfen?"

„Einige Inder haben schon immer wählen dürfen, Pérsomi; in der Kapprovinz, wenn ich mich nicht irre."

„Das wusste ich nicht, aber ich schaue es nochmal nach", äußert sie sich und schreibt es auf.

„Nun, wie dem auch sei, jetzt sind sie das allgemeine Wahlrecht jedenfalls los. Darüber sind sie auch wütend. Das ganze Gesetz ist eine einzige Beleidigung der Inder. Wir haben nach Indien, England und Amerika Abgesandte geschickt. Sogar Mahatma Gandhi hat uns seine Unterstützung zugesagt."

„Ich wusste gar nicht, dass er noch lebt."

„Nein, er ist Ende Januar gestorben, aber sein Kopf war bis zum Ende klar", erwidert Yusuf. „Im Kessel ist noch etwas Tee, soll ich dir noch eine Tasse einschenken?"

☙

„Und, ein gutes Gespräch gehabt?", will De Wet wissen, als Pérsomi gegen zwölf Uhr in der Kanzlei auftaucht.

Sie steht im Empfangsbereich der luxuriösen Kanzlei. Auf dem Boden liegt ein dicker Teppich und an einem Tischchen, auf dem ein paar Bücher liegen, stehen zwei Ledersessel. Hinter der Rezeptionstheke sitzt eine streng aussehende Dame. Über ihrem grauen Haar liegt ein violettes Glühen. Links ist ein großes Fenster, auf dem steht: *„De Vos & De Vos"*, und darunter in kleineren Buchstaben: *„Rechtsanwälte, Notare, Versicherungsvertreter, Auktionatoren"*.

„Ja, das war ein sehr interessantes Gespräch", antwortet sie. Wird sie im nächsten Jahr auch in so einem Büro arbeiten?

„Das ist Frau Steyn, unsere Sekretärin", stellt De Wet die Dame vor. „Sie sagt, dass sie mehr als genügend Verwaltungsvorgänge hier liegen hat, bei denen du ihr eine helfende Hand reichen kannst, wenn du möchtest."

Hinter der Sekretärin hängt ein großes Bild, auf dem Riedböcke zu sehen sind, die aus einem schlammigen Tümpel Wasser trinken.

„Ja, gern. Vielen Dank."

„Hast du Herrn De Vos schon einmal getroffen?", will De Wet wissen.

Auf einer Seite des Schreibtisches steht eine Vase mit frischen Blumen.

„Ich weiß, wie er aussieht, und ich weiß, dass er der Vater von Reinier ist, aber wir haben uns einander noch nie richtig vorgestellt", antwortet Pérsomi. „Das muss doch auch nicht sein, oder, De Wet?"

„Ich denke, er würde dich gern kennenlernen", erwidert De Wet locker. „Komm doch mal mit."

Sie schlendert hinter ihm her durch den kurzen Flur. Sogar im Flur liegt Teppichboden. An den Wänden hängt eine Kollektion alter Fotos, auf denen unter anderem Reiniers Großvater zu sehen ist, der der erste Rechtsanwalt im Dorf gewesen ist.

An der letzten Bürotür klopft De Wet einmal an und macht sie dann sofort auf.

Die eine Hälfte des Büros nimmt ein riesiger Schreibtisch aus dunklem Holz ein. Die Schreibtischplatte glänzt im Licht, das von oben auf sie fällt. Hinter dem Schreibtisch sitzt Reiniers Vater. Er ist ein kräftiger Mann mit einem einigermaßen roten Gesicht, einem glänzenden, kahlen Schädel und einer Brille, über deren Rand hinweg er sie nun betrachtet. Scheinbar ist er über die Störung nicht besonders erfreut.

„Onkel Bartel", verkündet De Wet unbeirrbar, „das ist nun Pérsomi, von der ich dir schon erzählt habe. Sie ist hier, um uns ein bisschen in der Verwaltung zu helfen."

Herr De Vos erhebt sich ein wenig. Er ist wirklich sehr kräftig – nicht nur was die Länge, sondern auch was die Breite angeht. Und er macht immer noch keinen allzu freundlichen Eindruck. „Ja, sie ist mit Reinier in eine Klasse gegangen", erwidert er.

„Das stimmt", bestätigt De Wet. „Und jetzt studiert sie Jura in Pretoria."

„Ja", entgegnet Herr De Vos und lässt sich auf seinen Stuhl fallen.

Als De Wet die Tür wieder hinter sich zuzieht, bemerkt er entschuldigend: „Er hat sicher sehr viel zu tun. Normalerweise ist er viel freundlicher."

Ich bin froh, dass sein Sohn kein bisschen nach seinem Vater schlägt, überlegt Pérsomi, während sie hinter De Wet wieder zum vorderen Büro schlendert. Reinier ist wirklich immer freundlich. Wahrscheinlich schlägt seine Tochter nach ihm, jedenfalls wenn man von den Erfahrungen ausgeht, die sie bisher mit ihr gemacht hat.

Während sie am Nachmittag nach Arbeitsende nach Hause fahren, erklärt De Wet: „Frau Steyn war sehr zufrieden mit deiner Arbeit, Pérsomi. Sie hat gesagt, dass du gern die ganze Woche zum Helfen kommen kannst, wenn du das möchtest. Wir könnten dich sogar dafür bezahlen."

„Nun, sehr gern", erwidert Pérsomi. „Wenn ich an den Abenden an meiner Hausarbeit arbeiten kann, bekomme ich sie trotzdem noch rechtzeitig fertig. Nur freitags kann ich nicht, denn ich habe meiner Mutter versprochen, dass ich ihr bei den Vorbereitungen von Irenes Fest helfe."

☙

Es gleicht eher einer Hochzeit, das Fest zum Anlass von Irenes Volljährigkeit, hat Pérsomi ein bisschen überrascht gedacht, als sie spät am Samstagnachmittag zu dem Beiwohnerhäuschen am kahlen Hang zurückgelaufen ist. Sie war müde und hätte sich gern kurz am Fluss hingesetzt und die Füße ins kühle Wasser gehalten.

Die Ruhe ist ihr jedoch nicht gegönnt gewesen. „Natürlich bist du auch zum Fest eingeladen, Pérsomi", hatte Klara am Abend zuvor resolut gesagt. „Du hast uns bei den Vorbereitungen geholfen, jetzt sollst du auch die Festlichkeiten genießen."

„Klara, das kann ich nicht", hat Pérsomi sie abzuwimmeln versucht.

„Das kannst du wohl." Klara hat sich nicht aus dem Konzept bringen lassen. „Zieh eines der schönen Abendkleider an, die du bekommen hast, und komm mitfeiern, zusammen mit uns."

Klara meint es gut, aber sie versteht es einfach nicht, überlegt Pérsomi jetzt, während sie versucht, sich im Dunkeln unsichtbar zu machen. Denn in der Küche stehen Tante Sus und ihre Mutter und waschen in ihren Aschenputtelkleidern das Geschirr ab. Und auf der Tanzfläche ist Annabel nicht von Boelie wegzubekommen, erneut herausgeputzt in einer unglaublichen Kreation, die im nächsten Jahr im Altkleidersack für die Armenfürsorge landen wird.

„Komm schon", sagt Reinier, der plötzlich neben ihr auftaucht. „Du kannst hier nicht die ganze Zeit am Buffet herumhängen. Jetzt muss getanzt werden."

„Bitte nicht, Reinier", wehrt Pérsomi sich flehend. „Du weißt doch, dass ich nicht gut tanzen kann."

„Nun, du kannst es dir aussuchen", erwidert Reinier nonchalant. „Entweder kommst du freiwillig mit oder ich mache dir hier eine richtig laute Szene."

„Das ist keine faire Wahl!", protestiert sie.

„Wer sagt denn, dass das Leben fair ist?" Er nimmt sie fest an der Hand, zieht sie auf die Tanzfläche und dreht sie im Kreis herum. „Darf ich mir diesen Walzer von Ihnen erbitten, schöne Jungfrau?", lacht er und fängt an, sich im Takt der Musik zu bewegen.

Zum Glück ist das tatsächlich ein Walzer, denkt Pérsomi, denn das ist der einzige Tanz, den sie schon in die Füße bekommen hat.

„Du musst irgendwann mit dieser ewigen Dickköpfigkeit aufhören, wenn es ans Tanzen geht", ermahnt Reinier sie eindringlich. „Es ist doch schön, oder etwa nicht?"

Er versteht es auch nicht, denkt sie misslich. Ich gehöre hier nicht her. Dennoch wirft ihr niemand einen komischen Blick zu und jeder tanzt einfach weiter, so als sei es vollkommen normal, dass sie hier ist. Vielleicht ist das wirklich nur mein eigenes Gefühl, dass ich mir hier zwischen all den Menschen arm und mittellos vorkomme.

Nach dem Tanz sagt Reinier: „Vielen Dank, schöne Jungfrau. Sollen wir später am Abend noch ein Tänzchen wagen?"

Es gelingt ihm, sie zum Lächeln zu bringen. „Solange es ein Walzer ist, denn etwas anderes kann ich nicht."

Ihre Mutter und Tante Sus holen gerade einen Stapel schmutziger Teller und bringen ihn zum Abwaschen in die Küche. Es gelingt ihr, auch mit einem Stapel Teller in der Küche zu verschwinden, doch als sie da eine helfende Hand anlegen will, brummt Tante Sus: „Liebe Leute, Pérsomi, du bist doch für diese Sorte Arbeit viel zu schick angezogen, mit deinem roten Kleid und den Schuhen. Mach, dass du wegkommst, damit deine Mutter und ich weitermachen können."

Wenn ich doch nur einfach im Dunkeln verschwinden könnte, denkt Pérsomi, während sie langsam zur Scheune zurückläuft. Oder einfach zu meinem Berg rennen, zu der Höhle, und da bleiben, bis alles vorbei ist.

Als sie die Scheune wieder betritt, stößt sie beinahe mit De Wet zusammen. „Genau die Dame, nach der ich gesucht habe", verkündet er galant. „Möchte mir meine zukünftige Kollegin die Ehre des nächsten Tanzes gewähren?"

„Haben Klara oder Christine dich gegen mich aufgehetzt?", fragt sie geradeheraus.

Er lacht. „Klara. Aber auch wenn sie das nicht getan hätte, hätte ich dich um einen Tanz gebeten, Pérsomi. Du siehst wunderbar aus."

„Danke." Sie fühlt sich entwaffnet, aber gleichzeitig ist ihr auch unwohl dabei. „Ich kann allerdings nur Walzer tanzen, De Wet."

Als die Musik einsetzt, bemerkt er: „Das ist ein Walzer", und streckt seine Hand nach ihr aus.

Als Boelie und Annabel vorbeitanzen, beobachtet sie, wie die eiskalten Augen von Annabel für einen Moment kritisch auf ihr ruhen. Da erwacht die Kämpferin in ihr. Ja, guck du nur! Ich weiß, dass ich in deinem Kleid gut aussehe.

Es ist allerdings nicht schön, mitansehen zu müssen, wie natürlich Annabel in Boelies Arme passt, wie ihre Körper sich beim Tanzen aneinanderschmiegen.

Dann ertönt das nächste Musikstück aus dem Grammophon und die Menschen formen spontan einen Kreis. „Tango!", rufen sie. „Wo ist Annabel?"

Lachend schwebt Annabel in die Mitte des Kreises. „Komm, Boelie, keine Ausflüchte mehr, schließlich habe ich ihn dir beigebracht!", sagt sie verführerisch.

Kopfschüttelnd betritt Boelie die Tanzfläche. Er fällt in Annabels Lachen ein und streckt seine Hand nach ihr aus. Und dann tanzen sie Tango. So, wie er getanzt werden muss. Jeder fängt an, im Takt mit zu klatschen.

Zwischen den beiden gibt es ein tiefes Verständnis, erkennt Pérsomi, die am Rand des Kreises steht. Es ist mehr als deutlich, dass dieses Band zwischen dem Mann und der Frau auf der Tanzfläche schon seit Jahren besteht. Und weil es zu sehr schmerzt, wendet sie sich ab.

Den Rest des Abends beschäftigt sie sich mit allerlei Belanglosigkeiten oder steht im Halbdunkel und betrachtet die Menschen. Sie sieht Onkel Freddie mit einer Frau nach der anderen tanzen, während Tante Anne immer strenger dreinschaut, bis ihr Mund nur noch eine dünne, kerzengerade Linie ist. Sie sieht, dass alle jungen Männer Annabel in ihrem äußerst gewagten, smaragdgrünen Kleid mit den Augen folgen, während Boelie den ganzen Abend in ihrer Nähe bleibt. Sie sieht Reinier mit Irene tanzen, dass Frau De Vos, die Mutter von Reinier und Annabel, eine Cola mit Schuss nach der anderen in sich hineinschüttet. Vielleicht sind all die Klatschgeschichten über sie also doch wahr.

Als es beinahe Mitternacht ist – dann wird das Fest doch wohl vorbei sein – fängt Pérsomi an, die letzten Gegenstände von den Tischen zusammenzuräumen, um sie in die Küche zu bringen. Plötzlich packt sie jemand am Arm. „Jetzt bin ich dran", verkündet Boelie leise und will sie auf die Tanzfläche mitnehmen.

„Boelie", erwidert sie müde, „ich kann wirklich nicht gut tanzen, eigentlich kann ich nur Walzer. Und das ist mit Sicherheit keine Walzermusik."

Doch er antwortet ihr nicht, sondern stattdessen wird sein Griff um ihren Arm fester.

„Boelie, lass mich!", fleht sie.

„Lass dich einfach von mir führen", erwidert er. Seine Augen sind ganz dunkel.

Auf der Tanzfläche angekommen, legt er seinen Arm um ihre Taille. Sie spürt den leichten Druck seiner Hand auf ihrem Rücken. Seine andere Hand legt sich um ihre. Langsam fängt er an zu tanzen, ohne ein Wort zu sagen. Angespannt folgt sie den Bewegungen seines Körpers.

„Entspann dich mal, Pérsomi", fordert er sie leise auf.

Sie entspannt sich bewusst, so wie sie es im Leichtathletiktraining gelernt hat. Sie spürt, wie die schleppende Musik anfängt, sie mitzutragen, und sie überlässt sich seiner Führung, wobei sie sich seiner Nähe intensiv bewusst ist.

Es ist fast unwirklich.

„So schwierig ist es nun auch wieder nicht, oder?", fragt er nach einer Weile mit seinem Mund an ihren Haaren.

Sie schüttelt den Kopf, weil sie Angst hat, etwas zu sagen.

Am Sonntag geht die Sonne auf der falschen Seite auf.

Sie hat bis tief in die Nacht mit zitternden Händen Teller und Gläser in die Küche gebracht. Sie hat geholfen, das übriggebliebene Schafffleisch im Kühlhaus zu verstauen, dennoch hat ihr Gesicht weitergeglüht. Sie hat die halben Brotlaibe und Torten in den Vorratsschrank gebracht und mit einem Tuch abgedeckt, doch ihr Inneres ist unruhig geblieben. Auch während sie schließlich zusammen mit ihrer Mutter und Tante Sus durch das dunkle Baumstück zu dem Häuschen am kahlen Hang gelaufen ist, ist ihr Geist nicht zur Ruhe gekommen.

„Pérsomi, du musst den jungen Männern aus dem Weg gehen, sonst holst du dir die größten Schwierigkeiten ins Haus", hat ihre Mutter gesagt, als sie zusammen zum Toilettenhäuschen gegangen sind. Mehr hat sie nicht gesagt, aber sie ist sehr ernst gewesen.

Sie sieht die Sonne aufgehen, aber auf der falschen Seite.

Sie facht das Feuerchen an, geht am Fluss Wasser holen und setzt den Kessel auf den Ofen.

Sie hat vollkommen den Verstand verloren, ist total verwirrt, fühlt sich unsicher, unglücklich und perplex.

Sie versteht überhaupt nichts mehr.

Die ganze Nacht hat sie kein Auge zugetan.

☙

Am Montagmorgen ist Pérsomi schon vor Tagesanbruch in der Scheune. Sie will hier schnell alles sauber machen, damit sie wieder mit De Wet in die Kanzlei fahren kann.

Innerlich betet sie, dass Boelie heute ausschläft oder zum Pferch geht oder in aller Frühe schon nach Pretoria abreist – alles, aber bloß nicht auf den Gedanken kommt zu helfen.

In der Scheune sieht es aus, als wäre ein Wirbelsturm hindurchgefahren. An einem Ende fängt sie mit dem Aufräumen an.

Sie zwingt sich, an ihre Hausarbeit zu denken. Gestern hat sie den ganzen Tag daran gearbeitet. Es gibt so viele Fakten, die irgendwo in ihr untergebracht werden müssen, so viele lose Fäden, die irgendwie zusammengebunden werden müssen.

Sie schiebt das leere Ölfass neben die Tür und fängt an, den Müll hineinzuwerfen.

Der Brief an Benny Sischy ist fertig, den muss sie heute noch zu Yusuf bringen. Danach muss sie einen Brief an Michael Scott schreiben, aber sie weiß gar nicht, wie sie an seine Adresse kommen soll.

Mit einem lauten Schlag landen zwei leere Weinflaschen in dem Fass.

Sie sollte in der Universitätsbibliothek die alten Zeitungen durchsehen, vielleicht ...

„Puh, du bist aber schon früh wieder hier!", erklingt eine Stimme von der Tür.

Pérsomi fährt ein Schock in die Glieder.

Er fängt an zu lachen.

Ihr Herz macht einen Sprung.

„Warum bist du denn so erschrocken?", will er wissen und betritt die Scheune. „Bist du so in Gedanken gewesen?"

„Ich ... habe über meine Hausarbeit nachgedacht." Dabei hört sich ihre Stimme irgendwie seltsam an. Sie schluckt mühsam. Es ist nur Boelie, Pérsomi, sagt sie zu sich selbst. Boelie, der ist so wie immer.

Ihr Herz möchte davon aber nichts hören.

„Deine Hausarbeit? Es ist noch nicht einmal richtig hell, was willst du denn schon so früh hier?"

Jetzt ist er dicht neben ihr und sie schiebt sich ein bisschen weg von ihm, schaut nicht auf, ist weiterhin beschäftigt.

„Ich möchte gleich mit De Wet ins Dorf fahren, denn in den Ferien arbeite ich für Reiniers Vater", antwortet sie. „Und wir müssen für unsere Hausarbeit ein Gesetz untersuchen, das vor Kurzem verabschiedet worden ist, und dessen mögliche langfristige Folgen erforschen. Darüber habe ich nachgedacht." Es gelingt ihr, ein ganz normales Gespräch zu führen.

„Du solltest De Wet fragen, ob er dir hilft", schlägt er vor und fängt an, die Strohballen von der Wand wegzuziehen. „Du hast doch wohl nicht vor, hier alles ganz allein aufzuräumen?"

„Ich habe deiner Mutter versprochen, dass ich helfen werde", erwidert sie. „Und gestern war Sonntag. Dein Vater würde es niemals zulassen, dass wir am Sonntag arbeiten."

„Hier hinter dem Ballen sind noch eine ganze Menge Gläser. Bring mir doch mal den Korb", fordert er sie auf. „Von Gesetzen habe ich noch nie viel Ahnung gehabt, De Wet weiß sicher mehr darüber."

„Ich habe mich für das Gesetz über den asiatischen Grundbesitz entschieden", erklärt Pérsomi, während sie ihm den Korb reicht.

„Oh ja, davon habe ich schon einmal gehört", entgegnet Boelie. Die Gläser stoßen klirrend aneinander, während er sie in den Korb legt.

„Pass auf, dass sie nicht zerbrechen", warnt sie ihn. „Ich habe letzte Woche Montag ein sehr gutes Gespräch mit Yusuf Ismail darüber gehabt."

„Du brauchst doch nicht mit ihm zu reden, du hättest doch auch in der Zeitung lesen können, was die Folgen sind."

„Das habe ich auch gemacht", erwidert sie. „Die Inder rebellieren, und wenn du mich fragst, haben sie einen guten Grund dafür. Pass auf! Wir müssen die Gläser vorsichtiger zusammenräumen, sonst gehen sie kaputt."

„Was?", fragt er skeptisch. „Da liegst du falsch. Die Inder in diesem Land müssen wissen, wo ihr Platz ist. Sie müssen dazu gezwungen werden, sich zu benehmen, und wenn sie das nicht tun, dann müssen sie zurück nach Indien. Sie sollen nicht meinen, dass sie hier den Weißen heraushängen lassen können."

Vorsichtig stellt Pérsomi den Korb voller Gläser auf einen Stuhl.

„Aber Boelie, hast du das Gesetz denn einmal gelesen? Wenn die Ladenbesitzer nur an bestimmten Orten ihre Geschäfte betreiben dürfen oder die Ärzte und Anwälte nur hier und da ihren Beruf ausüben dürfen, wie sollen sie dann jemals gute Geschäfte machen können?"

„In diesem Land müssen wir uns um uns selbst kümmern, Pérsomi", antwortet Boelie mit Nachdruck. „Die Anliegen der Weißen, besonders die der Afrikaaner, stehen an oberster Stelle. Siehst du denn nicht, wie viel Kundschaft das Handelshaus und die Landwirtschaftskooperative verloren haben, nur weil dieser Ismail seine minderwertigen Produkte billiger anbietet? Zur Abwechslung tritt unsere Khakieregierung hier mal streng auf und das ist eine gute Sache. Anwälte, Ärzte, Lehrer, Geschäftsleute – diese ganze Bande Volksaufrührer wird zur Rechenschaft gezogen und ins Gefängnis geworfen, zu Hunderten auf einmal, wenn es nicht Tausende sind."

Pérsomi stellt sich so hin, dass sie ihm direkt in die Augen schauen kann.

„Kommt dir das eigentlich nicht bekannt vor, Boelie?"

Er runzelt die Stirn, weil er es nicht versteht.

„Wofür hast du denn damals gekämpft? Warum hast du dich ebenso wie eine ganze Menge Rechtsanwälte, Ärzte, Lehrer und Geschäftsleute vor fünf Jahren nicht gescheut, dafür auch hinter Stacheldraht zu sitzen?", fragt sie ernst.

„Für die gottgegebenen Rechte der Afrikaaner", antwortet er wie aus der Pistole geschossen.

„Es ging um die Rechte deiner Leute, stimmt's?"

„Ja", antwortet er, „und wenn ich heute noch einmal vor der Wahl stünde, würde ich mich wieder ganz genauso entscheiden."

„Und das ist dann nicht derselbe Weg, den diese Menschen auch gehen? Stehen sie nicht genauso für das ein, was sie für die Rechte ihrer Leute halten?"

„Allmächtiger, Pérsomi, das ist doch gar nicht ihr Land! Sie sind als Gäste hier, um zu arbeiten! Ihr Vaterland ist und bleibt Indien und dorthin müssen sie schlussendlich wieder zurück."

„Und wenn ihre Väter und Großväter nun einmal hier geboren sind? Die Inder sind seinerzeit aus Indien hierhergekommen, so wie unsere Vorfahren aus Europa gekommen sind und die von Herrn Cohen aus Israel. Warum ist die Union mehr *unser* Vaterland als das der Inder?"

„Vergiss es, Mädel, weiß du denn überhaupt, über wen du redest?", poltert Boelie los. „Die übergroße Mehrheit der Aktivisten hinter diesen Massenaktionen ist eine Bande von gottlosen Kommunisten."
Sie bleibt ruhig. „Wer zum Beispiel?"
„Zum Beispiel dieser Doktor Dadoo und diese Naidoos-Bande und ... und George Ponnen und Cassim Amra oder wie sie alle heißen."
„Vermutest du jetzt hinter jedem Busch einen Kommunisten, Boelie?"
„Du solltest nicht so naiv sein, die kursierenden Gerüchte, die dir dieser Yusuf Ismail auftischt, für bare Münze zu nehmen", erwidert er wütend. „Dieser ganze Saftladen, der sich Universität von Johannesburg nennt, ist übrigens auch eine Brutstätte des Kommunismus, Yusuf Ismail mit eingeschlossen. Wenn die Nationale Partei an die Macht kommt, ist das einer der ersten Sauställe, die ausgemistet werden müssen."
„Falls die Nationale Partei an die Macht kommt", entgegnet sie. „Nicht ‚wenn'."
„Heute Morgen machst du mich rasend", schimpft er. „Ich sollte lieber gehen."
Mit großen Schritten marschiert Boelie aus der schummerigen Scheune, wieder ins grelle Sonnenlicht. Pérsomi schaut ihm hinterher, während er zwischen den Bäumen verschwindet, seine breiten Schultern bilden eine gerade Linie und sein Kopf ist stolz erhoben. Nach einer Weile erscheint seine kräftige Gestalt auf der anderen Seite der Bäume. Mit festen Schritten geht er zum Pferch.
Pérsomi überkommt eine tiefe Trauer. Allein bleibt sie in der unaufgeräumten Scheune zurück. Allein hängt sie die ausgebrannten Laternen von ihren Haken an der Wand ab und legt die letzten schmutzigen Gläser in den Korb. Allein faltet sie eine Tischdecke nach der anderen zusammen.
„Es ist eine Sünde, wenn du die Decken jetzt schon zusammenlegst, hörst du? Sie kommen in die Wäsche. Oder hast du vielleicht gedacht, dass wir sie schmutzig wieder in den Schrank legen?", erklingt plötzlich Irenes Stimme von der Tür her. „Wo ist Boelie? Er soll zum Frühstück kommen. De Wet ist auch da, nur so für den Fall, dass du gleich mit ihm fahren willst."

☙

„Die Inder bezeichnen dieses Gesetz als ‚Ghetto-Gesetz'", schreibt Pérsomi in der Zusammenfassung ihrer Untersuchung, „und ich bezweifle, dass es erfolgreich umgesetzt werden kann. Bis zum heutigen Tag hat sich beispielsweise noch kein Inder bereit erklärt, einen Platz in der Beratungskommission einzunehmen.

Darüber hinaus werden die Folgen des Gesetzes meines Erachtens viel eingreifender sein, als es die Befürworter je haben absehen können. Zum Ersten ist das Gesetz der Grund dafür, dass sich nun eine Bevölkerungsgruppe, die uns schon seit Jahrzehnten gutgesinnt gewesen ist, gegen die Weißen gerichtet hat. Vor allem Familien, die im kürzlich stattgefundenen Krieg einen Sohn oder Bruder verloren haben, sind überaus entrüstet; hierbei handelt es sich um die Familien der jungen Männer, die ihr Leben im Dienst eben jener Regierung gegeben haben, die jetzt ihren Eltern die Arbeitsmöglichkeiten beschneiden möchte (vgl. das Interview und die Briefe, Anhang 1 und 2).

Zum Zweiten ist die engere Zusammenarbeit zwischen den verschiedenen indischen Kongressen, dem ANC und der Farbigenorganisation *African People's Organisation* (APO) eine direkte Folge des Gesetzes, wie unter anderem aus Interviews hervorgeht, die der Generalsekretärs des ANC, A. B. Xuma, kürzlich einer Anzahl Tageszeitungen gegeben hat (vgl. Anhang 3).

Auf Seiten der Inder ist die Sympathie für die Schwarzen gestiegen, was während des Bergarbeiterstreiks vom August 1946 (vgl. den Artikel in Anhang 4) deutlich geworden ist. Es gibt sogar eine ganze Reihe Weißer, die sich auf die Seite der Inder gestellt haben, zum Beispiel durch die Errichtung eines ‚Rates für asiatische Rechte' in Johannesburg (vgl. den Artikel und die Fotos in Anhang 5).

Drittens hat das Gesetz für internationale Verwicklungen gesorgt, weil die Inder diese Frage den Vereinten Nationen vorgelegt haben mit der Bitte, sie zu besprechen und Maßnahmen zu ergreifen, die sich schließlich negativ auf unseren Versuch ausgewirkt haben, Südwest-Afrika in die Union einzugliedern (vgl. Anhang 6). Dass dieses Unterfangen zurückgewiesen worden ist, ist meines Erachtens eine indirekte Folge des Gesetzes.

Ich komme damit zu dem Schluss, dass dieses Gesetz von Anfang an nicht durchführbar gewesen ist und in diesem Moment eher zur Gesetzlosigkeit denn zu einer gesunden gesellschaftlichen Ordnung beitragen wird."

☙

„Ich bin mit meiner Hausarbeit wirklich sehr zufrieden", verkündet Pérsomi am selben Abend Reinier gegenüber, mit dem sie eine Tasse Kaffee trinkt. „Ich hoffe nur, dass ich eine gute Note bekomme. Für die Gesamtnote in diesem Jahr zählt die Arbeit sehr viel, wenn ich also mein Studium mit *cum laude* abschließen will, muss die Note richtig gut sein."

„Hast du den Brief von diesem Priester oder so auch noch dazugetan?", will Reinier wissen, während er den letzten Schluck Kaffee aus seinem Becher trinkt.

„Michael Scott ist kein Priester, sondern Pfarrer", antwortet sie. „Nein, ich habe nur die Informationen verwendet, die er mir geschickt hat. Ich habe in der Zeitung gelesen, dass er ziemlich in Schwierigkeiten ist, deshalb habe ich den Brief lieber draußen gelassen. Darüber hinaus sollen meine Schlussfolgerungen objektiv sein und sein Brief war sehr emotional."

„Bist du objektiv geblieben?"

„Ja, aber sicher, obwohl ich die Standpunkte der Inder gut verstehen kann. Ich habe aber trotzdem beide Seiten beleuchtet, also kann ich gar keine andere als eine gute Note bekommen."

„Sicher", erwidert Reinier. „Junge, Junge, sind die Tassen hier klein, ich bestelle noch eine."

„Ich bin froh, dass ich mit der Hausarbeit fertig bin, noch nie habe ich so hart an etwas gearbeitet. Von jetzt an muss ich mich mit ganzem Einsatz meinem Studium widmen. Eigentlich habe ich viel zu viel Zeit in die Untersuchung investiert, und jetzt liege ich ziemlich zurück mit meinem Pensum, wenn ich an die Vorbereitungen für die Prüfungszeit denke, die demnächst vor der Tür steht. Aber es ist auch sehr interessant gewesen!"

„Lass uns lieber nicht darüber sprechen, wie interessant unsere Studien sind", entgegnet Reinier trocken. „Du wirst auf jeden Fall eine Supernote bekommen, sowohl für deine Hausarbeit als auch in deinem Examen. Das ist doch noch nie anders gewesen."

☙

Doch als Pérsomi eine Woche später ihre Hausarbeit zurückbekommt, steht keine Note darunter und auch kein Kommentar außer der Bemerkung: „Komm in mein Büro."

Nach der Vorlesung schlendert sie langsam zum Büro des Professors, mit schwerem Herzen. Was kann da los sein?

Als sie eintritt, schaut der Professor kurz auf, widmet sich jedoch unmittelbar darauf wieder ganz den Papieren auf seinem Schreibtisch.

Leise legt Pérsomi ihre Hausarbeit auf seinen Schreibtisch. Der Professor würdigt sie immer noch keines Blickes. Er nimmt jedoch ihre Arbeit und blättert sie durch. Pérsomi steht da und wartet.

„Deine Darlegungen zu den feineren Punkten des Gesetzes, deine Untersuchungen und deine Analysen sind sehr gut", bemerkt er schließlich. Sie wartet. Das Herz klopft ihr bis zum Hals.

„Deine Sprachbeherrschung ist herausragend, ebenso sind es die Struktur der Arbeit und der Fußnotenapparat."

Sie wartet. Träge und schwer klopft ihr das Blut im Körper. Jetzt schaut der Professor sie zum ersten Mal an. „Deine Schlussfolgerungen sind das Problem."

Sie bewegt sich nicht. Das Blut stockt ihr in den Adern und erreicht ihr Gehirn nicht mehr. Ihr Kopf fängt an zu stechen.

„Pérsomi, unsere Universität hat sich hohen christlich-nationalen Prinzipien verschrieben. Unsere Fakultät hat eine besondere Kultur, einen Ethos, auf den wir stolz sind."

Sie fährt sich mit der Zunge über die trockenen Lippen. „Ich verstehe nicht, was Sie meinen, Herr Professor."

Er nimmt die Hausarbeit und schlägt die letzten beiden Seiten auf. „Diese Schlussfolgerung", eröffnet er ihr, während er auf die ordentlich unterstrichene Überschrift klopft, „grenzt an die Propagierung von kommunistischem Gedankengut. Und das dulde ich in meinem Fachbereich nicht."

Wie angewurzelt steht sie da.

Behutsam setzt der Professor seine Brille ab. Nach einer ganzen Weile räumt er ein: „Ich möchte dir die Gelegenheit geben, deine Schlussfolgerungen umzuformulieren. Wenn du mir die Arbeit vor

Ende der Woche noch einmal einreichst, werde ich das noch berücksichtigen."

Dann setzt er seine Brille wieder auf und das Gespräch ist beendet.

„Herr Professor, welche Note bekomme ich denn, wenn ich meine Schlussfolgerungen nicht verändere?", will sie wissen. Dabei klingt ihre Stimme verbissen.

Verstört schaut er auf. „Eine fünf oder eine vier minus, höchstens", antwortet er.

Sie spürt, wie ihr die Note durch den ganzen Körper fährt. Das schnürt ihr die Kehle noch weiter zu. Mühsam schluckt sie. „Dann kann ich mein Studium nicht mit einem *cum laude* abschließen", erwidert sie.

„Das ist deine Entscheidung. So jedenfalls kann ich deine Hausarbeit nicht akzeptieren."

Er nimmt seine Brille wieder ab und richtet sich auf. Jetzt schaut er ihr direkt ins Gesicht. Um seine blassblauen Augen ist ein grauer Rand. „Du bist unsere beste Studentin, Pérsomi. Du hast jedes Jahr mit einer Auszeichnung abgeschlossen, es wäre ein Jammer, wenn du dein Studium nicht mit einem *cum laude* beenden würdest, umso mehr, wenn es nur an den beiden letzten Seiten deiner Hausarbeit hängt. Doch mit einer Arbeit in dieser Form kann ich nicht anders. Ich habe dich gewarnt, dass du dir besser ein anderes Gesetz aussuchen solltest, weil es sich bei diesem hier um eine sehr sensible Sache handelt, aber du wolltest ja nicht hören. Ich möchte dich heute mit allem Ernst vor der kommunistischen Bedrohung in unserem Land warnen. Die dürfen wir niemals unterschätzen. Du musst deshalb entweder die geforderten Veränderungen vornehmen oder die Konsequenzen tragen."

Die ganze Zeit über steht Pérsomi regungslos da. Schließlich erwidert sie: „Ich weiß nur sehr wenig über den Kommunismus, Herr Professor, und ich möchte auch in keinster Weise irgendetwas propagieren. Ich weiß aber auch, dass ich meine Schlussfolgerungen nicht verändern kann. Nach einer gründlichen Untersuchung dieses Gesetzes und des Einflusses, den es auf die Menschen haben wird, die es betrifft, sind diese Schlussfolgerungen mein aufrechtes, abschließendes Urteil."

„Und ich kann dir keine andere Note geben", entgegnet er. „Das ist *mein* aufrechtes, abschließendes Urteil."

Sie überlegt einen Augenblick. Dann richtet sie sich gerade auf. „Wann müssen die Noten für die Hausarbeiten eingetragen werden?", fragt sie.

„Die Prüfungszeit beginnt schon am Montag", antwortet er. „Ich kann dir nicht mehr als zwei Wochen Bedenkzeit geben."

„Ich werde eine Hausarbeit über ein anderes Gesetz einreichen, fristgerecht", kündigt sie an.

Dann dreht sie sich um und verlässt das Büro. Leise schließt sie die Tür hinter sich.

Die Hausarbeit bleibt auf dem Schreibtisch liegen.

10. Kapitel

Der Monat Mai steht ganz im Zeichen der bevorstehenden Parlamentswahlen, oder besser gesagt: Sie werfen ihre Schatten voraus.

„Können Männer denn über nichts anderes reden?", will Pérsomi genervt von Reinier wissen.

Verdutzt schaut er sie an. „Du lieber Himmel, Pérsomi, worüber möchtest du denn sonst reden? Doch sicher nicht über das bevorstehende Examen oder unser unspektakuläres Liebesleben oder die Trockenheit im Bosveld!"

„Nun, Christine und De Wet haben eine Tochter bekommen, das sind doch aufregende Neuigkeiten", erwidert sie einladend.

„Ach, Pérsomi, das war vorige Woche, das wissen wir nun doch schon."

„Gut. Was denkst du dann über … äh …?"

„Die Parlamentswahlen", schlägt er fröhlich vor. „Die Chancen der Nationalen Partei stehen viel besser als 1943."

Seufzend zuckt sie mit den Schultern. „Glaubst du, dass sie gewinnen werden?"

„Eine der Parteien wird mit Sicherheit gewinnen", neckt er sie.

„Reinier!"

„Gut, gut, ich bin ja schon wieder ernst. Nein, die NP hat keine Chance", antwortet er und schüttelt den Kopf. „Wir können nicht gewinnen, aber wir werden mit Sicherheit eine ganze Menge Sitze erobern. Oh, da muss ich hinein, ich sehe dich nachher wieder."

Sogar die Mädchen reden beim Essen über die Wahlen. „Der alte Smuts ist doch völlig ungeeignet", verkündet Sofie, die Pérsomi gegenüber sitzt. „Er ist steinalt, schon achtundsiebzig, wie ich gehört habe."

„Achtundsiebzig!", ruft ihre Freundin aus. „Dann ist er sicher schon senil."

„Ich habe gehört, dass er noch ziemlich klar im Kopf ist", verkündet eine andere, „aber achtundsiebzig ist trotzdem alt."

„Doktor Malan[16] ist beinahe vierundsiebzig", erklärt Pérsomi.

„Vierundsiebzig?", entgegnet Sofie überrascht. „Nun ja, das ist wenigstens jünger als achtundsiebzig."

Am nächsten Tag bemerkt Pérsomi zu Reinier: „Ich bekomme langsam den Eindruck, dass jeder für die NP stimmen wird. Ich glaube wirklich, dass sie eine Chance hat."

„Du musst lernen, ‚wir' zu sagen, wenn du von der NP sprichst, nicht ‚sie'."

„Wer sagt denn, dass ich für *sie* stimmen werde?", fragt sie zurück. „Und hör du damit auf, mich ständig anzupredigen, das tut nichts zur Sache. Warum meinst du, dass sie keine Chance haben?"

„Du und ich gehören zu den Jüngeren", erklärt Reinier. „Mein Vater sagt, dass wir die patriotische Generation sind. Eine ganze Menge älterer Afrikaaner sind immer noch eingefleischte Smutsanhänger, sie unterstützen vor allem Smuts, nicht so sehr seine Vereinigte Partei."

„Und wenn man dann noch den englischen Teil der Vereinigten Party dazunimmt, dann haben sie die Mehrheit?"

„Jetzt hast du das ‚sie' korrekt gebraucht", neckt er sie. „Ja, *sie* haben in der Tat die Mehrheit."

Am 24. Mai, zwei Tage vor den landesweiten Wahlen, berichtet der *Transvaaler*, die Nationale Partei sei besorgt über den Eindruck, den der Widerstand der Inder auf die Haltung der Schwarzen machen könne.

„Samstag voriger Woche", so heißt es in dem Bericht, „traf sich eine Reihe Inder- und Farbigenanführer mit einer Gruppe Schwarzer und sogar einigen Weißen. Sie forderten das allgemeine Wahl-

---

16 Daniel François Malan (1874-1959) war zwar ein Kindheitsfreund von Jan Smuts, vertrat aber sein Leben lang eine zu ihm in scharfer Opposition stehende Politik. Unter Hertzog war der promovierte Theologe und reformierte Pfarrer zunächst Minister für Inneres, Bildung und Gesundheit. Hier setzte er sich nicht nur für Afrikaans als zweite Amtssprache ein, sondern auch für eine Verschärfung der Rassentrennung in Richtung einer völlig „getrennten Entwicklung" (Apartheid) der einzelnen Volksgruppen. In den 1930er und 40er Jahren strebte er mit seiner Nationalen Partei einen engen Schulterschluss mit afrikaans-nationalistischen Bewegungen wie der *Ossewa-Brandwag* an mit dem Ziel, Südafrika zu einer von Großbritannien unabhängigen, von Afrikaanern dominierten Republik zu machen.

recht für alle und trafen Absprachen bezüglich einer Zusammenarbeit aller Gruppen im Kampf für gleiche Rechte. Diese Entwicklung findet statt, kurz nachdem Dr. A. B. Xuma, der Führer des ANC, den Indern für ihren Anteil am Kampf gegen Diskriminierung gedankt hat.

Wenn die Nationalisten am kommenden Donnerstag an die Macht kommen", so schließt der Artikel, „werden sie ernste Maßnahmen gegenüber Indern ergreifen müssen, die nichtweiße Bevölkerungsgruppen gegen die Weißen aufstacheln."

Am selben Abend sitzt ein Grüppchen älterer Semester im Wohnzimmer zusammen und hört sich eine Sendung des Südafrikanischen Rundfunks an. Doktor Malan von der Geeinten Nationalen Partei ergreift als Erster das Wort: „Bringt zusammen, was zusammengehört", tut er in einem allerletzten Aufruf am Tag vor den Parlamentswahlen kund. „Die Zukunft der Weißen liegt in den Städten und Dörfern und in den landwirtschaftlichen Betrieben, die die Wirtschaft unseres Landes tragen. Die Zukunft der Naturvölker liegt in den Reservaten. Sie müssen sich in ihrem eigenen Tempo entwickeln, innerhalb der Grenzen ihres eigenen Gebiets. Die Nationale Partei ist sich der Gefahr des nimmer endenden Zustroms von Naturvölkern in unsere Städte bewusst. Die GNP sieht es als ihre Aufgabe an, den weißen Charakter der Städte zu schützen."

Seine Stimme dröhnt durch den Äther. „Mit uns wird es keine gemischten Ehen mehr geben und auch keine Schwarzen im Parlament, die Berufsfelder werden strenger zugeschnitten werden, einer weiteren Immigration von Indern wird ein Riegel vorgeschoben, die hier noch wohnenden Inder werden repatriiert …"

Pérsomi steht leise auf und verlässt das Wohnzimmer. Alle anderen jungen Frauen kleben geradezu am Radioapparat. Sie weiß schon, was Jan Smuts sagen wird, da wird nichts Neues dabei sein. In den vergangenen Wochen haben die Zeitungen schließlich über nichts anderes geschrieben.

Doch trotz alledem weiß sie immer noch nicht, wen sie wählen soll. Ihr Herz sagt das eine, ihr Verstand das andere.

Nun ja, das ist ein Problem, das erst übermorgen gelöst werden muss, beruhigt sie sich selbst. Heute Abend muss sie mehr oder weniger durchhalten, um für ihre letzte Prüfung gewappnet zu sein, die morgen stattfinden wird. Und danach hat sie Ruhe, jedenfalls zumindest bis Mitte Juni die Abschlussprüfungen ins Haus stehen.

☙

Mittwoch, der 26. Mai 1946, bricht an. Es ist eiskalt und der Himmel ist stahlblau. In Pretoria scheint dieser Tag ein Wintertag wie jeder andere zu werden. Dennoch hängt die Anspannung wie eine dicke Gewitterwolke in der Luft. Heute sind die Parlamentswahlen, das ist der Wahltag.

„Eine Stimme für Smuts ist eine Stimme für Hofmeyr", verkündet ein Plakat. Und jeder weiß, dass Jan Hendrik Hofmeyr[17] ein Erzliberaler ist.

„Jan Smuts hat sich internationalen Ruhm erworben, ist jedoch den eigenen Leuten fremd geworden", schreibt ein Journalist im *Transvaler.*

„Gehen wir schon gleich morgens wählen?", hat Reinier schon am Dienstagmorgen wissen wollen. „Oder schlafen wir erst aus und stellen uns dann an?"

„Ich weiß noch nicht einmal, ob ich überhaupt wählen gehe", hat Pérsomi geantwortet.

„Selbstverständlich gehst du wählen." Reinier hat sich nicht beirren lassen. „Hast du nicht gesehen, Pérsomi, wohin uns Smuts und die Seinen mit ihrer Naturvölkerpolitik führen werden? Sie sind nach eigener Aussage gegen eine Integration, behaupten aber gleichzeitig, dass eine vollständige Segregation unmöglich ist. Wenn das so weitergeht, sind unsere Städte über kurz oder lang ganz in schwarzer Hand."

„Ich stimme ihnen in gewisser Hinsicht zu", hat sie vorsichtig erwidert. „Die Segregation ist nicht praktikabel. Wenn überhaupt keine Angehörigen der Naturvölker mehr in den Städten wohnen

---

17 Jan Hendrik Hofmeyr (1894-1948) bekleidete unter Smuts verschiedene Ministerposten und war ein entschiedener Gegner der von Malan geforderten „Apartheid". Obwohl er für die Rassentrennung (Segregation) eintrat, befürwortete er ein gleiches Wahlrecht für alle Einwohner Südafrikas. Vor allem die gegen die Inder und „Farbigen" gerichtete Politik Malans lehnte er ab, da er in ihnen „natürliche Verbündete" der Weißen gegen die schwarze Bevölkerungsmehrheit sah.

dürfen, wer soll denn dann in den Bergwerken arbeiten? Oder in den Fabriken?"

„Deshalb haben wir ja auch Wanderarbeiter." Reinier hat sich leicht genervt angehört. „Die kommen, arbeiten in den Bergwerken oder in der Industrie, und dann gehen sie wieder in ihre Reservate zurück. Es ist doch logisch, dass das die einzig richtige Lösung ist! Los jetzt, Pérsomi, du willst mir doch nicht erzählen, dass du für Smuts stimmen wirst?"

„Ich werde nicht die Vereinigte Partei wählen, wenn du das damit meinst", hat Pérsomi trocken entgegnet. „Aber ob ich die Nationale Partei wählen soll, weiß ich auch noch nicht. Ich weiß nicht, ob dieses neue Wort ‚Apartheid' nicht einfach auch nur ein anderer Name für Diskriminierung ist."

„Natürlich hat das nichts mit Diskriminierung zu tun, wie kommst du denn darauf?" Es sieht beinahe so aus, als würde Reinier wütend werden, hat Pérsomi überrascht gedacht. Sonst wird er eigentlich nie wütend. „Apartheid bedeutet nichts anderes, als dass die Weißen und die Naturvölker getrennt voneinander leben, wir in unseren Städten und Dörfern und sie in ihren. Und das ist auch überhaupt kein neuer Begriff, die komplette Segregation gehört schon seit 1934 zur Politik der NP. Doktor Malan und seine Leute wollen die Reservate weiterentwickeln, sodass die Naturvölker in ihren eigenen Stammesverbänden bleiben können."

„Und damit ungebildet oder eher halbgebildet bleiben?"

„Lieber Himmel, Pérsomi, für die sind ihre Kultur und ihre traditionelle Lebensweise genauso wichtig, wie es für uns unsere Kultur ist. Wer sind wir, dass wir sie verwestlichen sollten? Und das ist genau das, was passiert, wenn sie in unseren Städten wohnen."

Das hört sich alles so logisch und gerecht an, überlegt Pérsomi, während sie jetzt früh am Morgen neben Reinier in der Schlange vor dem Wahlbüro steht. Trotzdem hat sie irgendwie immer noch einen gegenteiligen Eindruck, weiß aber nicht genau, woran sie ihn festmachen soll.

Auf dem Rasen vor dem Wahlbüro sind einige große Armeezelte aufgeschlagen worden. Frauen verteilen Kaffee und selbstgebackene Waffeln, mit Puderzucker bestreut. Der Geruch hängt überall. Männer paradieren stolz mit großen Rosetten auf ihren Jacketts – rot, weiß und blau für die Nationalisten, gelb und grün für die

Männer der Vereinigten Partei. Überall stehen Menschen aufgeregt zusammen und reden. Die Chancen jeder Partei werden diskutiert und es herrscht eine festliche Atmosphäre.

„Ich kann einfach nicht glauben, wie kurzsichtig und beschränkt manche Leute sein können", behauptet ein Mann mit einem buschigen Schnauzbart direkt hinter Reinier und Pérsomi. „Wer noch im Vollbesitz seiner geistigen Kräfte ist, wird doch wohl kaum die NP wählen! Das Erste, was die tun werden, ist, die Republik ausrufen und unsere Verbindungen zum *Commonwealth* kappen. Der Verstand dieser Leute ist in den Burenkriegen verloren gegangen. Und was meinst du, wird das mit unserer Wirtschaft machen?"

„Diese Truppe Malanazis hat doch sowieso keine Chance", erwidert sein Freund. „Smuts hat uns durch den Krieg hindurch zum Sieg geführt, und er wird bei diesen Wahlen hier auch nichts anderes machen."

Reinier dreht sich um. Schnell legt Pérsomi ihm die Hand auf den Arm. „Lass es gut sein", beschwichtigt sie ihn leise. „Sonst führt das alles gleich wieder in eine Schlägerei, so wie bei der Versammlung, zu der du mich letzte Woche geschleppt hast."

„Der wird noch die Löffel langgezogen bekommen, dieser saudumme Rotnackenfreund", brummt Reinier. „Vielleicht noch nicht dieses Mal, aber mit Sicherheit bei den Wahlen 1953."

„Weißt du, was er mit ‚Malanazis' meint?", fragt sie ihn, um seine Aufmerksamkeit auf etwas anderes zu lenken.

„Das sagen sie nur, weil Malan und die NP während des Krieges mit Deutschland sympathisiert haben", erklärt Reinier. „Mein Vater sagt, dass die Leute von der VP Angst haben, dass die NP dieselben Rassengesetze einführen könnte, wie sie Hitler gegen die Juden erlassen hat."

So wie das Ghetto-Gesetz?, fragt Pérsomi sich im Stillen. Plötzlich schießen ihr Yusufs Worte durch den Kopf: „Das ist reiner Hitler-Rassismus." Aber damals ging es um ein Gesetz, das von der VP eingebracht worden war, nicht von der NP.

Vor ihnen steht eine schlanke Frau mit einer spitzen Nase, die sich ihr Strickzeug unter den Arm klemmen hat. Geschickt sind ihre dünnen Finger mit den Stricknadeln zugange. „General Smuts ist wenigstens ein Rechtsgelehrter, der hat Ahnung von der Gesetzgebung", erläutert sie ihrem genauso schlanken Mann. „Aber was versteht ein ehemaliger Pfarrer schon von Politik?"

„Genauso viel wie eine Katze vom Safran", erwidert der nickend.

„Weißt du, was Safran ist?", fragt Reinier leise.

Pérsomi schüttelt den Kopf. „Keine Ahnung", antwortet sie. „Es hört sich ein bisschen nach indischer Kleidung an."

Dann sieht sie ihn. Mit langen Schritten kommt er über den Rasen auf sie zu. Schweigend steht sie da und schaut ihn an. Er trägt eine dunkelblaue lange Hose und ein dünnes Hemd. Es ist kalt, aber er hat weder Pullover noch Jacke an. „Ah, da bist du", ruft er. „Ich bin schon im Wohnheim gewesen, aber die Studentin an der Pforte hat gesagt, dass du schon sehr früh wählen gegangen bist."

„Hallo, Boelie", entgegnet sie.

„Ja, hallo, Pers, Morgen, Reinier. Was für ein Haufen Menschen, he?"

„Ja, hier läuft alles Sturm", erwidert Reinier zufrieden. „Ob es wohl in allen Wahlbüros so ist?"

„Im Radio behaupten sie das jedenfalls", entgegnet Boelie. „Von morgen an ist wieder Tag und Nacht Radiohören angesagt. Ich habe mir extra für morgen und Freitag freigenommen, denn ich gehe mit Sicherheit nicht arbeiten, während die Ergebnisse hereinkommen."

Reinier stöhnt. „Ich habe morgen Nachmittag eine Riesenprüfung, ich sollte wirklich lieber lernen, anstatt Radio zu hören. Aber danach sitze ich auch da mit dem Ohr am Lautsprecher!"

„Komm dann doch zu mir! Ich habe so eine kleine Küchenzeile in meinem Zimmer, da kann Pérsomi für uns nett kochen und Kaffee machen."

„Das ist doch ein super Plan!", bekräftigt Reinier enthusiastisch.

„Ich muss mich jetzt hinten anstellen", entgegnet Boelie. „Ich hole dich morgen früh um neun Uhr ab, Pers."

„Wann habe ich denn gesagt, dass ich mir den ganzen Tag Wahlergebnisse anhören möchte oder Kaffee kochen?", fragt sie. Doch Boelie ist längst weg und hört es nicht mehr.

„Nicht nur den ganzen Tag, auch die ganze Nacht", lacht Reinier. „Und es geht nicht nur ums Kaffeekochen, sondern auch ums Essenkochen. Uih, eine Frau hat es schon ganz schön schwer, nicht wahr?"

☙

„Steig mal schnell ein", fordert Boelie sie auf, während er ihr den Wagenschlag aufhält. „Die ersten Ergebnisse sind schon im Laufe der Nacht eingetrudelt."

„Und?"

„Nun, außer Zentral-Pretoria und Gezina geht bisher alles an die VP, aber das sind bisher nur städtische Wahlbezirke. Smuts und seine Leute sind uns da meilenweit voraus. Wir haben nicht die kleinste Chance, aber sobald die Ergebnisse von den ländlichen Regionen eintrudeln, können wir sehen, wie groß die Anhängerschaft der NP tatsächlich ist." Boelies Augen glänzen und sein ganzer Körper verrät seine Aufregung.

Während er die Tür seines Außenzimmers hinten im Garten von Tante Maggie öffnet, schallt ihnen schon das atmosphärische Pfeifen des Radioempfängers entgegen.

Er stürmt zu dem Tischchen, auf dem das riesige Gerät steht. „Hier kommen die nächsten Ergebnisse", ruft er aufgeregt.

„Es folgen die Wahlergebnisse der landesweiten Wahlen für den Stimmbezirk Kapstadt Tuinen, Kapprovinz", erklingt die blecherne Stimme durch die Luft. Boelies Anspannung geht auf Pérsomi über. Eigentlich interessiere ich mich nicht besonders für Politik, versucht sie sich einzureden, aber wie üblich möchte ihr Körper ihr nicht zuhören. „A. H. Jonker, Vereinigte Partei: 5797. H. G. Borcherds, parteilos: 2048. Mehrheit für die Vereinigte Partei: 3749."

„Hmm. Abraham Jonker, ein echter Smutsmann", murmelt Boelie, der die Ergebnisse in ein kleines Notizbuch schreibt. „Der Primuskocher und der Wasserkessel sind hier hinten, du möchtest sicher Kaffee kochen", bemerkt er über die Schulter. „Da ist auch noch etwas Zwieback in der Dose."

Dann piepst das Radio erneut. „Wieder eins!", ruft Boelie und dreht das Gerät etwas lauter.

Pérsomi stellt sich neben ihn. „Hier, schreib auf", fordert Boelie sie auf und reicht ihr das Notizbuch und den Füllfederhalter. Es ist ein teurer Stift, der schwer in der Hand liegt.

„Es folgen die Ergebnisse des Stimmbezirks Johannesburg-Nord, Transvaal. J. H. Hofmeyr, Vereinigte Partei: 5892. F. S. Steyn, Geeinte Nationale Partei: 2611. Mehrheit für die Vereinigte Partei: 3281."

„Jan Hofmeyr, einer ihrer führenden Köpfe", erklärt Boelie. „Es ist nur logisch, dass er seinen Wahlkreis auch gewinnt. Die Streichhölzer für den Kocher liegen dort."

„Für die Nationalisten sieht es nicht gut aus, stimmt's?", fragt Pérsomi, während sie die notierten Ergebnisse betrachtet. Unwillkürlich packt sie die Aufregung langsam immer mehr.

„Warte nur ab, unsere Ergebnisse kommen erst noch."

Kurz nach vier stößt Reinier zu ihnen. „Wie war deine Prüfung?", will Pérsomi wissen.

„Erbärmlich", antwortet er. „Und wie läuft es hier?"

„Nun, ich habe den Eindruck, dass sie ungefähr eine Million Sitze verteilen. Die NP hat davon zweieinhalb gewonnen, wenn sie die überhaupt bekommen", antwortet Pérsomi.

„Es gibt insgesamt nur hundertfünfzig Sitze", entgegnet Boelie trocken. „Die VP hat momentan sechzig und wir fünfzehn. Unsere Ergebnisse kommen noch, habt nur Geduld."

„Aber gewinnen werden wir nicht", erwidert Pérsomi.

„Wir hatten noch nie die Chance, Wahlen zu gewinnen, aber wir werden … Wartet, da kommt wieder ein Ergebnis", ruft Boelie, als das Radio wieder zu piepsen anfängt. Pérsomi setzt sich sofort hin, den Füller in der Hand.

„Es folgen die Ergebnisse des Stimmbezirks Moorreesburg, Kap-Provinz", verkündet die blecherne Stimme neutral. „F. C. Erasmus, Geeinte Nationale Partei: 4829. I. J. Smuts, Vereinigte Partei: 2967. Mehrheit für die Geeinte Nationale Partei: 1862."

Pérsomi und Reinier fliegen von ihren Stühlen auf. „Wir haben ihn, wir haben ihn!", jauchzen sie.

Im nächsten Augenblick geht die Tür auf. „Höre ich da die Stimme meines Bruders?", gurrt Annabel um die Ecke.

„Wir haben einen Sitz mehr!", jubelt Reinier und fasst sie um die Taille.

Annabel lacht. „Jedes bisschen hilft, he? Warte, Reinier, ich möchte auch Boelie guten Tag sagen."

Sie schwebt zu Boelie, der vor dem Fenster steht, schmiegt sich an ihn an und schaut zu ihm auf. „Hallo, Boelie."

Er lächelt schief. „Das ist eine Überraschung", verkündet er. „Bist du jetzt den ganzen Weg von Johannesburg hierhergekommen?"

„So weit ist das nicht", lacht Annabel. Erst dann wirft sie Pérsomi einen Blick zu. „Oh, bist du auch hier? Hallo, Pérsomi."

„Tag, Annabel."

„Wir hätten schon früher herkommen sollen, Schwesterherz", bemerkt Reinier, der immer noch in Feierlaune ist. „Es sieht ganz danach aus, als hätten die Nationalisten nur auf die Familie De Vos gewartet, bevor sie endlich in Fahrt kommen."

„Ja, die Nationalen kommen langsam herein", erwidert Boelie zufrieden. „Wir sollten nur ein wenig leiser jubeln, denn Tante Maggie ist für Smuts und ich habe keine Lust, auf den letzten Metern noch auf die Straße gesetzt zu werden."

„Auf den letzten Metern?", entgegnet Pérsomi fragend.

„Ja, ich ..." Boelie zögert und schaut sie direkt an. „Ich bin nicht mehr lange hier. Ich habe beim Ministerium gekündigt, Pers. Ende Juni gehe ich auf die Farm zurück, für immer."

Annabel schnappt nach Luft. „Du hast gekündigt?", ruft sie entrüstet. „Bist du denn verrückt geworden?"

„Nein, ich habe mir das sehr gut überlegt."

Pérsomi nickt langsam. „Arbeitest du dann mit deinem Vater zusammen?"

„Mit deinem Diplom kannst du doch kein Bauer werden!", wirft Annabel wütend ein.

Boelie streicht sich durchs Haar. „Ich kann es ja versuchen", entgegnet er. „Ich hoffe, dass es klappt."

„Und wenn nicht?", will Pérsomi wissen.

Boelie zuckt mit den Schultern. „Letzten Endes ist es mein Betrieb, wie ungerecht das auch sein mag. Und ich finde nicht alles gut, was mein Vater macht, das weißt du."

Plötzlich unterbricht das Radio ihr Gespräch. „Schreib auf!", ruft Boelie und dreht das Gerät etwas lauter.

„Es folgen die Ergebnisse des Stimmbezirks Losberg, Transvaal."

„Das ist eine ländliche Region, jetzt werden wir es sehen", schwatzt Reinier aufgeregt.

„Das ist Louis Bothas ehemaliger Sitz", erwidert Annabel warnend, während sie Boelies Arm ergreift. „Und die VP hat da einen starken Kandidaten, Bailey Bekker, und ich weiß nicht ..."

Sie weiß viel mehr als ich, geht es Pérsomi durch den Kopf. Es ist kein Wunder, dass Boelie ...

„Schscht!", zischt Boelie. „Ich möchte das hören."

„G. P. Brits, Geeinte Nationale Partei ..."

„Wir haben ihn!", brüllt Reinier.

„Ruhe jetzt!", blafft Pérsomi ihn an.

„P. B. Bekker, Vereinigte Partei: 3751. Mehrheit für die Geeinte Nationale Partei: 461."

„Wir haben ihn, wir haben ihn!", jubelt Reinier. Er hält Pérsomi an der Taille und wirbelt sie im Kreis herum.

„Wahrhaftig, wir haben ihn!", stammelt Boelie völlig vor den Kopf gestoßen.

„Es ist fantastisch, aber ihr macht so einen Lärm, dass ich die Stimmenzahl der NP nicht gehört habe", erwidert Pérsomi. „Lass mich los, Reinier, du benimmst dich wie ein Verrückter."

Reinier lacht herzlich. „Das ist einfach, Mann! Du zählst einfach die VP-Stimmen und die NP-Mehrheit zusammen und tatata! Für ein intelligentes Mädchen bist du eigentlich manchmal ziemlich dumm!"

„Reinier!"

„Wahrhaftig, wir haben ihn!", stammelt Boelie noch einmal.

„Setz mal einen frischen Kaffee auf, Pérsomi, dann schreibe ich weiter", verkündet Annabel und nimmt Pérsomis Platz ein. „Oder hast du vielleicht etwas Stärkeres im Haus, Boelie?"

„Ja, wenn ich mich nicht irre, ist da noch eine Flasche Wein, schau doch mal in dem Schränkchen dort unten nach, Pers." Er geht zur anderen Seite des Zimmers und öffnet das Fenster. „Dieses Ergebnis ist in der Tat eine große Überraschung, das ist wahr, aber eine Schwalbe macht noch keinen Sommer."

Pérsomi zapft den Kessel voll Wasser und holt die Weinflasche aus dem Schränkchen. „Du gehst also auf die Farm zurück?", will sie wissen, während sie Boelie die Flasche und den Korkenzieher reicht.

Er nickt. „Ja, Pers, meine Zukunft liegt auf der Farm. Ich bin dreißig, ich möchte mich jetzt irgendwo niederlassen."

„Dreißig?", ruft Reinier geschockt. „Aber Boelie, das ist steinalt! Dann wird es höchste Eisenbahn, dass du dir meine Schwester an Land ziehst, sonst sterbt ihr beide noch als alte Jungfern!"

Die Worte gehen Pérsomi durch Mark und Bein. Dennoch ist es logisch, schließlich sind Boelie und Annabel schon seit Jahren zusammen, das weiß sie doch.

Mit einem flirtenden Lächeln schmiegt Annabel sich an Boelie an.

„Ganz ruhig, Brüderchen", sagt sie zu Reinier. „Ich glaube nicht, dass ich für eine feste Beziehung schon bereit bin."

„Du wirst schon eine alte Jungfer, Annabel", erwidert Reinier.

Annabel macht einen Schritt nach hinten. „Das ist deine Meinung. Ich sehe mich selbst eher als erfolgreiche Karrierefrau", entgegnet sie, während sie das Glas dunkelroten Wein entgegennimmt, das Boelie ihr reicht. „Passt nur auf: Wenn ich die Stelle als Auslandskorrespondentin in London bekomme, auf die ich mich beworben habe, dann könnt ihr noch ein, zwei Jahre warten, bis ihr Brautjungfern werdet. Und wenn nicht, dann könnten die Hochzeitsglocken vielleicht schon viel früher läuten. Prost! Auf die Nationalen!"

„Zu Hause werden sie nicht gerade erfreut sein, wenn du diese Stelle bekommst", erwidert Reinier ernst und trinkt auch ein Schlückchen Wein. „Was meinst du dazu, Boelie?"

Der zuckt mit den Schultern. „Annabel ist siebenundzwanzig, sie ist sehr wohl in der Lage, ihre eigenen Entscheidungen zu treffen."

Reinier nickt. „Sie hat ihren eigenen Kopf, schon seit sie sieben gewesen ist", stimmt er zu. „Niemand hat je meiner Schwester Vorschriften machen können."

„Damit hast du recht, Brüderchen", erwidert Annabel, „ganz und gar recht. Pérsomi, bist du wirklich so ein braves Mädchen, das nur Kaffee trinkt und keinen Wein?"

ೞ

Am Ende des Nachmittags, um zwanzig vor sechs, kommen die Ergebnisse aus Ermelo herein; Ermelo, eine der uneinnehmbaren Festungen der VP. Doktor Albert Hertzog von der NP hat dort mit einem Vorsprung von beinahe tausend Stimmen gewonnen.

„Ermelo gehört uns!", ruft Reinier überrascht aus. „Wenn das so weitergeht, werden wir die Wahlen wahrhaftig noch gewinnen!"

Boelie läuft fortwährend wie ein Tiger im Käfig herum. Weil ihm das Zimmer zu klein wird, flieht er nach draußen.

Gegen acht Uhr erklärt Pérsomi: „Ich muss um zehn Uhr wieder im Wohnheim sein, hört ihr?"

„Ich gehe schnell Fisch und Pommes für uns holen", schlägt Reinier vor. „Mein Bauch bekommt langsam das Gefühl, mir sei die Kehle durchgeschnitten worden."

„Nimm ruhig mein Auto", erwidert Annabel und reicht ihm die Schlüssel. Ihre Hände sind zart und weiß, mit langen, blutrot lackierten Fingernägeln.

Es ist kalt. Der Winter fängt nun langsam an sich durchzusetzen. Pérsomi überlegt, ob sie sich in Boelies gequiltete Decke kuschelt und es sich gemütlich macht, doch dann lässt sie es lieber bleiben. Boelie sitzt wieder auf seinem Stuhl, doch er bleibt unruhig. Sobald das Radio wieder seinen leisen Piepston erklingen lässt, springt er auf, um besser hören zu können.

„Es folgen die Ergebnisse des Stimmbezirks Kapebene, Kap-Provinz. R. J. Du Toit, Vereinigte Partei: 5741. P. J. Cadman, Südafrikanische Partei: 1356. F. Cameson, Kommunistische Partei: 1009. Mehrheit für die Vereinigte Partei: 4385."

„Das Problem sind die achtundvierzigtausend wahlberechtigten Farbigen, die alle für die VP stimmen", erklärt Annabel.

„Ja", erwidert Boelie angespannt. „Wenn wir es dieses Mal vielleicht trotzdem schaffen sollten, müssen wir uns vor den nächsten Wahlen unbedingt etwas überlegen."

„Was meinst du damit?", fragt Pérsomi.

„Nun, ich weiß nicht, ob wir diese Leute irgendwann einmal auf unsere Seite ziehen können, vielleicht ja doch, schließlich ist Afrikaans ihre Muttersprache und viele von ihnen gehören zur selben Kirche wie wir, aber wenn nicht, dann müssen wir versuchen, sie aus dem Wahlregister herauszubekommen."

„Genauso wie die paar Inder, die bis 1946 das Wahlrecht hatten und es dann einfach so verloren haben?"

„Diese Diskussion haben wir schon einmal geführt, Pérsomi", entgegnet Boelie kurz angebunden. „Die Inder haben ihren eigenen Rat, in dem sie Mitglied werden und Beschlüsse fassen können, die alle Angelegenheiten betreffen, die sie angehen. Wenn sie zu stur sind, dort Mitglied zu werden, dann ist das allerdings ihre Sache. Ganz abgesehen davon sind das eine Bande von Kommunisten."

„Warum sagst du das jetzt, Boelie? Hast du dafür auch nur einen einzigen Beweis?"

„Gütiger Himmel, Mädchen, warum willst du grundsätzlich für alles immer Beweise sehen?"

„Ich bin nicht dein Mädchen!", blafft sie zurück.

Er schaut auf. Sein Gesicht sieht seltsam aus. „Pérsomi, ..."

„Du hast einfach keine Ahnung, wie es in der Politik läuft, Pérsomi", behauptet Annabel in einem Tonfall, als hätte sie es mit einem dummen Teenager zu tun. Sie wirft Boelie einen verständnisvollen Blick zu. „Wenn du mich fragst, solltest du ..."

„Was wolltest du sagen, Boelie?", will Pérsomi wissen und ignoriert dabei Annabels Bemerkung vollkommen.

Er schüttelt nur den Kopf und schaut in die andere Richtung. „Nein, nichts, ist schon gut. Da ist Reinier mit dem Essen."

Um zwanzig nach neun kommt die Nachricht herein, dass Minister Van der Byl in Bredasdorp durch Herrn Dirkie Uys geschlagen worden ist. Mehrheit für die NP: 259.

„Ein Minister ... alle Achtung!", äußert Boelie und schüttelt ungläubig den Kopf.

Annabel nimmt das Notizbuch, das vor Pérsomi auf dem Tisch liegt. „Die Allianz der VP hat im Augenblick siebzig Sitze, die NP kommt auf neunundvierzig, und bei einunddreißig Sitzen muss noch ausgezählt werden", berechnet sie.

„Es könnte uns gelingen, ich schwöre es, es könnte uns gelingen!", ruft Reinier.

„Dann müssten wir aber fast alle übrigen Sitze erobern", erwidert Boelie. „Das ist unmöglich."

Um Viertel vor zehn erklärt Pérsomi: „Ich muss jetzt weg. Einer von euch muss mich eben schnell fahren."

Boelie schnappt sich seine Autoschlüssel. „Komm, dann lass uns schnell gehen."

„Nein, warte, lass Reinier ...", beginnt Annabel.

Da ertönt aus dem Äther wieder das bekannte Signal. „Es folgen die Ergebnisse des Stimmbezirks Standerton, Transvaal", verkündet das Radio. Die Stimme lässt keine Spur von Emotion erkennen.

„Standerton. Das ist der Sitz von Smuts" und „General Smuts, Standerton", sagen Boelie und Annabel gleichzeitig.

Der Radiosprecher zögert einen Augenblick.

„Da haben wir nicht den Hauch einer Chance", verkündet Boelie. „Die NP hat irgendein Bleichgesicht aus Pretoria aufgestellt ..."

Doch dann ertönt die Stimme des Sprechers glasklar: „W. C. du Plessis, Geeinte Nationale Partei: 3759. J. C. Smuts, Vereinigte Partei: 3535. Wahlbeteiligung: 89,7 Prozent. Mehrheit für die Geeinte Nationale Partei: 224."

Für einen Moment herrscht Totenstille im Zimmer.

„Habe ich das richtig verstanden?", fragt Annabel ganz außer Atem.

„Smuts ist geschlagen", erwidert Pérsomi abgeklärt.

„Alle Wetter! Smuts ist wahrhaftig geschlagen!", erklärt Boelie.

„Nicht zu glauben!", ruft Reinier. Er springt auf. „Nicht zu glauben!"

Auf der Straße fangen Autos an zu hupen. Wahrscheinlich ist das Unmögliche doch Wirklichkeit geworden – das absolut Unmögliche.

Im Radio setzt die Musik wieder ein: *„After the ball is over."*

„Ich muss nun wirklich weg, hört ihr!", sagt Pérsomi eindringlich.

„Ich bringe dich eben schnell", antwortet Reinier. „Annabel, du schreibst alle Ergebnisse auf, hörst du, ich bin gleich zurück. Komm schnell, Pérsomi, es ist kalt draußen."

Für einen kurzen Augenblick sieht Pérsomi Boelies dunkle Augen, bevor Reinier die Tür hinter ihr zuzieht.

○₃

Im Wohnheim sitzt beinahe jeder im Wohnzimmer, wo sich das einzige Radio befindet. Weil ja doch niemand schlafen kann, hängt eine fühlbare, manische Anspannung in der Luft. Um Viertel nach drei am frühen Morgen des 28. Mai, dem Freitag, wird das Ergebnis von Waterberg durchgesagt: Der Rechtsanwalt Hans Strijdom hat mit 2448 Stimmen gewonnen. Jetzt haben beide Gruppen, die Smuts-Anhänger und die Malaniten, jeweils einundsiebzig Sitze.

„Die Spannung ist kaum noch auszuhalten!", ruft Sofie. Und als um halb acht das Ergebnis von Victoria-West bekannt gegeben wird („Mein armes Herz, eine Mehrheit von nur vierundvierzig Stimmen!", jammert Sofie), ist auf einmal alles vorbei. Die Geeinte Nationale Partei hat zusammen mit der Afrikaanerpartei von N. C. Havenga eine Mehrheit von fünf Sitzen.

„Schwestern, ich lege mich aufs Ohr, ich bin schlagskaputt", stöhnt Sofie.

„Ich auch", erwidert Pérsomi. „Ich glaube, heute wird kein einziger Dozent erscheinen. Ganz Südafrika ist heute Nacht aufgeblieben."

☙

Als Pérsomi endlich im Bett liegt, ist an Schlaf kaum zu denken.

Mit dem Verstand weiß ich, dass Boelie mich einfach für so etwas wie eine kleine Schwester hält. Schließlich hat er gesagt, dass er mein großer Bruder sein wird, denkt sie mit dem Kopf unter dem Kissen. Mit dem Verstand weiß sie, dass sie für ihn – nicht anders als für Klara und De Wet – das begabte Beiwohnerkind ist, das unter ihren Augen aufgewachsen ist und dem sie helfen, wo es nötig ist. Mit dem Verstand weiß sie, dass jemand wie Annabel für ihn bestimmt ist; nein, nicht jemand wie Annabel, Annabel selbst.

Mit dem Verstand weiß ich es.

Es ist mein Herz, das mich hierbei wieder verrät, mein trauriges Herz, das das nicht akzeptieren kann.

☙

An einem der letzten Tage während der Prüfungsperiode wird sie durch eine Studentin aus dem ersten Semester gerufen: „Fräulein Pérsomi, da ist jemand für Sie an der Eingangstür."

„Jemand?"

Die junge Frau hat einen neugierigen Blick in den Augen. „Ja, Fräulein. Ein Mann. Er sagt, er sei Ihr Vater."

Ihr Vater? Pérsomi erschrickt. Doch im nächsten Augenblick fährt ihr die Erkenntnis durch Mark und Bein, dass es sich um niemand anderen handeln kann als Lewies Pieterse.

Plötzlich wird ihr eiskalt. Es ist Besuchszeit, also werden Studentinnen im Eingangsbereich sein, und der Garten wird von Pärchen nur so wimmeln. Und in weniger als einer halben Stunde werden alle jungen Frauen, die ausgegangen sind, wieder im Wohnheim zurück sein.

Sie weiß nur allzu gut, was sie von Lewies zu dieser Tageszeit erwarten kann. Sie muss ihn so schnell wie möglich wieder loswerden. Hastig rennt sie nach unten. Er wird Geld haben wollen, ein anderer Grund für seinen Besuch fällt ihr nicht ein. Ich habe aber nur einen oder zwei Schillinge in meinem Portemonnaie, überlegt sie niedergeschlagen, höchstens eine halbe Krone. Das wird ihm mit Sicherheit nicht reichen.

Vielleicht sollte sie ihn auffordern, morgen wiederzukommen, dann könnte sie erst noch Geld abheben. Oder vielleicht kann sie sich so lange ein paar Shilling von einer Freundin leihen.

Wenn sie ihm allerdings heute Abend Geld gibt, wie wird sie ihn dann jemals wieder los?

Er steht mitten in der Vorhalle.

Pérsomi hat gewusst, dass er so aussieht, und doch ist sie schockiert. Darüber hinaus ist noch viel mehr los, als sie befürchtet hat. Überall sind Augen, die ihn anstarren.

„Komm eben mit nach draußen", fordert sie Lewies kurz angebunden auf und geht mit aufrechtem Rücken an ihm vorbei in den Garten. Er folgt ihr bereitwillig.

Sie entfernt sich ein Stück vom Wohnheim, so weit wie möglich von dem Tor entfernt, an dem schon die ersten Pärchen Abschied voneinander nehmen.

„Sagst du deinem Vater noch nicht einmal Guten Tag?", will Lewies wissen, als Pérsomi sich umdreht.

„Was willst du?", fragt sie kühl.

„Ach, Pérsomi, mein liebes Mädchen, ich wollte nur kurz vorbeischauen und sehen, wie es dir geht", erwidert er mit belegter Zunge. „Ich wollte nur ..."

„Mir geht es gut. Und jetzt verschwinde, bevor ich die Polizei rufe."

Sie sieht einen gerissenen Ausdruck über sein Gesicht huschen. Er schüttelt den Kopf. „Blas dich hier mal nicht so auf, das gefällt Lewies Pieterse nämlich gar nicht", entgegnet er und kommt einen Schritt näher. Er riecht nach Schweiß und sein Atem ist muffig und sauer. „Ich bin ein freier Mann und meine Bewährungszeit ist auch vorbei. Kein Bulle kann mir irgendwas anhaben, weil ich nichts falsch mache. Lewies Pieterse kennt seine Rechte. Ich komme einfach nur kurz bei meiner Tochter vorbei, was ..."

„Du kommst sicher nicht aus reiner Liebe hier vorbei, Lewies Pieterse, denn davon kann zwischen uns absolut keine Rede sein. Absolut nicht, ist das klar?" Sie hält ihre Stimme tief und schaut ihm direkt in die Augen. „Und deine Tochter bin ich auch nicht, das weißt du genauso gut wie ich. Also schieb ab."

Doch er packt sie so fest am Arm, dass es ihr wehtut. Pérsomi versucht, sich unauffällig loszureißen, aber Lewies hält sie fest. „Ich gehe nicht weg, bevor ich nicht von dir bekommen habe, was mir zusteht", erwidert er.

Wieder schaut sie ihn an. „Das hätte ich mir denken können." Ihr ganzes Wesen strahlt Verachtung aus. „Ich habe kein Geld und damit Schluss."

„Ich gehe nicht weg." Er schwankt einen kleinen Augenblick, fängt sich aber gleich darauf wieder. Dann redet er immer lauter. „Ich gehe nicht weg. Dann kratz eben was zusammen."

Verzweiflung überfällt sie. Ich werde ihn niemals loswerden, denkt sie entrüstet, er wird weitermachen, bis das ganze Wohnheim kommt und schaut, was hier los ist.

„Bleib hier", fordert sie ihn auf. „Bleib hier, dann schaue ich, ob ich mir von jemandem Geld leihen kann. Aber wenn du dich auch nur einen Schritt von hier wegbewegst, bekommst du keinen Penny."

Er wirft ihr einen listigen Blick zu. „Du bist innerhalb von fünf Minuten wieder hier, sonst komme ich hinter dir her. Und ich lasse mich durch niemanden aufhalten, durch keines von diesen hübschen Mäuschen hier, so wahr ich Lewies Pieterse heiße." Er hakt sich die Daumen hinter seine Hosenträger und nimmt eine gebieterische Haltung ein.

Mit krampfhaft aufrechtem Rücken marschiert Pérsomi wieder nach drinnen. Sobald sie die unterste Stufe erreicht hat, fliegt sie die Treppe hinauf, indem sie immer zwei Stufen gleichzeitig nimmt. Ich kann ihm kein Geld leihen, überlegt sie panikartig, ich sollte ihm kein Geld geben. Die Polizei kann ich auch nicht anrufen, denn er hat recht, er hat nichts falsch gemacht.

Mit einem Ruck zieht sie die Zimmertür auf.

Wenn ich nicht zurückkomme, kommt er herein, das weiß ich genau. Sie presst sich die Hände auf die glühenden Wangen. Lieber Gott, hilf mir, ich weiß nicht, was ich machen soll, betet sie im Stillen.

Ihre Hände kramen wie von selbst eine Münze aus ihrem Portemonnaie, ihre Füße laufen wie von selbst zum Telefon im Gang, ihre Finger wählen wie von selbst die richtige Nummer, ihre Stimme redet, ohne dass sie darüber nachdenkt: „Boelie, komm bitte. Lewies ist hier, im Garten."

Sie rennt in ihr Zimmer zurück, kriecht unter die Decke, rollt sich zusammen und zieht sich am ganzen Körper zitternd die Decke über den Kopf.

ɔʒ

Eine finstere Ewigkeit später klopft es leise an der Tür. „Fräulein Pérsomi? Für Sie ist jemand an der Eingangstür."

Die Besuchszeit ist schon lange vorbei. Niemand darf jetzt noch Besuch empfangen.

„Ist bei Ihnen alles in Ordnung?" Die Studentin aus dem Erstsemester klingt besorgt.

Langsam kommt Pérsomi unter der Decke zum Vorschein. „Ja, alles gut", erwidert sie. Ihre Stimme hört sich seltsam kratzig an.

„Fräulein, der Mann sagt, dass er Boelie heißt. Er sagt, dass Sie schnell für einen Augenblick herunterkommen sollen, er kann nicht lange bleiben."

Boelie. Eine Oase in der Wüste. Ein Anker in stürmischer See.

Zusammen mit der Studentin läuft sie zur Eingangstür.

„Wer war der Mann, der gerade eben noch hier gewesen ist?", fragt die Studentin mit ungezügelter Neugier.

„Och, irgend so ein Herumtreiber, ein Beiwohner von der Farm, auf der ich wohne", antwortet Pérsomi.

„Aber er hat gesagt, er sei Ihr Vater!?"

„Er war betrunken", erwidert Pérsomi verbissen. „Er ist genauso wenig mein Vater wie der Mann im Mond."

„Oh", entgegnet sie. „Das haben wir eigentlich auch alle gedacht."

Im Eingangsbereich ruft Pérsomi: „Du kannst wieder auf dein Zimmer gehen, ich schließe selbst ab."

Erst als die Studentin verschwunden ist, begibt sich Pérsomi nach draußen. Boelie steht unten an den Eingangsstufen auf dem kleinen

Weg, der zum Tor führt. „Ist mit dir alles in Ordnung, Pers?", will er wissen.

Sie nickt, doch dann fängt ihr Kopf wie von selbst an, sich hin und her zu bewegen.

Er breitet seine Arme aus.

Seine Arme umschließen sie. Kräftig. Hart wie Stahl. Sicher.

Sie fängt am ganzen Körper an zu zittern.

Mit einem Arm drückt er sie fest an sich, während seine andere Hand ihr über die Haare streicht. „Ganz ruhig, Pers, ganz ruhig, er ist weg."

Mucksmäuschenstill bleibt sie in seiner Umarmung stehen.

„Wo ist er hin?", flüstert sie beinahe unhörbar.

„Weg", antwortet er. „Und er kommt auch nicht mehr zurück."

Langsam spürt sie, wie seine Ruhe und seine Kraft auf sie übergehen.

„Ich hatte solche Angst", stammelt sie.

Er drückt sie noch fester an sich. Sie spürt sein Herz gegen ihre Brust schlagen und seinen Atem an ihrem Gesicht. „Du brauchst keine Angst mehr zu haben. Das will ich nicht." Seine Hand streichelt ihr Haar, ihren Nacken. „Nie, nie mehr."

Wie verzaubert, wie versteinert steht sie da. Seine Hand gleitet an ihrem Nacken herunter, über ihren Rücken und zieht sie noch fester an sich.

Dann spürt sie plötzlich seine Lippen auf den ihren.

Sie hört sein wildes Herzklopfen.

„Pérsomi!" Seine Stimme ist unverkennbar heiser.

Sie hebt ihr Gesicht. „Boelie?"

Für einen Augenblick sieht sie im fahlen Licht der Straßenlaternen sein Gesicht. Dann tritt sie einen Schritt zurück und dreht sich um. „Geh rein", fordert er sie in gedämpftem Ton auf. „Schnell."

Ihr Körper gehorcht.

Sie geht die drei Stufen zur Eingangstür hinauf. Als sie sich noch kurz umschaut, ist er fast schon am Tor. Sie schiebt die Tür hinter sich zu, dreht den großen Schlüssel herum und hängt ihn an den kleinen Haken neben der Tür.

Bevor sie die Treppe hinaufgeht, wirft sie noch einen letzten Blick durchs Fenster. Sie sieht, wie er den Autoschlüssel aus seiner Hosentasche zieht, sich herunterneigt, die Wagentür öffnet und einsteigt.

Doch er fährt nicht weg. Im Dämmerlicht kann sie sehen, wie er seinen Kopf auf das Lenkrad sinken lässt. Eine ganze Weile bleibt er so sitzen und dann erst startet er den Motor und fährt los.

Erst als sie die roten Rücklichter nicht mehr sehen kann, wendet sie sich ab.

11. Kapitel

Es ist heiß. Gleichmäßig rattert der Zug durch die flache Gegend. Die Springbockebene dämmert wie immer vor sich hin, vor ewigen Zeiten in den Schlaf gesäuselt, und auch die Sonne brennt vom Himmel, wie eh und je. Es ist kein Wölkchen zu sehen.

Pérsomi sitzt müde nach hinten gelehnt. Das ist das letzte Mal, dass ich mit dem Zug von der Universität nach Hause fahre, denkt sie ein bisschen traurig. Ich werde bestimmt Sehnsucht nach meiner Studentenzeit bekommen, das waren wunderbare Jahre.

Draußen schiebt sich die Landschaft vorbei, wabert in einer schwebenden Luftspiegelung, die bis zu den blauen Bergen in der Ferne reicht. Einst ist diese Ebene ein Meer gewesen, hat sie irgendwo gelesen.

Eigentlich bin ich eher aufgeregt als traurig, wird ihr klar, als sie ein paar Minuten am Bahnhof von Radium anhalten. Ich habe mein Studium beendet und kommenden Montag beginne ich mein Praktikum in einer etablierten Anwaltskanzlei.

„Ich hätte vielleicht auch lieber Jura studieren sollen, aber ich hatte einfach keine Lust darauf", hat Reinier ihr einmal offenbart. „Du weißt, dass mein Großvater die Kanzlei gegründet hat, das war noch zu Paul Krugers Zeiten und mein Vater hat sie in den vergangenen dreißig Jahren weitergeführt. Zweifellos hat er gehofft, ich würde die Familientradition fortführen oder dass Annabel De Wet heiraten würde, damit einer seiner Enkel die Sache übernehmen könnte, aber das ist alles nicht passiert."

Jetzt wohnt Annabel in London, geht Pérsomi plötzlich durch den Kopf, und Reinier wird Ende nächsten Jahres mit seinem Architekturstudium fertig. Niemand führt die Familientradition weiter.

Während sie im vergangenen Juli nach der Arbeit mit De Wet nach Hause gefahren ist, hat der auf einmal gesagt: „Wie wäre es denn, wenn du den praktischen Teil deiner Ausbildung bei uns absolvieren würdest?"

„Eigentlich würde ich lieber woanders hin, ein bisschen meine

Flügel ausstrecken, verstehst du?", hat sie erwidert. „Vielleicht irgendwo an die Küste; dort gibt es doch sicher eine Menge Anwaltskanzleien."

„Oh, sicher. Du wirst überall Arbeit finden können", hat er zugegeben. „Aber Praktikanten verdienen nur den Mindestlohn; und was das bedeutet, davon kann ich dir ein Liedchen singen! Mit so einem Gehalt kannst du dir nie und nimmer eine eigene Wohnung leisten. Es wäre besser, wenn du wieder zu Hause wohnen würdest und jeden Tag mit mir fährst."

Ich darf gar nicht daran denken, wie es wird, wieder zwei Jahre lang mit meiner Mutter unter einem Dach zu wohnen, hat sie sich selbst gesagt. Die Ferien sind schon schlimm genug, und die dauern höchstens drei Wochen. Habenichtse ...

„Vielen Dank, De Wet", hat sie geantwortet. „Ich werde darüber nachdenken."

Die Lokomotive fängt auf einmal wieder an, Rauch auszustoßen, die Räder kreisen über die Schienen und die Waggons setzen sich ruckend in Bewegung. Pérsomi sieht, wie der weiße Dampf nach draußen strömt. Schwarze Qualmwolken klettern in den blauen Himmel hinein. Die süßsaure Rauchluft brennt ihr in der Kehle, und auf ihrer weißen Bluse erscheinen schwarze Rußflecken.

Stärker als die vage Wehmut und die leichte Aufregung ist die große Unsicherheit.

Boelie.

An jenem Abend hat sie beinahe geglaubt, etwas in ihm zu spüren, etwas in seiner Stimme zu hören, wenn er ihren Namen ausgesprochen hat. Sie hat gewusst, dass sie etwas in seinen Augen gesehen hat, in jenem Bruchteil einer Sekunde, bevor er sich umgedreht hat.

Doch dann ist er weggegangen.

Sie weiß, dass er seinen Kopf auf das Lenkrad hat sacken lassen und in diesem Augenblick hat sie seinen inneren Kampf bemerkt.

Danach hat er keinen Kontakt mehr zu ihr gesucht.

In den Juliferien hat sie ihn ab und zu im Vorbeigehen gesehen. Sie weiß, dass er unglaublich viel zu tun hatte. Sein Vater und er mussten Hunderte von Dingen klären – Schwieriges, Schmerzhaftes.

Trotzdem hat er keinen einzigen Versuch unternommen, mit ihr in Kontakt zu treten.

Während des letzten Semesters an der Universität gab es regelmäßig Telefonanrufe für sie.

Aber nicht ein einziges Mal ist es Boelie gewesen.

So ist ihr nach einer Weile klar geworden: Boelie geht mir aus dem Weg.

Vielleicht ist auch alles nur Einbildung gewesen. Vielleicht sieht er in ihr immer noch so etwas wie eine jüngere Schwester, die er unterstützt und der er hilft.

Mit dem Verstand weiß sie das auch wohl, aber ihr Herz kann es nicht fassen. Die wenigen Minuten jenes Abends stehen zwischen ihrem Verstand und ihrem Herzen. Und die Unsicherheit, dieses verwirrende Nichtwissen, wächst in ihr wie ein Krebsgeschwür.

CB

Das kleine Haus am kahlen Hang hat den Mut aufgegeben. Eine Wand hängt auf halb sieben und das Dach ist wie ein schläfriges Augenlied über einem der Fenster heruntergesackt.

„Biste denn jetzt Rechtsverdreher?", will Onkel Attie am ersten Sonntag wissen.

„Ich habe zwar fertig studiert, aber ich muss jetzt erst noch zwei Jahre als Praktikantin in einer Anwaltskanzlei arbeiten", versucht Pérsomi zu erklären.

„Aber sie bringt schon Geld nach Hause, verstehst du?", fügt ihre Mutter sofort hinzu.

„Du wirst sicher ein stolzes Sümmchen verdienen", vermutet Tante Sus. „Es fehlt nicht viel, dann guckst du uns auch mit dem Hintern nicht mehr an, genau wie unsere Anna."

„Ich werde aber nur sehr wenig verdienen, weil ich eigentlich immer noch in Ausbildung bin", entgegnet Pérsomi. „Aber das Erste, was wir tun müssen, ist dieses Haus hier in Ordnung bringen."

CB

Am Montagmorgen fährt Pérsomi zusammen mit De Wet an die Arbeit. „So, du bist jetzt also mit deinem Studium fertig?", fragt er. „Herzlichen Glückwunsch!"

„Danke."

In der Kanzlei läuft fast alles noch genauso wie damals. Frau Steyn sitzt immer noch mit ihrem violett-grauen Haar und ihrem steifen Korsett hinter dem Rezeptionstresen und reicht Pérsomi einen großen Stapel Papiere, die sie zuordnen soll. „Ich bin froh, dass du wieder da bist. Mit dem neuen Wohnviertel, dem Bergwerk und so weiter bekommen wir ständig mehr Arbeit", erklärt sie. „Ich hoffe nur, dass sie dir mittlerweile auch Maschinenschreiben beigebracht haben."

Gegen Nachmittag ruft Herr De Vos sie zu sich in sein Büro. Sie schließt leise die Tür hinter sich. Zum ersten Mal ist sie mit Herrn De Vos allein.

Er erhebt sich nicht, sondern schaut nur auf. Hinter den dicken Brillengläsern erscheinen seine Augen sehr groß. „Wie ich höre, hast du dein Studium mit herausragenden Ergebnissen abgeschlossen", verkündet er. „Herzlichen Glückwunsch!"

„Vielen Dank, Herr De Vos."

„De Wet hat sich sehr für dich eingesetzt. Eigentlich nehmen wir nämlich keine Praktikanten."

„Vielen Dank."

Er fängt an, mit dem Papierkram auf seinem Schreibtisch herumzuspielen.

„In den kommenden zwei Jahren werde ich dein Praxisanleiter sein", erklärt er. „Das bedeutet, dass du sozusagen unter meiner Aufsicht arbeiten wirst."

„Vielen Dank." Das hört sich nicht gerade professionell an, denkt sie. Ich muss mir etwas anderes überlegen, was ich antworten kann.

„Am Anfang wirst du hauptsächlich in der Verwaltung aushelfen, aber gelegentlich werden wir dir auch andere Aufgaben übergeben." Herr De Vos schaut Pérsomi nicht direkt an, sondern spielt weiterhin mit seinen Papieren. „Ein Anwalt, vor allem in einem Dorf auf dem platten Land, ist gleichzeitig auch Makler und Versteigerer, besonders beim Verkauf von Betrieben und bei Viehauktionen. Wir stellen hier auch Verträge aus, wir regeln die Verpachtung von landwirtschaftlichen Betrieben und haben mit Testamenten und dem Erbrecht zu tun. Unsere Arbeit beinhaltet mehr als allein Gerichtsangelegenheiten."

„Das weiß ich, Herr De Vos. Unser Professor hat uns das auch alles schon erklärt."

„Schön." Er wirkt für einen Augenblick wie aus dem Konzept gebracht. „Im Laufe der Zeit werde ich dich auch ins Gericht mitnehmen. Aber jetzt mach dich wieder an die Arbeit."

„Vielen Dank, Herr De Vos", erwidert sie und geht.

„Und, wie war dein erster Tag?", will De Wet wissen, als sie am späten Nachmittag wieder nach Hause fahren.

„Ganz normal", antwortet sie lächelnd.

Er nickt. „Zum Glück kennst du dich schon sehr gut aus, aber wenn du dir bei irgendetwas unsicher sein solltest, musst du kommen und fragen."

„Das werde ich, danke", erwidert sie.

Er setzt sie am Tor ab und fährt selbst weiter zur Farm von Onkel Freddie, wo er mit Christine wohnt. Pérsomi muss am Alten und am Großen Haus vorbei, am Pferch entlang, durch das Baumstück und schließlich den Fluss überqueren, um zum kahlen Hang zu gelangen. Boelie ist nirgendwo zu sehen. Seitdem sie am vergangenen Freitag wieder zu Hause eingezogen ist, hat sie ihn noch nicht ein einziges Mal gesehen.

ෆ

„Ich möchte dir erst noch etwas zeigen", verkündet De Wet, als sie am Mittwoch nach der Arbeit ins Auto steigen.

Er biegt in eine Nebenstraße ein, hält sich ein paar Häuser weiter noch einmal links und fährt auf einem unbefestigten Weg bis zum dritten Haus an der Ecke. „Das ist unsere Dorfwohnung, das Haus, das ich geerbt habe", erläutert er, während er aussteigt. „Komm, schau dir das mal an."

Das Haus hat eine kleine Veranda, die fast an die Straße grenzt. Die Eingangstür ist früher einmal grün gewesen, doch hier und da blättert die Farbe etwas ab, sodass das graue Holz durchschimmert. Die Türklinke und der kupferne Deckel des Briefkastens sind voller Grünspan.

De Wet schließt die Tür auf. Dahinter befindet sich ein schummeriger Gang. Das Linoleum des Bodens ist in der Mitte stumpf abgelaufen. De Wet macht das Licht an. „Komm, schau dir das mal an", fordert er Pérsomi erneut auf.

Links neben dem Flur ist das Wohnzimmer, darin stehen ein Sofa sowie zwei große Ohrensessel mit zerschlissenen Bezügen. Rechts daneben ist das Esszimmer mit einem Tisch, sechs Stühlen und einer Anrichte. „Dort hat meine Oma ihre Bettwäsche aufbewahrt", erzählt De Wet.

„Oh", erwidert Pérsomi.

Sie schauen sich auch die Schlafzimmer an. Im linken Zimmer stehen ein Doppelbett, ein Kleiderschrank und ein Toilettentischchen mit einer Waschschüssel und einem Wasserkrug. Im rechten Zimmer stehen zwei eiserne Bettgestelle und ein klappriges Tischchen.

Der Flur endet in einer kleinen Küche. „Das ist die Küche", erklärt De Wet.

„Das sehe ich", lächelt Pérsomi.

„Ja, natürlich", erwidert er ein bisschen verlegen.

Mitten in der Küche steht ein Tisch mit drei Stühlen. An der Wand steht ein Ofen und eine Kiste für das Feuerholz. Neben der Hintertür ist eine Anrichte mit einem Waschbecken aus Zink und zwei Wasserhähnen. Das einzige andere Möbelstück ist ein grün gestrichener Buffetschrank mit zwei Regalbrettern voller Teller, Schalen, Schüsseln und Tassen, die mit den Henkeln an Haken aufgehängt sind. Oben auf dem Schränkchen stehen ein paar verrostete Dosen.

„Hier unten kannst du Lebensmittel aufbewahren", erklärt De Wet, während er eine der Türen am Schränkchen öffnet.

„Oh", erwidert Pérsomi mit einem Nicken. Es kommt mir so vor, als sei De Wet sehr stolz auf sein Häuschen, denkt sie. Das ist komisch, denn auf der Farm wohnt er in einem sehr luxuriösen Haus. Dort gibt es sogar einen Kühlschrank, der mit Petroleum funktioniert, erzählt Tante Sus immer neidisch.

Links neben der Küche ist noch ein kleines Räumchen. „Das gehörte früher zur Küche", erzählt De Wet, „aber mein Opa hat es im vorigen Jahr zu einer Art Badezimmer umgebaut. Eigentlich steht da nur eine Badewanne, es gibt noch nicht einmal einen Waschtisch."

Pérsomi schiebt die Tür auf. Die Badewanne steht auf Füßen an der Wand und vor dem Fenster ist eine Schnur gespannt, an der eine dünne Gardine hängt.

„Und das ist der hintere Garten, wie du siehst", erläutert De Wet und öffnet die Hintertür. Pérsomi sieht einen kahlen Flecken, in dem sich nur ein Pfefferbaum, eine schiefe Wäscheleine und ein Toilettenhäuschen befinden. Hier und da wächst etwas Unkraut auf dem grauen Boden.

„Das war es", sagt De Wet, während er die Eingangstür wieder abschließt.

Pérsomi weiß nicht genau, was sie sagen soll. De Wet und Christine haben doch sicher nicht vor, hier zu wohnen? Nicht jetzt, wo Onkel Freddie und Tante Anne gerade ein kleineres und moderneres Haus für sich selbst auf der Farm haben bauen lassen und De Wet mit seiner Familie ins große Haus gezogen ist. „Das war also das Haus deiner Großeltern?", fragt sie deshalb einfach nur aus Höflichkeit.

„Ja", antwortet er, „aber in den vergangenen fünfzehn Jahren, seit sie den Daimler angeschafft haben, haben sie es kaum noch benutzt. Deshalb sieht es so heruntergekommen aus."

Sie stehen neben dem Auto und betrachten das Haus. Es ist in der Tat heruntergekommen, bemerkt Pérsomi. Die Regenrinne hängt schief, die Wände könnten wieder einmal einen Anstrich vertragen und eine zerbrochene Fensterscheibe ist mit einem Stück Pappe geflickt. „Wir werden das Haus so schnell wie möglich herrichten lassen", erklärt De Wet und steigt ein.

Als sie aus dem Dorf herausgefahren sind, fragt Pérsomi: „Überlegst du dir, das Haus zu verkaufen?"

„Nein", antwortet De Wet. „Christine und ich haben eigentlich einen Plan, den wir gern mit dir besprechen würden."

„Oh ja?" Seit wann bittet De Wet sie um Rat?

„Im Januar kommt Gerbrand in die Schule, er wird im Juni sechs."

„Nicht zu fassen, dass er schon so groß ist!", erwidert Pérsomi.

„Ja", nickt De Wet. „Die kleine Schule bei der Farm ist vor zwei Jahren geschlossen worden, das weißt du ja. Und jetzt haben wir ein Problem. Wir wollen ihn auf keinen Fall ins Internat stecken, davon kann keine Rede sein. Morgens kann er mit mir ins Dorf mitfahren, aber Onkel Freddie kann ihn nicht jeden Nachmittag abholen kommen, und Christine kann nicht Auto fahren. Und ihn bis fünf Uhr unbeaufsichtigt zu lassen, das ist unmöglich, wie du dir bestimmt denken kannst."

Pérsomi lacht. „Ja, entweder reißt er die ganze Schule ab oder die Anwaltskanzlei."

„Jetzt haben wir einen Vorschlag", fährt De Wet fort. Lässig steuert er das Auto, seine linke Hand liegt auf dem Lenkrad und seine Rechte lehnt aus dem Fenster. Wenn er schalten muss, übernimmt er das Lenkrad kurz mit der Rechten. „Wenn wir nun unsere Dorfwohnung herrichten und du dort mit deiner Mutter einziehst, dann kann Tante Jemima Gerbrand um zwölf Uhr von der Schule abholen, ihm Mittagessen machen und auf ihn aufpassen, bis ich ihn abholen komme. Sie werden gut miteinander auskommen, er und seine Oma. Ich glaube, dass es für dich auch etwas bequemer wäre. Du kannst zur Arbeit laufen, von dort aus ist es ja kein Problem."

Pérsomi sitzt mucksmäuschenstill da. Langsam nimmt der Vorschlag in ihrem Kopf Gestalt an. In dem Haus gibt es eine Badewanne und warmes Wasser, wenn sie unter dem großen Fass neben der Hintertür ein Feuer entzündet. Sie hätte ein eigenes Schlafzimmer mit einem Bett, in der Küche gibt es einen Ofen und fließendes Wasser und hinter dem Haus steht eine ordentliche Außentoilette.

„Sie arbeiten da mit dem Eimersystem", erklärt De Wet, als könne er ihre Gedanken lesen. „Jede zweite Nacht kommt der Nachtwagen und holt die Eimer ab und stellt statt dessen saubere hin."

Das ist nicht meine größte Sorge, denkt Pérsomi, aber ...

„Glaubst du wirklich, dass sich meine Mutter und der kleine Gerbrand gut verstehen werden?", fragt sie ganz geradeheraus.

„Da bin ich mir ganz sicher", antwortet De Wet. „Vor allem wenn Gerbrand klar wird, dass die Alternative das Internat wäre. Und das werde ich ihm ganz schnell beibringen."

Pérsomi bleibt eine ganze Weile still sitzen. Als sie kurz vor der Farm die Pontenilobrücke überqueren, überlegt sie: „Das ist ein fantastisches Angebot, De Wet. Hast du in letzter Zeit einmal gesehen, in welchem Zustand unser Haus ist?"

„Ja, das habe ich", erwidert er ernst. „Aber vergiss nicht, das ist eine Geschichte, bei der beide Seiten gewinnen; zumindest wenn deine Mutter es auch versteht. Besprich es einmal mit ihr, dann schauen wir uns dieses Wochenende alle zusammen das Haus noch einmal an."

ஐ

Am Samstag nach Weihnachten ziehen Pérsomi und ihre Mutter ein. Weihnachten selbst bleibt etwas, das Pérsomi immer noch am liebsten so schnell wie möglich hinter sich bringen möchte.

Viel nehmen sie nicht mit, nur ihre Kleidung und ein einziges Küchenhandtuch. „Ihr übernehmt einfach alles, was sich schon im Haus befindet", hat Christine vorgeschlagen, während sie sich alle zusammen das Haus angeschaut haben. „Wir können aus unserem Haus nichts mehr weggeben."

Pérsomis Mutter ist schweigend von einem Raum zum anderen gegangen. In der Küche hat sie einen Wasserhahn aufgedreht und ihre Hand unter das fließende Wasser gehalten. Sie hat sich die Badewanne angeschaut und langsam den Kopf geschüttelt. Danach ist sie zum Schlafzimmer zurückgelaufen und hat mit ihrer rauen Hand über die gequiltete Tagesdecke gestrichen. Die ganze Zeit über hat sie kein Wort von sich gegeben.

Nach einer Weile haben sie sich in den Schatten des Pfefferbaums gesetzt und gewartet und dabei das Ingwerbier genossen, das Christine mitgebracht hatte.

Als das Baby quengelig geworden ist und Gerbrand vom Spielen feuerrot geworden ist, hat Pérsomi erklärt: „Ich schaue mal eben, wo sie bleibt. Wenn ihr mich fragt, hat sie jetzt Zeit genug gehabt, sich alles anzuschauen und eine Entscheidung zu treffen."

„Ach, gönn ihr doch ruhig die Zeit", hat Christine erwidert.

Jemima hat mitten im Wohnzimmer gestanden. „Hast du dich genügend umgeschaut, Mama?", hat Pérsomi wissen wollen.

Als ihre Mutter sie angeschaut hat, war in ihren Augen ein seltsames Glänzen. „Ach du liebe Güte, Pérsomi, was für ein wunderbares Haus", hat sie voller Verwunderung gestammelt.

Dann ist sie Pérsomi vorausgegangen und zu den anderen hin.

„Ich werde auf Gerbrand aufpassen", hat sie Christine versichert. „Ich werde sehr gut auf ihn aufpassen und ihn von der Schule abholen und ihm gut zu essen geben, jeden Tag."

„Vielen Dank, Tante Jemima", hat Christine entgegnet. „Sie haben ja keine Ahnung, wie dankbar wir sind."

„Das gilt für beide Seiten", hat Pérsomi erwidert.

Für einen Augenblick hat Christine eine Hand auf ihren Arm gelegt. „Das weiß ich", hat sie mit einem Nicken geantwortet. „Das weiß ich."

Und jetzt ziehen sie also wirklich ein. Noch vor Tagesanbruch ist Boelie schon zusammen mit Jafta und Linksom am Beiwohnerhäuschen erschienen, um zu helfen, die Sachen über den Fluss zu tragen. Auf der anderen Seite wartet der Pickup.

Es ist das erste Mal, dass Pérsomi Boelie wieder begegnet. Mit zunehmender Anspannung sieht sie ihn aus der Ferne herankommen. „Hallo, Pérsomi, seid ihr schon so weit?", begrüßt er sie, als er in Rufweite ist.

Neutral.

Es tut weh.

„Schon seit was-weiß-ich-wie-lange", entgegnet sie lächelnd.

„Hallo, Boelie."

Er dreht sich um und fängt sofort an, die Dinge zu regeln. Sie tragen die Kartons mit Kleidern und Küchentextilien nach draußen. Im letzten Augenblick möchte Pérsomis Mutter auch die Wagenkiste und die Teekiste noch mitnehmen, zusammen mit dem abgewetzten Tisch. Als Pérsomi noch einen letzten Versuch unternimmt, das zu verhindern, erklärt Boelie: „Auf dem Pickup ist genügend Platz, lass Tante Jemima ruhig ihre Sachen mitnehmen."

Mit nur einem Gang bringen Pérsomi, ihre Mutter, Boelie und die Arbeiter all ihre irdischen Besitztümer zum Pickup, auf dem schon ein riesig großer Garderobenschrank steht. „Meine Oma sagt, in dem einen Zimmer gibt es noch keinen Schrank, deshalb mussten wir diesen Koloss auch noch einladen", erklärt Boelie. „Wie wir das Ding gleich ins Haus bekommen, weiß der Kuckuck."

Auf dem Weg zum Dorf sitzen Pérsomi und ihre Mutter vorn bei Boelie. Während der ganzen Fahrt ist sie sich seiner Nähe intensiv bewusst, ebenso der zufälligen Berührung ihrer Schultern. Ihr fällt nichts ein, worüber sie reden könnten.

Auch er sagt nicht viel, sondern macht nur ein oder zweimal eine notwendige Bemerkung.

Pérsomis Mutter spricht die ganze Zeit über kein Wort. Sie sitzt mucksmäuschenstill an die Tür gepresst da und hält sich krampfhaft am Türgriff fest. Niemand weiß, was sie denkt.

Pérsomi ist an diesem Morgen schon früh aufgewacht, doch selbst da ist ihre Mutter bereits weg gewesen. Sie hat am Grab direkt neben dem Haus gestanden, bewegungslos, mit einem Gesicht, in dem man nichts hat lesen können, und herunterhängenden Armen. Lange Zeit hat sie so dort gestanden. Erst als der Pickup den Weg zwischen den Bäumen hindurch hinuntergekommen ist, hat sie sich umgedreht und im Haus gewartet.

Das Grab hat sie keines Blickes mehr gewürdigt.

Als sie vor dem Haus im Dorf anhalten, ist De Wet schon dort. Er öffnet die Eingangstür und reicht Pérsomi einen Schlüsselbund. „Alles sollte nun schön sauber sein", verkündet er. „Onkel Freddie und Christine haben hier gestern eine Menge Leute beschäftigt. Nun, ich wünsche euch beiden hier eine glückliche Zeit. Ich muss weg, denn ich habe heute eine Versteigerung in Kromdraai."

„Vielen Dank, De Wet!", ruft Pérsomi ihm noch hinterher.

„Wir sehen uns Montag!", ruft er über die Schulter zurück.

Die Arbeiter und Boelie tragen die Sachen ins Haus. Den Schrank in Pérsomis Zimmer auf seinen Platz zu bekommen, kostet sie beinahe eine halbe Stunde Schinderei. „Vielen Dank, hört ihr!", erklärt Pérsomi. „Ich weiß, dass das eine Plackerei gewesen ist, aber jetzt habe ich wenigstens einen Platz für meine Kleider."

Während sie und ihre Mutter in der Küche die Schränke einräumen, kommt Boelie herein. „Hier habt ihr auch schon ein bisschen Holz", verkündet er und stellt einen Jutesack mit Holzscheiten neben den Ofen.

„Soll ich uns einen Kaffee aufsetzen?", fragt Pérsomi.

„Für mich nicht, danke, ich muss zurück", erwidert Boelie. „Ich habe Linksom bei einer Kuh gelassen, die kalben wird, ich will jetzt hinfahren und schauen, ob alles in Ordnung ist. Ich komme aber am Nachmittag wieder her, um Jafta und die anderen abzuholen. Die können ja schon mal damit anfangen, die Außenwände und die Regenrohre am Haus abzuschleifen, damit sie sie später streichen können."

Er sucht eine Ausflucht, um wegzukommen, denkt Pérsomi traurig. Linksom arbeitet schon sein Leben lang mit Kühen, von Boelie kann er wirklich nichts mehr lernen.

Sie arbeiten den ganzen Tag, um alles an seinen Platz zu bekommen und das Haus kennenzulernen. Pérsomis Mutter geht von einem Raum zum nächsten und kann sich nicht satt sehen. „Ach du liebe Güte, Pérsomi, was ist das hier schick!", bemerkt sie.

Das traurige Gefühl begleitet Pérsomi den ganzen Tag über.

Spät am Nachmittag entfacht sie ein Feuer unter dem großen

Wassertank. „Möchtest du heute Abend noch ein Bad nehmen, Mama?", will sie wissen.

„Ach du liebe Güte, Kind, nein", wimmelt ihre Mutter sie ab. „Ich kann mich genauso gut in der Waschschüssel waschen."

Als die Dämmerung hereinbricht, wird an die Tür geklopft. Die Hände von Pérsomis Mutter fliegen vors Gesicht. „Ach du liebe Güte, wer kann denn das jetzt noch sein?", will sie erschrocken wissen.

„Das ist sicher Boelie, der die Arbeiter holen kommt", beruhigt Pérsomi sie.

„Nein, Mann, der ist doch schon längst hier gewesen, als du dir die Haare gewaschen hast", erwidert ihre Mutter.

Ein Stich der Enttäuschung durchfährt Pérsomi. „Ich gehe und mache auf", entscheidet sie.

Vor der Tür steht ein kleines, rundes Frauchen mit einem enormen Busen, das Haar zu einem festen Knoten zurückgesteckt. In den Händen hält sie einen Korb, der mit einem Tuch bedeckt ist.

„Guten Abend, ich bin Tante Duifie und das ist Onkel Polla mein Mann wir sind von nebenan und wir kommen nur kurz vorbei um euch frischgebackenes Brot zu bringen willkommen in unserer Nachbarschaft", plappert sie in einem Atemzug.

„Guten Abend", erwidert Pérsomi.

Hinter Tante Duifie steht ein spindeldürres Männchen mit einen Schnurbart wie eine Schuhbürste, schütterem, nach hinten gekämmten Haar, einem überaktiven Adamsapfel und einem Hühnerhals, der bis zum Äußersten gestreckt ist, um ja nichts von dem zu verpassen, was vor ihm passiert. An seinem kugelrunden Frauchen vorbei streckt er seine Hand zum Gruß aus. „Polla Labuschagne, sehr erfreut, Sie kennenzulernen", sagt er außer Atem.

„Pérsomi Pieterse", antwortet Pérsomi und schüttelt die ausgestreckte Hand. „Möchten Sie nicht hereinkommen?"

Die beiden überschreiten nahezu unmittelbar darauf die Schwelle und gehen ohne Umschweife direkt durch bis ins Wohnzimmer, wo sie sich kerzengerade auf das Sofa setzen.

Pérsomi steht noch für einen Moment zögernd in der Türöffnung.

„Ich ... ich rufe nur eben schnell noch meine Mutter", verkündet sie schließlich. „Möchten Sie ..." Sie wollte eigentlich fragen, ob sie sich setzen wollen, aber sie sitzen bereits, und deshalb sagt sie nur: „Möchten Sie vielleicht ein Tässchen Kaffee?"

„Nun, das wäre schön", erwidert Onkel Polla.

Pérsomis Mutter steht in einer Ecke der Küche und wringt ihre Haare aus, mit einem ängstlichen Blick in den Augen. „Das sind nur die Nachbarn, Mama", eröffnet ihr Pérsomi, während sie den Kessel am Wasserhahn füllt. Sie wirft noch einen Scheit Holz in die Ofenöffnung. „Zieh deine Schürze aus und komm mit."

Als sie das Wohnzimmer betreten, springen Onkel Polla und Tante Duifie sofort auf. „Das ist meine Mutter, Jemima Pieterse", stellt Pérsomi sie vor.

„Polla Labuschagne."

„Duifie Labuschagne."

„Ach du liebe Güte", sagt Pérsomis Mutter.

„Wir sind die Nachbarn", erklärt Tante Duifie, „und wir kommen um euch frisch gebackenes Brot zu bringen wir hoffen dass ihr hier eine glückliche Zeit haben werdet und wenn wir irgendwas für euch tun können dann lasst es uns wissen."

Sie redet so, wie Gerbrand geschrieben hat, ohne Punkt und Komma, denkt Pérsomi plötzlich. „Vielen Dank, Tante Duifie", erwidert sie.

„Wenn ich es richtig weiß und mich nicht irre, sind Sie die neue Vertreterin", bemerkt Onkel Polla. Die wässrigen Augen, mit denen er Pérsomi anschaut, blinzeln unaufhörlich.

„Vertreterin?"

„In der Kanzlei von Herrn De Vos", hilft er ihr.

„Oh ja, das stimmt, ich bin die Praktikantin", entgegnet sie.

„Und ihr kommt von Herrn Fourie ich habe gesehen wie sein Sohn euch gebracht hat eine Schande ist das dass der den Hof geerbt hat und nicht Herr Fourie das sage ich …" Tante Duifie holt schnell Luft. „ … und dann der andere Sohn dieses Häuschen hier aber das geht mich ja alles nichts an ich mische mich da nicht ein." Sie klappt ihren Mund zu und faltet ihre molligen Hände im Schoß.

„Ich bekomme langsam das Gefühl, dass Sie sehr viel von den Nachbarn mitbekommen", entgegnet Pérsomi vorsichtig.

„Hier wissen wir alles voneinander denn hier bei uns im Viertel geht alles alle an", erwidert Tante Duifie.

„Hier kümmern wir uns noch umeinander", fügt Onkel Polla mit einem ernsten Nicken hinzu.
„Ich glaube, der Kaffee ist fertig", verkündet Pérsomi. „Vielen Dank für das Brot, Tante Duifie, das wird sicher sehr gut schmecken. Ich bringe es so lange in die Küche."
Als sie zurückkommt, plappert Tante Duifie ohne Pause, während Onkel Polla ab und zu hastig etwas dazwischen wirft und Pérsomis Mutter wie versteinert vom einen zum anderen schaut.
Nach dem Kaffee steht Onkel Polla schwerfällig auf. „Du brauchst dir keine Gedanken zu machen, Mädchen", behauptet er. „Tante Duifie und ich hier werden ein Auge auf euch werfen. Und Polla Labuschagne hat keine zwei linken Hände, das kann ich dir sagen."
Der Satz ist für seine Kurzatmigkeit wirklich zu lang gewesen, deshalb fängt er unbändig an zu husten. „Staublunge", erklärt Tante Duifie. „Von all den Jahren im Bergwerk. Er wird es nicht mehr lange machen, der Onkel Polla."
Als sie gegangen sind, sagt Pérsomis Mutter: „Ach du liebe Güte, Pérsomi, diese Frau quatscht einen noch um den Verstand."

☙

Anfang März vertraut Herr De Vos Pérsomi zum ersten Mal eine Rechtssache an. „Du musst lernen, wie man Nachforschungen anstellt, Fakten sammelt und Zeugen auf die Verhandlung vorbereitet", erklärt er. Er schaut sie immer noch nicht an, sondern spielt wieder die ganze Zeit mit seinen Papieren herum. „Das Wichtigste ist: Du musst herausfinden, ob dein Mandant lügt oder nicht."
„Und was ist, wenn er lügt?", will Pérsomi wissen.
„Dann musst du dir überlegen, ob du weiterhin seine Anwältin sein möchtest", antwortet Herr De Vos.
„Was machen Sie in solch einem Fall?", fragt Pérsomi rundheraus.
Herr De Vos schaut auf, aber nur ganz kurz. „Wenn mein Mandant lügt, lege ich mein Mandat nieder", erwidert er ernst.
Pérsomi nickt. Sie ist froh darüber, denn so würde sie sich auch entscheiden.
Dann fällt ihr noch etwas ein. „Und was ist, wenn der Staat Sie

Ihrem Mandanten als Pflichtverteidiger zugewiesen hat, wenn Sie also wirklich keine Wahl haben?"

„Jetzt spielst du auf das Pro-Bono-System an, das in der Praxis nichts anderes bedeutet als einen Gratis-Rechtsbeistand", fängt er an zu erklären. „Solche Fälle werden auf eine bestimmte Weise unter den Anwälten aufgeteilt und die übernehmen solche Mandate logischerweise kostenlos. Das wird im Allgemeinen als eine barmherzige Tat angesehen und immer integer durchgeführt." Er klopft seine Papiere zu einem ordentlichen Stapel zusammen. „So eine Sache kann einem schnell über den Kopf wachsen, ohne dass ein Anwalt für seine Dienste irgendeinen Lohn sieht, aber das sind Ausnahmen."

„Kann ein Anwalt ein solches Mandat auch zurückweisen?"

„Das kann er, ja, aber in so einem Fall kann er nicht mit viel Anerkennung rechnen."

„Wenn man also wüsste, dass ein Mandant in so einem Fall lügt, muss man dann zwischen einem Tadel durch die Kollegen und dem eigenen Gewissen entscheiden?"

„Das Gewissen kannst du ruhig außen vor lassen, wir arbeiten mit technisch-juristischen Argumenten", entgegnet Herr De Vos ein wenig ungeduldig. „Hier, nimm diesen Stapel Akten mit und lies dir alles gut durch, um den Hintergrund der Sache kennenzulernen."

Am Abend sagt Pérsomi zu ihrer Mutter: „Ich habe heute zum ersten Mal bei der Vorbereitung einer Gerichtsverhandlung mitgeholfen."

„Oh", erwidert ihre Mutter. „Gerbrand hat jetzt ein Buch, und er kann schon einzelne Wörter lesen. Er bringt es mir auch bei. Er ist schlau, genau wie sein Vater."

„Das ist er, da bin ich mir sicher", entgegnet Pérsomi.

In der nächsten Woche muss ich zum ersten Mal in einer Robe meine Aufwartung vor Gericht machen, hat sie ihrer Mutter erzählen wollen. Ich sitze dann wohl neben Herrn De Vos und muss ihm wahrscheinlich nur die Akten reichen, nach denen er fragt, aber es ist trotzdem so wie die ersten Worte lesen, die ersten Buchstaben entziffern, und wahrscheinlich ist es ein ebenso entscheidender Meilenstein.

Doch ihre Mutter ist bereits aufgestanden und in ihr Zimmer gegangen.

☙

Einmal pro Woche liefert Boelie ofenfertig gehaktes Holz bei ihnen ab, manchmal bringt er auch Eier mit und Gemüse, das Pérsomis Mutter Gerbrand zum Mittagessen zubereiten soll. De Wet nimmt jeden Tag frische Milch mit, denn Gerbrand trinkt gleich nach der Schule einen ganzen Becher Milch. Für Pérsomi und ihre Mutter bleibt jedoch immer noch genügend übrig.

„Du musst zusehen, dass du eine Kuh bekommst", hat Tante Duifie schon in der ersten Woche gesagt. „Dann kann Polla sie morgens mit unseren beiden auf die Weide treiben er muss das ruhig angehen weil seine Brust nicht mehr so mitmacht und abends kann Ismails Enkel du weißt schon der mit den grünen Augen sie wieder abholen das macht er jetzt auch schon und dann melkt er sie gleich und dann habt ihr immer frische Milch."

„Und dann dazu vielleicht noch ein paar Hühner im hinteren Garten", hat Onkel Polla vorgeschlagen, während er sich mit einem grauen Taschentuch den Mund abgewischt hat.

„Später vielleicht", hat Pérsomi vage geantwortet.

Boelie kommt immer an einem Morgen unter der Woche, wenn er zur Kooperative oder zum Postamt muss. Deshalb trifft Pérsomi ihn nie.

An einem Samstagmorgen im April hört Pérsomi ein Klopfen an der Hintertür. Sie hat gerade ihre Haare gewaschen, sodass ihr die nassen Strähnen um den Kopf hängen. Sie ist barfuß und das Kleid, in dem sie die Hausarbeiten erledigt, ist ihr zu kurz. Der Kaffee auf dem Ofen fängt gerade an zu brodeln.

Das ist sicher Tante Duifie, denkt sie, und öffnet die Hintertür. Dort steht er, zwei Schritte vor ihr. Sein Khakihemd spannt ihm um die Schultern, die Ärmel sind für seine sonnengebräunten Arme beinahe zu kurz. Seine Augen sind dunkel und werfen ihr einen neutralen Blick zu. „Ich habe das Holz neben die Hintertür gelegt", verkündet er.

„Komm doch rein, ich habe gerade Kaffee aufgesetzt", lädt sie ihn aus einem Impuls heraus ein. „Und die Nachbarin hat Zwieback vorbeigebracht, wunderbaren Zwieback."

Er lächelt kurz. „So ein Angebot kann ich nicht ausschlagen", erwidert er. „Ich muss nur noch schnell die Tasche mit den Orangen für euch aus dem Pickup holen."

Was ist nur mit meinem Herzen los?, überlegt Pérsomi, während sie zwei Tassen Kaffee ausschenkt. Ich muss sehen, dass ich es unter Kontrolle bekomme, bevor er wieder hier ist. Sie holt vier Stücke Zwieback aus der Dose und legt sie auf einen Teller.

Boelie stellt die Tasche mit den Orangen auf den Tisch. „Setz dich. Hier ist dein Kaffee", sagt Pérsomi einladend.

„Danke." Er setzt sich ihr gegenüber und tut drei Löffel Zucker in seinen Kaffee. Er rührt und rührt.

„Wie läuft es denn auf der Farm?", will sie wissen.

„Gut. Im letzten Jahr hat es eine schöne Menge geregnet."

„Und was ist mit deinem Auffangbecken?"

Mit einem Lächeln schaut er auf. „Dem geht's gut", erwidert er. „Es ist fast voll."

„Das wird ein schöner Anblick sein. Hält es denn das ganze Wasser?"

„Ja, es funktioniert fantastisch."

Sie weichen die Zwiebackstücke in ihrem Kaffee ein.

„Ein leckerer Zwieback ist das", bemerkt Boelie.

„Ja, aber nicht so lecker wie der von deiner Oma", erwidert Pérsomi.

„Hmm. Meine Oma backt im Augenblick nicht mehr." Er trinkt einen Schluck Kaffee. „Es kommt einem so vor, als würde das Leben für sie keinen Sinn mehr machen, jetzt, wo mein Opa nicht mehr ist."

„Das ist schade", entgegnet sie.

„Ja." Plötzlich schaut er sie direkt an. „Wie geht es dir, Pérsomi?"

„Gut", antwortet sie. „Auch gut."

Er starrt wieder auf seine Tasse und nickt langsam.

„Weißt du, Boelie, wir sprechen nicht mehr miteinander", äußert sie schließlich geradeheraus.

Er schaut auf, in seinen Augen ist etwas Wachsames zu erkennen. „Ich dachte ...", beginnt er, bricht dann jedoch ab.

„Du hast was gedacht?"

„Nein, nichts." Er rührt in seinem halbleeren Kaffee herum. „Ich finde es auch schade, dass wir nicht mehr miteinander reden", entgegnet er zurückhaltend.

„Vielleicht liegt das daran, dass es hier keinen Berg gibt", versucht sie das Gespräch nicht zu tiefgehend werden zu lassen.

Er lächelt kurz. „Wir haben in all den Jahren in Pretoria doch auch miteinander geredet, obwohl es da keine Berge gibt", spricht er in seine Tasse hinein.

„Auch wieder wahr", entgegnet sie. „Dann musst du also ab und an mal auf ein Tässchen Kaffee hereinschneien."

Jetzt schaut er auf. Seine dunklen Augen lassen sich nicht ergründen, aber sie halten sie fest. „Danke, das werde ich tun."

Trotzdem bleibt das Gespräch holperig und einsilbig.

Kurze Zeit später steht er auf. „Ich muss weiter, die Arbeit ruft."

Sie geht hinter ihm her, den Flur entlang, am Schlafzimmer und am Wohnzimmer vorbei. An der Eingangstür dreht er sich um und blickt sie ernst an. „Vielen Dank, Pérsomi."

☙

Der Mond leuchtet hell durch das offene Fenster und wirft einen Lichtstreifen auf ihr Bett. Vielleicht kann ich den Vorhang noch dichter zusammenziehen, denkt sie. Aber dann wird es so dunkel, und jetzt ist es wenigstens noch etwas hell.

Was hat Boelie gemeint, als er „vielen Dank, Pérsomi" gesagt hat? Wieder und wieder hat sie sich diese Frage in den vergangenen Stunden gestellt. Hat er sich dafür bedankt, dass sie die Tür für mögliche weitere Entwicklungen geöffnet hat? Sie ruft sich selbst sofort zur Ordnung: Der Wunsch war hier der Vater des Gedankens. Er hat die Tür selbst aufgestoßen, an dem Abend, an dem er sie umarmt und ihr Herz an seinem geschlagen hat, als seine Stimme rau gewesen ist und seine Augen wehrlos ausgesehen haben.

Aber warum ist er dann nicht weiter gekommen? Warum hat er in den vergangenen zehn Monaten die ganze Zeit über einen großen Bogen um die Tür gemacht?

Zwei Dinge stehen fest, entscheidet sie. Zum Einen ist an jenem Abend tatsächlich etwas zwischen ihnen passiert, davon ist sie nach dem stockenden Gespräch von heute Morgen überzeugt. Boelie weiß auch, dass etwas passiert ist, und er weiß, dass sie es weiß. Sie kennen sich schon lange und gut genug, um das beide zu erkennen.

Zum Zweiten, so folgert ihr Verstand mit bestechender Logik, ist dieser Abend bei Boelie in unangenehmer Erinnerung geblieben. Genauso wie sie hat er die wenigen Augenblicke durchdacht, über sie gegrübelt und immer wieder nachgedacht. Daraufhin hat er eine Entscheidung getroffen, nämlich die, den Kontakt mit ihr so weit wie möglich zu beschränken. Für sich selbst betrachtet kann das jedoch nur eins bedeuten: dass er die Geschwisterbeziehung favorisiert und nicht mehr von ihr will.

Jetzt scheint ihr der Mond direkt in die Augen. Sie steht auf und zieht die Vorhänge zu. Es sind dunkle, schwere Gardinen, sodass es im Zimmer rabenschwarz wird.

Warum hat er gesagt: „Ich dachte …", und hat dann nichts weiter gesagt? Dachte er vielleicht, dass sie wütend auf ihn wäre? Dass sie ihm das, was an dem Abend geschehen war, übel genommen hat? „Vielen Dank, Pérsomi" – weil sie nicht böse gewesen ist? Oder dachte er …

Sie wälzt sich auf die Seite, zieht die Knie an die Brust und rollt sich zu einem Bündel zusammen. Plötzlich überkommt sie ein Gefühl von Scham. Ist das alles nur Einbildung gewesen? Hat sie durch die Reaktion ihres Körpers auf seine physische Nähe die ganze Situation falsch interpretiert? Und hat er ihre Körpersprache verstanden – Herr, bitte mach, dass es nicht so ist! – und ist weggeblieben, weil er sie vor sich selbst hat schützen wollen?

Es ist zu dunkel im Zimmer, der Kummer schreit zu grell für diese Finsternis. Sie zieht die Vorhänge zurück, stellt sich ans Fenster und schaut nach draußen. Ihr Blick fällt auf die Wand des Hauses von Onkel Polla und Tante Duifie, vier Schritte vor ihrem Schlafzimmerfenster. Sie geht in die Küche und trinkt einen Becher Wasser.

Wenn ich Boelies Freundschaft erhalten will, die Kameradschaft, die aus unerklärlichen Gründen immer zwischen uns existiert hat, dann muss ich mir klarmachen, dass er mich auf dieselbe Weise betrachtet wie De Wet und nicht anders, entscheidet sie in den frühen Morgenstunden. Wenn ich das Gefühl habe, dass da mehr ist, dann darf ich es nicht glauben, weil ich meinem verräterischen Herzen nicht trauen kann – weil dieses Herz mich nicht nur hoffnungslos verrückt machen wird, sondern auch, weil ich auf diese Weise eine kostbare Freundschaft auf dem Scheiterhaufen verbrenne. Als es hell zu werden beginnt, steht sie auf und kocht Kaffee.

„Kann man in eurer Gegend noch etwas anderes unternehmen, als ins Kino zu gehen?", will Reinier fröhlich wissen, als er in den Juliferien zu Hause ist.

„Das ist genauso deine Gegend, wie es meine ist", erwidert Pérsomi.

„Gut, in unserer Gegend dann", gibt er zu. „Und was kann man hier unternehmen?"

„Man kann ins Kino gehen, aber nur am Samstagabend."

„Ich hätte Lust auf etwas anderes als Kino."

Pérsomi zuckt mit den Schultern. „Man kann auf eine Party auf einer der Farmen warten, im Hotel tanzen gehen, unter dem Baum auf der anderen Seite von dem Moddertümpel miteinander knutschen. Ehrlich, Reinier, wir haben hier nichts anderes als das Kino."

„Mit dem Tanzen im Hotel könnte ich mich gut anfreunden."

„Anständige Mädchen gehen nicht ins Hotel tanzen", erwidert sie besserwisserisch, „woher willst du dir also eine Tanzpartnerin organisieren?"

Er stöhnt übertrieben laut. „Pérsomi, kannst du nicht einmal für eine Nacht deinen Anstand über Bord werfen und mit mir ins Hotel gehen?"

„Nein."

„Gut, das war vielleicht auch ein bisschen zu schlüpfrig formuliert. Also, einen kurzen Abend also, so bis Mitternacht?"

„Nein."

„Gut." Er denkt scheinbar intensiv nach. „Möchtest du dann vielleicht unter dem Baum hinter dem Moddertümpel mit mir herumknutschen?"

„Gut."

Er bricht in Lachen aus. „Wirklich?", fragt er ungläubig.

Sie fällt in sein Lachen ein. „Nein, Reinier, ich werde mit Sicherheit nicht herumknutschen. Warum suchst du dir nicht eine andere?"

„Weil ich Lust habe, mit dir ein bisschen zu plaudern. Kann ich denn nicht einfach bei dir zu Hause auf eine Tasse Kaffee vorbeikommen? Dann können wir bis tief in die Nacht reden."

Sie schüttelt langsam den Kopf. „Das wird nicht gehen. Meine Mutter hat neulich schon einen Koller bekommen, als Boelie auf einen Kaffee vorbeikam und einen alten Schulfreund mitgebracht hat, Braam hieß er. Sie sagt immer, dass ich den Jungen aus dem Weg gehen soll, weißt du, denn die machen nur Scherereien."

Er nickt. „Und wir haben zu Hause unsere eigenen Probleme, wie du weißt, deshalb können wir uns da auch nicht treffen."

Sie kennt die Gerüchte über seine Mutter ganz genau, obwohl sie noch nie darüber gesprochen haben. „Ich würde dich übrigens sowieso nie besuchen, weil Herr De Vos dein Vater ist", erwidert sie ernst. „Stell dir vor, er kommt im Nachthemd mit der Schlafmütze auf dem Kopf ein Glas Milch holen und dann sitze ich da in der Küche!"

Reinier schüttelt sich vor Lachen. „Er trägt gar kein Bettjäckchen und auch keine Schlafmütze!"

„Ich habe ‚Nachthemd' gesagt und nicht ‚Bettjäckchen'!", protestiert Pérsomi. „Und ich will auch ehrlich gesagt gar nicht wissen, was er im Bett anhat. Außerhalb der Kanzlei will ich grundsätzlich nichts von ihm wissen, schließlich ist er mein Anleiter."

„Ist er denn wenigstens ein bisschen nett zu dir?", fragt Reinier.

„Er ist sehr erfahren und ganz schön intelligent, ich lerne sehr viel von ihm. De Wet sagt, man könne sich keinen besseren Anleiter vorstellen", antwortet sie. „Ich glaube nicht, dass er mich besonders mag, aber vielleicht denkt er auch einfach nur, dass diese Arbeit nichts für eine Frau ist. Das tut aber weiter nichts zur Sache."

„Nein, sicher nicht", entgegnet Reinier. „Sollen wir am kommenden Samstag den harten Stühlen die Stirn bieten und die herumkrakelenden Kinder, die knutschenden Schüler und die Probleme mit dem Vorkriegsprojektor ignorieren und trotz allem ins Kino gehen?"

„Das klingt unwiderstehlich", spielt sie mit. „Dann sehen wir uns um sieben Uhr am Dorfgemeinschaftshaus."

☙

„Reinier überlegt sich, nächstes Jahr hier im Dorf ein Architekturbüro zu eröffnen", berichtet Pérsomi eine Woche später ihrer Mutter. Die schaut sie mit stumpfem Blick an.

„Er hat Architektur studiert, jetzt macht er Bauzeichnungen für Leute, die ein Haus bauen wollen, und plant Büros und Läden", versucht sie den Augen ihrer Mutter irgendein Verstehen zu entlocken. „Du kennst Reinier doch noch, den Sohn von Herrn De Vos? Der war bei mir in der Klasse."

Langsam hebt ihre Mutter den Zeigefinger. „Du musst den Jungen aus dem Weg gehen, Pérsomi."

„Ach, Mama, jetzt hör doch endlich auf damit! Reinier ist einfach ein Freund, er hat nichts mit den Männern zu tun, vor denen du mich ständig warnst!"

„Du musst den Jungen aus dem Weg gehen", ermahnt ihre Mutter sie noch einmal.

„Ja, Mama", entgegnet Pérsomi. Und sie fragt sich, was ihre Mutter wohl sagen würde, wenn sie wüsste, dass Braam heute Morgen in der Kanzlei angerufen hat, um zu sagen, dass er am nächsten Wochenende zufällig in der Gegend ist und gern einmal vorbeischauen möchte. Denn als Boelie ihn ihr vorgestellt hat, hat sie schon den Blick in Braams Augen gesehen.

CB

„Wir haben hier einen interessanten Fall auf dem Tisch", verkündet Herr De Vos eines Montagmorgens im September. „Louis Kamfer ist da gewesen." Wie immer wendet er sich ausschließlich an De Wet, so als seien die beiden die einzigen Anwesenden bei dieser wöchentlichen Besprechung.

De Wet runzelt etwas die Stirn. „Ist das der Mann, der gleich vor dem Dorf die Hühnerfarm betreibt?", fragt er zur Sicherheit. „Der mit dieser indischen Frau verheiratet ist?"

„Das ist er, ja", antwortet Herr De Vos. „Er möchte, dass wir herausfinden, wie legal seine Ehe jetzt ist."

„Das ist in der Tat interessant", entgegnet De Wet verstehend. „Angesichts der Tatsache, dass das neue Gesetz Mischehen verbietet, ist das eine relevante Frage, vor allem mit Blick auf die Zukunft."

„Das Gesetz wird zweifellos einen Bestandsschutz für bereits existierende gemischte Ehen einräumen", erwidert Herr De Vos. „Sonst wären immense Schäden und nachteilige Folgen für alle zu erwarten, die über die Rassengrenzen hinweg verheiratet sind. Denk doch nur an die Kinder aus so einer Ehe. Indem die Ehe der Eltern für nichtig erklärt wird, werden sie mit einem Schlag außerehelich. Nein, diese Sorte Ehen bleibt legal. Ich denke nur, dass sich Louis

Kamfer mit Blick auf eventuelle Konsequenzen absolut sicher sein möchte."

„Ich habe in der Zeitung gelesen, dass die Regierung erwägt, die verschiedenen Bevölkerungsgruppen zu zwingen, sich in getrennten Wohngebieten anzusiedeln", erklärt Pérsomi vorsichtig.

„Das kann in der Tat ein Problem werden, mit dem wir uns beschäftigen müssen", erwidert De Wet. „Das ist auch etwas, mit dem Louis Kamfer wird rechnen müssen."

„Dafür ist es aber jetzt wohl ein bisschen spät", sagt Herr De Vos zu De Wet. „Wir können die Frage untersuchen, aber das kostet viel Zeit und wird nur wenig Geld in unsere Kasse spielen."

„Und wir stecken sowieso schon bis über beide Ohren in Arbeit." De Wet schüttelt den Kopf. „Wirklich, Onkel Bartel, ich habe keine Zeit für diese Nachforschungen."

Herr De Vos wirft Pérsomi einen Blick zu und schaut dann wieder De Wet an. „Meinst du, Pérsomi könnte die Sache vielleicht übernehmen? Was denkst du?"

De Wet sieht sofort zur ihr hinüber. „Was meinst du dazu, Pérsomi? Siehst du eine Möglichkeit? Hast du Lust dazu?"

„Ich würde das sehr gerne übernehmen", antwortet sie, ohne zu zögern.

„Gut", erklärt Herr De Vos. „Dann ist das geregelt. Lasst uns also schauen, was in dieser Woche sonst noch anliegt ..."

☙

Das *Voortrekker*-Monument ist vollendet, elf Jahre nach der feierlichen Grundsteinlegung. Zwei Parlamentswahlen, ein Krieg und ein Regierungswechsel liegen seitdem hinter ihnen.

„Das wird ein großes Fest werden", erzählt Boelie voller Enthusiasmus an einem Samstagmorgen. „Sie rechnen mit Tausenden von Menschen, manche glauben sogar, dass es zweihunderttausend werden könnten! Unsere Rapportreiter ziehen zu Pferde durch das ganze Land, um auf Versammlungen dafür zu werben, und bewegen sich dann auf fünfzehn verschiedenen Routen in einem Sternmarsch auf Pretoria zu. Wir sammeln Antiquitäten aus der Zeit des Großen Trecks, die wir dem *Voortrekker*-Museum stiften können. Du musst wirklich alles daran setzen, auch dabei zu sein, Pérsomi. Die Veranstaltung beginnt am Dienstag, dem 13., und geht bis Freitag, den 16. Dezember, dem Dingaanstag[18]. Dafür kannst du sicher freibekommen."

„Soweit ich weiß, haben De Wet und Herr De Vos beide vor, dorthin zu fahren, also muss ich die Kanzlei bemannen", erwidert sie.

„Bemannen?", fragt Boelie amüsiert.

„Eine Frau kann genauso gut etwas bemannen wie ein Mann, kapiert?", entgegnet Pérsomi in einem Verteidigungston.

„Ihr könnt die Kanzlei ganz bestimmt auch mal für eine Woche schließen", meint Boelie. „Das wird ein einmaliges Erlebnis mit allen möglichen Attraktionen und abends Lagerfeuern mit traditioneller Musik. Der Studentenbund wird einen Fahnenlauf veranstalten und die ‚Kleinen *Voortrekker*' kommen mit zwei Fackeln aus Kapstadt und Natal. Und, oh ja, es gibt auch ein historisches Theaterstück von der Theatergruppe aus Bloemfontein unter der Leitung von Doktor Gerhard Beukes und ..."

„Boelie", lacht sie, „ich bin die jüngste Angestellte, das Mädchen für alles, ich kann mir unter keinen Umständen vorstellen, Herrn De Vos zu erklären, was er tun und lassen soll."

„Das ist wahr." Geschickt wirft er sich ein Stückchen Zwieback in den Mund.

„Darüber hinaus sehe ich es immer noch als eine Ehre an, dass er mir seine Kanzlei anvertrauen möchte", fügt sie hinzu.

Er nickt. „Vor allem bei Onkel Bartel. Wenn du mich fragst, glaubt er wirklich, dass Frauen nicht dieselbe Arbeit tun können wie Männer." Er lächelt flüchtig. „Und hübsche Mädchen schon mal gar nicht."

Sie spürt, wie ihr warm wird. „Noch einen Kaffee?", will sie wissen.

„Nein, ich muss los." Er steht auf. „Ich habe von meiner Oma

---

18 Der „Dingaanstag" oder „Tag des Gelöbnisses" erinnert an die Schlacht am Blutfluss *(Blood River)*, bei der am 16. Dezember 1838 knapp fünfhundert *Voortrekker* ungefähr zehntausend Zulu unter ihrem Häuptling Dingane kaSenzangakhona besiegten. Vor der Schlacht legten die Buren ein feierliches Gelöbnis ab, dass sie im Falle eines Sieges diesen Tag als „heiligen Sabbat" in ewigem Gedenken halten würden. Dieses Gelöbnis wurde später im Voortrekker-Monument in Stein gemeißelt.

eine lange Einkaufsliste bekommen, das muss ich alles noch im Handelshaus besorgen."

Auch Pérsomi steht auf und geht mit ihm zur Eingangstür. „Ismail ist immer noch billiger, hörst du?"

„Das weiß ich, Pérsomi."

Als sie in die Küche zurückläuft, fragt ihre Mutter aus dem Schlafzimmer: „Was wollte Boelie denn jetzt schon wieder?"

„Er hat uns nur ein Bündel Brennholz gebracht, Mama, und dann habe ich ihm einen Kaffee eingeschenkt."

„Was soll denn das nun schon wieder?", entgegnet ihre Mutter missmutig. „Er hat doch gestern schon Holz gebracht."

ങ

So kommt es, dass Pérsomi am Mittwoch, dem 14. Dezember, selbst die Tür zur Kanzlei aufschließt und sich hinter den Rezeptionstresen setzt. Sogar Frau Steyn ist mit ihren Kindern zum Monument gefahren. Nun ja, denkt sie, wenn die anderen zurückkommen, bin ich auf jeden Fall mit der Ablage fertig.

Gnadenlos brennt die Sonne auf den Asphalt, der Deckenventilator rührt ohne großartige Ergebnisse die stickige Luft um und die Grillen zirpen schon um neun Uhr morgens ohrenbetäubend. Kurz nach neun klopft es an der Eingangstür.

Pérsomi erkennt ihn sofort – nicht den jungen Kerl selbst, aber die Sorte Mensch. Er steht ein bisschen betreten da, die plumpen, nackten Füße etwas nach innen gedreht, den ausgefransten Hut an die Brust gedrückt, verschämter Blick. „Kann ich etwas für dich tun?", will Pérsomi wissen.

Er schaut kurz auf. „Ich möchte zum Anwalt."

Sie bleibt stehen. „Ich bin der Anwalt", erwidert sie. „Komm herein."

Er ist die Hintertür gewöhnt. Sie versteht sein Zögern. „Warum möchtest du denn den Anwalt sprechen?"

Seine Augen sind blassgrün, seine verschlissene Kleidung blitzsauber. Er kann nicht älter sein als vierzehn. „Ich komm' wegen meiner Mutter."

„Gut", erwidert sie. „Komm herein, dann gehen wir kurz in mein Büro."

Sie geht voran, und widerwillig folgt er ihr. „Setz dich", kommandiert sie und zeigt auf einen Stuhl. „Sag mir erst einmal, wie du heißt."

„Kosie Barnard."

„Alter?"

„Was?"

„Wie alt bist du?"

„Siebzehn."

„Siebzehn?", wiederholt Pérsomi überrascht.

„Ja, Euer Ehren."

„Sag lieber ‚Fräulein'."

„Was?"

„Schon gut. Erzähl mir jetzt mal, warum du einen Anwalt sprechen willst."

„Der Hund von Herrn Gouws hat unser Huhn gefressen."

„Herr Gouws ist sicher der Farmer, auf dessen Hof ihr wohnt?"

„Das is' unser Weihnachtshuhn gewesen, meine Mutter hat es gefüttert, damit sie's Weihnachten schlachten kann."

„Das reicht schon." In diesem Augenblick sieht sie gleich so viel mehr, als Worte je erläutern könnten; das Bild vor ihrem inneren Auge ist sofort komplett. „Und dann?"

Betreten schlägt er die Augen nieder. Sie wartet. Er sagt nichts.

„Du musst es mir erzählen, Kosie, sonst weiß ich nicht, wie ich dir helfen soll. Was ist dann passiert?"

„Dann hab' ich 'n anderes Huhn besorgt."

„Eins von den Hühnern von Herrn Gouws?"

Kosie nickt. „Der hat doch eh' so viele", behauptet er fast schon herausfordernd.

Sie versteht jedes Wort, begreift jede Begründung, jedes Gefühl.

„Trotzdem ist es Diebstahl."

„Was?"

„Was hat Herr Gouws dann gemacht?"

„Der hat mich bei den Bullen verpfiffen."

Auch die Beweggründe von Herrn Gouws kennt sie nur zu gut.

„Was du getan hast, Kosie, ist Diebstahl", erklärt sie. „Du hast ein Huhn von Herrn Gouws gestohlen, und dafür kannst du ins Gefängnis kommen."

Seine Augen bekommen einen stumpfen, beinahe leeren Ausdruck. „Sein Hund hat unser Huhn gefressen, das Huhn, was meine Mutter für Weihnachten hat schlachten wollen."

„Selbst das ist kein Grund, daraufhin eines seiner Hühner zu stehlen. Ich denke, das weißt du auch sehr gut."

Er blickt noch genauso dumm drein, offensichtlich kann er der Argumentation nicht folgen.

„Was möchtest du nun von mir, Kosie? Was soll ich tun?"

„Mit mir zum Gericht gehen. Meine Mutter sagt, dass Sie Geld von der Regierung bekommen, wenn Sie mit mir zum Gericht gehen."

„Nein, die Regierung bezahlt uns nichts, das ist einfach nur ein Service, den wir leisten. Hast du mit deinen eigenen Augen gesehen, wie der Hund von Herrn Gouws euer Huhn gefressen hat?"

„Ich habe die Federn herumliegen sehen, überall. Das war unser Huhn, das meine Mutter ..." Wie eine Schallplatte mit einem Sprung.

„Ja, ja, das weiß ich. Für wann bist du vorgeladen?"

„Jetzt."

„Jetzt? Heute?"

Er nickt. „Heute Morgen."

Die Angst steht dem Kind ins Gesicht geschrieben oder besser dem jungen Mann, und der leere Blick in seinen Augen macht einer Art Verzweiflung Platz. Ich kann noch nicht vor Gericht erscheinen, denkt sie, und ich kann auch nicht auf eigene Faust entscheiden, Fälle anzunehmen, vor allem nicht, wenn der Fall kein Geld einbringt.

„Bitte, Euer Ehren."

Sie steht auf, nimmt ihre Robe vom Garderobenständer und zieht die Tür der Kanzlei hinter sich zu.

Direkt vor der Kanzlei steht ein kleiner brauner Esel mit stumpfen Augen, vier weißen Hufen und einem abgeknabberten Schwanz. Kosie knotet den Strick des Tieres los, krault es liebevoll zwischen den Ohren und sagt: „Komm, Alvier."

Sie gehen zum Gerichtsgebäude. „Ist das dein Esel?", will Pérsomi wissen.

„Ja, Euer Ehren."

„Ein schönes Tier."

„Ja, Euer Ehren."

„Was ist denn mit seinem Schwanz passiert?"

„Er hat sich in so 'nem Feuer 'rumgerollt und dann ist das Ding irgendwie abgefault, Euer Ehren."

Vor dem Gerichtsgebäude zeigt er schüchtern auf einen Mann, der unter einem Baum steht und eine Pfeife raucht. „Das is' Herr Gouws."

„Warte hier", fordert Pérsomi ihn auf.

Kosie bindet seinen Esel an einem Pfosten fest und lehnt sich mit dem Rücken gegen eine Wand.

Pérsomi geht zu dem Baum, unter dem Herr Gouws sie stirnrunzelnd anschaut. „Herr Gouws?", sagt sie in fragendem Ton.

Der runzelt noch mehr die Stirn. Dann betrachtet er ihre Robe, die ihr über dem Arm hängt, und die Aktentasche in ihrer Hand.

„Ja?" Vielleicht feindselig, vielleicht aber auch nur ein bisschen unsicher.

„Guten Morgen, ich bin Pérsomi Pieterse. Haben Sie einen Augenblick Zeit?"

„Geht es ... um die Rechtssache?" Ja, er macht auf jeden Fall einen unsicheren Eindruck, stellt sie fest.

„Nun, ich hoffe eigentlich, dass wir die noch vermeiden können", erwidert sie. „Wissen Sie, um wie viel Uhr Sie dort hineinmüssen?"

„So um elf Uhr herum kommen sie uns rufen."

Sie zeigt auf eine Bank unter dem Baum. „Können wir uns einen Moment dort hinsetzen?"

„Was wollen Sie von mir, Fräulein Pieterse?"

Er greift mich aus Unsicherheit an, denkt sie. „Kosie sagt, dass Sie ihn wegen Diebstahl angezeigt haben. Stimmt das?"

Er runzelt immer noch die Stirn. „Er hat den Hahn meiner Frau gestohlen."

„Er behauptet, Ihr Hund habe sein Huhn totgebissen."

„Das ist eine Zibetkatze gewesen, wenn Sie mich fragen", erwidert der Farmer. „Ich habe diesen Leuten sicher schon hundertmal gesagt, dass sie ihre Hühner in irgendeine Form von Drahtverhau sperren müssen, aber diese Sorte Menschen kapiert immer erst, was man meint, wenn sie es am eigenen Leib erlebt."

„Ich verstehe", entgegnet Pérsomi vorsichtig.

„Nein, Fräulein, ich glaube nicht, dass Sie es wirklich verstehen", fängt Herr Gouws an, seine Seele zu erleichtern. „Die Regierung denkt, dass sie das Problem der armen Weißen jetzt gelöst hat, indem sie sie zu Hunderten als Kanonenfutter für das britische Weltreich eingesammelt hat." Es tut immer noch weh. „Aber diejenigen, die hiergeblieben sind, sind noch viel schlimmer, eigentlich taugen sie zu gar nichts. Und uns Farmern werden sie schön aufs Auge gedrückt, weil wir es als unsere christliche oder vaterländische oder was weiß ich für eine Pflicht ansehen, uns um unsere Mitmenschen und Mitafrikaaner zu kümmern. Und dann passiert so etwas und die eigene Frau macht einem die Hölle heiß wegen ihrem besten Hahn. Und eigentlich möchte man nur noch dieses ganze elende Pack von seinem Land verjagen."

Ich verstehe das ganz und gar, denkt sie. Habe ich mich nicht all die Jahre immer wieder gefragt, warum Herr Fourie uns nicht von seinem Land verjagt?

„Sie sind also davon überzeugt, dass Kosie Ihren Hahn gestohlen hat?", will sie wissen.

„Er hat es selbst zugegeben, vor Zeugen."

„Und Sie sind ebenso davon überzeugt, dass es nicht Ihr Hund gewesen ist, der das Huhn gerissen hat?"

„Zwei meiner Hunde schlafen immer im Haus und der dritte wird nachts an die Kette gelegt."

„Herr Gouws, selbst wenn Sie davon überzeugt sind, dass er Unrecht getan hat, dann möchte ich Sie trotzdem fragen, warum Sie ihn vor Gericht bringen wollen?"

„Das Kind braucht eine Lektion", antwortet der Farmer. „Schlagen hilft nichts mehr, sein Vater hat diesem Burschen schon von frühester Zeit an den Verstand herausgeprügelt. Das Kind bemüht sich, darüber will ich nichts sagen, aber dieser Zug an ihm … Es ist nicht das erste Mal."

„Möchten Sie, dass er ins Gefängnis kommt?", fragt Pérsomi ihn direkt.

„Nein." Die Falten auf seiner Stirn werden noch tiefer. „Er wird doch wohl wegen eines Hühnerdiebstahls nicht ins Gefängnis kommen."

„Vielleicht bekommt er auch nur eine Geldbuße auferlegt, die er allerdings nicht bezahlen kann", erläutert sie. „Eine Gefängnisstrafe ist bei Diebstahl keine ungewöhnliche Strafe, sondern eher die Regel."

Der Farmer schüttelt den Kopf. „Kann ihm die Polizei nicht einfach ein paar Stockschläge verpassen?"

„Sie haben selbst gesagt, dass Schläge bei ihm nicht helfen."

„Lieber Himmel, Fräulein, Sie haben ja keine Ahnung, wie ratlos einen diese Leute machen", seufzt der Farmer.

„Wenn wir uns nun etwas ausdenken könnten, eine Art Strafe, mit der Sie zufrieden sind und die ihn wirklich treffen würde, sodass er über die Folgen seiner Taten nachdenken müsste, wären Sie dann bereit, die Anzeige zurückzuziehen?"

„Woran denken Sie?"

„Nun zum Beispiel …" Pérsomi hat keine Idee. Gib mir die Weisheit Salomos, betet sie flüchtig.

Sie wirft Kosie einen Blick zu, der immer noch reglos auf dem Boden sitzt, die Beine von sich gestreckt, den Rücken an die Mauer gelehnt. Ein paar Schritte neben ihm steht der Esel ebenso bewegungslos mit hängendem Kopf neben dem Pfosten.

„Sie könnten zum Beispiel den Esel für eine bestimmte Zeit in Beschlag nehmen, sagen wir so für eine oder zwei Wochen", schlägt Pérsomi vor. „Wir können ihm dann gemeinsam erklären, dass das seine Strafe ist und dass er den Esel bei jedem weiteren Vergehen noch länger loswird und dass ihm das Tier schließlich ganz abgenommen wird, wenn er sich nicht bessert."

„Das könnte vielleicht funktionieren", meint der Farmer. „Was müssen wir tun, um das Gerichtsverfahren noch aufzuhalten?"

„Überlassen Sie das ruhig mir", antwortet Pérsomi.

Am Abend verkündet sie ihrer Mutter: „Ich habe heute meinen ersten Fall abgeschlossen, ganz allein."

„Oh", erwidert ihre Mutter.

☙

Anfang Januar im Jahr unseres Herrn 1950 eröffnet Reinier das erste Architekturbüro im Dorf, in der Hauptstaße, schräg gegenüber der Anwaltskanzlei seines Vaters und direkt neben der Praxis der Hausärzte Louw und Louw.

„So zieht es die jungen Leute doch alle wieder zurück in den Ort, wo sie geboren wurden", erklärt Onkel Polla vergnügt. „Zuerst die Tochter von Doktor Louw, dann dich, Pérsomi, und jetzt den Sohn von Herrn De Vos." Er keucht einen Augenblick lang. „Das Hemd ist einem doch näher als der Rock."

Die ersten beiden Wochen hat Reinier nichts zu tun und läuft wie ein Tiger im Käfig in seinem Büro auf und ab. „Das wird alles nichts", bemerkt er besorgt zu Pérsomi.

„Du bist zu ungeduldig", erwidert sie. „Dank der Eröffnung all der neuen Zinnminen hier in der Umgebung wird sich unser Dorf in Windeseile ausbreiten."

„Das weiß ich, aber hast du eine Ahnung, wie es ist, wenn man jeden Tag hier herumsitzt und wartet, während die ganze Zeit über nichts passiert? Die Pläne für das neue Wohnviertel sind doch nun schon seit Längerem bekannt. Wann fangt ihr denn endlich mit dem Verkauf der Grundstücke an?"

„Sobald die ersten Käufer auftauchen, du musst dich also noch gedulden", gibt Pérsomi ihm zu verstehen. „Es ist inzwischen schon fast zwei Uhr; gehst du jetzt bitte, damit ich mich wieder meiner Arbeit widmen kann?"

„Ich werde mir eine liebe und mitfühlende Frau suchen", erwidert Reinier.

„Bei der Suche nach einer Frau bin ich dir gern behilflich. Es wird ohnehin höchste Zeit, dass du wieder eine Freundin bekommst", entgegnet Pérsomi. „Und jetzt verschwinde, bevor dein Vater mitkriegt, dass du mich von der Arbeit abhältst."

Zwei Wochen später linst er schon morgens um elf Uhr um die Ecke. „Der erste Auftrag ist da", lacht er.

„Was?", fragt sie aufgeregt.

„Der erste Auftrag ist da."

„Nein, Mann, ich meine: was für ein Auftrag?"

„Ismail will an sein Haus für sich und seine Frau eine Wohnung anbauen lassen. Die Enkelkinder werden ihm langsam ein bisschen zu viel. Seine Frau und er brauchen ein bisschen Ruhe. Schließlich wohnen sie alle zusammen in einem Haus; die Inder haben schon seltsame Angewohnheiten. Nun ja, mir soll's recht sein, denn ich kann jetzt für den alten Ismail ein hübsches Appartement entwerfen."

„Du solltest ihn von jetzt ab lieber ‚Herrn Ismail' nennen, schließlich ist er nun ein Kunde von dir", ermahnt ihn Pérsomi.

„Das mache ich schon", lacht Reinier. „Ich wollte es dir nur

schnell mitteilen, dir und ebenso meinem Vater. Und jetzt verschwinde ich auch schon wieder, schließlich habe ich zu tun!"
Ich frage mich, wie viel sein Vater hiermit zu tun hat, überlegt Pérsomi. Herr Ismail und Herr De Vos haben in der letzten Woche eine ganze Weile hinter verschlossenen Türen miteinander getagt.

ය

Onkel Polla ist ein Mann, der viel von Politik versteht. Tante Duifie sagt immer, dass sich auf der ganzen Welt kein Mann finden lässt, der mehr auf dem Kasten hat als er. „Der Mann, den ich da habe, hätte im Parlament, was sage ich, in der Regierung hätte er sitzen können, wenn er nur die Chance gehabt hätt' fertig zu lernen. Aber was willste machen, mit dem Englischen Krieg und dem Aufstand und wo sein Vater von den Khakies mausetot geschlagen worden ist und ihre Farm den Bach runtergeht, da hat's ihn schließlich in die Bergwerke verschlagen." Und dann seufzt sie tief. „Und jetzt isses zu spät noch was zu lernen, auch wegen der Staublunge und so und außerdem isser zu alt und hat nicht mehr lange, der Mann, den ich da habe."

Wenn sie Tee trinkt, balanciert sie die Untertasse auf ihrem enormen Busen.

„Aber lesen kann ich und Radio höre ich auch", fügt Onkel Polla hinzu. „Und wenn ich mich auf irgendwas verstehe, dann is' das Polletik, das kann ich dir sagen."

„Ach du liebe Güte, Pérsomi, der Mann hat's doch drauf!", behauptet Pérsomis Mutter regelmäßig.

Onkel Polla betrachtet es als seine heilige Pflicht, Pérsomi immer haargenau zu erzählen, was in der Zeitung steht. „Du hast doch so viel zu tun, also hast du keine Zeit zum Lesen. Aber du musst doch über alles Bescheid wissen, habe ich gedacht, so als Mann des Gesetzes ... Frau des Gesetzes", erklärt Onkel Polla mit einer Falte auf der Stirn.

Was ihm nun heute auf dem Herzen liegt, ist der *Immorality Act*, erzählt Onkel Polla an einem Samstagmorgen über den Gartenzaun hinweg.

„Das Unzuchtsgesetz, Onkel Polla?", fragt Pérsomi.

„Genau das meine ich", nickt Onkel Polla. „Ich sage dir, es ist eine Schande vor Gott, dass wir so ein Gesetz brauchen, sage ich dir."

Sollte er jetzt auf einmal linkes Gedankengut pflegen?, fragt Pérsomi sich.

„So ist es, Onkel Polla", erwidert sie.

„Dass unsere Leute nun so ein Gesetz brauchen, um sich an die Regeln zu halten." Onkel Polla schüttelt mitfühlend den Kopf. „Da kannste mal wieder sehen, sogar ein Pfarrer, ein Mann Gottes, steht nicht über dem Gesetz, das sage ich schon all mein Lebtag."

Pérsomi hat keine Ahnung, wovon er spricht. „So ist es wohl, Onkel Polla."

„Hast du schon die Zeitung gelesen?"

„Heute Morgen noch nicht, Onkel Polla."

„Nein, nein, die von gestern. Offen und ehrlich, die nackte Wahrheit, um es mal so zu sagen, unter anderem auf Seite fünf."

„Welchen Artikel meinst du denn, Onkel Polla?"

„Mädchen, Mädchen, hast du denn gar nix davon mitgekriegt?" Onkel Polla bringt sich für eine schlüpfrige Geschichte in Stellung. „Da is' irgendwo in der nördlichen Kapprovinz, der Name des Ortes ist mir gerade entfallen, aber da ist irgendwo ein niederländisch-reformierter Pfarrer wegen Unzucht verhaftet worden." Er hustet kurz und fährt dann fort: „Der muss mit heruntergelassener Hose mit seinem Dienstmädchen erwischt worden sein, und das auch noch in der Garage, die seine Gemeinde gleich neben seinem Haus gebaut hat." Hust, hust. „Das hat er verdient, wenn du mich fragst. Aber das is' noch nich' alles." Hust, hust, das graue Taschentuch erscheint. „Seine Gemeinde ist so stinkesauer geworden, dass sie die mit eigenen Händen gebaute Garage mit 'nem Bulldozer dem Erdboden gleich gemacht haben."

„Da kannst du mal sehen, Onkel Polla", nickt Pérsomi ernst.

„Gibt's in unserem Bezirk auch schon solche Art von Unzucht?", stochert Onkel Polla herum.

„Nicht, dass ich wüsste, Onkel Polla."

„Nun, wenn ich dir helfen kann, dann sag's nur", erwidert Onkel Polla.

Zwei Wochen später ist es wieder so weit. „Wie ich gehört habe, will die Regierung jetzt jeden *qualifizieren*, die Weißen, die Schwarzen, die Asiaten und die Farbigen."

„Klassifizieren, ja. So steht es im Gesetz über die Registrierung der Bevölkerung, Onkel Polla."

„Oh, du weißt das also alles schon?", fragt er in leicht bedauerndem Tonfall.

„Ja, Onkel Polla."

„Aber dann sag mir doch nur eins: Wie sieht das dann aus bei dem Mann mit der Hühnerzüchterei, du weißt schon, der mit der indischen Frau?" Dabei wischt er sich mit seinem Taschentuch den Mund ab.

„Was soll mit ihm sein, Onkel Polla?"

„Nun, wenn seine Frau Asiatin ist, wie sieht es dann aus mit dem Unzuchtsgesetz? Oder können die schon nich gesetzlich verheiratet bleiben. Aber sie dürfen dann nicht mehr ... du weißt schon?"

„Nein, Onkel Polla, ich weiß nicht genau, welche juristischen Haken und Ösen damit verbunden sind. Ich werde mich aber erkundigen, wenn es dich interessiert."

„Und was is' mit denen ihren Kindern? Die sind doch nicht weiß! Sind das dann Farbige? Oder Halbasiaten?"

Als später im selben Jahr das Gesetz über die Ansiedlung der Bevölkerungsgruppen in Kraft tritt, bereitet es Onkel Polla eine Menge Kopfzerbrechen.

„Ach, dieser Mann, den ich da habe, nimmt sich die Polletik zu sehr zu Herzen", seufzt Tante Duifie. „Und er hat doch schon so'n schwaches Herz, die Staublunge macht ihn völlig fertig."

„Der Mann also, hörst du", fängt Onkel Polla an, seine Sorgen zu erläutern, „der mit der Hühnerzucht und der asiatischen Frau und den farbigen Kindern?"

„Was ist mit ihm, Onkel Polla?"

„Nun, ich hab' ihn einfach mal gefragt. Kannst du da jetzt wohnen bleiben, wo du doch weiß bist, mit so 'ner indischen Frau und so Malaysierkindern?"

„Das sind keine Malaysier, Onkel Polla, der Mann geht doch mit seinen Kindern bei uns in die Kirche."

„Kann schon sein", erwidert Onkel Polla vage. „Aber das Gesetz löst doch die Kirchengemeinden nicht auf, oder?"

„Da hast du recht. Ich weiß nicht, was mit ihm passieren wird", entgegnet Pérsomi.

„Du musst mir mal helfen, einen Brief zu schreiben, Pérsomi", erklärt er ernst. „Ich bin ein Smutsmann, ich hab' bei dem alten General denken gelernt."

„An wen möchtest du denn einen Brief schreiben? An die Zeitung?"

„Nein, an die Regierung. Ich muss einfach sicher wissen, ob sie dazu stehen, zu all den Sachen. Man kann schließlich nie wissen."

ଔ

Jahr für Jahr kommt unerbittlich das Weihnachtsfest. „Ich kann Lewies sicher den Zugang zu eurem Haus verbieten, Pérsomi", erklärt De Wet, „aber er bleibt trotzdem der rechtmäßige Ehemann deiner Mutter."

Pérsomi schüttelt den Kopf. „De Wet, sobald er das Haus sieht, zieht er ein und dann bekommen wir ihn nie wieder heraus. Und du willst sicher nicht, dass er da sitzt, wenn bald die Schule wieder anfängt und Gerbrand jeden Mittag dorthin kommt."

„Nein, da hast du recht. Ich überlege mir einmal, wie eine Lösung aussehen könnte."

Zwei Tage später fahren Tante Sus und Onkel Attie mit De Wet ins Dorf. Einen ganzen Tag lang besuchen sie Pérsomis Mutter.

„Heute Nachmittag fahren wir wieder mit De Wet nach Hause", verkündet Tante Sus.

Als Pérsomi am Abend nach Hause kommt, glänzen Jemimas Augen, was nur selten passiert. „Wir feiern Weihnachten bei Tante Sus", verkündet sie.

„Den ersten Weihnachtsfeiertag?", will Pérsomi wissen.

„Ach du liebe Güte, nein, die ganze Weihnachtswoche. De Wet und Boelie sollen dort die Zelte vom Abendmahlswochenende aufschlagen, damit wir alle dort übernachten können."

Pérsomi wird von einer Mischung aus Erleichterung und Verzweiflung erfasst. Es ist De Wet wohl gelungen, dem Rest der Pietersebrut Hausverbot zu erteilen, aber eine ganze Woche mit diesen Leuten in einem Zelt? Mit Lewies und Piet? Mit Sussie und mit Hannapat und ihrem neuen Freund? Auf demselben Hof wie Tante Sus und Onkel Attie und ihren verrotzten Nachkommen?

„Ich muss hierbleiben, Mama, ich muss arbeiten", überlegt sie sich schnell eine Ausflucht.

„Ach du liebe Güte, Pérsomi, über Weihnachten?"
„Den ersten Weihnachtsfeiertag kann ich vermutlich mit euch verbringen, aber danach muss ich zurück."

Also fährt sie am Heiligen Abend mit De Wet auf die Farm. „Es ist schon fast ein Jahr her, seit ich das letzte Mal auf dem Hof gewesen bin", bemerkt sie, während sie über die Pontenilobrücke fahren.

Der Nil strömt so träge wie damals, die Orangenbäume dösen halb verwelkt in der Nachmittagssonne, der kahle Hang liegt vertrocknet daneben, das Gesicht der brennenden Sonne zugewandt. Dahinter ragt aus dem dürren Gestrüpp unbefleckt ihr Berg empor, seine Abgründe noch genauso tief und dunkel, seine Kämme noch genauso steil.

Sie meidet das neue Haus, in dem Tante Anne und Onkel Freddie wohnen, denn auf einmal möchte sie Onkel Freddie wirklich nicht mehr sehen. Das Beiwohnerhäuschen von Tante Sus liegt ein Stückchen tiefer, gleich neben dem Fluss. Bei dem Häuschen sind zwei Zelte aufgeschlagen. Die Kinder und Enkel von Tante Sus und Onkel Attie sind schon da.

„Piet hat Christine angerufen", berichtet Tante Sus. „Sie fahren so zeitig mit Piets Auto von Johannesburg los und fahren dann die ganze Nacht durch."

„Ach du liebe Güte, Sus, hat Piet denn ein Auto?", will Pérsomis Mutter wissen.

„Ja und ob", erwidert Onkel Attie. „Der Kerl verdient doch ein hübsches Sümmchen, er ist ja nich' auf'n Kopf gefallen."

Irgendwann in den frühen Morgenstunden fährt mit lautem Motor ein Auto vor. Pérsomi rollt sich zusammen und zieht sich die Decke über den Kopf. Die Party vom letzten Abend wird wieder fortgesetzt und geht weiter, bis der Tag fast schon anbricht. Auf diese Weise sind sie wenigstens schnell fertig und der Schnaps alle, denkt Pérsomi.

Am ersten Weihnachtstag gegen zwölf Uhr beginnt das Fest erneut; erst ein wenig halbherzig, so als sei man noch etwas zurückhaltend und noch nicht ganz wach. Als ob man nicht in die Gänge käme. Doch nach dem Weihnachtsessen, zu dem auch ein Nachtisch gehört und ein anständiges Mittagsschläfchen, kommt wieder Zug in die Festlichkeiten. „Reg dich nicht auf, ich habe noch den ganzen Kofferraum voll", verkündet Piet.

Pérsomi rollt unbemerkt ihre Decke zusammen, entkommt Hannapats anzüglichem Liebhaber und erreicht kurz vor Einbruch der Dunkelheit die Höhle. Auf ihrem Berg ist alles, aber auch wirklich alles noch so wie immer; es hat sich gar nichts verändert. In ihrem Herzen macht sich ein tiefer Friede breit und so breitet sie ihre Decke auf dem unebenen Steinboden der Höhle aus, auf einem etwas sandigen Flecken, und setzt sich direkt vor den Höhleneingang.

Sie schaut zu, wie die Dunkelheit sich in der Gegend ausbreitet, lauscht auf die Nachtgeräusche, betrachtet die Sterne, die den Himmel erfüllen. Das Gefühl des Friedens wird noch tiefer und durchdringt ihr ganzes Wesen.

Nach einer Weile legt sie sich auf den Rücken. Die ausgebreitete, glänzende Sternenkuppel beugt sich über sie, über ihr streckt sich der Sternenhimmel immer weiter und weiter aus, bis in die Unendlichkeit.

Plötzlich wird sie durch ein Geräusch in der Nähe wach. Erschrocken setzt sie sich auf.

Er sitzt nur einen Meter von ihr entfernt. „Sorry, ich wollte dich nicht aufwecken."

Es sind seine Stimme und sein Profil im vagen Sternenlicht. „Woher hast du gewusst, dass ich hier bin."

„Ich habe es einfach gewusst."

„Wie spät ist es?"

„Fast schon Mitternacht."

„Wie bist du denn hierhergekommen?" Sie kommt sich verwirrt und desorientiert vor. „Puh, ich weiß gerade nicht, wo mir der Kopf steht."

Er lacht leise. „Ja, du siehst wirklich ein bisschen durcheinander aus, vor allem deine Haare."

Sie kämmt sich mit den Fingern durch ihre langes Haar, das ihr offen über die Schultern fällt.

„Wie bist du hierhergekommen, Boelie, so mitten in der Dunkelheit?"

„Mit einer Taschenlampe. Die Zeiten, in denen ich einfach so durch die Finsternis getappt bin, sind jetzt wohl vorbei. Was für ein wunderbarer Abend, findest du nicht auch?"

„Nacht", erwidert sie. „Es ist eine wunderbare Nacht."

Zusammen betrachten sie die Sterne, so wie sie es schon so oft

getan haben. Gleich zeigt er mir die verschiedenen Sternbilder, denkt sie.
Der tiefe Friede von eben hat einer überwältigenden Freude Platz gemacht. Nein, nicht Platz gemacht, denn der Friede ist immer noch da. Es ist, als wäre ihr ganzes Wesen auf einmal viel größer geworden wäre, sodass auch die Freude über Boelies Gegenwart noch hineinpasst und sie dieses Gefühl zusammen mit dem Gefühl des Friedens genießen kann, um es später noch einmal zu erleben.
„Ich habe etwas zu essen mitgebracht", sagt er und wühlt in seinen Taschen. Aus der einen Tasche holt er einen Flachmann heraus und aus der anderen ein Stück *Biltong* und sein Messer.
„Was ist in dem Fläschchen?", fragt sie argwöhnisch.
„Süßer Wein. Herrlich süßer Wein."
„Ich trinke keinen Wein."
„Dann trinke ich ihn eben schön allein", entgegnet er ruhig und fängt an, den *Biltong* zu schneiden. Mit der rechten Hand hält er das Fleisch fest, mit der linken schneidet er dünne Scheiben davon ab.
„Pass auf, dass du dich nicht schneidest", warnt sie. „Du schneidest mit der falschen Hand."
„Das klappt schon, ich bin ein sehr erfahrener Schneider, sogar mit links", erwidert er und reicht ihr eine abgeschnittene *Biltong*-Scheibe.
„Du machst alles mit links, Boelie, außer denken", entgegnet sie lachend. „Danke, das sieht lecker aus." Sie nimmt den *Biltong* entgegen. Als sich ihre Finger kurz berühren, erbebt ihr ganzer Körper. Ruhig, Pérsomi, ermahnt sie sich.
Schweigend sitzen sie da und kauen.
„Klara bekommt wieder ein Baby", verkündet Boelie dann.
„Das sind gute Nachrichten! Sie hat doch schon einen Jungen und ein Mädchen, oder?"
„Ja, aber die machen ihr eine ganze Handvoll Arbeit. Ich weiß nicht, wie sie mit einem dritten den Kopf über Wasser halten wollen. Du kannst den Wein ruhig mal probieren, Pers, der ist echt lecker."
„Na gut, ein kleines Schlückchen dann. Wart ihr heute alle zusammen?"
„Ja." Er öffnet die Flasche, wischt den Rand mit seinem Taschen-

tuch ab und reicht sie ihr. Sie nimmt einen Schluck. „Puh, das Zeug brennt einem in der Kehle", behauptet sie und gibt ihm die Flasche zurück. „Warum bist du nicht zu Hause bei deiner Familie?"

„Aus demselben Grund wie du."

„Das glaube ich nicht. Unsere Situation ist nicht vergleichbar."

„Aber vermutlich ebenso unhaltbar", erwidert Boelie mit einem angedeuteten Kopfschütteln. „Ihr habt ... nun ja, eure eigenen Probleme. Bei uns hängt eine fast schon unerträgliche Spannung in der Luft, Pérsomi. Hier, nimm dir noch ein Stück *Biltong*."

„Dank dir." Sie zögert einen Augenblick und entscheidet sich dann, trotzdem weiterzufragen.

„Sind das Spannungen zwischen dir und deinem Vater?"

„Ja, Pers. Und das wirkt sich natürlich auch auf die anderen aus." Er klappt sein Messer wieder zu und steckt es zurück in die Tasche. Dann legt er seine Handflächen auf den Boden hinter sich und lehnt sich etwas zurück.

Sie spürt seinen rechten Arm direkt hinter ihrem Rücken.

Ihr Herz klopft ihr bis zum Hals.

„Die ganze Zeit schon hatte ich Angst, dass wir nicht zusammenarbeiten können, und leider Gottes hatte ich recht. Es geht einfach nicht. Ich jedenfalls habe alles versucht", ertönt seine tiefe Stimme unmittelbar hinter ihr durch die Dunkelheit.

Ihr Herz schlägt jetzt auf Hochtouren, so wie kurz vor einem großen Wettlauf. Langsam atmet sie tief ein und aus. Wenn sie sich auch nur einen Zentimeter nach hinten lehnt ...

Ihr Körper bleibt bewegungslos. „Was ist denn das größte Problem?"

Sogar ihre Stimme hört sich seltsam an, so als ob sie in eine Röhre spräche. Dann spürt sie es. Sein rechter Arm verschiebt sich nur ein kleines bisschen und berührt sie am Rücken.

„Es liegt nicht nur an unserem Charakter", antwortet er ruhig. „Der Kern des Problems ist und bleibt, dass mein Vater nicht akzeptieren kann, dass die Farm jetzt mir gehört. Ich respektiere die Tatsache, dass er die Farm in den vergangenen fünfzehn Jahren, seit mein Großvater zu alt dafür geworden ist, allein geführt hat, aber er wird trotzdem akzeptieren müssen, dass ich nun bei bestimmten, wichtigen Dingen wenigstens ein Mitspracherecht haben muss."

Vielleicht merkt er gar nicht, dass sein Arm sie am Rücken berührt. „Könnt ihr die Verantwortung nicht unter euch aufteilen, sodass ihr euch nicht in die Quere kommt?", fragt sie ebenso ruhig wie er. Ihr Körper fühlt sich an wie steifgefroren.

„Das weiß ich nicht, Pers. Alle meine Vorschläge lehnt er ab, noch bevor ich sie ihm anständig erklären kann. Nein, das hört sich so an, als schöbe ich ihm alle Schuld in die Schuhe, und es liegt sicher nicht nur an ihm. Vielleicht will ich zu viele Veränderungen auf einmal. Weißt du, mein Vater ist während der Weltwirtschaftskrise groß geworden und deshalb geht er äußerst vorsichtig ans Werk – nicht nur, wenn es ums Geld geht. Meine Devise ist eher: Wer nicht wagt, der nicht gewinnt. Mein Vater dagegen glaubt, dass ein Bankkredit einen Farmer um Haus und Hof bringt. Pérsomi?"

„Ja?"

„Entspann dich doch." Die ruhige Aufforderung von jemandem, der weiß, was er tut.

Das bedeutet also auch, dass er durchaus gemerkt hat, dass sein Arm sie am Rücken streift.

Sie versucht sich ein bisschen zu entspannen und lehnt sich zurück.

„Du hast keine Ahnung, wie sehr wir aneinandergeraten, über alles und noch mehr, selbst über die unwichtigsten Dinge. Wenn du mich fragst, merken wir das alle beide, aber es scheint, als hätten wir uns selbst nicht um Griff."

Sie muss sich äußerst konzentrieren, um dem Gang des Gesprächs folgen zu können. „Und so durchdringt es wie ein Sauerteig den Rest deiner Familie?"

„Ja, vor allem meine Mutter und meine Oma beschäftigt es sehr. Ich bin schon aus dem Großen Haus aus- und bei meiner Oma eingezogen, aber das hat nichts geholfen. Wahrscheinlich sollte ich lieber nach Pretoria zurückgehen und in den nächsten Jahren wieder als Ingenieur meine Brötchen verdienen, bis mein Vater so weit ist, die Farm aus der Hand zu geben."

Jetzt beginnt sie sich doch etwas zu entspannen; sie spürt es nicht allein in ihren Schultern und ihrem Rücken, sondern auch in ihrem Geist. Aus der Freude ist tatsächlich Aufregung geworden, die heiß durch ihren Körper pulst; er weiß, dass sein Arm um ihren Rücken geschlungen ist.

„Das könnte zwar eine Lösung sein, ich glaube aber trotzdem, dass du in der Stadt eingehst", erwidert sie.

„Da hast du recht, und das ist nicht das Einzige. Mein Vater ist fast sechzig und hat keine Lust mehr, neue Ideen auszuprobieren. Die Farm geht langsam vor die Hunde – im Orangehain muss zum Beispiel einiges neu angelegt werden. Sag selbst, Pérsomi, ich kann doch nicht einfach eine Farm, die letztlich meine Karriere und meine ganze Zukunft ist, einfach so ihrem Schicksal überlassen?"

Langsam schüttelt sie den Kopf. „Nein, Boelie, das geht nicht. Auf der anderen Seite könnt ihr nicht zusammen die Farm bewirtschaften, wenn die Spannungen zu Hause wirklich unerträglich sind. Gleichzeitig kannst du auch nicht zu deinem Vater sagen, dass er dir den Hof übergeben soll, schließlich ist das sein Leben, und er ist dein Vater. Es ist ... Ich weiß es auch nicht."

Lange bleibt es still zwischen ihnen. Selbst die Landschaft um sie herum schweigt. Nur die Sterne blinken, Tausende und Millionen von Lichtjahren von ihnen entfernt. Uralter Wechselstrom. Sie sitzen auf einer Insel der Stille in der Unermesslichkeit von Raum und Zeit.

Einer Insel der ruhigen Kameradschaft.

„Du kannst so gut zuhören", bemerkt er endlich. „Und dann verstehst du es auch so unglaublich gut."

Sie erinnert sich an all die anderen Male, wo sie zugehört und ihn verstanden hat und lehnt für einen kurzen Augenblick ihren Kopf an seine Schulter. „Du auch, Boelie. Du auch."

☙

Das war alles so unwirklich, diese ganze Nacht, denkt Pérsomi in den Tagen und Wochen danach. Es spielte sich alles unter Wasser ab oder in einem Traum, bei dem man sich nach dem Aufwachen nicht mehr genau erinnern kann, was passiert ist.

Sie weiß, dass er ihren Kopf ganz kurz an seine Brust gedrückt hat. Seine Hand ist groß gewesen, fast so groß wie ihr Gesicht, seine Brust kräftig, sie hat sein Herz schlagen hören.

Es ist nur ganz kurz gewesen. Aber dass es geschehen ist, weiß sie ganz genau.

Die Zeit hat stillgestanden, wie eine Sanduhr, die erst halb durchgelaufen ist und dann schon umgedreht wird.

Sie weiß, dass sie noch mehr geredet haben. Oder vielleicht auch nicht. Gelauscht haben sie jedenfalls, das weiß sie genau.

Irgendwann in den stillen, nächtlichen Stunden hat er gesagt, dass er zurückmuss, weil seine Oma sich Sorgen macht, wenn er morgen früh nicht in seinem Bett liegt. Dann ist er aufgestanden und hat sich auf den Heimweg begeben. Mit ihren Augen ist sie dem dünnen Lichtstrahl seiner Taschenlampe gefolgt, bis er zwischen den Felsen verschwunden ist. Dann hat sie sich auf ihre Decke gelegt. Oder vielleicht ist sie auch noch eine ganze Weile sitzen geblieben, sie weiß es nicht mehr.

Doch kurz bevor er aufgestanden ist – und daran erinnert sie sich glasklar – hat er erneut ihren Kopf in seine Hände genommen, ihr übers Haar gestrichen und mit seinen Lippen ihren Haaransatz berührt. „Du bist ein ganz besonderer Mensch, Pérsomi", hat er gesagt. „Ein ganz besonderer Mensch."

12. Kapitel

„Nein, warten Sie noch einen Augenblick, dann fangen wir wieder von vorne an", erklärt Pérsomi so geduldig wie möglich. „Sie sind hier, weil Sie zu den Unterhaltskosten Ihrer Kinder keinen Beitrag leisten."

„Ja, Fräulein, wie ich schon gesagt habe, Fräulein, weil ich ..."

„Nein, ich möchte keine Geschichten mehr hören. Von jetzt an stelle ich nur noch Fragen und Sie antworten entweder mit ‚ja' oder mit ‚nein'. Verstanden?"

„Ja, Fräulein, aber sehen Sie ..."

„Ruhe!", befiehlt sie streng. „Geben Sie zu, dass das Ihre Kinder sind?"

„Sehen Sie, Fräulein, es ist eigentlich so, ich ..."

„Sind das Ihre Kinder, ja oder nein?"

„Ja, schauen Sie, das hängt ganz davon ab, welche der Bälger Sie meinen, Fräulein."

„Hören Sie mir gut zu, Herr Vermaak, hier ist eine Dame gewesen, eine Frau Lategan. Sie sind gesetzmäßig dazu verpflichtet, einen Beitrag zum Lebensunterhalt von Frau Lategans Enkelkindern zu leisten, also von Ihren Kindern, und sie behauptet, Sie bezahlen nicht."

„Da lügt sie! Da lügt sie wie gedruckt!"

„Sie sagen also, dass Sie sehr wohl bezahlen?"

„Ich bin nicht so einer, der für seine Bälger nicht aufkommt."

„Sie erkennen also an, dass sie von Ihren Kindern spricht?"

„Aber sehen Sie doch, Fräulein, das ist es doch gerade, aber Sie hören mir ja nicht zu, Fräulein."

„Gut, Herr Vermaak, ich höre Ihnen zu. Frau Lategan hat also eine Tochter, die von Ihnen Kinder hat?"

„Nein, Fräulein."

Pérsomi legt kopfschüttelnd den Stift zur Seite. „Jetzt verstehe ich Sie nicht, Herr Vermaak."

„Ja, sehen Sie, Fräulein, genau da liegt der Hase im Pfeffer." Er rutscht auf seinem Stuhl ein wenig weiter nach vorn. Das wird nun

meinen Geduldsfaden auf eine harte Probe stellen, weiß Pérsomi jetzt schon.
„Pikfeines Büro, was Sie hier haben, Fräulein."
„Danke, Herr Vermaak. Sie behaupten also, dass Frau Lategan keine Tochter hat, mit der Sie gemeinsame Kinder haben?"
„Nein, Fräulein. Ja, Fräulein, meine ich."
Jetzt sitzen wir schon zwanzig Minuten hier und ich bin noch keinen Schritt weitergekommen, denkt Pérsomi.
„Sehen Sie, Fräulein, die Sache ist eigentlich folgendermaßen: Frau Blair hat vier Töchter."
Er wartet auf eine Reaktion. „Stimmt", erwidert Pérsomi.
„Vier hübsche Töchter, wenn ich das mal so sagen darf, auch ganz propper, wenn Sie verstehen, was ich damit meine, Fräulein."
Wieder wirft er ihr einen flüchtigen Blick zu. „Also, nicht dass ein schlanker Körper nicht auch ganz schön wäre, das meine ich nicht, Sie sind ja selbst auch so, Fräulein, wenn ich das mal so sagen darf. Aber mir als Mann gefällt es besser, wenn es weicher ist, wenn Sie verstehen, was ich meine, vor allem um ..."
„Ich verstehe, Herr Vermaak. Diese Frau Blair ist also dieselbe wie Frau Lategan?"
„Ein und dieselbe, Fräulein. Schauen Sie, sie war erst mit dem Fiesen Gert aus Swartrand zusammen, wissen Sie, aber dann hat sie den ..."
„Warten Sie, Herr Vermaak, mich interessieren nur Frau Lategan und ihre Enkel, für die kein Unterhalt bezahlt wird", bremst sie seinen Redefluss.
„Sie wissen schon, wie man einem Mann das Wort abschneiden muss, Fräulein", entgegnet er. „Ich hab's jetzt kapiert."
„Erzählen Sie mir nun mehr über die vier Töchter von Frau Lategan."
„Es sind doch nur drei."
„Sie haben gerade eben gesagt, dass es vier sind."
„Das ist auch so, Fräulein, das sage ich doch!"
„Ja, aber jetzt ist von dreien die Rede."
Halt deinen Mund, Pérsomi!, ermahnt sie sich selbst. Sie wirft einen schnellen Blick auf ihre Armbanduhr: fünfundzwanzig Minuten.
„Sehen Sie, Fräulein, Frau Blair hat so mehr oder weniger schräg

gegenüber von uns gewohnt, an der anderen Seite von dem Fluss, bei Herrn Griesel auf der Farm, sie und der alte Lategan, der jetzt tot ist, weil er mitten im Winter seine Füße gewaschen hat und dann hat er Lungenentzündung gekriegt und dann ..."

„Ja, ja, erzählen Sie mir lieber von den Töchtern der Frau Lategan", versucht Pérsomi die Geschichte auf der richtigen Bahn zu halten.

„Nun, ich hab' gleich gesehen, dass die Tochter von Frau Blair ein hübsches Ding ist, und ich als Mann sehe nun einmal gern ein hübsches Mädel. Damit meine ich nun nicht die älteste, diese Rachel, denn, sehen Sie, Fräulein, die ist mir ein bisschen zu dick um den Hintern herum, wenn Sie mich verstehen, Fräulein. Nicht dass ich zu dick um ..."

„Es ist also die zweite Tochter gewesen, auf die Sie ein Auge geworfen haben?", will Pérsomi wissen.

„Genau, Fräulein, Lea. Das ist anders gewesen als in der Bibel, denn da ist Lea die ältere und dann ..."

„Ich verstehe", schneidet Pérsomi ihm das Wort ab. „Und Sie haben also bemerkt, dass Lea ein hübsches Ding ist?"

„Genau, so ist es, mittlerweile kapieren Sie's, doch Fräulein. Und ich bin nun einmal ein Mann mit Bedürfnissen, um es mal so zu sagen, und ich bin auch nicht so'n Typ, der sich bei so was selbst im Weg 'rumsteht, wenn Sie verstehen, was ich meine, Fräulein."

„Und dann ist Lea in anderen Umständen gewesen?"

„Wenn Sie damit meinen, dass sie einen Braten in der Röhre hatte, Fräulein, dann haben Sie's kapiert, Fräulein."

Pérsomi nimmt ihren Stift. „Gut. Wie heißt das Baby?"

„Nun, ein Baby ist es jetzt eigentlich nicht mehr, es ist schon ein ganz propperer Junge, ein echter Kerl ..."

„Name und Alter?"

„Lassen Sie mich mal kurz überlegen." Er denkt einen Augenblick nach. „Ja, Willie ist jetzt so um die drei Jahre alt."

„Lea, Willie, 3 J.", schreibt Pérsomi auf. Fünfunddreißig Minuten. „Und das ist also das älteste Kind?"

„Ja, Fräulein."

Sie legt den Stift nieder und lehnt sich zurück. Sie wartet.

„Erst war da ja noch die Fia von Onkel Servaas, die ein Kleines kriegen musste, aber Onkel Servaas ist jetzt weg, wissen Sie, und da bin ich dann bei der Lea von Frau Blair gelandet."

„Müssen Sie für dieses Kind auch bezahlen?"

„Ja, Fräulein, und genau da liegt der Hase im Pfeffer."

„Gut, vergessen wir dieses Kind einmal für einen Moment ..."

„Nein, Fräulein, das läuft nicht, ich bin nicht so'n Typ, der seine Bälger vergisst."

„In diesem Gespräch geht es nur um die Enkel von Frau Lategan", erwidert Pérsomi. „Lea hat also vor drei Jahren Ihrem Sohn Willie das Leben geschenkt. Und dann?"

„Nun, sehen Sie, Fräulein, Lea hatte also einen Braten in der Röhre und da hab' ich auf einmal gesehen, dass Trui auch ganz gut im Saft steht, und ich bin nicht so'n Typ, der sich bei so was selbst im Weg 'rumsteht."

„Trui ist die dritte Tochter von Frau Lategan?"

„Genau, Fräulein, ganz genauso ist es. Sie kapieren's mittlerweile, Fräulein."

„Und dann?"

„Trui wollte auch."

„Trui wollte auch?"

„Genau, Fräulein."

„Und dann?"

„Nun, Petrus Vermaak schießt nicht mit Platzpatronen, also ist Trui schwanger geworden, und das ist ein Jungchen geworden, ein helles Kerlchen, das können Sie mir glauben."

„Trui schwanger", schreibt Pérsomi auf. Langsam kommen die Fäden zusammen. „Wie heißt das Kind und wie alt ist es?"

„Nun, das ist also Louwtjie, der ist nach der Trui ihrem Vater benannt, das ist Louw Steyn aus Tierpoort, der ..."

„Wie alt ist das Kind?", fragt Pérsomi.

„Nun, ich denke ... drei."

„Aber Willie ist doch auch drei."

„Ja, Fräulein."

Neben „Trui schwanger" schreibt sie: „Louwtjie, 3 J.". „Gut, und dann?"

„Nun, dann hatte Trui also auch einen Braten in der Röhre, und dann war da nur noch Rachel, also die mit dem Pferdegebiss und dem dicken Hintern, und da war es also nur noch, wie soll ich sagen ... Nun ja, dann ist die also auch noch schwanger geworden."

„Aber Herr Vermaak, das ist dann die dritte Tochter, die schwanger geworden ist?"

„Nein, nein, Fräulein, Rachel ist die älteste, das habe ich doch schon gesagt."

„Gut. Wie heißt das Kind und wie alt ist es?"

„Das ist Racheltjie, ein süßes Dickerchen, aber ein ziemlicher Trotzkopf, wenn Sie verstehen, was ich meine, Fräulein."

„Alter?"

„Drei. Ja, sie ist so um die drei."

„Rachel, Racheltjie, 3 J.", schreibt Pérsomi. „Und dann?"

„Dann hat mich Frau Blair von der Farm gejagt."

Pérsomi nickt. „Wie alt sind Sie, Herr Vermaak?"

„Zweiundzwanzig, nächsten Monat."

„Sind Sie mit einer der drei Töchter verheiratet, Herr Vermaak?"

„Zum Glück nicht, Fräulein, ich bin doch schon verheiratet, schon seit Jahren. Ich bin nicht so ein Typ, der sich 'ne zweite Frau dazunimmt, nein, so ein Typ bin ich nicht!"

Beim Tee fragt De Wet: „Bist du in der Sache Lategan gegen Vermaak ein bisschen weitergekommen?"

„Ich habe den ganzen Vormittag daran gearbeitet und im Großen und Ganzen ungefähr zehn Wörter aufgeschrieben", antwortet Pérsomi.

„Wenn du ein gutes Gedächtnis hast, sind zehn Worte mehr als genug", erklärt De Wet. „Bist du dahintergekommen, warum er nicht für seine Kinder bezahlt? Und habt ihr eine Regelung treffen können, wie er die ausstehenden Beträge abstottern kann?"

☙

„Ich hole dich am Samstagabend für den Film ab", hat Boelie gesagt, als er an einem Donnerstag Mitte Januar bei Herrn De Vos einige Papiere zu unterzeichnen hatte.

Die kleine Kanzlei ist durch seine Gegenwart mit einem Mal vollkommen ausgefüllt gewesen, ihr Herz hat schneller geschlagen und sie ist in jeder Hinsicht vor Freude aufgeblüht. Ruhig, Pérsomi, das ist nur ein Film im Dorfgemeinschaftshaus, wo du schon seit Jahren mindestens einmal pro Monat mit Reinier hingehst, versucht sie sich selbst zu zügeln. „Ich glaube, wir sollten uns lieber dort verabreden, du weißt doch, was meine Mutter von all dem Ausgehen hält", hat sie ruhig geantwortet.

„Es ist aber meine Art, ein Mädchen von zu Hause abzuholen", hat er stirnrunzelnd geantwortet.

„Boelie, wenn du am helllichten Samstagmorgen auf einen Kaffee vorbeikommst, dann ist das schon schlimm genug. Abends bei uns anzuklopfen, ist wirklich eine Todsünde. Du weißt doch, was mit dem armen Braam passiert ist."

Er lacht kurz auf. „Wenn ich so eine hübsche Tochter hätte, wäre ich wahrscheinlich auch böse gewesen", erwidert er. „Gut, dann also um sieben Uhr."

Als er schon lange wieder weg ist, hat ihr Herz immer noch einen Bocksprung nach dem anderen gemacht. Und die Freude ist geblieben, an diesem Abend und auch am nächsten Tag und in der nächsten Nacht. Denn ihr Kopf und ihr Herz haben sich an die Bosveldnacht auf dem Berg erinnert.

Und Boelies dunkle Augen sieht sie fortwährend vor sich.

☙

Am Samstagmorgen hebt Pérsomi ein bisschen Geld von ihrem Sparbuch ab und geht damit in Ismails Geschäft. Sie möchte für heute Abend etwas Neues kaufen, denn sie möchte hübsch aussehen. Vielleicht ist es auch egal, schließlich ist es nur ein Film, hat sie sich in den vergangenen Tagen wieder und wieder gesagt. Trotzdem möchte sie sich hübsch machen. Denn ein Herz, das etwas sicher zu wissen meint, hört nicht auf den Verstand.

Als sie über die Schwelle des Ladens tritt, heißt sie das Geschäft mit seinen vertrauten Gerüchen von braunen Zuckersäcken, strengem Knoblauch und Sätteln unter der Decke sowie dem vagen Duft von Weihrauch, der vor einer Weile irgendwo angesteckt worden ist, wie immer willkommen.

Wie immer sind alle froh, sie zu sehen. „Fräulein Pérsomi höchstpersönlich!", ruft der alte Herr Ismail. „Und hübscher als je zuvor! Ach, die jungen Männer müssen vor der Tür geradezu Schlange stehen! Ossie, geh doch mal eine Tasse Tee für Fräulein Pérsomi holen!"

Sein Enkel, der Junge mit den blassgrünen Augen, der nachmittags die beiden Milchkühe von Onkel Polla von der Gemeindewiese holt, macht sich sofort auf in die Küche.

Letztendlich kauft Pérsomi ein grünes Sommerkleid mit dünnen Spaghettiträgern und einem weiten Glockenrock. Sie kauft auch ein paar neue Schuhe, Sandalen mit schmalen Riemchen und spitzen, hohen Absätzen. Am Nachmittag wäscht sie sich die Haare und spült sie mit Essig aus, so wie sie es bei den Mädchen im Internat mitbekommen hat. Sie ist so aufgeregt, dass sie beim besten Willen keinen Bissen herunterbekommt. „Ich gehe ins Kino, Mama!", ruft sie über die Schulter, während sie nach draußen geht.

„Mit einem Jungen?", ruft ihr ihre Mutter noch hinterher, aber da hat sie schon die Eingangstür hinter sich zugezogen.

Als Pérsomi die Straße entlanggeht, sieht sie ihn sofort. Sein Auto hat er schräg gegenüber vom Haus geparkt und er steht bequem an die Motorhaube gelehnt daneben, den einen Fuß über dem anderen. Mit seinen dunklen Augen und dem flüchtigen Lächeln um den Mund schaut er sie an. Als sie ihn erreicht, schüttelt er kurz den Kopf. „Du siehst wunderbar aus, Pérsomi."

„Danke, Boelie." Meistens fühlt sie sich unbehaglich, wenn sie ein Kompliment bekommt, aber dieses Mal ist es ganz anders. Seine Worte machen sie zur schönsten Frau der Welt.

Sie fahren die paar Straßen zum Dorfgemeinschaftshaus und parken in einer Seitenstraße unter einem Jakarandabaum. Boelie geht die Karten kaufen.

Jedes Mal, wenn sie mit Reinier ins Kino geht, fragt der sie: „Willst du gut sehen oder willst du knutschen?" Dann lachen sie beide und setzen sich vorn in die vierte Reihe.

Mit Boelie ist es anders. Er hat teure Karten gekauft, vorn auf der Empore. Als sie die Treppe hinaufsteigen, hält er sie am Ellenbogen. So wie er es mit Annabel gemacht hat, damals, an dem Abend des Theaterstücks.

Vergiss jetzt endlich diesen Abend!, sagt sie sich zum tausendsten Mal.

Auf der Empore stehen nur vier Reihen Stühle. Sie setzen sich in die letzte Reihe, genau in die Mitte. „Von diesem Platz aus kann man gut sehen, und hier sitzen meistens keine Kinder", erklärt Boelie.

„Ja, das ist ein guter Platz", erwidert sie.

„So ist es", bestätigt Boelie.

Schweigen. Worüber könnte ich jetzt ein Gespräch anfangen?, fragt sie sich im Stillen. Warum herrscht nun schon wieder so eine unbehagliche Atmosphäre zwischen ihnen?

Die Lichter werden gedimmt. Von hinten scheint ein einzelner Lichtstrahl direkt über ihren Köpfen, ein schmales Bündel voller herumtanzender Staubkörner, der in einen immer größer werdenden Trichter ausläuft bis die ganze Leinwand vorn im Saal voller Bilder ist. Auch der Ton kommt von direkt hinter ihnen, so laut, dass ihn jeder im Saal verstehen kann.

In der kurzen Stille zwischen dem Ende der Cowboyserie und den Nachrichten sagt Boelie: „Das ist der einzige Nachteil an diesem Platz, der ohrenbetäubende Krach."

Auf der Empore sitzen nur drei andere Pärchen, alles ältere Leute und alle in der ersten Reihe.

Die Trompete über ihren Köpfen kündigt den Anfang der Wochenschau an. Von einer Startbahn steigt ein Kampfflugzeug nach dem anderen auf, bis der ganze Himmel voller Maschinen ist. Boelies Arm liegt auf der Rückenlehne ihres Stuhles.

„Die südafrikanische Luftwaffe und vor allem die südafrikanischen Piloten sind in der letzten Woche wegen ihres fachmännischen Einsatzes in Korea ausgezeichnet worden", ertönt die blecherne Stimme. Hört die Welt denn nie auf mit ihren Kriegen?, denkt Pérsomi.

Ganz sanft fängt Boelie an, ihre bloße Schulter zu streicheln. Sie erstarrt.

Eine endlose Reihe junger Frauen mit langen Beinen, nur mit einem Bikini bekleidet, bewegt sich von links nach rechts über die Leinwand. Ordentlich stellen sie sich am Rand eines Schwimmbeckens auf, das eine Bein vor das andere geschoben. „In London ist letzte Woche Kiki Håkansson aus Schweden zur ersten *Miss World* gekrönt worden. Die Initiatoren dieses Wettbewerbes, Eric Morley und seine Frau Julia, glauben, dass dieser Wettkampf nun regelmäßig stattfinden wird", berichtet der Nachrichtensprecher.

Er streichelt so sanft, dass sie erst meint, sie würde es sich nur einbilden. Sogar ihre Lungen fühlen sich ganz verkrampft an.

Dann ist die Leinwand auf einmal voller Rugbyspieler. Mitten auf dem Platz ist eine Reihe Spieler aufeinander gesprungen. „Von den beiden Mittelfeldspielern Ryk van Schoor und Tjol Lategan werden während der kommenden Tournee der Springböcke nach Großbritannien und Frankreich große Dinge erwartet", verkündet der Nachrichtensprecher.

Ihr ganzer Körper steht unter Hochspannung.

Inzwischen bewegt sich seine Hand nicht mehr, sondern bleibt auf ihrer Schulter liegen.

„Bobby Locke hat als Erster in der Geschichte der südafrikanischen Golfmeisterschaften ein Ergebnis von unter fünfundsechzig Punkten erreicht", erzählt der Nachrichtensprecher enthusiastisch.

Als die Lichter für die Pause angehen, dreht Boelie sich zu ihr hin. „Bist du wegen mir verspannt, Pérsomi?"

Sie schaut ihn an, in seine dunklen, ernsten Augen und nickt nur ganz kurz, kaum merklich. Hör nicht auf damit, möchte sie eigentlich andeuten, doch ihre Worte haben sich irgendwo in ihr drin zu Steinen verwandelt.

Um seine Mundwinkel spielt ein leises Lächeln. „Das ist nicht meine Absicht", erwidert er und streich ihr einmal übers Haar. Dann zieht er seinen Arm weg und geht für sie beide Limonade kaufen.

Erneut werden die Lichter gedimmt und der Hauptfilm beginnt. Es ist ein ziemlich alter Film, der schon vor mindestens fünfzehn Jahren gedreht worden ist: *Maytime* mit Jeanette McDonald und Nelson Eddy in den Hauptrollen. Es ist eine traurige Geschichte über eine allzu ehrgeizige Opernsängerin, die lieber Karriere macht, als ihrer großen Liebe zu folgen.

Schweigend sitzen sie da und schauen sich den Film an. In Pérsomi macht sich ein trauriges Gefühl breit, das zwischen den Steinen in ihr Innerstes sickert, bis es sie von Kopf bis Fuß ausfüllt.

Doch es ist nicht der Film, der sie so traurig macht.

Zu spät erkennt die Opernsängerin, dass Erfolg niemals wirklich glücklich macht und dass sie mutterseelenallein und herzzerreißend einsam im Rampenlicht steht.

Wie kann sie Boelie jetzt bitten, seinen Arm wieder um sie zu legen? Ob er doch bitte, bitte ihre Schultern wieder streicheln könne?

Die beiden Schauspieler auf der großen Leinwand in der Ferne bekommen doch noch eine Chance. Der junge Held erhält die Gelegenheit, zusammen mit der berühmten Opernsängerin aufzutreten. Das Publikum schaut ihnen wie hypnotisiert zu. Wenn sie die Gelegenheit nun bloß ergreifen ...

Sollte ich einfach sagen: Hey, Boelie, leg deinen Arm ruhig wieder um mich?, fragt Pérsomi sich. Sollte ich meinen Kopf an seine Schulter lehnen? Sollte ich ...

Die verliebten Sänger geloben einander ewige Treue und werden in derselben Nacht noch miteinander durchbrennen. Doch da erscheint der rechtmäßige Ehemann der Opernsängerin auf der Bühne und holt einen Revolver aus der Tasche.

Pérsomi kann ihre Gliedmaßen nicht bewegen. Totenstill sitzt sie da und starrt auf den Film.

Der rechtmäßige Ehemann gibt einen Schuss ab, und der junge Held stirbt in den Armen seiner Geliebten.

Ein paar Sekunden lang bleibt es im Publikum mucksmäuschenstill. Dann kann man einen tiefen Seufzer hören.

Das ist alles so tragisch und so unnötig, denkt Pérsomi. Wenn die Leute doch einfach nur miteinander reden würden und aufeinander hören!

Aus dem Lautsprecher über ihren Köpfen ertönt für das Publikum die englische Nationalhymne. Ein wenig unwillig stehen die Menschen auf, doch Boelie bleibt trotzig sitzen. Sie warten, bis nahezu jeder den Saal verlassen hat, und erst dann gehen sie nach draußen, zu der Seitenstraße, in der Boelies Auto geparkt ist. Er öffnet Pérsomi den Wagenschlag und setzt sich selbst hinter das Steuer.

Ich muss etwas unternehmen, denkt sie panisch.

Als er den Schlüssel ins Zündschloss stecken will, bemerkt sie vorsichtig: „Ich möchte eigentlich noch nicht nach Hause."

Seine Hände bewegen sich nicht mehr. Er schaut zur Seite. „Was möchtest du denn stattdessen?"

„Einfach ... reden, so wie sonst." Sie überlegt einen Augenblick. „Mir ist es egal, worüber ... Zum Beispiel darüber, wie es jetzt auf der Farm läuft."

Seine Hände liegen auf dem Lenkrad. „Gut, Pérsomi."

„Da bin ich aber froh. Habt ihr denn gewisse Dinge lösen können?"

„Nein, ich meine, dass ich es gut finde, wenn wir reden. Die Situation bei uns zu Hause wird eigentlich nicht besser."

„Oh, das ist schlimm", erwidert sie.

Er zuckt nur mit den Schultern.

Das Licht der Straßenlaternen fällt schummerig zwischen den Zweigen des großen Jakarandabaumes hindurch.

Ihr Gespräch versandet wieder, verschrumpelt zum Nichts.

Das Einzige, was sie tun muss, ist ihre Hand auszustrecken und ihn zu berühren, das weiß sie ganz genau. Und so schwer kann das doch nicht sein, oder? Wenn Reinier hier neben ihr säße, hätte sie ihm doch spielend leicht die Hand auf den Arm gelegt.

Langsam streckt sie ihre Hand aus und legt sie auf seinen Arm. Sie presst die Worte zwischen den Mauersteinen in ihrem Inneren hindurch. „Eigentlich wollte ich ... gar nicht ... dass du deinen Arm wegnimmst."

Er nimmt ihre Hand und drückt sie sanft an seine Wange. Die ist rau und es kitzelt ein bisschen. „Das ist meine Schuld, ich will ..." Er schweigt einen Augenblick und legt ihre Hand zurück in ihren Schoß. Doch dieses Mal bleibt seine auf ihrer liegen.

Als er wieder zu sprechen anfängt, ist seine Stimme sehr tief. „Pérsomi, ich weiß, dass wir bisher wie gute Freunde miteinander umgegangen sind oder vielleicht eher wie Bruder und Schwester. Aber ... ich empfinde mehr für dich."

Unwillkürlich hält sie die Luft an.

„Das Letzte, was ich möchte", verkündet er, während er seine Hand zurückzieht, „ist, dich aus der Fassung bringen oder dir einen Schrecken einjagen. Ich möchte nichts tun, was unserer Freundschaft schaden könnte. Die Freundschaft mit dir ist das Kostbarste in meinem Leben."

Jetzt *muss* sie etwas sagen. „Das gilt auch für mich, Boelie." Sie hört selbst den flehenden Ton in ihrer Stimme.

Als er sie anschaut, ist in seinem Gesicht ein Anflug von einem Lächeln zu entdecken. „Lass es uns bitte einfach versuchen, Pérsomi", entgegnet er mit Überzeugung. „Und wenn dich etwas stört oder wenn du zu irgendeinem Zeitpunkt denkst, dass unsere Freundschaft darunter zu leiden beginnt, dann musst du das sagen. Ich möchte dich niemals als Freundin und als Vertraute verlieren."

„Ich ... dich auch nicht", erwidert sie. Warum hat sie heute Abend nur die ganze Zeit einen Knoten in der Zunge?

„Machst du mir noch einen Kaffee, bevor ich wieder nach Hause zurückfahre?", schlägt er in etwas leichterem Tonfall vor.

Sie schüttelt den Kopf. „Meine Mutter."

Er nickt und lässt den Motor an. „Ich werde wohl mit deiner Mutter sprechen müssen, Pérsomi", verkündet er. „Ich habe überhaupt keine Lust, jedes Mal wie ein Krimineller irgendwo in der Straße auf dich warten zu müssen, nur weil ich dich abholen komme."

„Warte lieber noch ein Weilchen, bis es ... wirklich nötig ist", erwidert sie.

„Ich werde warten, mit allem", verspricht er, während er zurückstößt. „Aber das ist wirklich eines der ersten Dinge, die ich tun will."

Während sie die Straße entlangfahren, sagt er: „Kommst du noch für einen Augenblick etwas näher zu mir, bitte?"

Als sie sich an ihn heranschiebt, legt er seinen Arm um ihre Schultern und drückt sie an sich. „So, da will ich dich haben", erklärt er ihr und schaut sie mit einem Lächeln an.

Sie gibt ihr Allerbestes, ihre Schultern entspannt zu lassen, genau wie vor einem schwierigen Wettkampf.

Kurz vor dem Haus schiebt sie sich wieder von ihm weg. „Ich steige besser hier schon aus", erklärt sie und greift schon nach dem Türgriff.

Er nickt beruhigend. „Danke für den schönen Abend, Pérsomi. Wir sollten das bald noch einmal wiederholen, abgemacht?"

„Gut. Auch dir vielen Dank, Boelie."

Er bleibt im Auto sitzen und wartet, bis sie die Haustür hinter sich zugeschoben hat. Erst dann fährt er weg.

Im Wohnzimmer lässt sich Pérsomi auf einen Sessel fallen. Ihr Herz klopft wie wild in ihrer Brust. Ihre Wangen glühen. Ihr Atem geht nur noch stoßweise.

Ein unmöglicher Traum ist dabei, Wirklichkeit zu werden. Und das Einzige, was sie will, ist wie ein Hase die Flucht zu ergreifen.

Warum wollte sie nicht, dass er sie bis zur Haustür begleitet? Ge-

schah das wirklich nur, um ihn vor ihrer Mutter geheim zu halten? Vor ihrer Mutter, die immer schläft wie ein Stein?
Oder hatte sie Angst, dass er ...

☙

„Pérsomi, ich bin ein Mann, der in Bezug auf die Polletik ganz auf der Höhe is', wie du sicher weißt", erklärt Onkel Polla eines Abends gewichtig. Sie sitzen im Wohnzimmer und trinken Kaffee. Die Tasse von Tante Duifie bleibt auf ihrem enormen Busen mühelos im Gleichgewicht. Pérsomis Mutter sitzt auf dem Sessel mit den geblümten Kissen, ihr Kopf mit der brandneuen Dauerwelle ist kerzengerade aufgerichtet.

„Kauf was von dem Dauerwellenzeug", hat Pérsomis Mutter gestern Morgen gesagt. „Tante Duifie weiß, wie das geht."

Jetzt sitzt sie mit ihrem Lockenkopf da, stolz wie ein Pfau in ihrem Sessel. Sie wagt es nicht, ihren Kopf auch nur ein bisschen zu bewegen, so als hätte sie Angst, die Locken könnten jeden Augenblick abfallen.

„Ich weiß, dass du dich mit Politik auskennst, Onkel Polla", erwidert Pérsomi.

„Nun, du musst einfach sehen, was hier im *Vaderland* steht!" Onkel Polla reicht ihr die Zeitung. „Schau, es ist ja nicht so, als hätte ich keinen Riecher dafür, was los ist, aber ich möchte einfach ..." Er bekommt einen Hustenanfall.

Pérsomi kennt die Schlagzeile auf der Titelseite schon. In der Kanzlei haben sie sie heute ausführlich besprochen. Nein, eigentlich haben nur Herr De Vos und De Wet die Sache besprochen und sie hat dabei zugehört. Nicht in allem ist sie mit ihnen einer Meinung gewesen, aber gesagt hat sie trotzdem nichts. Dennoch betrachtet sie nun die Titelseite aufs Neue.

„VP zieht die Regierung vor Gericht", liest sie und dann in der Zeile darunter: „Gesetz über getrennte Wählerregistrierung verletzt Farbigen eingeräumtes Wahlrecht".

„... möchte einfach hundertprozentig sicher sein, was die rechtlichen Aspekte angeht", vollendet Onkel Polla seinen Satz.

Wenn ich diese komplizierte Frage Onkel Polla erklären möchte, habe ich die ganze Nacht zu tun, denkt sie, doch Onkel Polla erwartet eine Antwort.

„Onkel Polla, beim Ausrufen der Union, als das Südafrikagesetz von 1909 in Kraft getreten ist, hat man den Farbigen ein Wahlrecht eingeräumt. Das bedeutet, dass dieses nur durch eine Zweidrittelmehrheit in beiden Kammern des Parlaments verändert werden kann. Sie wissen doch sicher, dass manche Farbige ein qualifiziertes Stimmrecht haben?"

„Das weiß ich", entgegnet Onkel Polla, doch seine Augen verkünden das Gegenteil.

„Im Allgemeinen sind die Farbigen Anhänger von Smuts ..."

„Ja", nickt Onkel Polla, „genau wie ich und Tante Duifie hier."

„... und deshalb haben sie bei den letzten Wahlen auch für die Vereinigte Partei gestimmt."

„So ist es", bestätigt Onkel Polla.

„Sieht deine Mutter nicht bildhübsch aus, Pérsomi?", fragt Tante Duifie dazwischen.

„Nun, Tante Duifie", antwortet Pérsomi. „Ja, sehr hübsch. Wie dem auch sei, Onkel Polla, meiner Meinung nach will die Nationale Partei dafür sorgen, dass es bei den nächsten Wahlen weniger Stimmen für die VP gibt, und deshalb haben sie ein Gesetz auf den Tisch gelegt, nach dem die Farbigen und die Weißen in unterschiedliche Wählerlisten eingetragen werden." Wenn Herr De Vos und De Wet mich so reden hören könnten, würden sie unweigerlich einen Herzinfarkt bekommen, denkt sie. Von Boelie ganz zu schweigen.

„Oh", erwidert Onkel Polla und nickt heftig.

„Meint ihr, wir hätten größere Lockenwickler nehmen müssen und nur am Rand die kleineren?" Tante Duifie ist nicht vom Kurs abzubringen. „Es ist vielleicht eine Kleinigkeit zu lockig geworden; ein Kamm kann in dieser Lockenpracht doch leicht stecken bleiben."

„Nein, es sieht genau richtig aus, Tante Duifie", entgegnet Pérsomi.

„Die Gerichtsverhandlung dreht sich um die Frage, ob zu beweisen ist, dass das Gesetz dem Artikel 35 des Südafrikagesetzes widerspricht und dass die Regierung damit verfassungswidrig gehandelt hat. Das ist alles, Onkel Polla."

„Genau wie ich gedacht hab'", erwidert Onkel Polla. „Ich wollte bei den rechtlichen Geschichten nur sichergehen."

„Sollen wir das nächste Mal vielleicht noch ein kleines bisschen Farbe dazutun?", will Tante Duifie wissen. „Was meinst du dazu, Pérsomi?"

CB

„Du gehst gar nicht mehr mit mir ins Kino", beschwert sich Reinier während des Essens. So wie immer ist Pérsomi mit ihren Mittagsbroten – und ein paar Extrabroten für ihn, denn er ist fast jeden Morgen zu spät, um sich noch selbst welche zu streichen – über die Straße in sein Büro gegangen.

Sie schaltet den Wasserkocher an. „Tee oder Kaffee?", will sie wissen.

„Gern Tee. Ich frage mich also: Warum willst du nicht mehr mit mir ins Kino gehen?"

„Ach, Reinier, such dir doch eine Freundin", wehrt sie ab.

„Das geht nicht, das weißt du doch."

„Wer sagt denn, dass ich nicht schon lange einen Freund habe?", fragt sie. „Die Milch ist schon wieder sauer."

„Hast du denn einen?", fordert er sie heraus.

„Ich habe gesagt: Die Milch ist schon wieder sauer."

„In dem Schränkchen da steht Kondensmilch. Oder nein, in der zweiten Schreibtischschublade. Hast du denn einen Freund?"

„Zieh mal deine Beine ein", fordert sie ihn auf. Sie bückt sich und zieht die zweite Schublade auf. „Reinier! Du kannst doch keine offene Dose Kondensmilch in einer Schreibtischschublade aufbewahren! Dann wimmelt es demnächst hier von Maden, oder noch schlimmer, von Kakerlaken!"

„Ich mache die schneller alle, als die sie riechen können. Warum hast du heute *Marmite* auf mein Brot gestrichen? Das schmeckt eklig. Und hast du nun einen Freund oder nicht?"

„Wenn dir meine Brote nicht schmecken, dann streich dir eben selber welche", gibt sie ihm zu verstehen und beißt kräftig in ihr Brot. „Bah, das schmeckt wirklich ziemlich elend." Dann fängt sie an zu lachen. „Ich bin beim Streichen wohl nicht ganz bei der Sache gewesen."

„Hast du von deinem Freund geträumt?"
„Das würdest du wohl gerne wissen, was?", geht sie einer Antwort aus dem Weg.
„Sagst du es mir nun, ja oder nein?"
„Nein."
„Und gehst du jetzt noch mit ins Kino?"
„Nein, aber danke für die Einladung."

ɞ

„An diesem Wochenende schlachten wir", hat De Wet angekündigt. „Boelie lässt fragen, ob du und deine Mutter vielleicht zum Helfen kommen wollen."
Mama und ich?, denkt Pérsomi niedergeschlagen. Ich hoffe doch, dass Boelie nicht vorhat, mit Mama ein vertrauliches Gespräch anzufangen.
„Aber wenn ihr etwas anderes vorhabt ..." De Wet bemerkt ihr leichtes Zögern.
„Nein, nein, wir kommen auf jeden Fall zum Helfen", erwidert sie sofort.
Jetzt stehen sie am Wursttisch – alle drei. Tante Lulu und Pérsomis Mutter sind in der Küche mit der Verarbeitung der Schlachtabfälle beschäftigt, die alte Frau Fourie hat sich schon vor Stunden hingelegt, und Herr Fourie ist nach einem Konflikt mit Boelie aufs Land gegangen – eigentlich war es ein Streit mit seinen beiden Söhnen, doch De Wet reagiert nun einmal viel taktischer.
„Ich frage mich, wie viele Meter Wurst wir schon durch diesen Apparat gejagt haben", jammert De Wet gegen drei Uhr.
„Ich auch", bekräftigt Pérsomi. „Wenn unsere Karriere irgendwann einmal im Sande verlaufen sollte, können wir uns immer noch als Berufswurststopfer verdingen."
„Ich bin schon ein Berufstoiletterist", erwidert Boelie.
„Ein was?"
„Ich weiß nicht, was für eine Toilette Opa im Bad des Alten Hauses eingebaut hat", brummt Boelie, „aber ich weiß ganz sicher, dass ich sie gestern zum letzten Mal repariert habe. Nächste Woche tausche ich sie aus. Jetzt bist du dran mit Drehen, Brüderchen, hier liegt noch ein ganzer Berg Fleisch, der auch durchgedreht werden muss."

„Nein, Kumpel, du bist an der Reihe, hörst du. Ich habe einen lahmen Arm", entgegnet De Wet und macht einen Schritt nach hinten.

„Wenn jemand anderes die Därme auseinanderknoten kann, will ich gerne drehen", bietet sich Pérsomi hoffnungsvoll an.

„Nein, danke", antworten alle beide nahezu gleichzeitig.

Sie arbeiten eine Weile schweigend weiter – eine wunderbare, entspannte Stille, so wie zwischen Menschen, die es gewöhnt sind, zusammen zu arbeiten. Dann bemerkt Boelie plötzlich: „Ich habe gesehen, dass das Gesetz, nach dem die Farbigen in separate Wählerlisten eingetragen werden sollen, verabschiedet worden ist."

Jetzt geht es wieder los, denkt Pérsomi.

„Ja", erwidert De Wet, „aber ich frage mich langsam, ob die NP damit ihr Blatt nicht überreizt hat. Ich habe gelesen, dass die Sache jetzt vors Appellationsgericht geht."

Man weiß nie, wo De Wet genau steht, er ist einfach *zu* diplomatisch, denkt Pérsomi. Ein Mensch muss doch einen klaren Standpunkt einnehmen können – vor allem ein Mann.

„Was denkst du darüber?", will De Wet wissen.

„Ich denke, dass wir mit sehr großem Widerstand und Protestaktionen rechnen müssen", antwortet Pérsomi. „Der Leitartikel im gestrigen *Star* hat sich speziell mit den Protestmärschen des Fackelkommandos beschäftigt. Dort scheinen fünfzigtausend Menschen mitgemacht zu haben."

Sie bemerkt den Blick in Boelies Augen wohl, als er mit einem Ruck aufschaut, und sie weiß, was er vom *Star* hält: ein Sprachrohr der Kommunisten. „Ach, dieses Feuer wird im Laufe der Zeit erlöschen", entgegnet Boelie abschätzig.

„Die Boykottaktionen waren bisher auch nur teilweise erfolgreich", erklärt De Wet. „Die Schwarzen und die Asiaten scheinen mit den Farbigen zusammengearbeitet zu haben, aber dabei ist nicht viel herausgekommen."

„Ja, das ist albern", erwidert Boelie. „Ich mache mir darüber auch keine Sorgen, unsere Polizei hat alles unter Kontrolle. Wenn wir gleich fertig sind, musst du noch kurz mitkommen, Pérsomi. Ich würde dir gern etwas zeigen."

Es klingt vollkommen beiläufig, doch Pérsomi bemerkt, wie De Wet auf einmal aufschaut. Doch sie macht einfach weiter mit ihren mühsamen Versuchen, die Därme über den Fülltrichter zu ziehen. Vor lauter Herzklopfen bekommt sie kein Wort heraus.

„So, das wär's", verkündet De Wet, als sie gegen fünf Uhr die vielen Meter Wurst auf dem Trockenständer aufgehängt haben. „Boelie, du bringst Pérsomi und ihre Mutter nach Hause, ja? Dann gehe ich jetzt. Sonst denkt Christine noch, ich käme nie mehr nach Hause."

Als De Wet die Scheune verlassen hat, lacht Boelie Pérsomi zu. „Komm mit", fordert er sie auf.

Erneut spürt sie, wie die Beklemmung in ihre Kehle kriecht. „Wohin denn?"

„Einfach irgendwohin, wo ich dich für einen Augenblick für mich allein habe."

„Aber Boelie ..."

„Pérsomi, entspann dich", erwidert er und geht in Richtung Fluss. „Oder nein, verrate mir lieber, warum du so angespannt bist."

„Ich habe Angst ... dass du jetzt schon mit meiner Mutter reden möchtest." Ihre Stimme klingt dünn in der kalten Nachmittagsluft.

„Ich habe dir doch versprochen, dass alles unser Geheimnis bleibt, bis du so weit bist." Ruhig geht er neben ihr, seine kräftige Gestalt ist beruhigend nahe – aufregend nahe.

Im losen Sand hinterlassen ihre Schuhe tiefe Spuren. „Ja, Boelie, das ist wahr."

„Das ist es auch nicht, wovor du Angst hast, Pérsomi, und das wissen wir alle beide."

Sie antwortet nichts.

Am Fluss bleibt er stehen und schaut über die Wasserfläche. „Du solltest mal die Kohlgänse sehen", verkündet Boelie, während er darauf zeigt. „Man könnte meinen, dass sie keinerlei Kälteempfinden haben."

So langsam kann Pérsomi sich entspannen. „Die spüren die Kälte doch auch gar nicht, Boelie, weil sie doch dicke Daunenjacken anhaben." Sie legt eine schirmende Hand über die Augen, um sie vor der untergehenden Sonne zu schützen. „Was sind das für Vögel, da, auf der anderen Seite auf der Sandbank, die mit den langen Beinen?"

„Kibitze." Er setzt sich auf einen abgestorbenen Baumstamm.

„Und das ist ein Reiher, stimmt's?", zeigt sie, während sie sich gemütlich neben ihm niederlässt.

„Ja, ein Blaureiher. Der steht da sicher auf der Suche nach einem leckeren, saftigen Frosch."

„Äh, du bist eklig, Boelie!", schüttelt sie sich.

Schweigend sitzen sie da und beobachten die Taumelkäfer, die ihre schnellen Runden drehen, die Libellen, die über den Wasserlöchern schweben, die Kohlgänse, die aus dem Wasser auf die Sandbank wackeln.

„Pérsomi?"

„Hmm?"

„Hast du Angst, ich könnte dich anfassen?"

Hat sie davor Angst? Sie schaut ihn an und schüttelt langsam den Kopf. „Ich mag es, dicht neben dir zu sitzen", antwortet sie ehrlich.

Einladend streckt er den Arm aus. „Dann komm schön dicht zu mir", fordert er sie auf. „Das ist dein Platz."

Als sie sich an ihn kuschelt, umarmt er sie fest. Es ist gemütlich warm, so an seinem Körper.

Langsam geht die Sonne unter, die Kohlgänse fliegen weg, die Taumelkäfer und die Libellen sind verschwunden, die Kiebitze haben ihre Nester aufgesucht. „Ich habe Angst, dass du mich küssen könntest", erklärt sie in ersticktem Ton.

Er zieht sie noch dichter an sich heran und streicht ihr übers Haar. „Ich kann warten", erwidert er. „Hab bloß keine Angst, ich kann warten."

☙

Im Juli 1951 bringt Hendrik Verwoerd[19], der Minister für Angelegenheiten der Naturvölker, das Gesetz über die Banturegierungen durchs Parlament. Auf diese Weise wird eine Struktur von Stammesregierungen auf örtlicher und regionaler Ebene etabliert. „Behalte den Mann im Auge, der ist brillant", verkündet Boelie eines

---

19 Hendrik Frensch Verwoerd (1901-1966) war Professor für Pyschologie und Soziologie, ab Ende der 1930er Jahre auch Chefredakteur beim *Transvaler*. Er galt lange Zeit als „Chefideologe" der Nationalen Partei, nach ihrem Wahlsieg trat er ins Kabinett ein. Verwoerd ist der eigentliche Architekt des Apartheidregimes, sein „Gesetz über die Banturegierungen" schuf die später berüchtigten „*Homelands*", mit denen die Schwarzen unter scheinbarer Selbstverwaltung aus der südafrikanischen Gesellschaft ausgeschlossen wurden.

Samstagmorgens. „Pass mal auf, wo der in zehn oder fünfzehn Jahren sein wird."

„Meinst du?", fragt Pérsomi, während sie die Eier aus dem Korb holt.

„Und ob. Er ist durch und durch Nationalist, Republikaner und mit Herz und Nieren Afrikaaner."

„Ich habe aber gehört, dass er in den Niederlanden geboren worden ist", entgegnet sie.

„Er kommt tatsächlich aus dem Vaterland, das stimmt, aber er ist vollkommen afrikaanisiert. Er hat so viele Ideen, Pérsomi, und im Grunde laufen sie alle auf eins hinaus: Lass jede Bevölkerungsgruppe sich selbst regieren, innerhalb ihrer eigenen Gebietsgrenzen. Er möchte auch die ökonomische Entwicklung der Reservate vorantreiben, indem die Landwirtschaft gestärkt und die Industrie dezentralisiert wird. Sag mal, Pérsomi?"

„Hmm?"

„Glaubst du, du kannst heute Abend wegschlüpfen?"

CB

Als Yusuf am Wochenende darauf aus Johannesburg nach Hause kommt, ist er wirklich mehr als skeptisch. „Dieser Verwoerd ist eine Katastrophe für alle, die nicht blütenweiß sind", verkündet er.

„Boelie meint, er wäre absolut brillant", entgegnet Pérsomi.

„Er ist ein brillanter Redner, daran würde ich keinen Augenblick zweifeln", erwidert Yusuf. „Wenn er für ein bestimmtes Gesetzesvorhaben eintritt, für irgendein Gesetz, das durch und durch rassistisch und diskriminierend ist, dann hört es sich so an, als ob die Nichtweißen ihm eigentlich für seine Einsichten und seinen vorausschauenden Blick dankbar sein müssten."

„Hat er sich denn schon früher für so ähnliche Gesetzesvorhaben eingesetzt?", will Pérsomi wissen.

„Er war Redakteur beim *Transvaler*. Jeder, der seine Artikel und Kommentare gelesen hat, weiß ganz genau, wie er vorgeht."

Ich habe seine Artikel gelesen, denkt Pérsomi, aber das ist nicht ganz der Eindruck, der bei mir hängen geblieben ist. „Ich frage mich, ob du nicht unnötig skeptisch bist", entgegnet sie laut.

„Eher nicht skeptisch genug", erwidert Yusuf. „Allein wenn ich daran denke, wie er ins Kabinett gelangt ist, läuft es mir kalt den Rücken herunter."

„Vertritt der denn nicht einfach einen Wahlkreis?"

„Nein. Bei den Wahlen von 1948 hat er es gerade nicht geschafft, den Bezirk Alberton zu gewinnen. Wenn ich mich nicht irre, haben ihm nur hundertsiebzig Stimmen gefehlt. Aber die Nationalen sind so verzweifelt gewesen, dass sie ihn sofort in den Senat geholt haben."

„Er hat doch auch gute Ideen. Schließlich sieht es so aus, als wolle er die Reservate entwickeln und sogar Fabriken dort bauen lassen", wiederholt sie Boelies Worte.

„Auf dem Papier klingt das alles wunderbar, Pérsomi. Aber wenn er die Reservate entwickeln will, dann wird das die Steuerzahler – also seine Wähler – ein Vermögen kosten. Meinst du, dass es sich die Regierung im Augenblick erlauben kann, ihre Wähler zu verschrecken?"

„Nein, sicher nicht. Ich denke aber wirklich, dass die Dezentralisierung der Industrie eine gute Idee ist. Diese Tendenz ist doch weltweit zu beobachten."

„Das ist mit Sicherheit nur eine Nebelgranate, Pérsomi", erwidert Yusuf ganz ernst. „Weißt du, manchmal frage ich mich, ob es für mich in diesem Land noch eine Zukunft gibt."

CB

„Langsam bekomme ich den Eindruck, dass Yusuf Ismail deinen Enthusiasmus über Verwoerd nicht wirklich teilt", berichtet Pérsomi an diesem Wochenende Boelie, als der wieder etwas Lobenswertes an diesem Wundermann entdeckt hat.

Auf Boelies Stirn bildet sich eine Falte der Verwirrung. „Pérsomi, du solltest dich von diesem Inderpack fernhalten. Es ist nicht gut, dass du ihnen die Tür einrennst", erwidert er.

„Schon seit frühester Kindheit gehe ich immer wieder mal in ihren Laden, Boelie", entgegnet sie ruhig. „Und ich habe nicht vor, daran jetzt auf einmal etwas zu ändern."

„Dass du etwas bei ihnen kaufst, kommt noch dazu. Auch damit bin ich nicht einverstanden", eröffnet er ihr mit gerunzelter Stirn. „Aber sie einfach so zu besuchen, ist unannehmbar. Und vor allem diesen Yusuf Ismail, diesen ausgekochten Kommunisten, der in dieser Brutstätte von Revolutionären, die sich Universität von Johannesburg nennt, eine Hirnwäsche bekommen hat."

„Yusuf Ismail ist ein frommer Muslim, ein herausragender Student und ein echter Familienmensch. Er denkt einfach nur über südafrikanische Probleme nach und fragt sich, wie die Inder, also seine Familie, unter dem neuen Regime zurechtkommen sollen. Das ist nicht kommunistisch, Boelie."

„Die Inder gehören nach Indien", antwortet Boelie barsch. „Wenn er hier so einen Bammel hat, dann soll er von dem Geld, das er da in Johannesburg verdient, für die ganze Familie eine einfache Fahrt in ihr Vaterland buchen."

„Aber Südafrika ist das Land seines Vaters und seines Großvaters und seines Urgroßvaters", wirft sie ihm vor die Füße.

„Himmel, Mädel, diese Diskussion haben wir doch schon einmal geführt!"

„Und ich habe schon einmal gesagt, dass du mir nicht mit deinem ‚Himmel, Mädel' kommen sollst!"

„Allmächtiger, Pérsomi, was bist du hübsch, wenn du wütend bist!"

Sie ist völlig entwaffnet. „Das ist geschummelt", entgegnet sie.

„Nein, ich sage einfach nur, was ich denke." Er seufzt tief und streckt eine Hand nach ihr aus. „Ich möchte mich nicht so mit dir zanken."

Sofort ergreift sie seine Hand. „Ich auch nicht, Boelie, ganz und gar nicht. Aber du kannst mir doch nicht vorschreiben, was ich tun und lassen soll."

„Ich hätte nur gern, dass du dabei meine Gefühle respektierst", erwidert er ernst.

„Und du meine. Der alte Herr Ismail ist ein Teil meines Lebens, schon seit vielen Jahren. Yusuf Ismail ist ein Freund von mir, immer schon gewesen, und das wird er auch bleiben."

Irgendwie lassen ihre Hände einander wieder los. „Aber das sind Inder, Pérsomi! Mohammedaner!"

„Muslime", entgegnet sie. „Und wir sind christliche Afrikaaner. Worauf willst du also hinaus?"

„Wir sind miteinander nicht befreundet!"

Sie schüttelt den Kopf. „Jetzt geht es wieder los, Boelie."

„Ich weiß." Seufzend reibt er ihre Hand. „Ich weiß nicht, warum die Menschen, die mir am nächsten sind, die Regierung unbedingt links überholen müssen."

„Ist es dir denn nie in den Sinn gekommen, dass du vielleicht ein Rechter bist?"

Er lächelt. „Ich bin ein Linker, Pérsomi."

„Nein, du bist alles andere als links. Das einzig Linke an dir ist, dass du Linkshänder bist."

„Wir sollten doch zu irgendeiner Form von Übereinstimmung kommen, du und ich", erklärt er ihr ernst.

Sie überlegt einen Augenblick. „Wir können uns doch gegenseitig stehen lassen und akzeptieren, dass wir unterschiedlich über die Dinge denken", entgegnet sie.

„Bei zwei unabhängigen Parteien ist das vielleicht möglich, aber nicht innerhalb einer ... festen Verbindung zwischen zwei denkenden Menschen."

„Nein, da hast du recht", erwidert sie. „Aber ich habe nicht den Eindruck, als sei einer von uns beiden bereit, seinen Standpunkt wirklich zu ändern."

☙

„Yusuf Ismail macht im kommenden Jahr in Johannesburg sein Praktikum als Hausarzt", berichtet Reinier während des Essens. „Im Jahr darauf will er hier im Dorf eine Praxis eröffnen. Jetzt will der alte Ismail für ihn ein Sprechzimmer bauen lassen, ganz am Ende der indischen Geschäftszeile. Da wäre er in einer schön zentralen Lage und für jeden einfach zu erreichen."

„Du nennst ihn also immer noch den ‚alten Ismail'?"

„Komm schon, Pérsomi! Also der Herr Ismail. Wie dem auch sei, ich muss für Doktor Ismail ein Sprechzimmer entwerfen und Herr Ismail bezahlt es."

„Dein Büro läuft langsam richtig gut", stellt Pérsomi anerkennend fest.

Reinier lacht. „Eine Sekretärin und einen Zeichner kann ich

noch nicht bezahlen, nicht einmal eine Putzfrau, aber wenigstens habe ich meine eigene Cateringkraft. Was haben wir denn heute auf den Broten?"

„Wir fangen alle unten an", erwidert sie. „Ich bin im Augenblick mit meiner ersten großen Sache beschäftigt, und du hast keine Ahnung, wie viel Zeit mich das kostet. Wenn dein Vater oder De Wet die Frage angegangen wäre, wären sie jetzt schon lange fertig."

„Mein Vater sagt, du schlägst dich ganz tapfer", erwidert Reinier und nimmt einen großen Bissen. Dann klappt er das Brot auf und unterzieht den Aufstrich einer genaueren Inspektion. „Pérsomi, ich kann einfach nicht fassen, wie sich jemand in den Kopf setzen kann, *Masala Breyani* auf ein Brot zu streichen!"

„Vorsicht, sonst streichst du dir deine Brote in Zukunft selbst", neckt sie ihn. „Sagt dein Vater das wirklich?"

„Hm-m, gestern Abend, als ich ihn gefragt habe, wie du dich so an der Arbeit machst. Warum denn ausgerechnet *Masala Breyani*?"

„Die Frau von Ismail hat uns gestern Abend eine große Pfanne davon fürs Abendessen zukommen lassen."

„Von Herrn Ismail", fällt er ihr ins Wort.

Sie lächelt schuldbewusst. „Von Herrn Ismail. Wir hatten noch einen Rest übrig, also habe ich ihn aufs Brot gestrichen." Dann überlegt sie einen Augenblick. „Ich bin froh, dass dein Vater zufrieden mit mir ist."

Ich bin viel mehr als nur froh, denkt sie, als sie kurz vor zwei Uhr in die Kanzlei zurückgeht. Denn man kann nie wissen, was Herr De Vos von etwas denkt, weil er so verschlossen ist.

ෆ

Im August des Jahres geben das Gemeinsame Planungskommittee des ANC und der beiden indischen Kongresse eine Erklärung heraus, von der vermutet wird, dass sie zu einer Protestkampagne führen wird.

„Mit ‚*Defiance Campaign*' meinen sie eine Protestkampagne, Onkel Polla", erläutert Pérsomi. „Die Organisationen erklären, dass sie am 6. April 1952 mit der Kampagne beginnen, falls nicht bis dahin alle ihre Forderungen erfüllt sind. An diesem Tag ist immerhin das große Van-Riebeeck-Gedenken[20]."

„Ja, ich habe in der Zeitung gelesen, dass sie wieder ein Fest feiern wollen", entgegnet Onkel Polla mit einem allwissenden Nicken. „Die Afrikaaner würden gern mal wieder einen draufmachen."

„Onkel Polla liest jeden Tag die Zeitung dem kann keiner was erzählen was der nicht schon weiß der Mann den ich da habe", erklärt Tante Duifie.

„So ist es, Tante Duifie", erwidert Pérsomi. „Und sie haben gedroht, dass die Kampagne von groß angelegten Streiks begleitet werden soll, die sollen bis zum 26. Juni anhalten."

„Glaubst du, es wird Prügeleien geben?", will Onkel Polla besorgt wissen.

„Ach du liebe Güte", sagt Pérsomis Mutter.

„Ich weiß nur, dass unsere Sicherheitskräfte allen möglichen Situationen gewachsen sind, Onkel Polla", entgegnet Pérsomi. „Aber wohin das alles noch führen soll, das weiß ich auch nicht."

☙

Es ist ein ganz normaler Mittwochmorgen irgendwann im September. Der erste Regen ist noch nicht gefallen, doch an den Bäumen sprießt schon das erste helle Grün. Der Frühling hängt in der Luft.

Als De Wet auf einmal auf der Schwelle zu ihrem Büro erscheint, weiß Pérsomi sofort, dass etwas Schlimmes geschehen sein muss. „Was ist los, De Wet?", fragt sie.

„Ich habe ... ich habe unangenehme Neuigkeiten für dich", antwortet er.

Sie schlägt die Hände vors Gesicht. „Ist dem kleinen Gerbrand etwas passiert?"

Oder vielleicht ... Boelie?

---

[20] Der niederländische Schiffsarzt Jan Anthoniszoon van Riebeeck (1619-1677) landete am 6. April 1652 in der Tafelbucht am Kap der Guten Hoffnung. Dort gründete er einen Stützpunkt der niederländischen Vereinigten Ostindien-Kompanie (VOC). Das heutige Kapstadt ist damit die erste dauerhafte europäische Siedlung auf südafrikanischem Boden. Die Nachkommen der VOC-Angestellten sind die Vorfahren der Afrikaaner.

„Nein, nein, mit Gerbrand ist alles in bester Ordnung. Es geht um Lewies. Er ist verhaftet worden."

Pérsomi überflutet eine Welle der Erleichterung – Boelie und dem kleinen Gerbrand ist nichts geschehen. „Wegen Diebstahls?", will sie wissen.

„Nein, Pérsomi." Seine Augen sehen sehr ernst aus. „Er wird aufgrund des Unzuchtsgesetzes festgehalten."

„Unzucht?", fragt sie verdutzt.

Er nickt langsam.

„Unzucht? Wann denn? Und woher weißt du das?"

„Wann er verhaftet worden ist, das weiß ich nicht genau", antwortet De Wet und setzt sich auf den Stuhl vor ihrem Schreibtisch. „Jemand aus Kroonstad hat angerufen und mitgeteilt, dass er juristischen Beistand braucht. Pieterse hätte es gern, dass wir die Verteidigung übernehmen."

„Ihn bei so etwas verteidigen?" Pérsomis Verdutztheit schlägt in unbändige Wut um.

„Ich habe selbst mit dem Staatsanwalt gesprochen, wir haben zusammen studiert, deswegen kenne ich ihn gut", fährt De Wet ruhig fort. „Er sagt, dass die Anklage wasserdicht ist, es gibt eine Menge Beweismaterial und sogar ein umfassendes Geständnis von Pieterse selbst. Also habe ich ihm gesagt, dass sie sich lieber um einen Pflichtverteidiger für ihn kümmern sollten."

„Du hast doch wohl nicht selbst darüber nachgedacht, ihn zu verteidigen?", fragt sie ungläubig.

„Wenn die Chance besteht, dass der Mandant unschuldig ist, würde ich dafür gern die Beweise liefern, ohne Ansehen der Person", entgegnet er. „Wenn ich von seiner Unschuld überzeugt gewesen wäre, hätte ich wahrscheinlich seine Verteidigung übernommen, ja, obwohl er ausdrücklich nach dir gefragt hat."

„Ich hätte ihn zum Kuckuck gejagt, wahrscheinlich noch bevor ich seine ganze Geschichte gehört hätte", erwidert sie sofort. „Du bist ein viel besserer Anwalt als ich, De Wet."

„Nicht unbedingt. Ich kann vielleicht gut zuhören und daraufhin die Sache in Ruhe durchdenken, das sind vermutlich meine Stärken. Aber mir fehlt das Feuer, das du in dir hast, ich habe nicht diesen ‚Killer Instinct', wie die Engländer es nennen. Wenn du mich fragst, steckt in dir eine brillante Anwältin; wenn du mit einer deiner

logischen Begründungen und durchdachten Strategien aufwartest, gibt es nur sehr wenige Menschen, die dem standhalten können."
Er lacht kurz auf. „So warst du schon von frühester Kindheit an."
„Aber ... Unzucht?"
„Ich weiß." Er steht auf. „Du musst es nun erst einmal deiner Mutter erzählen. Mit Onkel Bartel habe ich schon geredet, du kannst dir den Rest des Tages freinehmen. Wenn du möchtest, kann ich dich auch gern begleiten."
„Das ist nicht nötig, trotzdem vielen Dank, De Wet." Pérsomi steht auch auf und packt ihre Handtasche. Dabei bewegt sie sich mechanisch wie ein Roboter.
An der Tür zur Kanzlei dreht sie sich plötzlich noch einmal um. „Hast du Herrn De Vos noch mehr erzählt? Dass es um Unzucht geht, meine ich?"
„Nein, das erschien mir nicht nötig."
„Vielen Dank, De Wet", erwidert sie und geht nach draußen.

ɞ

Am darauffolgenden Freitag, als der *Bosveld Friend* herauskommt, ist die Geschichte tatsächlich der zentrale Artikel auf Seite drei. Wieder ist es De Wet, der ihr die Nachricht überbringen muss. Mit der Zeitung in der Hand steht er auf der Türschwelle. „Pérsomi?"
Sie schaut auf und sieht es schon an seinem Gesicht. „Es steht in der Zeitung", verkündet er.
„Alles?"
Er nickt ernüchtert. „Ja, mit deinem Namen daneben und auch, dass du Anwältin bei *De Vos & De Vos* bist."
Der Schock lässt Pérsomi beinahe erstarren. Unwillkürlich streckt sie die Hand nach der Zeitung aus.
Mitten auf der Seite ist ein Foto von Lewies, von hinten aufgenommen, die Hände auf dem Rücken in Handschellen und daneben ein Polizist. Das Foto wurde direkt vor einem baufälligen Haus aufgenommen – offensichtlich in einem heruntergekommenen Viertel.
Aufmerksam überfliegt sie den Bericht. Ihr Name taucht schon sehr prominent weit vorn im Text auf – der Vater einer jungen Anwältin aus der Kanzlei *De Vos & De Vos*, Pérsomi Pieterse, die ihr Studium als beste Jurastudentin mit Auszeichnung ...

Sie lehnt es ab, ihren Vater zu verteidigen.

Eine fast schon unbeherrschbare Wut wallt in ihr auf. Der Redakteur hat die schlüpfrige Skandalgeschichte über Sussie wieder ausgegraben und auch dass sie – also die Anwältin, die sich jetzt weigert, ihren Vater zu verteidigen – seinerzeit als dreizehnjähriges Mädchen gegen ihn ausgesagt hat. Sie liest auch, dass Lewies vor einem Jahr wegen Vergewaltigung angezeigt worden ist, man ihn aber nicht überführen konnte.

Überhastet faltet sie die Zeitung wieder zusammen.

Die Welt, die sie so sorgfältig Stück für Stück für sich aufgebaut hat, stürzt auf einmal in sich zusammen. In diesem Moment zerplatzt die Seifenblase der Welt der ganz normalen Menschen in einem Sprühregen aus feinen Tröpfchen.

Als sie aufschaut, steht Herr De Vos in der Türöffnung. Sie schüttelt nur den Kopf, unfähig ein Wort herauszubringen.

„Es ist nicht deine Schuld, Pérsomi", stellt Herr De Vos fest.

„Zum Kuckuck, er ist nicht mein Vater!", explodiert Pérsomi wütend.

Er nickt. „Das weiß das ganze Dorf schon seit der letzten Gerichtsverhandlung."

De Wet kommt mit einer Tasse Tee herein. „Hier, trink das erst einmal aus", fordert er sie auf und legt ihr kurz den Arm auf die Schulter.

„Geh lieber nach Hause", erwidert Herr De Vos. „Wir können am Montag darüber sprechen, aber ich möchte, dass du weißt, dass diese verquere Sensationsgeschichte deine Stellung bei *De Vos & De Vos* in keinster Weise gefährdet. Wir schätzen deine Arbeit hier sehr."

Zum ersten Mal schaut Herr De Vos sie an, während er mit ihr spricht.

Zu Hause bemerkt ihre Mutter: „Gut so, jetzt verschwindet er wenigstens für eine ganze Zeitlang hinter Gittern."

„Mein Name steht auch in der Zeitung, Mama."

„Ja. Er wird ein Weilchen brummen müssen. Morgen will Tante Duifie mir die Haare färben, braun."

Um halb sechs geht Pérsomi zur Telefonzelle im Postamt. Zum Glück hebt Boelie selbst ab und nicht seine Großmutter. „De Wet hat mir die Zeitung gerade eben gebracht", erwidert er. „Ich bin gleich da."

Sie wartet draußen auf der Straße und sieht sein Auto schon von ferne heranfahren. Von innen öffnet er ihr die Beifahrertür und sie steigt ein. Sie lassen das Dorf hinter sich und er biegt dann in einen stillen Feldweg ein. Dort schaltet er den Motor aus. Denn dreht er sich zu ihr hin und hält ihr seine Arme entgegen.

Sie schmiegt sich an ihn und er drückt sie fest an sein Herz und streicht ihr übers Haar, wieder und immer wieder, bis ihr Innerstes zur Ruhe kommt.

Mit einer Hand streicht er ihr die Haare aus dem Gesicht. Er neigt den Kopf, und sanft berühren seine Lippen ihre Stirn. „Himmel, Pérsomi, ich liebe dich so sehr", bekennt er ihr mit rauer Stimme. Für einen Augenblick bleiben seine Worte in der Luft hängen, dann dringen sie tief in sie ein, bis in die tiefste Tiefe ihrer Seele. Zunächst fühlt es sich unwirklich an – noch nie hat jemand so etwas zu ihr gesagt.

Doch dann kommt die Freude. Und sie weiß ohne eine Spur von Zweifel: Jetzt spüre ich das tiefste Glück, das eine Frau empfinden kann.

Sie ergreift seine rechte Hand und presst sie sich an die Wange. Sie schmiegt sich noch dichter an ihn, sodass sie sein Herz schlagen hört.

Wenn sie doch nur sagen könnte, was sie fühlt! Doch das hat sie nie gelernt.

13. Kapitel

„Nein, Reinier, ich werde nächsten Samstag bestimmt nicht mit dir tanzen gehen, ich bin übers Wochenende weg", hat Pérsomi schon am Mittwoch verkündet.

„Weg? Wie das denn?"

„Einfach weg. Und jetzt lass uns über etwas anderes reden."

Dieses Wochenende fährt sie mit Boelie nach Pretoria auf die Hochzeit eines früheren Studienfreundes. Sie haben es bisher noch niemandem verraten, De Wet und Christine nicht, Reinier nicht und Pérsomis Mutter schon gar nicht.

„Am Wochenende fahre ich nach Pretoria, Mama, auf eine Hochzeit", verkündet Pérsomi Mittwochabend am Tisch.

„Ich werde Tante Sus besuchen", erwidert ihre Mutter.

„Ja, Mama, das weiß ich. Du fährst am Freitagabend mit De Wet auf die Farm und kommst erst Montagmorgen wieder zurück."

„Ja", bestätigt ihre Mutter.

Das war ja ein Kinderspiel, denkt Pérsomi, während sie am Donnerstagabend ihre Tasche packt: das wunderschöne, neue Kleid, das sie letzte Woche bei Herrn Ismail gekauft hat, luftige Kleidung für Samstagmorgen und Sonntag, ein Nachthemd, Unterwäsche, Toilettenartikel und Schuhe. Sie will nichts vergessen.

Um fünf Uhr holt Boelie sie an der Kanzlei ab. Sie fahren sofort los. „Wir werden erst spät ankommen", warnt er sie. „Wenn du unterwegs müde wirst, kannst du gern für ein Weilchen die Augen zumachen."

„Ich unterhalte mich lieber mit dir", antwortet sie.

„Komm, lehn dich an mich", sagt er einladend.

Es fällt ihr immer leichter, sich spontan dicht neben ihn zu setzen und ihn sogar zu berühren. Nur noch ab und zu merkt sie eine Anspannung in ihren Schultern.

Das Haus liegt schon in tiefster Ruhe, als sie kurz vor Mitternacht dort ankommen; am nächsten Tag ist die Hochzeit und jeder möchte dann ausgeruht sein. Unter der Fußmatte liegt ein Willkommensbriefchen mit Anweisungen, wie sie ihre Zimmer finden können.

Am nächsten Morgen beim Frühstück bemerkt Pérsomi, dass es rund um die Hochzeit einige Spannungen gibt. Die Mutter der Braut möchte nämlich nicht, dass sich die Mutter und die Schwestern des Bräutigams um irgendetwas kümmern. Sie haben bei der Organisation kein Mitspracherecht bekommen! Und stell dir vor, Pérsomi, die Mutter der Braut ist auch keine großen Feiern gewöhnt, erzählt eine der Schwestern. Und Geschmack hat sie auch keinen, fügt die andere hinzu. Sie hat von Tuten und Blasen keine Ahnung, lässt die Mutter des Bräutigams die letzte Katze aus dem Sack. Wirklich, sie kommt aus einer rückständigen Familie; sie hat dann zwar ins reiche Milieu hineingeheiratet, aber sie hat keinen richtigen Hintergrund. Die Mutter des Bräutigams fragt sich, was ihre Freundinnen wohl darüber sagen würden.

Pérsomi hört nur mit einem Ohr hin und nickt an den entsprechenden Stellen. Sie hat selbst genug um die Ohren: Jeder nimmt stillschweigend an, dass sie und Boelie ein Paar sind. Und Boelie benimmt sich auch so. Er fasst sie an, wenn alle dabei sind, legt seinen Arm um sie, streicht ihr über den Rücken. Nicht, dass das unangenehm wäre, es ist in gewisser Hinsicht sogar sehr schön, vor allem das Gefühl, dass sie dazugehört, dass sie zu ihm gehört. Dennoch bleibt es fremd, ganz fremd. Und das Gefühl der Fremdheit verspannt sie.

Sie wäscht sich notdürftig in einer Waschschüssel – die ganze Familie belegt vor der Hochzeit das einzige Badezimmer. In ihre Frisur investiert sie besonders viel Arbeit. Sie hat Zeit, deshalb legt sie sogar noch ein wenig Make-up auf.

Als sie endlich fertig ist und einen Schritt zurücktritt, um sich im Spiegel zu betrachten, zittert sie vor Aufregung. Sie sieht hübsch aus. Mehr noch: Sie sieht wunderbar aus, das erkennt sie selbst. Sie hat sich entschieden, ihre langen, dunklen Haare heute Abend hochzustecken und dann in weichen Locken herunterfallen zu lassen, eher im klassisch-romantischen als im modernen Stil. Eigentlich braucht sie kein Make-up – mit ihrer leicht gebräunten Haut, natürlich roten Wangen und dunklen Wimpern und Augenbrauen kommt sie sehr gut ohne aus.

Kritisch betrachtet sie ihr Spiegelbild. Das einfache, dunkelrote Kleid schließt sich eng um ihre Taille, wellt sich über ihre Hüfte und fällt in einer fließenden Linie bis auf ihre Knöchel. Im Licht des Spätnachmittags haben ihre gebräunten Arme und ihr schlanker Hals einen seidigen Glanz. Sie dreht sich zur Seite und betrachtet den tief ausgeschnittenen Rücken ihres Kleides. Heute Abend wird sie Boelies Arm spüren und während des Tanzens wird er seine Hand auf ihren Rücken legen.

Sie bückt sich und zieht ihre neuen Schuhe mit den hohen Absätzen an. Sie ist groß, schon immer ist sie die Größte in der Klasse gewesen. Aber auch Boelie ist groß und trotz ihrer hohen Absätze wird er noch mindestens zehn Zentimeter größer sein als sie.

Dann nimmt sie ihre Handtasche und geht ins Wohnzimmer.

Boelie ist schon dort. Er steht mit dem Rücken zur Tür und schaut aus dem Fenster. Sein dunkler Anzug spannt sich um seine Schultern und schmiegt sich tadellos um seine schlanke Gestalt. Seine gebräunte Haut hebt sich stark von seinem blütenweißen Hemd ab und seine dunklen Haare fallen leicht gelockt auf seinen Kragen.

Boelie. Und er wartet auf sie!

Dann dreht er sich um. Ihre Blicke überbrücken den Abstand und treffen sich. Sie lächelt ein bisschen unsicher.

Für einen Augenblick bleibt er reglos stehen, doch in seinen Augen liest sie alles.

„Alle Wetter, Pérsomi, du bist ... bildhübsch."

Jedes einzelne seiner Worte spürt sie in ihrem Körper.

Langsam kommt er auf sie zu, streckt seine Hand aus und streicht ihr übers Haar. „Versprich mir, dass du dir nie die Haare abschneiden lässt", fordert er sie auf.

„Ich verspreche es", erwidert sie leise.

Sie fahren zur Kirche. An seiner Seite geht sie in das Gebäude. Sie sieht, wie sich alle Köpfe nach ihnen umdrehen. In der Kirchenbank sitzt sie neben ihm, mit klopfendem Herzen.

Die ersten Akkorde des Hochzeitsmarsches erklingen. Alle stehen auf und schauen nach hinten durch den Mittelgang zu den großen Doppeltüren.

Ein Gefühl der Erwartung steigt in Pérsomi auf.

In der Türöffnung erscheint die Braut, das Gesicht verschleiert und mit einem Buket aus hellgelben Orchideen in der Hand. Am Arm ihres Vaters schreitet sie durch den Mittelgang. Die Schleppe, mit Spitze besetzt, gleitet anmutig hinter ihr über den roten Läufer. Langsam schreitet sie zwischen den Bänken nach vorn durch, wo der Bräutigam ihrer harrt. Der blonde Mann vor der Kanzel wartet auf sie, mit einer intensiven Glut in den blauen Augen, die auf sie gerichtet sind. Diese beiden werden einander nun auf ewig die Treue versprechen, denkt Pérsomi. Wie sehr müssen zwei Menschen sich lieben, um das tun zu können?

Neben sich spürt sie Boelie, ganz nah bei ihr.

Sie setzen sich. Während der Predigt wandert ihre Hand in die große Hand von Boelie, wo sie zufrieden und glücklich liegen bleibt.

Aufmerksam lauscht sie, als die Trauformel gesprochen wird. Es ist das erste Mal, dass sie sie hört, und vielleicht das erste Mal, dass der definitive Charakter dieser Worte zu ihr durchdringt. Man muss wirklich den anderen von ganzem Herzen liebhaben, um solche Versprechen vor Gott und seiner Gemeinde ablegen zu können.

Während sie nach dem Gottesdienst vor der Kirche auf das Brautpaar warten, sagt Pérsomi: „Ich glaube, dass ein Mensch sich nicht scheiden lassen kann, Boelie."

„Ich weiß ganz bestimmt, dass das nicht geht, Pers. Es ist ein Versprechen, das man im Angesicht Gottes ablegt, und kein Gericht kann das je wieder aufheben", erwidert Boelie ernst.

In einem Hotel in der Nähe findet der Empfang statt. Der Saal ist festlich geschmückt, das Blumenmeer ist überwältigend und die Tischdecken sind blütenweiß gestärkt. In Pérsomis Augen sieht alles sehr vornehm und sehr geschmackvoll aus, aber ja, was versteht sie denn schon davon?

Die Gäste setzen sich zu ihren Namensschildern an die Tische, führen hölzerne Gespräche und trinken ihren Sherry mit kleinen Schlucken, während sie auf das Brautpaar warten.

„Das ist alles so furchtbar vornehm", äußert Pérsomi ein bisschen unsicher Boelie gegenüber.

„Zu vornehm für mich", erwidert dieser. „So eine gemütliche Bauernhochzeit, so wie die von Klara oder sogar die von De Wet, die ist mir lieber; das macht doch allen mehr Spaß."

Sie hören sich eine mustergültige Rede nach der anderen an. Sektkorken knallen. Sie lachen über abgedroschene Witze, sie singen „Hoch soll'n sie leben", *„For he is a jolly good fellow"* und „Ein Vogel wollte Hochzeit machen". Der Wein wird an die Tische gebracht.

Allmählich steigt die Stimmung. Zunächst nehmen sie eine Vorspeise zu sich und dann ein Hauptgericht. Die leeren Weinflaschen verschwinden wieder in der Küche, zusammen mit dem schmutzigen Geschirr. Neue Flaschen tauchen auf.

Die Stimmung steigt weiter.

Das Brautpaar eröffnet den Tanz. Pérsomi kann kein Auge von dem tanzenden Paar lassen, von dem weiten, blütenweißen Brautkleid, das über die Tanzfläche wirbelt; sie sieht das Brautpaar leise reden und lachen. Schön ist das, denkt sie, und unwillkürlich lächelt sie auch.

Dann spürt sie Boelies Hand auf ihrem Rücken. Ich muss mich entspannen, überlegt sie, während sie sich zurücklehnt. Seine Hand schließt sich sanft um ihre Schulter, fast schon besitzergreifend.

Andere Paare schließen sich dem Brautpaar an. Die Tanzfläche füllt sich mit herumschwebenden Menschen, die einander in den Armen liegen. Boelie steht auf und streckt seine Hand nach ihr aus.

„Komm, tanz mit mir, du Schönste von allen", fordert er sie auf. Seine Augen sind ganz dunkel.

Sie legt ihre Hand in seine und er führt sie zur Tanzfläche. Seine andere Hand legt sich um ihre. Die rhythmische Musik pulst durch ihr Blut und sie gibt sich seiner beschützenden Nähe hin. Allmählich entspannt sie sich und folgt mit großer Leichtigkeit seiner Führung.

Sie tanzen schweigend, einen Tanz nach dem anderen, rund und rund in einer Welt der Harmonie, schleppende Musik und zwei Menschen, die sich aneinanderfügen.

Dann sagt Boelie: „Ich liebe dich wirklich sehr, Pérsomi."

Sie schaut zu ihm auf. Um seinen Mund liegt ein Lächeln, seine Augen sind sanft, beinahe wehrlos. Alles und jeder verschwimmt, nur sie beide bleiben übrig.

Sie weiß glasklar: Das ist der Mann, den sie liebt, für diesen Mann will sie das große Versprechen ablegen.

Langsam nickt sie. Ich liebe dich, Boelie, sagt ihr Herz aus voller Überzeugung. Doch die Worte bleiben ihr in der Kehle stecken.

☙

„Boelie hat heute Morgen Holz gebracht und Zitronen und Mandarinen", erklärt Pérsomis Mutter am Montagabend. „Am Samstag ist er ja nicht hier gewesen, natürlich."

„Oh, das ist gut." Pérsomis Gedanken kreisen um den Brief, den ihr Herr De Vos heute gegeben hat, weil er ihre Meinung dazu hören möchte. Sie muss gehörig über die darin beschriebene Frage nachdenken, denn sie möchte ihm ein wohlüberlegtes Urteil übermitteln.

„Heute ist er auf ihre Farm auf der anderen Seite von Messina gefahren, zusammen mit Onkel Freddie."

„Ja, das hat er gesagt ... das hat De Wet schon gesagt", antwortet Pérsomi geistesabwesend.

„Er hat gesagt, dass er Samstagmorgen über irgendwas reden will, und jetzt frage ich mich die ganze Zeit, was das wohl sein könnte."

„Das hören wir dann wohl am Samstagmorgen", erwidert sie ausweichend.

„Ach du liebe Güte, Pérsomi, er hat gesagt, dass du da auch dabei sein sollst, und jetzt mach' ich mir so meine Gedanken, liebe Güte, wenn nun ..."

„Es ist nichts, worüber du dir Sorgen machen müsstest, Mama. Hör mal, ich habe wirklich viel zu tun, ich muss etwas bis morgen fertig haben. Rufst du mich, wenn das Essen fertig ist?" So, jetzt ist sie gerettet.

☙

„Hey, Pérsomi, mir ist es egal, ob du heimlich einen Freund hast, heute Abend feiern wir zusammen ein Fest." Reinier streckt seinen Kopf durch die Öffnung ihrer Bürotür.

„Das hängt ganz davon ab, was es zu feiern gibt", erwidert Pérsomi fröhlich. Das Gespräch mit Herrn De Vos heute Morgen ist unglaublich gut verlaufen. Er hat ihr sogar mehr oder weniger ein Kompliment gemacht – auf jeden Fall ist er noch nie so dicht an eine anerkennende Bemerkung herangekommen.

„Für dich ist das eine Frage, für mich eine Gewissheit!", neckt Reinier. Er scheint genauso guter Laune zu sein wie sie selbst.

„Deinem Gesicht nach zu urteilen hast du tausend Pfund gewonnen", unternimmt sie einen Versuch.

„Du bist ziemlich nah dran, aber ich erzähle es dir erst heute Abend", entgegnet er. „Ich sehe dich um sieben Uhr, okay?" Und schon ist sein Kopf wieder verschwunden.

„Reinier, stopp! Ich weiß weder was noch wo, es ist Mittwoch!", ruft sie ihm hinterher.

Sein Kopf erscheint wieder, seine Augen glänzen herausfordernd. „Kein Film, kein Ball, also bleibt als einzige Möglichkeit Knutschen unter dem Baum."

„He, Reinier, werde endlich erwachsen!"

Er lacht schallend. „Ich führe dich zu einem Menü im Hotel aus und muss jetzt noch schnell einen Tisch reservieren. Mit Champagner, ich habe nämlich etwas zu feiern."

„Das weiß ich doch schon. Hat sie endlich ‚ja' gesagt?"

Sein Kopf ist schon wieder da. „Ich bin noch auf der Suche. Und jetzt muss ich los!", und schwupps ist sein Kopf wieder verschwunden.

An diesem Abend klammert Pérsomis Mutter noch mehr als sonst. „Mama, ich gehe einfach nur essen, das ist alles", versucht es Pérsomi mit ihrer üblichen Methode.

„In so einem schicken Kleid? Hast du vielleicht einen Freund?", fragt ihre Mutter argwöhnisch.

„Nein, Mama, ich habe keinen Freund!" Denn Reinier ist mit Sicherheit kein Freund, wie ihre Mutter es vermutet. „Und selbst wenn ich einen hätte, kapiere ich nicht, was daran so furchtbar sündig sein soll."

„Pérsomi!" Warnend hebt ihre Mutter den Zeigefinger. „Mach einen Bogen um die Mannsbilder, habe ich dir gesagt!"

„Ach, Mama, hör doch auf! Ich gehe jetzt, schlaf gut."

Reinier wartet um die Ecke, am selben Ort wie sonst auch. Noch immer haben sie sich nicht zu Hause besucht; stillschweigend respektieren sie die gegenseitige Privatsphäre, wenn es um die Leichen im Keller ihrer Familien geht.

„Los, erzähl schon", fordert Pérsomi ihn auf, während sie in die Klapperkiste steigt.

„Nein, erst bei einem Glas Sekt", erwidert Reinier. „Aber so viel kann ich dir jetzt schon sagen: Die Tage dieser Klapperkiste sind gezählt."

Sie denkt über seine Worte nach. „Reinier, hast du so einen großen Auftrag an Land gezogen, dass du dir ein richtiges Auto kaufen kannst?", will sie ein bisschen aufgeregt wissen.

„Meine Lippen sind versiegelt, nur Champagner kann sie lösen", antwortet er geheimnisvoll.

„Hey, jetzt sag schon, was für ein Auftrag das ist!" Die Aufregung hat sie nun voll im Griff.

Er macht vor seinem Mund eine Handbewegung, als würde er einen Schlüssel im Schloss herumdrehen.

„Jetzt hör auf, so boshaft zu sein!"

Der Triumph steht ihm aufs Gesicht geschrieben.

„Gut, dann warte ich eben", verkündet sie. „Aber wenn du zu lange damit wartest, finde ich es wahrscheinlich nicht mehr so interessant."

„Oh, du kannst mit dem Bohren nicht aufhören, schließlich kenne ich dich lange genug, du neugieriges Frauenzimmer, du!" Reinier parkt vor dem Hotel und öffnet Pérsomi den Wagenschlag. Sie steigt aus und gemeinsam gehen sie die drei Stufen zur Eingangstür hinauf.

Plötzlich fällt ihr etwas ein, deshalb bleibt sie mit einem Ruck stehen. „Was hast du denn mit der Klapperkiste vor?"

„Verkaufen, denke ich; ich werde wahrscheinlich Geld drauflegen müssen, sonst will sie niemand haben. Komm, lass uns hineingehen."

Ein Kellner zieht vor ihnen die Stühle vom Tisch weg. Als sie sitzen, verkündet Pérsomi: „Wenn der Preis ehrlich ist, werde ich sie dir abkaufen."

Reinier runzelt die Stirn. „Von was redest du?"

„Von der Klapperkiste natürlich."

Er schüttelt den Kopf. „Die? Die kann man kein zuverlässiges Fahrzeug mehr nennen, deshalb würde ich sie dir wirklich nicht gern verkaufen." Den Kellner fordert er auf: „Bringen Sie uns bitte eine Flasche eiskalten Champagner."

„Aber etwas Besseres kann ich nicht bezahlen", erwidert sie, als sich der Kellner wieder umgedreht hat.

„Pérsomi, du kannst ja noch nicht einmal Auto fahren."

„Dafür bist du doch da, schließlich kannst du es mir beibringen."

„Du lieber Himmel, du kannst auch aus jeder Frage eine Diskussion machen."

„Dann verkaufe mir die Klapperkiste doch einfach!"

„Ich kann sie dir nicht verkaufen, aber du kannst sie geschenkt haben. Warte, da ist der Champagner, nein, ich schenke ihn selbst ein, danke. Überleg du dir lieber schon mal, was du gern essen möchtest."

Pérsomi studiert die Karte und schaut dann den Kellner an. „Bringen Sie mir lieber alles", erklärt sie. „Das hört sich alles so lecker an, ich hätte also gern Suppe, Fisch, Fleisch, Gemüse und den ganzen Rest, bitte."

Reinier krümmt sich vor Lachen. „Du hast wirklich das Herz auf dem rechten Fleck, das mag ich sehr", erwidert er. Und zu dem Kellner sagt er: „Für mich dasselbe bitte."

Während der Kellner weggeht, verkündet sie: „Ich will die Klapperkiste nicht geschenkt haben, ich möchte sie kaufen."

„Ich nehme meine Worte zurück, du bist nun einmal kompliziert", erklärt Reinier. „Na denn, Prost."

„Jetzt erzähl endlich, was wir feiern!"

„Und außerdem bist du ein Ausbund an typisch weiblicher Neugier."

„Sag's endlich!", droht sie.

Plötzlich wird er ernst. „Ich habe eine grobe Skizze für das neue Dorfgemeinschaftshaus eingereicht, Pérsomi, aber ich habe kaum Chancen gesehen, dass sie auch nur einen ernsten Blick darauf werfen."

„Davon hast du mir gar nichts erzählt", entgegnet sie.

„Nein, das habe ich niemandem erzählt." Sein Gesicht sieht immer noch sehr ernst aus, fast ein bisschen unsicher.

Irgendwo tief dort drinnen ist ein Reinier, den ich vorher noch nie kennengelernt habe, denkt sie. „Und?"

„Und dann ..." Er zuckt mit den Schultern und schon bricht sich das vertraute Grinsen in seinem Gesicht wieder Bahn. „Dann habe ich den Auftrag bekommen", erklärt er schließlich beinahe entschuldigend.

„Reinier!", ruft sie überrascht aus und streckt ihm beide Hände entgegen. „Aber das ist fantastisch! Ich bin so stolz auf dich!"

„Also noch einen Champagner?", fragt er ein wenig verlegen.

Sie hebt ihr Glas. „Auf Reinier de Vos, den Architekten des Jahres!"

„Nun, vielleicht noch nicht ganz", lacht er. „Prost!"

Sie nimmt einen großen Schluck. Die eiskalten Bläschen tanzen über ihre Zunge, gleiten prickelnd durch ihre Speiseröhre und landen als warme Glut in ihrem Bauch. „Puh, was für ein starkes Zeug!", bemerkt sie lächelnd.

Wieder lacht er. „Ich muss dir wirklich irgendwann mal das Trinken beibringen."

„Und das Autofahren", fällt sie in sein Lachen ein. „Oh, Reinier, ich freue mich so sehr für dich. Und ich bin auch stolz!"

„Danke, Pérsomi", erwidert er.

ଓଃ

Es ist schon lange nach Mitternacht, als die Klapperkiste schräg vor Pérsomis Haus anhält. Sie steigen beide aus und Reinier bringt Pérsomi bis an die Haustür. „Psst, leise", flüstert sie kichernd.

Er öffnet die Tür für sie und sie wirft einen schnellen Blick in den Flur, doch die Tür zum Schlafzimmer ihrer Mutter ist fest geschlossen. „Die Luft ist rein", flüstert sie.

„Danke, Pérsomi", flüstert er. „Das war ein wunderbarer Abend."

Sie fängt wieder an zu kichern. „Du wirst sicher einen Preis gewinnen, hörst du?"

„Leise", ermahnt er sie spielerisch. „Du bist ein bisschen angezählt, glaube ich."

„Du auch", lacht sie.

„Das weiß ich. Also dann, gute Nacht", sagt er und schließt leise die Tür hinter ihr.

ଓଃ

Am Donnerstagnachmittag wartet Boelie vor der Kanzlei auf sie. „Was ist das denn jetzt?", fragt Pérsomi freudig überrascht.

„Ich hatte einfach Sehnsucht nach dir. Ich bin heute Morgen aus Messina zurückgekommen", erwidert er lächelnd. „Los, steig ein."

„Wo fahren wir hin?"

„Erst kurz zu eurem Haus, um deiner Mutter zu sagen, dass es spät wird, und dann auf die Farm."

„Boelie, sie wird den Koller kriegen, denn ich bin gestern Abend auch schon ausgegangen", warnt sie ihn.
„Diesem Reinier werde ich den Hals umdrehen", entgegnet er, doch sein Lächeln straft seine Worte Lügen. „Er wollte einfach nur etwas mit mir feiern. Er hat nämlich den Auftrag für das große, neue Dorfgemeinschaftshaus bekommen. Unglaublich, oder?"
„Ich freue mich für ihn, aber er soll mein Mädchen in Ruhe lassen", erwidert Boelie immer noch lachend. Vor ihrem Haus hält er das Auto an. „Geh mal kurz rein und sag es schnell deiner Mutter, und dann komm gleich wieder her."
Das ist einfacher gesagt als getan, denkt sich Pérsomi, während sie die Haustür aufmacht.
Ihre Mutter ist nirgendwo zu finden, aber Tante Duifie ist augenblicklich da. „Deine Mutter ist in Gerbrand seiner Schule wir haben sie ganz schön rausgeputzt." Sie schnappt schnell nach Luft. „De Wet und Christine haben sie abgeholt denn es ist Elternabend und sie haben gemeint dass sie das auch mitkriegen muss weil Gerbrand ja jeden Nachmittag bei ihr ist kapierst du?"
„Sagen Sie ihr doch bitte, dass ich heute Abend spät nach Hause komme, vielleicht sogar sehr spät", erwidert Pérsomi. „Sie soll sich keine Sorgen machen." Sie merkt, dass die kleine Frau noch etwas sagen möchte, schlüpft aber mit einem hastigen „Danke, Tante Duifie" zur Tür hinaus.
„Das war ein Kinderspiel, ich habe ihr einfach über Tante Duifie etwas ausrichten lassen", verkündet Pérsomi, als sie wieder im Auto sitzt.
„Komm, setz dich zu mir, ich hatte solche Sehnsucht nach dir", erwidert Boelie und zieht sie an sich heran.
„Du bist doch nur vier Tage weg gewesen", entgegnet sie lächelnd.
„Eigentlich möchte ich gar nicht weg von dir", erklärt er und drückt sie noch fester an sich. „Eigentlich möchte ich dich immer bei mir haben."
„Boelie", sagt sie glücklich.
So fahren sie die fünfzehn Kilometer zur Farm. Sie sprechen über freilaufende Kühe und vergessene Kälber, doch selbst die Schweigezeiten sind voller Glück.

„Lass uns zum Fluss gehen", schlägt Boelie vor, während er vor dem Alten Haus anhält. „Ich hole nur noch schnell den Picknickkorb."

„Nicht zur Höhle?", fragt sie.

„Nein, das ist zu weit und dann wird es zu spät. Ich muss dich auch noch ins Dorf zurückbringen, vergiss das nicht. Und wenn ich am Samstagmorgen mit deiner Mutter reden will, dann sollte ich besser für einen makellosen Auftritt sorgen."

Pérsomi lächelt nur und nickt schweigend. Ich bin so unglaublich glücklich, denkt sie flüchtig, dass mir selbst der Gedanke an Samstag keine Angst einjagen kann.

Als Boelie den Korb geholt hat, gehen sie zusammen zum Fluss und dann stromaufwärts bis zum Rückhaltebecken. Es wird schon kühler und es kommt eine leichte Brise auf.

Unter dem dichten Blätterdach einer alten Weide bleibt Boelie stehen und breitet die Picknickdecke auf dem Gras aus. „Pack mal schnell den Korb aus", fordert er Pérsomi auf, während er sich auf die Decke fallen lässt. „Und gib mir den Wein, den Korkenzieher und die Gläser."

Pérsomi packt das Essen aus: Toast, geschnittener *Biltong*, Käsestücke und Obst. Boelie schenkt ihnen beiden Rotwein ein. „Komm, setz dich zu mir", sagt er dann einladend. „Auf das schönste, schlauste und allerliebste Mädchen der Welt", verkündet er, während er das Glas hebt.

„Auf dich, Boelie", lächelt sie zurück.

„Ich gewöhne mich schon fast an Wein", erklärt sie nach einer Weile.

„Hmm. Machst du mir noch einen Toast mit Käse?"

„Bitte?", korrigiert sie ihn.

Er lächelt. „Bitte. Und legst du dann deinen Kopf hierhin, bitte?"

Sie legt ihren Kopf auf seinen Schoß und betrachtet die Zweige über ihren Köpfen. Seine Hand gleitet über ihr Haar. „Die Zweige bilden alle möglichen Muster, es sieht aus wie Spitze", sagt sie.

Er schaut auf sie herunter. „Pérsomi, ich liebe dich so unendlich", verkündet er leise.

„Boelie ..." Sie schüttelt den Kopf.

Zärtlich legt er ihr den Zeigefinger auf die Lippen. „Sag jetzt nichts. Ich weiß, dass du dich erst noch an den Gedanken gewöhnen musst, und ich möchte nicht, dass du jetzt etwas sagst, was dir später leidtut."

„Ich ... Gut, dann", stottert sie. Ich möchte sagen: Ich liebe dich, denn ich liebe ihn so sehr, denkt sie im Stillen.

„Es gibt nur eine Sache, die ich dir jetzt sagen möchte, Pers", erklärt er. Er streicht ihr immer wieder die Haare aus dem Gesicht, streicht ihr über das Gesicht und übers Haar. „In Messina habe ich mir das vorgenommen, damit du weißt, woran du bist."

Das hört sich sehr ernst und gewichtig an, denkt sie ein bisschen beklommen. Wenn nun ...

„Ja, Boelie?"

„Wenn ich, wenn wir am Samstag mit deiner Mutter reden, muss du wissen, dass es mir ganz ernst ist. Ich möchte den Rest meines Lebens mit dir verbringen." Er schweigt kurz. „Eines Tages, sobald du dazu bereit bist, werde ich dir einen Heiratsantrag machen, Pérsomi."

☙

Dieses Mal bin ich betrunken vor Glück, denkt Pérsomi, während sie leise die Haustür öffnet. Ich schwebe genauso wie gestern Abend. In meinem Kopf dreht sich alles genauso wie gestern Abend, und ich bekomme das Lächeln nicht mehr aus dem Gesicht. Der einzige Unterschied besteht darin, dass ich morgen keine Kopfschmerzen haben werde, denn das hier kommt nicht vom Wein, sondern von der großen Freude in meinem Herzen.

Leise schließt sie die Tür wieder hinter sich.

„Wo kommst du denn jetzt so spät her?", ertönt die Stimme ihrer Mutter aus dem dunklen Wohnzimmer.

Pérsomi ist zu Tode erschrocken. „Ich ... ich habe Tante Duifie doch gesagt, dass es spät werden kann, Mama, und dass du dir keine Sorgen machen sollst."

„Hast du etwa einen Freund?"

Am glücklichsten Abend meines Lebens fehlt mir hierfür so etwas der Mumm, denkt Pérsomi. Ich kann ihr auch nichts darüber erzählen, denn wir werden am Wochenende mit ihr sprechen. „Ich bin mit Boelie auf der Farm gewesen, Mama. Ich bin jetzt sehr müde, deshalb gehe ich ..."

„Mit Boelie?" Ihre Mutter hört sich auf einmal erschrocken an. „Boelie?"

„'n Nacht, Mama", erwidert Pérsomi und geht kurz angebunden ins Bad. Sie füllt die Waschschüssel mit Wasser, wäscht sich das Gesicht und putzt sich die Zähne. Jetzt wird ihre Mutter wieder in ihr Schlafzimmer gegangen sein.

„Pérsomi?", ertönt kläglich die Stimme ihrer Mutter, als sie wieder in den Flur tritt.

„Nein, Mama, ich gehe ins Bett. Es ist nach Mitternacht, und morgen muss ich wieder arbeiten", entgegnet sie sehr bestimmt und schließt die Zimmertür.

○3

Der Schlaf bleibt derweil aus. Sprudelnde Aufregung, ausgelassene Fröhlichkeit und eine überwältigende Freude taumeln durch sie hindurch und machen den Gedanken an Schlaf vollkommen unmöglich.

Sie ist so dermaßen unglaublich glücklich.

Und dennoch ... Warum hat sie dann Boelie noch nicht ein einziges Mal sagen können, dass sie ihn liebt?

Sie weiß, dass es so ist, sie weiß, dass er darauf wartet, sie weiß, dass sie ihn glücklich machen möchte.

Ist sie also durch ihre Jugend so blockiert worden, so abgestumpft, dass sie sich nicht einmal in der Lage sieht, ihm ihr Gesicht für einen Kuss hinzuhalten? Dass sie nicht einmal die einfachen Worte „ich liebe dich" über die Lippen bekommen kann?

○3

„Du musst mir jetzt gut zuhören, Pérsomi." Ihre Mutter wirkt vollkommen aus der Bahn geworfen. „Ich bekomme kein Auge mehr zu, ich renne den ganzen Tag herum und grüble, jeden Tag. Du musst mir zuhören."

Es ist Freitagmorgen. Pérsomi hat nach den beiden langen Abenden jedes Mal ein wenig verschlafen. „Mama, ich bin spät dran", versucht sie ihrer Mutter den Mund zu stopfen. „Ich verspreche dir, dass wir uns heute Nachmittag, wenn ich nach Hause komme, zusammen ins Wohnzimmer setzen werden und dann werde ich mir alles anhören, was du zu sagen hast."

„Ach du liebe Güte, Pérsomi ..."

„Ich muss los, Mama." Sie packt ihre Handtasche und ihre Aktentasche und schließt die Haustür hinter sich.

Es ist ein stickig heißer Novembertag. Die Regenzeit hat noch nicht angefangen. Die Grillen machen ohrenbetäubend weiter, obwohl es schon nach halb neun ist. Die Krähen gähnen und der Asphalt auf der Straße dampft von der Hitze.

„Was für ein herrlicher Tag, finden Sie nicht?", lacht Pérsomi Frau Steyn entgegen. Die stramme Dame mit ihrer violetten Farbspülung schaut sie an, als sei sie verrückt geworden.

„Finden Sie nicht auch, dass das ein herrlicher Tag ist, Herr De Vos?", grüßt Pérsomi, als dieser nach dem Besuch eines Mandanten hineinkommt.

Herr De Vos sieht ein wenig verdutzt aus. „Äh ... ja. Ja sicher", erwidert er.

„Was für ein herrlicher Tag ist das doch", äußert sich Pérsomi um die Teezeit herum De Wet gegenüber.

„Ein bisschen zu trocken und zu heiß für meinen Geschmack", entgegnet der. „Für mich keinen Tee, danke, nur kaltes Wasser."

„Was für ein unglaublich herrlicher Tag das ist", sagt Pérsomi während des Essens zu Reinier.

„Pérsomi, du bist *entweder* verrückt *oder* betrunken *oder* verliebt. Oder vielleicht auch alles zusammen", erklärt Reinier mit Bestimmtheit. „Es ist brütend heiß, und ich habe Kopfschmerzen."

☙

Ihre Mutter wartet schon im Wohnzimmer. „Wir müssen mal reden", erklärt sie, sobald Pérsomi die Haustür aufmacht.

Pérsomi spürt, wie sich schon im Vorhinein eine tiefe Müdigkeit in ihr ausbreitet. Sie weiß ganz genau, worum es geht. Vielleicht ist das eine hervorragende Gelegenheit, das Thema ein für alle Mal aus der Welt zu schaffen, bevor Boelie morgen kommt. Darüber hinaus hat sie versprochen, dass sie ihre Mutter anhören wird, wenn sie nach Hause kommt. „Ich hole mir nur schnell ein Glas kaltes Wasser, Mama, dann komme ich", verkündet sie über die Schulter.

Als sie endlich ihrer Mutter gegenübersitzt, will sie wissen: „Worüber machst du dir nun solche Gedanken?"

„Du musst um die Mannsbilder einen großen Bogen machen, einen ganz großen Bogen, kapiere das doch endlich", schlägt ihre Mutter unmittelbar zu.

Genau was ich gedacht habe, denkt Pérsomi. Höchste Zeit, diese Geschichte jetzt ein für alle Mal im Keim zu ersticken. „Du liebe Zeit, Mama, ich bin das Genörgele jetzt wirklich endgültig satt, und Schluss jetzt", erwidert Pérsomi kurzangebunden. „Sag mir nur einen triftigen Grund, warum ich einen Bogen um die Männer machen soll."

„Ach du liebe Güte, Kind, behalte die Fragerei für dich. Siehst du denn nicht, was die Kerle mit einer Frau anstellen?"

„Nicht alle Kerle, Mama. Schau dir zum Beispiel De Wet und Christine an. Oder Onkel Polla und Tante Duifie – die sind nun schon eine Ewigkeit verheiratet und sind anscheinend immer noch glücklich miteinander."

„Du brauchst gar nicht so abgehoben zu tun", schimpft ihre Mutter wütend.

„Ich weiß, dass du auf diese Weise versuchst, mich vor den Schwierigkeiten des Lebens zu beschützen, und ich weiß auch, dass du schlechte Erfahrungen mit Männern gemacht hast. Du hast einfach viel Elend erlebt", probiert Pérsomi die Wogen zu glätten. „Aber ich bin wirklich vorsichtig, Mama, und ich weiß, was ich mit meinem Leben machen möchte, wo ich hin möchte. Und dazu gehört eine Familie, ein Mann, und später auch Kinder."

„Pérsomi ..." Die Stimme ihrer Mutter ruft nach Verständnis.

Pérsomi steht auf, kniet sich neben ihre Mutter und nimmt ihre rauen Hände mit den abgebrochenen Nägeln in ihre eigenen gut gepflegten Hände. „Der Tag wird kommen, an dem ich heiraten werde, Mama, und dieser Tag kommt vielleicht früher, als du denkst."

Ihre Mutter erschrickt. Sie erschrickt so heftig, dass sie erkennbar bleich wird. Ihre Hände fliegen vor ihr Gesicht. „Das geht nicht!", ruft sie.

„Das geht wohl, Mama", erwidert Pérsomi bestimmt und steht auf. „Schließlich bin ich kein Kind mehr, ich bin vierundzwanzig, und wenn mir der richtige Mann einen Heiratsantrag macht, werde ich ihn sicher annehmen."

„Ach du liebe Güte, Kind, aber das sage ich dir doch die ganze Zeit, das geht nicht!" Ihre Mutter scheint beinahe verzweifelt zu sein und ihre Stimme verfällt immer wieder in einen panischen Tonfall.

„Warum denn nicht, Mama? Du erzählst mir ständig, dass ich keinen Freund haben darf, aber das ist doch die normalste Sache von der Welt, dass ein Mann und eine Frau zueinanderfinden. So hat Gott die Menschen geschaffen. Du wirst auch immer versorgt werden, ich lasse dich ganz sicher nicht im Stich, darüber brauchst du dir keine Gedanken zu machen", versucht sie zu argumentieren.

„Das ist es nicht."

„Was ist es denn dann, Mama?" Sie hört selbst die Ungeduld in ihrer Stimme, die sie nicht länger unterdrücken kann. Die Geduld zu verlieren, macht keinen Sinn, damit erreichst du gar nichts, ermahnt sie sich selbst.

Jemima knäult ihr Taschentuch zu einem festen Ball zusammen. „Ich habe versprochen, meinen Mund zu halten, und das habe ich getan, Pérsomi."

Pérsomi merkt, wie ihr eiskalt wird. Ihrer Mutter ist es bitter ernst.

Plötzlich dringt es zu ihr durch: Das sind nicht die Ermahnungen einer besitzergreifenden Mutter, so wie sie es all die Jahre gedacht hat. Das sind nicht die naiven, unbeholfenen Versuche einer einfachen Frau, ihre hübsche Tochter vor dem Leben zu beschützen. Hier läuft etwas ernsthaft falsch, etwas, was mit den Worten zu tun hat, die ihr schon seit so vielen Jahren den Zugang zur Wahrheit versperren: Ich habe versprochen, meinen Mund zu halten. „Was ist es denn, Mama?", fragt sie noch einmal.

„Wenn du dir einen Mann suchen willst, dann musst du weg von hier, so weit weg wie möglich", antwortet ihre Mutter.

„Mama?"

„Du kannst dir hier in der Gegend keinen Freund nehmen, das geht nicht! Du musst dir irgendwo anders einen Freund suchen, weit weg."

„Ich kann hier nicht weg, Mama. Ich habe hier meine Arbeit, mein Zuhause, ich möchte hier wohnen." Sie versucht logisch zu argumentieren. „Und hier in der Gegend gibt es doch noch genügend gute Männer, aus denen ich mir einen aussuchen könnte."

„Ich habe versprochen, dass ich meinen Mund halten werde, und da halte ich mich auch dran", erwidert ihre Mutter mit geschlossenen Augen. „Aber ach du liebe Güte, Pérsomi, willst du denn vielleicht deinen eigenen Bruder heiraten?"

14. Kapitel

Je weiter die Nacht voranschreitet, desto mehr Puzzleteilchen fügen sich zusammen. Sie kann es einfach nicht fassen, dass sie es nicht früher schon gesehen hat. Es ist also gar nicht Onkel Freddie! Sie versteht auch nicht mehr, wie sie das einmal für möglich halten konnte.

Das ist natürlich der Grund, warum Herr Fourie sie nie von seinem Land gejagt hat. Das ist der Grund, warum er ihnen stattdessen immer wieder geholfen hat, selbst als sie keine Arbeiten mehr übernehmen konnten. Von dort kamen also die Geldbeträge, die bei Ismail für sie hinterlegt worden waren. Von dort kam während ihres Studiums auch ihr Taschengeld.

Sie hat sich bereits ein Tässchen Milch eingegossen und ein Pülverchen gegen die Kopfschmerzen in die Handfläche geschüttet. Ihr Kopf droht zu zerbersten.

Die Ähnlichkeit zwischen ihr und De Wet hätte ihr doch auffallen müssen. Wie hat sie nur so blind sein können? Sie waren in denselben Fächern gut, sie haben dieselbe Studienrichtung gewählt, sogar ihre sportlichen Leistungen waren praktisch identisch. Die ganze Zeit über ist sie die kleine Schwester von De Wet gewesen – jeden Tag und nicht nur bei der Arbeit.

Blutsverwandtschaft lässt sich nicht leugnen. Sie ist diejenige gewesen, die sich logischen Argumenten und sichtbaren Beweisen gegenüber stocktaub und maulwurfsblind verhalten hat.

Sie ist groß und hat dunkle Haare und dunkle Augen, genau wie Herr Fourie.

Genau wie Boelie.

„Mit Boelie?", hat ihre Mutter gestern Abend entsetzt gefragt, als sie nach Hause gekommen war. „Boelie?"

Blut erkennt Blut ohne Worte. Darum ist ihr Mund die ganze Zeit über verschlossen geblieben.

Denn Boelie ist ihr Bruder.

☙

Wochenlang ließ er ihr keine Ruhe. Das geht doch nicht, Pérsomi. Es muss irgendwas geschehen sein. Deine Gefühle können sich doch nicht auf einmal total verändern. Um Himmels willen, sprich mit mir.

„Akzeptiere es einfach, Boelie. Ich habe sehr lange darüber nachgedacht und für mich bist du so etwas wie ein Bruder." Es ist so furchtbar gewesen, so furchtbar schwierig, sich seinen Kummer anzusehen und gleichzeitig den eigenen Kummer verbergen zu müssen.

Das ist wegen deiner Kindheit, hat er gesagt, wegen all dem, was du gesehen und gehört hast und was du durchgemacht hast, als du noch klein warst. Das weiß ich genau, und ich verstehe es auch. Das stehen wir gemeinsam durch. Ich liebe dich, Pérsomi.

„Ich weiß, dass es damit nichts zu tun hat, Boelie, glaube es mir einfach. Nein, ich brauche nicht mehr Zeit, es ist endgültig."

Dann hat Boelie es auf einem anderen Weg versucht. Ich hätte nicht so voreilig sein sollen. Ich hätte gar nicht erst vom Heiraten reden dürfen. Können wir jenen Abend nicht einfach aus unserem Leben streichen? Können wir es nicht bitte noch einmal versuchen? Lieber Himmel, Pérsomi, ich liebe dich doch! Ich weiß, dass du mich auch liebst, ich weiß es ganz genau, ich kenne dich doch.

„Du bist in mein Leben gekommen, als Gerbrand daraus verschwunden ist, und du bist immer für mich da gewesen. Das weiß ich sehr zu schätzen", hat sie gesagt. Ihre Stimme hat sich natürlich und sachlich angehört. Das Diskutieren und Argumentieren sind schließlich so etwas wie ihre zweite Natur. „Natürlich liebe ich dich, Boelie, aber nicht so, wie eine Frau einen Mann lieben soll, sondern eher so wie man seinen Bruder liebt. Mir ist das leider erst jetzt klar geworden, und das tut mir wirklich leid."

Sie hat gelogen. Fortwährend ist sie sich bewusst gewesen, dass sie log. Und sie hat auch gewusst, dass sie keine andere Wahl hatte – Boelie ist ihr Bruder. Dann ist er weggeblieben. Ganz und gar.

Das ist noch das Schlimmste gewesen, dieses Wegbleiben, dieser völlige Kontaktabbruch.

Tagsüber weiß sie wohl, dass es besser ist, gar keinen Kontakt mehr zu haben, besser als die Diskussionen und die sinnlosen Gespräche. Ihr Verstand fängt an, die Vernünftigkeit und auch den endgültigen Charakter davon zu begreifen. Aber in den Nächten weint sie wie niemals zuvor.

Und erst nachdem ihre Worte ihn fortgejagt haben und sie sich keine endlosen Begründungen mehr ausdenken muss, dringt die schockierende Erkenntnis tatsächlich zu ihr durch: Boelie ist ihr Bruder! Ich habe mich in meinen Bruder verliebt, schreit es durch sie hindurch. Sie erstickt beinahe vor Widerwillen. Ich bin keinen Deut besser als Lewies, ich bin genauso wie er zu so etwas ekelhaft Bösem im Stande.

Innerhalb von wenigen Stunden hat sie die tiefste Bedeutung des Wortes „Selbstverachtung" kennengelernt.

Die Nächte werden ein bodenloser, rabenschwarzer Abgrund. Nacht für Nacht. Für Nacht.

☙

Und dann kommt Annabel aus London zurück. Ihr Vertrag ist ausgelaufen. Sie ist elegant, bildhübsch, modern und brillant. Das ganze Dorf hängt ihr an den Lippen.

Und sie ist es gewohnt, dass alles nach ihrem Willen läuft.

☙

Im Januar 1952 bezieht Yusuf Ismail sein nagelneues Sprechzimmer. Er ist so aufgeregt wie ein Kind an seinem Geburtstag, genau wie Reinier, als er Pérsomi seinen neuen Volkswagen gezeigt hat.

„Die Lage meiner Praxis ist einfach nur perfekt", verkündet Yusuf entzückt, als Pérsomi ihn während der Mittagspause kurz aufsucht. „Das Haus steht hier schräg dahinter, und die Praxis ist auch noch gleich in der Nähe vom Geschäft meines Großvaters im Dorfzentrum, die Patienten müssen sich also um keine Verkehrsmittel bemühen, um herzukommen."

„Wer wird denn dein Patient werden, was meinst du?", will Pérsomi wissen.

„Nun, abgesehen von der indischen Gemeinschaft, die außerdem nicht besonders groß ist, bekomme ich hoffentlich auch eine Menge schwarzer Patienten", erwidert er, während er in seinem kleinen

Sprechzimmer den Wasserkessel aufsetzt. „Ich habe so viele Ideen, Pérsomi. Meine Arbeit wird größtenteils im Krankenhaus für Nichtweiße stattfinden und ich möchte am Anfang mal schauen, ob wir den dortigen Operationssaal nicht etwas besser eingerichtet bekommen. Lettie – du weißt schon, die Tochter von Doktor Louw, die jetzt zusammen mit ihrem Vater eine Praxisgemeinschaft hat – die hat versprochen, mir zu helfen. Sie hat Beziehungen. Sie hat nämlich auch in Johannesburg studiert."

„Ja, das stimmt."

„Und dann will ich mir hier einen Medizinvorrat aufbauen und mich dabei auf die traditionellen östlichen Arzneien konzentrieren. Eigentlich habe ich auch ein Mädchen kennengelernt, Jasmine, sie ist ... äh ... sie ..."

Er bleibt stecken, ein bisschen verlegen.

„Die ist nun dein Mädchen?", fragt Pérsomi.

„Nein, nicht wirklich, denn in unserer Kultur haben sie und ich bei solchen Dingen eigentlich kein Mitspracherecht. Lass es mich also einmal so sagen: Wenn unsere Eltern und Großeltern sich einig werden können, dann lautet die Antwort Ja."

„Liebesangelegenheiten sind immer kompliziert", entgegnet Pérsomi.

„Das kannst du wohl sagen", nickt Yusuf. „Mehr, als man denkt."

„Hast du vor, dass sie sich mit den Arzneimitteln beschäftigt?"

„Ja, ihre Familie importiert die Arzneien direkt aus Indien. Sie haben ein paar große Geschäfte in Johannesburg."

Im nächsten Augenblick linst sein jüngster Bruder um die Ecke. „Mama sagt, dass du zum Essen kommen sollst", verkündet er. „Oh, sorry. Hallo Fräulein Pérsomi."

„Hallo Ossi", lächelt Pérsomi zurück.

„Kannst du Mama bitten, mir mein Essen warm zu halten?", fragt Yusuf. „Ich komme etwas später."

Der Kopf des Jungen verschwindet wieder.

„Ich muss übrigens wieder an die Arbeit, du kannst also ruhig zum Essen gehen, hörst du?", sagt Pérsomi.

„Nein, warte, lass uns erst noch ein Tässchen Tee trinken. Schwarz, mit einem halben Löffel Zucker", erwidert Yusuf und reicht ihr die Tasse.

„Nur so nebenbei: Woher hat das Kind eigentlich so schöne Augen?", will Pérsomi wissen. „Da kann man machen, was man will, die fallen einem sofort auf."

„Die hat er von meiner Oma – die muss auch solche grünen Augen gehabt haben, das erzählt jedenfalls mein Opa immer."

„Deine Oma?", fragt Pérsomi überrascht. Yusufs Oma ist ein sehr kleines, sehr rundes und sehr dunkles Großmütterchen in einem weiten, schwarzen Kleid, das manchmal in der Küche herumhantiert. Ihre Augen sind mit Sicherheit rabenschwarz.

„Ja, eine andere Oma, meine richtige Oma. Die ist schon eine ganze Weile tot. Sie ist gestorben, als mein Vater noch klein war, und erst lange Zeit später hat mein Opa wieder geheiratet, meine Oma Amima."

„Oh, jetzt kapiere ich es. Und diese Oma hatte also grüne Augen?" Es bleibt eine seltsame Geschichte, denn Inder haben doch noch nie grüne Augen gehabt, oder?

Yusuf nickt. Er schweigt eine Weilchen, dann erläutert er: „Sie ist keine Inderin gewesen, Pérsomi. Sie war ein Burenmädchen, eine arme Weiße. Nach dem Burenkrieg ist sie … Nun ja, sie ist schwanger geworden und ihr Vater hat sie weggejagt. Dann hat sie mein Urgroßvater bei sich aufgenommen. Der Vater des Kindes ist später gekommen und hat das Baby geholt, aber sie ist bei uns geblieben. Und dann hat sie sich in meinen Opa verliebt und umgekehrt und … Nun ja. Später hat sie sich entschieden, Muslima zu werden, und erst dann ist sie wirklich eine von uns geworden."

Mehr erzählt er nicht und Pérsomi fragt auch nicht weiter. Doch als sie ihren Tee fast ausgetrunken hat, fügt Yusuf noch hinzu: „Blut verleugnet sich nie. Eine meiner Nichten, die Tochter von einer Schwester meines Vaters, hat sich neulich als Weiße registrieren lassen, als das Gesetz über die Registrierung der Bevölkerung verabschiedet worden ist."

Pérsomi runzelt für einen Augenblick die Stirn. „Warum denn, Yusuf?"

„In diesem Land ist es ohne jeden Zweifel besser, weiß zu sein, vor allem jetzt, wo die Rassengesetze der Regierung einem ständig neue Beschränkungen auferlegen. Ich weiß es nicht … Wenn alle Bedenken und Ängste rund um dieses neue Gesetz über die Ansiedlung der Bevölkerungsgruppen wahr werden, darf sie ihre eigenen Eltern in ein paar Jahren nicht einmal mehr zu Hause besuchen."

„Ach, Yusuf, es wird doch nichts so heiß gegessen, wie es gekocht wird!", entgegnet Pérsomi beruhigend.

„Wenn du mich fragst, wird alles noch viel schlimmer, Pérsomi", erwidert Yusuf ernst.

☙

„Yusufs Sprechzimmer sieht sehr schön aus. Du hast wirklich dein Bestes gegeben, Reinier!", lobt Pérsomi am nächsten Tag während des Essens.

„Bist du denn da gewesen?", fragt Reinier mit einem Stirnrunzeln.

„Ja, ich habe gestern in der Mittagspause bei ihm vorbeigeschaut. Yusuf hat mir gezeigt ..."

„Das kannst du doch nicht machen!", fällt Reinier ihr ins Wort. Befremdet schaut sie ihn an. „Was kann ich nicht machen?"

„Du kannst doch nicht einfach so bei ihm für ein Pläuschchen hereinschneien!"

„Das war während der Mittagspause, Reinier", erwidert sie geduldig. „Und ganz nebenbei, so viele Patienten hat er noch nicht."

„Pérsomi, das ist ein Inder."

„Ich weiß, dass er Inder ist, und darüber hinaus ist er auch noch Moslem", blafft sie heraus. „Und jetzt wirst du mir sicher auch noch sagen, dass er Kommunist ist."

„Nein, ich weiß doch gar nicht, ob er Kommunist ist." Reinier bleibt ruhig. „Ich weiß nur, dass du da nicht einfach so für einen kleinen Schwatz hingehen kannst. Das gehört sich nicht."

„Ich finde das lächerlich", entgegnet sie. „Ich kann demnach also das Geschäft seines Großvaters betreten, um Kleidung zu kaufen, aber ich darf nicht schauen, wie das Sprechzimmer aussieht, das du für ihn entworfen hast. Wo ist da der Unterschied?"

„Das ist ein großer Unterschied, Pérsomi, und das weißt du ganz genau."

☙

Nachts weiß sie nicht, was am schlimmsten ist: die verzehrende Selbstverachtung oder der immense Schmerz aus Verlangen, Sehnsucht und Vergebung.

☙

Annabel läuft andauernd in der Kanzlei herum, zur Zeit wie zur Unzeit. Sie schwebt immer mit großem Trara herein. Könnte Frau Steyn eben ein Tässchen Tee für sie machen? Sie hat von der Plackerei in diesem blöden Kaff die Nase gestrichen voll – und mit einer einzigen Handbewegung wirft sie ihr langes, glänzend schwarzes Haar über die Schulter.

Könnte eine der Schreibkräfte vielleicht schnell diesen Brief für sie tippen? Das Ding muss unbedingt in den Kasten und sie muss dringend etwas mit ihrem Vater besprechen – und dann streckt sie ihre langen, schlanken Beine vor sich aus. Dabei hält sie ihre Teetasse auf eine Weise fest, die ihre maniküren Hände zur Geltung kommen lassen.

Könnte die andere Schreibkraft nicht eben schnell aufs Postamt gehen und Briefmarken holen? Sie hat selbst wirklich keine Zeit, sich dort in die Schlange zu stellen. Sie steht vor dem Spiegel, zieht ihre roten Lippen nach und wischt sich dann mit dem Zeigefinger die Mundwinkel sauber.

Kann Frau Steyn schnell noch diese Artikel hier für sie ausschneiden und in chronologischer Reihenfolge zusammenheften? Ja? Was ist sie doch für ein Schatz!

„Die rennt hier ein und aus und kommandiert uns alle herum, als wäre sie die Tochter vom Chef", brummt eine der Schreibkräfte nach ein paar Tagen.

„Das ist sie doch auch", erwidert die andere.

„Und wenn schon", entgegnet die erste. „Dieses aufgedonnerte Frauenzimmer hängt mir mit seinen Sperenzchen langsam ziemlich zum Hals raus."

Annabel wickelt ihren Vater um den kleinen Finger. „Es ist doch so wunderbar, wieder zu Hause zu sein", säuselt sie. Tagsüber fährt sie im neuen Mercedes ihres Vaters von Pontius zu Pilatus, bis er endlich einen nagelneuen BMW für sie kauft.

Sogar De Wet bekommt es ab. „Juhu, De Wet, bist du da?", und dann fällt die Tür von seinem Büro zu.

Pérsomi ist die Einzige, um die sich Annabel kaum bemüht. Sie scheint sie sogar mit Absicht zu ignorieren.

Bis auf den Morgen, an dem sie im Empfangszimmer Pérsomi regelrecht über den Weg läuft. Der Klient, der dort gewartet hat, ist zum Glück schon bei Herrn De Vos im Büro, doch die beiden Schreibkräfte stehen am Tisch von Frau Steyn, die die Schreibarbeiten für den Tag verteilt, als Annabel die Tür aufstößt. „Hallo alle zusammen!", grüßt sie mit einer gekünstelten Handbewegung.

„Guten Morgen, Annabel", grüßen die Schreibkräfte und Frau Steyn im Chor. Die Schreibkräfte versuchen sich unauffällig zu verdrücken, Frau Steyn jedoch schaut Annabel mit einem mütterlichen Stolz an.

„Guten Morgen, Annabel", wird sie auch von Pérsomi einen Augenblick nach den anderen begrüßt.

Annabel dreht sich halb um. „Oh, hallo Pérsomi", sagt sie leicht verdutzt, so als hätte sie nicht erwartet, Pérsomi hier anzutreffen.

Als Pérsomi sich abwendet und weggehen will, ruft Annabel: „Nein, warte noch einen Augenblick."

Pérsomi bleibt stehen.

Annabel macht einen Schritt zurück und legt ihren Kopf etwas zur Seite. Alle Aufmerksamkeit ist nun auf sie gerichtet. „Weißt du, Pérsomi, du könntest wirklich hübsch sein, aber dazu müsste ich dich ein bisschen unter die Fittiche nehmen", behauptet sie, während sie Pérsomi mit einem kritischen Blick betrachtet. „Du brauchst zum Beispiel eine andere Frisur, so siehst du aus wie eine alte Jungfer. Und dann müssen wir noch was wegen deiner Garderobe unternehmen, von deinen Schuhen mal ganz abgesehen."

Pérsomi stellt sich aufrecht hin. „Ich glaube wirklich, dass du es gut meinst, Annabel, aber ich bin mit meinem Äußeren zufrieden, so wie es ist, danke", erwidert sie ruhig.

„Du darfst nicht nur an dich selbst denken", entgegnet Annabel deutlich herablassend. „Das ist die Firma meines Vaters und die hat über die Jahre immer eine bestimmte Ausstrahlung gehabt."

Die Augen der Schreibkräfte werden so groß wie Suppenteller.

„Die Ausstrahlung, die ich gerne hätte, ist die einer professionellen Frau, die etwas von ihrem Fach versteht", erwidert Pérsomi kühl. Sie zwingt sich zielstrebig zur Ruhe, obwohl sie innerlich zu kochen beginnt. „Mein Kleidungsstil und meine Frisur passen dazu meiner Meinung nach sehr gut."

„Nun ja, du siehst aus wie eine Bäuerin."

Das Feuer in Pérsomi friert zu einer eisigen Wut. „Jeder hat das Recht auf eine eigene Meinung", verkündet sie. „Sei mir nicht böse, aber ich habe zu tun."

Sie dreht sich um und schließt hinter sich leise die Tür ihres kleinen Büros. Während der Teezeit hält sie sich von den leuchtenden Augen und begierigen Zungen der Schreibkräfte fern.

„Ich wollte, diese Schnepfe würde wieder nach England verschwinden", bemerkt eine von ihnen ein paar Wochen später.

„Oder nach Russland, denn dann kommt sie wenigstens nicht mehr zurück", erwidert die andere.

Nur Frau Steyn kann gar nicht genug von der wunderbaren, bildhübschen Tochter von Herrn De Vos schwärmen. „Sie ist ein prächtiges, pechschwarzes Rassepferd", seufzt sie, „nur noch nicht gezähmt." Für einen Augenblick schließt sie die Augen, doch als sie wieder aufgehen, liegt in ihnen ein verträumter Blick. „Es gibt nur einen Mann, der sie im Zaum halten könnte, und das ist Boelie Fourie. Je schneller er sie am Zügel hat, desto besser."

☙

Allmählich lernt sie es, die Verachtung in einen verschlossenen Winkel wegzustopfen. Mein Hintergrund macht mich zu einer Aussätzigen, erkennt sie mit einer sachlichen Korrektheit. Ich muss das akzeptieren und um meinen Platz kämpfen, mit Zähnen und Klauen.

Aber ist es denn so schlimm, fragt sie sich manchmal verzweifelt, dass ihr Blut die ganze Zeit geschwiegen hat? Oder war genau das der Grund, weswegen sie ihm niemals hat sagen können, dass sie ihn liebt?

Sie weiß sich keinen Rat, wie sie mit ihrer Trauer umgehen soll. Selbst nach Wochen fühlt sie sich an wie ein bösartiges Geschwür in ihrem Herzen, das droht, sie von innen her aufzufressen.

☙

Als Weihnachtsgeschenk hat Pérsomi ihrer Mutter ein Radiogerät gekauft, einen großen, hölzernen Apparat. Onkel Polla und Tante Duifie müssen einfach kommen und ihn sich anschauen. „Oh, was für ein schönes Radio schau dir doch nur das Holz an", ruft Tante Duifie.

Onkel Polla steckt eigenhändig den Stecker des nagelneuen Gerätes in die Steckdose – Pérsomis Mutter soll bloß die Finger von dem ganzen elektrischen Zeugs lassen, das ist gefährlich, kapiert! – und schaltet den Apparat ein. „Schau, Jemima", erklärt er, „mit diesem Knöpfchen machst du das Ding abends aus, also nicht da mit dem Stecker in der Wand, und morgens drückst du einfach wieder auf das Knöpfchen und schwupps isses wieder an."

Er setzt sich vor das Radio, presst sein Ohr dagegen und fängt behutsam an, an dem großen, runden Knopf zu drehen. Alle sitzen in gespannter Erwartung da.

Endlich hat er einen Sender gefunden. „Nein Mann das ist Englisch du musst das Ding so drehen dass du *Springbok Radio* reinbekommst dann kann sich Jemima die Geschichten anhören wenn bloß nicht dieser L. M. dran ist mit seinem heidnischen Geschwätz", erklärt Tante Duifie.

Onkel Polla ist nicht auf den Kopf gefallen, er hat von allem Ahnung, nicht nur von Politik. Er dreht so lange an dem Knopf herum, bis er *Springbok Radio* gefunden hat.

Am Abend sucht Pérsomi den südafrikaanischen Rundfunk.

„Ach du liebe Güte, Kind, was machst du denn da?", will ihre Mutter entsetzt wissen.

„Ich möchte mir nur die Nachrichten anhören, Mama, und dann stelle ich dir wieder *Springbok Radio* ein."

„Ach du liebe Güte, weißt du denn, wie das geht?" Die Augen ihrer Mutter sind vor Schreck immer noch geweitet.

„Ja, Mama, ich weiß, wie das geht."

Seitdem hören sie sich jeden Abend die Nachrichten an, die Betrachtung und den Fortsetzungsroman und am Samstagabend manchmal auch das Wunschkonzert, obwohl ihre Mutter dabei regelmäßig wegschlummert. Während des Mittagessens ist es der Landwirtschaftssender mit dem Hahnenkrähen, das sich anhört, als säße der Hahn in ihrem eigenen Garten, und danach sendet *Springbok Radio* den ganzen Nachmittag lange Geschichten. Nicht, dass sie viel Zeit hätte, sich so etwas anzuhören, verstehst du, sagt ihre Mutter, denn sie hat alle Hände voll zu tun mit dem kleinen Gerbrand, das ist ein aufgewecktes Kerlchen, genau wie sein Vater.

Pérsomi ist sich nicht einmal mehr sicher, ob sie damit Gerbrand oder De Wet meint.

Innerhalb von ein paar Wochen hat ihre Mutter auch die Sendersuche unter die Füße bekommen, sodass sie ohne die Hilfe von Pérsomi oder Onkel Polla das Radio bedienen kann.

Für Pérsomi bietet das Radio ein wenig Gesellschaft während der langen Abende, wenn ihre Mutter längst schon im Bett liegt, bevor auch sie der Schlaf wie eine Erlösung ereilt.

C3

Das Dorf ist nicht groß und deshalb ist es unvermeidlich, dass Pérsomi Boelie von Zeit zu Zeit irgendwo begegnet. Zwei- oder dreimal sieht sie den Pickup die Straße entlangfahren. Schnell schaut sie dann in eine andere Richtung. Sie möchte nicht einmal wissen, ob Boelie oder Herr Fourie da hinter dem Steuer sitzt – sie möchte keinen von beiden sehen.

Denn der heftig schmerzende Kummer ist immer noch da.

Und noch schmerzhafter als das ist ihre Sehnsucht nach Boelie.

Deshalb schaut Pérsomi auf dem Weg zum Postamt weder nach links noch nach rechts, sondern nur direkt vor sich auf die Straße. An der Tür bleibt sie für einen Augenblick stehen. Ihr Blick fällt auf die endlosen Schlangen vor den beiden todmüden Beamten und sie seufzt tief. Sie überlegt kurz, ob sie nicht besser später noch einmal wiederkommen sollte, doch sie muss ein Telegramm verschicken und das ist eilig. Sie seufzt noch einmal und stellt sich an der kürzesten Schlange an.

Erst dann schaut sie sich um.

Er steht in der anderen Schlange schräg vor ihr.

Durch ihr Herz geht ein Stich und ihr Atem setzt für einen Augenblick aus.

Das Khakihemd spannt sich um seinen breiten Rücken und die Schultern. Er trägt eine kurze Hose und ihr Blick fällt auf seine muskulösen Beine. Sein dunkles Haar ist schon wieder zu lang, er fährt sich mit den Fingern hindurch.

Für einen Augenblick schaut er ein wenig zur Seite, sodass sie sein kräftiges Profil sehen kann: das viereckige Kinn, die gerade Nase, die dichten, dunklen Augenbrauen.

Ihr Herz fängt an zu rasen.

Er betrachtet die Briefe, die er in der Hand hält. Wenn er noch weiter zur Seite schaut, wird er sie sehen.

Sie erstickt beinahe an dem Verlangen, das sie überkommt. Wenn sie jetzt die Hand ausstreckt, kann sie ihn berühren.

Doch sie dreht sich lautlos um und geht nach draußen.

સ

Sie vergräbt sich in ihrer Arbeit und sucht Ablenkung in sachlichen Gesprächen über juristische Fragen, politische Intrigen und aktuelle Geschehnisse. Tagsüber funktioniert das.

Meistens. Manchmal nicht.

Nachts liest sie. Wenn das auch nicht hilft, schaltet sie das Radio ein. Radio und Zeitungen posaunen die Neuigkeiten heraus: Die Afrikaaner feiern das Van-Riebeeck-Fest, die Nichtweißen starten ihre große, organisierte Protestkampagne. *Defiance Campaign*, Trotzkampagne, nennen sie sie. Was für eine Ironie, denkt Pérsomi.

Am Samstag, dem 5. April, wird die Landung von Van Riebeeck mit der Dromedaris auf dem Strand der Tafelbucht nachgespielt, dafür wurde sogar extra eine Replik seines Schiffs gebaut.

„Ach du liebe Güte, Pérsomi, haben sie das Schiff einfach so gebaut?", fragt ihre Mutter vollkommen verdutzt, als Pérsomi ihr das Foto in der Zeitung zeigt.

Die Naturvölker, die Farbigen und die Inder reden über einen Aufstand gegen die ungerechten Gesetze und gegen die Rassentrennung in Postämtern und Zügen. Sie organisieren Massenzusammenkünfte, Märsche und Demonstrationen, übertreten zielgerichtet die Passgesetze, ignorieren die Ausgangssperre und betreten öffentlich den weißen Bereich in Postämtern und Bahnhöfen. Tausende werden verhaftet.

„Ich kann nich' anders, ich muss die ganze Zeit über die Zustände in unserem Land nachdenken", behauptet Onkel Polla.

„Onkel Polla hat's drauf das sage ich euch", seufzt Tante Duifie.

Am Sonntag, dem 6. April werden im ganzen Land Weihezusammenkünfte abgehalten. Das Gebet von Van Riebeeck wird auf Altniederländisch und Afrikaans vorgelesen.

Bei Witwatersrand leistet die aufständische Menge heftigen Widerstand gegen den erzwungenen Umzug von Sophiatown nach Soweto. Schwarze Frauen verbrennen ihre Pässe.

In Kapstadt werden an den Standbildern von Jan und Maria Van Riebeeck Kränze niedergelegt. Im Stadion treten Blaskapellen auf und ein riesiger Chor singt den Wilhelmus[21].

Im Bahnhof von Kapstadt stürmen unzählige Nichtweiße einen Waggon, auf dem deutlich *Nur für Weiße* zu lesen ist. Sie werden ohne Umschweife verhaftet.

„Ach du liebe Güte, Pérsomi!", ruft ihre Mutter erschrocken.

„Das ist sehr weit weg von hier, Mama, du brauchst dir keine Gedanken zu machen", erwidert Pérsomi.

„Europa ist sehr weit weg von hier. Du brauchst dir keine Gedanken zu machen, unsere Leute betrifft das nicht", hat der Meister in einem vorigen Leben zu ihr gesagt.

In Alexandra, einem Wohnviertel von Johannesburg, beteiligen sich Tausende an einem Busboykott. „Die Leute haben doch starke Beine, schließlich laufen sie schon seit Jahren zur Arbeit", erklärt De Wet, während er die Zeitung zuschlägt.

Für die nichtweiße Widerstandsbewegung ist der Weg der friedlichen Eingaben gescheitert, schreibt *The Star*. Die Geduld der Nationalisten mit den Aufrührern ist bald zu Ende, schreibt *Die Transvaler*.

„Gewalt muss mit Gewalt unterdrückt werden", erklärt Charles Swart, der Justizminister.

Und Albert Luthuli, der Präsident des *African National Congress* behauptet: „1952 ist ein Wendepunkt in unserer Geschichte."

Auch in meiner, denkt Pérsomi verbittert.

Ein paar Wochen nach dem 6. April wird der Anführer der Inder, Dadoo, als Kommunist verhaftet und seines Amtes im Gemeinsamen Planungsrat enthoben. „Ist das wirklich ein Kommunist, Yusuf?", will Pérsomi wissen, als sie ihm im Geschäft seines Vaters über den Weg läuft.

„Woher soll ich das wissen, Pérsomi?", ist seine Antwort. „Kom-

---

21 Die niederländische Nationalhymne.

munismus ist verboten und anderen Leuten kann man schlecht ins Herz schauen. Ich weiß nur, dass er ein brillanter Mann ist."

Trotzdem kommt es Pérsomi so vor, als würden sich die Ereignisse fern von ihr abspielen, als könne kein einziges Geschehen noch in irgendeiner Weise wesentlich für sie sein.

Es gibt Nächte, in denen die Wut die Oberhand bekommt. Wut auf Herrn Fourie, der es gewusst hat und dennoch tagein, tagaus mitangesehen hat, wie sie krepiert sind. Wut auf Boelie, der die Grenze überschritten hat – und danach mit großem Trara wieder darauf zu sprechen gekommen ist und jetzt weiterlebt, als wäre nichts geschehen.

Wenn die Wut gewinnt, fühlt sie sich besser. Sie tut weniger weh.

ය

Eines Tages offenbart De Wet: „Es ist vielleicht verrückt, Pérsomi, aber Christine und ich haben für eine Weile gedacht, dass sich zwischen dir und Boelie etwas entwickelt."

„Wir sind einfach nur gute Freunde, De Wet."

„Immer noch?", fragt er skeptisch.

Langsam schüttelt Pérsomi den Kopf. „Nein, bestimmt nicht. Wir hatten eine ernste Meinungsverschiedenheit."

„So ernst, dass ihr alle beide euch jetzt für alle sichtbar aus dem Weg geht?"

Sie zuckt mit den Schultern. „Ernst."

„Wenn du mich fragst, ist da doch mehr zwischen euch gewesen als nur Freundschaft", bohrt er weiter.

„Nein, da ist nie mehr gewesen. Boelie war für mich immer so etwas wie ein großer Bruder, vor allem nachdem Gerbrand weggegangen ist. Genau so etwas, wie du es immer noch bist."

De Wet lächelt versöhnlich und nickt. „Du hast recht. Du bist für mich wirklich so etwas wie eine kleine Schwester."

Dann ist auch dieses Gespräch vorbei.

Tagsüber beißt sie die Zähne zusammen und das gelingt ihr jeden Tag aufs Neue.

Nur nachts bleibt es stockfinster.

ය

Und im Winter dauern die Nächte so viel länger. Und die Tage sind so viel grauer.

☙

Die Rechtssache, mit der Pérsomi sich gerade beschäftigt, ist kompliziert. Sie ist voller juristischer Fallstricke – ein Fall von Erbpacht, bei dem der Großvater schon vor dreißig Jahren den Erbgrund für hundert Jahre im Namen seines Enkels gepachtet hat. Es ist ein Netz aus Familienfehden, ein Wirrwarr von miteinander verbundenen Versprechen, Missverständnissen und Emotionen, wobei der Grund und Boden nicht verkauft werden darf. Weil das die einzige Einkommensquelle der Familie ist, wird die Reihe der Menschen, die die Hand aufhalten, immer länger.

Todmüde geht Pérsomi vom Gerichtsgebäude zurück in die Kanzlei. Für Anfang September ist es schon ziemlich heiß und alles ist vollkommen vertrocknet. Der erste Regen sollte nicht vor November fallen und bis zu diesem Zeitpunkt reißt die Erde immer weiter auf.

Als Pérsomi die Tür zur Kanzlei öffnet, sitzt Frau Steyn nicht auf ihrem gewohnten Platz hinter dem Tresen. Pérsomi läuft sogleich durch bis in die kleine Küche, um sich ein Glas Wasser zu holen. Im Flur schlägt ihr schon die Aufregung entgegen. „Hast du gehört, Pérsomi? Bei uns steht eine Hochzeit an!", jubelt eine der Schreibkräfte. Die andere übertönt sie währenddessen. „Ja, es gibt eine Hochzeit, und Frau Steyn meint, das wird die Tauung des Jahrhunderts, eine Hochzeit, wie sie dieses Dorf noch nie gesehen hat", prustet sie heraus.

Um welche Hochzeit wird denn wohl so viel Aufhebens gemacht, dass es so eine Aufregung gibt?, fragt Pérsomi sich ein wenig abwesend. Sie hat nur mit halbem Ohr zugehört.

„Frau Steyn sagt, dass der Chef weder Kosten noch Mühen scheuen wird", ergreift die erste Schreibkraft wieder das Wort. „Für seine einzige Tochter ist nur das Allerbeste gut genug."

„Annabel? Annabel ... heiratet?", will Pérsomi wissen. Ihr Mund ist auf einen Schlag staubtrocken.

„Ja, wir haben es gerade gehört. Sie heiratet Boelie Fourie. Es kann einfach nicht schöner werden." Die Schreibkraft seufzt tief. Die Aussicht auf eine märchenhafte Hochzeit hat alle vergangene Abneigung in sich aufgesogen.

„Das ist wirklich ein Traumpaar!", stimmt die zweite Schreibkraft zu. „Sie ist bildhübsch und so modern und er so reich und dann auch noch so gut aussehend!" Ihre Augen verwandeln sich in zwei tiefe Teiche voller Träumereien und jeglicher Groll gegen die Tochter des Chefs, dieses aufgedonnerte Frauenzimmer mit seinen Sperenzchen, ist vergessen.

Pérsomi dreht sich um und geht nach draußen, während hinter ihr die Schreibkräfte fröhlich weiterplappern.

Ihr ganzer Körper ist mit einem Mal gespannt wie eine Feder.

„Ich muss noch kurz zum Gericht", erklärt sie Frau Steyn, die wieder auf ihrem Platz hinter dem Empfangstresen sitzt. Ihre Stimme hört sich in ihren Ohren seltsam an.

„Pérsomi, hast du schon gehört …", beginnt die alte Dame in einem aufgeregten Tonfall, der ganz und gar nicht zu ihr passt.

Doch Pérsomis Füße gehen einfach weiter. Ihr Magen zieht sich zusammen und ihr wird übel.

Boelie? Boelie heiratet? So bald schon?

Ihre Finger finden den Autoschlüssel in ihrer Handtasche. Ihre Hände zittern, während sie ihn ins Zündschloss steckt. Die Klapperkiste stottert ein wenig und fährt dann wie von selbst auf die Straße hinaus, biegt links ab, die Hauptstraße entlang, in Richtung Eisenbahn.

Boelie, der sie vor einem halben Jahr noch angefleht hat, zur Besinnung zu kommen? Der heiratet jetzt?

Wo fahre ich eigentlich hin?, fragt sie sich, während sie die Eisenbahnschienen überquert.

Boelie hat sich also innerhalb von sechs Monaten so sehr in eine andere verliebt, dass er bereit ist, ihr gegenüber das große Versprechen abzulegen?

Eigentlich hat er sie natürlich die ganze Zeit über geliebt – jeder hat das auch gewusst. „Boelie Fourie wartet doch nur darauf", dass Annabel de Vos von ihrem Streifzug zurückkommt", haben die Leute im Dorf die ganze Zeit über behauptet. „Das Mädel hat etwas Wildes an sich, die zieht es in die Welt, schon als sie klein gewesen ist. Und er ist klug genug, dass er sie ziehen lässt, bis sie irgendwann zu ihm zurückkommt." Boelie hat im Dorf den Ruf, ein felsenfester Mann zu sein, der weiß, was er will.

Mein Verstand verweigert seinen Dienst, denkt Pérsomi. Mein Körper ist dabei zu sterben.

Sie biegt in den erstbesten Feldweg ab, hält unter dem erstbesten Baum an und stellt den Motor ab. Es ist ein breit ausladender Weißdornbaum, dessen Schatten aber nur wenig Abkühlung bietet.

Das ist der Ort, an dem Boelie angehalten hat, als Lewies wegen Unzucht verhaftet worden ist, und an dem er ihr zum ersten Mal gesagt hat, dass er sie liebt. Pérsomi wird das leider erst zu spät klar.

Aber wohin sonst sollte ich fahren?, denkt sie verzweifelt.

Sie möchte nur zu Boelie.

Ihr Kopf sackt aufs Lenkrad. Die Erinnerungen kommen von selbst und es gibt kein Halten mehr. Es sind auch nicht einfach nur Erinnerungen, es ist ein durchlebtes Wissen.

In ihren dunkelsten Stunden ist er immer für sie da gewesen. Als Gerbrand zur Armee gegangen ist, als das kleine Abbild des früheren Gerbrand mitten unter ihnen zu wohnen anfing, an dem furchtbaren Abend, als Lewies im Internat aufgetaucht ist – immer ist Boelie für sie da gewesen.

Nachdem Gerbrand gestorben war, ist kein Mitleid in seinen Augen zu erkennen gewesen. Während der Ehrensalut erklungen ist, hat er einfach nur seinen Arm um sie gelegt. Als der Damm gebrochen ist und die Flutwelle des Kummers ihr Herz zu ersticken drohte, hat er sie nur dichter an sich gezogen. Er hat ihren Arm gestreichelt und versprochen, ihr großer Bruder zu sein, gerade so lange, bis sie hat sagen können: „Der Kummer bleibt, Boelie, aber ich kann damit umgehen."

Jetzt wird es nie mehr gut. Denn an diesem heißen Frühjahrstag kann sie mit dem quälenden Kummer in ihrem Inneren nicht mehr zu Boelie gehen.

Noch nie ist sie so allein gewesen.

Zu ihrem Berg kann sie auch nicht. Der steht auf Boelies Land, ihr Berg ist nicht mehr ihr Berg.

Draußen scheint die Sonne. Die Landschaft liegt reglos in der flimmernden Hitze. Nur die Grillen veranstalten einen riesigen Lärm.

Ihre Kehle ist wie zugeschnürt, die Tränen laufen ihr in Strömen

über die Wangen. Die Landschaft um sie herum verschwimmt vor ihren benebelten Augen. Sie spürt keine Wut mehr, keine Selbstverachtung, nicht einmal mehr Kummer.
Sondern nur noch eine unendliche Einsamkeit.
Zum ersten Mal in ihrem Leben weint sie am helllichten Tag.

ೞ

Gleich am nächsten Tag ist die Kanzlei ein Ameisenhaufen voller Betriebsamkeit. Annabel organisiert ihre Hochzeit ganz allein, mit der Kanzlei als Hauptquartier. Ihre Mutter macht nichts und ihr Vater bezahlt alles. Die Sache läuft in einem Rekordtempo; jetzt, wo das große Ja-Wort heraus ist, möchten Annabel ihr Hochzeitsschiff so schnell wie möglich in See stechen lassen, hinaus aufs Meer im Mondenschein.

Pérsomi isst und schläft und geht in die Wanne, liest Zeitung und hört sich die Nachrichten an. Sie arbeitet von morgens früh bis abends spät, sie arbeitet sogar während der Essenszeiten. Der Knoten in ihrem Bauch bleibt steinhart.

„Hey, warum bringst du mir keine belegten Brote mehr vorbei?", fragt Reinier, als er eines Tages während der Mittagszeit um die Ecke schaut. „Du wirst mir doch wohl nicht erzählen wollen, dass du hier die ganze Mittagspause, ohne zu essen, durcharbeitest!"

Das Brautkleid wird in Frankreich bestellt und extra für den großen Tag der Modellbraut entworfen. „Das kostet ein Vermögen", seufzt eine der Schreibkräfte.

Pérsomi arbeitet ohne Unterbrechung durch.

Die Schreibkräfte sind tagelang damit beschäftigt, die Hochzeitseinladungen zu adressieren. Die Einladungen sind mit goldenen Buchstaben geschrieben – man kann das Geld geradezu riechen, sagt Frau Steyn vergnügt. Sie kleben die Briefumschläge zu und die Briefmarken darauf. „Bah, eklig, meine Zunge klebt mir regelrecht an den Zähnen", bemerkt eine von ihnen.

ೞ

Aufgrund ihrer Arbeit im Gericht muss Pérsomi zum Glück immer wieder die Kanzlei verlassen. Ihre Vorbereitungen sind in jeder Hinsicht vollkommen, ihre Beweisführung ist unwiderlegbar und was ihren Argumentationsgang angeht: Daran beißen sich die Gegner die Zähne aus. Doch selbst die intensiven Debatten können ihre Aufmerksamkeit nicht völlig in Beschlag nehmen und nichts kann den Felsblock in ihrem Inneren zerkleinern.

Waggonweise werden Blumen bestellt. Der Metzger muss sein Kühlhaus sauber schrubben, damit die Blumen darin frisch gehalten werden können. „Das Bosveld ist wirklich die heißeste und staubigste Gegend der ganzen Welt", behauptet Annabel. Als echte Weltreisende muss sie das wissen.

Und dann läuft Pérsomi eines Nachmittags Boelie direkt über den Weg, im Flur, kurz vor ihrem Büro. „Hallo, Pérsomi", sagt er ein wenig steif.

„Tag, Boelie." Nach dem kurzzeitigen Schock durch seine unerwartete Anwesenheit ist die Wut das Erste, das in ihr hochschießt. Nur ganz kurz begegnen sich ihre Blicke. Dann fragt er: „Ist De Wet auch da?"

„Ja, der ist mit Sicherheit in seinem Büro", antwortet sie kühl und geht an ihm vorbei in ihr eigenes Büro. Die Tür lässt sie hinter sich ins Schloss fallen.

Lange Zeit sitzt sie nur da. Zunächst zittert sie noch ein bisschen, danach schaut sie nur noch geistesabwesend vor sich, regungslos.

Alle Wunden sind wieder aufgebrochen und der Kummer bricht sich erneut Bahn, stechender und schmerzhafter als jemals zuvor.

☙

„Das kannst du nicht bringen, nicht auf die Hochzeit zu gehen", erklärt Reinier. Sein Gesicht sieht sehr ernst aus. „Du musst da wirklich hin."

„Ich habe einfach keine Lust", erwidert Pérsomi. „Hochzeiten und Beerdigungen und diese Sorte Feierlichkeiten sind überhaupt nichts für mich."

Er lächelt, aber seine Augen bleiben ernst. „Du kannst doch Hochzeiten und Beerdigungen nicht in einem Atemzug nennen. Keine Lust ist übrigens keine Entschuldigung. Die Tochter und der Bruder deiner beiden Kollegen heiraten. Darum sage ich dir: Geh mit mir hin, dann machen wir uns einen netten Tag."

„Reinier, du kapierst es einfach nicht", entgegnet sie todmüde.

„Ich kapiere es gerade sehr gut", erwidert er leise. „Ich weiß, dass du in Boelie in bisschen verliebt gewesen bist, und das macht es nicht gerade einfach, auf seine Hochzeit zu gehen. Aber du musst bedenken, dass er und Annabel eigentlich schon immer füreinander bestimmt gewesen sind."

Sie nickt. Was für einen Sinn macht es, mit Reinier darüber zu streiten?

„Mir geht es im Grunde genommen genauso", eröffnet er ihr. „Irene ..." Er zuckt mit den Schultern. „Nun ja, ihr englischer Freund kommt auch."

„Du wirst mir doch wohl nicht erzählen wollen, dass du immer noch in sie verliebt bist?", will Pérsomi überrascht wissen.

Reinier lächelt verlegen. „Sorry", antwortet er. „Aber du siehst, dass ich dich wirklich verstehe. Deshalb würdest du mir einen großen Gefallen tun, wenn du mitgingest, denn ich kann natürlich auf keinen Fall wegbleiben. Zusammen können wir doch etwas daraus machen, was denkst du?"

So kommt es, dass Pérsomi am nächsten Tag während der Mittagspause wieder einmal Ismails Geschäft betritt, um sich ein Kleid und Schuhe zu kaufen. Der alte Mann arbeitet nicht mehr Vollzeit und seine Söhne sind dabei, den Laden zu übernehmen. Die Atmosphäre im Geschäft ist aber immer noch dieselbe wie früher.

Sie gibt fast die Hälfte ihres Gehalts für die Kleidung aus, so furchtbar gleichgültig ist ihr alles.

„Sollen wir vielleicht wieder bei der Feier helfen, so wie damals bei Klara und De Wet?", will ihre Mutter am Abend wissen.

„Nein, Mama. Die Hochzeit findet im Hotel statt, da kümmern sie sich um alles."

„Oh." Ihre Mutter scheint für einen Augenblick enttäuscht zu sein, doch dann verkündet sie: „Gut, dass Boelie jetzt heiratet."

„Ja, Mama", erwidert Pérsomi.

„Du bist doch sicher auch zur Hochzeit eingeladen, Pérsomi?", fragt Tante Duifie. „Du hast es doch den ganzen Tag mit all den piekfeinen Leuten im Dorf zu tun ich hab' gehört dass das die Hochzeit des Jahrhunderts werden wird."

„Ja, Tante Duifie", antwortet Pérsomi.

☙

Die Stunden schleppen sich wie Tage dahin, die Minuten dauern Stunden. Wenn das alles nur endlich vorbei wäre, denkt Pérsomi sich, dann könnte ich weitermachen mit meinem Leben.

☙

Die Kirche ist ein Blumenmeer. Die Kanzel verschwindet komplett hinter einer Pyramide aus Blumen, an jeder Kirchenbank ist zum Gang hin eine eigene Blumendekoration angebracht, und von den Emporen strömt ein Wasserfall aus Blumen herab.

Mit Reinier schiebt sich Pérsomi in die dritte Reihe von vorn, auf die Seite, die für die Familie der Braut reserviert ist.

Boelie ist schon da. Er sitzt schräg vor ihnen in der ersten Reihe. Er bewegt sich nicht und schaut geradeaus auf das Parament an der Kanzel mit seinen goldenen Buchstaben. „Gott mit uns", steht dort.

Auf der anderen Seite des Ganges, wo die Familie des Bräutigams sitzt, haben Irene und ihr englischer Freund, De Wet und Christine, Klara und Antonio Platz genommen. Von den Kindern ist keins zu sehen.

„Keine Kinder", hat ausdrücklich auf der Einladung gestanden.

Die Kirche ist voll. Jeder im Dorf oder in der Gegend, der etwas auf sich hält, ist gekommen.

Kurz bevor die Glocken zu läuten beginnen, betreten Herr Fourie und Tante Lulu die Kirche, zusammen mit Reiniers Mutter. Sie setzen sich auf ihre reservierten Plätze.

Pérsomi verspannt sich. Nicht denken, einfach Augen zu und durch, sagt sie sich andauernd selbst.

Die Orgel setzt ein, alle stehen auf, jeder wendet den Kopf und schaut den Gang hinunter.

Auch Pérsomi schaut, mit nichtsehenden Augen.

Dennoch sieht sie die Braut, strahlend und bildhübsch.

Sie sieht den Vater der Braut, seltsam emotional.

Sie sieht den Bräutigam. Er hat nur Augen für die Braut.

Pérsomi schaut in eine andere Richtung. Ich brauche dich überhaupt nicht, ich komme sehr gut ohne dich klar, kämpft sie verbissen.

Dann legen die beiden vor Gott und seiner heiligen Gemeinde ihr Versprechen ab – „bis dass der Tod uns scheidet."

☙

Das Hotel ist festlich geschmückt, auf eine Weise, wie man sie im Dorf noch nie vorher gesehen hat. „Sogar die Cateringfirma ist aus Johannesburg", flüstert jemand. „Du musst dir mal die Vorspeisen ansehen!" – „Ich habe gehört, dass mehr als fünfhundert Gäste erwartet werden", fügt ein anderer hinzu. „Das muss wirklich ein Vermögen gekostet haben."

„So eine gemütliche Bauernhochzeit ist mir lieber", hat Boelie einst gesagt, irgendwann.

Zusammen mit einem Onkel von Reinier und seiner Familie sitzen sie am Tisch. Sie kommen aus Johannesburg, aber das Gespräch will nicht so recht in Gang kommen. Am Nachbartisch sitzt Familie Fourie: De Wet und Christine, Irene und ihr Freund, Klara und Antonio, Doktor Lettie und Antonios Bruder Marco. Sie haben großen Spaß miteinander und sind sogar schon vor den Trinksprüchen ausgelassen.

Ich wollte, ich könnte meine Schuhe ausziehen und einfach weggehen, denkt Pérsomi unzusammenhängend. Oder einfach ins Bett kriechen und mir die Decke über den Kopf ziehen.

Sie lächelt jedem zu, der sie begrüßt, sie redet ein wenig mit Reiniers Neffen – einem nervigen Kerl.

„Was hältst du von ihm?", will Reinier nach der Vorspeise wissen. Pérsomi betrachtet Irenes Freund äußerst kritisch. Er ist groß, dunkel, athletisch gebaut und topfit. „Einfach nur ein Khakie, den sie in die Bleiche gesteckt haben."

Er bricht spontan in Gelächter aus. „Ach, Pérsomi, auf dich ist Verlass, durch dick und dünn!"

Sie trinken auf die Gesundheit der Eltern des Bräutigams. „Trink dein Glas aus, die haben noch mehr von dem Zeug", fordert Reinier Pérsomi auf.

Sie trinken auf die Eltern der Braut. Es ist deutlich zu erkennen, dass die Brautmutter nur gewöhnlichen Traubensaft in ihrem Glas hat. „Trink aus", fordert Reinier Pérsomi erneut auf und bedeutet dem Kellner, eine weitere Flasche Champagner zu öffnen.

De Wet leitet die Trinksprüche auf das Brautpaar ein. Er hält eine brillante Rede, die Gäste lachen sich schlapp und wischen sich dezent die Tränen aus den Augen. Christine sitzt neben ihm und schaut mit einem sanften Lächeln auf den Lippen und Augen voller Bewunderung zu ihm auf.

Pérsomi spürt, wie sie der Champagner von innen erwärmt. Ihr Gesicht entspannt sich wie von selbst und durch ihre Adern beginnt eine Art ratlose Ruhelosigkeit zu strömen.

Antonio und sein Bruder bringen dem Brautpaar ein Ständchen. Dabei füllen ihre warmen Tenorstimmen das ganze Hotel mit himmlischen Klängen. „Allmächtiger, was können die Italiener singen!", staunt Reinier. „Warte, ich bestelle uns etwas stärkeres als Champagner, sonst halten wir den Abend nicht durch."

Als der Bräutigam eine Rede halten soll, spielen Pérsomi und Reinier hingebungsvoll ein kleines Spiel. Boelie ist für sie kein Bräutigam mehr, sondern ein als Pinguin verkleideter Hahn, der aus dem Hühnerstall von Ta' Koek entsprungen ist.

Während das Brautpaar mit einer ausladenden Geste die himmelhohe Hochzeitstorte anschneidet, hängt Pérsomi an Reiniers Arm.

Zu gegebener Zeit eröffnet das Brautpaar die Tanzfläche. Reinier schließt Pérsomi in seine Arme, etwas steif schweben sie eine Runde nach der anderen und halten nur ab und zu an, um noch einen Schluck zu trinken.

„Das ist jetzt also die Hochzeit des Jahrhunderts", erklärt Pérsomi zynisch.

„Da kannste mal sehen, was?", lacht Reinier unzusammenhängend und hebt sein Glas. „Auf uns!"

„Hey, du kleckerst auf mein neues Kleid!", ruft sie wütend und wischt unbeholfen über den nassen Fleck.

Sie hängt ihm um den Hals. Oder vielleicht hängt er ihr um den Hals. Stundenlang – oder wie lange dauert so eine Hochzeitsfeier eigentlich? Plötzlich taucht Boelie vor ihnen auf, direkt vor Pérsomi, wie aus dem Nichts. Sie sieht seinen Mund reden, sie sieht, wie sich seine Lippen bewegen, sie hört seine Stimme, die heiser ist vor Wut: „Große Güte, Reinier, ist der Skandal nicht schon groß genug? Bring sie nach Hause, jetzt sofort, und sorge dafür, dass sie ins Bett kommt. Und dasselbe gilt für dich. Auf der Stelle!"

Die Worte schmerzen in ihrem benebelten Gehirn und Boelies flammende, schwarze Augen brennen sich dauerhaft auf ihrer Netzhaut ein.

ೞ

Mit stechenden Kopfschmerzen wacht Pérsomi auf. Sie greift mit zwei Händen nach ihrem Kopf und richtet sich langsam auf. Ihre Schuhe liegen neben ihrem Bett, dort, wo sie sie abgeschüttelt hat. Ihre Strumpfhose hat sie noch an und ihr neues Kleid auch. Sie schließt die Augen wieder, atmet tief ein und wirft sich das Haar nach hinten.

Langsam kehren die Ereignisse des gestrigen Abends zurück, und sie sieht die ganze Szenerie vor sich.

Lieber Vater, was habe ich getan?

ೞ

Am Montagmorgen läuft Pérsomi zu Fuß in die Kanzlei – ein bisschen Bewegung wird sie beruhigen. Sie ist früh dran und möchte die Erste sein. All den Menschen, die mitbekommen haben, wie sie sich danebenbenommen hat, wird sie wieder unter die Augen treten müssen. Annabel, die gesehen hat, wie sie sich nach und nach immer mehr hat gehen lassen, und Boelie, der schließlich eingegriffen hat, sind jetzt für eine Weile weg. Die Erniedrigung, ihnen wieder in die Augen schauen zu müssen, steht also noch eine Weile aus. Heute Morgen geht es wirklich nur um die Menschen in der Kanzlei: Frau Steyn, die beiden Schreibkräfte und Herrn De Vos. Vielleicht hat der ja gar nichts mitbekommen – er ist so ein Verhalten gewöhnt, hat Reinier sie gestern noch etwas unbeholfen getröstet.

Das Schlimmste an diesem Morgen wird ohne jeden Zweifel die Konfrontation mit De Wet werden, denkt sie. Der sagt immer, dass er stolz auf sie ist, und nun hat sie sich benommen wie eine ungebildete, unerzogene, arme Weiße.

Sie muss ihren Rücken gerade halten und einfach weitergehen. Das ist in den dunklen Stunden der vergangenen Nacht endlich definitiv zu ihr durchgedrungen. Den tiefsten Tiefpunkt hat sie erreicht, als sie sich vor den Augen des ganzen Dorfes zum Gespött gemacht hat. Jeder weiß nun wieder, was sie immer schon gewesen ist: das Beiwohnerkind.

Sie kann nur hoffen, dass die Zeit die Wunden heilt, auch die von diesem Skandal.

Auch Boelie gehört nun definitiv der Vergangenheit an. Nun ist er nicht einmal mehr ihr großer Bruder, sondern Annabels rechtmäßiger Ehemann. Einen großen Bruder hat sie nicht mehr.

Zunächst bringt sie ihre Handtasche und ihre Aktentasche ins Büro. Als sie sich umdreht, steht Herr De Vos in der Türöffnung. „Kann ich dich für einen Augenblick sprechen?", fragt er und geht sofort weiter zu seinem eigenen Büro.

Pérsomi steht da und zittert vor Schreck. Er wird mich entlassen, weiß sie. Dass mein Stiefvater wegen Unzucht angeklagt worden ist, war verzeihlich, aber mein eigenes Benehmen ...

Herr De Vos schließt die Tür seines Büros hinter ihr. „Setz dich", fordert er Pérsomi auf und zeigt auf den Stuhl vor seinem Schreibtisch.

Schweigend gehorcht sie. Hierauf ist sie nicht vorbereitet gewesen, obwohl sie es zweifellos hätte erwarten können.

Selbst setzt er sich nicht hin. Er bleibt vor dem Fenster stehen und betrachtet den kleinen Garten im Innenhof. Er sagt nichts.

„Es tut mir wirklich sehr leid, Herr De Vos", stammelt sie. „Wenn Sie es wünschen, dann werde ich weggehen, irgendwo anders hin, mir irgendwo anders Arbeit suchen."

Er dreht sich langsam um und schüttelt den Kopf. „Nein, du brauchst nicht wegzugehen." Seine Stimme hört sich seltsam an. Auch seine Augen sehen seltsam aus, das bemerkt sie jetzt erst. Er hat seine dicke Brille abgesetzt, und seine dunklen Augen blinzeln gegen das Licht. Er hat dunkle Ringe unter den Augen.

Schweigend wartet sie.

„Ich könnte dir wegen Samstagabend eine Menge sagen, Pérsomi, aber das werde ich nicht tun. Jeder von uns hat einmal so einen Abend." Seine Stimme klingt wirklich seltsam. Er benimmt sich auch komisch, er läuft vor dem Fenster hin und her und hält ab und zu kurz inne, um einen Blick durch die Scheibe zu werfen.

„Herr De Vos?"

„Ich werde dich nur um eine Sache bitten." Jetzt bleibt er vor dem Fenster stehen. Er wirft Pérsomi einen kurzen Blick zu, wendet sich allerdings sofort wieder ab.

„Herr De Vos?"

„Und das ist, dass du Reinier aus dem Weg gehst, Pérsomi. In jeglicher Hinsicht."

Die Worte treffen sie wie ein Faustschlag in die Magengrube. „Reinier?" Reinier, dem Einzigen, den sie gestern anrufen konnte, mit dem sie eine ganze Zeit reden konnte, dem sie sogar einen Teil ihres Kummers wegen Boelie hat erzählen können – natürlich nicht alles – mit dem sie gestern Abend über ihr schändliches Benehmen gesprochen hat? Reinier, der darüber hat lachen und sagen können: „Wir haben alle beide ein bisschen Kummer gehabt, Pérsomi, und den heruntergespült. Das war alles."

„Reinier?", fragt Pérsomi noch einmal und schüttelt den Kopf.

Herr De Vos geht zur anderen Seite seines Schreibtisches und setzt sich auf seinen Stuhl, ihr direkt gegenüber. Er schaut sie an. Seine Hände liegen regungslos auf dem Schreibtisch. „Ich mache mir schon seit einer ganzen Weile Sorgen wegen eurer Freundschaft", erwidert er. „Schon seit ein paar Jahren eigentlich. Aber ich habe den Eindruck, dass sie nun ein neues Stadium erreicht hat, weswegen ich nicht mehr länger schweigen kann. Ich habe keine Wahl mehr."

Pérsomis früheres Entsetzen, die Erniedrigung aus all den Stunden, die seit Samstagabend verstrichen sind, und ihre damit verbundene Verwirrung machen einer rettungslosen Wut Platz. „Weil ich mich am Samstagabend danebenbenommen habe?", erkundigt sie sich streitlustig. „Oder weil ich ein Beiwohnerkind ohne irgendeine Form von Kultur bin?"

Herr De Vos schaut ihr direkt in die Augen. „Nein, Pérsomi", antwortet er. „Weil ich dein Vater bin."

Teil 3

15. Kapitel

Es war wie ein Trauerprozess: Mit einer immensen Trübseligkeit fing alles an. Schlagartig ist ihr klar geworden, dass alles, aber auch wirklich alles nicht nötig gewesen wäre. Die vagen Andeutungen, die in einer einzigen Bemerkung vor neun Monaten gesteckt hatten, haben ein Missverständnis nach dem anderen hervorgerufen.

Unmittelbar darauf folgte auch noch der Zweifel, er kam schlichtweg dazu: Boelie hat sich innerhalb weniger Monate so sehr in Annabel verliebt, dass sie jetzt verheiratet sind. Seine Liebe für sie, Pérsomi, ist nur von kurzer Dauer gewesen, wie eine Blume, die am Abend noch blüht und dann schnell verwelkt.

Dann, oder eigentlich fast gleichzeitig, ist die Wut gekommen: zuerst und in erster Linie auf Herrn De Vos, der mit seinem Egoismus und seiner Selbstsucht die Ursache von allem gewesen ist und sie – sie und ihre Mutter – zu einem Leben verurteilt hat, wie Lewies Pieterse es führt.

Am selben Nachmittag noch hat Pérsomi deshalb die Kündigung eingereicht.

„Ich verstehe, wie du dich fühlst, Pérsomi, aber ich weigere mich, deine Kündigung anzunehmen. Du bleibst hier", hat Herr De Vos fest entschlossen geantwortet. „Du und De Wet, ihr seid eine seltene Kombination in einer Firma, und aus euch könnte in der Zukunft ein schlagkräftiges Gespann werden. Und ... äh ..." Er reibt sich über seine Glatze, ohne Pérsomi anzuschauen, und raschelt mit seinen Papieren herum. „Darüber hinaus wirst du einen Teil der Kanzlei erben, auch wegen deiner Verdienste."

Pérsomi hat tagelang darüber nachgedacht, ohne mit jemandem darüber sprechen zu können.

Schließlich hat sie ihre Kündigung zurückgezogen. Herr De Vos hat ein Dokument ausgestellt, worin festgelegt wird, dass er seinen Anteil an der Kanzlei *De Vos & De Vos* an Pérsomi Pieterse überträgt, sobald er sich aufs Altenteil zurückzieht.

Sie hat sich nicht bei ihm bedankt.

Anfangs ist sie auch auf ihre Mutter wütend gewesen, die durch ihre unbeholfenen Manöver die ganzen Missverständnisse überhaupt erst ins Leben gerufen hat. Allerdings konnte sie nicht wirklich wütend bleiben – ihre Mutter ist nun einmal eine einfache Frau, die nach bestem Wissen und Gewissen versucht hat, ihr Versprechen zu halten. Darüber hinaus ist sie ihre Mutter.

Sie ist wütend auf sich selbst gewesen, weil sie nie versucht hat, noch mehr Informationen aus ihrer Mutter herauszubekommen. Auf der anderen Seite hat sie jedoch versucht, Gewissheit zu bekommen: „Mama, nenn mir dann doch wenigstens einen Namen."

„Hör auf mit deiner Fragerei!", ist ihre Mutter ausfällig geworden. Ihre Augen haben sich geschlossen, ihr Mund hat sich zu einer trotzigen Schnute zusammengezogen.

Zwei Tage später hat Pérsomi noch einen letzten Versuch gewagt: „Mama, ist Boelie etwa der Mann, dem ich aus dem Weg gehen soll?"

„Ach du liebe Güte, Pérsomi, ich kann doch nicht darüber sprechen!", hat ihre Mutter mutlos ausgerufen. „Ich habe es versprochen, kapier das doch endlich!"

In der Zwischenzeit ist Pérsomi alles so logisch vorgekommen, die Puzzleteile schienen so eindeutig zusammenzupassen: ihr Verbleib auf dem Land von Herrn Fourie, die Ähnlichkeit zwischen dessen anderen Kindern und ihr selbst, sogar der geschwisterliche Neid zwischen ihr und Irene.

Sie ist wütend auf Boelie gewesen, der sein Herz so schnell einer anderen geschenkt hat. Und als dann noch sieben Monate nach der verschwenderischen Hochzeit der kleine Nelius zur Welt gekommen ist, ist sie wieder wie vor den Kopf gestoßen.

Ein einziges Mal hat sie in einem unbedachten Augenblick eine Bemerkung darüber gemacht. Sie weiß nicht mehr, was De Wet genau gesagt hat, aber das ist für Pérsomi die Vorlage gewesen, um zu entgegnen: „Aber wie konnte Boelie nur, De Wet? Das ist doch ein Mann mit Prinzipien, wie konnte er nur?"

„Du weißt nicht, wie Annabel ist, Pérsomi", hat De Wet ernst geantwortet. „Das ist sicher keine Entschuldigung, aber … du weißt nicht, wie sie ist."

De Wet weiß mehr darüber, als er ihr gegenüber zugegeben hat, das hat sie sehr wohl geahnt. Er kennt Annabel immerhin schon seit ihrer frühesten Kindheit.

Pérsomi hat viel über ihre junge Mutter und einen gewissen jungen Herrn De Vos nachgegrübelt. Wie konnte jemand ihn überhaupt je anziehend finden? Ist er in seinen jungen Jahren vielleicht noch schlank gewesen, hat er eine dicke, dunkle Mähne gehabt, bevor er kahl zu werden begann, sind seine Augen tief braun gewesen, bevor sie hinter den dicken Brillengläsern verschwommen sind? Hat er jemals gemeint, ihre Mutter sähe gut aus? Oder ist sie für ihn nicht mehr als eine Fluchtgelegenheit gewesen, weg von seiner Frau und ihren Problemen? Sie ist fünf Monate jünger als Reinier, macht Pérsomi sich klar – und ihre Abneigung gegen den Mann, der auf einmal ihr Vater zu sein scheint, wächst mit jedem Tag mehr.

Sie muss eine Menge verwirrender Dinge verarbeiten: Reinier ist also ihr Halbbruder? Schlimmer noch: Annabel ist ihre Halbschwester? Zu ihrem Entsetzen hat sie erkennen müssen, dass Annabel genauso sehr ihre Schwester ist wie Hannapat und Reinier genauso sehr ihr Bruder wie Gerbrand früher.

Und Boelie kommt mit heiler Haut davon. Boelie ist überhaupt nicht mit ihr verwandt. Doch Boelie ist jetzt verheiratet.

Pérsomi ist immer klarer geworden, dass sie Boelie nicht auf Dauer aus dem Weg gehen kann, wenn sie beide hier im Dorf wohnen bleiben. Er fährt dieselben Straßen entlang wie sie, betritt dasselbe Postamt, dieselben Banken und Geschäfte, geht im Dorf in die Kirche. Er hat die Tochter ihres Chefs geheiratet, er ist der Bruder und Nachbar ihres Kollegen. Selbst wenn sie sich alle Mühe gibt, sich vor ihm zu verstecken, es macht überhaupt keinen Sinn. Er wird immer ein Teil ihres Bekanntenkreises bleiben.

Schließlich, außerordentlich langsam, Schrittchen für Schrittchen, kommt die Akzeptanz. Ich gehöre nicht zu denen, die sich verdrücken, sagt Pérsomi sich immer wieder, und immer wieder richtet sie ihren Rücken gerade. Ich kann die Chance, die mir hier in den Schoß gefallen ist, nicht einfach wegwerfen. Der gut gehenden Kanzlei, die ich rechtmäßig erben werde, kann ich nicht den Rücken kehren.

Das ist *mein* Großvater, wird ihr plötzlich klar, als sie wieder einmal vor dem Porträt im Flur steht – *mein* Großvater hat diese erfolgreiche Kanzlei eröffnet und ausgebaut. Irgendwo in ihr drin fängt doch ein kleines Körnchen Stolz an zu keimen; das Wissen, dass sie aus einer ganz normalen Familie stammt, schlägt Wurzeln. Nicht wegen des Mannes, der ihr biologischer Vater ist, sondern wegen des ehrfurchtgebietenden alten Herrn auf dem Porträt, der ihr Großvater gewesen ist.

Erst dann, beinahe zwei Jahre, nachdem ihre Mutter gesagt hat: „Ach du liebe Güte, Pérsomi, willst du etwa deinen eigenen Bruder heiraten?", kann sie wieder so richtig leben.

CZ

Gerbrand ist nun im dritten Schuljahr. Er macht ordentliche Fortschritte und ist samstags der Kapitän der Rugbymannschaft in seiner Altersgruppe. Zusammen mit De Wet und Christine steht Pérsomi fast jeden Samstag am Spielfeldrand. Auch Boelie kommt ab und an zum Zuschauen vorbei. Ab dem nächsten Jahr soll auch die kleine Annetjie („Christine hat so 'ne Art mit dem Namen von ihrer Mutter umzugehen", hat Tante Sus seinerzeit zufrieden erzählt) die Nachmittage bei Tante Jemima verbringen, und Lulani soll zwei Jahre später folgen („Eine Sünde ist das, aus Lulu Lulani zu machen!"). An Weihnachten kommen immer Sussie und Hannapat zu Besuch, Letztere von ihnen mit ihrem Freund. Piet bleibt zum Glück weg. Staublunge oder nicht, Onkel Polla lebt immer noch glücklich mit seiner großbusigen Duifie weiter, die Frisur von Pérsomis Mutter erfährt allerdings unter Tante Duifies enthusiastischen Händen regelmäßige Veränderungen, während die Haare von Frau Steyn immer noch violett glänzen.

Mehr als einmal geht Pérsomi mit ihrer Mutter sonntags in den Gottesdienst auf der Farm von Onkel Freddie. Ihre Mutter bleibt dann für den Rest des Tages bei Tante Sus und Onkel Attie, Pérsomi geht immer zu De Wet und Christine. So lernt sie die drei Kinder gut kennen und liebt sie alle drei sehr. Als Gerbrand danach fragt, erzählt sie ihm von seinem Vater. „Mein Vater, der tot ist", nennt Gerbrand ihn.

Meistens streift er auf der Suche nach Abenteuern irgendwo durch die Gegend, während die beiden Mädchen um Pérsomi herumscharwenzeln und ihre langen Haare kämmen oder flechten wollen. Eigentlich ist Christine die erste wirklich gute Freundin, seit Beth vor so vielen Jahren aus ihrem Leben verschwunden ist, wird Pérsomi an einem späten Sonntagabend klar.

Braam kommt auch wieder vorbei. „Ich überlege, mich hier auf eine freie Stelle in der Mittelschule zu bewerben, Pérsomi. Was hältst du davon?", will er von ihr wissen, als im Mai die *Gazette* herauskommt.

„Wenn das ein Karriereschritt für dich wäre, solltest du es unbedingt tun", antwortet Pérsomi zurückhaltend. Braam ist ein feiner Freund, aber sie möchte ihm keine falschen Hoffnungen machen – jedenfalls noch nicht.

„Das wäre es", erwidert er. „Darüber hinaus wäre es schön, hier wohnen zu können, so dicht bei dir."

Als er die Stelle nicht bekommt, freut sie sich klammheimlich.

„Es sind sicher noch andere Stellen frei", versucht sie ihn zu trösten.

„Ja schon, aber nicht hier", bedauert er.

ങ

Am 29. Mai 1953 erreicht Sir Edmund Hillary als erster Mensch den Gipfel des Mount Everest. „Ich bin in meinen jungen Jahren auch so'n strammer Bergsteiger gewesen das kannste mir glauben", verkündet Onkel Polla außer Atem. „Die Magaliesberge rauf und runter war ein Spaziergang, einfach hin und wieder zurück. Dieser Everest da ist schon ziemlich hoch, das war mir zu bunt."

„Ja, Onkel Polla, nein, Onkel Polla", erwidert Pérsomi und verschwindet in aller Stille mit einem Stapel Akten unter dem Arm in ihr Zimmer.

Es kostet sie viele Stunden Lese- und Forschungsarbeit, um auf der Höhe zu bleiben, was den wachsenden Stapel Gesetze betrifft, die die Bausteine für die neue Regierungspolitik bilden, „Apartheid" genannt. 1953 tritt das Gesetz über getrennte öffentliche Einrichtungen in Kraft, worin festgelegt wird, dass jede Rasse ausschließlich ihre eigenen öffentlichen Einrichtungen benutzen darf.

„Das ist nicht die ganze Wahrheit, Pérsomi", erklärt Yusuf. „Bestimmte öffentliche Einrichtungen gibt es nur für Weiße. Jeder, der nicht weiß ist", und er macht zwischen den Worten „nicht" und „weiß" eine merkliche Pause, „wird als Nichtweißer behandelt. Die

Inder und die Naturvölker stehen also in derselben Schlange vor der Hintertür des Postamts oder der Bank, auf dem flachen Land gibt es für sie weder Kinos noch Theater, sie reisen zusammen im Zug, nicht getrennt, und in der dritten Klasse. Schau dich doch mal um; es gibt tausende von Beispielen für diese diskriminierende Apartheid."

Doktor Verwoerd bringt das Gesetz über den Bantu-Unterricht ein, mit dem alle schwarzen Schulen unter staatliche Aufsicht gestellt und die Lehrpläne an die besonderen Bedürfnisse der Bantus angepasst werden. „Bedürfnisse, die durch die Weißen bestimmt werden, Pérsomi", erläutert Yusuf. „Angeblich, damit sich der Bantu an seinem Stammesverband orientiert, in Wirklichkeit aber, um sie unterentwickelt zu lassen."

„Yusuf Ismail ist ein verstockter Kommunist, Pérsomi, du solltest da nicht mehr hingehen", behauptet Reinier. „Ich habe gehört, dass Braam dir die Tür einrennt?"

„Er war vergangene Woche hier", erwidert sie abwehrend. „Wer behauptet denn, dass er mir die Tür einrennt?"

„Tante Duifie, im Postamt. Sie wollte mich nur warnen, ganz im Vertrauen. Sie denkt anscheinend, dass er versucht, in meinem Stall zu wildern."

Ich frage mich, was Reinier sagen würde, wenn er wüsste, dass ich seine Halbschwester bin, überlegt Pérsomi zum wiederholten Mal. Laut erwidert sie: „Und dann hast du sicher gesagt, dass sie sich um ihre eigenen Angelegenheiten kümmern soll?"

Reinier schaut sie amüsiert an. „Traust du mir das zu?"

Pérsomi schüttelt den Kopf und lächelt versöhnlich. „Nein, dafür bist du viel zu lieb."

„Deine Brote werden mit jedem Tag besser, gib mir doch noch eins", entgegnet er. „Soll ich aus der Braamgeschichte schließen, dass ich keine Kinogefährtin mehr habe?"

„An den Wochenenden, an denen er mich nicht besucht, schaue ich mir alle erdenklichen Filme an, es sei denn, es ist so ein Schießoder Kriegs- oder Spionagefilm und auch nicht so ein Unsinn mit Laurel und Hardy oder ..."

„Pérsomi! Was bleibt denn dann noch übrig?", fällt er ihr lachend ins Wort.

„Liebesgeschichten, Musicals, Historienfilme ..."

Er stöhnt geräuschvoll. „Ich muss mir dringend jemand anderen suchen, mit dem ich ins Kino gehen kann."

„Wenn das eine Frau ist, dann wird sie vermutlich denselben Geschmack haben wie ich", entgegnet Pérsomi. „Sollen wir uns das letzte Brot noch teilen?"

ॐ

Langsam, aber sicher kommen auch ihre Gefühle wieder zurück, die echten Gefühle, andere als nur Wut, Kummer und andauernder Zweifel.

„Meine Eltern und Oma ziehen nach Margate", verkündet ihr De Wet beiläufig während des Nachmittagstees.

„Nach Margate?", fragt Pérsomi überrascht. „Warum denn dorthin?"

„Sie wollen ihre alten Tage sicher gern am Meer verbringen", versucht er sich die Sache zu erklären.

„Aber sie können doch nicht einfach so die Farm verlassen, De Wet."

Es bleibt lange still. „Mein Vater hält es mit Boelie auf einem Hof zusammen nicht aus, Pérsomi."

Sie nickt. „Ja, ich weiß, dass es ein paar Meinungsverschiedenheiten gegeben hat."

„Es ist viel schlimmer geworden, das sind alles andere als harmlose Meinungsverschiedenheiten", erwidert er, „vor allem seit Annabel auch dort wohnt."

Der Kummer anderer Menschen berührt sie. Auf einmal öffnet sie ihr Herz für die Menschen, die sie von Kindesbeinen an kennt: für Tante Lulu, die immer freundlich zu ihr gewesen ist, für Herrn Fourie, der sie niemals weggejagt hat, und für die alte Frau Fourie, die jetzt das Grab ihres Mannes zurücklassen muss. Und für Boelie, der nicht um dieses Erbe gebeten hat und jetzt im Zentrum all der Scherereien steht.

Ob er jemanden hat, mit dem er darüber sprechen kann? Bestimmt redet er mit Annabel über solche Dinge, beruhigt Pérsomi sich selbst und ignoriert den Anflug von Neid, der aus einem fernen und verborgenen Winkel ihres Innersten seine garstige Fratze hervorstreckt.

☙

„De Wet hat uns eingeladen, mit ihm Silvester auf der Farm zu feiern", eröffnet Braam Pérsomi kurz vor dem Weihnachtsfest. „Was hältst du davon? Sollen wir mit einer hübschen Bauernfete das neue Jahr einläuten?"

Boelie und Annabel werden mit Sicherheit auch dort sein. Um diese Zeit verlässt Boelie nie die Farm, wird Pérsomi augenblicklich klar. Besteht die Möglichkeit, die beiden dort zusammen zu treffen? Womöglich sogar als kleine Familie mit dem Baby im Schlepptau?

„Wir können auch etwas anderes unternehmen", schlägt Braam vor, der ihr leichtes Zögern bemerkt hat.

Ich möchte nicht länger weglaufen, ich bin kein Kind mehr, entscheidet sie schnell. Wenn ich mich auf diesen Moment entsprechend vorbereite …

„Och nein, Mann, lass uns das machen, gern", erwidert sie wildentschlossen.

In der Woche danach bedenkt und durchlebt Pérsomi alle möglichen Situationen. So bereitet sie sich gedanklich darauf vor, genauso wie sie es vor etlichen Jahren bei ihren Leichtathletikwettkämpfen getan hat. Ich werde diesen Wettkampf gewinnen, das weiß sie, während sie sich die Haare wäscht. Ich bin stark genug dafür, redet sie sich ein, während sie ihr neues Kleid anzieht. Ich sehe gut aus, stellt sie fest, als sie sich im großen Spiegel betrachtet. Ich werde das Beste daraus machen und einen wunderbaren Abend erleben.

Als die beiden auf der Farm ankommen, lodert das Lagerfeuer hoch auf. Daneben liegt der Spieß bereit, an dem schon ein Schaf befestigt ist. Noch einen kleinen Augenblick und die Männer werden glühende Kohlen darunter schaufeln.

Mit ausgestreckter Hand kommt ihnen De Wet entgegen. „Ha, da sind ja der Braam und die Pérsomi, schön euch zu sehen", begrüßt er sie herzlich. Und an Pérsomi gewandt bemerkt er: „Wie siehst du heute Abend wieder gut aus, Kollegin. Habe ich recht oder nicht, Braam?"

„Ich bin jedes Mal ganz aus dem Häuschen, wenn ich sie sehe", antwortet Braam ehrlich, fast schon zu aufrichtig.

„Vielen Dank, ihr beiden", lacht Pérsomi ein bisschen verlegen. „Oh, da ist ja auch Christine."

„Heute Abend herrscht hier Selbstbedienung", verkündet De Wet, nachdem auch Christine die beiden begrüßt hat. „Der Tisch da an der Wand ist die Bar, Braam, hol euch beiden doch mal etwas zu trinken." Er dreht sich um. „Oh, da kommen Boelie und Annabel auch gerade."

Langsam wendet Pérsomi sich um und setzt sich aufrecht hin, so wie sie es in Gedanken geübt hat. Dann schaut sie auf. Sie sieht ihn ankommen, seine zielstrebigen Schritte, seine kräftige Gestalt, das dichte, dunkle Haar nach hinten gekämmt. Neben ihm seine bildhübsche Frau, so gut aussehend in ihrem weiten, wadenlangen Kleid und enganliegendem Top, mit einem breiten Gürtel um ihre schlanke Taille. Ihre dunklen Haare sind auf Schulterlänge geschnitten und tanzen ihr keck ums Gesicht. Ihre Waden sind perfekt geformt, ihre Gelenke schlank, die Finger- und Fußnägel blutrot lackiert. Während des Gehens schwingt sie subtil die Hüfte – eine Kunst, die sie sich auf vollkommene Weise zu eigen gemacht hat.

De Wet und Christine gehen ihren Gästen entgegen. „Komm her, Brüderchen, dann hole ich euch etwas zu trinken", plaudert De Wet einladend.

„Hallo ihr beiden!", begrüßt sie Christine strahlend.

„Ach, was siehst du wieder hinreißend aus!", verkündet Annabel. Sie bückt sich und kneift Christines Söhnchen in die Wange. Christine scheint mittlerweile ein wenig unsicher zu sein.

Sofort legt De Wet seiner puppenhaften Frau einen Arm um die Schulter. „Ja, man könnte sie immer noch für sechzehn halten, obwohl sie schon eine richtige Mama ist", antwortet er gelassen. „Schau, da kommen Lettie und auch die anderen."

„Ach, wie schön, Christine, Lettie und ich, da ist unsere Vierertruppe ja fast schon wieder komplett", lacht Annabel zuckersüß. „Nur Klara fehlt noch. Und da ist ja sogar noch Braam leibhaftig!" Wirklich, sie beherrscht die ganze Gesellschaft. „Unser kleiner Club sollte sich doch etwas öfter treffen! Es ist genau wie in alten Zeiten."

Dann wirft sie Pérsomi einen Blick zu. „Oh, du bist ja auch hier, Pérsomi? Wie läuft es denn bei meinem Vater in der Kanzlei?"

„Guten Abend, Annabel", begrüßt Pérsomi sie ungerührt und schaut sie direkt an. Hier ist sie heute Abend die einzige Frau, die so groß ist, dass Annabel nicht auf sie herunterblicken kann. Annabel sieht zunächst in eine andere Richtung und fängt dann mit Lettie ein lebhaftes Gespräch an. Pérsomi wirft Braam einen Blick zu. „Ich gehe schnell mit Christine in die Küche, vielleicht kann ich da ja etwas helfen."

Braam lächelt und kneift sie kurz beruhigend in den Arm. „Wenn du nur nicht zu lange wegbleibst."

Die Küche sieht aus, als wäre ein Wirbelsturm durch sie hindurchgerast. „Hier ist es ein bisschen unordentlich. Ich wollte noch schnell einen Salat machen, und ich muss auch den Mädchen noch etwas zu essen geben", entschuldigt Christine sich ein bisschen hilflos.

„Kümmere du dich weiter um die Kinder, dann sorge ich hier für den Rest", beruhigt Pérsomi sie.

Auch zwei oder drei andere Frauen kommen zu Hilfe, und im Handumdrehen ist alles ordentlich aufgeräumt. „Ich werde nie eine gute Hausfrau", offenbart Christine, als sie eine halbe Stunde später in die Küche kommt.

„Das musst du auch gar nicht werden", entgegnet Pérsomi und legt den Arm um sie. „Du bist für deinen Mann eine fantastische Frau und für deine Kinder eine gute Mutter, und das ist das Allerwichtigste. Komm, lass uns schnell wieder zu deinen Gästen gehen."

Draußen stehen die Männer ums Feuer herum und schauen zu, wie De Wet das Schaf grillt. Die Frauen sitzen ein wenig abseits und tauschen sich über den Dorftratsch aus. Lettie verweist Christine auf die beiden leeren Stühle neben sich.

„Pérsomi, setz du dich schon mal hierher, ich gehe schnell noch schauen, wo Gerbrand herumstreunt", sagt Christine.

Sie lässt sich neben Lettie nieder, doch Lettie und Annabel sind in ein Gespräch über ihre Kinder vertieft, und da kann sie nicht mitreden. Nach einer Weile hört sie auch gar nicht mehr hin, trotzdem bekommt sie hier und da noch ein paar Brocken mit. „Du hast Glück, dass du bei deinem Vater in die Praxis einsteigen kannst, Lettie, so kannst du wenigstens nach der Geburt deiner Kinder einfach weiterarbeiten", erklärt Annabel. „Ich vermisse meine Arbeit ganz furchtbar. Windeln zu wechseln und alle vier Stunden ein Fläschchen zu geben, ist alles andere als inspirierend. Wenn ich die alte Maggie nicht gehabt hätte, hätte ich keine Ahnung gehabt, wo mir der Kopf steht. Sie kümmert sich wirklich gut um das Baby."

Letties Antwort darauf kann Pérsomi nicht verstehen, denn sie redet immer sehr leise. Eigentlich möchte sie auch nichts mehr hören, deshalb steht sie auf und geht zu Braam, der auf einem Baumstumpf sitzt und zuschaut, wie das Schaf über den Kohlen hängt und vor sich hin bruzzelt. „Oh, da bist du ja", bemerkt er und bedeutet ihr, sich neben ihn zu setzen.

„Gute Güte, was riecht das lecker, nicht wahr?", lacht Pérsomi. Sie lässt sich auf den Baumstumpf sinken und streckt ihre langen Beine von sich.

Dann schaut sie über das Feuer hinweg. Auf der anderen Seite sitzt Boelie und betrachtet sie. Auf seiner Stirn hat sich eine kleine Falte gebildet, und seine Augen sind ganz dunkel.

Für den Bruchteil einer Sekunde treffen sich ihre Blicke, doch dann schaut Boelie schnell in eine andere Richtung.

Pérsomi spürt erneut, wie sie weich wird – auf dieses vertraute Gefühl ist sie nicht vorbereitet gewesen. Mit dem Kummer, der unmittelbar darauf folgt, ist sie leider nur allzu vertraut.

Sie kann es nicht mehr länger verstehen. Schließlich führt sie doch ein erfülltes Leben, fast schon zu erfüllt, so kommt es ihr jedenfalls manchmal vor. Sie hat nicht nur ihre Arbeit, mit der sie fortwährend beschäftigt ist und die sie unglaublich genießt, sondern sie ist auch in die kirchliche Frauenvereinigung eingetreten und fängt dort an, sich mit anderen jungen Frauen zu befreunden, obwohl die meisten in ihrem Alter schon verheiratet sind. Auch in Christine und De Wet hat sie zwei großartige Freunde und dann noch in Braam einen ganz speziellen Freund, und Reinier ist immer noch ihr bester Kamerad. Trotzdem bleibt tief in ihr dieses Gefühl der Unzufriedenheit, diese bodenlose Leere – die nicht enden wollende Einsamkeit.

Nach dem Essen legt jemand eine Platte mit Tanzmusik auf den Apparat, den De Wet am Rand des Dreschplatzes auf einen Tisch gestellt hat. „Wir werden einfach hier tanzen", hat er schon früh am Abend angekündigt. „In der Scheune ist es viel zu heiß."

„Vorwärts, Buren, wir tanzen, bis die Hütte zusammenbricht!", ruft jemand fröhlich aus. „Heute Nacht wird getanzt, bis es Tag wird!"

„Nicht bis die Hütte zusammenbricht, sondern bis die Sterne herunterfallen!", lacht sein Freund genauso fröhlich. Die Stimmung steigt mit jeder Stunde.

Je weiter der Abend voranschreitet, desto stärker macht sich in Pérsomi die unangenehme Erkenntnis breit: Ich bin Braam gegenüber nicht ehrlich. Ich werde ihn niemals so lieben können, wie ich Boelie einmal geliebt habe.

Mit Braam tanzt sie unzählige Male, sie tanzt auch mit De Wet, mit Reinier und mit Antonios Bruder Marco, sie tanzt mit dem neuen Bankangestellten aus dem Dorf und fast allen Farmern, sogar mit Onkel Freddie.

Boelie fordert sie nicht ein einziges Mal zum Tanzen auf. Und das ist wohl auch besser so, das weiß sie sehr genau.

Nach einer Weile tanzt sie nur noch, um den Kummer aus ihrem Herzen zu verbannen.

༄

Anfang April stürmt Annabel in die Empfangshalle und rennt regelrecht durch sie hindurch zum Büro ihres Vaters. „Dein Vater ist nicht da, Annabel!", ruft Frau Steyn ihr hinterher.

Mit einem Ruck dreht Annabel sich um. „Und De Wet?", will sie wissen, während sie dessen Bürotür aufstößt. Eine der Schreibkräfte wirft einen neugierigen Blick in den Flur.

„Nein, De Wet ist auch nicht hier, nur Pérsomi", erwidert Frau Steyn. Jetzt erscheint auch das Gesicht der zweiten Schreibkraft in der Tür.

Annabel bricht in Tränen aus. „Geh Tee holen, Drieka", schnaubt Frau Steyn durch den Flur. Sie legt den Arm um Annabel und schiebt sie in das Büro von De Wet.

Nach einer Weile kommt Drieka mit großen Augen wieder nach draußen. „Sie ist beim Arzt gewesen. Sie erwartet wieder ein Baby, und jetzt ist sie wütend, denn sie möchte keine Kinder mehr, hat sie gesagt. Ihr würdet Frau Steyn nicht wiedererkennen, so nett redet sie mit ihr."

Trotz allem tun die Neuigkeiten wieder weh. Geht der Kummer denn nie vorbei?

༄

Im September 1954 wird auch das Dorf von der gefürchteten Krankheit betroffen, die im ganzen Land epidemische Ausmaße angenommen hat. Yusuf Ismail ist der Erste, der bei einem schwarzen Jungen Kinderlähmung diagnostiziert, und das ganze Krankenhaus für Nichtweiße wird augenblicklich unter Quarantäne gestellt.

Nichtweiße Frauen müssen zu Hause ihre Kinder bekommen, und Yusuf legt mit seinem kleinen Ford viele Kilometer zu Patientinnen mit Wehen zurück oder zu Kindern mit fiebrigen Körpern und ängstlichen Augen. „Ich kann einfach nicht jedem helfen", erklärt er eines Nachmittags, als Pérsomi kurz in seinem Sprechzimmer vorbeischaut. „Ich habe gar nicht die notwendige Ausrüstung und der Staat stellt mir nur die kleinstmögliche Menge an Arzneimitteln zur Verfügung."

In der Schule bekommen alle Kinder eine Mappe mit Anweisungen, denen sie folgen müssen, um sich vor Kinderlähmung zu schützen. „Du musst Gerbrand und Annetjie nachmittags ins Bett stecken, Mama, sobald sie aus der Schule kommen, auch wenn sie gern noch draußen spielen wollen", warnt Pérsomi immer wieder.

„Ach du liebe Güte, Pérsomi, mit Annetjie geht das, aber versuch doch mal, Gerbrand ins Bett zu kriegen!", jammert ihre Mutter.

Ende September kommt das Töchterchen von Annabel und Boelie zur Welt, im sicheren Krankenhaus für Weiße. „Tante Annabel will das Baby noch nicht einmal haben, das hat sie meiner Mutter erzählt. Ich habe es selbst gehört", erzählt die kleine Annetjie Pérsomis Mutter und Tante Duifie.

„Ach du liebe Güte, Pérsomi, und Tante Sus hat mir erzählt, dass die Kleine noch nicht einmal einen Namen hat!", berichtet Pérsomis Mutter am Nachmittag die ganze Geschichte. Tante Duifie nickt mitfühlend, und ihr runder Körper nickt mit.

„Ihr solltet diese Geschichten nicht erzählen, wenn Annetjie dabei ist!", wendet Pérsomi wütend ein. „Stellt euch vor, das Kind erzählt das alles brühwarm in der Schule weiter!"

„Nein, wir haben ihr gesagt, dass sie nicht darüber sprechen darf", hält Jemima ihr entgegen, während sie ihre neue Frisur betastet.

„Und ihr solltet hier auch nicht den ganzen Tag herumsitzen und Klatschgeschichten austauschen", schimpft Pérsomi weiter. „Vor allem nicht, wenn Annetjie dabei ist, die ist doch selbst auch so eine Tratschtante!"

Tante Duifie nimmt sofort eine Verteidigungsposition ein. „Das ist kein Klatschen, was wir hier machen, Pérsomi. Wir tauschen nur Gebetsanliegen aus damit wir für die Menschen beten können mehr ist das nicht", entgegnet sie in einem Atemzug.

„Ach, Tante Duifie." Pérsomi fängt an zu lachen und schüttelt den Kopf.

In der Nacht bleibt der Schlaf aus. Was wird Boelie wohl gerade durch den Kopf gehen? Was für ein Leben wartet auf das namenlose Mädchen?

Als sich Boelie am Sonntag darauf wieder auf seinen Platz in der Kirchenbank schiebt, schaut Pérsomi wie an den anderen Sonntagen in eine andere Richtung. Sie starrt auf den Hinterkopf schräg vor ihr, vier Reihen weiter vorne, auf das dunkle Haar, das in leichten Locken auf den Kragen des Hemdes fällt, auf die dunkle Jacke, die ordentlich um die breiten Schultern passt. Sie fragt sich nicht, wo Annabel ist, sie denkt an nichts, sondern sitzt einfach nur da und starrt vor sich hin.

ଔ

The Star berichtet ausführlich über den Volkskongress, der vom 25. auf den 26. Juni in Kliptown abgehalten wird. Die Jugendorganisation des ANC mit ihren jungen Leitern Nelson Mandela, Walter Sisulu und Oliver Tambo bekommt einen prominenten Platz in ihrer Berichterstattung. Das gilt auch für das „Aktionsprogramm", das sie als Weg zur Rechtsgleichheit vorstellen. Alle Punkte in der *Freedom Charter,* dem „Freiheitsmanifest", wie sie es nennen, werden ausführlich besprochen.

Pérsomi studiert das vollständig abgedruckte Manifest und liest auch die verschiedenen Kommentare dazu. Ich verstehe sehr gut, dass manche Leute dem skeptisch gegenüberstehen, denkt sie, als sie spät eines Abends noch in der Zeitung liest. Viele Menschen werden das als einen direkten Angriff auf ihr komfortables Leben betrachten. Objektiv gesehen erscheint es ihr aber durchaus als gerechtfertigt: eine demokratisch gewählte Regierung mit gleichen Rechten für alle, Gleichheit vor dem Gesetz, Sicherheit, Bildung und Wohnungsbau für alle, Frieden und Freundschaft.

Was hier steht, sind alles große Neuigkeiten, stellt sie fest.

Die Berichterstattung in den afrikaansen Zeitungen beschränkt sich nur auf das äußerste Minimum. Als Pérsomi am Samstag mit Braam ins Kino geht, gibt es auch da immer noch keine Nachrichten über den ANC. „Mit äußerst gespannter Erwartung fiebern Sportliebhaber der Tournee entgegen, die die britischen und irischen Löwen im Laufe dieses Jahres in Südafrika veranstalten, sie freuen sich besonders auf die Zweikämpfe mit den beiden stärksten Außenstürmern der Welt, Tom van Vollenhoven und Tony O'Reilly, die die Briten mit Sicherheit auf die Plätze verweisen werden", berichtet das Kinojournal. „Die Löwen werden im August und September durch das Land touren und an internationalen Wettkämpfen in Johannesburg, Kapstadt, Pretoria und Port Elizabeth teilnehmen."

„Ich schaue mal, ob ich für uns Karten für das Länderspiel in Pretoria bekommen kann", überlegt Braam geistesabwesend. „Vielleicht wollen De Wet und Boelie und die Damen ja auch mit, dann kann es richtig nett werden."

„Sie haben alle kleine Kinder, vergiss das nicht", erwidert Pérsomi.

„Das ist wahr", entgegnet er ein wenig betrübt. „Dann besorge ich einfach nur Karten für uns beide."

„Die wichtigste Meldung aus Afrika", fährt das Wochenjournal ohne Unterbrechung fort, „ist, dass der Aufstand der Mau-Mau in Kenia nun endgültig niedergeschlagen ist. Die weißen Kolonisten können nun wieder ruhigen Herzens schlafen gehen."

Bei Kenia muss Pérsomi immer wieder an Gerbrand denken. „Ich habe einen Bruder gehabt, Gerbrand", erzählt sie nun Braam. „Der war im Zweiten Weltkrieg in Kenia stationiert. Dort haben sie die letzten Vorbereitungen getroffen, bevor sie die Italiener aus Abessinien vertrieben haben."

„Ich glaube, ich erinnere mich noch gut an ihn. So ein rothaariger, stimmt's"

„Ja", antwortet sie mit einem flüchtigen Lächeln. „Du hast ihn also gekannt?"

„Nicht wirklich. In der Schule war er eine Klasse unter mir, glaube ich, aber er war ein unglaublich guter Rugbyspieler. Später habe ich ihn noch einmal getroffen, bei einem Picknick oder so. Damals hat er in einem Bergwerk gearbeitet. Was ist denn aus ihm geworden?"

„Er ist in der Schlacht bei El Alamein gefallen", erwidert Pérsomi ruhig.

„Oh, das habe ich nicht gewusst. Wie furchtbar."

„Es ist schon lange her", entgegnet sie. „Dreizehn Jahre."

Lange her, damals war Boelie noch Teil ihres Lebens. Wird sie für den Rest ihres Lebens bei jedem Kinofilm, in jedem Gespräch, in jedem Gottesdienst das Bild von Boelie wegdrücken müssen in die finsterste Vergessenheit, wo es nur auf der Lauer liegt und auf die kleinste Gelegenheit wartet, um wieder hervorzuspringen?

ଓ

Am 24. Juli 1955 berichtet der Südafrikaanssche Rundfunk, der Busboykott in Evaton führe zu ernsthaften Spannungen und Unruhen. Rund um die Polizeistation würden Tausende von Menschen campieren, die Schutz suchten, und weitere Tausende seien in andere schwarze Wohnviertel geflüchtet.

„Die Zustände in diesem Land werden jeden Tag schlimmer", stellt Pérsomi am Montag während der wöchentlichen Dienstbesprechung fest. „Ich fange an, mir wirklich Sorgen zu machen. Wohin das alles führen wird, weiß ich nicht."

„Ach ja, das sind doch nur die üblichen Kinderkrankheiten, die die Regierung in kürzester Zeit in den Griff bekommen wird", erwidert De Wet. „Eigentlich geht es doch nur um ein kleines Grüppchen kommunistischer Rebellen, das die Unruhen anstachelt. Die übergroße Mehrheit der Einwohner besteht aus braven, gesetzestreuen Angehörigen von Naturvölkern, die in Frieden leben und arbeiten wollen, aber die werden durch eine kleine Minderheit so eingeschüchtert, dass sie aus ihren Häusern fliehen müssen."

„Je eher die Polizei die Anführer und Unruhestifter verhaftet, desto eher werden die Unruhen unter Kontrolle sein", stimmt Herr De Vos ihm zu. „Es ist genau so, wie du gesagt hast: Die unschuldigen Frauen und Kinder sind die Dummen." Dann räuspert er sich. „Bevor wir mit den üblichen Routinefragen beginnen, habe ich euch noch eine Mitteilung zu machen."

Pérsomi schreibt gerade das Datum in ihr Notizbuch, doch jetzt schaut sie schnell auf. Herr De Vos sieht ernst aus, sogar sehr ernst.

Hat er etwa beschlossen, sich zurückzuziehen? Das wäre nicht sehr klug. Er ist gesund und hat noch einen wachen Verstand; er kann noch jahrelang aktiv bleiben. Oder will er sich teilweise zurückziehen und nur noch in Teilzeit arbeiten? Dann müssten sie noch einen Anwalt einstellen. Ihr Tätigkeitsbereich ist jetzt schon fast zu viel für drei Personen.

„Onkel Bartel?", durchbricht De Wet das Schweigen.

Herr De Vos reibt sich über die Glatze. „Ich habe am Freitag mein Amt im Gemeinderat niedergelegt", verkündet er gewichtig.

Ist das schon alles?, überlegt Pérsomi erstaunt.

„Und?", fragt De Wet.

„Ja", erwidert Herr De Vos, während er in seinen Papieren herumwühlt. „Es hätte sonst ... ein bisschen schwierig werden können."

De Wet lehnt sich zurück, bis sein Stuhl nur noch auf den beiden hinteren Beinen steht. Irgendwann werden die einmal wegrutschen und dann liegt er auf dem Hintern, schießt es Pérsomi durch den Kopf.

„Probleme?", will De Wet wissen.

Herr De Vos schaut flüchtig auf und dann wieder auf seine Papiere. „Die Politik von Doktor Verwoerd in Bezug auf die getrennte Entwicklung verpflichtet die Gemeindeleitungen der Dörfer und Städte dazu, getrennte Wohn- und Arbeitsgebiete einzurichten", erklärt er.

„Unser schwarzes Wohngebiet liegt doch schon ein gutes Stück außerhalb der Dorfgrenzen", entgegnet De Wet.

„Aber die indische Gemeinschaft wohnt noch mitten im Dorf", erwidert Herr De Vos ernst.

Geschockt schlägt Pérsomi eine Hand vor den Mund. „Der Gemeinderat hat doch wohl nicht etwa vor, die Familie Ismail aus dem Dorf zu verbannen?", will sie bestürzt wissen.

„Wenn ihr mich fragt, haben sie keine andere Wahl", antwortet Herr De Vos. „Gesetz ist Gesetz. Der Gemeinderat will zwar dafür sorgen, dass alles Notwendige vorhanden ist: Wohngebiete mit allen gemeindlichen Einrichtungen, eine Schule, Sportgelegenheiten, Grundstücke für Betriebe. Die ganze Infrastruktur muss vor dem Umzug vorhanden sein."

„Und wo soll das genau sein?", fragt Pérsomi. Ich hätte es kommen sehen müssen, denkt sie. Ich kann einfach nicht glauben, dass Herr Ismail und seine Familie mit allen anderen Nichtweißen über einen Kamm geschoren werden. Schließlich sind sie ein Teil unserer Gemeinschaft und das sind sie schon immer gewesen.

„In der Konzeption ist ein Gebiet ungefähr sieben Kilometer außerhalb des Dorfes vorgesehen, in der Nähe der Farm Modderkuil", antwortet Herr De Vos ohne aufzuschauen.

„Sieben Kilometer … Aber das ist eine trostlose, kahle Fläche! Das können sie doch nicht machen!", ruft Pérsomi aus.

Herr De Vos schaut sie direkt an. „Deshalb habe ich ja auch mein Amt niedergelegt, Pérsomi", erwidert er ernst.

„Aber warum sind Sie nicht einfach geblieben und haben den Kampf aufgenommen?", will sie wissen.

Herr De Vos seufzt. „Die Geschichte ist schon in einem fortgeschrittenen Stadium", erläutert er. „Das ist auch nichts, was man an einem einzigen Freitagabend entscheidet. Der Gemeinderat ist gespalten, aber letztendlich wird uns die Apartheid vom Gesetz vorgeschrieben."

Pérsomi spürt, wie sie mutlos wird. „Wie steht denn die Mehrheit des Gemeinderates zu dieser Sache?", will sie wissen.

„Die meisten Mitglieder sind der Meinung, dass es gut sei, wenn das indische Viertel ganz geräumt würde. Es liegt im Dorfzentrum und die große Straße nach Norden führt direkt an den indischen Geschäften vorbei. Und ob wir es nun zugeben wollen oder nicht, die Läden sind ein Schandfleck für unser Dorf. Sie sind schmutzig und heruntergekommen und unter den Vordächern tummeln sich zwielichtige Elemente von zweifelhaftem Ruf. Durchreisende Personen bekommen so mit Sicherheit keinen guten Eindruck von unserem Dorf."

„Aber es geht hier um Menschen, die ihr umsiedeln wollt", wirft Pérsomi verzweifelt ein, „Menschen, die da schon seit Generationen wohnen. Sie bezahlen doch ihre Steuern, sie bezahlen alle Gemeindeabgaben. Sie können außerdem keine Eigentumsrechte erwerben, weil ihre Haut zu dunkel ist, obwohl sie Geld genug hätten, um wie jeder andere dafür zu bezahlen. Meiner Meinung nach werden sie von allen als ganz normale Dorfbewohner angesehen."

„Das ist so, Pérsomi", erwidert Herr De Vos.

„Wie denken Sie darüber?", fragt Pérsomi den Mann direkt.

„Was Onkel Bartel persönlich darüber denkt, ist seine Sache", versucht De Wet sie zu bremsen. „Tatsache bleibt, dass er sein Amt niedergelegt hat ..."

„Ich habe Herrn De Vos gefragt", fällt Pérsomi ihm kurz angebunden ins Wort.

Herr De Vos hebt beide Hände in die Höhe. „Im Prinzip stimme ich dir zu, Pérsomi", erwidert er nickend. „Und ich glaube auch, dass es viele Leute gibt, die dir von Herzen zustimmen, weil wir alle die Familie Ismail kennen, wie du zu Recht angemerkt hast. Doch wenn man die Sache in einem größeren Rahmen betrachtet, ist die Umsiedelung unvermeidlich."

„In welchem größeren Rahmen?", will Pérsomi angriffslustig wissen.

„Der Apartheidspolitik", antwortet Herr De Vos, ohne aufzuschauen.

„Da gibt es also die große Apartheid, das alles umspannende Ideal der getrennten Entwicklung, und die kleine Apartheid[22], so wie in diesem Fall, die den Menschen keinerlei Möglichkeiten zur Entwicklung bietet, sondern ihnen einfach die Kehle durchschneidet", entgegnet Pérsomi schnell. „Wie sollen die Ismails und all die anderen denn ihre Geschäfte weiterbetreiben, wenn sie auf einer kahlen Ebene sieben Kilometer außerhalb des Dorfes wohnen müssen? Wer wird denn da alles hingehen, um einzukaufen? Wie sollen die kranken Patienten von Yusuf Ismail zu ihm kommen? Sollen sie die sieben Kilometer einfach zu Fuß zurücklegen, unter der sengenden Hitze des Bosvelds?"

„Ich wollte eigentlich nur sagen, dass ich aus dem Gemeinderat zurückgetreten bin", erklärt Her De Vos und klopft seine Papiere zu einem ordentlichen Stapel zusammen. „Schauen wir uns also an, was diese Woche ansteht."

„Und ich glaube ...", beginnt Pérsomi.

„Es ist genug, vielen Dank", erwidert Herr De Vos mit Bestimmtheit. „De Wet, wie weit bist du in der Sache Grobbelaar?"

---

[22] In der Literatur wird gelegentlich zwischen der „großen Apartheid", also Zuweisung getrennter Wohngebiete im Sinne einer „getrennten Entwickung", und der „kleinen" unterschieden, die sich in getrennten öffentlichen Einrichtungen und anderem alltäglichem Rassismus äußerte.

CB

Im ganzen Land gehen die Unruhen in den schwarzen Wohnvierteln weiter. Frauen mit schwarzen Gürteln und bunten Kopftüchern stellen sich Fahrgästen in den Weg, wenn diese in Busse einsteigen wollen. Der *Transvaler* druckt ein Foto, auf dem eine Frau sich vor einen Bus geworfen hat, um ihn am Wegfahren zu hindern. Wochenlang halten die Unruhen an. Am 7. September wird ein Bus in Brand gesteckt. Er brennt völlig aus, woraufhin der öffentliche Busverkehr bestreikt wird.

„Jetzt gehen sie wieder zu Fuß", kommentiert De Wet beim Tee und faltet die Zeitung zusammen. „Glaubt mir, dadurch bleiben sie fit."

„Du lieber Himmel, De Wet", blafft Pérsomi los. „Hier geht es um Menschen, kapiert, Menschen, die jeden Tag zig Kilometer zur Arbeit laufen müssen."

„Die Anführer sind Unruhestifter, die mithilfe von Massenhypnose und so die Leute in den Versammlungen aufstacheln", erwidert De Wet unerbittlich. „Und jetzt schießen sie sich selbst ins Knie. Im wahrsten Sinne des Wortes: Sie schmeißen sogar bei ihren eigenen Schulen die Fensterscheiben ein, sodass ihre Kinder in kalten Klassenräumen sitzen müssen. Sie stecken ihre eigenen Busse in Brand und sabotieren die Züge, mit denen sie fahren müssen. Wie dumm kann man denn sein?"

Am 24. Oktober wird der Busverkehr wieder aufgenommen, doch am selben Tag werden die Busse wieder mit Steinen beworfen. Die Unruhen halten bis weit in den Dezember hinein an.

CB

Im Januar 1956 kommt Gerbrand in die Mittelschule, er geht ins Internat. Annetjie kommt immer noch jeden Nachmittag zu Jemima; inzwischen geht sie in die dritte Klasse und ist eine echte Vollzeitbeschäftigung. „Nach wem dieses Kind schlägt, weiß ich wirklich nicht", seufzt Christine immer wieder kopfschüttelnd.

Lulani ist nun auch dazugekommen, sie geht ins erste Schuljahr. Sie ist ein stilles Kind, ein richtiges Püppchen mit großen, blauen

Augen. „Ganz die Mama", lächelt De Wet und drückt ihr blondes Lockenköpfchen an sich.

„Die beiden Süßen haben ein helles Köpfchen", stellt Pérsomis Mutter mehr als einmal fest, „aber essen tun sie nur wie die Vögelchen. Ganz anders als Gerbrand."

Die Verhandlungen über den Ankauf des Landstücks bei Modderkuil, das als neues Siedlungsgebiet der Inder vorgesehen ist, haben begonnen. Der Farmer, dem das Land gehört, ist ein guter Freund eines langjährigen Mitglieds des Gemeinderates. Er hat an dem Preis, den der Gemeinderat (mit Unterstützung der Regierung) zu zahlen bereit ist, nichts auszusetzen.

Anfang März wird Herr De Vos plötzlich krank; in seinem Büro klappt er zusammen und krümmt sich vor Schmerzen. Doktor Louw und seine Tochter Lettie sind im Operationssaal des Krankenhauses gerade mit einer schwierigen Geburt beschäftigt und die Krankenschwester weiß nicht, wann sie wieder erreichbar sein werden. „Soll ich fragen, ob Yusuf Ismail vorbeischauen kann?", will Pérsomi besorgt wissen.

„Aber das ist doch ein Inder!", protestiert Frau Steyn schockiert.

„Ruf ihn an", befiehlt De Wet sofort. „Ich fürchte, er hat einen Herzinfarkt."

Ein Herzinfarkt ist es nicht, sondern Krebs, das geht aus den Untersuchungsergebnissen hervor, die eine Woche später vorliegen.

„Krebs?", fragt Pérsomi niedergeschlagen.

Herr De Vos nickt bleich. „Ich werde heute Nachmittag zum Südafrikanischen Krankenhaus in Pretoria fahren, dort habe ich einen Termin mit einem gewissen Doktor Besselaar, einem Chirurgen. Der wird mich mit Sicherheit operieren."

So kommt es, dass nur noch De Wet und Pérsomi in der Kanzlei sind, als eine Woche später ein Anruf aus der Schule sie erreicht: Gerbrand ist in der Pause vom Schuldach gefallen und hat sich den Arm kompliziert gebrochen. Könnte De Wet unverzüglich ins Krankenhaus kommen?

„Mach dich los!", fordert Pérsomi ihn sofort auf. „Und lass mich wissen, sobald du Genaueres weißt."

„Das mache ich", antwortet De Wet und rennt im Laufschritt zu seinem Auto.

Und damit ist Pérsomi die einzige Anwältin in der Kanzlei, als

Boelie kurz nach elf wütend hineinmarschiert kommt. „Wo ist De Wet?", donnert er.

„Der ist ins Krankenhaus gefahren. Gerbrand hat sich den Arm gebrochen. Und Herr De Vos ist ..."

„Ja, das weiß ich, der ist in Pretoria", entgegnet Boelie und läuft ungeduldig im Kreis herum.

„Komm doch richtig rein, Boelie, dann soll uns Frau Steyn einen Kaffee kochen", fordert Pérsomi ihn auf und geht vor ihm her in ihr Büro. Bevor sie sich umdreht, holt sie tief Luft und sagt dann: „Setz dich doch. Kann ich irgendetwas für dich tun?"

„Nein, ich bleibe stehen, ich bin zu unruhig, um mich hinzusetzen", erwidert Boelie. „Und tu hier nicht so übertrieben professionell!"

„Okay", antwortet Pérsomi, während sie sich an ihren Schreibtisch setzt. „Was kotzt dich denn so an?"

„Sag nicht solche hässlichen Worte", weist er sie zurecht.

Die Jahre verschwinden.

Sie lächelt flüchtig. „Entschuldigung, ich hätte mich beinahe vergessen", erwidert sie. „Worüber bist du denn so unglaublich wütend?"

„Dieser bescheuerte Inder hat mit seiner blöden Karre viel zu schnell die Kurve geschnitten und ist dann auch noch über meinen Bullen gefahren und der ist jetzt mausetot." Er setzt sich auf die Kante des Stuhles gegenüber von ihr.

„Dein Bulle?"

„Ja, der junge Bulle, den ich letztes Jahr bei der Randschen Osterausstellung gekauft habe. Der hat mich fast dreitausend Pfund gekostet, hat noch nicht eine Kuh gedeckt und da liegt er jetzt mit steifen Beinen neben der Straße. Und dieser elende Inder ..." Er schießt wieder hoch und läuft im Büro auf und ab wie ein Löwe im Käfig.

„Boelie, jetzt beruhige dich doch", erwidert sie. „Wir kriegen das schon geregelt. Oder möchtest du lieber warten, bis du De Wet sprechen kannst? Das ist allerdings wahrscheinlich erst morgen wieder der Fall, denn sie haben Gerbrand in den OP gebracht, um seinen Arm unter Vollnarkose wieder zu richten."

„Nein, so lange kann ich nicht warten, die Sache ist dringend", antwortet er und dreht sich wieder um, sodass er aus dem Fenster schauen kann. „Was ist denn passiert? Mit Gerbrand, meine ich."

„Das kann man wohl sagen, aber zum Glück ist es nur der Arm", erwidert sie. „Erzähl mir jetzt ganz ruhig und sachlich die Geschichte mit deinem Bullen."

„Dieser verfluchte Johannesburger …"

„Boelie, du hörst jetzt auf mit diesen hässlichen Worten und erzählst mir auf anständige Weise, was mit deinem Bullen passiert ist", entgegnet sie bestimmt.

Einen Augenblick lang schaut er sie verdutzt an und lässt sich dann auf seinem Stuhl sinken. „Also gut."

Frau Steyn kommt herein und stellt ein Tablett mit Kaffee auf den Schreibtisch. „Vielen Dank", sagt Pérsomi, löffelt unaufgefordert drei Löffel Zucker in Boelies Kaffee und gibt einen Schuss Milch dazu. Sie trinkt ihren schwarz und ohne Zucker.

„Einer dieser reichen Inder aus Johannesburg hat heute Morgen mit so einem dicken, bescheuerten Schlitten meinen Bullen überfahren", erklärt Boelie. Allmählich scheint er etwas ruhiger zu werden, rührt jedoch unaufhörlich in seiner Kaffeetasse. „Und jetzt will er doch wahrhaftig, dass ich ihm den Schaden an seinem neuen Auto bezahle."

„Gut", erwidert Pérsomi und greift nach ihrem Notizbuch. „Auf welcher Straße ist der Unfall passiert?"

„Auf dem unbefestigten Weg, ungefähr einen Kilometer von der Asphaltstraße entfernt."

„Das ist doch der Weg, der zu der Farm von Onkel Dennis führt, oder?"

„Stimmt. Der führt direkt oberhalb von einer meiner Wiesen entlang."

„Und das ist eine Provinzstraße?"

„Stimmt."

„Was hatte dein Bulle denn da verloren?"

„Allmächtiger, Pérsomi, der wird wahrscheinlich aus seiner Weide ausgebrochen sein oder so. Frag lieber, was der Inder da verloren hatte! Der hatte da gar nichts zu suchen!"

„Vergessen wir für einen Augenblick, dass der Fahrer des Autos ein Inder gewesen ist, Boelie. Das spielt keine Rolle", entgegnet sie ruhig. „Das ist eine öffentliche Straße und auf der darf jeder fahren. Wenn dein Bulle mitten auf dem Weg …"

Wieder fliegt Boelie von seinem Stuhl in die Höhe. „Der lief am Rand, verflixt nochmal, nicht mitten auf dem Weg!"

„Boelie, setz dich hin und reiß dich zusammen", erwidert Pérsomi resolut. „Wir versuchen hier eine Lösung zu finden, aber wenn du nicht mitarbeitest, wird das nichts."

Er stellt sich wieder ans Fenster und starrt nach draußen. „Dass ich so neben der Spur bin, liegt nicht allein an diesem blöden Inder und auch nicht nur an meinem Bullen", verkündet er.

„Woran liegt es denn noch?" Sie zwingt sich dazu, ruhig zu sprechen, obwohl ihr Herz heftig schlägt. Seine kräftige Gestalt füllt ihr ganzes Büro aus, seine dunklen Augen sind … Zielgerichtet befiehlt sie ihren Gedanken zu schweigen.

Er dreht sich um und schaut sie direkt an. „An dir."

Ihr stockt der Atem. „Dann solltest du lieber bis morgen warten und mit De Wet sprechen."

Einen Moment lang schweigt er, doch mit seinen schwarzen Augen fixiert er sie weiterhin. Dann schüttelt er flüchtig den Kopf. „Der Bulle lief am Wegesrand, das Auto ist zu schnell um die Kurve gefahren, vermute ich, und hat den Bullen erwischt. Oder vielleicht hat der Inder einen Schrecken bekommen und in der Kurve die Kontrolle über sein Fahrzeug verloren. Die Bremsspuren sind wirklich klar zu erkennen, und die laufen genau bis zu der Stelle, an der der tote Bulle liegt."

„Und was ist mit dem Auto?"

„Die ganze Front ist Schrott, die kannst du vergessen. Nur das knallrote Heck steht noch quer auf dem Weg und glänzt. Wirklich was für diese Art Leute? Sich so ein knallrotes Auto zu kaufen."

Sie lächelt flüchtig. „Du bist befangen, Boelie. Hat sich jemand verletzt?"

„Der Fahrer war anscheinend allein im Auto. Der ist nicht ernsthaft verletzt. Jemand hat ihn zu Yusuf Ismail gebracht. Der hat ihn zur Polizeistation begleitet und gesagt, dass er Schadenersatz fordern soll."

„Yusuf Ismail?", fragt sie erstaunt.

„Der Schuft, ja! Nur weil es um einen Inder geht und ich Bure bin. Der soll bloß nicht denken …"

„Weißt du mit Sicherheit, dass Yusuf ihn dorthin gebracht hat, Boelie?"

„Wachtmeister Jansen hat mich sofort angerufen, er hat die Anzeige aufgenommen. Das ist doch …"

„Warte einen Augenblick, Boelie, lassen wir die Angelegenheit für einen Moment ruhen", schneidet Pérsomi ihm hastig das Wort ab. „Dein Schaden besteht im Verlust deines Bullen, also sagen wir, dreitausend Pfund. Der Fahrer hat einen Schaden an seinem Auto. Was denkst du, wie hoch würdest du seinen Schaden ansetzen?"

„Nun, keine Ahnung, vielleicht zweitausend Pfund, höchstens", erwidert er. „De Wet wird das besser schätzen können als ich."

„Gut, dann gehen vorläufig von zweitausend Pfund aus. Dein Bulle lief neben dem Weg und da hätte er nicht sein dürfen. Der Fahrer hat auf dem unbefestigten Weg die Kurve wahrscheinlich zu schnell genommen, auch wenn das schwierig zu beweisen sein wird, hat dann anscheinend die Kontrolle über sein Fahrzeug verloren, deinen Bullen angefahren und dabei hat sein Auto einen Schaden erlitten." Sie schaut auf einmal auf. „Wo ist der Bulle jetzt?"

„Ich habe Linksom und den anderen den Auftrag gegeben, ihn in Stücke zu schneiden und wegzubringen. In dieser Hitze …"

„Hast du die Polizei dazu geholt? Sind die Beamten vor Ort gewesen, haben sie die Bremsspuren gesehen, haben sie gesehen, wo der Bulle angefahren worden ist?"

„Nein", antwortet er. „Sie haben doch mein Wort."

„Vor Gericht wird das nicht reichen. Ich schlage vor, dass du sie jetzt schnell zum Unfallort bringst – persönlich, wenn das möglich ist – bevor die Beweise durch einen Regenschauer oder andere Autos vernichtet worden sind."

„Was hast du danach vor, Pérsomi?", will er wissen.

„Unverzüglich eine Schadenersatzforderung einzureichen. Hast du noch den Kaufbeleg für den Bullen?"

„Alles."

„Gut, dann fordern wir einen Schadenersatz in Höhe von viertausend Pfund. Der Bulle war schließlich schon ein bisschen älter."

Er lächelt nur ganz kurz. „So viel steigt ein Bulle nun auch nicht im Wert."

Sie lächelt zurück. „Nun ja, wir können es ja einmal versuchen. Vergiss nicht, dass der Inder für seinen persönlichen Schaden und für den Schrecken auch noch einen Betrag einfordern wird. Aber jetzt geh erst zur Polizei, Boelie."

Als er schon fast an der Tür ist, schaut er sich um. „Wie geht es dir im Augenblick, Pers?"

Sie ist völlig überrumpelt und entwaffnet. Langsam nickt sie. „Mir geht es gut, Boelie. Und dir?"

„Gut", antwortet er. Trotzdem bleibt er noch in der Türöffnung stehen.

„Erzähl mir etwas von deinen Kindern", klammert sie sich plötzlich an den kleinen Rest Kontakt zwischen ihnen fest.

Er wendet sich wieder ganz ihr zu. „Nelius ist drei, ein echt stures Kerlchen. Lientie ist achtzehn Monate alt und der ganze Stolz ihres Vaters."

„Das freut mich, Boelie."

Er scharrt mit den Füßen. „Nun, ich gehe dann mal."

„Gut, Boelie."

Selbst als er schon lange weg ist, spürt Pérsomi noch seine Gegenwart in ihrem Büro.

☙

„Ich … äh …" Reinier nimmt noch einen großen Bissen von seinem Brot.

„Du … äh … was?", fragt Pérsomi.

„Ich … äh … ich habe wieder einen Auftrag für ein Haus bekommen."

„Das ist aber nicht das, was du mir erzählen wolltest", erwidert sie kurz und knapp.

„Aber doch", hält er ihr entgegen. „Es geht um eine luxuriöse Villa für den Mann, der die Shell-Tankstelle samt Werkstatt gekauft hat. Der hat in Johannesburg alles verkauft und …" Er hustet kurz.

„Wer ist denn das Mädchen, wegen dem du beinahe an deinem Brot erstickt wärst?", fragt sie ihn direkt heraus.

„Die neue Mathematiklehrerin der Mittelschule", antwortet er, während er auf das letzte Brot zeigt. „Hättest du noch eins gewollt?"

„Nein, nimm es dir ruhig. Meinst du die kleine mollige?"

„So mollig ist sie nun auch wieder nicht", entgegnet Reinier hastig. „Nur ein bisschen im Gesicht und ihre …"

„Schweig, ich muss nicht alles wissen", erwidert Pérsomi schnell. „Wie heißt sie denn?"

„Das weiß ich nicht, das musst du für mich herausfinden."

„Ich?"

„Und dann musst du dir auch einen Plan überlegen, wie du uns miteinander bekannt machen könntest."

Pérsomi schüttelt sich vor Lachen. „Hey, Reinier, warum soll ich immer die Mädchen für dich abschleppen?"

„Immer?", will er skeptisch wissen. „Dann hast du bisher deine Aufgabe noch nicht wirklich gut gemacht."

„Ich schaue mal, was ich tun kann", verkündet sie und steht auf. „Ich muss los."

„Pérsomi?"

Sie wendet sich um. „Ja, was ist denn noch?", fragt sie gehetzt.

„Weißt du jetzt endlich, wer dein Vater ist?"

Sie merkt, wie sie steif wird. „Warum?"

„Einfach nur so", erwidert er. „Schon gut. Bis morgen."

☙

Am 5. Dezember 1956 werden 156 führende Aktivisten verhaftet. „Eine Brutstätte des Kommunismus, das ist es", sagt De Wet während des Essens. „Ein ordentlicher Durchbruch, dass sie jetzt verhaftet sind. Wahrscheinlich bekommen sie einen Prozess wegen Hochverrats."

Am selben Tag stellt Frau Steyn eine Karaffe mit kaltem Wasser auf ein Plastikdeckchen in der Mitte des Besprechungstisches. Sie stellt drei Gläser auf die eine und drei Gläser auf die andere Seite, zu jedem Stuhl eins. „Bei so einer Besprechung kann nichts Gutes herauskommen", brummt sie in sich hinein, während sie einen Seitenblick in Pérsomis Richtung wirft. „Mit dieser Kommunistenbande solltet ihr kein Wort sprechen."

„Vergessen Sie nicht die Schale mit den Pfefferminzbonbons", erwidert Pérsomi und geht in ihr kleines Büro zurück.

Pünktlich um drei Uhr kommen Herr Ismail, sein ältester Sohn Abram Ismail und sein Enkel Yusuf Ismail. Frau Steyn geht mit strammem Rücken vor ihnen her ins Besprechungszimmer. Tee bietet sie ihnen nicht an; schließlich steht schon Wasser bereit.

Die drei Anwälte beziehen Stellung auf der anderen Seite des Tisches. Herr Ismail hat mit Nachdruck um die Anwesenheit von allen dreien gebeten. Sie begrüßen einander förmlich mit Händedruck.

Dann ergreift Herr Ismail das Wort. Sie seien hier, um über die erzwungene Umsiedlung zu sprechen, führt er aus, über die Tatsache, dass sie von der Stelle, an der sie nun schon seit siebzig Jahren wohnten, auf ein kahles Stück Land umziehen sollten. Jetzt erbäten sie sich in Bezug auf eine Anzahl von Fragen die rechtliche Beratung durch einen Anwalt.

„Prima, dann legen Sie einmal los, wir werden versuchen, Ihnen alles zu beantworten", erklärt Herr De Vos.

„Die Moschee muss bleiben, wo sie ist. Sie steht auf heiligem Boden und deshalb kann sie niemand woandershin verlegen", fängt Herr Ismail an.

„Ja, das ist bekannt, und die Moschee bleibt auch, wo sie ist", stimmt Herr De Vos ihm zu. „Das Gesetz achtet Ihren Glauben, zudem ist das ein Teil der Religionsfreiheit in diesem Land."

„Aber unsere Wohnungen sind dann rund sieben Kilometer von der Moschee entfernt." Herr Ismail schüttelt den Kopf. „Wie soll das funktionieren, Herr De Vos?"

„Das ist nun einmal das Gesetz, Herr Ismail", erwidert Herr De Vos, und seine Hände fummeln an dem Papierstapel auf dem Tisch vor ihm herum.

„Einmal angenommen, wir würden umziehen, wie soll das denn vonstatten gehen?", will Herr Ismail wissen.

„Die Gemeinde wird die benötigten Grundstücke zur Verfügung stellen, und auf diese können Sie nach eigenem Ermessen Häuser bauen, natürlich nur innerhalb der gemeindlichen Bauvorschriften", erläutert Herr De Vos.

„Und was wird aus den bestehenden Häusern?", fragt Herr Ismail.

„Die Gemeinde wird Ihnen den Marktwert Ihrer Häuser als Entschädigung auszahlen."

„Aber Herr De Vos, schauen Sie sich unsere Häuser doch einmal an! Sie sind schon alt, mein Vater hat damit angefangen, und wir haben nach und nach jeder etwas angebaut. Meinen Sie wirklich, dass das Geld, das die Gemeinde uns zahlt, ausreichen wird, damit wir uns neue Häuser bauen können?"

Herr Ismail treibt uns in die Ecke, denkt Pérsomi. Bis jetzt kann man seinen Argumenten auch nicht viel entgegensetzen.

„Nein, das ist tatsächlich ein Problem", gibt Herr De Vos zu.

„Aber das ist nicht einmal unser größtes Problem, denn über das müssen wir erst noch sprechen", erwidert Herr Ismail ernst. Er blickt zu De Wet und dann zu Pérsomi. Dann schaut er zur Seite, erst zu seinem Sohn rechts von ihm, dann zu seinem Enkel auf der linken Seite. Schließlich sieht er Herrn De Vos wieder direkt an und räuspert sich.

„Ich hätte es gern, dass Sie, Herr De Vos, die Gemeinde davon unterrichten, dass wir bereit sind, in die neue indische Siedlung außerhalb des Dorfes umzuziehen, allerdings nur unter bestimmten Bedingungen."

„Ich sitze nicht mehr im Gemeinderat, Herr Ismail, ich habe mein Amt schon vor mehr als einem Jahr niedergelegt", versucht Herr De Vos Widerstand zu leisten.

„Sie müssen dort auch als mein Anwalt auftreten", entgegnet Herr Ismail. „Ich werde Sie gut dafür bezahlen."

Herr De Vos fängt an, den Kopf zu schütteln. „Herr Ismail ..."

„Hören Sie sich erst unsere Bedingungen an", erwidert Herr Ismail beschwichtigend. „Danach können Sie immer noch entscheiden, ob Sie sie für gerechtfertigt halten oder nicht."

„Gut", stimmt Herr De Vos ein wenig unwillig zu.

Herr Ismail faltet einen großen Bogen Papier auseinander und legt ihn vor sich auf den Tisch. Pérsomi erkennt sofort die ordentliche Handschrift von Yusuf. Sie wirft ihm einen Blick zu, doch er schaut nur direkt zu Herrn De Vos.

„Wir werden also umziehen", erklärt Herr Ismail, „aber dann wollen wir vollständige Eigentumsrechte. Wir wollen eine Schule für unsere Kinder, die denselben Anforderungen genügt wie die weißen Schulen, nicht nur ein Gebäude mit einem Betonboden und einem Dach aus Wellblechplatten, so wie die Schulen in den schwarzen Vierteln. Wir wollen eine höhere Entschädigung für unsere Häuser, sonst können wir keine neuen bauen. Unsere Moschee muss dort bleiben, wo sie ist, sie darf nicht woanders errichtet werden."

„Herr Ismail, ich weiß nicht, ob ...", beginnt Herr De Vos.

„Das Wichtigste ist jedoch", fährt Herr Ismail ungerührt fort, „dass wir unsere Geschäfte nicht aus dem Dorf herausholen können. Sie müssen dem Gemeinderat erklären, dass wir zwar umziehen werden, unsere Geschäfte und die anderen Betriebe im Dorf aber behalten wollen."

„Über alle anderen Punkte, die Sie aufgeführt haben, können wir versuchen zu verhandeln, Herr Ismail", entgegnet Herr De Vos kopfschüttelnd, „ich fürchte allerdings, dass wir nicht viel erreichen werden. Aber die Geschäfte im Dorf belassen? Ich weiß nicht."

„Aber nur so können wir überleben, das verstehen Sie doch, oder? Würde Ihre Kanzlei sieben Kilometer außerhalb des Dorfes überleben, wenn sich hier im Ort ein Jurist niederlassen würde – selbst wenn Sie billiger wären?"

„Sie verstehen es nicht, Herr Ismail", fängt Herr De Vos an. Seine Augen sind auf seine Papiere gerichtet. „Das Gesetz ..."

„Nein, Sie sind derjenige, der es nicht versteht", entgegnet Herr Ismail ohne Umschweife. „Oder möchten Sie uns nicht helfen?"

Herr De Vos schaut mit einem Ruck auf. „Du lieber Himmel, Herr Ismail, ich verstehe alles. Aber Gesetz ist Gesetz, daran können wir nichts ändern."

„Ein Gesetz lässt immer gewisse Spielräume zu, Herr De Vos."

„Selbst wenn wir ein Hintertürchen finden sollten ... Versetzen Sie sich doch einmal in meine Lage!" Herr De Vos blickt die Männer ihm gegenüber direkt an und sie schauen schweigend zurück. „In diesem Wahlbezirk hat die Nationale Partei die Mehrheit", fährt er fort. „Die Bürger des Dorfes und des Bezirks haben mit ihrer Stimme den heutigen Gesetzgeber ins Parlament gewählt. Und das sind die Menschen, von denen ich abhängig bin, wenn es um Lohn und Brot geht."

„Ich auch, Herr De Vos, ich auch."

„Aber Sie können Ihren Laden doch einfach weiterführen, nur eben in Ihrer eigenen Umgebung? Ihre Kunden können doch zu Ihnen kommen."

„Meine Kunden sind nicht einfach nur Kunden, sie gehören zu meiner Familie. Darüber hinaus sind sie arm. Sie wissen doch selbst, dass reiche Menschen nicht mehr bei mir einkaufen. Meine Kunden haben kein Auto, mit dem sie sieben Kilometer weit fahren können."

Pérsomi sieht, wie sich Herr De Vos über den kahlen Kopf reibt. Vor seinem Ohr hat sich ein dünnes Rinnsal Schweiß gebildet, das in einer Nackenfalte verschwindet. Die Operation und die darauffolgende Behandlung haben ihn alt werden lassen, wird Pérsomi mit einem Mal klar.

Herr De Vos beginnt langsam mit dem Kopf zu schütteln. „Suchen Sie sich jemanden in der Stadt, der Ihre Sache übernehmen kann", schlägt er müde vor. „Dort kennen sie sich sowieso besser mit solchen Angelegenheiten aus."

„Herr De Vos", antwortet der alte Ismail ernst, „Sie sind ein außergewöhnlich intelligenter Mann. Sie kennen unsere Leute, Sie kennen uns alle von Jugend an, Sie sind schon zusammen mit Ihrer Mutter bei uns im Geschäft gewesen, da haben Sie noch Windeln getragen. Ihr Vater ist der allererste Anwalt in diesem Dorf gewesen und mein Vater hat hier das allererste Geschäft eröffnet. Es geht nicht nur um Büchergelehrsamkeit, das ist eine Herzensangelegenheit."

Im kleinen Besprechungszimmer wird es mucksmäuschenstill, allein der Ventilator wedelt wupp-wupp-wupp durch die stickige Luft, wieder und wieder. Der alte Herr Ismail wartet schweigend, demütig und in tiefem Ernst. Sein Sohn Abram sieht besorgt aus, sogar ein bisschen mutlos, sein Haupt ist geneigt. In Yusufs Gesicht lässt sich nichts lesen, und die Augen, mit denen er Herrn De Vos anschaut, sind kalt und beinahe feindselig. Noch nicht ein einziges Mal hat er Pérsomi einen Blick zugeworfen.

Herr De Vos schüttelt erneut den Kopf. „Ich kann es nicht tun, Herr Ismail. Meine Kanzlei würde es nicht überleben, das müssen Sie bedenken."

Schließlich beugt sich der alte Herr Ismail leicht nach vorn. Er spricht leise, so als würde er ausschließlich zu Herrn De Vos sprechen. „Herr De Vos, Sie und ich wissen alle beide, dass ich Ihnen eine Menge Stolpersteine aus dem Weg geräumt habe, Stolpersteine, die für Ihre Kanzlei hätten fatal werden können."

Pérsomi schaut mit einem Ruck zur Seite auf den großen Mann, der neben ihr sitzt. Du und ich, wir wissen alle beide, wovon er spricht, mein Herr, denkt sie schlecht gelaunt.

Herr De Vos schüttelt jedoch weiter den Kopf. Er wirft De Wet links neben sich einen Blick zu. „De Wet?", sucht er nach einem Ausweg.

„Ich kann es nicht übernehmen, Onkel Bartel, Herr Ismail. Es tut mir leid. Es geht hier um die offizielle Politik der Nationalen Partei. Boelie ist momentan der Vorsitzende des NP-Ortsvereins, mein Schwiegervater hat bis vor vier Jahren für die NP im Parlament gesessen. Ich kann das nicht übernehmen, ohne eine ernsthafte Spaltung in meiner Familie zu riskieren."

Der alte Herr Ismail seufzt tief. Seine verrunzelten, hellbraunen Hände liegen gefaltet auf dem Tisch, es sieht fast so aus, als bete er. „Bitte, Herr De Vos", sagt er.

Für einen Augenblick ist es still im Besprechungszimmer. Dann verkündet Pérsomi: „Herr De Vos, Herr Ismail, wenn Sie beide nichts dagegenhaben, bin ich bereit, die Sache zu übernehmen."

೧૩

Zuerst hat De Wet noch versucht, sie aufzuhalten. „Pérsomi, warte noch einen Moment, du weißt doch gar nicht, was du dir da aufhalst."

Dann ist Herr De Vos aufgestanden und hat verkündet: „Herr Ismail, wir werden die Sache besprechen und dann wieder Kontakt mit Ihnen aufnehmen."

Als die Ismails das Besprechungszimmer verlassen haben, hat De Wet noch einmal versucht, sie umzustimmen. „Nein, De Wet, warte noch", hat Herr De Vos entschieden, „wir werden morgen darüber sprechen. Zuerst müssen wir von Pérsomi hören, welche Strategie sie vorschlägt, danach können wir darüber reden und eine Entscheidung treffen. Aber jetzt gehen wir alle erst einmal nach Hause."

Wieder wird es eine schlaflose Nacht. Es muss einen Ausweg ge-

ben, eine einschränkende Bestimmung im Gesetz, überlegt Pérsomi Stunde um Stunde. Denn die Ismails haben in jeder Hinsicht recht: logisch betrachtet, objektiv betrachtet und auch vom Gesichtspunkt der Gerechtigkeit aus betrachtet. Darüber hinaus sind sie bereit, Zugeständnisse zu machen, also muss es eine gesetzliche Möglichkeit für ein Entgegenkommen der Gemeinde geben.
Jedenfalls wenn der Gemeinderat das möchte – das ist ihr auch klar.
Am nächsten Morgen geht sie früh in die Kanzlei, vielleicht bekommt sie in ihrem Arbeitszimmer mehr Klarheit. Die Besprechung ist um elf Uhr, davor muss sie sich also den einen oder anderen Plan überlegen.
Gegen halb acht hört sie jemanden hereinkommen. Das wird wohl Frau Steyn sein, die ist manchmal so früh, denkt Pérsomi geistesabwesend.
Als sie hochschaut, steht er auf der Türschwelle ihres Büros.
„Boelie?" Sie kommt sich unvermutet ertappt vor und kann die Überraschung in ihrer Stimme nicht verbergen. Heiße Glut steigt in ihr auf.
„Kann ich etwas für dich tun?", fragt sie völlig durcheinandergebracht. Wir haben einander noch nicht einmal „Guten Tag" gesagt, denkt sie verwirrt.
„Hallo, Boelie."
„Ist De Wet noch nicht da?"
„Nein, aber er müsste jeden Augenblick kommen."
„Der Kerl ist auch immer zu spät", äußert Boelie ein bisschen genervt.
„Möchtest du in der Zwischenzeit einen Kaffee trinken?", bietet Pérsomi ihm an und steht auf.
Seine schwarzen Augen schauen sie für einen Augenblick durchdringend an, dann schließt er hinter sich die Tür zu ihrem Büro und setzt sich auf den Stuhl vor ihrem Schreibtisch.
„Setz dich", fordert er sie auf.
Pérsomi lässt sich wieder auf ihren Stuhl fallen. Die große Arbeitsplatte auf ihrem Schreibtisch liegt, glänzend geputzt, zwischen ihnen und spiegelt stumpf das Durcheinander ihrer Bewegungen wider.
„Du kannst heute Morgen tatsächlich etwas für mich tun", erklärt er.

Er erweckt den Eindruck, dass er ebenso wenig vorbereitet ist wie ich, dass er aus einem Impuls heraus gehandelt hat, denkt Pérsomi „Warum hast du das getan, Pérsomi?"

Es kann doch nicht sein, dass er es schon gehört hat?, schießt es ihr durch den Kopf. De Wet hat ihm doch wohl noch nichts davon erzählt? Herr De Vos mit Sicherheit nicht.

Der Augenblick der Konfrontation ist also gekommen, und viel eher, als sie es erwartet hätte. Viel unmittelbarer auch. „Weil niemand anders die Sache übernehmen wollte", antwortet Pérsomi sachlich, „und weil ich glaube, dass ihre Argumente unumstößlich sind."

Boelie zieht verwirrt die Stirn in Falten. Wusste ich es doch, dass es so kommen würde, denkt sie flüchtig.

„Ich spreche nicht über irgendeine Rechtssache oder eine juristische Angelegenheit."

Befremdet schüttelt Pérsomi den Kopf. Sie hat ein Auto gekauft, schon vor ein paar Monaten, überlegt sie im Dunkeln tappend, aber das kann es doch wohl nicht sein? Und es ist furchtbar lange her, dass sie bei Yusuf vorbeigeschaut hat. Von gestern mal abgesehen hat sie ihn das letzte Mal an dem Tag gesehen, an dem Herr De Vos krank geworden ist. „Nun ... Was meinst du denn?"

Boelie wendet seinen Blick keine Sekunde von ihr ab. Plötzlich fällt ihr auf, dass sich in seinem Gesicht dunkle Linien abzuzeichnen beginnen und dass seine dunklen Haare an den Schläfen anfangen grau zu werden.

„Warum hast du unsere Beziehung beendet, Pérsomi?"

Ihr Mund klappt auf. „Ich ... ich habe dir doch erklärt ..."

„Komm mir jetzt nicht wieder mit der Geschichte, dass ich für dich so etwas wie ein Bruder bin! Heute will ich die Wahrheit hören."

Sein Gesicht ist dunkel, seine Augen sind rabenschwarz und halten sie in den engen Grenzen der Wahrheit gefangen.

„Weil ich gedacht habe, dass du mein Bruder bist."

„Dein ... dein Bruder? Bist du denn verrückt geworden?"

Langsam gewinnt Pérsomi ihre gewohnte Ruhe zurück. „Hör auf, so mit mir zu sprechen, Boelie."

Er bleibt in Angriffsstellung. „Wie konntest du so etwas nur denken? Du hast doch sicher nicht gedacht ..." Sie kann beobachten, wie er ihrer Logik zu folgen versucht. „Mein Vater? Du lieber Himmel, Pérsomi!"

„Warum hätte er uns sonst auf der Farm wohnen lassen, sogar nachdem Gerbrand, Piet und Lewies weggegangen waren?", versucht sie ihn von ihrer Logik zu überzeugen. „Und es gab noch so viele andere Hinweise, Boelie." Es hört sich beinahe flehendlich an, und flehen möchte sie nicht.

Er steht auf und nimmt seinen Hut vom Schreibtisch. „Und weil du diesen Unsinn geglaubt hast, hast du alles in den Wind geschossen, was gewesen ist und was hätte sein können. Kapierst du denn wenigstens, was du da getan hast?"

Bewegungslos und niedergeschlagen sitzt sie da. Widerstand leistet sie keinen.

An der Tür sieht er sich noch einmal um. „Und wann hast du herausgefunden, dass ich nicht dein Bruder bin?", will er wissen.

„Kurz nach deiner Hochzeit."

Langsam schüttelt er den Kopf. Dann verlässt er den Raum und zieht hinter sich die Tür zu, ohne sich zu verabschieden.

16. Kapitel

Weihnachten kommt und geht, so wie jedes Jahr. Wieder sind sie alle zusammen in dem aufgehübschten Häuschen von Tante Sus. „Gute Leute sind das, dieser De Wet und die Christine", verkündet Tante Sus. „Tolle Kinder."

Hannapat ist mittlerweile verheiratet, Hals über Kopf. Ihr Mann liegt unter seinem Auto, um einem Ölfleck auf die Schliche zu kommen, und sie sitzt mit dem Baby auf dem Schoß da. Sussie hat mittlerweile auch einen Freund, einen Witwer mit vier Kindern. Er scheint ein anständiger Kerl zu sein, und Sussie sieht glücklicher aus als jemals zuvor.

Am Silvesterabend wünschen sie einander bei De Wet und Christine zu Hause ein gesegnetes neues Jahr – auch das ist wieder so wie jedes Jahr.

Trotzdem ist jedes Jahr nochmals anders als das vorherige. Am 3. Januar 1957 erhöht die Busgesellschaft *Putco* den Fahrpreis für eine Fahrt vom Bantuviertel Alexandra in die Innenstadt von Johannesburg um einen Penny. Fünfzehntausend Menschen gehen daraufhin gemeinsam die siebzehn Kilometer zu Fuß in die Stadt, dabei singen sie Freiheitslieder wie *Asina mali* – wir haben kein Geld – und *Asikwelwa* – wir werden nicht fahren.

„Wie ich sehe, laufen sie wieder einmal", stellt De Wet beim Tee fest.

„Hey, De Wet, hör doch endlich damit auf", schnaubt Pérsomi.

Nach ein paar Tagen berichtet die Wochenschau, dass nun auch in Sophiatown und in den schwarzen Wohnvierteln rund um Johannesburg die Busse boykottiert werden.

„Ganz Transvaal ist auf Schusters Rappen unterwegs", kommentiert De Wet trocken.

Pérsomi kehrt ihm den Rücken zu und geht in ihr Büro. De Wet folgt ihr auf dem Fuß, mit der Teetasse in der Hand. „Können wir kurz reden?", will er wissen.

Sie zeigt auf einen Stuhl und setzt sich an ihren Schreibtisch.

„Worüber denn, den Busboykott oder die Sache Faber?", fragt sie sachlich.

„Über die mögliche Sache Ismail."

„Oh?", erwidert sie ruhig, während sie ihre leere Tasse an den Rand des Schreibtisches schiebt.

„Warum möchtest du das übernehmen, Pérsomi?", fragt er rundheraus.

„Warum denn nicht?"

„Weil du dabei alles verlieren kannst und nichts gewinnst."

„Glaubst du das wirklich?"

„Ja, Pérsomi, das glaube ich wirklich", antwortet er ernst. „Du kannst die Rechtssache unmöglich gewinnen. Die ganze Umsiedlungsaktion wird vom Gesetz über die Gruppenansiedlungen gestützt und das ist einer der Grundpfeiler der Apartheid. Daran kannst du nichts ändern, es sei denn, du bringst die Nationale Partei zu Fall, was aber immer unwahrscheinlicher zu werden scheint."

„Es gibt doch sicher Möglichkeiten, das Gesetz zu umgehen", erwidert sie.

„Bist du Anwältin geworden, um Schlupflöcher im Gesetz aufzuspüren oder um innerhalb der Grenzen des Gesetzes für ein geordnetes Zusammenleben einzutreten?"

„Ich bin Anwältin geworden, um meinen Teil zur Gerechtigkeit beizutragen. Das ist mein Ziel, seit meinem dreizehnten Geburtstag", entgegnet sie. „Ich glaube, dass der Gemeinderat im Fall der Ismails das Gesetz missbraucht, weil er eigene, selbstsüchtige Ziele durchsetzen will, insbesondere weil er das indische Viertel, das er für den Schandfleck unseres Dorfes hält, loswerden will. Ich denke zum Beispiel, dass sie ..."

„Ich glaube dir ja, dass du schon über mögliche Lösungen nachgedacht hast", fällt ihr De Wet ins Wort, „aber du darfst deine persönliche Zukunft hier im Dorf nicht aus den Augen verlieren. Ich fürchte, dass man dich bei dieser Sache als Revolutionärin oder Kommunistin brandmarken wird."

„Ich könnte es mir nie verzeihen, wenn ich nicht für das kämpfen würde, was nach meiner festen Überzeugung das Richtige ist, De Wet", erwidert Pérsomi fest entschlossen.

Als sie aufsieht, steht Herr De Vos in der Türöffnung. Für einen

Augenblick meint sie einen Anflug von Stolz in seinen Augen zu erkennen. Doch dann dreht er sich um und geht in sein Büro.

☙

Ich muss es tun, das weiß ich einfach, denkt Pérsomi, während sie schon seit Stunden wach liegt. Vor allem nach den Geschehnissen der Silvesternacht wagt sie es nicht länger, die Sache aufzuschieben.

Diesen Abend hat Pérsomi wieder mit Braam verbracht, bei De Wet und Christine. Vorher hatte sie sich erneut mental vorbereitet, so wie sie es früher schon so oft getan hatte, indem sie die Begegnung mit Boelie und seiner Frau geübt und alle möglichen Situationen in Gedanken durchgespielt hat. Doch als sie tatsächlich in der Situation war und aus der Übung Wirklichkeit wurde, kam sie sich vor wie eine unvorbereitete Amateurin, die Mühe hatte, aus den Startlöchern zu kommen. Denn Boelies Worte an diesem frühen Dezembermorgen waren glasklar zwischen sie und die Wirklichkeit geätzt: „ ... alles in den Wind geschossen, was gewesen ist und was hätte sein können ..."

In den Nächten, die darauf gefolgt sind, ist Pérsomi klar geworden, dass Boelie ihre Liebe nicht vergessen hat und dass sie nicht die Einzige ist, die für eine Liebe büßen muss, die sich nicht abtöten lässt. Sie hat angefangen zu begreifen, dass De Wet wahrscheinlich mit seiner Behauptung „Du weißt ja nicht, wie Annabel ist" recht gehabt hat. Denn Boelie ist ein Mann aus Fleisch und Blut und Pérsomi hat sehr gut gelernt, dass ein Mann anders ist als eine Frau.

Sie hat auch gewusst, dass es endgültig war. Denn sie kennt Boelie. „Das Eheversprechen legt man vor dem Angesicht Gottes ab und kein Gericht kann einen davon jemals wieder lösen." Auch wenn er diese Worte vor sechs Jahren nicht ausgesprochen hätte, hätte sie es gewusst, weil Boelie nun einmal so ist.

Es gibt für sie und Boelie keine gemeinsame Zukunft, das begreift sie in jeder Hinsicht.

Der Verstand kann eine Menge Dinge begreifen, aber das Herz lässt sich ein Schweigen nicht so leicht auferlegen. Dann muss es mein Herz eben lernen, nimmt sie sich immer wieder vor. Mittlerweile ist sie eine Frau von einunddreißig Jahren und nach allen gängigen Konventionen schon lange eine, die „keinen abbekommen hat". Braam ist anständig, ein netter Kerl und offensichtlich tatsächlich in sie verliebt, das muss sie zugeben. Er hat auch schon mehrmals vom Heiraten gesprochen, aber dann ist es ihr bisher immer geglückt, das Gespräch in eine andere Richtung zu lenken und das Thema zu vermeiden. Mit Worten hat sie schon immer gut umgehen können.

Was möchte ich nun wirklich vom Leben?, hat Pérsomi sich in den durchwachten Nächten immer wieder gefragt. Möchte ich nur eine professionelle, erfolgreiche Anwältin sein, die jeden Abend in ein vornehmes, aber leeres Haus zurückkehrt? Die Antwort kennt sie gut. Sie sehnt sich nach einer richtigen Familie, nach einem Mann und Kindern, schon seit sie das chaotische Haus von Herrn Nienaber vor einem ganzen Menschenleben zum ersten Mal betreten hat und genauso jetzt an manchen Sonntagen bei De Wet und Christine zu Hause.

Wenn Braam das Gespräch wieder in diese Richtung lenken sollte, werde ich zuhören und zustimmen, entscheidet sie daraufhin. Keiner von uns beiden wird jünger, und es macht keinen Sinn, weiter an der Vergangenheit zu hängen.

Doch dann hat sie am Silvesterabend wieder vor Boelie und Annabel gestanden und hat sich nackt und ausgezogen gefühlt, obwohl sie teure, neue Schuhe getragen hat und einen stählernen Panzer, den sie in den Nächten davor sorgfältig um sich herum aufgebaut hat. Je weiter der Abend voranschritt, desto mehr wurde ihr klar, dass sie es einfach nicht konnte. Jeder Augenblick, den ich mit Braam zusammen bin, jeder schöne Moment, den wir möglicherweise miteinander teilen, bei jedem intimen Kontakt werde ich wissen: Das ist nicht Boelie. Und sie hat gewusst, dass sie sich deshalb weiterhin einsam fühlen wird, auch in Braams Nähe.

Stärker und stärker reift die schmerzhafte Erkenntnis in Pérsomi heran: Mein Gewissen wird das niemals zulassen. Braam hat Besseres verdient.

Auch er hat es zunächst nicht akzeptieren wollen. Genau wie Boelie vor sechs Jahren. Auch Braam hat sie gebeten, doch noch einmal darüber nachzudenken, auch er hat sie angefleht, ist wütend geworden und hat sich danach aufs Neue aufs Betteln verlegt.

Doch irgendwann ist auch er verschwunden. Und nach seinem Fortgang ist Pérsomi genauso einsam gewesen wie zuvor.

☙

Pérsomis erste Besprechung mit den Ismails findet im Februar 1957 statt. „Ich bezweifle, dass du irgendetwas erreichen kannst; dafür hat die Ideologie der Apartheid eigentlich schon viel zu tiefe Wurzeln geschlagen", bemerkt Herr De Vos an diesem Morgen.

„Wenn ich geglaubt hätte, dass es sich um einen hoffnungslosen Fall handelt, hätte ich die Sache nicht angenommen", erwidert Pérsomi resolut. „Das wäre den Ismails gegenüber sehr unfair gewesen, nicht nur in finanzieller Hinsicht."

Herr De Vos schüttelt kurz den Kopf. „Wenn du nicht mehr weiterweißt, dann wende dich an mich."

„Vielen Dank, Herr De Vos."

Der Kontakt zwischen ihnen bleibt strikt berufsbezogen und äußerst unpersönlich.

Auch De Wet kommt zur Teezeit vorbei, um ein kurzes Schwätzchen zu halten.

„Noch ist es nicht zu spät, um die Sache niederzulegen, Pérsomi", erklärt er.

Doch sie schaut ihn trotzig an. „Ich lege sie nicht nieder, De Wet; jetzt hör endlich auf mit deinem Geunke."

Er lächelt süffisant. „Du bist so ein Dickkopf, dass du die Sache am Ende noch gewinnst."

„Für mich geht es nicht ums Gewinnen oder Verlieren, sondern um das Recht", erwidert sie ernst.

„Das kommt letzten Endes auf dasselbe heraus, denn innerhalb der Grenzen des Rechts können zwei Menschen sehr unterschiedliche Vorstellungen davon haben, was Recht eigentlich ist." Er lacht plötzlich. „Herr Ismail hat mir einmal eine ziemlich heftige Ohrfeige verpasst."

„Herr Ismail?", fragt sie überrascht. Der ehrwürdige, alte Herr hat De Wet einmal eine Ohrfeige verpasst?

„Ja", erwidert De Wet ein bisschen verlegen und dreht sich um.

„Nein, nein, du kannst hier jetzt nicht einfach weglaufen, ohne die Geschichte zu erzählen." Fest entschlossen stellt sich Pérsomi ihm in den Weg.

Er dreht sich wieder um und in seinen Augen blitzt der Schalk auf. Was ist das doch für ein unglaublich gut aussehender Mann, denkt Pérsomi beiläufig. „Es ist eigentlich etwas, was man ... äh ... einer Dame nicht erzählen sollte", versucht er sich aus der Schlinge zu winden.

„Du kannst hier nicht einfach eine Andeutung machen und dann alles für dich behalten", hält sie dagegen.

„Nun ... äh ... Boelie und ich, wir sind noch Rotzlöffel in der Grundschule gewesen und wir hatten gehört, dass man nur eine halbe Krone hochwerfen und die dann mit der flachen Hand auf den Tresen von einem indischen Laden knallen musste, dann gab einem der Verkäufer, was immer man haben wollte, ohne weitere Fragen zu stellen."

„Und dann?" Pérsomi stellt sich mit Absicht dumm.

„Nun, lass es mich einmal so sagen: Wir wollten etwas, was Herr Ismail an ein Kerlchen von elf Jahren nicht hat verkaufen wollen. Er hat uns einfach über den Tresen hinweg eine heftige Ohrfeige verpasst."

Pérsomi krümmt sich vor Lachen. „Meinst du, er erinnert sich noch daran?"

„Das weiß ich ganz sicher", antwortet De Wet. „Komm, ich mache mich an die Arbeit, bevor ich noch mehr Schandtaten preisgebe. Du meldest dich, wenn du Hilfe brauchst oder Ideen ausprobieren möchtest?" Und damit verlässt er den Raum.

Kurz nach drei Uhr marschieren der alte Herr Ismail, sein Sohn Abram und Pérsomi ins Besprechungszimmer. Von draußen ertönt das schrille Gezirpe der Grillen und drinnen ist das Eis in der Wasserkaraffe innerhalb weniger Minuten geschmolzen.

„Ja, es ist heiß und trocken, nicht wahr?", erklärt Abram Ismail. Sein dunkler Kopf mit dem Fez darauf ist immer ein wenig geneigt, sodass er einen mit seinen buschigen Augenbrauen immer etwas schüchtern anschaut. Seine Schultern sind gebeugt wie unter einer Last, die er schon seit Ewigkeiten zu schleppen hat. Ein Kind ohne Mutter, denkt Pérsomi immer, wenn sie ihn sieht. „Ja, ja", seufzt er nun tief.

„Es ist in der Tat trocken", erwidert Pérsomi. „Wir haben morgen Abend bei uns in der Kirche einen Bittgottesdienst um Regen."

„Die Farmer können beten, so viel sie wollen, der Wind kommt von Westen", entgegnet der alte Ismail kopfschüttelnd. Und wenn der Wind von Westen kommt, bleibt der Regen aus, das weiß Pérsomi schon seit sie ein kleines Mädchen war. Denn das Meer liegt in Richtung Sonnenaufgang, hat der Meister auf der kleinen Farmschule anhand der Karte erklärt, und die Wüsten von Deutsch-Südwest liegen in Richtung Sonnenuntergang. Der Meister hat nie von Deutsch-Südwestafrika gesprochen, er hat es immer Deutsch-Südwest genannt.

„Kommt Yusuf nicht?" Pérsomi reißt sich aus ihren Gedanken los, zurück in die Gegenwart und nimmt am Kopfende des Tisches Platz. Sie ist ein bisschen enttäuscht, denn Yusuf hat einen wachen Verstand und könnte bei der Lösungsfindung einen guten Teil beitragen.

„Nein, er kommt nicht", erwidert Herr Ismail, während er rechts von Pérsomi Platz nimmt. Er liefert keine weitere Erklärung, und sie fragt auch nicht nach den Gründen. Abram Ismail setzt sich links von ihr, sodass sie einander ohne Probleme ansehen können.

„Was sollten wir Ihrer Ansicht nach am besten unternehmen, Fräulein Pérsomi?", will der alte Herr Ismail wissen.

„Meiner Meinung nach sollten wir so schnell wie möglich beim Gemeinderat beantragen, die Umzugsregelung auszusetzen, und gleichzeitig darum bitten, Ihre Infrastruktur zu verbessern", antwortet Pérsomi. „So schnell wie möglich, also noch bevor irgendwelche Gelder in die Erschließung des neuen Siedlungsgebiets bei Modderkuil geflossen sind."

„Dabei kommt sicher nichts heraus. Sie wollen uns einfach weghaben", entgegnet Abram Ismail nüchtern.

„Damit fangen wir an, mit unserem Antrag an den Gemeinderat", erklärt Pérsomi. „Wenn dabei nichts herauskommt, werden wir persönlich mit den Leuten reden, mit jedem für sich oder mit allen gleichzeitig, das können wir später noch entscheiden. Ich weiß, dass nicht alle Gemeinderatsmitglieder für die zwangsweise Umsiedlung sind."

„Den Boden, auf dem wir wohnen", verkündet der alte Herr Ismail langsam, „hat noch Präsident Paul Kruger[23] persönlich meinem Vater geschenkt, das ist 1884 gewesen, kurz nachdem er Präsi-

---

23 Paul Kruger (1825-1904) war von 1882 an Präsident der nach dem „Großen Treck" gegründeten Südafrikanischen Republik, die nach dem Burenkrieg 1900 von den Briten annektiert wurde. Nach ihm sind die südafrikanische Goldmünze Krugerrand und der Kruger-Nationalpark benannt.

dent geworden ist. Ich habe immer noch ein Schreiben, nach dem der Grund und Boden unseren Leuten als Dank dafür geschenkt wird, dass mein Vater den Präsidenten und seine Anhänger im Jahr 1879 beim Kampf gegen die Sekhukhune mit Lebensmitteln und Decken unterstützt hat. Sie haben damals kein Geld als Bezahlung bekommen, sondern dieses Stück Land."

„Das ist interessant", erklärt Pérsomi. „Ich weiß nur nicht, ob wir all diese Informationen schon jetzt einsetzen sollten oder ob wir sie uns lieber für später aufheben. Das muss ich zusammen mit Herrn De Vos überlegen."

„Und was ist, wenn wir nun mit den Buren gesprochen haben und die uns immer noch weghaben wollen?", will Abram Ismail wissen.

„Dann versuchen wir es mit der Option, die Sie schon beim ersten Mal vorgeschlagen haben, nämlich dass Sie tatsächlich umziehen, Ihre Geschäfte im Dorf aber behalten."

Abram Ismail nickt ernst. „Und mehr Geld für unsere Häuser bekommen?"

„Das werden wir dann in der Tat alles versuchen", antwortet Pérsomi. „Können wir also weitermachen und uns überlegen, wie wir den Antrag formulieren?"

Die beiden Inder nicken. „Ja", erwidert der alte Ismail. „Damit können wir anfangen. Das ist eine gute Idee."

„Und werden Sie das auch so den anderen indischen Familien mitteilen?"

„Das werde ich tun. Ich danke Ihnen ganz herzlich, Fräulein Pérsomi. Ich fühle mich jetzt schon ein ganzes Stück besser."

Lange schaut sie den beiden Männern hinterher, während sie die Straße entlanggehen, zurück in ihre chaotischen, gemütlichen, kleinen Läden. Die wadenlangen, weißen Gewänder wehen im schwülen Westwind sanft hin und her und ihre langen, weißen Hosen flattern direkt über ihren Sandalen. Diese Männer kämpfen ums Überleben, ahnt Pérsomi, und das nur, weil ihre Haut dunkler und ihre Religion anders ist und ihre Traditionen als volksfremd gebrandmarkt sind.

Ist sie vielleicht dumm und unvernünftig gewesen, als sie sich in diesen Kampf geworfen hat? Macht sie ihnen falsche Hoffnungen, zögert sie das Unvermeidliche nur länger heraus? Was wird geschehen, wenn sie alles verliert, wenn die Inder mit ihrem Hab und Gut, mit ihren Häusern, Geschäften und der Schule aus dem Dorf vertrieben werden?

Sie schüttelt den Kopf und geht wieder in die kühle, vornehme Empfangshalle der Kanzlei.

ɔȝ

Mitte Februar kommt Pieter Hanekom zum ersten Mal zu einem Hausbesuch bei ihr vorbei. Ich sollte besser mitgehen, ich kann doch auch nicht nur allein zu Hause herumsitzen, denkt Pérsomi im Stillen.

Pieter ist der neue Pfarrer des Dorfes. Er ist unverheiratet, groß und blond und hat hellblaue Augen. Die Kirche ist auf einmal ein ganzes Stück voller und das nicht nur, weil die Leute genug davon hatten, immer wieder dieselbe Predigt des alten Pfarrers Greyling zu hören. Nach dem Gottesdienst stehen die Mütter Schlange, um den neuen Pfarrer zum Essen oder einfach so einzuladen, während die Bauerntöchter demütig und manchmal ein bisschen kichernd danebenstehen – bescheiden, so wie es sich gehört.

Pieter bleibt freundlich und sachlich und nach ein paar Monaten hat sich der Kirchenbesuch wieder auf dem alten Niveau eingependelt.

Pérsomi findet Pieters Gesellschaft nett und auferbauend. Er ist intelligent und geht mit der Zeit. Sie können sogar zusammen lachen. Doch als auch er auf eine ernsthafte Beziehung hinarbeitet, bricht sie die Verbindung ab. „Es kann einfach nichts zwischen uns werden, Pieter", erklärt sie.

ɔȝ

„Ich habe mal ein paar Nachforschungen angestellt", verkündet De Wet am frühen Morgen vor der Arbeit. „Ihr wollt doch zuerst versuchen, den Gemeinderat davon zu überzeugen, die Ismails nicht umzusiedeln?"

„Nicht nur die Ismails, sondern alle Inder. Auch die Familie Moosa und die Sippe von Herrn Ravat, alle."

„Letzten Endes sind sie doch sowieso alle auf die eine oder andere Weise miteinander verwandt", behauptet De Wet.

„Möglicherweise. Wir wollen den Gemeinderat bitten, das Geld, das für die Erschließung des indischen Wohngebiets außerhalb des Dorfes vorgesehen ist, lieber für die Modernisierung der bestehenden Gebäude und Infrastruktur zu verwenden. Das müssen wir noch in dieser Woche tun. Ich habe den Antrag schon fast fertig."

„Ich kann mir nicht vorstellen, dass dem stattgegeben wird, aber du kannst es ja einmal versuchen", erwidert De Wet. „Du solltest allerdings auf jeden Fall noch einen Blick auf das Gesetz über die schwarzen Wohnviertel werfen, besonders auf den Paragraphen 10. Danach bekommen Schwarze unter bestimmten Bedingungen das Recht, in weißen Stadtgebieten zu wohnen. Das geschieht erstens aufgrund der Geburt, zweitens wenn sie seit mindestens zehn Jahren für denselben Arbeitgeber tätig waren, und drittens wenn sie seit mehr als fünfzehn Jahren dort ohne Unterbrechung gewohnt haben. Unsere indische Gemeinschaft erfüllt alle drei Vorgaben. Du musst also nur herausfinden, ob man dieses Gesetz auch auf die Asiaten anwenden kann."

Pérsomi nickt. „Hmm, das werde ich sicher tun, danke. Sag mal, De Wet, hast du gewusst, dass sie das Stück Land, auf dem sich ihre Häuser und Geschäfte jetzt befinden, noch von Präsident Kruger höchstpersönlich bekommen haben? Der Vater des alten Herrn Ismail ist zu jener Zeit das Haupt der indischen Gemeinschaft gewesen und Herr Ismail hat den Brief mit der Unterschrift des Präsidenten noch in seinem Besitz."

De Wet zuckt mit den Schultern. „Das ist durch die Regierung einer Republik geschehen, die heute nicht mehr existiert. Ich fürchte, dass dieses Dokument nur noch Museumswert hat und mehr nicht."

Pérsomi unterdrückt ein Seufzen. „Ich habe Angst, dass ich mich an der Sache überhebe", erklärt sie.

„Ich habe noch nie erlebt, dass du dich hast unterkriegen lassen, Pérsomi, egal was es war", erwidert De Wet ernst. „Ich bezweifle nicht, dass du es dem Gemeinderat gehörig geben wirst. Nimm dir dafür Zeit und sag mir bitte, wenn ich dir irgendwo helfen kann."

☙

„Warum hast du das getan, Pérsomi?", fragt Boelie zum zweiten Mal innerhalb von zwei Monaten.

„Ich möchte nicht mehr darüber sprechen, Boelie."

„Wir haben darüber gar nicht gesprochen."

Pérsomi schaut ihn völlig verdattert an. „Was soll ich dir denn noch erzählen? Es tut mir leid, es war mein Fehler, ich kann aber jetzt leider nichts mehr daran ändern."

„Warum konnten sie nicht einfach zu jemandem in der Stadt gehen?"

Sie runzelt die Stirn und schüttelt den Kopf. „Boelie, sprichst du jetzt etwa über die Ismails?"

„Ja, worüber denn sonst?" Plötzlich werden seine Gesichtszüge weicher. „Dachtest du vielleicht ... Du meinst ...?"

„Ach, vergiss es."

„Deswegen musst du dir keine Vorwürfe machen."

„Vergiss es einfach", sagt sie erneut. „Lass uns über die Ismails sprechen."

Seine dunklen Augen schauen sie direkt an und auf seiner Stirn ist eine kleine Falte zu erkennen. Dann nickt er und sagt: „Gut. Ich habe gesehen, dass du sie vertreten wirst."

Darauf ist sie vorbereitet, schon seit Wochen. „Hast du das gesehen oder hast du das gehört?"

„Gesehen. Gustav Jooste hat mir den Antrag gezeigt und der ist von dir verfasst und von allen Oberhäuptern der indischen Gemeinschaft unterschrieben worden."

„Dieser Antrag ist an den Gemeinderat gerichtet", hält sie ihm entgegen. „Wie kann es dann sein, dass jemand ihn dir zeigt?"

„Ich bin der Vorsitzende der Nationalen Partei in diesem Bezirk und in dieser Funktion habe ich ihn zu sehen bekommen. Ich habe mich deshalb gefragt, ob du sie vertreten wirst."

„So ist es, Boelie, ich bin schon jetzt ihre juristische Vertretung, und das bleibt so, egal mit welchen Argumenten du mir jetzt kommst."

Er seufzt. „Das ist mir auch klar, schließlich kenne ich dich schon eine ganze Weile. Ich werde auch gar nicht versuchen, dich von deinem Vorhaben abzubringen. Ich hatte gehofft, dass du ihnen mit dem Antrag einfach nur hast helfen wollen."

Sie schweigt weiter.

„Ich hatte auch gehofft, dass wir diese Konfrontation vermeiden könnten", fügt er leise hinzu.

Langsam schüttelt sie den Kopf. „Dann tritt als Vorsitzender des NP-Ortsvereins zurück", entgegnet sie.

„Meinst du das wirklich?"

„Nein, Boelie, du kannst nicht anders, das ist ein Teil von dir, und das weiß ich auch."

„Ich bin wirklich davon überzeugt, dass die Regierung richtig handelt, Pérsomi, ich stehe hinter dieser Politik."

„Das weiß ich."

„Ich wusste, dass ich mit dir darüber sprechen kann."

„Ich kenne diese Politik bis in die kleinste Kleinigkeit, Boelie; bis auf den heutigen Tag habe ich jedes neue Gesetz gründlich studiert. Ich bin gut informiert, ich glaube nicht einfach blind an meine Sache, und ich weiß, dass du genauso in jeder Hinsicht auf der Höhe bist. Und wir wissen alle beide, dass dies das Einzige ist, über das wir uns wohl niemals einig werden können."

Er nickt langsam und steht dann auf. „Nun ... dann gehe ich mal wieder."

„Ich kann auch nicht anders, Boelie, genau wie du."

Wieder nickt er. „Das weiß ich, Pérsomi", erwidert er. „Das weiß ich."

Obwohl Boelie nicht länger als zehn Minuten in ihrem Büro gewesen ist, kapselt die Einsamkeit Pérsomi wieder aufs Neue ein.

⁂

Mitte April kommt die Antwort des Gemeinderates. Der Rat habe beschlossen, die indische Gemeinschaft so schnell wie möglich nach Modderkuil umzusiedeln. Diese Entscheidung sei auf der letzten Gemeinderatssitzung erneut bekräftigt worden. Der Rat werde sich an die Beschlüsse halten, dort die notwendige Infrastruktur aufzubauen und die Parzellen ...

Pérsomi liest nicht mehr weiter, sondern faltet den Brief langsam wieder zusammen. Sie weiß nicht genau, was sie fühlt. Wut? Machtlosigkeit? Enttäuschung? Niedergeschlagenheit?

Für einen Moment schließt sie die Augen und presst sich die Fingerspitzen an die Schläfen.

Als sie wieder aufschaut, steht Reinier auf der Schwelle zu ihrem Büro. Unverhofft wallt ein Gefühl der Freude in ihr auf, auch so etwas wie Erleichterung. Er kommt auch wirklich immer im richtigen Augenblick. Er ist und bleibt ihr bester Freund.

„Ich habe Fisch und Fritten mitgebracht", verkündet er und wirft das schmierige Päckchen auf ihren Schreibtisch. Hier und da sickert das Fett durch das Zeitungspapier hindurch.

„Hey, Reinier, du machst meinen ganzen Schreibtisch schmutzig!"

„Sorry", entgegnet er und wischt mit dem Handrücken über den Fleck, der dadurch allerdings nur größer wird. „Nein, das bringt nichts. Aber gut, lass uns das gleich wieder sauber machen." Er öffnet das Päckchen und augenblicklich riecht der ganze Raum nach Essig und heißen Pommes Frites.

„Nimm dir."

Pérsomi schüttelt lächelnd den Kopf. „Ich habe im Augenblick wirklich keine Lust auf Fisch oder Pommes, aber ich bin sehr froh, dass du hier bist."

„Schlechte Nachrichten?", will Reinier mit vollem Mund wissen.

„Setz dich", antwortet sie. „Der Gemeinderat hat unseren Antrag abgelehnt. Die geplante Erschließung von Modderkuil geht ihren gewohnten Gang."

Er nickt und stopft sich ein Stück Fisch in den Mund. „Damit hast du doch schon gerechnet, Pérsomi."

Sie zuckt mit den Schultern. „Ich hatte trotzdem gehofft, dass wir zu einer Übereinstimmung kommen könnten. Wie dem auch sei, wir machen jetzt weiter mit Plan B."

„Hmm, dann wirst du also mit den Leuten reden?", erwidert er und schaut sich um. „Hast du hier keine Serviette oder so etwas?"

Pérsomi steht auf und reicht Reinier ein Küchenhandtuch, an dem er sich sorgfältig die Hände abwischt. „Ich denke, dass wir jetzt in der Tat reden werden, ja. Aber jetzt erzähl mir mal, wie das Wochenende mit deinem Mathefräulein gelaufen ist."

„Mit Mathilda? Brr, nein, ich habe mich vom Acker gemacht", erklärt er. „Nimm dir doch wenigstens ein paar Fritten, Mann. Sonst bleibt noch was über."

„Nein, wirklich nicht, danke", weigert sie sich. „Das ist mir viel zu fettig. Warum bist du denn weggelaufen? Ich habe gedacht, du wolltest ihre Eltern kennenlernen."

„Das ist eine lange Geschichte", windet er sich schnell heraus. Er nimmt den übrig gebliebenen Fisch und die restlichen Pommes Frites und packt sie bedächtig wieder ein. Dann schaut er auf. „Pérsomi?"

„Ja?" Warum sieht er auf einmal so ernst aus? Sollte an diesem Wochenende etwas Unappetitliches passiert sein?
Schweigen.
„Was möchtest du sagen?", fragt sie.
„Ich ..." Er macht eine nichtssagende Handbewegung. „Ich glaube, ich weiß, wer dein Vater ist."
Sie spürt, wie ihr kalt wird. Dennoch gelingt es ihr, desinteressiert mit den Schultern zu zucken. „Das ist für mich alles nicht mehr so wichtig", entgegnet sie bestimmt.
„Weil du es schon weißt."
„Reinier, höre jetzt damit auf."
„Dann muss ich eben ihn damit konfrontieren", trumpft er ihr gegenüber auf.
„Lass es gut sein", erwidert sie resolut. „Du wirst eine Menge Leute unnötig verletzen. Erzähl mir jetzt lieber, warum du vor Marietha auf der Flucht bist."
„Mathilda. Und du wechselst das Thema."
„Ich werde es nicht mit dir besprechen, Reinier, und damit basta", entgegnet sie fest entschlossen.

☙

Im Bosveld schlägt die Kälte nicht mit einem Schlag zu. Die Blätter verfärben sich normalerweise im Stillen, fast schon unbemerkt, kupferrot und golden. Man weiß, dass der Sommer vorbei ist, wenn die Tage kürzer werden, die Bäume und das Gras zu verdorren beginnen und die Moskitos verschwinden. Die Kinder ziehen in die Schule wieder Schuhe an, die Jungen kämpfen um ein Rugbyei, die Mädchen tragen schwarze Röcke und lange, schwarze Strümpfe, die so schnell ausleiern.

Seit meiner Schulzeit vor dreizehn Jahren hat sich wenig verändert, überlegt Pérsomi eines Freitagnachmittags im Mai, als sie bei einem Tässchen Tee gedankenverloren aus dem Fenster starrt und die Kinder im Internat beobachtet. Ob sie noch immer von den Straßenjungen des Dorfes gehänselt werden und am Freitagnachmittag allein Ausgang haben, fragt sie sich. Und wie viele der Kinder würden in dem kleinen Geschäft von Herrn Ismail noch etwas kaufen?

Dann sieht sie Boelies Pickup vor der Kanzlei anhalten. Als er aussteigt, entdeckt sie, dass sein Gesicht einen schmerzverzerrten Ausdruck hat. Sie wendet sich vom Fenster weg und setzt sich wieder an ihren Schreibtisch. Als Boelie an ihrer offenstehenden Tür vorbeigeht, grüßt er sie geistesabwesend. Er geht nicht zu De Wet hinein, sondern geht direkt durch bis zum Büro von Herrn De Vos. Seltsam. Eigentlich ist doch De Wet derjenige, der sich um Boelies Angelegenheiten kümmert und auch dem NP-Ortsverein bei juristischen Fragen zur Seite steht. Darüber hinaus ist De Wet anwesend, warum also sollte Boelie heute Herrn De Vos sprechen wollen?

Pérsomi schüttelt kurz den Kopf und wendet sich wieder dem Brief zu, den sie noch verschicken möchte, bevor das Postamt schließt.

Fast genau eine Stunde später klopft Boelie leise an ihre Tür. Selbst nach all den Jahren wallt in ihr immer noch eine heiße Glut auf, wenn er in der Nähe ist. Sie hält nur kurz inne, dann hat sie ihre Ruhe wiedergewonnen.

„Pérsomi, ich muss dir etwas erzählen. Darf ich hereinkommen?", will er wissen.

Sie lächelt entspannt. „Natürlich, Boelie. Setz dich doch. Ich bin gerade mit meinem Pensum für diese Woche fertig geworden."

„Es muss schön sein, wenn man so etwas sagen kann", erwidert Boelie. „Die Arbeit eines Farmers ist nie zu Ende." Ein bisschen steif nimmt er Platz und legt seinen Hut auf den Rand von ihrem Schreibtisch.

„Was kann ich für dich tun?", fragt Pérsomi.

Er räuspert sich. „Ich wollte dir nur mitteilen …" Plötzlich schaut er sie direkt an. Seine Augen sehen sehr ernst aus. „Du musst weiter mit mir leben, Pérsomi."

Verdutzt schüttelt sie den Kopf. „Das tue ich doch auch", entgegnet sie.

„Ich wollte es eigentlich ein bisschen anders ausdrücken." Er fährt sich mit einer Hand durch die Haare. „Aber du verstehst schon, was ich meine."

Sie runzelt die Stirn. „Nein, Boelie, wirklich nicht."

Wieder räuspert er sich. „Was ist denn aus Braam geworden?"

„Er ... Wir ... Ach, Boelie!" Sie macht eine mutlose Handbewegung. „Ich habe erst vor Kurzem gehört, dass ihr keinen Kontakt mehr miteinander habt. Er hat mir am letzten Wochenende erzählt, dass du die Beziehung abgebrochen hast."

„Auf die Dauer wäre es nichts geworden mit uns", erwidert sie matt.

„Was ich meine, Pérsomi, ist, dass ..." Er zögert einen Augenblick und rutscht auf seinem Stuhl hin und her. „Auf mich brauchst du nicht zu warten. Wie sehr Annabel und ich uns auch auseinandergelebt haben, wie unhaltbar meine eigene Situation auch sein mag, ich werde mich niemals scheiden lassen."

„Das weiß ich, Boelie. Du bist ein Mann mit Prinzipien, felsenfest in deinen Überzeugungen, und das ist gerade einer der Gründe, weshalb ich dich liebe."

Als er sie mit seinen dunklen Augen ansieht, sind sie auf einmal ganz weich. „Das ist das erste Mal, dass du das zu mir sagst."

Ihr wird vor Verlegenheit ganz heiß. „Wirklich? Das tut mir leid, ich hätte es nicht sagen dürfen. Es ist mir einfach so herausgerutscht."

Er schweigt. Als er erneut zu reden beginnt, schaut er sie nicht an. „Du wirst niemals ahnen, was diese Worte für mich bedeuten."

„Ich wollte nicht ..." Sie zuckt mit den Schultern. „Es tut mir leid."

Lange ist es still zwischen ihnen. Dann offenbart er ihr: „Man hat Annabel eine attraktive Stelle angeboten. Darüber wollte ich mit Onkel Bartel reden. Und mit dir."

„Annabel?" Sie wird doch wohl nicht im Ernst überlegen, diese Stelle anzunehmen?, denkt Pérsomi. Die Kinder sind doch noch so klein! Vielleicht geht es um eine freiberufliche Arbeit, die sie von zu Hause aus tun kann.

„Es ist eine Position als Chefredakteurin beim Südafrikanischen Pressedienst", erklärt Boelie.

Das schließt eine freiberufliche Tätigkeit aus, wird Pérsomi sofort klar. „In Johannesburg?"

„In London."

„In London? In England? Das überlegt sie sich doch sicher nicht ernsthaft, Boelie!"

Er fährt sich mit der Hand durchs Haar. Dann nickt er langsam. „Doch, das tut sie."

„Aber Boelie!" Pérsomi kann ihr Entsetzen nicht aus ihrer Stimme verbannen. „Das ist doch un ..." Sie schluckt das Wort herunter und denkt einen Augenblick nach. Dann fragt sie ihn: „Und wie denkst du darüber, Boelie?"

Er seufzt tief und in seinen dunklen Augen ist großer Ernst zu lesen. „In diesem Moment ist das wahrscheinlich das Beste für uns alle."

„Aber was ist denn mit den Kindern? Die sind doch noch so klein!"

„Ich wäre nicht der erste Vater, der seine Kinder für eine Weile allein erzieht", antwortet er. „Es ist ja nicht für immer, denn sie haben ihr nur einen Zweijahresvertrag angeboten. Ich glaube, dass es gut für sie wäre, wenn sie weggeht. Das Leben, das wir hier führen, schnürt ihr die Luft ab."

Pérsomi schüttelt immer noch den Kopf. Der kleine Nelius ist erst vier und Lientjie ist gerade mal zwei. Wie kann ihre Mutter sie einfach so zurücklassen? Vor allem das süße Töchterchen, dieses schlanke Kindchen mit seinen dunklen Haaren? „Glaubst du wirklich, dass das das Beste wäre?", will sie wissen.

Schweigend nickt er. Seine Ellenbogen stützen sich auf den Schreibtisch zwischen ihnen und seine großen Hände sind gefaltet. Sein Kinn ruht auf beiden Daumen. Mit seinen dunklen Augen schaut er geradewegs in ihre, voller Ernst.

Entschlossen blickt sie in eine andere Richtung. Sie sollte nicht an die Kinder denken. Das geht sie gar nichts an. Schließlich muss sie objektiv bleiben.

Sie denkt an etwas anderes, etwas, das sie jedes Mal beschäftigt, wenn sie mit einer Ehe konfrontiert wird, die auseinanderbricht. „Boelie, wie können sich zwei Menschen, die einander genug geliebt haben, um sich vor Gottes Angesicht ewige Treue zu schwören, so schnell auseinanderleben?"

„In unserem Fall", entgegnet Boelie langsam, während er seine Hände auf den Schreibtisch sinken lässt, „wären wir mit Sicherheit nicht verheiratet, wenn es nicht ..." Plötzlich sucht er nach Worten, zuckt mit den Schultern. „Ja, wenn wir nicht durch bestimmte Umstände dazu verpflichtet gewesen wären. Ich habe immer gewusst, dass De Wet ihre erste Wahl gewesen ist, und sie hat auch gewusst, dass sie nicht meine erste Wahl ist. Das ist sicher kein gutes Fundament für ein gemeinsames Leben."

Pérsomi spürt, wie ihr jedes Wort durch den ganzen Körper fährt.

„Doch jetzt ... Ich kann mich nicht scheiden lassen. Selbst wenn sie weggeht, wird sie meine Frau bleiben."

„Das weiß ich doch, Boelie."

„Und deshalb bin ich gekommen, um mit dir zu reden. Du darfst das nicht falsch verstehen, ich glaube nicht, dass du ..." Wieder schweigt er unbeholfen.

„Ich verstehe es wirklich, Boelie."

„Deshalb möchte ich, dass du dein Leben so weiterlebst wie bisher, Pérsomi. Du musst heiraten und ein normales Leben führen."

Sie lächelt ruhig. „Findest du das Leben, das ich führe, denn nicht normal?"

Er bleibt ernst. „Du weißt genau, was ich meine."

„Ja, Boelie, das weiß ich. Ich begreife auch, dass du mich einfach nur glücklich sehen möchtest."

„Wir verstehen uns." Zum ersten Mal zieht ein Lächeln über sein Gesicht. „Wir verstehen uns wieder einmal, so wie immer."

CB

Als Pérsomi am späten Nachmittag nach Hause kommt, dankbar darüber, dass Freitag ist und sie ein Wochenende vor sich hat, sitzen ihre Mutter, Tante Duifie und Onkel Polla im Wohnzimmer. Dort sind sie oft ganze Nachmittage zusammen, um sich Hörspiele anzuhören. Heute Nachmittag spürt Pérsomi beim Eintreten allerdings sofort instinktiv, dass sie gerade die Höhle des Löwen betreten hat.

„Guten Tag, Mama, Onkel Polla, Tante Duifie", grüßt sie im Vorbeigehen auf dem Weg zu ihrem Zimmer.

„Pérsomi!", ruft ihre Mutter ihr giftig hinterher.

Pérsomi unterdrückt ein Seufzen. „Ich komme gleich, Mama, ich bringe nur noch schnell meine Sachen in mein Zimmer."

Onkel Polla und Tante Duifie sitzen wie gewöhnlich auf dem Sofa und ihre Mutter auf dem Sessel mit dem neuen, kunterbunten

Bezug. Pérsomi nimmt auf dem tiefen Fauteuil Platz und streckt ihre langen Beine von sich.

Tante Duifie plaudert zunächst noch nervös über alle möglichen Klatschgeschichten, doch dann sagt Onkel Polla geradeheraus: „Ich habe gehört, dass du die Asiaten vor Gericht vertreten willst."

„Das stimmt, Onkel Polla."

Erschrocken schlägt Jemima die Hände vors Gesicht. „Ach du liebe Güte, vor Gericht?"

„Ja, Mama. Das gehört zu meiner Arbeit, ich bin da mindestens einmal in der Woche", erwidert Pérsomi kurz angebunden.

„Aber das is' doch nicht gut und das hab ich doch auch Onkel Polla hier gesagt das ist nicht gut sag ich das kann ich dir sagen", stöhnt Tante Duifie.

„Pérsomi, Mädchen, es ist so wie Tante Duifie dort sagt, das ist keine gute Sache", wiederholt Onkel Polla und keucht atemlos. „Ich kenne mich aus in der Polletick, wenn es einen gibt, der sich mit der Polletick …"

„Die Leute reden schon die reden überall beim Frisör und überall", fällt ihm Tante Duifie überhastet ins Wort.

„Onkel Polla, Tante Duifie, das ist meine Arbeit und deshalb werde ich sie tun. Wenn die Leute sich darüber das Maul verreißen wollen, dann sollen sie das eben tun. Dann haben sie wenigstens etwas, worüber sie reden können", entgegnet Pérsomi bestimmt.

„Ach du liebe Güte, Pérsomi, die Inder? Muss das denn wirklich sein?", will ihre Mutter geschockt wissen.

„Nein, Mama, ich habe mich dafür entschieden, weil ich glaube, dass diese ganze erzwungene Umsiedlung der Familie Ismail und all der anderen Inder keine gute Sache ist." Pérsomis Geduldsfaden reißt fast und sie wird immer wütender. Der bisherige Nachmittag beginnt seinen Tribut zu fordern. „Noch einmal: Wenn die Leute sich darüber das Maul verreißen", erklärt sie, „dann sagt ihnen direkt ins Gesicht, dass sie das gern mit mir persönlich besprechen können."

„Das sag ich auch immer sag es ihr doch direkt sage ich aber das werden die nie tun die haben zu viel Angst vor dir", verkündet Tante Duifie unter heftigem Nicken.

„Wenn sie sich nicht trauen, mit mir zu reden, dann können wir auch nichts daran ändern", verkündet Pérsomi und steht auf. „Ich gehe heute Abend ins Kino, deshalb möchte ich noch schnell ein Bad nehmen."

„Mit einem Freund?", fragt ihre Mutter noch.

Nein, Mama, einfach nur mit meinem treuen Kameraden Reinier, möchte sie sagen, aber sie breitet lieber den Mantel des Schweigens darüber aus.

Das war jedoch erst der Anfang. Am Dienstagabend wird an die Haustür geklopft. Als sie öffnet, steht Pieter Hanekom auf der Schwelle.

Pieter?, denkt Pérsomi überrascht. Er wird doch nicht meinen, dass ich wieder ...

Dann sieht sie hinter ihm den Kirchenvorstandsvorsitzenden stehen, der sich in einen schwarzen Anzug gezwängt, komplett mit Krawatte, ungewohnt und unbequem für einen Bauern wie ihn. Sofort ahnt sie, um was es geht, denn sie hat schon am Sonntag im Gottesdienst ein paar schräge Blicke bekommen. „Kommen Sie doch herein", fordert sie die beiden auf und öffnet die Tür etwas weiter.

Während sie Tee trinken, sagt ihre Mutter kein Sterbenswort, sie kann in so einer vornehmen Gesellschaft nur stocksteif auf ihrem Stuhl sitzen. Als der Tee ausgetrunken ist, bemerkt Pérsomi: „Ich denke, dass Herr du Plessis und Pfarrer Hanekom gekommen sind, weil sie mit mir darüber sprechen wollen, dass ich die indischen Familien als Anwältin vertrete, Mama." Sie wirft dem Ältesten einen Blick zu. „Habe ich recht, Herr du Plessis?"

Der Mann wird rot und fängt an, unbehaglich auf seinem Stuhl hin und her zu rutschen. Mit seinem dicken Zeigefinger lockert er seine stramm sitzende Krawatte etwas. „Nun ja, wenn du das so sagen möchtest", erwidert er ausweichend.

„Dann können wir am besten allein reden; Mama, du möchtest doch vielleicht ins Bett gehen?", schlägt Pérsomi vor.

„Ach du liebe Güte", antwortet ihre Mutter.

„Bis morgen dann, Mama, gute Nacht", erwidert Pérsomi.

Als Pérsomis Mutter den Raum verlassen hat, räuspert sich Herr du Plessis. „Pérsomi", beginnt er gewichtig, „der Kirchenvorstand erachtet es als seine Pflicht, mit dir über verschiedene Gerüchte ins Gespräch zu kommen, die uns zu Ohren gekommen sind."

Das ist ein besonders redegewandter Mann, weiß Pérsomi, und deshalb sagt sie nichts, sondern wartet, bis er fortfährt.

„Wir vernehmen allenthalben, dass du den Asiaten bei ihrem tatkräftigen Widerstand gegen ihre Umsiedlung nach Modderkuil helfen möchtest?"

„Das stimmt, Herr du Plessis."

Herr du Plessis lehnt sich selbstzufrieden zurück. Er hat seine Pflicht getan, jetzt soll der junge Pfarrer die Sache übernehmen. Nun geht's richtig los, denkt Pérsomi. Denn Herr du Plessis mag redegewandt sein, Pieter Hanekom ist jedoch ein ganz anderes Kaliber.

Pieter beugt sich etwas nach vorn, legt die Ellenbogen auf seine Knie und faltet lose die Hände.

Er hat wirklich sehr schöne Augen, fährt es flüchtig Pérsomi durch den Kopf, intensiv blau mit grauen Sprenkeln darin.

Zunächst schaut er sie für einen Augenblick ernst an, doch dann schlägt er auch schnell zu: Er nimmt sie noch einmal mit auf eine Reise durch die lange Geschichte ihres Landes, angefangen mit Van Riebeeck, durch den Blutfluss hindurch und über die Drachenberge, an den niedergebrannten Farmen und Konzentrationslagern vorbei ...

Er hat eine schöne Stimme und weiß, wie man vernünftig mit Sprache umgeht. Wenn sie jedoch heute Abend noch in eine sinnvolle Diskussion einsteigen wollen, müssen sie jetzt ein bisschen Fahrt aufnehmen. „Ich kenne die Geschichte, Pieter", fällt sie ihm ins Wort. „Komm zur Sache."

Er lächelt kurz amüsiert und nickt dann. Und so, wie sie es schon erwartet hat, kommt er tatsächlich auf die Politik der getrennten Entwicklung zu sprechen, die von der Kirche unterstützt werde und auf der Heiligen Schrift beruhe. „Pérsomi", beendet er seine eröffnenden Worte, „du bist ein intelligenter Mensch und ein engagiertes Gemeindeglied. Wie rechtfertigst du es dann, dass du dich für die indische Sache einsetzt, gegen den Gemeinderat und gegen den Grundzug der Regierungspolitik?"

„Unsere Regierung ist doch christlich, Pieter", entgegnet sie. „Wie rechtfertigst du es dann, dass sie solche unchristlichen Gesetze macht wie das Gesetz über die Gruppenansiedlung zum Beispiel?"

Er schüttelt nahezu unmerklich den Kopf. „Du musst verstehen, dass das Gesetz über die Gruppenansiedlung nicht nur durch die Nationale Partei erdacht worden ist. Unsere Regierung ist eine christliche Regierung, so wie du zu Recht angemerkt hast, und sie wird deshalb keine Gesetze erlassen, die der Bibel widersprechen. Die Regierung hat diese Gesetze genau deshalb erlassen, weil die Bibel uns die Unterscheidung zwischen Menschen so deutlich auferlegt."

„Wo steht denn in der Bibel, dass die Rassen geschieden werden müssen?", will Pérsomi wissen.

„Denk doch nur an den Turmbau zu Babel, wo Gott selbst für eine Scheidung zwischen den Menschen sorgt, indem er sie in verschiedene Sprachgemeinschaften einteilt, wodurch sie sich alle in voneinander getrennte Wohngebiete aufteilen. Lies dir den Abschnitt in Genesis 11 noch einmal unter diesem Gesichtspunkt durch, Pérsomi, dann wirst du sehen, dass Gott selbst der große Unterscheider ist. Es ist sein Wille, dass die Menschheit in verschiedenen Sprachen und Kulturen auf Erden lebt."

„Ich glaube auch, dass die verschiedenen Gemeinschaften ihre eigene Sprache und Kultur behalten sollen", erwidert sie. „Aber warum nicht einfach nebeneinander her, sodass gegenseitiger Kontakt möglich ist? Warum sieben Kilometer außerhalb des Dorfes?"

Der Pfarrer nimmt seine Bibel vom Beistelltischchen. Seine langen Finger blättern vorsichtig die dünnen Seiten um. „Hier in der Apostelgeschichte, Kapitel 17, Vers 26, sagt der Apostel Paulus in seiner Predigt auf dem Areopag: ‚er hat aus einem Menschen das ganze Menschengeschlecht gemacht, damit sie auf dem ganzen Erdboden wohnen, und er hat festgesetzt, wie lange sie bestehen und in welchen Grenzen sie wohnen sollen'. Paulus sagt hier also deutlich zu den Griechen, dass Gott allen Völkern eine eigene Wohnstätte zugewiesen hat."

„So wie ich es verstehe, Pieter, steht nicht die Scheidung der Völker im Zentrum dieser Predigt, vielmehr will Paulus den Athenern den ‚unbekannten Gott' verkündigen, den Gott, der alles geschaffen hat und der nicht in Tempeln wohnt. Doch wie dem auch sei: Im Vers 26 geht es um unterschiedliche Wohngegenden. Was sagt er über die geschäftlichen Angelegenheiten der verschiedenen Völker?"

Jetzt überlegt Pieter einen Augenblick, und seine Augen bekommen einen fast schon wachsamen Ausdruck. „Du bist als eine außergewöhnlich scharfsinnige Anwältin bekannt, Pérsomi, vor allem, wenn du vor Gericht jemanden verteidigst. Deine Opponenten können nur unter größten Mühen gegen dich gewinnen."

Er holt tief Luft. „Aber Menschen sollen nicht klüger sein wollen als Gott. Genauso wie die verschiedenen Völker in der Predigt des Paulus müssen auch die verschiedenen Rassen in Südafrika ihre jeweils eigenen Wohngebiete bekommen, damit jede von ihnen ihre eigene Sprache, Kultur und Tradition aufrechterhalten kann. Das gilt auch für die indische Gemeinschaft und für die Inder, die wir persönlich kennen."

„Und wie steht es dann um die Gerechtigkeit, die Gott von uns verlangt, Pieter?", will sie ruhig wissen. „Können wir vor Gottes Angesicht daran festhalten, dass so eine erzwungene Umsiedlung zu einem Flecken, der sieben Kilometer außerhalb des Dorfes liegt, gegenüber den indischen Familien gerecht ist; und dann vor allem gegenüber den Ladenbesitzern unter ihnen? Glaubst du das tatsächlich? Sag mir das ganz ehrlich."

„Die Asiaten in unserem Dorf sind Mohammedaner, Pérsomi, also Heiden", erwidert Pieter ernst. „Unsere Gemeinde hat versucht, sie zu bekehren, aber ihre Herzen bleiben verhärtet. Wir können nicht im Herzen unseres Dorfes den Satan hegen und pflegen und Satans Kinder mit unserem Geld unterstützen."

„Sie werden also durch den Gemeinderat nicht wegen ihrer Hautfarbe, sondern wegen ihrer Religion umgesiedelt?", will Pérsomi wissen.

„Ich sitze nicht im Gemeinderat, Pérsomi, und ich kenne die Beweggründe nicht. Aber für mich persönlich ist die Umsiedlung auch aus religiösen Gründen gerechtfertigt, ja."

„Ich verstehe", nickt Pérsomi ernst. „Und ... äh ... wie sieht es dann mit Herrn Cohen aus? Oder ist seine Religion unserer ähnlich genug? Er betrachtet die Erzväter Abraham, Isaak und Jakob als seine Vorväter, während die Religion von Herrn Ismail nur Abraham anerkennt – sie sind schließlich Nachkommen von Ismael, dem Sohn der Nebenfrau Hagar. Oder werden wir im Laufe der Zeit auch Herrn Cohen und seine Schneiderei umsiedeln, wegen seiner Religion? Und danach auch den Gemüseladen der Familie Perreira, denn die gehören immerhin zur ‚römischen Gefahr'? Und was denkst du über Herrn Angelo aus dem Café? Ich habe gehört, dass seine Gemeinde ..."

„Warte einen Augenblick, Pérsomi." Pieter hat seine Hände gehoben. „Ich verstehe, was du sagen willst, aber ..."

„Und wie sieht es aus mit dem großen Gebot der Nächstenliebe, Pieter? Denkst du jetzt wirklich, dass die Art und Weise, wie der Gemeinderat die Familie Ismail behandelt, von Nächstenliebe zeugt? Hat uns nicht Jesus selbst gelehrt, dass wir unsere Nächsten lieben sollen wie uns selbst? Würden wir jemals unsere eigenen, afrikaansen Geschäftsleute auf ein kahles Stück Land sieben Kilometer vor dem Dorf vertreiben und dann sagen: ‚Baut hier ruhig eure Läden und verkauft eure Sachen an ...' Ja, an wen denn eigentlich?"

„Ich glaube, dass wir auf lange Sicht betrachtet tatsächlich aus Liebe handeln, Pérsomi. Wir Afrikaaner wollen doch gern unser eigenes Wohngebiet."

„Die meisten sicher, glaube ich jedenfalls."

„Nun, vom christlichen Blickwinkel aus betrachtet gönnen wir deshalb allen unterschiedlichen Rassen ein eigenes Wohngebiet, auf dem sie für sich leben und zur vollen Blüte gelangen können. Vielleicht erscheint dir das nicht wie Nächstenliebe, aber denk doch einmal an die Zukunft: Werden die Inder nicht in zehn Jahren viel glücklicher sein, wenn sie in ihrem eigenen Wohngebiet unter ihren eigenen Leuten wohnen?"

„Angenommen, du hättest recht, Pieter, was meiner Meinung nach ganz und gar nicht der Fall ist, aber das sei dahingestellt. Angenommen, du hast recht, wie sollen die Ladenbesitzer bis dahin überleben? Wer soll denn ihre Waren kaufen? Die anderen indischen Ladenbesitzer? Ihre Kundschaft besteht doch größtenteils aus Weißen und Angehörigen von Naturvölkern aus der Umgebung und aus dem Dorf, nicht aus ihren eigenen Leuten."

Pieter schüttelt langsam den Kopf. „Ich bin hier, um dir den offiziellen kirchlichen Standpunkt zu erläutern, einen Standpunkt, den ich selbst vollinhaltlich unterschreibe. Wir glauben, dass Gott selbst die Scheidung verordnet hat, und so erfüllen wir den Auftrag Christi, unsere Nächsten so zu lieben wie uns selbst. Wenn du das nicht akzeptieren kannst, Pérsomi, dann weiß ich es auch nicht mehr."

Sie beugt sich etwas nach vorn und dabei hört sich ihre Stimme in ihren Ohren kalt an. „Wenn ich die Sache durchsetze, Pieter, stellen mich dann der Kirchenvorstand und du unter die Gemeindezucht?"

Der Pfarrer holt tief Luft. „Pérsomi, lass uns jetzt nichts sagen, was uns später leidtun könnte."

„Mir tun manchmal Dinge leid, die ich gesagt oder getan habe, Pieter, aber noch öfter tun mir Dinge leid, die ich nicht gesagt oder getan habe."

Es ist schon sehr spät, als der Pfarrer und der Älteste unverrichteter Dinge wieder nach Hause gehen. Ich habe selbst auch nichts erreicht, überlegt Pérsomi, als sich der Schlaf wieder einmal nicht einstellen will. Sie glauben immer noch, dass sie alles Recht der Welt haben.

In den frühen Morgenstunden erhebt der Zweifel wieder sein Haupt: Ist es wirklich gut, was ich tue? Angenommen ...

Und als Gerbrand am darauffolgenden Sonntag nach dem Essen neben ihr auf der kühlen Veranda in einem Gartenstuhl sitzt und fragt: „Pérsomi, bist du eine Kommunistin?", erkennt sie mit Entsetzen, welch weitreichenden Folgen ihre Entscheidung hat.

„Wer sagt denn so etwas?", will sie wissen.

„Einfach ein paar von den Kindern in der Schule."

„Weil ich Herrn Ismail verteidigen werde?"

„Sie nennen dich eine Kulifreundin", murmelt Gerbrand mit niedergeschlagenen Augen.

„Dieses Wort darfst du nicht mehr sagen, Gerbrand", erwidert Pérsomi ernst.

Er runzelt die Stirn und versteht nicht. „Welches Wort?"

„Kuli. Die Menschen sind ‚Inder', und sie ‚Kulis' zu nennen ist so, als ob man fluchen würde."

„Oh."

„Weißt du, worum es bei dem allen geht, Gerbrand?"

„Ja", antwortet er, während er mit seinen nackten Zehen in einem Abflussloch auf dem roten Verandaboden herumstochert. „Mein Vater hat es mir sehr genau erklärt."

„Vielleicht solltest du es dann auch noch den anderen Kindern erklären?", schlägt sie vor.

Er schaut sie an und dabei wird sein sommersprossiges Gesicht sehr ernst. „Sie wollten mir einfach nicht zuhören", entgegnet er, „und dann habe ich ihnen Saures gegeben."

Sie schnappt nach Luft. „Gerbrand! Das darfst du nicht tun! Mit Gewalt löst du gar nichts."

„Aber jetzt behaupten sie wenigstens keine hässlichen Dinge mehr über dich", erklärt er in einer leichten Verteidigungshaltung.
„Jedenfalls wollte ich einfach selbst hören, ob du eine Kommunistin bist."
„Wenn man nicht mit allem einverstanden ist, was die Regierung tut, ist man deswegen doch nicht gleich ein Kommunist, Gerbrand", versucht sie zu erklären. „Ich glaube, dass die Umsiedlung der Geschäfte der Familie Ismail falsch ist, und deshalb möchte ich ihnen gern helfen. Aber eine Kommunistin bin ich ganz sicher nicht."
„Da bin ich aber froh", erwidert er und steht auf. „Ich habe neun Eier von einem Waldrebhuhn unter Bettie gelegt, und die hat sie alle ausgebrütet, sie ist wirklich das beste Huhn, das meine Mutter hat. Das sind sehr schöne, kleine Küken, Pérsomi, möchtest du sie sehen?"

ଓଃ

„Die indische Gemeinschaft würde den Ratsmitgliedern vor der anstehenden Ratsversammlung gern einen kleinen Imbiss anbieten", schreibt Pérsomi Anfang Juni an den Gemeinderat. „Während des Essens hofft die Gemeinschaft, in informeller Weise die Fragen rund um die Umsiedlung der Inder nach Modderkuil besprechen zu können."
„Fräulein Pérsomi, du musst uns helfen", sagt Frau Ravat und reibt ihre molligen Hände schnell aneinander. „Wir wollen den Buren doch gern eine wirklich exquisite Mahlzeit vorsetzen."
„Ich schlage vor, dass ihr ein traditionelles indisches Gericht serviert", erwidert Pérsomi, „nur vielleicht mit etwas weniger Curry und Peperoni, sonst brennt den Gemeinderatsmitgliedern so der Mund, dass sie nichts mehr sagen können."
Die indischen Frauen lachen verlegen. „Denkst du wirklich, dass wir einfach unser eigenes Essen servieren sollten?", fragen sie noch einmal bescheiden.
Zwei Wochen vor dem Essen sucht Pérsomi Yusuf in seinem Sprechzimmer auf. Ihre letzte Begegnung ist lange her, manchmal sieht sie ihn allerdings flüchtig im Dorf; und geradezu schändlich lang ist es her, dass sie miteinander gesprochen haben. Er ist über-

rascht, als sie sein Sprechzimmer betritt, und grüßt sie ein bisschen schwerfällig. „Findest du es nicht grauenhaft, hierherzukommen?", will er wissen.

„Grauenhaft?", fragt Pérsomi verdutzt. „Aber nein, warum denn?"

Er zuckt mit den Schultern. „Was führt dich hierher?"

„Nun, ich wollte einfach hören, wie es dir geht", versucht sie Zeit zu schinden.

„Mir geht es gut, ich kann dir jedoch keinen Tee anbieten, ich muss ins Krankenhaus", entgegnet er, während er anfängt, seine Arzttasche zu packen. „Was kann ich für dich tun?"

Sie zögert einen Augenblick, denn sie hätte lieber zuerst eine gemütlichere Atmosphäre geschaffen. Dann entscheidet sie doch, ihr Verslein aufzusagen. „Yusuf, ich meine wirklich, dass du bei dem Imbiss mitmachen solltest, mehr noch: Ich finde, dass du die Anliegen der indischen Gemeinschaft in Worte fassen solltest."

„Mein Großvater ist das Haupt unserer Gemeinschaft, Pérsomi."

„Wir können deinem Großvater auch das Wort erteilen, sicher, aber er ist ein einfacher Mann, der nur ausspricht, was ihm auf dem Herzen liegt. Du dagegen hast studiert und kannst einen akademischen Vortrag halten. Gemeinsam werdet ihr ein starkes Gespann bilden."

Er schüttelt den Kopf. „Ich möchte mit diesen Leuten nichts zu tun haben", erwidert er laut. „Mit mir können sie machen, was sie wollen, ich kann gut für mich selbst sorgen. Aber meine Großeltern ... Du lieber Himmel, Pérsomi, das sind alte Leute. Wenn diese Bande meine Großeltern verletzt, werde ich mich nicht zurückhalten können."

„Darum musst du auch mit mir kämpfen, Yusuf", entgegnet sie. „Ich weiß, dass es im Gemeinderat unterschiedliche Ansichten gibt, und wenn wir eure Anliegen jetzt deutlich genug erläutern, dann können wir vielleicht zwei oder drei Ratsmitglieder umstimmen. Und soweit ich weiß, reichen zwei oder drei Stimmen aus, um wenigstens eure Geschäfte und deine Praxis zu retten."

Einen kurzen Augenblick lang betrachtet er sie schweigend. „Glaubst du nicht, dass das vergebliche Liebesmühe ist?", fragt er, während er seine Tasche zuschnappen lässt. „Wir wissen alle beide ganz genau, was diese Politik beinhaltet, und auch, wie die Leute denken, Pérsomi. Und in dieser Politik und in diesen Gedanken gibt es keinen noch so kleinen Raum für die Bedürfnisse von ein paar ortsansässigen, indischen Familien."

„Aber wir können doch auch nicht einfach so aufgeben und den Kopf in den Sand stecken, Yusuf", verkündet sie trotzig.

Er nimmt seine Tasche vom Tisch. „Ich werde darüber nachdenken", antwortet er vage.

„Danke, Yusuf."

Als sie fast schon an der Tür ist, sagt er plötzlich: „Pérsomi?"

Sie dreht sich um. „Ja?"

„Du solltest nicht mehr hierherkommen."

Sie schaut ihn bestürzt an. „Warum denn nicht?"

Um seinen Mund bildet sich ein harter Zug. „Ich habe auch so schon genug Probleme, ich habe keine Lust, auch noch wegen unmoralischen Verhaltens verhaftet zu werden."

☙

Die Männer haben Tische geholt und sie mitten im Ratssaal in einer langen Reihe aufgestellt. Drumherum haben sie zwölf Stühle gruppiert, dieselben, auf denen die Menschen am Samstagabend sitzen, wenn sie einen Film schauen.

Die Frauen in ihren langen, schwarzen Kleidern und weiten Hosen haben blütenweiße Tischdecken darüber gelegt. Aus ihren Kaufläden haben sie nagelneues Geschirr geholt, sie haben die Schachteln mit brandneuem Besteck ausgepackt und die Tische genau nach Pérsomis Anweisungen eingedeckt.

Nur die Ratsmitglieder sollen am Tisch sitzen. Weiße und Asiaten können unmöglich miteinander essen, das würde sich nicht schicken. Darüber hinaus dürfen Asiaten nicht an Veranstaltungen im Gemeindehaus teilnehmen.

„Aber nach dem Essen können zwei von euch zum Gespräch hereinkommen", hat Pérsomi die Inder beruhigt. „Ich habe vom Richter eine Sondererlaubnis bekommen."

Hinter den Kulissen ist die Spannung mit Händen zu greifen – alles muss perfekt sein. Allerdings sind die Schüsseln, die ins Hinterzimmer, das als Behelfsküche dient, zurückgebracht werden, noch halb voll mit duftendem Essen.

„Was essen die Leute wenig", ruft Frau Ravat besorgt. „Das Essen ist doch hoffentlich in Ordnung?"

„Das Essen ist hervorragend", beruhigt Pérsomi sie. „Die Männer haben wohl keinen großen Hunger."

Sie behauptet es fröhlich und mit einem lachenden Gesicht, in ihr beginnt allerdings eine große Unruhe zu wachsen.

Nach dem Essen spricht der alte Herr Ismail zu dem Rat. Er redet frei von der Leber weg, so wie Pérsomi es vorausgesehen hat. Mit dem hochverehrten Präsidenten, der ihnen vor siebzig Jahren den Grund und Boden geschenkt habe, fängt er an. Er spricht über seinen Vater, den etliche der Ratsmitglieder noch gekannt hätten. Dann nimmt er sie mit in die Zeit des Burenkriegs und der Rebellion, als die Geschäfte extra für die Buren offen geblieben seien, in die Zeit der Trockenheit und der Weltwirtschaftskrise von 1933, als man für Mais, Zucker und Kaffee habe ‚anschreiben' können, und erzählt, dass in dieser Zeit die Ladenbesitzer manchmal selbst nicht gewusst hätten, wie sie am nächsten Tag etwas zu essen auf den Tisch bekommen sollten. „Aber die Leute hier im Bosveld stehen nun einmal immer füreinander ein", verkündet er naiv.

Ein paar Ratsmitglieder nicken, ein paar betrachten andächtig die Tischdecke und ein Einziger schaut mit leerem Blick auf die Wand gegenüber.

Der alte Herr Ismail fährt fort mit dem Zweiten Weltkrieg. Zum Glück schweigt er von seinem Enkel, der in Nordafrika gefallen ist, denn das würde bei dieser Gesellschaft nicht gut ankommen. Er nennt die Kinder der Ratsmitglieder beim Namen, Kinder, die er mit seinen eigenen Augen habe aufwachsen sehen. Er schließt mit der dringenden Bitte an den Rat, die Entscheidung zur Umsiedlung der Inder noch einmal zu überdenken. „Aus humanitären Gründen, denn wir sind Ladenbesitzer. So wie ein Farmer nicht in der Wüste pflügen und säen kann, so können wir in einer kahlen Gegend ohne Kunden nicht für unseren Lebensunterhalt sorgen", endet er.

Das ging gut, denkt Pérsomi, während der alte Herr Ismail den Raum durch einen Seiteneingang verlässt.

Im Saal ist es still. Dann fragt der Bürgermeister: „Sie haben von zwei Rednern gesprochen, Fräulein Pieterse?"

Kurz darauf betritt Yusuf Ismail den Raum, vornehm im Anzug – nicht in der traditionellen muslimischen Kleidung so wie sein Großvater. Er hält eine akademisch-politische Ansprache, eine staatsmännische Rede im Kleinformat. Immer deutlicher wird dabei seine unterdrückte Wut, seine Verachtung für ein System, das seinen Großvater um etwas betteln lässt, das ihm rechtmäßig gehört, seine lange gewachsene Frustration über diese ganze Politik, die ihn als Mensch durch willkürlich gezogene Grenzen festkettet.

Pérsomi schließt die Augen. Vater im Himmel, hier geht alles gegen das, was der alte Herr Ismail so sorgfältig aufgebaut hat.

Als Yusuf schließlich völlig überzogene Forderungen aufstellt, hat er sich selbst schon mit dem Hammer das Herz zertrümmert und mit der Sichel die eigene Kehle durchgeschnitten.

cs

Jetzt, wo Annabel weggezogen ist, kommt Boelie viel öfter kurz bei De Wet und Christine vorbei. Es scheint, als hätte Annabel bewusst verhindert, dass Boelie seinen Bruder und seine Schwägerin besucht, denkt Pérsomi. Sie haben einander ohne jeden Zweifel regelmäßig gesprochen, weil sich Boelie nebenbei auch um die Farm von De Wet kümmert. Aber einander besuchen? Selten, soweit sie es mitbekommen hat.

Die ersten beiden Sonntage, an denen Boelie auch dort ist, fühlt sie sich unsicher und unwohl. Er benimmt sich ihr gegenüber tatsächlich vollkommen natürlich und behandelt sie freundlich, so wie eine alte Freundin oder eine jüngere Schwester. Genauso wie es De Wet und Christine tun.

Seine beiden Kinder sind immer mit dabei. Nelius ist ein lebendiges, helles Kerlchen, das wie ein Hund Gerbrand hinterher scharwenzelt. Gerbrand ist sein Held. Gerbrand bringt ihm Rugby bei, Gerbrand macht mit ihm die Gegend unsicher, Gerbrand zeigt ihm, wie man Steinchen über das Wasser springen lässt und wie man mit einer Zwille schießt.

Boelies Töchterchen ist ein stilles, schmales Kind mit großen, braunen Augen und abstehenden Haaren. Manchmal spielt es mit Annetjie und Lulani, aber in der Regel spielt es allein mit seiner Puppe. Dieses Kind bringt mich aus der Fassung, wird Pérsomi eines Abends klar, als sie nicht einschlafen kann. Es hat etwas Verwirrendes an sich, etwas, was ich nicht richtig benennen kann.

Als das Kind ein paar Sonntage später in der Nähe von Pérsomi steht, streckt diese spontan ihre Hand nach dem Mädchen aus. Sofort kriecht eine kleine Hand in ihre, mager und ein bisschen kühl.
„Ist dir kalt?", will Pérsomi wissen.
Die großen, braunen Augen schauen sie an. „Nein", antwortet das Kind.

ଔ

In den Wochen, die nach dem Essen ins Land gehen, hören weder Herr Ismail noch Pérsomi etwas vom Gemeinderat. „Ich hätte Yusuf nicht hineinziehen sollen", erklärt Pérsomi gegenüber De Wet. „Ich verstehe nur nicht, warum ich immer noch nichts vom Gemeinderat gehört habe. Schließlich ist es schon mehr als sechs Wochen her!"
„Keine Nachricht ist wahrscheinlich eine gute Nachricht, Pérsomi", antwortet De Wet. „Ich vermute, dass der Rat in dieser Frage gespalten ist und deswegen so mit einer Entscheidung zögert. Wenn es einen einstimmigen Beschluss gäbe oder eine übergroße Mehrheit, dann hätten sie das euch schon eine Woche nach dem Essen mitgeteilt."
„Ich wünschte, sie würden es uns wenigstens jetzt mitteilen", entgegnet Pérsomi. „Vor lauter Anspannung bin ich schon ein Nervenbündel."

ଔ

Dieses Mal geht Pérsomi am Silvesterabend nicht zu De Wet und Christine. „Ich kann auf so eine Party doch wohl schlecht allein kommen, Christine", hat sie am Sonntag davor abwehrend gesagt. „Das macht doch einen komischen Eindruck."
„Lettie kommt auch allein", hat De Wet erwidert. „Ganz abgesehen davon, bist du bei uns doch so sehr zu Hause, dass du eigentlich wissen müsstest, dass du immer willkommen bist."
„Lettie ist eine ganz andere Geschichte, und das weißt du auch genau", hat Pérsomi geantwortet. „Es ist auch kein gewöhnlicher Sonntag, sondern es ist eine Party und ich habe einfach keine Lust, allein auf eine Party zu gehen."

Christine hat den Kopf geschüttelt. „Wo werden wir je einen Mann für dich finden, mit dem du zufrieden wärst?", hat sie lächelnd fragt.

„Du weißt, dass Braam immer einer meiner besten Freunde gewesen ist", hat De Wet fast schon bissig hinzugefügt.

„Braam ist immer noch ein großartiger Kerl", hat Pérsomi erwidert. „Ihr solltet eure Energie besser darauf verwenden, eine gute Frau für ihn zu finden."

„Gut, wir akzeptieren, dass du nicht auf die Party kommst", hat Christine schließlich eingeräumt und einen Arm um Pérsomi gelegt. „Aber dann musst du am Sonntag nach Neujahr vorbeikommen, hörst du?"

Am Silvesterabend besucht Pérsomi mit einer Freundin den Nachtgottesdienst der Gemeinde. Die Kirche ist ziemlich leer, viel leerer als an einem gewöhnlichen Sonntagmorgen.

Dann betritt er das Kirchengebäude. Allein. Er schiebt sich auf seinen üblichen Platz auf der Kirchenbank, vier Reihen vor ihr.

Scheinbar hat er sie nicht bemerkt.

Still sitzt sie da und schaut auf seinen Hinterkopf, auf den Kopf, der lange im Gebet geneigt bleibt und sich dann nach oben bewegt, um schweigend die Kanzel anzustarren.

Dann passiert etwas Seltsames: Die Einsamkeit wird durch ein unbekanntes Gefühl der Zusammengehörigkeit verdrängt – nicht nur mit dem Mann schräg vor ihr, sondern mit allen Menschen in der Kirche. Eine tiefe Freude überwältigt sie und als Pfarrer Hanekom die Kanzel besteigt und mit seiner wunderbaren Stimme die Botschaft der Hoffnung und Liebe verkündigt, kann Pérsomi in aller Ruhe die Predigt auf sich wirken lassen.

Was wird 1958 unserem Land bringen?, denkt sie, während um Mitternacht die Glocken zu läuten beginnen. Was kommt auf die Menschen in diesem Dorf zu – und auf mich? Wie wird die Zukunft von Familie Ismail und den anderen indischen Familien aussehen?

Nach dem Gottesdienst wünscht eine kleine Gruppe Menschen vor der Kirche einander ein gesegnetes neues Jahr. Es ist eine stille, heiße Bosveldnacht, und der Rest des Dorfes schläft schon.

Boelie tippt ihr auf die Schulter. „Nur das Allerbeste für das kommende Jahr, Pérsomi", ertönt seine tiefe Stimme. „Ich weiß, dass das ein wichtiges Jahr für dich werden wird."

„Danke, Boelie, ich wünsche dir dasselbe", erwidert sie mit einem ruhigen Lächeln. „Ich hoffe, dass dein Rückhaltebecken voller Wasser regnet."

Er lächelt flüchtig und nickt. „Dir auch, Rita", sagt er zu Pérsomis Freundin. „Alles Gute für 1958."

Dann schlendert er zu seinem Pickup, der unter einem Weißdornbaum geparkt steht. Im Mondlicht sehen seine dunklen Haare beinahe grau aus.

ଓ

Gleich zu Beginn des neuen Jahres bekommen alle indischen Familien im Dorf ein offizielles Schreiben vom Gemeinderat, in dem der Beschluss, die indische Gemeinschaft nach Modderkuil umzusiedeln, erneut bekräftigt wird. Im Augenblick werde die Infrastruktur vorbereitet und danach werde der Rat die Betroffenen von den weiteren Schritten in Kenntnis setzen.

„Es war so dumm von mir, Yusuf Ismail in die Sache hineinzuziehen", erklärt Pérsomi am Nachmittag De Wet. „Ich werde den Gedanken nicht los, dass der alte Herr Ismail auf jeden Fall bei ein paar Ratsmitgliedern eine mitfühlende Saite zum Klingen gebracht hat. Du hättest die Gesichter sehen sollen. Aber nach der Ansprache von Yusuf ..." Sie schüttelt den Kopf. „Du kannst dir nicht vorstellen, wie sehr sich Yusuf in den vergangenen Jahren verändert hat. Früher ist er nie so gewesen!"

„Hinterher ist man immer schlauer", versucht De Wet sie zu trösten. „Vergiss jetzt, was hinter dir liegt, und schau nur noch nach vorn. Du hast doch sicher noch eine ganze Menge Pläne in der Hinterhand, oder?"

ଓ

Als Pérsomi an einem heißen Vormittag im März in der Kanzlei ankommt, warten schon vier indische Familienoberhäupter an der Hintertür auf sie. „Kommen Sie herein", fordert sie sie auf, während sie ihnen die Tür öffnet. „Lassen Sie uns gleich zum Besprechungsraum durchgehen."

„Die Polizei ist gestern bei uns zu Hause gewesen und auch bei uns im Laden, und sie haben uns ein Dokument vorgelegt, das wir unterschreiben sollten", fällt der alte Herr Ismail sofort mit der Tür ins Haus.

„Und haben Sie unterschrieben?"

„Die Beamten haben gesagt, wir müssten das", bestätigt er.

„Was genau steht in diesem Dokument?"

„Es ist ein Bescheid, in dem dargelegt wird, dass die Umsiedlung auf einem Gesetz beruht, mit dem unser Grund und Boden zum weißen Wohngebiet erklärt wird. Ansonsten steht noch darin, dass wir unsere Häuser und Geschäfte verkaufen müssen. Falls wir das nicht tun, werden unsere Häuser und Geschäfte enteignet, und die Regierung bezahlt uns den offiziellen Schätzwert."

„Gut", erwidert Pérsomi. „Das bedeutet also, dass sie es auf eine Auseinandersetzung anlegen. Schade, aber so ist es nun einmal."

„Was sollen wir nun tun, Fräulein Pérsomi?"

„Wer das möchte, kann versuchen, sein Haus und seinen Laden zu verkaufen", antwortet sie ruhig, obwohl sie innerlich immer wütender wird. „Die anderen sollen ruhig in ihrem Haus bleiben und ihr Geschäft weiterführen. Das gilt auch für diejenigen, die zwar verkaufen wollen, aber keinen Käufer finden können."

„Und dann, Fräulein Pérsomi?", fragt ein anderer der Männer.

„Inzwischen schauen wir, was wir noch tun können. Denken Sie daran, Ihre Besitztümer nicht für einen Schleuderpreis zu verkaufen. Vergessen Sie nicht, dass Sie im Fall eines Umzugs, egal wohin, über genügend finanzielle Mittel verfügen müssen, um an einem neuen Ort neu anfangen zu können."

Nachdem sie wieder gegangen sind, möchte Pérsomi kurz bei De Wet vorbeischauen. Doch der ist noch nicht da. Deshalb geht sie weiter bis zum entferntesten Büro und klopft leise an die Tür von Herrn De Vos.

Herr De Vos schaut auf. Er hat furchtbar abgenommen und sein Gesicht wirkt grau. Er sieht schlecht aus, wird Pérsomi erneut klar.

„Komm herein, Pérsomi", fordert er sie auf und schiebt die Papiere, mit denen er sich beschäftigt, zu einem ordentlichen Stapel zusammen. „Kann ich etwas für dich tun?"

Er hört ihren Ausführungen und Erklärungen zu, wobei er die ganze Zeit nickt. „Jetzt habe ich ihnen gesagt, dass sie ihren Besitz nicht zu billig aus der Hand geben sollen", erläutert Pérsomi zum

Schluss, „damit sie noch genügend Geld haben, um woanders neu anfangen zu können."

„Ein guter Rat", erwidert Herr De Vos. „Wenn du mich fragst, wird der alte Cohen der Erste sein, der versuchen wird, aus dieser Umsiedlung ein Geschäft zu machen."

„Was schlagen Sie vor, wie ich weiter vorgehen soll?"

„Was denkst du denn?"

„Ich denke, dass ich ein Gesuch an den Gemeinderat verfassen sollte, den Beschluss nicht umzusetzen, und danach muss ich eine einstweilige Verfügen erwirken, die es den indischen Familien erlaubt, im Dorf zu bleiben und dort weiterhin ihren Geschäften nachzugehen, bis die Sache vor Gericht verhandelt wird."

„Genau. Und dann?"

„Dann muss ich eine Rechtssache vorbereiten, um den Beschluss des Gemeinderates von einem Gericht für nichtig erklären zu lassen."

Er nickt. „Du musst dir allerdings klarmachen, dass der Rat das Gesetz auf seiner Seite hat", erwidert er. „Du sagst, dass die Ismails und die anderen bereit sind umzuziehen?"

„Wenn sie für ihre neuen Häuser eine finanzielle Unterstützung bekommen, ja."

„Dann solltest du vielleicht versuchen, für die Inder eine Sondergenehmigung zu bekommen, damit sie ihre Geschäfte im Dorf weiterbetreiben können", schlägt er vor.

„Da haben Sie recht, ich werde das in meine Überlegungen miteinbeziehen", erwidert sie. „Könnten Sie das Schriftstück noch einmal durchschauen, sobald ich es verfasst habe?"

Er nickt. „Das kann ich machen."

An der Tür dreht sie sich noch einmal um. „Wie geht es Ihnen jetzt, Herr De Vos?"

Einen Augenblick lang schaut er sie unpersönlich an. „Gut", antwortet er schließlich. „Gut."

CB

„In zwei Wochen wird Boelie vierzig", eröffnet Christine Pérsomi am darauf folgenden Sonntagnachmittag. „De Wet und ich würden gern eine Überraschungsparty für ihn veranstalten."

Es ist ein heißer Bosveld-Nachmittag. Die drei Kinder spielen auf der Wiese mit dem Gartenschlauch. Gerbrand spritzt seine beiden Schwestern nass, und die Mädchen rennen kreischend auf dem Rasen hin und her. Pérsomi und Christine sitzen auf gemütlichen Gartenstühlen auf der kühlen Veranda. De Wet macht ein Nickerchen.

„Gerbrand ist ganz schön groß geworden!", versucht Pérsomi das Thema zu wechseln. „Das wird ein richtig gut aussehender Kerl."

„Ja, er ist jetzt schon fast fünfzehn, kannst du dir das vorstellen?", erwidert Christine stolz. „Ich mache mir solche Gedanken um ihn, Pérsomi. Ich weiß einfach nicht, was ich für ihn tun kann."

„Für Gerbrand?", will Pérsomi verdutzt wissen.

„Nein, nein, für Boelie", entgegnet Christine. „Er muss doch furchtbar einsam sein."

„Wenn du mich fragst, dann tut ihr doch schon sehr viel für ihn, vor allem du", erwidert Pérsomi. „Letzte Woche erst hast du Kleidung für seine Kinder gekauft, und du springst immer ein, wenn sie krank sind. Abgesehen davon sorgt ja auch Maggie dafür, dass bei ihm im Haus alles in Ordnung ist."

„Ja-a", antwortet Christine, „aber wir wollen etwas Persönliches für Boelie tun. Ist so eine Party eine gute Idee, was meinst du?"

„Das glaube ich schon", erwidert Pérsomi halbherzig, denn sie ahnt schon, was jetzt kommen wird.

„Könntest du mir dann helfen?", fragt Christine unmittelbar. „Du bist in solchen Dingen viel besser als ich, und ich möchte wirklich nur das Allerbeste für ihn."

Ich habe keine Wahl, denkt Pérsomi im Stillen. Aber eine Party? Ich verstehe nicht, was du eigentlich von mir willst, Christine, sagt sie in Gedanken.

Ein paar Tage später eröffnet ihr De Wet: „Ach, Pérsomi, ehe ich es vergesse: Christine lässt fragen, ob du am Sonntag nicht bitte zum Essen kommen könntest, damit ihr die Party planen könnt. Sie hat schon eine Handvoll Freunde eingeladen, die alle kommen werden, und die große Überraschung ist, dass Klara und Antonio mit den Kindern den ganzen Weg aus Pretoria kommen und das Wochenende über bleiben werden."

„Das sind fantastische Neuigkeiten", lächelt Pérsomi mechanisch. „Boelie wird große Augen machen." In ihrem Kopf klingen die Worte von Christine noch nach: „Er muss doch furchtbar einsam sein." Ja, es ist wirklich gut, dass wir das machen.

„Komm am Samstag bitte schon recht früh, Pérsomi", bettelt Christine am Sonntag. „Ich bin schon ganz nervös wegen all der Vorbereitungen, du weißt, dass so etwas bei mir ein einziges Durcheinander wird."

Pérsomi lächelt beruhigend. „Ich komme früh", verspricht sie. „Dann haben wir genügend Zeit, um alles vor dem Abend in Ordnung zu bringen."

„Fahr doch einfach bei mir mit", schlägt Reinier am Mittwoch vor. „Ich gehe auch schon am Samstagmorgen hin, schließlich sind die Vorbereitungen das halbe Vergnügen."

Als sie am Samstag gegen elf Uhr auf den Hof der Farm rollen – viel später, als Pérsomi es sich vorgenommen hatte – ist Klara mit ihrer Familie auch gerade angekommen. Es wird ein fröhliches Wiedersehen. Die Erwachsenen reden und lachen, und die Kinder sind geradezu außer sich vor Freude, ihre Cousins und Kusinen wiederzusehen.

Als Boelie um ein Uhr nichtsahnend auf den Hof fährt – Christine hat ihn angerufen, um ihm zu sagen, dass er die Kinder zum Spielen vorbeibringen soll – ist die ehrliche Überraschung in seinem Gesicht für alle Belohnung genug. „Ich kann einfach nicht glauben, dass ihr nur für meinen Geburtstag den ganzen, weiten Weg aus Pretoria gekommen seid", erklärt er kopfschüttelnd Klara.

„Du wirst doch morgen vierzig", lacht die glücklich.

Noch immer kann Boelie es nicht fassen und schaut sich um. „Bist du auch ein Teil der Verschwörung?", will er von Pérsomi wissen.

Ihr wird ein bisschen heiß. „Eigentlich ist das Christines Idee gewesen", erwidert sie so natürlich wie möglich. „Was für eine Überraschung, nicht wahr?"

Er nickt. „Und wie."

Kurz vor drei hält noch ein Auto vor dem Haus. Irene steigt aus. Jetzt kennt die Festfreude keine Grenzen mehr. „Irene!", ruft Klara. „Christine, du hast mir gar nicht gesagt, dass Irene auch kommt!"

„Das habe nicht einmal ich gewusst", verkündet De Wet völlig verdutzt. „Irene, wie kommt es, dass du hier bist?"

„Ich habe einfach Urlaub genommen und bin losgefahren", antwortet diese fröhlich. „Und ich bleibe wahrscheinlich eine ganze Woche. Pérsomi, du bist auch hier?", und Pérsomi bekommt wahrhaftig einen Kuss. „Und Reinier! Wie schön!" Sie reicht ihm einen Arm und schaut sich lachend um. „Nur Christine hat gewusst, dass ich komme, das ist unsere geheime Überraschung gewesen."

„Na, dann lasst uns erst etwas trinken, und danach gehen wir Männer schön das Feuer anstecken", erklärt De Wet.

„Das ist doch nur eine faule Ausrede, damit ihr unter euch sein könnt", lacht Klara. „Hey, was tut es gut, wieder hier zu sein."

Lange bevor die übrigen Gäste auftauchen, haben Pérsomi, Christine, Klara und Irene alles vorbereitet. Den ganzen Nachmittag haben sie gearbeitet und geplaudert. „Junge, Junge, wann haben wir Mädels das letzte Mal so eine nette Klatschrunde gehabt?", lacht Christine glücklich.

Noch nie, denkt Pérsomi im Stillen. Jedenfalls nicht diese vier jungen Frauen, die hier auf der Farm aufgewachsen sind.

„Lass uns schnell den Kindern etwas zu essen geben, dann haben wir alle Zeit zum Reden, wenn die anderen Gäste auftauchen", schlägt Klara vor.

„Ich gehe mal eben schauen, wie weit sie mit dem Feuer sind", erwidert Irene und verschwindet nach draußen.

Die beiden Töchter von Christine sind ungefähr genauso alt wie die Kinder von Klara. Zusammen mit dem fünfjährigen Nelius stürmen sie zum Küchentisch. „Hey, hey, ganz ruhig", dämpft Klara ihren Enthusiasmus. „Setzt euch erst einmal ordentlich hin, dann bekommt ihr auch euer Essen. Wo ist Lientjie?"

„Weiß ich nicht, die ist nicht bei uns gewesen", antwortet Annetjie sofort.

„Ach ja, dann spielt sie sicher wieder irgendwo ganz allein", sagt Christine. „Die anderen Kinder sind auch etwas zu alt für sie."

„Ich gehe sie schnell suchen", bietet Pérsomi sich an.

Sie findet sie in Lulanis Zimmer, wo sie auf dem Boden sitzt und mit einer Puppe spielt.

Schweigend betrachtet Pérsomi sie für einen Augenblick: die dünnen Beinchen, auf denen sie im Schneidersitz sitzt, ihr abstehendes, dunkles Haar, das unbedingt geschnitten werden müsste, ihr ernstes Gesicht. „Hast du Hunger, Lientjie?", fragt sie leise.

Die dunklen Augen blicken zu ihr auf, das Köpfchen nickt.

Pérsomi streckt eine Hand aus. „Komm doch, das Essen steht schon in der Küche auf dem Tisch."

Das Kind steht auf und ergreift Pérsomis Hand. Das kleine Händchen verschwindet beinahe vollkommen in ihrer. „Führst du mich hin?", will die Kleine wissen.

Pérsomi schaut lächelnd zu ihr hinunter. „Das kann ich gern machen."

Es wird ein sehr besonderer Abend, so ganz anders als die Silvesterpartys in den vergangenen Jahren. Die Gäste sitzen ums Feuer herum und plaudern, noch lange nachdem das Fleisch gegrillt ist, und die Männer tragen Stühle herbei und werfen dicke Holzscheite in die Flammen. Die Kinder spielen um sie herum, und die Kleinen schlafen auf dem Schoß ihrer Mütter ein.

„Ich hole schnell ein paar Decken, es wird auf einmal kühl", verkündet Christine.

„Hole deine Gitarre, Antonio, dann können wir ein bisschen singen", schlägt Irene vor.

Denn singen können sie, die Leute von der Fourie-Farm. Und wenn Antonio dabei ist, steigt ein Lied nach dem anderen zusammen mit dem Rauch in den wolkenlosen Sternenhimmel auf.

Als Pérsomi irgendwann neben sich schaut, steht Lientjie ein bisschen weiter weg und drückt eine Puppe an sich. Plötzlich streckt Pérsomi einladend einen Arm aus. Schüchtern nähert sich das Mädchen. „Kalt?", fragt Pérsomi.

Die Kleine Kind nickt kaum merklich.

Pérsomi nimmt sie auf den Schoß und wickelt sie in ihre Jacke. „Jetzt wird dir gleich warm", verspricht sie leise.

Nach einer Weile spürt sie, dass sich der dünne Körper langsam zu entspannen beginnt. Das Kind wird schlaffer und der Atem immer regelmäßiger.

Ein seltsames Gefühl macht sich in Pérsomi breit, eine große Zuneigung zu diesem Kind, das sie eigentlich kaum kennt. Sie schlägt ihre Arme noch fester um das Mädchen, das leise seufzt. Kommt das daher, dass dies Boelies Töchterchen ist? Oder das Kind ihrer Halbschwester, also Blut von ihrem Blut, genauso wie Gerbrand in biologischer Hinsicht auch ein Teil von ihr ist?

Nein, entscheidet sie, auch Gerbrand hat gelegentlich bei ihr gesessen, als er noch klein war, und Annetjie und Lulani sind beide auch immer wieder einmal auf ihrem Schoß eingeschlafen. Dieses Gefühl ist anders – es ist so eine Art Anziehungskraft, die sie noch nicht versteht. Gedankenverloren streicht sie über das struppige, dünne Haar.

Schräg gegenüber von Pérsomi sitzen De Wet und Christine, so wie immer sehr dicht beieinander. Klara und Antonio haben es sich auf der anderen Seite des Feuers bequem gemacht. Klara sucht die Noten für die afrikaansen Lieder, die Antonio noch nicht so gut kennt, in einem Buch heraus. Sie lachen miteinander, sie lachen sehr viel. Dabei sieht Klara glücklich aus. Auch wenn sie nicht mitsingt, spielt um ihren Mund doch ein friedliches Lächeln.

Pérsomi wirft einen Blick zur Seite. Noch immer streicht sie dem schlafenden Mädchen übers Haar. Sie sieht Irene und Reinier. Vorsichtig hat Reinier seinen Arm um Irenes Schultern gelegt, und sie lehnt sich zufrieden an ihn. Reinier wird wieder verletzt werden. Nach all den Jahren wird er wieder verletzt werden, denkt Pérsomi im Stillen.

Dann gleitet ihr Blick zu Boelie, der auf der anderen Seite neben Irene sitzt. Ihr Blick trifft seinen und er schaut sie direkt an. In seinen dunklen Augen ist der Kummer unverkennbar.

Gleichzeitig schauen sie beide in eine andere Richtung.

Pérsomi schließt die Augen. Ich hätte die Kleine nicht auf den Schoß nehmen sollen, denkt sie. Ich darf keine Gefühle für sie entwickeln und auch keinerlei Verbindung zu ihr eingehen. Das wird uns nur mehr Kummer bringen. Mir persönlich und der Kleinen. Und Boelie am allermeisten.

ೂ

In der Woche nach der Party erleidet Herr De Vos einen schweren Rückfall.

„Ich muss mich einer sehr viel intensiveren Behandlung unterziehen", verkündet er, nachdem er aus dem örtlichen Krankenhaus entlassen worden ist. Es ist mucksmäuschenstill im kleinen Besprechungszimmer. Das gesamte Personal der Kanzlei ist anwesend und hört zu. Herr De Vos hat noch einmal abgenommen, sein einst so gebräuntes Gesicht ist grau, und die Hand, mit der er nach seinem Glas Wasser greift, ist knochig und weiß.

„Ich muss ins Allgemeine Krankenhaus nach Pretoria, für mindestens einen Monat, hat der Spezialist gesagt." Vorsichtig trinkt er einen Schluck Wasser. Frau Steyn zieht ein Taschentuch aus dem Brustbereich ihres Kleides.

„Deshalb habe ich beschlossen, mich endgültig zurückzuziehen", fährt Herr De Vos mühsam fort. „Ab dem ersten Mai wird Pérsomi an meiner statt Teilhaberin der Kanzlei *De Vos & De Vos*."

Lautlos weint Frau Steyn in ihr Taschentuch, während sich die anderen nicht rühren.

Dann steht De Wet leise auf. Seine wohlklingende Stimme bedankt sich bei Herrn De Vos für die Jahre, in denen sie beide allein in der Kanzlei zusammengearbeitet haben und in denen er von Herrn De Vos hat lernen können. „Einen besseren Mentor hätte ich nirgendwo anders finden können", bekennt er aufrichtig. Dann wendet er sich direkt dem alten Mann zu. „Onkel Bartel, wir alle, aber ich im Besonderen, werden Sie enorm vermissen. Wir wünschen Ihnen, dass Sie schnell wieder gesund werden, denn auch wenn Sie sich nun offiziell zurückziehen, werden wir noch sehr lange bei Ihnen anklopfen und Sie um Rat und Hilfe bitten."

Herr De Vos nickt. „Vielen Dank", sagt er, nachdem sich De Wet wieder hingesetzt hat.

Ich muss etwas sagen, erkennt Pérsomi ein bisschen verwirrt. Langsam steht sie auf.

„Für mich ist es ein unbeschreibliches Vorrecht, Teilhaberin in der Kanzlei *De Vos & De Vos* zu werden", erklärt sie vorsichtig. Sie wendet sich direkt an den Mann am Kopfende des Tisches. „Herr De Vos, ich werde mein Allerbestes geben, um dieser großartigen Kanzlei, die Sie und Ihr Vater gemeinsam aufgebaut haben, zur Ehre zu gereichen. Und ich bete von ganzem Herzen für Ihre Genesung."

Herr De Vos schaut sie direkt an und nickt dann kurz. Er hat verstanden.

Schließlich hilft ihm De Wet in sein Auto und fährt ihn nach Hause.

Das Gesuch in Bezug auf die Umsiedlung der indischen Familien, das Pérsomi ihm zum Korrekturlesen gegeben hat, bleibt zwischen den anderen Papierstapeln auf seinem Schreibtisch zurück.

„Meine Mama kommt zu uns zu Besuch, weil mein Opa krank

ist", verkündet Lientjie am Sonntag nach dem Essen, während sie gemütlich zu Pérsomi auf den Schoß krabbelt. Egal wie sehr sich Pérsomi selbst zurechtweist und versucht, dem Kind aus dem Weg zu gehen, es weiß sie immer wieder zu finden.

„Das wird sicher ganz toll!", plaudert Pérsomi mit ihm mit.

„Ja. Meine Mama ist sehr schön."

„Deine Mutter ist eine sehr schöne Frau", erwidert Pérsomi.

„Und du siehst deiner Mama ähnlich, also bist du auch sehr schön."

Das Mädchen kuschelt sich noch dichter an sie heran. „Dann muss ich meine Haare wachsen lassen, weil Mama lange Haare hat, aber Papa sagt, dass er keine Zöpfe flechten kann."

„Es ist sowieso besser, wenn du deine Haare erst wachsen lässt, wenn du sie selbst flechten kannst", versucht Pérsomi die Kleine zu überreden. „Wenn du dir die Haare schneiden lässt, werden sie dicker und schöner."

„Oh", erwidert das Mädchen. „Hast du dir die Haare auch schneiden lassen, als du klein warst?" Sie betastet Pérsomis langes Haar, das ihr lose über die Schultern fällt.

Als ich klein gewesen bin, ist Haare schneiden oder auch nur schöne Haare zu haben nicht meine größte Sorge gewesen, denkt Pérsomi. Wir haben gegessen und geschlafen und uns manchmal gewaschen. Und wir haben uns am Leben erhalten.

※

Mit einem Schreck wird Pérsomi wach. Panisch richtet sie sich auf. Es wird gerade erst Tag, und sie weiß nicht, was sie geweckt hat.

Dann hört sie es wieder: Jemand klopft an der Hintertür. „Fräulein Pérsomi! Fräulein Pérsomi!", schreit eine ängstliche Kinderstimme.

Eilig wirft sich Pérsomi einen Morgenmantel um und rennt barfuß zur Hintertür. „Ich komme ja!", ruft sie währenddessen.

Vor der Tür steht ein indischer Junge von ungefähr zwölf Jahren, einer der Enkel von Herrn Ravat, wie Pérsomi gut erkennen kann. Er ist noch im Schlafanzug, und seine schwarzen Augen sind voller Entsetzen.

„Die Polizei!", ruft er. „Uns hat jemand angerufen und gesagt, dass die Polizei uns heute Morgen mit allen unseren Sachen aus dem Haus werfen will. Mein Opa sagt ..."

„Ich komme", ruft sie. „Geh jetzt schnell zurück. Ich ziehe mich noch eilig an und komme dann sofort."

So schnell sie kann, schlüpft sie in ihre Kleider. „Nein, Mama, ich möchte nicht erst noch einen Kaffee trinken", ruft sie über die Schulter hinweg und rennt dann zu ihrem Auto.

Es ist ein kühler Morgen Anfang Herbst. Die ersten Bäume fangen an, ihre Blätter zu verlieren, die Schwalben machen sich bereit, nach Norden zu fliegen. Aber von alledem bemerkt Pérsomi nichts, sie fährt, so schnell sie kann, zu dem heruntergekommenen Wohnviertel im Zentrum des Dorfes.

Als sie aussteigt, stehen schon ein paar ältere Inder auf der Straße und warten. „Fräulein Pérsomi, wir haben heute früh einen Anruf bekommen", verkündet der alte Herr Ismail besorgt. „Der Anrufer hat seinen Namen nicht genannt, sondern nur, dass die Polizei kommt und uns rausschmeißt."

„Die im Bescheid genannte Frist kann doch noch nicht verstrichen sein", erwidert Pérsomi und presst sich die Hände gegen die Wangen. „Ich werde ..." Auf einmal scheint sie nicht mehr klar denken zu können. Was habe ich nur getan?, schießt es ihr durch den Kopf. Ich habe gesagt, dass wir den Umsiedlungsbescheid ignorieren sollen. Das ist alles meine Schuld!

Im nächsten Augenblick sieht sie, wie De Wet ruhig näherkommt. Wo er hergekommen ist, das weiß sie nicht, aber er ist da.

„Sie ... Die Polizei ..." Machtlos zeigt sie auf die Reihe indischer Geschäfte. „Die Frist für die Umsiedlung kann doch noch nicht verstrichen sein, De Wet", stammelt sie ganz durcheinander. „Ich hätte nie gedacht, dass sie jetzt schon zuschlagen würden. Sie haben gesagt, dass den Leuten ein angemessener Zeitraum gegeben werden soll, in dem sie ihr Eigentum verkaufen können. Was soll ich denn jetzt tun?"

„Guten Morgen, Pérsomi", sagt De Wet ruhig. „,Angemessener Zeitraum' ist ein sehr relativer Begriff. Deine Information ist tatsächlich richtig, es sieht so aus, als würde die Polizei heute zum Einsatz kommen. Ich bin froh, dass sie noch nicht hier ist. Und du weißt genau, was du zu tun hast."

Pérsomi presst sich die Hände vors Gesicht. „Ich ... ich muss einen dringenden Antrag einreichen, damit das Gericht eine einstweilige Verfügung erlässt, mit der der Bescheid des Gemeinderats bis zu einer richterlichen Entscheidung außer Kraft gesetzt wird", erwidert sie wie benommen. Hektisch streicht sie sich die losen Haare aus den Augen, spürt, wie ihr Widerstandsgeist langsam erwacht und ihr Selbstvertrauen zurückkehrt. „Ich muss dafür sorgen, dass jede mögliche strafrechtliche Verfolgung der Antragsteller ausgeschlossen ist, solange das Verfahren in der Schwebe ist."

De Wet lächelt entspannt. „Du weißt also ganz genau, was du tun musst", verkündet er. „Aber jetzt beruhige erst einmal deine Mandanten."

Hastig läuft Pérsomi zu den indischen Männern, die auf sie warten und sie ängstlich beobachten. „Fräulein Pérsomi?", sagt Herr Moosa fragend.

„Ich gehe jetzt zum Gericht, um eine einstweilige Verfügung zu erwirken, mit der die Polizeiaktion ausgesetzt wird", erklärt sie ruhig. „Sie können in Ihre Häuser und Geschäfte zurückkehren."

Sie nicken ernst. „Danke, Fräulein Pérsomi."

Nachdem Pérsomi sich wieder zu De Wet gesellt hat, fragt sie ihn: „Wie bist du denn überhaupt hierher gekommen?" Sie gehen zu ihren Autos. „Ich meine natürlich: Woher hast du davon gewusst?"

„Durch Gerbrand", erwidert De Wet. „Der Vater von einem seiner Klassenkameraden hat etwas durchsickern lassen, und das Kind hat sein Wissen dazu benutzt, um Gerbrand zu hänseln, im Sinne von: ‚Die Inder werden morgen trotzdem rausgeworfen, da wollen wir doch mal sehen, was deine Tante dagegen machen kann.' Die volle Bedeutung dieser Bemerkung hat Gerbrand erst heute am frühen Morgen verstanden, und dann hat er mich geweckt. Ich habe zwar nicht gewusst, wann die Polizei zuschlagen würde, aber ich habe befürchtet, dass es Schwierigkeiten geben könnte."

„Ich bin so unglaublich froh, dass du hier gewesen bist, De Wet, vielen Dank", entgegnet Pérsomi aus tiefstem Herzen.

„Hör zu, Pérsomi, wenn du Hilfe brauchst, komme ich kurz mit zum Gericht", eröffnet ihr De Wet. „Wenn nicht, dann gehe ich zurück auf die Farm, rasiere mich und ziehe mich an."

Erst jetzt fällt ihr auf, dass er unrasiert ist und sich in aller Eile eine kurze Hose und ein sportliches Hemd übergeworfen hat.

„Ich komme schon klar, De Wet, aber trotzdem vielen Dank. Ich

... mein Verstand hat sich vor Schreck einfach ausgeschaltet, es tut mir leid. Du kannst ruhig gehen."

„Bist du dir sicher?"

„Ganz sicher."

„Na gut, dann alles Gute und bis bald."

Pérsomi wirft einen flüchtigen Blick auf ihre Armbanduhr. Zeit, um nach Hause zu gehen und sich ordentlicher anzuziehen, hat sie nicht. Denn sie muss jetzt die Eingabe vorbereiten. Also steigt sie in ihr Auto. In der Kanzlei setzt sie sich an eine der Schreibmaschinen und tippt die Eingabe so schnell, wie das mit zwei Fingern möglich ist.

Um fünf vor acht parkt sie vor dem Gerichtsgebäude. Als der Schriftführer hineingeht, folgt Pérsomi ihm auf dem Fuße.

„Ich habe hier einen dringenden Antrag auf eine einstweilige Verfügung", ruft sie. „Der Papierkram stimmt so, schauen Sie es ruhig noch einmal durch und stempeln Sie es ab, geben Sie mir eine Dossiernummer und holen Sie den Richter. Ich habe furchtbar wenig Zeit."

Der Schriftführer ist ein nervöses Männchen mit Übergewicht. Er wirft ihr einen kurzen Blick zu und wischt sich den Schweiß von der Stirn. Dann fängt er an, gemächlich die Dokumente zu studieren.

Pérsomi spürt, wie sie immer ungeduldiger wird. Ihr Haar ist nicht wie üblich im Nacken zu einem Knoten zusammengebunden, sondern hängt lose herunter. Vielleicht könnte sie noch schnell ...

„Hier ist es, Fräulein Pieterse", verkündet der Schriftführer bedächtig.

„Das gilt für beides, die einstweilige Verfügung und gleichzeitig auch den Prozess, den ich angestrengt habe?", will sie zur Sicherheit wissen.

„Ja, so ist es. Hier sind Ihre Dossiernummern. Ich schaue mal, ob der Richter erreichbar ist", erwidert er und flüchtet beinahe aus seinem Büro.

„Kommen Sie mit", fordert er Pérsomi eine Minute später auf und öffnet ihr die Tür zum Büro des Richters.

Den Richter kennt Pérsomi gut, schon seit Jahren hat sie mit ihm zu tun. „Es geht mir vor allem um eine einstweilige Verfügung, sonst wirft die Polizei die Inder noch heute aus ihren Häusern und Geschäften", verkündet sie hastig.

Der Richter schaut von ihrem Antrag auf, den er gerade liest. „Pérsomi, das ist eine Frage, die mit dem Gesetz über die Gruppenansiedlungen zu tun hat. Angesichts des umstrittenen Charakters dieses Gesetzes und der Sensibilität, mit der die Sache in unserer eigenen Gemeinschaft behandelt werden muss, möchte ich für diesen Antrag lieber eine öffentliche Verhandlung ansetzen."

Sie seufzt kurz auf. „Wie schnell kann das geschehen?"

Er denkt einen Augenblick nach. „Ich sehe dich in einer halben Stunde."

„Vielen Dank", erwidert Pérsomi und eilt hastig wieder nach draußen. Ich muss meine Robe holen, denkt sie und rennt, so schnell sie kann, wieder zu ihrem Auto.

Auf dem Weg von der Kanzlei zum Gericht hat sie den Eindruck, als würde ihr Auto seltsam schief liegen, sie gönnt sich jedoch keine Zeit, um der Sache auf den Grund zu gehen. Ein paar Minuten später betritt sie den Verhandlungssaal. Es ist derselbe Saal, in dem sie vor so vielen Jahren beschlossen hat, Anwältin zu werden, um für Recht und Gerechtigkeit zu sorgen. Hier ist sie in den vergangenen Jahren unzählige Male gewesen und jedes Mal ist sie an ihr endgültiges Ziel erinnert worden.

In schnellem Tempo arbeitet sie sich durch die verschiedenen Anforderungen, die für eine einstweilige Verfügung erfüllt sein müssen: die Antragsteller seien die unterschiedlichen indischen Familienoberhäupter, sie hätten hier ein *prima facie*-Recht auf den Grund und Boden, führt sie an. Ihnen sei nur eine lächerlich kurze Zeit zum Verkauf ihrer Besitztümer eingeräumt worden – abgesehen davon, an wen hätten sie verkaufen sollen? Jeder im Dorf wisse doch mittlerweile, dass der Gemeinderat vorhabe, die Gebäude abzureißen und neue Betriebe dort anzusiedeln. Wer sollte in so einem Fall für nutzlose Läden und Häuser bezahlen?

„Zum Zweiten, Euer Ehren, werden die Antragsteller nicht wiedergutzumachenden Schaden erleiden, wenn die Polizei ihre Familien mit Gewalt vertreibt", führt Pérsomi daraufhin aus. „Die Antragsteller haben eine sehr gute Chance, den Prozess gegen den Gemeinderat zu gewinnen. Ihre Sache ist gut argumentiert. Und schließlich, Euer Ehren, gibt es im Augenblick keine alternative Lösung für das akute Problem, es sei denn, das Gericht erlässt eine einstweilige Verfügung, um zu verhindern, dass die Polizei die Antragsteller und ihre Familien noch heute mit Gewalt aus ihren Häusern und Geschäften vertreibt."

Sie wirft ihr loses Haar über die Schulter nach hinten und schaut dem Richter direkt in die Augen.

Der Richter schaut sie mit betrübtem Blick an. „Sie sind sich Ihrer Sache sehr sicher, glaube ich, Fräulein Pieterse?"

„Ja, Euer Ehren, sonst stünde ich hier jetzt nicht vor Ihnen."

Erneut studiert er das Schreiben und schaut schließlich auf. „Ich werde eine einstweilige Verfügung erlassen, allerdings nicht ohne Gewissensbisse", erklärt er verzweifelt. „Wenn die Sache verhandelt wird, soll das ein ortsfremder Richter übernehmen. Ich erkläre mich für befangen, weil ich beide betroffenen Parteien zu gut kenne."

Pérsomi nickt und wartet, bis er die einstweilige Verfügung ausgestellt hat. Dann sieht sie im Augenwinkel, wie sich etwas bewegt. Sie schaut auf. Ganz hinten im Saal ist Boelie aufgestanden. Sein Gesicht sieht seltsam verschlossen aus, und er wirkt bleich. Was hat er hier zu suchen?, denkt sie völlig verdutzt.

Als Pérsomi wieder nach draußen kommt, ist nichts mehr von ihm zu sehen. Sie hat auch keine Zeit, um weiter über die Sache nachzudenken. Hastig geht sie zu ihrem Auto, öffnet die hintere Tür, legt ihre Aktentasche und ihre Robe auf die Rückbank und will gerade die Fahrertür öffnen. Da erstarrt sie plötzlich. Der vordere Reifen auf der Fahrerseite ist völlig platt, weswegen das Auto sich zur Seite neigt.

Mutlos schaut sie sich um. Es ist ganz still auf der Straße, kein Fahrzeug ist zu sehen. Wo ist Boelie, jetzt, wo ich ihn wirklich brauche?, denkt sie flüchtig.

Dann bückt sie sich, zieht ihre hochhackigen Schuhe aus und fängt an zu laufen, die einstweilige Verfügung in der Hand.

Das ist befreiend, erkennt sie, während sie, so schnell sie kann, zum Dorfzentrum rennt, den Wind in den Haaren, den Staub unter ihren bloßen Füßen. Beim Rennen fällt die ganze Anspannung der vergangenen Stunden wie eine schwere Last von ihr ab.

Doch als sie um die letzte Ecke in Richtung des indischen Viertels abbiegt, bleibt sie plötzlich mit einem Ruck stehen und betrachtet niedergeschlagen das Schauspiel, das sich vor ihren Augen abspielt.

Es sieht so aus, als sei eine ganze Armee von Polizeiwagen und -beamten in blauen Uniformen angerückt. Auch die Polizeikorps aus den umliegenden Dörfern kommen ganz offensichtlich zum Einsatz. Und all die kräftigen Männer sind damit beschäftigt, Gegenstände aus den Häusern auf die Straße zu werfen, egal um was es sich handelt. Die gesamte indische Gemeinschaft steht auf der Straße. Die Leute versuchen zu retten, was zu retten ist, und rennen flehend hin und her. Einige ältere Frauen stehen völlig niedergeschlagen da und schauen zu, während ihre Besitztümer Stück für Stück auf der Straße landen.

Pérsomi fängt wieder an zu rennen, direkt zu dem Polizeikommandanten. „Stopp! Hören Sie sofort auf!", ruft sie, so laut sie kann. „Sie machen alles kaputt, hören Sie auf! Hier ist eine richterliche Verfügung, die Ihren Einsatz untersagt!" Sie wappnet sich mit dem Dokument.

Zwei Polizeibeamte ergreifen sie fest von hinten und halten ihre Arme fest. „Lassen Sie mich sofort los!" Pérsomi wehrt sich mit aller Kraft, die beiden halten sie jedoch weiterhin fest.

Immer mehr Autos bleiben stehen, und immer mehr Dorfbewohner kommen schauen, was all der Lärm zu bedeuten hat. Neugierig bleiben sie an der Seite stehen. Ein Mann tritt näher heran und macht Fotos.

Der Polizeikommandant nimmt das Dokument, würdigt es jedoch keines Blickes. „Die Inder hatten genügend Zeit, um das Feld zu räumen", erklärt er sachlich. „Meine Leute tun hier nur ihre Arbeit, Fräulein Pieterse, und wir werden keinen Widerstand dulden."

„Allmächtiger, lesen Sie sich einfach das Papier durch, das Sie da in der Hand halten!", ruft Pérsomi außer sich vor Wut. „Und lassen Sie mich los, Sie tun mir weh!"

Doch die beiden lockern ihren Griff nicht.

Als sie aufschaut, steht Boelie neben ihr. Er sieht bleich aus. „Lassen Sie Fräulein Pieterse los", befiehlt er in ruhigem Tonfall. „Sie ist die juristische Vertretung der indischen Gemeinschaft und hat eine einstweilige Verfügung erwirkt, die die Räumung mit sofortiger Wirkung untersagt."

Überrascht blickt der Polizeikommandant Boelie an. Sie haben zusammen Rugby gespielt, das ist Jahre her, erinnert sich Pérsomi unzusammenhängend.

„Bist du auf einmal auf der Seite der Asiaten?", fragt der Kommandant völlig verdutzt.

„Ich schlage vor, dass du zuerst einmal das Dokument liest", erwidert Boelie. Noch immer sieht er sehr bleich aus. „Und ihr da", fordert er die beiden Polizeibeamten auf, „lasst die Dame sofort los."

Die beiden lassen Pérsomis Arme los und treten einen Schritt zurück.

Der Polizeikommandant studiert das Schriftstück sorgfältig. Dann gibt er träge die Anweisung, die Räumung abzubrechen.

Die Männer in Uniform sind wie vor den Kopf gestoßen, steigen in die wartenden Fahrzeuge und fahren auf ihre Stationen zurück.

Betreten fangen die Inder an, ihre Sachen wieder einzusammeln und nach drinnen zu bringen.

Die Dorfbewohner, die in Grüppchen zusammengestanden haben, drehen sich um und entfernen sich langsam von dem Schauplatz.

„Komm, ich bringe dich nach Hause", sagt Boelie. „Wo sind denn deine Schuhe?"

Als die Kirchenglocke neun Uhr schlägt, hängt ein Gefühl der Niedergeschlagenheit über dem Dorf. Denn die bejubelte Politik, die Gespräche am Grillfeuer, die Stammtischweisheiten und das zustimmende Geschwätz nach dem Gottesdienst sind plötzlich lebendige Wirklichkeit geworden. Und die Menschen kennen einander, schon ihr ganzes Leben lang.

CB

Kurz vor zehn klopft Boelie bei ihr an. Pérsomi lächelt, sie hat sich nach den Geschehnissen von heute Morgen wieder beruhigt. „Nochmals vielen, vielen Dank wegen heute Morgen, Boelie", sagt sie. „Hast du mein Auto wieder fahrtüchtig bekommen?"

Boelie schiebt die Tür hinter sich zu und setzt sich ihr gegenüber auf einen Stuhl.

Nun wird er sicher wieder versuchen, mich auf seine Seite zu ziehen, damit ich die Angelegenheit fallen lasse, schießt es Pérsomi durch den Kopf. Wahrscheinlich wird er mich auf die Gefahren hinweisen, die damit verbunden sind, auch die körperlichen, er wird ...

„Ich weiß nun genau, wer dein Vater ist", verkündet er. Seine dunklen Augen brennen in ihren.

„Boelie", fängt sie an gegenzusteuern.

„Ich kann einfach nicht glauben, dass mir die Ähnlichkeit zwischen dir und Annabel nicht schon früher aufgefallen ist. Und von allen Frauen auf der Welt kenne ich euch beide doch mit Sicherheit am besten."

Pérsomi streckt beide Hände in die Höhe. „Boelie ...", versucht sie es erneut.

Aber er hört sie gar nicht. „Erst heute Morgen im Gericht, als ich dich da in Aktion gesehen habe – das Haar lose auf der Schulter, die Art und Weise, wie du die Hände und den Kopf bewegt hast ... Ich kam mir vor, als würde mir jemand einen Eimer kaltes Wasser über den Kopf gießen."

„Boelie, das ändert nun doch alles nichts mehr", erwidert sie flehend. „Das sind Dinge, die in die Vergangenheit gehören, das hat sich alles erledigt."

„Für mich ist es aber immer noch sehr wichtig, Pérsomi", entgegnet er langsam. „Ich habe so viele Nächte wachgelegen und mich gefragt, was ich jemals an Annabel finden konnte. Jetzt verstehe ich es. Und ich verstehe noch so viel mehr."

17. Kapitel

„Eigentlich sind wir füreinander bestimmt, von Anfang an schon", behauptet Reinier an einem kalten Wintermorgen. „Ich wünschte mir so sehr, du würdest sie besser kennenlernen, Pérsomi."

„Ich kenne sie schon mein Leben lang, sehr viel länger und wahrscheinlich auch sehr viel besser als du", entgegnet Pérsomi. „Ich weiß, dass du einen Fehler machst."

„Aber du kennst nur ihre Fassade, die sie der Außenwelt zeigt", erwidert Reinier ernst. „In ihrer Vergangenheit sind Dinge passiert, wegen derer sie nicht anders konnte, als eine Mauer um sich herum aufzubauen."

„Ach, Reinier, erzähl mir doch keinen Unsinn", antwortet Pérsomi genervt. „Irene ist als unglaublich verwöhnter Benjamin einer reichen Familie aufgewachsen. Wie schwierig kann das wohl gewesen sein?"

„Irene ist das bedauerliche Nesthäkchen gewesen, das sich furchtbar angestrengt hat, sein Bestes zu geben, aber niemals so gut abgeschnitten hat wie seine Brüder und seine Schwester", erläutert er ruhig. „Oder wie das andere Mädchen, das auf derselben Farm gewohnt hat wie sie."

Pérsomi schaut ihn kühl an. „Das Beiwohnerkind", ergänzt sie.

Reinier sieht genauso kühl zurück. „Das außereheliche Kind eines Mannes, der nicht zu seiner Verantwortung stehen wollte", korrigiert er sie.

„Reinier, jetzt reicht's."

„Dann komm du mir nicht mit diesem Beiwohnerunsinn."

Sie schließt die Augen und fährt sich mit den Fingern durch ihr offenes haar. „Reinier, was machen wir hier?"

„Wir nerven uns gegenseitig wie zwei ungezogene Teenager."

„Sollen wir einfach wieder damit aufhören?"

„Gut", antwortet er. „Ich fahre für eine Woche nach Pietermaritzburg. Irene und ich müssen noch über das eine oder andere reden, was wir nicht am Telefon besprechen können. Mir wäre es lieb, wenn du akzeptieren könntest, dass ich es mit Irene wirklich ernst meine. Wenn jemand die richtige Person für dich ist, die du heiraten solltest, dann weißt du es einfach."

„Ist es wirklich so ernst, Reinier? Ernst genug zum Heiraten?"

„Ja, Pérsomi, das ist es", erwidert er fest entschlossen.

C3

Als Pérsomi eines Tages früh in die Kanzlei kommt und eine Abordnung der indischen Familienoberhäupter unter dem kahlen Jakarandabaum hinter der Kanzlei auf sie warten sieht, spürt sie in sich eine seltsame Unruhe. „Gibt es ein Problem?", fragt sie, als sie aus dem Auto steigt.

„Nein, Fräulein Pérsomi, alles ist in Ordnung", erwidert der alte Ismail.

„Kommen Sie mit hinein?", fragt sie, während sie in Richtung Hintertür geht.

„Nein, Fräulein Pérsomi, wir können auch hier reden", entgegnet Herr Ismail. „Fräulein Pérsomi, wir haben uns entschieden umzuziehen. Herr Japie de Villiers hat uns die Pläne für das neue Dorf gezeigt. Die Häuser dort sind besser und auch die Schule ist besser als unsere alte Schule."

Pérsomi runzelt die Stirn. „Wissen Sie das mit Sicherheit?", will sie wissen. „Oder hat Japie de Villiers Sie überredet?"

„Der Bürgermeister hat es uns allen sehr deutlich erklärt", verkündet Herr Ravat. „Die Häuser sind besser und wir bekommen auch Gärten. Und Schadensersatz wird ebenso geleistet."

Pérsomi denkt an die beengten Räumlichkeiten, in denen die Inder nun wohnen, an die zusammengeschusterten, eng an die kleinen Läden gedrückten Häuschen, zwischen denen nur schmale Straßen und enge Gassen hindurchführen. Gärten, in denen die Kinder spielen könnten, gibt es dort nicht. „Gut", sagt sie, immer noch ein bisschen unsicher. „Wollen Sie wirklich nicht kurz mit hereinkommen?"

„Nein, es ist gut so, Fräulein Pérsomi", entgegnet der alte Ismail. „Aber, Fräulein Pérsomi, wir werden unsere Geschäfte im Dorf weiterbetreiben."

„Aha." Sie überlegt einen Augenblick. „Haben Sie darüber auch mit Herrn De Villiers gesprochen?"

Gleichzeitig schütteln sie die Köpfe. „Nein", erklärt Herr Ismail im Namen von allen. „Wir reden jetzt mit Ihnen, Fräulein Pérsomi."

„Wenn Sie beschließen, woanders nur zu wohnen, aber nicht auch dort zu arbeiten, übertreten Sie immer noch das Gesetz und werden es früher oder später mit der Polizei zu tun bekommen", erläutert sie. „Haben Sie sich das gut überlegt?"

„Wir haben uns das sehr gut überlegt, schließlich können wir unsere Geschäfte doch nicht woanders weiterführen, Fräulein Pérsomi", erklärt der alte Ismail sehr ernst.

„Gut", nickt Pérsomi und überlegt erneut für einen Augenblick. „In diesem Fall müssen wir einen Antrag auf eine Sondergenehmigung einreichen, mit der Sie auf Ihren heutigen Grundstücken weiterhin ein Geschäft betreiben dürfen. Artikel 14 des Gruppengebietsgesetzes sieht die Möglichkeit einer Sondergenehmigung vor. Ich muss nur kurz die damit verbundenen juristischen Aspekte darlegen. In der Folge könnte es zu einem Gerichtsverfahren kommen, wenn der Gemeinderat die Genehmigung verweigert – aber damit beschäftigen wir uns, wenn es so weit ist. Geben Sie mir eine Woche Zeit, dann reden wir weiter."

„Vielen Dank, Fräulein Pérsomi", sagen die alten, bärtigen Männer in ihren langen, weißen Gewändern, jeder einen Fez auf dem Kopf. Dann gehen sie die Straße entlang, zurück zu ihren Läden.

Als Pérsomi die Kanzlei betritt, ist Frau Steyn schon da. „Warum mussten Sie ausgerechnet auf unserem Parkplatz mit diesem Haufen Inder herumhängen?", fragt sie entrüstet. „So etwas vermittelt wirklich keinen guten Eindruck von der Kanzlei *De Vos & De Vos*."

ଙ

Beinahe eine Woche lang hat Pérsomi ohne Unterbrechung durchgearbeitet. „Frau Steyn, ich nehme keine Anrufe entgegen und empfange keine Mandanten, es sei denn, es ist der alte Herr Ismail oder ein anderes indisches Familienoberhaupt", hat sie gesagt und dann die Tür zu ihrem Büro hinter sich geschlossen.

Es ist noch nicht ganz Tag, als Pérsomi am Mittwochmorgen in ihr Auto steigt. Ich muss dorthin, denkt sie zum soundsovielten Mal, das ist der einzige Ort, an dem ich absolute Ruhe finden werde und wo ich alles klar durchdenken kann.

„Ich möchte am Mittwoch auf die Farm fahren", hat sie am Sonntag schon Boelie verkündet, als sie für einen Augenblick allein gewesen sind. „Ich möchte nicht, dass irgendjemand erfährt, wo ich bin, weil ich die Ruhe brauche."

„Möchtest du denn bei mir im Haus ein ruhiges Plätzchen haben?", hat er ein wenig überrascht wissen wollen, denn seit seiner Hochzeit mit Annabel ist Pérsomi noch nie bei ihm zu Hause gewesen. „Oder gehst du lieber ins Alte Haus?"

„Nein, ich brauche keinen Schreibtisch, ich möchte nur nachdenken, ich möchte mir meine Strategie gut überlegen. Ich steige auf den Berg."

„Wenn du nur nicht wieder die ganze Nacht dort verbringst", hat er ernst geantwortet. „Das ist nicht ungefährlich."

Für eine Entgegnung hat sie keine Zeit gehabt, weil Christine sich zu ihnen gesellt hat. Das ist aber auch gut gewesen, denkt sie jetzt, denn sie kann sich nicht vorstellen, abends wieder nach Hause zu fahren. Außer etwas zu essen hat sie sich auch ihren Schlafsack in den Rucksack gestopft. Schließlich weiß sie, wie kalt es nachts auf dem Berg werden kann.

Ihr Auto parkt sie außer Sichtweite und beginnt dann mit kräftigen Schritten den Trampelpfad hinaufzumarschieren. Für einen Augenblick bleibt sie schließlich stehen, zieht ihre Schuhe aus und stopft sie sich ebenfalls in den Rucksack. Jetzt spürt sie den Berg unter ihren bloßen Füßen. An einer schönen Stelle hält sie eine kleine Rast, betrachtet sich die Gegend, den Himmel, die Bergkämme. Sie erkennt jeden Baum, jede Kluft, jeden geheimen Aussichtspunkt wieder. Langsam, aber sicher wird der Berg wieder ihrer.

In der Zwischenzeit machen sich ihre Gedanken selbständig, trennen zwischen subjektiver Meinung und Tatsachen, konstruieren wasserdichte Argumentationsgänge und überbrücken die Abgründe zwischen den Argumenten.

Lange sitzt sie still oberhalb des Wasserfalls, an derselben Stelle, an der sie vor einem ganzen Menschenleben gesehen hat, wie ungerührt sich Gerbrand zwischen ganz normalen Menschen wie Klara, De Wet und Christine bewegt hat, und wo sie gesehen hat, wie bildhübsch die Freundin von Christine gewesen ist. Annabel. Erneut prüft sie ein Argument nach dem anderen, findet die Schwachstellen und überlegt sich, auf welche Weise sie die Lücken füllen kann.

Am Pavianfelsen legt sie sich auf den Rücken. Über ihr wölbt sich die blaue, wolkenlose Unendlichkeit. Sie durchdenkt den Fall von allen Seiten, versucht sich in die Gemeinderatsmitglieder hineinzuversetzen, sich in die Dickköpfe all der Menschen hineinzudenken, deren politische Ansichten sie im Lauf der Jahre so gut kennengelernt hat. Sie versucht zu überlegen, was ihre stärksten Argumente sein könnten, womit sie diese Leute packen kann.

Als ihre Trinkflasche leer ist, schlendert sie langsam zu dem Bergbach, um etwas Wasser zu holen. In der Schlucht gibt sie einen lauten Schrei von sich, damit die Bergkämme ihr antworten, genauso wie sie es früher getan haben, als sie noch klein gewesen ist. Der Schrei hallt von den Berghängen wider, so wie schon seit Jahrhunderten der Lärm der Paviane von ihnen zurückgeworfen wird.

Kurz nach ein Uhr ist Pérsomi an der Höhle. Dort isst sie ein Brot und ihren Apfel und holt dann ihr Notizbuch zum Vorschein. Sie hat zwar gesagt, dass sie nichts aufschreiben müsse, aber ein paar Ideen möchte sie sich doch notieren.

Als ihr langsam kalt zu werden beginnt, merkt sie, dass es schon fast fünf Uhr ist. Sie zieht sich den Pullover an und setzt sich in den Eingang der Höhle, um den Sonnenuntergang zu bewundern.

Während die Sonne langsam hinter dem Berg versinkt, sieht sie ihn von Ferne herankommen.

Das ist nicht klug, denkt sie sofort. Sie sind nie mehr wirklich zu zweit allein gewesen, manchmal ein paar Minuten am Sonntag im Haus von De Wet und ein paar Mal in der Kanzlei. Aber nicht wirklich allein. Geh zurück, Boelie, sagt ihr eiserner Verstand. Das ist ein großer Fehler – wir sind nur Menschen. Aber ihr Herz jubiliert. Denn da in der Ferne kommt Boelie immer näher.

Ich liebe ihn so furchtbar sehr, es kommt mir manchmal so vor, als wäre er der Kern meines Seins, denkt sie. Schweigend sitzt sie da und wartet auf ihn.

„Du hast gesagt, dass du hier nicht übernachten willst", erinnert er sie, als er bei ihr ankommt.

„Hallo, Boelie."

„Ja, hallo. Es wird dunkel, du musst hinunter."

„Ich habe nie behauptet, dass ich hier nicht übernachten würde."

Er schüttelt den Kopf und setzt sich dann auf den felsigen Boden, ein kleines Stück von ihr entfernt. Es ist still um sie herum und der Himmel beginnt schon in allen Farben zu leuchten. „Hast du alles erledigt, was du dir vorgenommen hast?", will er wissen. „Hast du gut nachdenken können?"

„Ja, Boelie, danke, ich habe die ganze Geschichte gründlich durchdacht. Und ich habe einen herrlichen Tag gehabt, so in der Natur."

„Hast du dir jetzt alle Gedanken gemacht?"

Pérsomi lacht leise und wirft ihre langen Haare nach hinten.

„Über so eine Sache kann man sich nie alle Gedanken machen", erwidert sie. „Aber ich habe erreicht, was ich wollte, das schon."

„Dann müssen wir jetzt hinunter", entgegnet er. „In einer Stunde ist es stockfinster."

„Ich bleibe hier, Boelie."

Er nickt langsam und bleibt weiterhin sitzen.

„Die Gegend sieht in diesem sanften Licht so wunderschön aus", erklärt sie. „Das Bosveld ist im Winter nur sehr selten so schön, meinst du nicht auch?"

„Ja, wir sind durch den reichlichen Regen sehr gesegnet", erwidert er.

Nach einer Weile eröffnet sie ihm: „Ich habe noch ein Brot in meiner Tasche, wenn du vielleicht Hunger hast?"

„Ach nein", antwortet er. „Heb dir das lieber für morgen früh auf, dann schlägt der Hunger meistens zu."

Als die Dämmerung immer dichter wird, verkündet sie: „Du musst zurück, Boelie, sonst überfällt dich die Finsternis."

„Ich bleibe lieber noch ein Weilchen", entgegnet er.

„Und was ist mit den Kindern?"

„Ich habe es so eingerichtet, dass Maggie heute Nacht bei uns schläft."

Sie muss lachen. „Du hast also gewusst, dass ich nicht nach Hause fahren werde."

Er lächelt sanft. „Ja, Pérsomi, das habe ich gewusst. Du hast, schon seit du erst sieben Jahre alt gewesen bist, immer nur das gemacht, was du dir in den Kopf gesetzt hast."

„Ich war schon zwölf, als du das erste Mal versucht hast, mich zum Hinuntergehen zu überreden", widerspricht sie ihm.

„Sieben oder zwölf, du bist ein dickköpfiges kleines Mädchen gewesen, das ist alles, was ich weiß", entgegnet er.

Sie sehen die ersten Sterne leuchten, so als würde jemand in das dunkle Himmelszelt kleine Löcher pieksen, damit das Licht hindurchscheinen kann. „Der Mond geht erst sehr viel später auf", bemerkt Boelie und zieht seine Jacke fester um sich.

Schon so oft haben wir hier die Sterne betrachtet und darauf gewartet, dass sich der Mond vom Horizont losreißt, denkt sie ein bisschen wehmütig.

„Pérsomi, ich würde gern etwas mit dir besprechen."

„Worüber willst du denn reden?", fragt sie und ist hellhörig geworden.

„Über die Politik."

„Boelie ...", beginnt sie zu protestieren.

„Nein, nein, ich werde nicht versuchen, dich von meinem Standpunkt zu überzeugen. Ich weiß, dass sich unsere Ansichten radikal unterscheiden und dass das das Einzige ist, worüber wir uns wohl niemals einig werden können. Aber mir ist es wichtig zu versuchen, deine Art des Denkens zu verstehen. Vor allem in Bezug auf die Geschichten rund um die Inder. Daran bist du ja jetzt beteiligt." Er schaut sie an. „Pérsomi, ist dir klar, dass die Gemeinschaft dich ausspucken wird, wenn du so weitermachst?"

„Ja, Boelie, das weiß ich."

Er schweigt für einen Augenblick. „Ich habe gewaltigen Respekt vor deiner Intelligenz und deinem Durchhaltevermögen", erklärt er dann. „Ich weiß, dass das keine leichtfertige Entscheidung gewesen ist, diese Rechtssache anzunehmen."

„Eine schwierige Entscheidung ist es auch nicht gewesen."

„Aber verstehst du, warum ich mit dir reden möchte? Es ist mir wichtig, dass ich ..."

„Ich verstehe es, Boelie."

„Schön", antwortet er. „Und ... du wirst jetzt nicht wütend?"

Pérsomi wirft ihm einen amüsierten Blick zu. „Du bist derjenige, der immer wütend wird, vor allem, wenn es um Politik geht."

Er sagt nichts, sondern nickt nur und lächelt flüchtig.

Sie wartet.

„Ich ... äh ... ich habe eine Thermosflasche mit Kaffee dabei", versucht er offensichtlich Zeit zu gewinnen.

„Das ist wunderbar, gern."

Langsam schraubt er den Deckel der Flasche ab. „Nein, warte, es ist zu dunkel, ich werde mir die Hand verbrennen", behauptet er dann und sucht nach seiner Taschenlampe. Sie nimmt ihm seine Lampe ab und leuchtet ihm, während er ihr Kaffee einschenkt. „Danke", sagt sie.

Sogar als er ihr den Kaffee reicht, berühren sich ihre Finger nicht.

„Der Bericht der Sauer-Kommission[24] ist einer der wichtigsten Gründe, warum die Nationale Partei 1948 an die Regierung gekommen ist", beginnt Boelie schließlich ins Blaue hinein. „Sind wir uns da einig?"

„Nun ja, er ist sicher einer der Gründe gewesen, ja", gibt Pérsomi vorsichtig zu.

„Wie dem auch sei, dieser Bericht hat den Weißen versprochen, dass die Inder gezwungen werden sollen, in separaten Wohngebieten zu wohnen und Handel zu treiben."

„Das ist ein Nebengedanke in dem Bericht, der mit dem Hauptteil nur wenig zu tun hat", hält Pérsomi ihm entgegen.

„Das ist mittlerweile Regierungspolitik, Pérsomi. Daran wirst du nichts mehr ändern."

„Und ich finde diese Politik verkehrt, Boelie." Sie wendet sich so, dass sie ihn trotz der Dunkelheit direkt anschauen kann. „Was sind denn jetzt tatsächlich die Folgen dieser Politik?"

„Die Union von Südafrika wird ein besserer Ort zum Leben, nicht nur für uns, sondern auch für unsere Kinder und Enkel."

Sie schüttelt den Kopf. „Danach sieht es aber nicht aus, Boelie, schau dir doch nur die Unruhen an. Damit erreichen wir doch nur, dass wir die Leute, die den Buren bisher wohlgesinnt gewesen sind, so wie die Inder bei uns im Dorf, verbittern und sie von uns entfremden. Danke, das war ein leckerer Kaffee."

---

24 Paul Oliver Sauer (1898-1976) war ein Politiker der Nationalen Partei, der im Wahlbezirk Stellenbosch 1924 vor allem deshalb die Wahl in den Volksrat verlor, weil die siegreiche Südafrikanische Partei vorher zahlreichen „Farbigen" das Wahlrecht eingeräumt hatte. Diese Erfahrung und der damit verbundene Zorn der Afrikaaner trugen dazu bei, dass die Nationale Partei 1948 die Parlamentswahlen gewann und sich nach ihrem Sieg für eine Aufhebung des Wahlrechts für „Farbige" einsetzte. Sauer war im Kabinett Malan ab 1948 Eisenbahnminister, ab 1954 Minister für Land- und Forstwirtschaft.

Er nimmt die Tasse entgegen. „Leuchte mir doch noch mal", fordert er sie auf und dann gießt er sich selbst eine Tasse Kaffee ein. Er trinkt sie zunächst langsam leer, daraufhin stellt er fest: „Du trägst das Haar offen."

Sie lächelt im Halbdunkeln. „Sonst spannt es so, Boelie, und dann kann ich nicht denken."

„Ja. Es steht dir ... es ist schön, wenn es so offen ist."

Ihr Herz überschlägt sich. „Lass uns lieber über Politik reden, Boelie."

Für einen Augenblick bleibt es mucksmäuschenstill, dann erwidert er: „Ja, du hast recht. Die ... äh ... die Inder bilden jedenfalls ein fremdes Element, das nie zu unserem Volk dazugehören wird, Pérsomi. Sie müssen repatriiert werden, sie müssen zurück nach Indien."

Es ist besser so, denkt sie im Stillen. Hierüber sollten wir sprechen. „Warum können sie denn nicht in unser Volk aufgenommen werden?", fragt sie laut.

Boelie schraubt die Thermosflasche wieder zu. Im Schummerlicht der Sterne sieht sie, wie er den Kopf schüttelt. „Die Inder wohnen dann vielleicht im selben Land wie wir und hier im Bosveld sprechen sie sogar dieselbe Sprache. Aber ihre Religion gibt ihnen eine eigene Identität. Du lieber Himmel, Pérsomi, schau dir das doch einmal gut an: Es sieht selbst hier nicht so aus, als würden sie jemals zu demselben Volk gehören wie du und ich. Und das hat nicht nur mit ihrer Hautfarbe zu tun, so wie du unterstellst, sondern auch mit ... allem."

In der Umgebung ist es mucksmäuschenstill, so als hätte die Winternacht alle Geräusche mit einer dicken Decke zugedeckt. Nur die Sterne strahlen unglaublich hell direkt über ihren Köpfen. Ein Schakal ruft plötzlich nach seinem Partner. Es ist schon Jahre her, seit Pérsomi das letzte Mal diesen Ruf vernommen hat. „Hör doch mal", flüstert sie aufgeregt. „Ein Schakal."

„Das ist der miese, kleine Schuft, der meine Hühner jagt", erwidert Boelie lächelnd.

Sie lächelt zurück. Boelie bleibt Boelie. So hat sie ihn schon als kleines Mädchen kennengelernt und so ist er noch immer. Sogar seine Art zu denken hat sich im Laufe der Jahre nicht sehr verändert. „Du bist in einem Treibsand von Stereotypen gefangen, Boelie", erklärt sie.

„In Bezug auf die Schakale?", fragt er verdutzt.
Sie lacht. „Nein, Mann, in Bezug auf die Politik! Versuch doch einmal, die Theorie ein bisschen hinter dir zu lassen, und betrachte die Wirklichkeit. Schau dir den alten Herrn Ismail an oder Isaac Ravat, Herrn Moosa oder Yusuf. Schau dir die *Menschen* an, Boelie."

„Dein Denken bewegt sich nur in den engen Grenzen unseres Dorfes, Pers", entgegnet er ernst. „Schau dir doch jetzt einmal unser ganzes Land an, ganz Afrika. Denk doch mal an Kenia und Uganda, wo die weißen Kolonisten ermordet werden. Ghana ist in die Unabhängigkeit entlassen worden, und die anderen Kolonien werden über kurz oder lang folgen. Aber den Leuten Demokratie zu geben ist genauso, wie wenn man eine Frucht zusammendrückt, damit sie schneller reif wird. Möchtest du diesem Land hier wirklich so etwas antun?"

„Die Inder haben einen höheren Lebensstandard als die armen Weißen vor zehn oder zwanzig Jahren", erwidert sie ernst. „Die Afrikaaner haben den armen weißen Teil der Bevölkerung auch nicht wegen seines niedrigen Lebensstandards weggeschickt."

Er schweigt eine ganze Weile. Im Osten beginnt der Halbmond langsam auf seiner Bahn durch die Himmelskuppel zu kriechen.

„Argumentierst du jetzt rein akademisch, Pérsomi, oder ist da auch eine gewisse Portion an Emotionen dabei?", will er wissen.

Sie überlegt lange, bevor sie eine Antwort gibt. In ihrer Jugend ist Herr Ismail einer der wenigen gewesen, die gut zu ihr gewesen sind, wird ihr klar. Sie weiß auch aus Erfahrung, wie es ist, wenn man ums Überleben kämpfen muss, in welcher Hinsicht auch immer. „Eine Anwältin darf keine Emotionen zulassen", antwortet sie langsam. „Aber du hast sicher recht, Boelie, hinter meiner Argumentation versteckt sich auch ein ordentlicher Schuss Emotionen." Sie zuckt mit den Schultern. „Obwohl ich versuche, so professionell wie möglich aufzutreten, bin und bleibe ich eine Frau. Unser Herz denkt immer mit."

Im Halbdunkel sieht sie, dass er seine Hand nach ihr ausstreckt und schnell wieder zurückzieht. Er seufzt tief. „Du bist so durch und durch Frau", bekennt er.

Dann steht er plötzlich auf. „Ich muss gehen."

Sie spürt, wie ein scharfer Stich der Enttäuschung durch sie hindurch fährt. „Hey, nein, warum jetzt, Boelie?", versucht sie ihn aufzuhalten. „Du hast doch gesagt, dass Maggie ..."

„Weil ich ein Mann bin", entgegnet er brüsk, „und die haben auch manchmal Mühe, nur mit dem Verstand zu denken."

Er knipst seine Taschenlampe an und geht langsam den Berg hinunter.

Boelie verabschiedet sich nie, denkt Pérsomi, während sie ihm traurig hinterherschaut.

Plötzlich wird die Nacht kalt und finster um sie herum, die ruhige Geborgenheit von eben verändert sich in eine tödliche Stille und das angenehme Alleinsein ihrer Jugend wird zu einer großen Einsamkeit.

Die Frage, über die nachzudenken sie hierhergekommen ist, verblasst neben ihrem jähen, intensiven Verlangen nach dem Mann, der gerade eben noch bei ihr gewesen ist.

Stunde um Stunde will die Sonne nicht aufgehen und die Nacht findet kein Ende.

Wie soll es nun weitergehen?, überlegt Pérsomi gegen drei Uhr am Morgen. Kurze Gespräche jeden zweiten oder dritten Sonntag bei De Wet zu Hause? Manchmal ein Gruß, wenn er in die Kanzlei muss oder sie sich im Gottesdienst sehen? Und die ganze Zeit über diese intensive Sehnsucht danach, dass er seine Hand nach ihr ausstreckt und sie berührt oder ihr übers Haar streicht? Sie versucht ihre Gedanken unter Kontrolle zu bringen, zielgerichtet aus der Tretmühle zu entkommen, doch die Finsternis saugt ihre Gedanken immer tiefer hinunter.

Wird der Rest ihres Lebens aus Tagen bestehen, die angefüllt sind mit Arbeit, sozialen Verpflichtungen und kleinen Freuden, während die ganze Zeit über die Einsamkeit auf der Lauer liegt? Werden ihre Abende immer leer bleiben, während sie weiß, dass noch jemand allein ist, obwohl noch andere Menschen in seinem Haus sind?

Wird sie letztendlich doch barfuß durchs Leben gehen müssen, obwohl sie einen Schrank voller teurer Schuhe in ihrem Zimmer hat? Wird sie für immer das Beiwohnerkind von der anderen Seite des Flusses bleiben, auch wenn sie schon so lange auf der richtigen Seite wohnt?

In ihr steigt so etwas wie Rebellion auf. Warum muss das denn so sein?

Die Sonne ist irgendwo hinter dem Horizont stecken geblieben. Sie scheint jetzt für die Menschen in Australien, hat sie als Kind immer gedacht, auf der anderen Seite der Welt.

Nach einer Weile wartet sie nur noch gelassen auf den Tagesanbruch.

Ich komme nie mehr hierher zurück, beschließen die Scherben ihres Herzens, kurz bevor es hell wird. Hier gibt es zu viele Erinnerungen, die alte Wunden aufbrechen lassen. Die Höhle bietet nicht mehr länger Schutz, der Berg ist hart und unzugänglich, er hat mir den Rücken zugekehrt.

Sie zieht ihre Schuhe an, steigt den Berg hinunter und geht zu ihrem Auto. Über die Pontenilobrücke fährt sie auf die andere Seite des Flusses, zurück ins Dorf.

ᛣ

„Wir sollten eigentlich mal kurz bei Onkel Bartel vorbeischauen", verkündet De Wet Anfang August. „Es geht ihm ganz und gar nicht gut, ich glaube, er kann ein wenig Unterstützung gebrauchen."

Pérsomi runzelt die Stirn. Sie ist so sehr mit ihrer Arbeit beschäftigt gewesen, dass sie sich keine Muße gegönnt hat, um über irgendetwas anderes nachzudenken. „Liegt er im Krankenhaus?", will sie wissen.

„Nein, er ist zu Hause. Aber er liegt die meiste Zeit im Bett."

Eigentlich hat De Wet mir auf eine nette Art deutlich gemacht, dass ich Herrn De Vos einmal besuchen sollte, überlegt Pérsomi während sie wieder in ihrem Büro ist. Sie stellt sich ans Fenster und beobachtet, wie der Wind den Staub und kleine Papierfetzen durch die Straße bläst. Trotzdem kann De Wet die Sache nicht wirklich verstehen. Sie setzt sich wieder an ihren Schreibtisch. Bei Reinier zu Hause ist sie noch nie gewesen. Wie kann sie jetzt auf einmal auftauchen und sagen: „Guten Morgen, Herr De Vos, wie geht es Ihnen denn?"

Ich muss gehen, wird ihr klar, während sie an diesem Abend im Bett liegt und dem Heulen des Windes lauscht. Herr De Vos ist ihr Mentor gewesen, es gehört sich einfach, dass sie hingeht. Dass De Wet ihn beinahe jeden Tag besucht, vor der Arbeit und manchmal auch danach, das weiß sie.

Vielleicht sollte ich etwas Geschäftliches mit ihm besprechen, dann sieht es natürlicher aus, entscheidet Pérsomi tief in der Nacht. Außerdem haben wir noch nie über etwas anderes als über unsere Arbeit gesprochen.

Sie schiebt den Besuch noch zwei Tage hinaus. Dann nimmt sie am Freitagmorgen ihre Aktentasche und fährt zu dem großen Haus in der Voortrekkerstraße.

Eine schwarze Frau in einer adretten Uniform öffnet die schwere Eingangstür. „Herr De Vos sitzt im Wintergarten", erklärt sie und geht vor Pérsomi her über den frisch gebohnerten Boden mit den dicken Teppichen.

Das ist also das Haus, in dem Reinier und Annabel aufgewachsen sind.

In dem allseitig geschlossenen Wintergarten ist es wunderbar warm. Herr De Vos sitzt halb aufrecht auf einem Sofa, mit ein paar Kissen im Rücken und einer Decke über den Beinen. Sein Gesicht ist noch ausgemergelter als zuvor.

Der Raum riecht nach Medikamenten und schwarzem Tee.

„Kannst du uns Tee bringen?", fordert Herr De Vos die Frau in der hübschen Uniform auf. Sie nickt und verlässt den Raum.

„Wie geht es Ihnen jetzt?", will Pérsomi wissen, während sie mit einem unbehaglichen Gefühl ihm gegenüber auf dem Sessel Platz nimmt.

„Gut, jedenfalls den Umständen entsprechend. Meistens bin ich schmerzfrei."

Schweigen.

„Und wie läuft es in der Kanzlei?"

„Gut. Viel zu tun, aber das ist ja nur gut so."

Was soll sie auch sonst noch sagen?

„Rudolf Naudé fängt nächste Woche Montag an. Sie wissen schon, der junge Anwalt, den wir eingestellt haben."

„Ja. Schön."

Schweigen.

Als die Frau den Tee bringt, steht Pérsomi auf. „Soll ich einschenken?"

„Nimm dir ruhig. Ich hatte schon welchen." Herr De Vos macht eine abwehrende Handbewegung. Seine Hände sind nur noch Haut und Knochen.

Pérsomi trinkt ihren Tee.

„Wie laufen die Vorbereitungen in der Sache Ismail?", will Herr De Vos wissen.

„Gut, glaube ich." Pérsomi stellt ihre leere Tasse neben sich. „Ich würde gern ein paar Dinge mit Ihnen besprechen, wenn Sie das für möglich halten."

„Ich lausche deinen Ausführungen mit dem größten Vergnügen." Mit geschlossenen Augen liegt er da und hört zu. Sie liest ihm ein paar Abschnitte vor und er ändert manchmal nur ein Wort oder einen Satzteil. Gelegentlich stellt er eine Frage.

Nach einer Weile kommt die Frau in der Uniform erneut herein.

„Mein Herr, Sie müssen Ihre Medikamente einnehmen", sagt sie entschuldigend.

Erst jetzt wird Pérsomi klar, dass sie schon länger als eine Stunde hier ist. „Es tut mir leid, ich darf Sie nicht so sehr belasten, das war sehr unaufmerksam von mir", erklärt sie.

Er schüttelt den Kopf. „Nein, es ist gut, dass du gekommen bist", verkündet er, allerdings sieht er sehr müde aus.

Ich weiß nicht, was ich fühle, überlegt Pérsomi halb verärgert, halb traurig auf dem Nachhauseweg. Tief in mir drinnen wartet immer noch etwas auf eine Bitte um Vergebung, auf irgendetwas, womit er sich offenbart, was, ist mir fast egal, solange es mehr ist als ein: „Lass die Finger von Reinier, denn ich bin dein Vater." Tief in mir drinnen bin ich mit Sicherheit immer noch wütend auf ihn, grübelt sie. Ich bin das immer noch nicht losgeworden.

Aber ihn jetzt so zu sehen?

☙

„Herr Ismail, Herr Ravat, mir wäre es lieb, wenn Sie dieses Schriftstück sehr gründlich mit allen besprechen", erklärt Pérsomi ernst. „Das ist der Text der Ausnahmegenehmigung, die wir beantragen werden. Wissen Sie sicher, dass alle alles verstanden haben?"

„Fräulein Pérsomi, Sie haben es uns sehr gut erläutert", antwortet Herr Ismail nickend. „Wir haben alles verstanden."

„Und Yusuf sollte mit mir sprechen", erwidert Pérsomi. „Ob er nun jetzt etwas damit zu tun haben möchte oder nicht, es geht ihn trotzdem an."

„Ich werde es ihm mitteilen, Fräulein Pérsomi", entgegnet der alte Ismail, „aber er ist ganz schön widerspenstig."

„Eine ganze Menge Buren sind zu uns gekommen und haben uns gesagt, dass sie hinter uns stehen, Fräulein Pérsomi", verkündet Herr Ravat.

Pérsomi nickt. „Vielleicht sollten wir eine Petition aufsetzen, die die Leute unterschreiben können, damit der Gemeinderat sehen kann, dass die Dorfbewohner meinen, eure Geschäfte sollten bleiben. Warten Sie kurz, dann setze ich so etwas schnell auf und dann schauen wir einmal, wie viele Unterschriften Sie zusammenbekommen können."

Als sie gegangen sind, schaut Pérsomi noch schnell bei De Wet vorbei. „Ich bin, was den Antrag für eine Ausnahmegenehmigung angeht, ziemlich positiv gestimmt", erklärt sie. „Vielleicht schaffen wir das sogar, ohne dass die Sache vor Gericht entschieden werden muss – das hängt vom Gemeinderat ab."

„Da bin ich aber froh", entgegnet er lächelnd.

Drei Tage später ist der alte Herr Ismail schon wieder da. „Alle Leute wollen, dass wir bleiben, aber keiner möchte seinen Namen schwarz auf weiß lesen", eröffnet er ihr.

„Diese Bande übertünchter Gräber", erwidert Pérsomi wütend. „Die haben zu viel Angst vor dem, was der Rest der Gemeinschaft sagen wird, natürlich."

„Wir haben auch einen Brief bekommen", ergänzt Herr Ismail und zieht einen Umschlag aus der Tasche seines langen, weißen Gewands.

„Einen Brief?"

„Von Herrn Japie Villiers, dem Bürgermeister."

„Von Herrn Japie Villiers?", entgegnet Pérsomi verdutzt und nimmt den Brief.

„Ja", antwortet Herr Ismail, „und er erlaubt uns zu bleiben."

Pérsomi überfliegt das Schreiben. „Der Brief ist von ihm persönlich, meiner Meinung nach hat er keinerlei Befugnis, so eine Erlaubnis zu erteilen." Sie schaut auf. „Darf ich das Schreiben vorläufig behalten, Herr Ismail? Ich würde es gern mit De Wet besprechen und Sie bekommen es dann morgen oder übermorgen von mir zurück."

„Das wird das Beste sein, Fräulein Pérsomi", antwortet der alte Mann und streicht sich über seinen dünnen Spitzbart.

Als Pérsomi den Brief am Nachmittags De Wet zeigt, erklärt der: „Japie de Villiers ist ein eingefleischter Smuts-Anhänger, Pérsomi, immer schon gewesen. Darüber hinaus ist er über den Wahlsieg der Nationalen von 1948 sehr verbittert. Er wird sich ganz weit aus dem Fenster lehnen, wenn es darum geht, die Politik der Nationalen Partei zu sabotieren."

„Trotzdem ist er immer noch der Bürgermeister", erwidert sie.

„Die Chance, dass er nach der nächsten Gemeinderatswahl überhaupt noch im Gemeinderat sitzt, ist sehr gering", entgegnet De Wet ernst. „Außerdem verdankt er seine Stellung vermutlich dem einen oder anderen Winkelzug."

„Nun, egal wie er sie bekommen hat, meiner Ansicht nach können sich die Inder in jedem Fall hinter dem Brief verschanzen, bis wir unsere Ausnahmegenehmigung in der Tasche haben."

„Du bist ganz schön optimistisch", erwidert er skeptisch.

„Das bin ich, De Wet. Ich bin fest davon überzeugt, dass wir sehr stichhaltige Argumente haben."

ೞ

Es ist ein träger Frühlingssonntag. Irgendwo im Haus ertönt leise, schleppende Radiomusik.

Sie liegen auf zwei Liegestühlen auf der Veranda, die Beine in der Sonne. Gerbrand ist mit Nelius unterwegs, Lientjie spielt mit den beiden anderen Mädchen drinnen. De Wet und Christine machen ein Mittagsschläfchen. Irene verbringt das Wochenende auf der Farm und macht mit Reinier gerade eine lange Wanderung. Die beiden haben nicht gefragt, ob jemand mitkommen möchte.

Es ist still. Der Hof liegt im süßen Schlummer. Nur das Radio singt unbeirrt weiter – einsame Molltöne.

„Boelie?"

„Hmm?"

„Schläfst du?"

„Mmm."

„Warum machst du dann ‚mmm'?"

Er lächelt flüchtig und öffnet träge die Augen. „Was ist los?"

„Boelie, fühlst du dich manchmal einsam?"

Er legt den Kopf zur Seite und schaut sie für einen Augenblick schweigend an. Schließlich sagt er: „Nein, Pérsomi, eigentlich nicht. Ich bin zwar viel allein, das ist wahr, aber einsam ... nein. Ich weiß doch, dass du da bist."

Sie streckt ihre Hand nach ihm aus. Er liegt da und betrachtet sie, und seine dunklen Augen sehen sehr sanft aus. Dann schüttelt er kaum merklich den Kopf.

Mit einem ruhigen Lächeln schaut sie ihn an – sie verstehen es alle beide.

Allein? Ja, das schon. Aber einsam? Nein, das nicht.

೦ಠ

Es ging alles ganz plötzlich, so schnell, dass es nicht viel Zeit gab, um darüber nachzudenken. Zuerst ist Herr De Vos eilig ins Krankenhaus gebracht worden. Er hatte starke Schmerzen und hat auch fortwährend Sauerstoff gebraucht. Zu Hause haben sie ihn nicht länger versorgen können.

Am nächsten Tag ist der Bescheid des Gemeinderats gekommen: Der Antrag auf eine Ausnahmegenehmigung ist abgelehnt worden, und die indischen Geschäftsleute müssen ihre Läden räumen.

Und dann, immer noch in derselben Woche, ist die Hochzeit gewesen.

„Heute Nachmittag haben Reinier und Irene geheiratet", eröffnet Pérsomi am Donnerstagabend beiläufig ihrer Mutter.

„Irene ... Fourie?", will ihre Mutter verwirrt wissen. „Und Reinier ...?"

„Der Sohn von Herrn De Vos. Der hat heute Nachmittag die Tochter von Herrn Fourie geheiratet, Irene", versucht Pérsomi zu erläutern.

„Ach du liebe Güte, Pérsomi, ich weiß doch ganz genau, wer Irene ist, ich bin doch nicht geistig behindert", entgegnet ihre Mutter schnippisch.

„Ich habe es ja nur erklärt", erwidert Pérsomi.

„Aber du lieber Himmel, Pérsomi, heute ist Donnerstag. Wer um alles in der Welt heiratet denn an einem Donnerstag?"

„Herr De Vos ist ernsthaft krank, das habe ich dir doch irgendwann schon erzählt, oder?", fängt Pérsomi an. „Die beiden wollten eigentlich erst in zwei Monaten heiraten, aber dann wäre er vielleicht nicht mehr dabei gewesen."

„Steht es denn so schlimm um ihn?", fragt ihre Mutter entsetzt.

„Ja, Mama, ich habe dir doch schon erzählt ...", fängt Pérsomi irritiert an.

Doch dann schießt ihr mit einem Mal der Tag unter dem Feigenbaum wieder durch den Kopf, der vage Geruch von überreifen Früchten und das Tjie-tjie-tjie der Papageien über ihren Köpfen – der Tag, an dem sie zum ersten Mal diese unglaubliche Verlassenheit in den Augen ihrer Mutter gesehen hat. „Ja, Mama, er ist wirklich sehr krank", erklärt sie. „Er liegt im Krankenhaus und sie haben auch im Krankenhaus geheiratet, an seinem Bett."

„Ach, was für eine Sünde, Pérsomi, ich habe nicht gewusst, dass es so schlimm um ihn steht", erwidert ihre Mutter niedergeschlagen.

Die Hochzeit ist vollkommen nebensächlich, vielleicht ist es noch nicht einmal zu meiner Mutter durchgedrungen, dass Reinier und Irene jetzt verheiratet sind, wird Pérsomi klar.

In der Nacht kann sie selbst auch nicht schlafen. Wie im Film ziehen die vielen Bilder vor ihrem geistigen Auge vorbei.

Sie hat auf keinen Fall dabei sein wollen und hat alles daran gesetzt, um der Sache zu entgehen. „Du lieber Himmel, Reinier, ich gehöre da doch nicht hin! Nur eure nächsten Angehörigen sind dabei, sonst niemand. Außer dem Pfarrer natürlich."

„Genau deshalb musst du sehr wohl dabei sein", hat er ernst erwidert. „Pérsomi, ich weiß alles. Mein Vater hat es mir erzählt und ... ja, ich bin froh, dass ich es weiß. Du bist jemand, auf den man stolz sein kann."

„Hör doch auf, Reinier", hat sie mit erstickter Stimme geantwortet.

Doch er hat ganz entspannt gelächelt. „Gut, du Dickkopf, ich höre ja auf. Aber wenn wirklich nichts anderes hilft: Ich möchte dich einfach dabeihaben, Pérsomi. Wir haben schon so eine lange gemeinsame Geschichte, wir beide."

Deshalb hat sie heute Morgen ihre schönsten Kleider angezogen und ist zusammen mit den beiden Familien ins Krankenhaus gefahren, um Hochzeit zu feiern.

Vor dem Krankenhaus hat sie zum ersten Mal seit Jahren Herrn

Fourie und Tante Lulu wieder getroffen. Sie haben gut ausgesehen – gesund und glücklich. „Pérsomi!", hat Tante Lulu froh gerufen und sie an sich gezogen. „Liebe Leute, du wirst auch immer hübscher!"

Pérsomi hat verlegen gelacht. „Schön, euch wiederzusehen", hat sie geantwortet.

„De Wet sagt immer, dass du es so gut machst, wir sind unglaublich stolz auf dich", hat Tante Lulu herzlich erwidert. „Und Christine hat erzählt, dass du eine großartige Freundin für sie bist."

„Ja, De Wet und Christine sind sehr, sehr nett zu mir."

„Schau, da kommen auch Klara und die anderen", hat Tante Lulu aufgeregt festgestellt und ist den Neuankömmlingen entgegengelaufen.

Pérsomi hat die Blumensträuße, um die sie sich in aller Eile hatte kümmern müssen, aus dem Auto geholt und ist dann fest entschlossen ins Krankenzimmer gegangen. Sie ist sich etwas unsicher vorgekommen, denn bis dahin hatte sie Herrn De Vos noch nicht ein einziges Mal im Krankenhaus besucht.

Ein paar Krankenschwestern haben ihr mit den Blumen geholfen. Sie hatten Herrn De Vos schon vorher in ein größeres Zimmer verlegt, das Bett auf einem strategisch günstigen Platz aufgestellt und genügend Stühle für alle hereingetragen.

Herr De Vos hat aufrecht gesessen, ein paar Kissen im Rücken, ordentlich rasiert und angezogen. Der Sauerstofftank hat neben ihm bereit gestanden und der Schlauch an seinem Arm hat ihn ans Bett gefesselt. Seine Brille schien für sein Gesicht zu groß geworden zu sein, und er hat fahl ausgesehen, aber trotzdem aufgeweckt. „So, Pérsomi, haben sie dir jetzt die größte Arbeit übertragen?", hat er beinahe fröhlich gefragt.

Pérsomi hat die Blumen auf der Fensterbank und dem Tischchen verteilt. Während sie sich umgesehen hat, ob es noch einen anderen Platz dafür gab, hat er gesagt: „Stell sie ruhig auf meinen Nachttisch, dann verstecken wir damit die Medikamente."

Schließlich ist Pfarrer Hanekom mit seiner tragbaren Kanzel und seinen Büchern gekommen. Er schien für einen Augenblick überrascht zu sein, Pérsomi dort anzutreffen, hat allerdings schnell wieder seine professionelle Ruhe zurückgewonnen. „Hallo, Pérsomi, schön, dich wiederzusehen. Kann ich meine Sachen hier ablegen?", hat er gefragt, so als ob sie die Oberaufsicht gehabt hätte.

Tante Lulu ist hereingekommen, zusammen mit De Wet, Christine, Klara und Antonio. „Wo möchtest du uns haben, Pérsomi?", haben sie gefragt.

Dann ist Reinier mit seiner Mutter hereingekommen und hat für sie einen Stuhl neben das Bett geschoben. Schließlich hat er – ein wenig steif – alle Anwesenden begrüßt. Er ist der Einzige mit einer Rose im Knopfloch gewesen.

Kurz vor der Braut ist auch Boelie hereingekommen, mit Annabel am Arm. Die ist beinahe hereingeschwebt: modern, bildhübsch, bis ins kleinste Detail entsprechend ausstaffiert. Sie hat jeden ausgiebig begrüßt.

„Stellt euch nur vor, mein kleiner Bruder und Boelies kleine Schwester werden wahrhaftig heiraten! Ist das nicht fantastisch?" Sie hat an Boelies Arm gehangen, sich an ihn geschmiegt und ihm über den Nacken gestrichen. Aber keiner ist darauf hereingefallen.

Zu guter Letzt sind auch Herr Fourie und Irene erschienen. Irene hat gestrahlt, wie nur eine Braut strahlen kann. Und Reinier hat so glücklich ausgesehen, wie Pérsomi ihn noch nie zuvor gesehen hat.

Vielleicht, ganz vielleicht wird Reinier doch noch sein Glück finden, denkt sie jetzt, bevor sie der Schlaf übermannt.

CZ

Als Pérsomi ungefähr zwei Wochen später Herrn Ismail und Herrn Moosa auf dem Parkplatz hinter der Kanzlei warten sieht, weiß sie, dass es so weit ist: Die indischen Geschäftsleute haben vermutlich eine Vorladung bekommen, nach der sie vor dem Richter erscheinen müssen, damit sie strafrechtlich belangt werden. „Guten Morgen, Herr Ismail, guten Morgen, Herr Moosa", grüßt sie, während sie ihre Handtasche und ihre Aktentasche aus dem Auto holt.

„Guten Morgen, Fräulein Pérsomi", antworten die beiden gleichzeitig.

„Was für ein herrlicher Morgen, nicht wahr?", plaudert Pérsomi freundlich. „Kommen Sie doch mit hinein."

„Nein, Fräulein Pérsomi, das lässt sich auch hier erledigen", entgegnet der alte Ismail abwehrend. „Wir möchten Ihnen nur berichten, dass die Polizei gestern am späten Nachmittag bei uns gewesen ist. Sie haben uns dies hier gegeben." Er hält ihr ein Schreiben hin.

Sofort erkennt sie es. „Das ist eine Vorladung. Sie müssen also vor Gericht?", fragt sie, während sie das Papier auseinanderfaltet.

„Ja, Fräulein Pérsomi. Wir mussten unterschreiben, alle", antwortet Herr Moosa.

„Dienstag in zwei Wochen müssen wir vor dem Richter erscheinen", fügt Herr Ismail hinzu.

Pérsomi faltet das Dokument wieder zusammen. „Wer ist alles vorgeladen worden?"

„Wir beide und auch Isaac Ravat und mein Enkel Yusuf", antwortet der alte Ismail.

„Gut, dann ziehen wir also vor Gericht", erwidert Pérsomi, während sie langsam auf die Hintertür der Kanzlei zu schlendert. „Eigentlich bin ich mit den Vorbereitungen der Sache auch schon lange fertig, aber ich möchte erst noch alles mit Ihnen durchgehen, sodass wir sicher an einem Strang ziehen."

„Gut, Fräulein Pérsomi."

Sie öffnet die Hintertür. „Sind Sie sich sicher, dass Sie nicht mit hineinkommen wollen?"

„Ja, Fräulein Pérsomi, es ist gut so, wir müssen in unsere Geschäfte zurück", versichert ihr der alte Ismail.

„Herr Ismail, es ist wirklich sehr wichtig, dass Yusuf anwesend ist, wenn wir die Rechtssache besprechen. Ich bin mir bewusst, dass er sehr beschäftigt ist, aber er ist immer noch nicht zu einem Gespräch zu mir gekommen. Fragen Sie ihn erst, wann er Zeit hat, um der Besprechung beizuwohnen, und dann rufe ich Frau Steyn an, damit sie den Termin festlegt. Das sollte noch diese Woche sein, ja?"

„Gut, Fräulein Pérsomi", nicken die beiden wieder gleichzeitig. „Vielen Dank, Fräulein Pérsomi."

☙

„Onkel Bartel ist jetzt sehr schwach, Pérsomi", eröffnet De Wet Pérsomi später am selben Vormittag, als er aus dem Krankenhaus zurückkehrt. „Er hat heute Morgen nach dir gefragt, und ich schlage vor, dass du hinfährst. Ich fürchte, dass er vielleicht … nun ja, ich weiß es nicht." Es kommt nur selten vor, dass De Wet nach Worten sucht, schießt es ihr durch den Kopf. Dann schaut De Wet sie direkt an. „Er sehnt sich nach Vergebung, Pérsomi. Geh bitte sofort zu ihm. Und sei milde mit ihm."

„Du weißt es also?", fragt sie vorsichtig.

Er zuckt mit den Schultern. „Ich habe es schon jahrelang vermutet. Seit du Teilhaberin geworden bist, weiß ich es sicher." Sie verlässt ihren Platz hinter dem Schreibtisch und geht ans Fenster. Auf der Straße fährt langsam ein Auto vorbei, dann ist wieder alles still. De Wet weiß es also, denkt sie, schon eine ganze Weile. Wer wird noch alles davon wissen?

Langsam dreht sie sich um und nimmt ihre Handtasche. De Wet begleitet sie zu ihrem Auto und hält ihr die Fahrertür auf. „De Wet", fragt sie, bevor sie einsteigt, „glaubst du, dass Annabel es auch weiß?"

„Ja, sie weiß es schon seit Jahren. Als du noch studiert hast, hat sie einmal eine Bemerkung fallen gelassen, die ich damals nicht verstanden habe. Aber sie weiß es mit Sicherheit."

Was Annabel genau gesagt hat, will Pérsomi nicht wissen, es ist schließlich nicht so wichtig.

Tief in Gedanken versunken fährt sie zum Krankenhaus. Sie ist auf dem Weg, von einem Mann Abschied zu nehmen, der ihr Mentor gewesen ist, jemand, der entscheidenden Einfluss auf ihre Karriere gehabt hat. Nie hat sie mehr als das in ihm gesehen.

In den beiden Wochen seit der Hochzeit hat Herr De Vos stark abgebaut. Pérsomi erkennt den Mann in dem Krankenhausbett kaum noch wieder. Reinier ist auch dort, zusammen mit seiner Mutter. „Papa, hier ist Pérsomi", verkündet Reinier und steht auf. Er nimmt seine Mutter am Arm und erklärt: „Wir gehen einen Kaffee trinken. In rund zwanzig Minuten sind wir wieder hier."

Damit lotst er seine Mutter aus dem Zimmer. Seine Mutter ist eine dünne, verlebte Frau in einem dunkelblauen Kleid.

Unsicher tritt Pérsomi an sein Bett. „Guten Morgen, Herr De Vos." Ihre Stimme hört sich in ihren Ohren seltsam an.

Herr De Vos bewegt sich ein bisschen, nicht mehr als ein leichtes Kopfnicken.

Sie wartet. Bewegungslos liegt er da. Ob er schläft? „De Wet sagt, dass Sie mich sehen wollen?", fragt sie.

Der Mann im Bett bewegt sich erneut. „Ich habe dich rufen lassen …" Seine Stimme ist nicht mehr als ein raues Flüstern. Mit

Mühe öffnet er die Augen, und seine knochendürre Hand verschiebt sich ein wenig.

Sie nimmt die Hand nicht in ihre.

„… ich wollte sagen … ich bin stolz … dass du meine … Tochter bist."

In der Grabesstille, die zwischen ihnen herrscht, bleiben die Worte hängen. Sie treffen sie härter, als sie je gedacht hatte.

„Ich …" Er scheint zu müde, um noch weiterzusprechen.

Er wartet auf etwas, das weiß ich sicher, überlegt sie. Sie hat das Gefühl, in der Falle zu sitzen. De Wet hat gesagt, dass er sich nach Vergebung sehnt, aber wie kann ich jetzt sagen, dass ich ihm vergebe, wenn er noch nie gezeigt hat, dass es im leidtut, was er uns und vor allem Mama angetan hat? „Ich schätze es, dass Sie mir in all den Jahren geholfen haben", versucht sie eine Brücke zu bauen. „Und vor allem, dass Sie mich zur Teilhaberin bei *De Vos & De Vos* gemacht haben."

Das habe ich schon einmal gesagt, denkt sie verwirrt, ich habe es gesagt, als er mir verkündet hat, dass ich nach seinem Rückzug Teilhaberin mit allen Rechten werden würde. Aber was kann ich anderes sagen?

Trotzdem kommt es ihr so vor, als sei er durch ihre Worte ruhiger geworden.

Vorsichtig legt sie ihre Hand auf die seine. „Herr De Vos, soll ich meiner Mutter von Ihnen noch etwas ausrichten?"

Er bleibt so lange still liegen, dass sie schon meint, er habe sie nicht gehört. Vielleicht schläft er wieder. Doch dann stammelt er: „Sage deiner Mutter … dass sie dich gut großgezogen hat."

Sie fährt sich mit der Zunge über die trockenen Lippen. „Ist das alles?"

Für einen kurzen Augenblick öffnet er die Augen, dann fallen sie ihm wieder zu.

„Ja, das ist alles", flüstert er.

Langsam schüttelt sie den Kopf. Er wird niemals erfahren, wie viel Angst ihre Mutter gehabt hat, etwas zu verraten, denkt sie, während sie sich das eingefallene Gesicht betrachtet, oder wie sie auf den richtigen Augenblick gewartet hat, um ihm etwas von mir zu erzählen. Er wird nie erfahren, welche lebenslange Einsamkeit sein Verschwinden auf Nimmerwiedersehen verursacht hat.

Sie zieht ihre Hand zurück und verlässt langsam den Raum.

☙

„Ich habe dir doch erzählt, dass Herr De Vos sehr krank gewesen ist", sagt Pérsomi am Abend zu ihrer Mutter. Sie sitzen im Wohnzimmer, und Pérsomi hat für sie beide eine Kanne Kaffee gekocht. Nervös fingert ihre Mutter an ihrer Frisur herum. „Warum?", fragt sie abwartend.

„Mama, er ist heute am späten Nachmittag gestorben."
Ihre Mutter schlägt die Hände vor den Mund. „Ach du liebe Güte, Pérsomi."

„Er hat es kommen sehen, Mama. Und es ist auch besser so, gegen Ende hat er viele Schmerzen gehabt."

Mit leeren Augen schaut ihre Mutter sie an. Nur ihre Hände wringen unaufhörlich das graue Taschentuch.

„Er hat mir aufgetragen, dir zu sagen, dass du mich gut großgezogen hast."

Ihre Mutter schließt die Augen und bleibt für eine Weile wie erstarrt sitzen.

Schließlich öffnet sie ihre Augen wieder und fragt: „Ist das alles, was er gesagt hat?"

Pérsomi zögert. Sie betrachtet wieder das Gesicht ihrer Mutter, das auf einmal fast schon ängstlich aussieht. „Er ist sehr schwach gewesen, Mama." Sie schluckt. „Vielleicht hat er noch mehr sagen wollen, aber er ist sehr schwach gewesen."

Langsam schüttelt ihre Mutter den Kopf. „Er hat mich wirklich sehr geliebt", erklärt sie. „Er hat mich wirklich sehr geliebt."

☙

Die Beerdigung wird eine große Angelegenheit, denn Herr De Vos hat zu den angesehenen Leuten des Dorfes gehört. Die Kirche ist rappelvoll. Pérsomi sitzt in der vierten Reihe von hinten, zusammen mit den drei Schreibkräften und dem jungen, neuen Anwalt. Frau Steyn und ihr Mann sitzen ein Stückchen weiter vorne, gleich hinter der Bank, auf die sich die Familie in Kürze setzen wird.

Schräg vor ihr, drei Reihen weiter, sitzen Herr Fourie und Tante Lulu. Bei ihnen sitzen Klara und Antonio, und auch De Wet und

Christine mit den Kindern. „Komm, setz dich doch zu uns, Pérsomi", hat Christine noch vor der Kirche gesagt.

„Ich setze mich lieber zu den Leuten aus der Kanzlei, aber trotzdem vielen Dank, Christine", hat Pérsomi geantwortet. Trotz allem, was in den vergangenen Jahren passiert ist, kommt sie sich in der Nähe von Herrn Fourie und Tante Lulu immer noch fehl am Platz vor.

Pünktlich um drei Uhr fangen die Kirchenglocken an zu läuten. Das ganze Dorf kann das unaufhörliche Läuten hören. Dann kommt die Familie herein: Reinier und Annabel gehen links und rechts von ihrer Mutter, dahinter Irene und Boelie. Irene hat Nelius an der Hand und Boelie hat Lientjie auf dem Arm. Sie setzen sich in die vorderste Reihe. Irene geht um sie herum und setzt sich neben Reinier, Boelie sitzt neben Annabel – neben seiner Frau.

Pfarrer Hanekom führt das Wort, die Gemeinde singt und darauf folgen lobende Ansprachen. Danach fährt die Kolonne langsam zum Friedhof, ganz vorn ein Verkehrspolizist auf einem Motorrad, danach der schwarze Leichenwagen. Alle Autos haben die Scheinwerfer eingeschaltet. Vor der Reihe indischer Geschäfte steht die gesamte indische Gemeinschaft in einem schweigenden Ehrenspalier, so wie sie es immer bei einem Begräbnis im Dorf tut.

Während langsam der Sarg in das offene Grab sinkt, liegt Boelies Arm um Annabels Schulter, die an seiner Brust schluchzt.

Pérsomi wendet sich ab.

Dann spürt sie, wie eine kalte Hand in die ihre gleitet. Ihr Herz verkrampft sich und sie beugt sich nach unten. „Lientjie, du musst zu deinem Papa gehen", fordert sie leise das Mädchen auf.

„Aber ich will deine Hand halten", erwidert das Kind.

„Ich will deine Hand auch gern halten", entgegnet Pérsomi. „Aber jetzt musst du zuerst zu deinem Papa gehen. Gib ihm deine Hand, dann hebt er dich sicher hoch. Magst du das für mich tun?"

Die großen, braunen Augen des Kindes blicken sie an. „Gut."

Pérsomi schaut der Kleinen hinterher – den dünnen Beinchen in dem viel zu großen, dunkelblauen Kleidchen. Sie läuft auf Boelie zu. Pérsomi sieht ihn hinunterschauen, sieht, wie sein Gesicht weicher wird, sieht, wie er sich bückt, das Mädchen auf den Arm nimmt und es an sich drückt.

Dann dreht sie sich um und verlässt durch das Tor den Friedhof, um zurück zu ihrem Auto zu gehen.

☙

„Mama, erinnerst du dich noch daran, wie du mir gesagt hast, ich solle den jungen Männern hier aus dem Weg gehen, weil einer von ihnen mein eigener Bruder sein könnte?"

Ihre Mutter schaut Pérsomi verständnislos an.

„Du erinnerst dich sicher, das ist hier im Wohnzimmer gewesen. Ich wollte ganz dringend mit dir sprechen, und dann hast du gesagt ..."

„Ich bin ja nicht geistig zurückgeblieben, Pérsomi."

„Nein, das weiß ich doch. Damals hast du doch andeuten wollen, dass Reinier de Vos mein Halbbruder ist, stimmt's?"

„Ich habe nichts gesagt", verteidigt sich ihre Mutter.

„Nein, du hast dein Versprechen gehalten, und dafür respektiere ich dich. Herr De Vos hat es mir selbst erzählt", säuselt Pérsomi.

„Ich hab' meinen Mund gehalten", bekräftigt ihre Mutter wieder. Pérsomi nickt. „Hast du seinerzeit gewusst, dass ich mit Boelie ausgegangen bin?", fragt sie rundheraus.

„Mit Boelie?", erwidert ihre Mutter verwirrt. „Boelie ist doch mit der Tochter verheiratet."

„Das ist erst später gewesen, Mama", entgegnet Pérsomi. „Ich habe damals gedacht, dass du über Boelie gesprochen hast und dass Herr Fourie ..."

Ihre Mutter erhebt mahnend den Zeigefinger. „Denk daran, Pérsomi, dass du verheirateten Männern aus dem Weg gehst", erklärt sie. „Ich weiß, wovon ich spreche."

„Gut, Mama", erwidert Pérsomi. „Du hast es also nicht gewusst, das mit Boelie?"

„Kind, jetzt lass mich doch in Ruhe", schimpft ihre Mutter frei von der Leber weg.

„Gut, Mama", entgegnet Pérsomi und steht auf. „Ich mache uns beiden ein Tässchen Tee, und dann muss ich mich wieder an meine Vorbereitungen für die Gerichtsverhandlung setzen."

☙

Der Dienstag der Gerichtsverhandlung bricht hell und wolkenlos an.

„Du musst heute an mich denken", fordert Pérsomi beim Frühstück ihre Mutter auf. „Denn heute findet die Verhandlung gegen die Familie Ismail statt."

„Oh, das habe ich nicht gewusst", entgegnet ihre Mutter vage. „Das Maismehl ist alle, du musst heute Nachmittag neues besorgen."

„Gut, Mama."

„Und Haartönung auch, Tante Dufie muss mir wieder die Haare machen."

„Gut, Mama", erwidert Pérsomi. „Dann gehe ich mal."

ॐ

Das Gericht ist ein Gebäude aus großen, grauen Steinen mit zwei dicken Säulen und zwei halbverrotteten Fahnenmasten davor, die permanent Wache stehen. Von dem einen hängt schlaff die Fahne der Union herunter, durch die heiße Bosveldsonne völlig verschossen. Der zweite Fahnenmast ist leer: Die englische Fahne wird nicht mehr gehisst.

Langsam schlendert Pérsomi die breite, ausgetretene Treppe hinauf. Dabei hat sie ein komisches Gefühl in der Magengegend. Ich muss mich entspannen, denkt sie.

„Wenn Jakobus Lourens die Anklage übernimmt, hast du ein Problem", hat De Wet ihr gestern ernst eingeschärft. „Er untersucht die Sache immer sehr gründlich, was an sich gut ist, aber er spielt ein falsches Spiel, Pérsomi, ein ganz falsches Spiel."

Ich muss mich entspannen, denkt sie erneut. Mit Jakobus Lourens komme ich zurecht. Aber Boelie hat recht, ich bin sehr emotional in diese Sache involviert, und das ist nicht gut.

In dem schmalen Flur für die Nichtweißen warten schon Herr Ismail, Herr Ravat, Herr Moosa und Yusuf.

„Alles in Ordnung?", will Pérsomi wissen.

„Ja, prima", antwortet der alte Ismail. Yusuf nickt nur. Er sieht bleich aus. In seinen Wangen kann man einen Muskel zucken sehen.

„Dann lassen Sie uns mal hineingehen", erwidert Pérsomi mit einem Lächeln. Sie geht neben Yusuf her und versucht mit ihm ein Gespräch anzufangen. „Ich denke, dass wir die Sache heute definitiv

beenden können, Yusuf", erklärt sie. „Ich weiß, dass du so schnell wie möglich wieder in deine Praxis zurück möchtest."
„Jedenfalls wenn ich nach heute noch eine Praxis habe", entgegnet er.
„Es wird alles gut werden", beruhigt sie ihn trotz der wachsenden Unruhe, die sie selbst verspürt.
Durch das große Portal betreten sie den Gerichtssaal. Die alten Männer in ihren langen, blütenweißen Gewändern bleiben für einen Augenblick unsicher stehen. „Sie sitzen hier", verkündet Pérsomi und geht ihnen voraus zu dem Platz, auf dem vor fast zwanzig Jahren Lewies Pieterse gesessen hat. Dann legt sie ihre Aktentasche auf den Tisch und eilt schnell hinaus in den Aufenthaltsraum, um sich die Hände zu waschen.
„Guten Morgen, Fräulein Pieterse", ertönt auf dem Gang eine Stimme hinter ihr.
Für einem Moment schließt Pérsomi die Augen. Lieber Vater, gib mir Kraft, sendet sie ein Stoßgebet zum Himmel. Dann dreht sie sich ruhig um.
„Guten Morgen, Herr Lourens."
Jakobus Lourens ist ein kräftiger Mann mit einer rauen Haut und einer breiten, roten Nase. Er hat eine tiefe Stimme, die aus seinem riesigen Brustkorb zu dröhnen scheint. „Eine ehrenamtliche Tätigkeit, Fräulein Pieterse?", will er in vertraulichem Ton wissen.
„Nein, Herr Lourens."
Amüsiert zieht er die Augenbrauen in die Höhe. „Aber Sie glauben doch wohl selber nicht an die Sache", entgegnet er und schubst sie freundschaftlich am Arm.
Sie betrachtet ihn kühl. „Wollen Sie mir damit vielleicht unterstellen, dass ich dieses Mandat nur angenommen habe, weil mich die Beklagten gut bezahlen?"
„Komm, komm, Schätzchen, lassen Sie sich doch nicht so schnell ins Bockshorn jagen", strampelt Lourens sich lachend frei. „Ein kleiner Scherz muss doch wohl möglich sein. Wir werden ja sehen, wer zuletzt lacht."
Pérsomi dreht sich um und geht mit kerzengeradem Rücken vor ihm her, zurück in den Verhandlungssaal.
Der Raum ist rappelvoll und in der Luft liegt eine gespannte Erwartung.

Der Richter tritt herein. Es ist ein unbekannter Mann, der aus Pretoria angereist ist und sich dem Anschein nach mit solchen Angelegenheiten auskennt. Seine grauen Haare bilden einen scharfen Kontrast zu seiner schwarzen Robe.

Die Leute werden still.

Die Angeklagten erheben sich und der Gerichtsdiener verliest die Anklageschrift: Sie werden beschuldigt, das Gesetz über die Gruppengebiete übertreten zu haben.

„Angeklagter Nummer eins, betrachten Sie sich als schuldig oder unschuldig?", will der Richter wissen.

„Unschuldig, Euer Ehren", antwortet Herr Ismail.

„Angeklagter Nummer zwei?"

„Unschuldig, Euer Ehren", antwortet Herr Moosa.

„Unschuldig, Euer Ehren", verkünden auch Isaac Ravat und Doktor Yusuf Ismail.

„Das Wort hat der Vertreter der Staatsanwaltschaft", erklärt der Richter und lehnt sich zurück.

Um die Lippen von Jakobus Lourens spielt ein selbstsicheres Lächeln und in dem Blick, den er auf Pérsomi richtet, ist Spott zu erkennen. Dann steht er auf. „Ich werde beweisen, dass die vier Angeklagten mit vollem Wissen und Gewissen das Gesetz übertreten, Euer Ehren."

„Sie können gern damit anfangen, Herr Lourens", erwidert der Richter ein bisschen ungeduldig.

„Das Gesetz über die Gruppengebiete von 1950 ist vollkommen eindeutig. Sobald einer bestimmten Rassengruppe ein bestimmtes Gebiet zugewiesen ist und die Behörden für die nötige Infrastruktur gesorgt haben, um die anderen Rassengruppen aus diesem Gebiet in ein anderes umzusiedeln, dann sind diese von Gesetzes wegen zum Umzug verpflichtet. Eine entsprechende Weigerung ist ein Vergehen, gegen das der Staat einschreiten muss. Das ist in aller Kürze der Kern dieser Angelegenheit, Euer Ehren." Er schnauft kurz und fährt dann fort: „Aufgrund des auf der Hand liegenden Charakters dieser Angelegenheit und der Tatsache, dass es hier um die eindeutige Übertretung eines mehr als eindeutigen Gesetzes geht, möchte ich die Zeit des Gerichts nicht vergeuden. Ich werde deshalb nur einen Zeugen aufrufen, Herrn Carel Thompson."

Carel Thompson ist ein grosser, farbloser Mann mit schütterem Haar und einer Brille mit einem Schildpattgestell. Er legt den Eid ab und nimmt dann im Zeugenstand Platz.

„Herr Thompson", beginnt Lourens, „Sie stehen im Dienst der Gemeinde, nicht wahr?"

„Ja, ich bin der Gemeindesekretär", antwortet Thompson und hustet ein bisschen.

„Kennen Sie die Angeklagten, die hier anwesend sind, persönlich?"

„Ja, das sind die Inder, die in der Hauptstrasse Geschäfte besitzen", antwortet Thompson, „und der indische Doktor. Sie dürfen dort nicht länger ihre Betriebe beziehungsweise ihre Praxis betreiben."

„Können Sie uns erläutern, warum nicht?", will Lourens wissen und dabei hört sich seine Stimme gelangweilt an.

„Das Gebiet, in dem sie ihre Berufsaktivitäten ausüben, ist zu einem weissen Gebiet erklärt worden, und sie sind nicht weiss."

„Sie befinden sich also im Konflikt mit den Bestimmungen des Gesetzes über die Gruppengebiete?"

„Ja", antwortet der Gemeindesekretär. „Und sie weigern sich, ihre Geschäfte in eine Gegend namens Modderkuil zu verlegen, die den Indern zugewiesen ist."

„Und rund um Modderkuil wurde die von ihnen benötigte Infrastruktur bereitgestellt?"

„Die Gemeindeleitung hat alle gesetzlichen Vorgaben erfüllt, ja."

Der Staatsanwalt nickt zufrieden und schaut dann die vier Angeklagten an. „Ich verstehe", behauptet er. Dann betrachtet er wieder den Gemeindesekretär. „Herr Thompson, sind Sie über die Tatsache informiert, dass die hier anwesenden Angeklagten einen Antrag auf Erteilung einer Ausnahmegenehmigung eingereicht haben, damit sie in ihrem heutigen Wohngebiet wohnen bleiben dürfen?"

„Das haben sie in der Tat getan, aber der Gemeinderat hat ihn abgelehnt."

„Mit welcher Begründung?"

„Der Rat ist der Ansicht gewesen, dass eine solche Ausnahmegenehmigung unnötig ist", antwortet der Gemeindesekretär. „Sie haben ein anderes Gebiet zugewiesen bekommen, auf dem sie ihre Geschäfte weiterführen können."

„Und sie haben sich auch nach Ablehnung ihres Antrags geweigert umzuziehen?", fragt der Staatsanwalt.

„So ist es."

Der Staatsanwalt wendet sich dem Richter zu. „Ich habe keine Fragen mehr, Euer Ehren."

„Fräulein Pieterse?", fordert der Richter Pérsomi in fragendem Ton auf.

„Vielen Dank, Euer Ehren." Pérsomi steht auf und wirft dem Mann im Zeugenstand einen freundlichen Blick zu. „Herr Thompson, Sie haben in Ihrer Position viel Erfahrung, wie ich meine."

„Ich arbeite schon seit Jahren als Gemeindesekretär, ja."

„Und so wie ich es verstanden habe, verfügen Sie über eine gründliche Kenntnis all der mit ihrem Beruf zusammenhängenden juristischen Aspekte."

„Ich kenne alle Gesetze, die mit meiner Arbeit zu tun haben, ja", antwortet der Gemeindesekretär.

„So habe ich es auch verstanden", erwidert Pérsomi mit einem Nicken. „Herr Thompson, können Sie bestätigen, dass das heutige indische Wohngebiet in unserem Dorf ein abgeschlossenes Viertel von ungefähr zweieinhalbtausend Quadratmetern darstellt, in dem sich alle indischen Geschäfte und die Moschee befinden?"

„Im Zentrum des weißen Dorfes, ja."

„Sind Sie über die Tatsache informiert, dass die betreffenden Grundstücke den Indern durch Präsident Paul Kruger im Jahr 1884 übertragen worden sind, womit er eine noch offen stehende Schuld beglichen hat, nämlich die Bezahlung für Güter, die im Sekhukhunekrieg von 1879 geliefert wurden?"

„Ja, davon habe ich gehört."

„Wissen Sie auch, dass ihre Rechte auf dieses Gebiet 1908 bekräftigt worden sind? Gemäß dem Zuweisungsgesetz über die Wohngebiete in der Kolonie Transvaal, Paragraf 34, wird den Indern zugestanden, innerhalb der ihnen zugewiesenen Gebiete zu wohnen und zu arbeiten."

„Von solchen archaischen Gesetzen weiß ich nichts", antwortet der Gemeindesekretär.

„Dann werde ich sie Ihnen gern erläutern", entgegnet Pérsomi ruhig. „Die Gewerbeerlaubnis der Angeklagten ist durch die örtlichen Behörden – mit anderen Worten: durch den seinerzeitigen

Gemeinderat – gemäß der Verordnung über die Verwaltung des allgemeinen Handels von 1925 abermals erneuert worden. Darüber hinaus hält das Gesetz über den asiatischen Grundbesitz von Transvaal aus dem Jahr 1932, das auf die hier anwesenden Angeklagten anzuwenden ist, nicht nur an einer verwaltungsmäßig festgelegten Segregation fest, sondern bestimmt auch, dass die Inder in den dadurch festgelegten Gebieten tatsächlich wohnen müssen. Sehen Sie das ebenfalls so, Herr Thompson?"

„Ich kann mich schlecht zu Gesetzen äußern, die ich nicht kenne", wimmelt der Gemeindesekretär ab.

„Zum Glück kennen sowohl der Staatsanwalt als auch der Richter die entsprechenden Gesetze gut", erklärt Pérsomi. „Sie wissen sicher auch, dass die Feetham-Kommission im Jahr 1937 den Asiaten bestimmte Gebiete zugewiesen hat. Das Gebiet, in dem die Angeklagten ihre Geschäfte ausführen, fiel nicht darunter. 1941 ist jedoch eine Reihe von Asiaten aus Transvaal, deren Betriebe schon von alters her außerhalb der 1937 zugewiesenen Gebiete angesiedelt waren, von der Befolgung des Gesetzes freigestellt worden. Die Angeklagten hier gehören zu dieser Gruppe."

Jakobus Lourens steht auf. „Euer Ehren", verkündet er ein bisschen gelangweilt, „meiner Ansicht nach verschleudert die Verteidigung die Zeit des Gerichts mit Gesetzen aus der Zeit vor Christi Geburt. Wir sind hier, um das Gesetz über die Gruppengebiete zu betrachten, nicht um einer Geschichtsstunde zu lauschen."

Der Richter schaut ihn mit ausdruckslosem Gesicht an. „Fräulein Pieterse, verfolgen Sie mit dieser Befragung ein bestimmtes Ziel?", will er wissen.

„Ja, Euer Ehren. Meine Ausführungen sollen belegen", und jetzt spricht sie gleichzeitig den Richter und Herrn Thompson an, „dass die Angeklagten in den vergangenen siebzig Jahren legal in einem schon früher separierten und abgegrenzten Gebiet Handel getrieben haben, auf Grundstücken, die sie noch heute in Gebrauch haben. Von Anfang an gab es deshalb keine stichhaltigen Gründe, sie umzusiedeln."

Sie schweigt und nimmt einen Schluck Wasser. „Das ist aber noch nicht alles, Euer Ehren", erklärt sie dann und nimmt eine dicke Akte in die Hand. „Das ist das Gesetz über die Gruppengebiete. Darin wird unter anderem festgelegt, dass die örtlichen Behörden, sobald sie eine Bevölkerungsgruppe aus einem bestimmten Gebiet in ein anderes umsiedeln wollen" – sie setzt ihre Brille auf und liest dann langsam vor: „für geeignete Unterbringung sorgen müssen'." Sie setzt die Brille wieder ab und blickt den Mann im Zeugenstand an. „Sind Sie über diese Bestimmung informiert?"

„Natürlich", erwidert der Gemeindesekretär ein wenig verärgert.

„Und Ihrer Ansicht nach hat der Gemeinderat dieser Vorgabe Genüge getan?", will Pérsomi wissen.

„Ja, mit Sicherheit", antwortet Herr Thompson voller Selbstvertrauen. „Das neue indische Wohngebiet bei Modderkuil ist mit guten Straßen ausgestattet, einem schönen Schulgebäude, Möglichkeiten für Sport und größeren Wohngrundstücken als den heutigen. Deshalb haben eine Menge indischer Familien die finanzielle Vergütung akzeptiert und sind schon dorthin umgezogen. Aus den Reaktionen, die wir bisher vernommen haben, lässt sich schließen, dass es den Menschen dort gefällt."

„Diese Reaktionen habe ich in der Tat auch vernommen", erwidert Pérsomi mit einem freundlichen Nicken, „und darüber bin ich sehr froh."

Sie wirft einen Blick auf die Akte in ihrer Hand. Der Gemeindesekretär lehnt sich zurück.

Dann schaut Pérsomi wieder auf. „Herr Thompson, denken Sie, dass die Infrastruktur, die der Gemeinderat geliefert hat, auch eine ,geeignete Unterbringung' für die zahlreichen geschäftlichen Aktivitäten der Inder miteinschließt?"

Der Gemeindesekretär runzelt ein bisschen die Stirn. „Ich verstehe die Frage nicht."

Im Gerichtssaal ist es mucksmäuschenstill. Auch der Richter beugt sich ein wenig nach vorn. „Erläutern Sie Ihre Frage, Fräulein Pieterse."

Pérsomi nimmt eine zweite Akte vom Tisch und spricht zu dem Richter. „Eine Bestandsaufnahme hat ergeben, dass es sich um acht indische Familien handelt, darunter insgesamt achtunddreißig Männer, die einer Erwerbstätigkeit nachgehen. Unter ihnen sind vier Lehrer an der örtlichen Schule, ein Schneider, zwei Bauhandwerker und ein Geistlicher. Die übrigen achtundzwanzig arbeiten in den sechs bestehenden indischen Geschäften: einem Geschäft für Baumaterial und fünf kleinen Warenhäusern. Das bedeutet also, dass ein Großteil der Gemeinschaft, die umziehen soll, aus Ladenpersonal besteht, das abhängig ist von den Einkünften der entsprechenden Geschäfte. Sind Sie da mit mir einer Meinung, Herr Thompson?"

„Diese Bestandsaufnahme ist mir nicht bekannt", antwortet er vorsichtig.

Pérsomi reicht dem Gerichtsdiener die Akte mit den genauen Details, damit der sie dem Gemeindesekretär übergeben kann, und bemerkt: „Es reicht nicht aus, bei Modderkuil Grundstücke für Geschäfte bereitzustellen, es würde noch nicht einmal ausreichen, dort schon entsprechende Gebäude zu errichten. Es müssen auch Käufer für die Waren vorhanden sein und das ist eigentlich der wichtigste Aspekt. Glauben Sie nicht auch, dass die Ladenbesitzer ihre Betriebe logischerweise erst dann nach Modderkuil verlegen können, wenn dort eine natürliche Nachfrage nach den dort angebotenen Waren entstanden ist? In diesem Augenblick gibt es dort vielleicht das Bedürfnis nach einem Warenhaus, aber sicher nicht nach fünf. Sehen Sie das nicht auch so, Herr Thompson?"

Sie wartet seine Antwort nicht ab. „Im großen Rahmen betrachtet, bedeutet ‚geeignete Unterbringung', dass das entsprechende Gebiet auch in ökonomischer Hinsicht lebensfähig sein muss. ‚Geeignete Unterbringung' schließt daher ein ausreichendes Handelspotenzial mit ein und damit auch die entsprechende Aussicht, mit derselben Anzahl Kunden rechnen zu können wie vor der Umsiedlung."

Sie wendet sich an den Richter: „Euer Ehren, ohne dies werden die gemeindlichen Behörden nicht den soziöokonomischen Bedürfnissen der Inder gerecht, so wie das durch das Gesetz gefordert wird. Keine weiteren Fragen."

„Herr Lourens?", sagt der Richter.

„Nein, Euer Ehren, der Staat hat der früheren Anklage nichts hinzuzufügen", erwidert der Staatsanwalt von seinem Sitz aus.

„Die Verhandlung wird für eine Viertelstunde unterbrochen; dann kommen die Zeugen der Verteidigung an die Reihe", verkündet der Richter und steht auf.

„Sie packen es schlau an, Fräulein Pérsomi", bemerkt der alte Herr Ismail, als sie wieder in dem kleinen Flur stehen und aus einer Flasche kalten Tee trinken.

Selbst Yusuf scheint etwas entspannter zu sein als noch vorhin. „Du machst deine Sache gut, Pérsomi", erklärt er. „Wo du all diese Argumente hernimmst, ist mir ein Rätsel."

„Das Schlimmste steht uns noch bevor", erwidert Pérsomi warnend. „Jakobus Lourens ist ein erfahrener und gerissener Schurke. Zum Glück hat der Richter auch schon einige Jahre Erfahrung. Warten wir es also ruhig ab."

„Wie werden Sie vorgehen, Fräulein Pérsomi?"

„Ich fange an mit Doktor Louw und danach werde ich ein paar weitere Menschen in den Zeugenstand rufen, die bereit sind, darüber zu sprechen, was viele Dorfbewohner über diese Umsiedlung denken." Sie lacht kurz. „Neben den juristischen Aspekten, die wir schon beleuchtet haben, haben wir nicht mehr viel zu bieten."

Wieder im Verhandlungssaal wird Aletta Johanna Louw als erste Zeugin aufgerufen. Lettie sieht blass aus und auf ihrer Nase perlen kleine Schweißtropfen. Sie schiebt sich ihre dicke Brille höher auf die Nase und nimmt schüchtern im Zeugenstand Platz.

„Doktor Louw, woher kennen Sie die Angeklagten?", fängt Pérsomi an, während sie Lettie beruhigend zulächelt.

„Ich kenne Herrn Ismail, Herrn Ravat und Herrn Moosa seit meiner Kindheit als Geschäftsleute, so wie sie jeder in unserem Dorf kennt, als freundliche, höfliche Menschen, immer bereit zu helfen, wo es nur ging. Ich habe sie noch nie anders erlebt. Sie sind auch sehr großzügig und behandeln andere Menschen mit Respekt."

„Und Doktor Yusuf Ismail?"

„Yusuf Ismail hat an derselben Universität studiert wie ich, in Johannesburg, und er hat sechs Jahre nach mir sein Examen abgelegt. Ich weiß, dass er ein brillanter Student gewesen ist."

„Und haben Sie hier im Dorf auch beruflich mit ihm zusammengearbeitet?"

„Ich habe ihm bei verschiedenen Gelegenheiten während einer Operation assistiert und er mir", antwortet Lettie. Sie spricht leise und schaut nur Pérsomi an. In einer Menschenansammlung fühlt sie sich nicht wohl, schießt es Pérsomi flüchtig durch den Kopf. Ich hoffe, dass sie das Kreuzverhör durchhält.

„Und während der Polioepidemie vor drei Jahren?", will sie sanft wissen.

Lettie schluckt. Sie kann immer noch nicht gut darüber sprechen. „Während der …" Sie befeuchtet ihre Lippen. „Während der Epidemie ist Yusuf eine echte Stütze gewesen. Er hat Tag und Nacht gearbeitet und … und als ich nicht mehr konnte, hat er die ganze Arbeit allein gemacht. Ich habe den größten Respekt vor ihm – mehr Respekt kann ein Arzt für einen Kollegen nicht haben."

Pérsomi lacht ihr ermutigend zu. „Doktor Louw", will sie dann wissen, „welche Folgen wird es Ihrer Meinung nach haben, wenn Doktor Ismail mit seiner Praxis aus dem Zentrum des Dorfes nach Modderkuil umziehen muss?"

Die Antwort auf diese Frage haben sie gründlich vorbereitet und Lettie spricht nun etwas lauter als zuvor. „Ich glaube wirklich, dass dies eine Katastrophe wäre, vor allem für seine Patienten", erklärt sie. „Es gibt keinen öffentlichen Nahverkehr nach Modderkuil, seine Patienten müssten also zu Fuß gehen."

„Sie können doch auch zu dem Bezirksarzt im Dorf oder ins Krankenhaus für Nichtweiße", erwidert Pérsomi.

„Der Bezirksarzt hat nur an drei Vormittagen in der Woche Sprechstunde", entgegnet Lettie. „Den Rest der Zeit hat er mit Angelegenheiten zu tun, die die allgemeine Gesundheitsvorsorge betreffen. Von der großen Schar an Patienten, die in langen Schlangen vor seiner Praxis in der prallen Sonne warten, sieht er in der Regel noch nicht einmal ein Viertel."

Lettie vergisst Yusufs Arbeit im Krankenhaus für Nichtweiße, wird Pérsomi klar und deshalb fragt sie: „Wie wird Ihrer Ansicht nach ein eventueller Umzug die Arbeit von Doktor Ismail im Krankenhaus beeinflussen?"

Lettie scheint kurz aufzuschrecken, doch sie gewinnt ihre augenscheinliche Ruhe wieder. „Vom schwarzen Wohnviertel aus betrachtet liegt Modderkuil auf der anderen Seite des Dorfes", antwortet sie. „Wenn Doktor Ismail umziehen muss, befindet er sich mehr als zehn Kilometer vom Krankenhaus für Nichtweiße entfernt. Das ist ein ganzes Stück, wenn man zwei- bis dreimal pro Tag hin- und herfahren muss. In einem Notfall würde das den Unterschied zwischen Leben und Tod ausmachen. Und Doktor Ismail leistet in diesem Krankenhaus eine fantastische Arbeit."

Pérsomi lächelt ermutigend. „Das war alles, Doktor Louw, vielen Dank."

Jetzt steht Jakobus Lourens langsam auf. Sein Gesicht sieht amüsiert aus. Er steht eine Weile bewegungslos da und betrachtet Lettie. Abschätzig. Sogar einschüchternd, fällt Pérsomi auf.

„*Doktor* Louw?", fragt er despektierlich. Seine Körpersprache lässt keine Missverständnisse über seine Ansichten aufkommen: Sie und diese kleine Anwältin hier hinter mir sollten nun lieber nach Hause gehen – das ist der Platz, wo eine Frau hingehört.

„Das stimmt", antwortet Lettie zögernd.

„Sie kennen Doktor Yusuf also *persönlich*?"

„Beruflich, ja." Lettie fährt sich mit der Zunge über die trockenen Lippen.

„Okay. Haben Sie ihn schon während des Studiums kennengelernt?"

„Eigentlich nicht. Als er sich im ersten Semester eingeschrieben hat, habe ich schon mein Hausarztpraktikum gemacht. Ich habe ihm aber während seines Studiums bestimmte Bücher geliehen."

„Okay." Jakobus Lourens betrachtet die Papiere in seiner Hand, so als würde er sie gründlich studieren. Dann schaut er plötzlich wieder Lettie an. „Sind Sie darüber informiert, dass Doktor Yusuf Ismail während seines Studiums in kommunistische Aktivitäten verwickelt war?", fragt er dann völlig plump.

Pérsomi springt schnell auf. „Einspruch, Euer Ehren!", ruft sie bestimmt. „Das sind Spekulationen. Es ist nie gerichtsfest bewiesen worden, dass er etwas mit dem Kommunismus zu tun gehabt hat."

„Verfügen Sie über Beweise?", will der Richter von Lourens wissen.

„Sein Freund, mit dem er eng zusammengearbeitet hat, ein gewisser Benny Sischy, ist wegen der Verbreitung kommunistischer Propaganda verurteilt worden", antwortet Lourens ein wenig kurzangebunden. „Seinerzeit ist während der Verhandlung angeführt worden, dass Yusuf Ismail an Demonstrationen teilgenommen und kommunistische Ansichten geäußert hat und dass er enge Verbindungen mit Pfarrer Michael Scott gepflegt hat, und wir wissen alle, was das bedeutet, Euer Ehren."

„Ist das alles gerichtlich festgestellt worden?", will der Richter erneut wissen.

„Das Beweismaterial hat nicht ausgereicht, um ihn zu verurteilen", erwidert der Staatsanwalt in einem Tonfall, als handle es sich dabei eigentlich nur um eine Lappalie.

„Einspruch stattgegeben", erklärt der Richter sachlich. Jakobus Lourens zieht seine buschigen Augenbrauen hoch und seine Körpersprache ist deutlich: Jeder weiß, dass es sich dabei nur um eine technische Kleinigkeit handelt.

Die Saat ist gesät, denkt Pérsomi.

Dann wendet Lourens sich wieder Lettie zu. „Wussten Sie, Doktor Louw, dass dieser Doktor Yusuf Ismail, dieser Mohammedaner mit unbescholtenem Benehmen, während seines Studiums ein Verhältnis mit einem weißen, *jüdischen* Mädchen gehabt hat?"

Pérsomi spürt, wie ihr eiskalt wird. Sie kennt Jakobus Lourens: Wenn es um Tatsachen geht, schaut er selten genau hin. „Einspruch!", ruft sie laut.

„Ich ... das habe ich nicht gewusst", erwidert Lettie erschrocken. Hinter ihren dicken Brillengläsern sehen ihre Augen tellergroß aus.

„Haben Sie gewusst, dass dieses Verhältnis so ernst gewesen ist, dass sich ihr Vater, ein berühmter Mediziner aus Johannesburg, genötigt gesehen hat, eine richterliche Verfügung gegen Yusuf Ismail zu erwirken, damit dieser seiner Tochter aus dem Weg geht?"

Pérsomi springt auf. „Euer Ehren, der Staatsanwalt befindet sich hier völlig außerhalb der Prozessordnung. Die Frage ist unangemessen und für die Verhandlung vollkommen irrelevant!"

Jakobus Lourens ignoriert sie. „Ist Ihnen klar, Doktor Louw, dass er wegen so etwas heute im Rahmen des Unzuchtsgesetzes angeklagt werden würde?", fährt er mitleidslos fort.

„Euer Ehren, ich protestiere aufs Schärfste!", ruft Pérsomi laut. „Das Unzuchtsgesetz hat nichts, aber auch gar nichts mit dieser Angelegenheit zu tun. Doktor Louw hat über die ärztliche Arbeit von Doktor Ismail in diesem Dorf gesprochen. Seine Studentenzeit und sein Privatleben spielen hier aus diesem Grund keine Rolle. Das Zeugnis betrifft ausschließlich seine professionellen Dienste."

„Es beweist doch nur, dass er anscheinend keine Probleme hat, noch andere Dienste zu liefern", höhnt der Staatsanwalt.

Hinter Pérsomi wird schallend gelacht und Lettie, die vor ihr sitzt, leichenblass geworden.

„Euer Ehren, das ist eine Unterstellung, die gerügt werden muss", erklärt Pérsomi wütend. „Ich beantrage, den Staatsanwalt zur Ordnung zu rufen. Ich fordere, dass diese Bemerkung unverzüglich zurückgenommen wird!"

„Ich nehme die Bemerkung zurück", erwidert Lourens und zuckt mit den Schultern, so als würde ihn dies alles kalt lassen. „Keine weiteren Fragen mehr, Euer Ehren."

„In meinem Gerichtssaal verhalten Sie sich professionell, Herr Lourens, ansonsten werde ich Sie von der Verhandlung ausschließen. Habe ich mich deutlich ausgedrückt?", will der Richter wissen.

„Verstanden, Euer Ehren", entgegnet Lourens mit ruhigem Lächeln.

Kurz bevor sich Pérsomi wieder hinsetzt, sieht sie das Gesicht des alten Ismail. Innerhalb von einer Minute ist er alt geworden: sein Enkel, der Stolz seines Lebens, ein Kommunist? Schlimmer noch: der älteste Enkel und Stammhalter, nach dem Tod seines älteren Bruders auf dem Schlachtfeld, hat ein Verhältnis mit einem *jüdischen* Mädchen gehabt?

ය

„Wenn der Richter allein anhand der relevanten Tatsachen und Informationen entscheidet, haben wir eine gute Chance auf Freispruch und dann können wir den Gemeinderat zwingen, erneut eine Ausnahmegenehmigung in Betracht zu ziehen", spricht Pérsomi in der angenehmen Kühle unter einem Jakarandabaum dem niedergeschlagenen Grüppchen Mut zu. Die violetten Blüten bilden einen dicken Teppich unter ihren Füßen und der Duft der zertretenen Blütenblätter steigt von ihren Sandalen auf. Alle sind sie da: die Familienoberhäupter, die jüngeren Männer, die Frauen mit den fest an sich gedrückten Kindern. Nur Yusuf fehlt. Kurz nachdem die Verhandlung für die Mittagspause unterbrochen worden ist, ist er allein weggegangen.

Bewegungslos steht das Grüppchen da. Niedergeschlagen. Sogar die Kinder verhalten sich auffällig ruhig.

Die Zeit verrinnt.

Endlich schlägt die Kirchenglocke zwei Uhr.

„Wir haben eine wirklich gute Chance", erklärt Pérsomi noch ein letztes Mal, bevor sie wieder hineingehen.

… doch der Richter ist aufgrund seiner Kenntnis der Gesetze und seiner Erfahrung zu einer anderen Schlussfolgerung gekommen …

18. Kapitel

„Wie konnten sie das nur tun?", will Yusuf wissen, als sie am späten Nachmittag in Pérsomis Büro sitzen, jeder mit einer Tasse Tee in der Hand. Es ist nicht kalt draußen, aber sie legen alle beide die Hände um die Tassen, auf der Suche nach ein bisschen Wärme.

„Ich weiß es nicht", antwortet Pérsomi, „aber sie haben es nun einmal getan. Sie haben es in der Vergangenheit getan und sie werden es auch in Zukunft mit Sicherheit noch einige Male tun."

Yusuf schließt die Augen und holt tief Luft. „Ich gehe hier weg, Pérsomi", verkündet er.

Ein Gefühl ohnmächtiger Traurigkeit nimmt von ihr Beschlag. „Weg? Nach Johannesburg?"

Er schüttelt den Kopf. „Ich sehe keine Möglichkeit, noch länger in diesem Land wohnen zu bleiben. Ich wandere aus, ich denke nicht daran, hier meine Kinder großzuziehen. Ich gehe irgendwohin, wo es besser ist. England wahrscheinlich oder vielleicht auch Australien."

Hiervor hat sie Angst gehabt. „Aber was wird dann aus deiner Familie, Yusuf?", fragt sie niedergeschlagen.

„Mein Vater geht nach Pretoria. Er hat schon vorher beschlossen, dass er sein Geschäft dorthin verlegen wird, wenn die Ausnahmegenehmigung nicht erteilt wird. Oder eigentlich, dass er dort ein neues Geschäft eröffnen wird. Er hat einen Neffen, der in Laudanum wohnt, und er denkt, dass auch er sich dort eine Existenz aufbauen kann."

„Und dein Großvater?"

„Meine Großeltern bleiben hier. Sie sind zu alt zum Umziehen."

„Allein?", fragt sie entsetzt.

„Die Ravats und die Moosas bleiben auch hier. Sie wollen erst sehen, ob sie in Modderkuil weitermachen können", antwortet Yusuf. „Aber der Großteil ihrer Söhne hat sich auch schon entschieden wegzugehen."

„Übereile nichts, Yusuf", versucht Pérsomi ihn auf andere Gedanken zu bringen. „Wir können noch in Berufung gehen. Dafür können wir einen Anwalt engagieren …"

„Wir können nicht in Berufung gehen, Pérsomi." Yusuf ist sehr resolut. „Das kann ein Vermögen kosten, und mein Opa hat dafür schlichtweg nicht genug Geld. Und ich auch nicht."

An der Tür wirft er ihr noch einen kurzen Blick zu. „Schließlich ist es heute nicht der Gemeinderat oder die Regierung gewesen, die meinem Großvater den größten Kummer seines Lebens bereitet hat, einen Kummer, der noch schlimmer ist als die Nachricht vom Tod meines ältesten Bruders – das bin ich gewesen. Das finde ich noch das Allerschlimmste, Pérsomi."

Lange nachdem er weg ist, sitzt sie immer noch in ihrem Büro. Glockenklar steht ihr wieder der Nachmittag vor Augen, der ein ganzes Menschenleben zurückliegt, als zwei frischgebackene Studenten fröhlich ihre Tassen gehoben haben: „Auf uns!", hat Yusuf gesagt. „Auf die Anwältin Pieterse und Doktor Yusuf!"

ଔ

Zwei Jahre lang stehen die indischen Geschäfte an der Hauptstraße leer, die leblosen Häuschen eng aneinandergepresst, auf der Suche nach Schutz. In den schmalen Gassen zwischen ihnen streunen manchmal ein paar herrenlose Katzen umher und in den Rissen im Asphalt sprießt das Unkraut ungestört. Draußen spielen keine Kinder mehr, es stehen auch keine Frauen mehr an der Wäscheleine und plaudern. Abends ertönen keine rufenden Stimmen mehr, es hängen keine wohlriechenden Düfte mehr in der Luft und in den ausgestorbenen Häusern und Straßen brennt auch kein Licht mehr.

Nur die Moschee ist frisch gestrichen und steht noch auf ihrem heiligen Fleckchen Boden unter der afrikanischen Sonne. Jeden Freitag kehrt für rund eine Stunde so etwas wie Leben in das Viertel zurück. In den verlassen Straßen ertönen hohle Fußtritte und der ehrfürchtig brummende Gesang von Männerstimmen. Danach ist es wieder still bis zum nächsten Freitag.

ଔ

An einem Montagmorgen gegen Ende des Sommers fährt ein Feuersturm durch das Land. In einem unbekannten schwarzen Wohnviertel außerhalb von Vereeniging werfen die Menschen ihre Pässe ins Feuer. Die Flammen lodern hoch auf und die Polizei schießt mit scharfer Munition, dennoch flammen überall im Land Unruhen auf, angefacht durch den Wind der Veränderung, der durch ganz Afrika weht. Männer in blauen Uniformen versuchen, die Sache im Keim zu ersticken und die Brände zu löschen, wo sie nur können, aber das Feuer der Revolution schwelt und brennt weiter.

Gegen Abend ist der Name des schwarzen Wohnviertels in das nationale Gedächtnis eingebrannt: Sharpeville[25].

„Die Behörden dürfen bloß nicht nachgeben, sondern müssen mit aller Härte vorgehen, damit sie die aufständischen Massen wieder unter Kontrolle bekommen", erklärt De Wet besorgt. „Der Aktienmarkt ist komplett zusammengebrochen."

„Die Behörden sollten sich lieber erst einmal um die verfallenen indischen Geschäfte in der Hauptstraße kümmern", entgegnet Frau Steyn. „Das ist ein schmuddeliger Anblick."

Die weißen Wähler der Union von Südafrika gehen an die Ur-

---

[25] Im Township Sharpeville, rund fünfzig Kilometer südlich von Johannesburg, demonstrierten am 21. März 1960 zwischen fünf- und siebentausend Schwarze friedlich gegen die Passgesetze. Weil sie sich im Stil der gewaltfreien Demonstrationen Mahatma Gandhis verhaften lassen wollten, zogen sie zur örtlichen Polizeistation. Von dort aus wurde unter anderem mit Maschinenpistolen scharf geschossen, 69 Demonstranten kamen ums Leben, die meisten von ihnen wurden von hinten erschossen. Hinzu kam eine große Anzahl Verletzter.
Das Massaker von Sharpeville führte zu einer großen Empörung unter der schwarzen Bevölkerung Südafrikas, die sich in landesweiten Unruhen entlud. Am 30. März verhängte die Regierung den Ausnahmezustand über das ganze Land, am 8. April wurden die Schwarzen-Organisationen *African National Congress* (ANC) und *Pan Africanist Congress* (PAC) verboten, die daraufhin den Weg des gewaltfreien Widerstandes verließen und bewaffnete Untergrundorganisationen gründeten. Bereits am 1. April hatte der UN-Sicherheitsrat das Massaker scharf verurteilt und ein Ende der Apartheid gefordert. Der *Commonwealth of Nations* drohte Südafrika mit einem Ausschluss, dem das Land durch die Ausrufung der Republik 1961 jedoch zuvorkam. Das Massaker von Sharpeville wurde auf diese Weise zu einem Wendepunkt in der Geschichte der Apartheid. Von diesem Zeitpunkt an wurde massiv Kapital aus der südafrikanischen Wirtschaft abgezogen sowie international zum Boykott südafrikanischer Waren und zu weiteren Wirtschaftssanktionen aufgerufen.

nen, und endlich kann das republikanische Ideal verwirklicht werden. „Dieser Tag ist eine Gebetserhörung, der Anbruch der republikanischen Morgendämmerung. Die Sonne durchbricht den Morgennebel", verkündet Doktor Verwoerd.

Auf der Straße singen die Kinder das Lied von *Daan Desimaal*, des Mannes, der die neue Währung, den Rand, bringen wird – jeder ist Feuer und Flamme für die entstehende Republik. Im Dorf kommen ramponierte Autos voller apathischer Flüchtlinge an. Sie sprechen Flämisch und erzählen Schauergeschichten. Die Kirche gibt ihnen zu essen. „Wir haben in diesem Land so vieles, für das wir dankbar sein können", verkündet Boelie am Sonntag. „Die Regierung ist stabil und stark, unsere Armee und die Sicherheitskräfte haben die Lage gut unter Kontrolle."

ෆ

Als die westliche Welt am 13. August 1961 aufwacht, hat die Sowjetunion während der Nacht eine Mauer quer durch das Herz von Berlin gebaut. Der freie Verkehr ist nicht mehr möglich, Freunde sind voneinander getrennt, Nachbarn werden einander nie wiedersehen, Familien werden in zwei Teile zerrissen. Der Grenzübertritt zwischen Ost- und Westberlin ist nur noch mit einer Sondererlaubnis möglich.

Als das Dorf am 13. August 1961 aufwacht, fahren die Bulldozer mit lauten Motoren durch die Straßen. Die Kinder rennen nach draußen, um an der Gartentür zuzuschauen, die Hausfrauen schieben die weißen Spitzengardinen ein wenig zur Seite, die Hunde rennen bellend hinter den furchteinflößenden Monstern her.

Pérsomi zieht ihren Hosenanzug an und dreht sich die Haare zu einem Knoten zusammen. Alle Fenster und Türen sind festverschlossen, dennoch dröhnen die seltsamen Fahrzeuge durch das ganze Haus.

„Heute kommen die Bulldozer", erklärt ihre Mutter. „Ich gehe gleich mal schauen, zusammen mit Tante Duifie."

„Ja, Mama", erwidert Pérsomi und zieht die Tür hinter sich zu.

Der Krach verfolgt sie bis zu ihrer Arbeitsstelle, bis in die Kanzlei. Das leise Brummen, das Heulen, das beizeiten etwas höher anschwillt, das dumpfe Geräusch von einstürzenden Gebäuden – all das zerschneidet ihre Seele und droht sie zu ersticken.

Allmählich legt sich auf alles ein dünner Film aus braunem Staub.
Ich hätte weggehen sollen, denkt Pérsomi in die Enge getrieben, es ist völlig egal wohin, aber diesen Tag hätte ich nicht erleben wollen.

Also wieder schnell wegrennen?

Ja, gut dann, schnell wegrennen.

Sie arbeitet verbissen weiter, doch der Lärm dringt ungehindert durch alles hindurch bis in ihr tiefstes Inneres.

„Ich glaube, es ist besser, wenn du dir das eben kurz anschaust, Pérsomi", meint De Wet um die Mittagszeit. „Vielleicht kannst du danach besser damit abschließen."

„Ich will es einfach nicht sehen", entgegnet Pérsomi.

„Ich denke, dass du trotzdem hingehen solltest."

Doch sie geht stattdessen zur Kanzlei zurück und macht die Tür hinter sich zu.

Sogar auf den weißen Wänden der Kanzlei hat sich schon eine dünne Schicht von braunem Staub gebildet.

Kurz nach drei steht Pérsomi auf und geht zur Tür hinaus. Sie steigt nicht in ihr Auto, sie hat auch gar nicht vor, irgendwo anders hinzugehen. Das Dorfzentrum zieht sie tatsächlich an wie ein Magnet.

    ⊂ℨ

Mit plötzlicher Hast rennt sie die Straße entlang.

Schon von ferne sieht sie das Treiben. Die Zuschauermenge ist verschwunden, und die Aufregung über die Ereignisse hat sich gelegt. Die Dorfbewohner müssen sich den braunen Staub aus den Kleidern waschen und sich Hände und Gesicht abspülen. „Das wird Tage dauern, bis wir das Haus wieder sauber haben", hat eine der Frauen mit Bestimmtheit gesagt.

„Vom Dorf ganz zu schweigen", muss eine andere eingestimmt sein. „Aber es ist gut, dass dieses Nest jetzt weggeräumt ist."

Pérsomi verlangsamt ihren Schritt. Das Angesicht der Hauptstraße hat sich total verändert. Die Bäckerei, der Metzger, die Werkstatt und das Café an der Ecke auf der einen Seite stehen immer noch. Auf der anderen Seite der breiten Straße nach Norden, wo seit Menschengedenken gedrechselte Säulen, breite Veranden und kleine Läden voller magischer Waren gestanden haben, türmt sich jetzt nur noch ein Schuttberg neben dem anderen auf.

Es ist nicht mehr zu erkennen, wo das Geschäft von Herrn Ismail aufgehört und das von Herrn Isaac Ravat angefangen hat, denkt Pérsomi geistesabwesend, und auch nicht, wo das Geschäft von Herrn Moosa gestanden hat, und ebenso wenig, wo das Fenster gewesen ist, in dem der Schneider immer im Schneidersitz gesessen und gearbeitet hat. „Wie dieser Mann den ganzen Tag so da sitzen und arbeiten kann, ist mir ein Rätsel", hat Tante Duifie ständig gesagt.

Auf der Straße stehen Lastwagen mit laufendem Motor. Bagger tauchen ihren Arm tief in den Schutt hinein, schöpfen Unmengen kaputter Backsteine, Putzbrocken und verbogener Wellblechplatten gleichzeitig heraus und befördern sie sicher auf die wartenden Ladeflächen. Sobald eine Ladefläche voll ist, fährt der Lastwagen langsam weg und ein nächster nimmt seinen Platz ein. Das Leben einer ganzen Gemeinschaft wird in einzelnen Brocken per Lastwagen auf die Müllkippe gefahren.

Pérsomis ganzer Körper schmerzt vor Kummer.

Sie überquert die Straße und geht an den Rand des Schutts. Dort ist ein Seil gespannt; niemand darf näher herantreten.

Weiter die Straße entlang stehen die Gerippe weiterer Gebäude, mit abgerissenen Dächern und kaputten Fenstern. Dort sind die Bulldozer jetzt brummend und lärmend und mit aller Kraft im Einsatz, ihre riesigen Kiefer rattern nach vorn, um alles, was sich ihnen entgegenstellt, zu entwurzeln und platt zu walzen. Eine rosa gestrichene Mauer fällt um, verdrehte Türrahmen biegen sich wie Haarnadeln unter der Gewalt. Eine Wand, die mit blauem und gelbem Packpapier beklebt ist, hält trotzig stand, darin klafft jedoch ein großes, rundes Loch wie eine offene Wunde.

Irgendwann bemerkt Pérsomi, dass Boelie neben ihr steht. „Ich wollte nicht herkommen und mir das anschauen", erklärt sie, „aber ich konnte nicht anders."

„De Wet hat es mir schon gesagt", erwidert er und legt ihr die Hand auf die Schulter.

Dann reden sie nicht mehr. Er bleibt einfach nur neben ihr stehen.

Auch die fünfklassige Schule ergibt sich den Bulldozern und den

Raupenfahrzeugen des Gruppengebietsgesetzes. Das ist das letzte Gebäude gewesen, das noch dagestanden hat, abgesehen von der Moschee.

Das ganze Dorf versinkt im braunen Staub. Er klebt an den weißen Wänden der Häuser und Geschäfte, der Schule und des Krankenhauses, er verunstaltet die weißgekalkte Mauer rund um die Kirche.

☙

Als die Sommersonne am Abend des 13. Augusts über Berlin versinkt, wirft die Mauer einen langen, fremden Schatten über die Stadt.

Als die Wintersonne über dem Bosveld versinkt, ist alles vorbei. Wo einst Häuser, Geschäfte und eine Schule gestanden haben, wo Jungen barfuß mit leeren Dosen Fußball gespielt und Mädchen auf dem Weg zu ihren Freundinnen über die Straße gerannt sind, ist jetzt nur noch kahlgekratzter Boden zu sehen, voller Müllhaufen und Schutthügel und Fundamente, die keinem Zweck mehr dienen – ein Loch im Herzen des Dorfes. Nur die Moschee steht noch und wirft einen grotesken, verschlungenen Schatten auf die umgepflügte Welt um sie herum.

Schließlich streichelt Boelie Pérsomi sanft übers Haar und sagt: „Komm, Pers, ich bringe dich nach Hause."

19. Kapitel

Am 1. Januar 1968 wird in Kyalami der Große Preis von Südafrika ausgetragen, da jagt Jim Clark mit seinem Lotus Jackie Steward den Staub in die Augen. „Ich werde später auch Formel-1-Pilot", verkündet Nelius am Sonntag danach gedankenverloren.

„Wolltest du nicht eigentlich bei den *Springbokken* Rugby spielen und danach Farmer werden?", fragt Lulani skeptisch, doch ihre blauen Augen schauen voller Zuneigung auf ihren Cousin.

„Ja-a, aber davor oder dazwischen, wenn ich ein *Springbok* bin", antwortet Nelius mit vollem Mund.

„Kümmere du dich erst einmal um deine Versetzung", weist ihn Boelie zurecht, „und zwar mit besseren Noten als im letzten Jahr, sonst gehört Rugby für dich definitiv der Vergangenheit an."

Am 10. Januar wird Jacobus Johannes Fouché als zweiter Präsident der Republik Südafrika vereidigt. In Amerika wackelt die Regierung von Präsident Lyndon B. Johnson: Der Krieg in Vietnam fordert seinen Tribut. Robert Kennedy kündigt seine Präsidentschaftskandidatur an, als Ehrbezeugung gegenüber seinem verstorbenen Bruder.

Im März 1968 wird weltweit der Goldhandel mit Südafrika verboten. Die Welt will ihren größten Goldlieferanten dazu zwingen, die Apartheid abzuschaffen.

„Der Goldboykott kann unserer Wirtschaft einen üblen Schlag versetzen", erklärt De Wet bei Tisch.

„Der Boykott unserer Orangen wird dich und mich viel härter treffen, Brüderchen", erwidert Boelie ernst. „In den Straßen von London, Paris und Madrid demonstrieren sie gegen südafrikanische Orangen. Wo sollen wir deiner Meinung nach noch einen Markt für die Ernte von diesem Jahr finden?"

Am 4. April wird der Verfechter der Menschenrechte in Amerika, Martin Luther King Junior, ermordet. „Dieser Mord wird ernste Gegenmaßnahmen zur Folge haben", meint De Wet. Und als zwei Monate später Robert Kennedy dasselbe Schicksal ereilt, behauptet er: „1968 wird eine Wasserscheide werden, weltweit."

Die südafrikanische Rockgruppe *Four Jacks And A Jill* kommt mit dem Lied *Master Jack* in die amerikanische Hitparade und die *Bee Gees* singen *Massachusetts*.

☙

Im Jahr 1968 geht Lientjie zum ersten Mal auf eine Abendparty. „Ich bin so nervös, Pérsomi", sagt sie am Sonntag davor. „Wir werden wirklich tanzen und so! Ich will meine schönsten Kleider anziehen."
„Was hältst du von dem grünen Kleid, das dir deine Mutter das letzte Mal aus England mitgebracht hat?"
„Pérsomi! Ich hasse Grün, das weißt du doch! Außerdem ist dieses Kleid überhaupt nicht nach meinem Geschmack. Mein Vater gibt mir Geld für ein neues Kleid. Das hat er versprochen."
„Dein Vater verwöhnt dich aber", erwidert Pérsomi lahm, während sie sich in ihrem Gartenstuhl zurücklehnt.
„Mein Vater ist gerade sehr streng mit mir!", protestiert Lientjie. „Schlaf jetzt nur nicht ein, Pérsomi, ich möchte mit jemandem reden. Weißt du, warum ich so schön aussehen will?"
Pérsomi lächelt träge. „Ich schlafe nicht ein, das verspreche ich dir. Und ich weiß, warum du schön aussehen willst, das ist wegen dem Sohn des neuen Pfarrers."
Lientjie schnappt nach Luft. „Woher weißt du das denn?"
„Ich habe heute Morgen ziemlich gut beobachtet, wie dieser gut aussehende Junge dir hinterherschaut", antwortet Pérsomi, ganz erfüllt von der behaglichen sonntäglichen Trägheit.
Lientjies Wangen werden feuerrot. „Beobachtest du ihn etwa in der Kirche?", fragt sie, um ihrer Verlegenheit Herr zu werden.
„Nein, in der Kirche höre ich seinem Vater zu. Ich habe ihn nach dem Gottesdienst gesehen."
„Er ist größer als ich, hast du das gesehen?", plappert Lientjie weiter. „Pérsomi, mach die Augen auf. Wenn du sie zumachst, schläfst du doch ein, das weiß ich genau. Pérsomi, magst du mit mir ein neues Kleid kaufen gehen? Du ziehst dich immer so hübsch an, so modern und so, und ich möchte auch so aussehen."
Träge schlägt Pérsomi die Augen auf und lacht dem Kind zu. „Ich gehe gern mit, das wird sicher nett."

„Ich möchte auch eine besondere Frisur."

„Dein Haar ist doch schon schön."

„Ja, aber ... ich will es schneiden lassen und es dann genauso tragen wie meine Mutter. Sie ist sehr hübsch. Meinst du, dass wir meine Haare so schneiden lassen sollten?"

„Das musst du mit deinem Vater besprechen."

„Aber Pérsomi, wenn du ihm sagst, dass meine Haare geschnitten werden müssten, dann hat er nichts dagegen. Wenn ich etwas will, dann fragt er immer: ‚Was sagt denn Pérsomi dazu?' Kannst du ihn nicht fragen?"

„Nein, Liebes", erwidert Pérsomi resolut, „das musst du selbst machen. Deinem Vater gefallen deine langen Haare sehr gut."

Es ist eine Weile still. Dann fragt das Mädchen: „Pérsomi, schläfst du?"

„Nein, eigentlich nicht."

„Bist du schon einmal verliebt gewesen?"

Pérsomi macht die Augen auf. „Ja, sogar sehr doll."

„Weißt du noch, wie sich das angefühlt hat?"

Pérsomi schließt ihre Augen wieder und lächelt flüchtig. „Ja, Lientjie, ich weiß noch ganz genau, wie sich das anfühlt."

„Es ist ... Es ist ein sehr schönes Gefühl, findest du nicht auch?"

„Sehr schön", stimmt Pérsomi zu. „Aber verliebt zu sein bringt oft auch Kummer mit sich, manchmal sogar sehr großen."

Lientjie seufzt. „Das weiß ich." Nach einer Weile fragt sie: „Kannst du mir irgendwann einmal davon erzählen, Pérsomi? Von dem Jungen, der dir so einen Kummer bereitet hat?"

Jungen?, denkt Pérsomi im Stillen. „Er hat mir keinen Kummer bereitet, Lientjie. Es sind die Umstände gewesen und deswegen haben wir beide sehr viel Kummer gehabt. Aber das ist alles schon sehr lange her und lange vorbei. Ich spreche jetzt nicht mehr darüber, weil ich glücklich bin mit meinem Leben, so wie es jetzt ist."

Als sie am späten Nachmittag nach Hause fahren will, eröffnet ihr Boelie: „Ich bin froh, dass Lientjie dich hat. Sie ist so ein stilles Mädchen, nur bei dir taut sie wirklich auf."

„Sie ist ein Prachtmädchen, Boelie", erwidert Pérsomi mit einem Lächeln.

Seine dunklen Augen werden sanft. „Damit steht sie nicht allein da", entgegnet er und schließt die Tür hinter ihr.

☙

1968 wird Lewies erneut für eine ganze Weile aus dem Gefängnis entlassen. Er hat Pérsomi noch ein- oder zweimal um Geld angebettelt, aber im Augenblick wahrt er einen gehörigen Abstand. Wo sich Piet herumtreibt, weiß niemand. Sussie arbeitet in der Küche eines Internats in Westtransvaal. Sie und ihr Witwer sind immer noch glücklich verheiratet, sie wohnen allerdings zu weit weg, um über Weihnachten vorbeizuschauen.

Nur Hannapat kommt mit ihrem Mann und ihren vier Kindern noch treu jedes Weihnachten ins Bosveld. Dann sitzen Hannapat und ihre Mutter stundenlang im Wohnzimmer und tauschen Tratschgeschichten aus, während Pérsomi sich abrackert, damit sich die quirlige Kinderschar die Bäuche vollschlagen kann, und der geschickte Ehemann im Haus sein handwerkliches Können unter Beweis stellt. „So, das hält jetzt wieder bis zum nächsten Jahr", verkündet er zufrieden, als sie wieder abreisen.

„Hannapats Kinder sind schon clevere Bürschchen", erklärt Pérsomis Mutter.

„Ja, Mama", erwidert Pérsomi und fängt an, den Berg Wäsche zu sortieren.

☙

1968 fliegt Captain Jim Lovell mit seiner Apollo 8 zum Mond und umrundet ihn auf der Rückseite.

„Demnächst werden die Menschen tatsächlich noch auf dem Mond landen, da kannste Gift drauf nehmen", behauptet Gerbrand bei Tisch. Er ist für eine Woche auf der Farm zu Besuch. Danach zieht er für ein halbes Jahr nach Caprivi in Südwestafrika, wo er als Luftwaffenpilot den Bodentruppen helfen will, die „schwarze Gefahr" nördlich der Grenze zu halten.

„Ich mache mir doch Sorgen um ihn, ich verstehe nicht, warum er bei der Luftwaffe bleiben will", erklärt Christine. „Er kann doch auch Verkehrspilot bei der Südafrikanischen Fluggesellschaft werden."

Wir haben eine Menge Flugzeuge von denen möchte ich euch auch noch erzählen. Sie heißen Junkers Ju 86, Hawker Hurricane, Har-

tebeest, Hawker Fury und dann noch die Fairy Battle einen leichten Bomber, hat mein Bruder vor achtundzwanzig Jahren geschrieben, denkt Pérsomi, doch sie sagt nichts. So viele Dinge haben sich mittlerweile verändert.

„Es stürzen doch auch Boeings ab, denkt doch nur an die 707, die Anfang des Jahres bei Windhuk heruntergekommen ist. Dabei sind mehr als hundertzwanzig Menschen ums Leben gekommen", erklärt Annetjie mit all der Weisheit einer Studentin im dritten Semester. „Unser Bruder wollte sein ganzes Leben lang Gefechtsflieger werden, und das wird er mit Sicherheit bleiben, bis er achtzig ist."

1968 wird Mitzi Stander zur Miss Südafrika gekürt und Judith Ford zur Miss Amerika. Draußen auf der Straße vor dem Luxushotel werfen Feministinnen unter der Führung von Robin Morgan ihre BHs und Slipper in den Mülleimer, um für die Freiheit einzutreten. „Sie haben recht gehabt", flirtet die Sekretärin mit einem schlüpfrigen Lachen in De Wets Richtung – trotz seiner achtundvierzig Jahre sieht er immer noch gefährlich gut aus – „1968 ist tatsächlich dabei, so etwas wie eine weltweite Wasserscheide zu werden."

„Jetzt müssen in diesem Jahr nur noch die *Springbokken* ihren Triumphzug in Nordtransvaal fortsetzen und den britischen Löwen ordentlich eins draufgeben", lenkt De Wet das Gespräch schnell in eine andere Richtung.

„Wir haben Kerle wie Jan Ellis, Tommy Bedford und Mannetjies Roux", verkündet Kobus, der junge Anwalt, der im vorigen Jahr bei *De Vos & De Vos* eingestiegen ist. „Und mit dem großen Frik du Preez als einem der Stürmer sehe ich kein einziges Team, das uns Paroli bieten könnte."

„Nun, wenn wir seit dem Debakel um Basil D'Oliveira im Kricket nicht mehr viel zu melden haben, müssen wir den Tommys eben auf dem Rugbyfeld zeigen, was eine Harke ist", fügt Pérsomi hinzu und schlägt ihr Notizbuch auf. „Aber zuerst sollten wir mit unserer Besprechung beginnen, denn wenn ihr euch erst einmal in eure Rugbygespräche vertieft habt, kommen wir heute Morgen zu nichts anderem mehr."

☙

1968 ist für *De Vos & De Vos* ein gutes Jahr. Die Zinnmiene außerhalb des Dorfes soll großflächig erweitert werden. Es werden viele neue Verträge unterzeichnet und ein komplett neues Wohnviertel angelegt. Am Provinzkrankenhaus werden ein paar Flügel angebaut und es gibt Pläne für eine zweite Grundschule im Dorf. Sogar im indischen Wohngebiet bei Modderkuil erleben sie ein ungekanntes Wachstum.

Das Bosveld bekommt viel Regen ab, die Kühe stehen glänzend und dick in den grasgrünen Tälern und auf den Savannen. Auf den Äckern pflügen nagelneue landwirtschaftliche Maschinen tiefe Furchen in die rote Erde. Die Zitrusfarmer schließen sich zu einer Genossenschaft zusammen und bauen ihre eigene Saftfabrik.

Wenn es den Farmern gut geht, dann geht es auch den Anwälten und Anlegern gut, den Geschäftsleuten und Autoverkäufern. Und den Architekten.

„Ich werde mir einen Teilhaber suchen müssen", erklärt Reinier eines Sonntags bei Tisch. „Könnte ich morgen für ein Gespräch vorbeikommen, passt dir das, De Wet?"

„Mir wäre es am liebsten, wenn du dich mit Antonio zusammentun könntest", antwortet Christine verträumt. „Dann können er und Klara auch wieder ins Dorf ziehen."

„Das sind Tagträume, Chrissie", lächelt Reinier. „Antonio hat in der Stadt so ein gutgehendes Architekturbüro, das wird er nie und nimmer aufgeben."

„Klara hat aber einmal gesagt, dass sie gern irgendwann wieder hier wohnen möchte", entgegnet Christine. „Vielleicht kommen sie doch noch. Ich habe solche Sehnsucht nach einem Weihnachten, an dem alle wieder hier sind."

Ja, Weihnachten steht schon wieder vor der Tür, und dann sind alle wieder hier, denkt Pérsomi.

Sie schaut auf und fängt Boelies Blick ein, nur ganz kurz, dann schaut sie schnell in eine andere Richtung. Doch sie weiß, dass Boelie es versteht: „Alle wieder hier" bedeutet für unterschiedliche Menschen unterschiedliche Dinge.

☙

An einem frühen Samstagmorgen im Dezember klopft es an der Eingangstür. Pérsomi ist gerade in der Wanne gewesen und hat um ihr nasses Haar ein Handtuch geschlungen. Sie hastet den Gang entlang und öffnet die Wohnungstür.

Er steht direkt vor ihr, seine dunklen Augen auf sie gerichtet. Auf seinem Gesicht liegt der Schatten eines Lächelns. Was wird er auf einmal so schnell grau, denkt sie zusammenhanglos, doch seine Gestalt ist immer noch kräftig, kerzengerade und stolz. „Boelie?"

„Morgen, Pérsomi."

Seine Stimme verzaubert sie noch immer und ihr Herz wird jedes Mal froh, wenn sie ihn sieht. Ich bin genauso ein alberner Backfisch wie Lientjie, denkt sie, nein, noch schlimmer.

„Morgen, Boelie, was für eine Überraschung", erwidert sie ruhig. „Komm doch herein; was hältst du von einer Tasse Kaffee?"

„Nichts, danke dir", entgegnet er. „Ich möchte dich eigentlich lieber mitnehmen."

„Jetzt?", fragt sie befremdet und wirft einen Blick an ihm vorbei auf die Straße, wo sein Auto steht. Die Kinder sitzen nicht darin.

„Ja, jetzt."

Sie schaut an ihrem kurzen Sommerkleidchen hinunter auf ihre nackten Füße. „So wie ich bin?"

„Du siehst wunderbar aus, Pérsomi. Zieh dir nur ein paar Schuhe an, denn barfuß wird es nicht gehen, und hol dir das ... äh ... Handtuchgebirge vom Kopf."

Sie fängt an zu lachen. „Boelie, meine Haare sind noch klatschnass, und ich habe mich noch gar nicht ausgehfertig gemacht! Und mein ..."

„Mitkommen!", befiehlt er.

Wie im Rausch dreht Pérsomi sich um und rennt in ihr Zimmer. Sie entfernt das Handtuch vom Kopf und die nassen Haare fallen ihr über die Schultern. Sie blickt in den Spiegel und presst sich die Hände gegen die glühenden Wangen. Ruhig jetzt, Pérsomi, sagt sie sich selbst immer wieder, beruhige dich.

Dann fährt ein Schock durch sie hindurch. Auf bloßen Füßen fliegt sie zur Haustür. „Boelie, ist etwas mit Lientjie passiert? Oder mit Nelius? Wer liegt im Krankenhaus?"

Er lächelt beruhigend. „Es ist nichts passiert, Pérsomi. Wir haben nur eine ... kleine Überraschung für dich, hoffen wir. Vergiss nicht deine Wanderschuhe anzuziehen."

Sie runzelt kurz die Stirn. Überraschung? Wanderschuhe? Wieder in ihrem Zimmer zieht sie sich auch lieber noch eine Bermudashort und eine luftige Bluse an – zu einem leichten Sommerkleid kann sie doch keine Wanderschuhe tragen. Sie bindet sich das nasse Haar mit einem kleinen Tuch zu einem Pferdeschwanz zusammen und geht auf die Veranda. „Ich bin für eine Weile weg, Mama!", ruft sie ihrer Mutter zu.

Als Boelie ihr die Autotür aufhält, steigt sie ein. Er lacht ihr zu und schließt die Tür hinter ihr.

Sie müssen eine wirklich große Überraschung für mich haben. Boelie scheint seinen Spaß zu haben, denkt Pérsomi immer noch ein bisschen verwirrt.

„Fahren wir auf die Farm?", will sie wissen, nachdem sie das Dorf hinter sich gelassen haben.

„Was meinst du?"

„Zu De Wet und Christine?"

„Hör auf herumzubohren, Pérsomi", entgegnet er. „Warte es einfach mal ab."

Während der Fahrt plaudern sie einfach über etwas anderes. Es macht ihnen mittlerweile nichts mehr aus, einander Gesellschaft zu leisten. Sie fragt, wie es den Kindern geht und seinen Eltern und was aus den neuen Bonsmarakühen geworden ist, die er gekauft hat. Er erkundigt sich nach den Problemen mit den Arbeitern in der neuen Zinnmine und dem angedachten Projekt rund um die Warmwasserquellen unmittelbar vor dem Dorf.

Auf der anderen Seite der Pontenilobrücke biegt er in das Tor zu seiner Farm ab, fährt jedoch nicht durch bis zum Haus von De Wet.

„Was jetzt, Boelie?", fragt Pérsomi ein bisschen verdutzt.

Boelie gibt ihr keine Antwort, sondern lacht ihr nur kurz zu. Dann fährt er an seinem Haus vorbei und stellt das Auto in der Garage ab. „Komm", sagt er wieder und steigt aus.

Auf einmal hat sie ein seltsames Gefühl.

Seit Boelies Eltern weggezogen sind und er mit Annabel ins Haus gezogen ist, ist Pérsomi nicht mehr in seinem Haus oder in der Nähe gewesen. Sogar geschlachtet wird immer beim Haus von De Wet.

Er macht den Kofferraum auf und holt einen Rucksack heraus. Ein wenig unsicher steigt sie aus und bleibt auf der Schwelle zur Garage stehen. „Boelie, wohin gehen wir?"

Er bedeutet ihr nur, dass sie ihm folgen soll, und schlägt den Trampelpfad ein, der den Berg hinaufführt. Verunsichert geht sie ein Stückchen hinter ihm, bleibt dann jedoch stehen. „Boelie, wohin gehen wir?", fragt sie lauter.

„Wir machen eine kleine Wanderung", antwortet er über die Schulter hinweg.

Sie bleibt, wo sie ist. „Und wo sind die Kinder?"

Nun bleibt auch er stehen und dreht sich ganz um zu ihr. „Du kannst beruhigt sein, Pérsomi, es ist alles in Ordnung. Komm doch jetzt mit." Entschlossen wendet er sich wieder weg und geht weiter.

Sie folgt ihm auf dem Trampelpfad, der immer steiler wird. Ohne langsamer zu werden, klettert er immer weiter hoch. Seine Wadenmuskeln sind angespannt. Das kann sie sehen, weil er eine kurze Hose trägt. Die Muskeln an seiner Schulter und seinen Armen sind durch die schwere körperliche Arbeit zu harten Bündeln geworden, sein Körper ist von der täglichen Arbeit draußen braun gebrannt.

Ich quäle mich doch nur, macht Pérsomi sich klar und schaut bewusst in eine andere Richtung.

Jetzt sind sie oberhalb der Sträucher. Um sie herum sind Steine und Felsbrocken; Grashalme und wilde Pflaumenbäume kämpfen sich mühsam durch die Steine nach oben. „Können wir einen Moment Rast machen?", fragt sie.

Augenblicklich bleibt er stehen. „Müde?"

„Nein, eigentlich nicht."

„Wir sind gleich da", erwidert er und läuft wieder los.

Die Kinder sitzen sicher irgendwo da oben und warten auf uns, überlegt sie sich, mit der Überraschung – was auch immer das sein mag. Vielleicht sind auch De Wet und Christine dort, obwohl sie sich nicht vorstellen kann, dass sie an einem Samstagmorgen schon so früh auf den Berg klettern würden.

Sie laufen direkt am Pavianfelsen vorbei. Wenn ich jetzt hinunterschaue, sehe ich den Wasserfall, weiß Pérsomi – es sei denn, der wilde Feigenbaum am Tümpel ist zu buschig geworden.

Plötzlich bleibt sie stehen. Pérsomi kommt sich auf einmal so unerklärlich wehrlos vor, beinahe traurig. „Ich ... ich möchte nicht zur Höhle, Boelie."

Da dreht er sich zu ihr um. Er steht auf einem Felsen, ungefähr einen halben Meter über ihr. Auf seinem Gesicht liegt ein ernster Ausdruck und seine Stimme hört sich schon fast flehend an. „Wir müssen zur Höhle, Pérsomi." Einladend streckt er ihr seine Hand entgegen.

Nach kurzem Zögern greift sie fest nach seiner Hand und er zieht sie zu sich hoch, sodass sie neben ihm steht. „Möchtest du einen Augenblick verschnaufen?"

Sie schüttelt den Kopf. „Ach nein, es geht schon."

Dann lässt er ihre Hand wieder los und sie laufen schweigend weiter. Die Sonne brennt erbarmungslos auf sie nieder, auf Kopf, Schultern und Arme. Ich hoffe für ihn, dass es eine schöne Überraschung ist, denkt Pérsomi, denn eigentlich will ich überhaupt nicht zur Höhle.

An der Höhle angekommen, schaut sie sich suchend um. Vergeblich. „Hier ist niemand?", stellt sie in fragendem Ton fest.

„Nein, hier ist niemand", entgegnet er und setzt sich auf den flachen Felsboden im Höhleneingang. „Setzt du dich auch?", fragt er einladend.

Aber sie bleibt stehen und wartet auf eine Erklärung.

Ruhig sitzt er da und lässt seinen Blick über die Landschaft in der Tiefe schweifen, hinüber zu seiner Farm und dem kahlen Hang auf der anderen Seite des Nil, hin zu dem Weg, der sich zum Dorf schlängelt.

Unsicher steht sie da. Hat er nicht gesagt: Wir haben eine Überraschung für dich? „Wo sind denn jetzt die Wir, von denen du geredet hast?", will Pérsomi wissen.

„Das habe ich nur so gesagt, sonst wärst du doch nie mitgekommen", erwidert er.

Das ist wahr, weiß sie. Es ist zehn Jahre her, dass ich hier zum letzten Mal gewesen bin, und damals habe ich mir geschworen, nie wieder hierherzukommen. „Ich wollte nicht mehr zur Höhle, Boelie, nie mehr. Warum hast du mich hierhergebracht?"

„Es musste sein", antwortet er ihr. „Komm, setz dich."

Sie schüttelt den Kopf und seufzt kurz. Dann lässt sie sich neben ihn auf den Boden sinken. „Ich hoffe, du hast etwas zu essen in dem

Rucksack, den du hergeschleppt hast", sagt sie, um die Situation wieder ein bisschen zu normalisieren, „denn ich habe einen ziemlichen Kohldampf. Und durstig bin ich auch."

„Eine ganze Menge", verkündet er und zieht den Rucksack zu sich heran. Er knöpft jedoch nicht das Hauptfach auf, sondern zieht aus einer Seitentasche ein Blatt Papier heraus. Schweigend reicht er es ihr.

Mit einem leichten Stirnrunzeln nimmt sie es entgegen, faltet es vorsichtig auseinander und wirft einen flüchtigen Blick darauf.

Antrag auf Auflösung der Ehe von Annabel Fourie, geborene De Vos, und Cornelius Johannes Fourie ...

Eine Schockwelle durchfährt Pérsomi. Sie schaut auf. Boelies dunkle Augen blicken sie direkt an. Voller Ernst.

Ehescheidung?, schießt es durch ihr verwirrtes Denken. Das geht doch nicht? „Wer hat die Scheidung beantragt?", fragt ihre Stimme.

Er schaut sie weiterhin ruhig an. „Annabel. Von England aus."

Schnell wirft sie einen Blick auf das Dokument und dann wieder zu ihm. In ihr breitet sich ein seltsames Gefühl aus, eine Professionalität, die Folge von jahrelanger Übung, übernimmt die Regie. „Ehescheidung bleibt Ehescheidung, Boelie, egal, wer die Initiative ergriffen hat."

„Ehebruch widerspricht nicht nur dem siebten Gebot, Pérsomi. Es ist auch der einzige biblische Grund für eine Ehescheidung."

Sie schnappt nach Luft. „Ist da ein anderer Mann im Spiel?"

Er nickt. „Sie hat jemanden kennengelernt, ja. Durch ihre Arbeit."

„Nach all den Jahren?"

In seinen Augen ist ein kurzes Zögern zu erkennen. Schließlich schaut er sie erneut direkt an. „Nein, Pérsomi, das läuft schon eine ganze Weile. Aber seine Frau hatte Geld, und jetzt ist sie gestorben, vor ungefähr einem halben Jahr."

Sie schlägt sich die Hand vor den Mund. „Hast du davon gewusst? Die ganze Zeit?"

„Ja, Pérsomi."

Ihr Verstand scheint stillzustehen, der Höhleneingang verursacht bei ihr ein Gefühl der Beklemmung. Sie steht auf und bleibt ein Stückchen weiter weg stehen.

Was hat das alles zu bedeuten? Wohin soll das führen? Warum

hat sie das Gefühl, ihre sorgfältig aufgebaute kleine Welt würde mit einem Mal verrückt spielen?
Wieder wirft sie einen Blick auf das Dokument in ihrer Hand. Das Datum springt ihr ins Auge. Die Scheidung ist seit vergangenem Montag rechtskräftig.
„Pérsomi?", dringt seine Stimme an ihr Ohr.
Sie dreht sich um. Er ist auch aufgestanden, steht fünf Schritte von ihr entfernt.
„Ich liebe dich", sagt er zum ersten Mal in siebzehn Jahren.
Wie versteinert steht sie da. Passiert das wirklich? Oder träumt sie?
Er breitet seine Arme weit aus. „Kommst du jetzt zu mir?"
Irgendwo tief in ihr drin fängt etwas an zu schmelzen. Eine in Jahren errichtete Verteidigungsmauer bröckelt.
Er lacht sie an und seine dunklen Augen sehen unendlich sanft aus.
Sie wendet ihren Blick nicht von ihm ab. Klar denken kann sie nicht mehr, das Blut pulsiert durch ihre Adern, ihr wird ganz heiß. Dann spürt sie, wie sich ihr ganzes Wesen öffnet und Flügel bekommt. „Ich liebe dich auch, Boelie."
Seine Gesichtszüge sind weich geworden. Er streckt seine Hände aus und knotet das Tuch auf, das ihren Pferdeschwanz zusammenhält. Dann fährt er mit seinen Fingern durch ihr langes offenes Haar. „Pérsomi, möchtest du mich heiraten?"
Zärtlich streicht sie ihm über die raue Wange. Ich berühre ihn, ich fasse Boelie an, jubelt es in ihr.
Sie nickt heftig. „Boelie", sagt sie. „Boelie."
Er drückt sie fest an sich. Und nach einem ganzen Menschenleben spürt sie wieder das wüste Schlagen seines Herzens an ihrem, erfährt sie wieder die Kraft des Mannes, den sie lieb hat. Jetzt werde ich nie mehr allein sein, weiß sie und flüchtet sich in die sichere Entschlossenheit seiner starken Arme.

Danke!

Ich möchte allen danken, die mit einer Geschichte zu mir kommen. Alle meine historischen Romane basieren auf wahrheitsgetreuen Geschichten, die Menschen mir erzählt haben. Mein besonderer Dank gilt Onkel Leon van Deventer und Herrn Ravat, beide aus Nylstroom, die die Umsiedlung der indischen Händler aus dem Dorf aufgrund des Gruppengebietsgesetzes miterlebt haben und mir aus erster Hand unendlich wertvolle Informationen und Einsichten liefern konnten. Auch danke ich Dr. Nico Smith, der mir kurz vor seinem Tod im Juni 2010 einige Interviews gewährt hat. Ende der fünfziger Jahre war er Pfarrer in Louis Trichardt und hat dort die Umsiedlung der indischen Gemeinschaft miterlebt. Und danke auch an meine Mutter, Alida Moerdyk, die sich noch glasklar an die Ereignisse rund um die Hundertjahrfeier, den Zweiten Weltkrieg und die Umsiedlung der Inder erinnert und davon Geschichten erzählt, die man in keinem Buch finden kann. Danke an Johannes de Villiers für die faszinierenden Informationen über Spiritismus und Aberglaube unter den Afrikaanern in der ersten Hälfte des vorigen Jahrhunderts; danke für die Bücher und Artikel, die er mir empfohlen hat.

Ein ganz besonderer Dank gilt meinem guten Freund Daan Nortier aus Bloemfontein und meinem Sohn Wikus, die mir mit den Apartheidsgesetzen geholfen haben, die besonders die Inder betrafen, und mit der Beschreibung der Rechtsfälle.

Danke an Jan-Jan, Madelein und Suzette für ihre guten Ratschläge nach dem Lesen des Manuskriptes. Ganz vielen Dank an Elize für die prima Tipps während des Schreibprozesses und für die Redaktionsarbeit, die sie immer für mich übernimmt.

Danke an meinen Mann Jan, der seine schreiblustige Frau weiterhin liebt.

Mein größter Dank gilt meinem himmlischen Vater, der schon in meiner Jugend dafür gesorgt hat, dass ich nach meiner Pensionierung beschäftigt bleiben kann, und der mir immer wieder neue Geschichten eingibt.

Irma Joubert